被迫嫁给男神

上册

车厘酒
—著—

华龄出版社
HUALING PRESS

图书在版编目（CIP）数据

被迫嫁给男神 : 全 2 册 / 车厘酒著 . -- 北京 : 华龄出版社 , 2023.3

ISBN 978-7-5169-2421-1

Ⅰ . ①被… Ⅱ . ①车… Ⅲ . ①长篇小说－中国－当代 Ⅳ . ① I247.5

中国版本图书馆 CIP 数据核字 (2022) 第 220488 号

出 版 人	周　宏	**责任印制**	李未圻
责任编辑	冀　晖	**装帧设计**	刘　霄

书　　名	被迫嫁给男神	**作　　者**	车厘酒
出　　版 发　　行	华龄出版社 HUALING PRESS		
社　　址	北京市东城区安定门外大街甲 57 号	**邮　　编**	100011
发　　行	（010）58122255	**传　　真**	（010）84049572
承　　印	北京雅图新世纪印刷科技有限公司		
版　　次	2023 年 3 月第 1 版	**印　　次**	2023 年 3 月第 1 次印刷
规　　格	880mm × 1230mm	**开　　本**	1/32
印　　张	16	**字　　数**	591 千字
书　　号	ISBN 978-7-5169-2421-1		
定　　价	75.00 元		

目录

Contents

目录

Contents

目录

Contents

第1章　再遇

八月底的S市，正值盛夏。

夏日的晴空总是格外漂亮，从机舱座位旁的小窗向外看，天空碧蓝澄澈，白色的云海像蓬松柔软的棉花糖。正午刚过，阳光透过棉花糖般的云彩照进来，稍稍有些刺眼。

“请各位乘客调直座椅靠背，收起小桌板……”

听到空姐提醒的声音，初瞳收回视线，顺带抬手将遮光板拉起。

紧接着她右侧肩膀一紧，被身边的人搂住，往旁边带了一下。

耳边传来好友辛莹格外激动的声音：“啊啊啊！我终于等到这一天了！终于能和我家哥哥呼吸同一座城市的空气了！”

这是S市飞往C市的飞机。

大学开学季前后，老生返校、新生报到，跨市航班几乎都是座无虚席。

辛莹是初瞳多年的闺蜜，两人初高中都在一个班，大学也都选在了千里之外的C市，自然要坐同一航班。

“知道了知道了，从开始到现在，这句话你都跟我重复多少次了……”初瞳掰开她的胳膊，好不容易挣开她的禁锢，喘了口气才说，“你知道吗，你真的完全符合那句俗语。”

辛莹：“哪句？”

初瞳送她一个白眼，毫不留情地吐槽：“白天想，夜里哭，做梦都想去首都。”

辛莹一脸的不满。

初瞳说这话的时候，眼睛微微睁圆，干干净净的漂亮眼尾自然上翘，眼神里满是认真。这漂亮的小脸看着乖巧可爱，但损起人来真是不一般。

“哼！看在你长得好的份儿上，姐姐不跟你计较。”辛莹说完，伸手去捏她的下巴尖。鉴于手感细腻滑嫩，实在好摸，没忍住多揉了两把。

飞机平稳地飞行在高空中，距离登机已经过去了半小时，辛莹的情绪也从最初的兴奋稳定了下来。

中午时段起飞的航班包餐饮，空姐发完食物后，两人趁吃东西的时候有一搭没一搭地闲聊着。

“说起来，爸妈一直散养我，我出去读书他俩耳根子还清净了呢……倒是你，”辛莹话锋一转，“当时保送结果下来的时候，我可太震惊了。伯父、伯母，还有你的两个哥哥，竟然真的舍得让你去这么远的地方上大学啊？”

不等初瞳回答，辛莹又追问：“你实话告诉我，他们送你来机场的时候哭没哭？”

初瞳未发一语，陷入了纷乱的思绪之中。

哭是不可能哭的。

但父母的确不太满意她的选择。

从小到大，初瞳几乎从来没有忤逆过长辈的意愿，她漂亮乖巧，成绩名列前茅，各种奖更是拿到手软，是各种意义上的“别人家的孩子”。

S 市本地就有几所顶尖的大学。初父初母怎么都没有想到，女儿竟然选择了千里之外的 A 大。

平心而论，A 大作为首都 C 市最好的大学自然是非常优秀的，计算机专业更是全国第一，而且恰好是初瞳想学的，可缺点是离家远。

不仅对离家远这点不满意，父母对于她选的专业也不满意。初瞳当时说自己想学计算机软件工程的时候，初父初母一听就皱起了眉头。

初父告诉她：“女儿，学那个要秃头的……”

初母连忙附和：“你别不信，我们可是过来人。你爸认识的人那么多，计算机教授有几个不秃顶？”

可能男孩子本身就对计算机充满好感，初瞳的两个哥哥对她的选择倒是格外支持。

她二哥在家里没怎么夸，但有一天初瞳听见他和别人讲起家中小辈的时候，语气是藏不住的赞许：“哎，我跟你说，我妹可牛呢，知道她考去哪儿了吗？A 大计算机系，就问你牛不牛？”

她大哥也没怎么夸，却有理有据地反驳了初父的“秃头”论，说你看那个计算机大拿谁谁谁和谁谁谁，头发不就特别多。

三比二，初瞳胜。

初瞳大概讲了讲，辛莹听得直乐：“你爸妈真是好玩儿，书香门第，一大家子搞艺术的，偏偏还这么幽默。”等乐完了，她才随口一问，“所以你跑这么远上学，真就是为了学习呗？”

辛莹会选择去首都读书，还如此激动，只因她这个追星少女所追的“星星”是C市人。

“是啊，”初瞳说出回答过无数次的答案，“A大计算机全国第一。”

辛莹疑惑：“哎，可S市还有全国第二的计算机系呢，第一还是第二差距又能有多大啊？”

“可能是，”初瞳眨眨眼，“学霸的追求。”

辛莹一时不知如何回答，心想，好，是我不配。

……

午餐过后，大部分人进入午休状态。辛莹吃饱喝足，在旁边戴上眼罩就没声儿了。

周遭的说话音量渐小，哭闹的小孩子也都被家长哄睡，机舱内变得格外安静。

初瞳没有午睡的习惯，她翻出耳机，插好平板电脑，开始看视频。

辛莹是为了她追的“星星”才选择了C市，从某种意义上来说，初瞳和辛莹的目的是一样的。

只不过，那个人不算传统意义上的“星”。

平板上播放的是最新一期C市本地财经杂志做的访谈。

这期访谈在官网上播出后，播放量简直惊人。那一期的期刊销量也直奔榜首，甩开第二名好几位数。只因为这次邀请到的被采访人是洛舟——极为难请，名气又大。

洛舟是个很神奇的人物。身为C市首富之子，除了经商才能，最有标志性的就是他那张俊美帅气的脸，以及无人不知的毒舌属性。

他并不是经常在荧屏上露脸的明星和政客，可知名度甚至要高过某些“小鲜肉”明星。

主持人上来就表达了对于他能接受访谈的喜悦之情，屏幕里的男人接受得也相当自然：“你们邀请了这么多次，坚持不懈，我主要是被你们的执着打动了。”

主持人十分清楚他的风格，一点儿也不尴尬，反而开起了玩笑：“那真是谢谢洛总百忙之中抽出时间敷衍我们啊。”

洛舟淡淡一笑：“客气。”

虽说开场与其他采访都不同，人物也是稀客，但采访内容还是围绕着洛氏以及商界各种问题展开的。后面的内容略有些枯燥，但初瞳还是看得饶有兴致——内容不重要，主要是看人。

视频里，洛舟穿了一身纯黑色的西装，坐姿随意，修长的手指搭在椅子的扶手上，很有节奏地一点一点。眉目带笑看似有礼，实则漫不经心。偏偏这样的神态放在他身上，又不会令人生出一丁点儿的反感。

有时镜头会对他的五官进行特写——棱角分明的下颌，瞳色略浅的桃花眼，眼睫偶尔下垂覆盖出小片阴影，每一帧都能截下来当海报。

这期采访播放量能如此之高，视频弹幕也展示了大家和初瞳一样的心理——

“他说的什么指数、什么证券市场，我一点儿没听懂，我只知道这个男人是真的很好看！”

“真诚求问，洛总能不能出道？”

“太子求你下凡演一部偶像剧吧，这张脸实在太浪费了！呜呜呜……”

“不当演员当个业余配音演员行吗，这音色也很要人命啊……”

财经杂志采访的问题多数与经济相关，有些词乍一听到都得反应一会儿，但洛舟的声音极为悦耳，更别提单是看着他这个人就是一种享受了。

略显枯燥的专业采访过后，进度条快到结尾时，主持人开始采访私人问题。

主持人问出了网友投票票数最高的问题——他是怎么看待联姻的？

“联姻？”洛舟不负众望，嗤笑一声，“这都多古老的玩意儿了。你怎么不直接问我对娃娃亲的看法？直接梦回公元前，多好。”

他说完后，主持人没绷住，初瞳也跟着笑了一下。

弹幕除了“哈哈哈哈”，还有一大片整整齐齐的“可以，这很洛舟”。

虽然多年未见，但他这不常讲话、只要一开口就会损人的神奇属性，还真是一点儿都没变。

……

除了看采访内容、看脸，初瞳偶尔还会暂停一下看看弹幕，几十分钟的内容愣是看了一个多小时。

下午四点，飞机准时在C市机场降落。

现在是暑假的最后几天，飞机上有很多返校的S市大学生，和初瞳、辛莹一样的准大一新生也不在少数。

两人拿好行李，坐到了提前安排接送的车上，直奔酒店。

由于A大正式报到日是在后天，所以这两天她们决定先在学校附近的酒店住下，顺便还能熟悉一下周边环境。

到了酒店，初瞳在套房客厅和辛莹自拍了一张，发到家庭群，表示已经安全到达。

不仅得到了秒回，初瞳还发现群里几人不知什么时候竟齐刷刷地改了昵称——

想女儿的第一天：“呵呵……”

想念瞳瞳：“安全到了就好。”

养大的妹妹泼出去的水："呜呜……"

可怜的小乖："看一眼你可怜的猫。"

小乖是初瞳养的猫，现在四岁了，平时和她最好，睡觉都在一个屋里。

但小乖不能去别的城市，一带它出远门就明显有水土不服的症状，不然初瞳是无论如何也会把它带在身边的。

前面两个整齐的是初父初母，后面两个是二哥大哥，昵称改得都很符合他们自己的人设。

初瞳不知道说什么好，只好无奈地发了一个表情包，随后没过几秒，又收到一条消息。

微信群名被改成了"盼女归家"。

初瞳简直无语了，心想，我才离开你们没几小时啊。

飞机上坐了几小时，生出了一身的倦意，初瞳简单给四人一猫进行一番"顺毛服务"后，就跟辛莹双双躺在大床上睡了一觉。

几小时后，她是被一阵电话铃声叫醒的。

初瞳迷迷糊糊地睁开眼，看到来电显示是初母，手指一滑接起来："喂，妈妈。"

"瞳瞳，"初母叫她的小名，"你去那么远的地方，我和你爸还是不放心，所以托洛家照顾你一下。你知道的，我们是多少年的老朋友了，以后有什么事情都可以找他们……"

说来说去，初母这通电话的中心思想其实就是通知她一声，明天不要起太晚，上午要去洛家拜访一下。

初瞳半眯着眼，半天都没回过神来。

直到初母又说："你没忘记洛家吧？前些年，他们家人还来咱们这儿住过一段时间。你总爱黏着的那个哥哥不就是他们家大儿子洛舟……"

前面的话，初瞳听得模模糊糊，只有"洛舟"两个字像有醒脑效果。

初瞳"腾"地翻身坐起，后面的话都没听完就答应下来，和初母确认了洛家地址，挂掉电话后第一件事就是下床跑去打开行李箱。

辛莹一睁开眼，就看见好姐妹左手一条棉白裙，右手一条淡蓝纱裙，挨个往身上比画。初瞳见辛莹看过来，问道："帮我看下哪条好看？"

这场面可太稀奇了。

辛莹记得上高中那会儿，大家都想方设法穿私服的时候，只有初瞳规规矩矩穿校服——偏偏就算穿着那么普通的蓝白校服，都能秒杀一众精心装扮者，稳坐校花宝座三年。

辛莹看都没怎么看，非常敷衍地答道："都好看，都好看，你是仙女下凡，我们人间的衣服你随便披两件都好看。"

初瞳有些无奈，不再问她，低头继续翻着衣服。

“你待会儿要出去？”

“不是，”初瞳摇摇头，“明天上午有点儿事。”

“去干吗啊？”

“见长辈。”

辛莹“哦”了一声，不难猜到是初家让她去见的，但还是没忍住嘀咕了一句：“只是见长辈而已，看你这阵势，不知道的还以为你是要去见暗恋对象呢。”

初瞳一语未发，只是挑衣服的手指一顿，低着头，脸上的热度突然不可抑制地升腾起来。

她心想，非要说是去见暗恋对象……好像，也不是不可以。

初母说的是让她上午去洛家，所以初瞳选了个自己觉得较为合适的时间。

次日上午十点钟，初瞳到了仙碧皓庭。

刚才跟出租车司机报了地址后，司机见她对这里完全不了解，就极为热情地给她介绍了仙碧皓庭的相关信息。

作为C市最贵地段的高档住宅区，装潢的精美程度自然不用说。初瞳看着眼前华丽的大门，满脑子都是刚才司机给她科普的天价数字。

外来访客需要登记。可能是提前打过招呼，初瞳做好登记之后，其中一个安保人员带着她左拐右拐走了好几分钟，从高层住宅区到了别墅区，最后停在了一道高高的栏门前。

安保人员离开后没多久，她的手机收到了一条陌生号码发来的消息。

“瞳瞳，阿姨让洛舟去门口接你了，你稍等一下。”

初瞳的视线死死锁定在“洛舟”两个字上。

原来真的这么神奇，一瞬间，所有的情绪都能被两个简单的汉字给轻易牵动。

初瞳回复了一条“谢谢阿姨”，闭上眼，做了一次深呼吸。

她开始在门外小步转悠，观赏周围的景致，试图缓解那丝丝缕缕的紧张。

这儿的天看着很高，离地面很远，和她从小长大的地方一点儿也不一样。

初瞳并不是第一次来C市，但这是她第一次来这个住宅区。

建筑构造都和她家不甚相同，别墅极富现代特色——绿色的植物蔓延一路，却又隐隐透着古意，搭在一起，显得格外漂亮。

初瞳左看看、右看看，紧张感的确有所缓解，直到耳边传来脚步声。

她“唰”地回过头——这道高高的栏门是只能从里面打开的，透过缝隙，能看到一道又高又瘦的身影向门这边走来，一身深色衣服，走路姿势懒散而又随意，一步又一步。

腿很长，没几步，他就走到了她面前。

只隔着一道门。

初瞳不自觉地屏住呼吸，心跳如擂鼓。

男人低着头在门锁上戳了几下，然后“咔嗒”一声，单手将门拉开。随后，整张脸完整地出现在她的视野里。

洛舟身上穿着简单的黑色短袖，露在外面的皮肤很白，骨骼清瘦。

即使如此，他依旧是行走的画报。

但和昨天在视频里看到的有所不同，他神色寡冷，眼角眉梢都透出一种不耐烦，满脸写着“本少好困好想睡觉”。

两人对视一秒钟。

洛舟先开口，声音带着明显的哑和鼻音，尾字微微上扬：“客人？”

洛舟的眼睛还没有完全睁开，眼尾狭长勾人，可能是刚起床的缘故，眼瞳像蒙着一层薄雾。

被他用这样的眼神盯着看，初瞳原本高频率的心跳突兀地停跳了一拍。

没得到秒回，洛舟对着她抬了抬下巴，撑着门边的石墙，又问了一次：“我说，你，是我妈的客人？”

初瞳倏地回过神来。她点了点头：“嗯，是我。”

初瞳昨晚想了很久，再见到洛舟的第一句话要说什么比较好。等真正见到了，卡在嗓子眼里的话却一个字都吐不出来。

没有给她任何思考的时间。

洛舟又问：“知道今天周几吗？”

虽然不知道为什么洛舟要问这个，但初瞳还是老老实实地答道：“周日。”

“那知道周日这个时间，我一般在干什么吗？”

初瞳心想，你干什么我怎么可能知道？

她迟疑了一下，顺着他的话往下接道：“在——干什么？”

洛舟立刻答：“在睡觉。”

初瞳一时语塞。

几秒后，面前的人换了个姿势。

洛舟一只手撑着门，修长的身子斜靠在旁边的石墙上，顶着那张很帅但看着很困倦的脸，眼睫垂下来，唇角也微微下撇。

洛舟就这么盯着她看了几秒，然后压低声音，意味深长地说：“小姑娘，以后再来别人家里做客，记得来晚一点儿。”他垂了垂眼，“扰人清梦，不太合适吧？”

初瞳竟不知如何接话才好。

初瞳初二那年的暑假，家里来了几位远方的客人。

当时洛氏有个新建成的项目坐落在S市，大概要在S市待一个月。初父初母和洛家夫妇是大学时关系匪浅的朋友，两家人常年分隔在两座城市，面都难见几次，遇到这样千载难逢的机会，初父初母便直接邀他们到自家别墅住。

初次见面，那个很漂亮的阿姨便拉着初瞳的手说，这是她的大儿子洛舟，以后瞳瞳又多了一个哥哥。

初瞳乖乖仰头叫哥哥，酷酷的少年顶着一张面无表情的帅脸，勉强应了一声。

初瞳就是在那时候认识洛舟的。

这个新来的哥哥并不像两个亲哥哥那么惯着她，初瞳当时就知道，他又酷脾气又不好——尤其是早上刚起床的时候最不好。

看来，有些特性是不会改变的，现在的他也是一样。

昨天初母打来电话时，只说了让她上午来，白阿姨想留她吃午饭，所以初瞳就选了自己觉得合适的时间前来拜访。

上午十点钟，还能冠冕堂皇地教育她不要扰人清梦，果然是洛舟才干得出来的事情。

洛舟说教过后，似乎并没有期望会得到回应。他直起身，将挡在门之间的胳膊收回来，抬步往庭院里走：“跟我进来。”

初瞳心想，好歹朝夕相处了一个月，明明曾经也算相熟的关系，可现在看他的反应，她好像成了个完全陌生的人。

两人一前一后，其间洛舟也没回过头，他们更没有任何交流。

初瞳原本怦怦跳的小心脏现在格外安稳，安稳得都快坠到肚子里了。

虽然早就做好了心理准备——这个大忙人很可能不会记得曾经认识一个月的小妹妹，但是真的面对如此境况，失落依然排山倒海般朝她涌来。

两人一路无话。

一直到在别墅玄关处看见洛舟的妈妈，初瞳对她露出笑容，负面的情绪这才被冲散。

洛舟的妈妈，也就是洛夫人，姓白名相宜，是个从外表看不出年龄的大美人。除了洛城妻子这个身份之外，白相宜本人也是时尚圈的知名人物。

初瞳是很喜欢这个漂亮阿姨的。洛舟的毒舌就是遗传自她，高冷起来特别有范儿，毒舌起来毫不留情，可她对初瞳一直都特别温柔。

白相宜把初瞳迎进门，上上下下夸了个遍之后，视线捕捉到准备溜走的某人："等会儿，你去哪儿？"

她叫住洛舟："先过来，你跟妹妹打过招呼没有？"

脚步顿了一下，洛舟转过头："妹妹？"

"洛棠那个烦人精还不够啊？"他挑眉，"你什么时候又给我生了个妹妹？"

"我不知道你是不是老年痴呆提前了……不记得妹妹，总还记得初伯伯吧？"白相宜定定地看了他一会儿，搂着初瞳，重新介绍道，"这是你初伯伯的女儿，往后几年在这边读大学，你要多照顾。"

"初伯伯？"洛舟顿了两秒，表情略带惊讶，"初瞳？"

白相宜翻了个白眼："没失忆啊。"

随后，白相宜转头拉过初瞳的手："你洛舟哥每天刚睡醒的时候，都跟傻子没什么区别，眼还瞎，别跟他一般见识。"

初瞳面带微笑，但是并没有说话，心想，白阿姨真是太会安慰人了。

"我怎么就眼瞎了？"洛舟清了清嗓子，解释道，"刚起床，没看清。"

这倒没有任何夸张的成分。

刚刚出去给她开门那会儿，他实在是困得要命，眼前一会儿清晰一会儿模糊，跟没对焦的镜头似的。看脸和轮廓只知道是个小姑娘，哪还有心思去辨认这所谓的客人到底长什么样。

现在知道了她是谁，他这才回过头来好好地仔细地看了看。

初瞳穿着衬衫和半裙，露出来的腿又细又直。小姑娘俏生生地站在那里，娃娃领衬衫，娃娃脸瓷白，小鹿一样的眼眸清澈明亮，乖乖地对他笑："洛舟哥。"

洛舟有那么一瞬间的怔愣。

其实，初瞳小时候也好看，只是他们没见面的这些年，应该是一个女孩子变化最大、最快的时候。

她脸上还能看出小时候的轮廓，只是现在五官长开，婴儿肥退去，整个人亭亭玉立，竟然有种很强烈的惊艳感。

停顿了两秒钟，他"嗯"了一声，收回视线。

经过这场找回记忆外加兄妹相认的戏份，洛舟还是困得不行，本想直接回房间补觉，却被亲妈摁在沙发上勒令陪妹妹聊天。

白相宜有个重要的电话要出去接，客厅里除了倒茶的用人，就只剩下他们俩。

这场面可真是尴尬极了，初瞳完全找不到话题的切入点。

洛舟这个人是真的难以亲近。

几年前，他刚到初家时，浑身都散发着生人勿近的气息。初瞳从小到大都是被宠的角色，几乎没有遇到过不喜欢自己的人。尤其是比她年龄大的，她家的那些亲戚，都把这个家里最小的妹妹当宝一样。

可那时候，她仅用一天就证实了：这个新来的酷酷的哥哥不喜欢自己。

他不喜欢自己——这个哥哥为什么不喜欢自己——她没有惹过他啊——为什么为什么为什么——那再和他多说点儿话试试呢——哇这个哥哥好酷——瞳瞳爱了啊。

大概是在这样神奇而又幼稚的脑回路的驱使下，初瞳开始有事没事就往洛舟身边靠，最后也勉强算是让这个酷哥哥接受了自己，还成功得到了“小跟屁虫”的外号。

初瞳后来回想起来，也很是感慨自己当时怎么会有那么厚的脸皮。她说十句，他回一句都开心，被叫作“小跟屁虫”也开心，被他说“你是 BP 机吗”还会认真地问“BP 机是什么”。

初瞳在心里默默地叹了口气，视线随意一转，没想到却直接和洛舟直勾勾地对上了眼。他这个眼神，不像是巧合，应该是刚才就在盯着她看。

突如其来的对视，让初瞳的心跳莫名地有些加速。

她脑子一热，决定先发制人：“你看什么呢？”

洛舟转开脸喝了口茶，明明是被抓包的人，却比初瞳闲适多了，慢慢悠悠地说：“看你。”

“看你”这两个字，给了初瞳额外的信心。

“刚刚阿姨说，我比小时候好看了……”初瞳眨了眨眼，“洛舟哥，你觉得呢？”

只要他此时客套地说一句“我也觉得”，那现在两人间这种尴尬应该会消失大半——初瞳是这么想的。

可洛舟是谁啊。

亲妹妹问他两件衣服哪件好看，他都得先损一下这两件都难看，你也就这眼光了，然后才勉为其难地从中挑出一件。

洛舟最吝啬的就是自己的夸赞。

“是吗？”洛舟完全忘了自己刚才还盯着人家看得出了神，“我觉得跟以前比没什么变化。”

“刚刚我看你，是因为我在想，”洛舟顿了顿，带着笑意，“这么多年没见了，怎么没见你长高点儿呢？”

一般人，对一个多年没见的妹妹是说不出“怎么没见你长高点儿呢”这种话的。

显然洛舟不是一般人。

这说的是人话吗？！

她怎么没长高？！

她比以前高了足足五厘米！

好气啊！

白相宜接完电话回来，只见客厅只剩下初瞳一个人——她正捧着茶杯盯着一处，像在发呆。

白相宜走过去坐在她身边："洛舟呢？又上楼了？"

"嗯？"初瞳回过神来，"是的，阿姨。他说他要补觉，午饭也不下来吃了。"

白相宜又口头上对他进行了好一番嫌弃。

接下来一直到午饭，都是初瞳和白相宜的独处时间，初瞳跟她讲自己父母还有哥哥们的近况，还和远在外地出差的洛城通了一次电话。

下午两点钟，初瞳表示自己还有报到的东西要收拾，朋友还留在酒店等她一起去买日用品，白相宜也就没再留她。白相宜道："这边不好打车，你等等，我让洛舟送你。"

白相宜边起身边说："一到周末就睡睡睡，起床气还大得很……"

"对了，瞳瞳，"白相宜走了两步，像是想起什么，回过头，"你上午刚进门的时候，我看你们俩脸色不太好，那会儿我光顾着高兴，也忘记问你了。洛舟这人天天一起床就跟机关枪似的，告诉阿姨，他没跟你说什么阴阳怪气的话吧？"

"他——"

初瞳原本想直接说没有，可脑子里闪过被某人嘲讽多年没长高的仇，此时不报更待何时？

"没有的，阿姨。"初瞳笑得小酒窝都出来了，一脸纯真地摇摇头，"洛舟哥就只说了，他平时这个时间在睡觉，让我以后再来别人家里做客记得要来晚一点儿，不要扰人清梦。"

白相宜一脸无奈，同时育子思路瞬间清晰。

初瞳如实告知之后，白相宜笑着柔声软语地让她在客厅先自己待一会儿，随后转身上楼，消失了十多分钟才再次出现。

初瞳捧着茶杯，表情和刚才一样乖巧，仿佛没听到刚才从楼上传来震天响的摔门声。

她去了趟洗手间，再出来的时候，白相宜告诉她洛舟直接去车库开车了。

于是，初瞳跟白相宜告别，刚走出院子，就看到外面已经换了一身衣服的洛舟。

他人靠在跑车上，白色的T恤和深蓝色的跑车搭在一起，竟然格外养眼。

可能是终于睡醒了，他总算没了上午那种因为没睡饱而浑身都散发着怨气的感觉。

刚才的事情还历历在目。

初瞳朝他走过去的时候，步伐有点儿虚。

果然，距离他只有一步之遥的时候，面前的长腿突然动了一下。

洛舟看着她，微微挑眉："告我状？"

然后，他又用那种似笑非笑的神情对着她："胆子挺大啊。"

"我只是实话实说，怎么能叫告状？"初瞳也只心虚了两秒钟，就迅速反驳，"我都没有告诉阿姨你说我矮。"

洛舟心想，天地为鉴，他不是说她没长高而已吗？怎么就成了说她矮了？

洛舟看着小姑娘气鼓鼓的脸，眼睛睁得圆圆的，觉得莫名好笑，也不想辩解什么。

"行，那我谢谢你没告诉她。"随后，洛舟直起身，给她把车门拉开，"上车，我送你。"

车子驶出仙碧皓庭之后，洛舟问："你现在住哪儿？"

初瞳报了酒店名——选这家酒店就是因为离学校近。

洛舟一听就明白了："读的 A 大？"

初瞳点头："嗯。"

"什么专业？"

"计算机。"

一直到这里，两人都很像长辈和小辈在对话。

"不错。"洛舟一只手扶着方向盘，另一只手将手机扔给她，"存一下电话，有什么事就找我。"

初瞳接过冰冰凉凉的手机，还没反应过来，就听到洛舟再次开口："以前不是说了，以后你来 C 市，哥哥罩着你。我得说话算话啊。"

他不提这茬还好，他一提，初瞳又想到上午初见他完全把她当成陌生人的那一幕。

"什么罩着我啊？"从上午憋到现在，初瞳总算找到机会说了，"你连认都没认出我！"

虽然他解释过是早上刚醒来，不清醒，眼前模糊，但也有可能是她外貌变化的确有些大，发型和从前不一样，所以一下子没认出来也在情理之中。

可要说心里不别扭，那怎么可能呢？

她顿了顿，音量渐小，后面一句像嘀咕一样："可我一下子就认出你了啊。"

平稳行驶的跑车里，空间不大，初瞳说的话一字不落地进到了洛舟的耳朵里，尾音下坠的失落也十分明显。

但很可惜的是，某个人完全没有任何细腻的心思来分辨一个敏感少女语气里隐含的小情绪。

“你在说废话。”洛舟理所当然地道，“这么帅的哥哥，一下子认出来不是应该的吗？”

初瞳一时语塞。

第2章　惹到她了

一般人们在说话的时候，多少都会讲究一点儿说话的艺术。

譬如，在回答的时候，结尾留一点儿小钩子、小疑问，以便让话题能够继续下去。

代入现在的情况，也就是在初瞳小小地抱怨了一下“哥哥你竟然没认出我来，可我一下子就认出你了”之后，身为哥哥的洛舟应该说一句“抱歉妹妹，因为哥哥早上起来有些神志不清”，妹妹的气估计就消了——这多好。

可洛舟不。

他的切入角度简直可以用“新奇”来形容——他把一个简单的问题给答出了一朵花，还是食人花。

初瞳深深地吸了一口气，想开窗透气，可车内开着空调。

火越憋越旺，初瞳原本就有些介意，但到现在已经不是介不介意的问题了，而是憋屈。

她不找话题；洛舟多酷啊，也不找。

两人就这么一直沉默着到了初瞳所住的酒店。

熄火的时候，洛舟总算主动开口了：“你几号开学？”

初瞳没看他，低头解开安全带，规规矩矩地答：“后天报到，再往后一天是开学典礼。”

洛舟“嗯”了一声，很自然地道：“报到时我送你。”

初瞳几乎是秒拒绝：“不用了。”

洛舟心中充满了疑问。

洛舟觉得小跟屁虫独自一人来这么远的地方，理应多照顾她，而且过去的记忆让他觉得乖顺的初瞳不会也不可能拒绝这样的好意。

仔细数数，他这辈子也没主动要送过什么人。但被毫不犹豫地直接拒绝，这还是第一次。

被拒绝，肯定得有理由吧。

洛舟问：“为什么？”

这下，初瞳才回过头，不经意间，两人四目相对。

比起轿车，跑车驾驶座和副驾驶座的距离要近一点儿。在这样的距离下，面前这张脸比镜头里还要帅。

初瞳的确喜欢洛舟的这张脸，尤其是他那双极为漂亮的桃花眼，不笑的时候眼尾也有淡淡的弧度，因为瞳仁颜色浅，看人的时候总有股漫不经心的疏离感。

但她也不是吃素长大的。她的两个亲哥哥如果读同一所学校，那也是会有两拨迷妹为之激烈争夺校草宝座的风云人物。在两个大帅哥的陪伴下长大，初瞳对美貌这块的免疫还是有的。

“因为报到那天，我早上八点钟就要去学校。”初瞳看着洛舟的眼睛，认认真真地说，“是你教我的，不能扰人清梦。”

在洛舟愣神的工夫，初瞳已经自己拉开了车门。

初瞳全程绷着脸，在关门之前，用硬邦邦的语气向他道谢：“谢谢洛舟哥送我回来，我还有东西要整理，先走了。”

这是怎么回事?

他惹到她了?

可能是他从来没有被人拒绝过，也可能是他想搞明白以前脾气挺好的小跟屁虫怎么突然跟他生这么大气，洛舟开车回家的路上一直在反复思考这个问题。

他回想了一下这一路上两人都说了些什么，然后发现，他们的对话并没有任何奇怪的地方。

难道还是因为身高那事儿?

真就这么在意?

到家后，他和白相宜说了声，直接上楼，翻出手机，给洛棠打了个电话。

洛棠是洛舟的亲妹妹，算是半个娱乐圈加半个时尚圈的人物，拍过戏，也有自己的时装品牌。每年这时候，洛棠都不在国内，早在半个月前就去了巴黎，为九月上旬的时装周做准备。

洛舟给她打电话是有原因的。

他和初瞳差了六七岁，无法理解她生气的原因，那同年龄段的女孩总能互相理解吧。

洛棠很快就接通了电话。洛舟开门见山，简要跟洛棠讲了一下事情的经过。

“上车之前还好好的？”洛棠想了想，说，“那肯定是你们在车上的时候说了什么呗，你复述给我听听。”

洛舟从小就被各路老师夸成是天才一样的存在，他记忆力超群，很快就将半小时前的对话原封不动地全部讲给了洛棠。

洛棠很快就给出了答案。

“那句‘这么帅的哥哥，一下子没认出来不是应该的吗’，问题就出在这儿。”

洛舟皱了皱眉：“这有什么问题？就因为这个生气？”

电话那端沉默了大概五秒钟，洛棠叹了口气，很是无奈地道：“哥，我知道她为什么生气，但我跟你解释不明白。”

洛舟：“别浪费时间，说。”

“讲道理，作为认识了你二十多年并且在你的毒舌压榨下长大的亲妹妹，得知这话是从你洛舟嘴里说出来的，我完全不觉得惊讶，一点儿都没毛病。”

顿了顿，洛棠又道：“但是哥，你不是个正常人，你自己应该知道吧？”

……

初瞳回到酒店的时候，辛莹午睡刚起床，正坐在床上打游戏，就没看到初瞳气鼓鼓的脸。

辛莹盯着手机屏幕说：“你回来啦！我打完这局，咱们去买东西吧。我还找到这附近一家评价超高的西餐厅……”

因为要住宿舍，两人的父母都觉得大老远带行李太费劲了，不如直接在当地买。因此，她们要买的东西还挺多。

辛莹话说到一半，显然是游戏进行到了激烈的时刻：“啊啊啊啊啊这个猴子前期抓死我五次！再让你狂！给爷死！”

初瞳说：“好，你先打，打完这局，我们就出发。”

辛莹向来大大咧咧，天生的乐天派，什么坏事在她这儿都能隔夜就散，跟这样的人待在一起，心情会变好是一定的。

逛了一下午商场，买好的东西让超市打包送到酒店，两人晚上一直吃吃喝喝。有个开心果在身边，初瞳上午的坏心情基本全没了。

东西买好后，第二天就没什么安排了，她们玩到十点多才回酒店，打游戏打到半夜才睡。

不知道是不是因为白天见到洛舟的缘故，当天晚上，初瞳竟然梦到了他。

不是第一次做这样的梦，却也很久没有梦见过这个场景了。可以说，那是初瞳能成为洛舟小跟屁虫的标志性事件。

那还是她读初中的暑假，从洛舟第一天到初家别墅住下开始，初瞳就盯上他了。

洛舟早上起来，到晚上睡前，初瞳的视线以及活动范围就围着这个新来的酷哥哥转。他吃饭她也吃饭，他玩手机她也在旁边玩，还会见缝插针地问哥哥你玩的什么游戏呀，洛舟和她的大哥二哥说话她也在旁边听，洛舟出门她也跟着去……

因为洛舟脸上总没有善意的表情，而且他说话字也很少，初瞳对他又喜欢又害怕，跟都不敢光明正大地跟，总以为自己跟得神不知鬼不觉，但最后还是会被酷哥哥发现。

这么过了几天后，某一次，洛舟突然主动找她说话："我看别的小孩一放假，天天和同学约着出去玩。"

小初瞳愣了一下："嗯？"

酷哥哥洛舟看着她，面无表情地道："你怎么一直待在家？没有朋友吗？"

洛舟是真的不喜欢被人缠着。他不讨厌这个小姑娘，但他更想自己待着。因此，他说这话也没考虑过会不会打击到一颗稚嫩的少女心。

而那时初瞳年纪小，一直都被所有人喜欢，唯独洛舟是个例外。但她觉得，努力一下，还是能让新哥哥对自己有所改观的。

可那时候听到洛舟这样问自己，她一下子就觉得自己没戏了。

他冷酷就冷酷，为什么还嘲讽她没朋友？！

女孩子最忌讳的事情之一就是被人嘲讽没朋友！她怎么会没朋友！她在学校的小姐妹也很多的好吗？！

初瞳差点儿当场气哭。

凭着一丝丝微弱的骨气支撑着，她不但没哭，还当场给自己的小姐妹辛莹打电话，迅速定了初中生都爱的书城之约。

初瞳挂掉电话之后，向他证明："你看啊，我有朋友的。"

"嗯，我看到了。"洛舟点头，"去和她玩吧。"

初瞳突然意识到，他这是嫌弃自己缠着他，所以才会这样说。

"哥哥你怎么能这样？"初瞳实在忍不住了，"我就是喜欢和你说话而已啊……"

最后那句话，哭腔都带出来了。

说完之后，她头也不回地往外跑，找到司机，迅速赶往书城赴约。

虽然是赌气定下的约会，肯定也是要认真对待的。

十岁出头的女孩子，约得早，回家得也早。书城之约在下午四点钟结束，初瞳和辛莹分开后各自回家。

由于书城附近不好停车，每次司机都是去附近商场的停车场等她的。初瞳对这里很熟悉，不想七拐八拐，每次都走近道——人少，又不用绕路，穿过几条小胡同，很快就能到商场。

初瞳轻车熟路地抄近道，还在思考回到家之后要怎么面对洛舟，谁知刚一进胡同，就听到一声猫叫——很细，很微弱。

她停下脚步，仔仔细细又听了几秒钟。

的确是猫叫，而且像是奶猫在求助的时候发出的声音，一声接着一声，听着特别可怜。

她没想太多，直接循着声音走过去。距离叫声源越来越近，在快要拐弯的时候，墙壁的那端突然伸出一只男人的手，猛地拽住她的胳膊。

初瞳吓坏了。她看到四个戴着黑色口罩的男人，三个人将她禁锢住，其中一个人手里拿着手机对着她摇了摇。

哪有什么小猫？

那猫叫声，是手机里的音频。

初瞳一下子明白了。

这伙人在这儿蹲伏，用猫叫声吸引路人过去，如果来人不是他们想要的“目标人群”，就当作几人聚在这儿聊天，不予理睬；如果有目标上钩，就像现在这样，直接拖走。

她敢走这里，不仅是因为此时才下午四点，还因为这条胡同是有住户的。

谁能想到这伙人如此大胆。

初瞳拼命挣扎，但那点儿力气在几个男人面前几乎可以忽略不计。她被拖进去的前一秒，捡起手边一个被丢掉的空矿泉水瓶，用尽全力朝着外面扔了出去。

一个男人拿东西捂住她的嘴，是一块布料，上面气味刺鼻。初瞳有基本的防范意识，下意识地屏住呼吸，眼泪却被刺激出来了。

初瞳努力让自己不呼吸，可肺活量有限，再怎么憋也憋不了多久。一直到因为缺氧眼前开始模糊的时候，禁锢着她的手突然松开，耳边传来了剧烈的打斗声。

可能刚才还是不小心吸入了迷药，她靠在旁边的墙上大口地呼吸，头晕眼花，完全分辨不出眼前是什么。

等眼前总算清晰，她这才看到那几个戴口罩的男人正以不一样的姿势倒在地上。

还有一个人——那个不久前和她说了伤人心的话的酷哥哥。

洛舟原本对于把小姑娘弄哭了就有点儿愧疚，白相宜说让他跟着司机去接初瞳，他自然不能拒绝。

甚至刚刚司机在商场停车场等的时候，洛舟还下车想要提前去书城接她——在洛舟看来，这是最能表达自己歉意的方式了。

也幸亏他来了。

洛舟侧对着她，脸上挂了彩，额角有汗，正揪着一个人的衣领放狠话。

“再说一遍我算老几，”语速舒缓，洛舟一字一顿地道，“这是我妹妹，现在赶紧滚过去给我妹妹道歉！

“你们道歉道得好，说不定我就不报警了。”

那几个人听了，还真就实力演绎“连滚带爬”是什么样子，爬到她身旁给她好一番道歉。

而没过一分钟，在他们身后，洛舟打电话的声音不徐不疾地传来：“是，我要报警，市中心书城和世纪商场中间的住宅区3号胡同，四个人贩子……”

“臭小子！你不是说不报警吗？！”

“对啊，我是说了。”洛舟挂了电话，眼睛弯了弯，“但我为什么要跟人渣说话算话呢？”

第3章　主动求和

洛舟来接初瞳花的时间太久，报警之后就给司机打了个电话。初瞳在旁边听着，他只是大概说了一下，省掉了很多惊心动魄的环节。

然后，洛舟走到初瞳面前，弯腰看着她：“站得起来吗？”

“哥哥……”初瞳看见他的脸，一下子委屈起来，伸手把人直接拽下来，跟半大的小孩子一样死死地搂着他就开始哭，“呜呜呜呜哥哥吓死我了，我以为我要死了……”

初瞳之前流眼泪是被药物刺激的，而现在流眼泪，全部都是真情实感。

洛舟用两手把她给提起来，但她又换了个姿势，更紧密地抱着他的腰。

他们之前也就是较为陌生的“跟”与“被跟”的关系，几乎没有肢体接触，更别提这样的拥抱了。但是这样特殊的情况下，还真不觉得别扭。

小姑娘哭得很凶，来来回回重复这几句话。洛舟是真的不会安慰人，来来回回也就只有两句——“别哭了”“没事了”。

洛舟的脸上有一道擦痕，没有破皮，但是随着时间的推移颜色越来越深，还有要肿起来的趋势。初瞳从他怀里抬起头，一下子就看到了那道擦痕。

她抽抽搭搭地问：“哥哥……你……你脸疼吗？”

“不疼，这算什么？你哥哥我可是经历过大风大浪的人。”洛舟很嫌弃地看了她一眼，“看你这没见识的样子。”

被这么一嫌弃，初瞳真是又感动又觉得憋屈。

她一个从小到大的乖乖女、三好学生，怎么会有这种见识？！

警察到的时候，初瞳才刚刚止住眼泪。那四人嘴里骂骂咧咧，场面一度十分混乱。

等两人去公安局做完笔录，天都快黑了。

从门口走到司机停车的位置还有一段距离，两人走着走着，初瞳突然听到身边的人说：“你不觉得自己忘了什么吗？”

初瞳一愣：“我？忘了……什么？”

洛舟看了她一眼："谢谢我。"

"哦。"初瞳的鼻子还有些堵，她瓮声瓮气地说，"谢谢哥哥。"

"嗯。"洛舟答应了一声，然后又说，"可我来接你之前，听说有人再也不想跟我说话了啊。"

初瞳无言以对。

初瞳是和司机抱怨的。司机在初家工作多年，算是看着初瞳长大的人。所以，初瞳哭着上车的时候自然和他抱怨了酷哥哥的冷漠，也表明了自己再也不会理这个哥哥的决心。

这才几小时？

誓言就这样碎掉了。

"那是因为你讨厌我，嫌我烦，还嘲讽我没朋友。"她吸了吸鼻子，"你不知道，我刚刚看到你，有那么一瞬间还以为你们是一伙的……"

洛舟甚是无语。

眼看他脸色倏地阴沉下来，初瞳又立刻改口道："但是只是一瞬间，我当时脑子短路了才这样想，哥哥你别生气。"

女孩子的眼睛像小兔子的眼睛一样红，她刚刚经历了那样的事，洛舟也就是本能地黑脸一下，并没打算说她什么。

他点点头："嗯。"

前面就是初家的车，司机已经打开了驾驶位的门准备下车接他们。

洛舟突然停下脚步。

"小跟屁虫。"

初瞳仿若没有听清楚一般。

初瞳跟他一起停下脚步，反应了好一会儿："你在叫我？"

洛舟挑眉："不然呢？"

初瞳虽然觉得不太好听，但是总比这几天他什么都不叫要强，总算有了个称呼，就证明关系更进一步了。

"哦，"她答，"你叫我干吗？"

"中午我不该说你。"洛舟垂眼看着她，弯了一下唇，"你要不要，跟哥哥和个好？"

……

做梦实在是一件很累的事情。

初瞳做了一晚上的梦，睁开眼的时候，脑海里仿佛有个复读机一直回放着梦里那声"小跟屁虫"。

幸亏昨天就把东西全部买好，今天没有任何安排。初瞳睡了一上午才把精神补回来。

醒来，初瞳看了一下手机，家庭群又有不少新消息。

想念瞳瞳："@tong 报到的东西都收好了吗？"

想女儿的第三天："唉，以前在身边哪用这么等消息，去那么远读书就是不方便啊……"

可怜的小乖："你的猫今天也趴在你的床上不出去了。"

养大的妹妹泼出去的水："妈说你去洛家了？见到洛舟了没？"

看到最后一句话，初瞳不由得又想起她大哥、二哥和洛舟也算是兄弟。

当年，人贩子用小动物的音频吸引年轻女孩的手法十分狡猾，就是利用了人心善良这一点。这件事后来还登上了报纸。除了 S 市，新闻消息还扩散到了全国各地，只为让更多的人能够警惕、重视起来。

经过那次事件之后，初瞳成了官方盖章的名正言顺的"小跟屁虫"，也是在那之后，洛舟和她两个哥哥的关系也好了起来。

最开始三个男孩子之间的共同话题是游戏。他们都是佼佼者，一起打游戏胜率跟开挂一样。

她大哥、二哥的想法很简单——游戏打得好，我们就是开心好兄弟，但救了我妹妹，我们就是过命的兄弟。

初瞳挨个回复了一遍消息，到最后二哥的那个问题的时候，犹豫了一下，只回答了简短的三个字。

tong："见到了。"

养大的妹妹泼出去的水："他怎么样？"

还能怎么样？！

原本以为的温馨重逢愣是变成了翻脸剧本，见面短短几小时就让她很是无语。

初瞳认真敲下一行字——

tong："还是和以前一样讨人厌。"

没想到这话一出，她二哥就笑得不行了。

养大的妹妹泼出去的水："哈哈哈……"

养大的妹妹泼出去的水："瞳瞳，长大了知道害臊了？什么讨人厌，洛舟要是讨人厌，你小时候能天天黏着人家，恨不得成为洛舟的腿部挂件？"

初瞳无言以对。

想念瞳瞳："哈哈哈，妈妈也记得，当年你可真是恨不得长在你洛舟哥身上。"

初瞳尴尬万分。

这种黑历史被所有人铭记在心的感觉，还真不是一般的令人郁闷。

次日一早，九月一日，是 A 大新生报到日。

初瞳和辛莹提前一天跟酒店预约了租车服务，早上八点半准时到达校门口。刚下车，她们就看到了迎接大一新生的一群志愿者学长、学姐。

本来大一学妹就是受欢迎的物种，更别提她们是长得好看的大一学妹了，两人的行李都没怎么自己拿，好几个学长、学姐一起有说有笑地帮她们送到了宿舍楼的电梯处。

因为不是一个系，报到教室不同，宿舍也隔了两层楼，所以，往后的行程，初瞳都要和辛莹分开进行。两人在电梯处告别，顺便约了晚饭。

宿舍是四人间。初瞳的三个室友都比她到得早，极为热情地欢迎她进门。初瞳发现她们的行李早就收拾好了，给自己留了一个靠窗的下铺。

室友里有两个C市本地人，一个来自S市周边的一个小城市，算是和初瞳一个地方的。

短短的自我介绍后，初瞳还觉得有些惊讶："我以为我到得够早了，你们几点到的呀？怎么这么快就收拾好了？"

回答她的是她的上铺，女生趴在床沿上看着她，一头大波浪垂下去，像海藻一样。

"小美女，因为我们三个昨天就来了啊。"

"是啊，"另外一人接话道，"你的名字不是贴在咱们宿舍门上嘛，我们看到名字，还在猜这是个什么样的妹子呢。"

"我们大家一致认为，看名字就是个美女，然后——我们全都猜对了！"

初瞳初高中都没住过校，一方面是住宿条件不如家里，另一方面是有时间也有条件走读，没有必要住校。

但辛莹住过校，也遇到过很合不来的室友，最后闹到老师那里，换了宿舍才罢休。

初瞳看过不少网上各种树洞网站提到的女大学生宿舍矛盾，已经做好了心理准备，可不知道是不是运气太好，三个室友竟然都是这么可爱的人。

她们同为计算机系，初瞳和上铺大波浪是同专业，另外两人是同专业。两两结伴，去教室完成报到、填表、加班级群等一系列事情之后，已经十一点多了，四人一起吃了午饭，又回宿舍一起帮初瞳收拾行李。

收拾完坐在各自的床铺上聊天，几人按照生日排了一下号，发现她们都是同年的，初瞳十二月的生日垫底，是最小的。

聊着聊着，排行老二的短发妹子突然叹了一口气："其实昨晚我都没睡好，来A大读书实在是太太太兴奋了。"

"嗯？"

"我高中三年真的是拼了命地读书，高考正好考了700分，收到录取通知书的时候，我们十里八乡的亲戚全都来祝贺我，呜呜呜我想想那时候的心情都还想哭……”

她声情并茂地讲完，推了推自己极具标志性的圆框眼镜，转而问起大家：“哎，对啦姐妹们，你们高考都多少分啊？分享一下呗。”

初瞳被问住了，没第一时间说话。上铺大波浪先开口了：“宝贝，你居然还高考过？”

圆框眼镜妹子睁大了眼：“什么意思？”

她的下铺看了看初瞳，又看了看初瞳的上铺，确认过眼神，都是一样的学神，然后接过话头：“我们都没高考过，是保送的。”

接下来三人一起对伤心的圆框眼镜妹子进行“顺毛服务”，表示没参加过高考的人生是不完整的，她们真心羡慕她。圆框眼镜妹子这才重新恢复快乐。

既然成为要朝夕相处的室友，微信肯定是要加的，几人扫了彼此的微信，又组建了一个四人群聊，群名暂定为“一个仙女和三只小猪”。

这群名全票通过，反正谁看自己都是仙女。

就在大家发表情包热群的时候，初瞳发现自己联系人那栏有个红色的“1”。

她没多想，这一上午微信好友已经多了十几个，可能又是从班级群加她的同学。

直到初瞳点开那一栏，她才发现并不是什么同学。

验证申请上只有两个字和一个标点符号——

“洛舟。”

初瞳说不上是什么心情。貌似，比起之前生他的气，看到这条消息的她还是正面情绪要多一点儿。

初瞳咬了咬嘴唇，看了看他的头像以及其他信息。

头像是很深很深的灰蓝色，放大看才能看得出极不明显的星空。

昵称：没空闲聊。

个签：闲聊拉黑。

初瞳心想，这真的很洛舟。

初瞳的微信号和手机号一样，洛舟那天让她存手机号的时候，她用洛舟的手机给自己拨过，所以他能搜到也不奇怪。

洛舟的微信。换言之，暗恋对象的微信。

虽然她在和他生气，那天也拒绝了他送她的提议，但生气总有气消的时候，那气到了今天，似乎已经不足以维持她拒绝添加他的微信。

说不定是他知道了她生气的原因，主动来解释的呢？

就像以前，少年时代那么臭脾气的他，不也对自己承认过错误吗？

这么想着，初瞳点了“通过验证”。

隔了五秒钟，那边迅速发来一条消息，是一个句号。

这可真是很洛舟的开场。

礼尚往来，初瞳发过去一个问号。

没空闲聊：“初瞳？”

tong：“是我。”

tong：“洛舟哥，加我有什么事吗？”

没空闲聊：“没什么。”

初瞳心想，那你加我干什么？闲聊吗？

初瞳用尽了全身的力气才克制住自己想删掉他的欲望。

她没有再回复，直接把手机放在枕头旁。

有些口渴，初瞳起身出门，在宿舍楼道的自动售卖机买了瓶水，再回到床沿坐下的时候，手机恰好连震了两下。

没空闲聊：“在？”

没空闲聊：“和个好？”

初瞳不知如何回复。

第4章　不正经妹妹

——在？和个好？

初瞳真的不敢相信自己的眼睛。

先不说他这名字写着“没空闲聊”，却在做着闲聊的事情。

洛舟心目中的跟人和好，难道用的就是这个态度？！

她想起以前，少年时的洛舟还会先哄她，先承认错误，是他不对，然后才语气和缓地说想跟她和个好。

那她肯定愿意啊，她不仅愿意，当时还被他说得脸红心跳。

以前和现在一对比，那就显得现实实在太残酷了。没想到岁月把那个少年带走，却送回来一个这样的男人。

初瞳打了一行字：“洛舟哥，你见过红色感叹号吗？”

一瞬间，她极想把这话发出去，然后立刻删掉洛舟。等他再回复的时候，他眼前就会出现红色感叹号，以及“对方还不是您的好友”这句话，让他见识一下人间的险恶。

但是，初瞳怎么也点不下那个“发送”键。可能是曾经作为洛舟腰部挂件的那段日子给她的影响太大了吧……

初瞳把那句话给删了，重新发了条：“我们闹矛盾了吗？”

洛舟显然在盯着手机等她回复，不到三秒就发来新消息。

没空闲聊：“那天送你回酒店，你不是生气了？”

初瞳心想，这人还知道她生气了。

tong：“那我为什么生气？”

没空闲聊：“那我怎么知道？”

看到这句反问句，初瞳一瞬间顿悟了。

她现在能想象得到手机那端的他完完整整的想法——本少爷不知道你为什么生气，能加你微信跟你主动和好已经是我做出的最大让步，还不赶紧同意，想啥呢？

她深吸一口气，正在平复自己的情绪，眼前突然出现从上面垂下来的一大把带着香味的卷发。

初瞳吓了一跳，又听到叫自己名字的声音，这才反应过来，是上铺在低头找她说话呢。

这可真是未见其人，先见其发。

“跟谁聊得这么入迷啊，我们叫你，你都没听见。”大波浪说，“亲爱的，你下午有什么事吗？要不要跟我们一块儿出去逛逛？”

初瞳把手机放在旁边：“我没什么事的，你们有什么东西要买吗？”

几个女生对于附近的商场展开一番讨论，毕竟有两个本地人，很快就决定了去处。

初瞳再捞起手机的时候，屏幕上又多了几条新消息。

没空闲聊：“人？”

没空闲聊：“人呢？”

没空闲聊：“不好意思了？”

不好意思个屁！初瞳没忍住在心里爆粗。

tong：“你签名上不是说闲聊拉黑吗？为什么跟我闲聊这么久？”

她看了看时间，从他加她好友到这条“不好意思了”已经足足有半小时了，说着没空闲聊，难不成天天在跟人闲聊？大忙人的时间就是这样浪费的？

手机又震了两下——

没空闲聊：“废话，那是给别人看的。”

没空闲聊：“你跟别人不一样啊，小跟屁虫！”

不得不说，有些时候，女孩子的心弦真的很容易被拨动。

原本下定决心想让洛舟见识一下红色感叹号的初瞳，在看到那句“你跟别人不一样”之后，更下不去手删除这个联系人了。

但和好一事还是不了了之，毕竟是工作日，洛舟估计也有很多事情要忙，在那之后两人没有再继续聊下去。

隔天就是开学典礼，按照学校要求最好是穿正装，没有正装也要穿黑白色系的衣服，不可以穿五颜六色的，显得不够正式。

一般这么下了通知，没有正装的人多半也会去买。

宿舍里除了初瞳，其余三人都没正装。在微信上和洛舟不尴不尬地结束对话后，初瞳就陪着三个室友出去逛了半天街。

开学典礼上午九点开始，闹钟定的八点，花半小时洗漱收拾，然后去食堂吃饭。

宿舍的床很舒服，空调的位置设计得也很人性化，不会出现上铺冻死、下铺热死的情况，几人都睡得挺好。一路上，几人都在兴致勃勃地讨论今天的开学典礼，偶尔一起欣赏一下路上经过的帅学长、美学姐。

“开学典礼就是光听校领导讲话吗？”老二王芊问，“还有什么好玩的没啊？”

“不全是校领导讲话，昨天我问学姐了，还有一个环节占的时间挺多，每年都会请一个已经毕业的学姐或者学长回来演讲，还可以现场问答。”

“那还行那还行，不然全是领导讲话我怕我直接睡过去。”

……

几人慢悠悠地从食堂到礼堂的时候，发现仅剩下后几排的座位可以选了。

“这是怎么回事啊？”王芊惊呆了，“不是，我这种一听领导讲话就睡觉的人恨不得坐在最后一排，咱们这些同学还有学长、学姐是疯了吗？那么靠前，怎么好意思睡觉啊？”

“肯定不是睡觉啊，我觉得是为了照相吧。”杜优容说。

初瞳一愣：“照什么相？”

“你们都不知道今天来的优秀毕业生是谁吗？”杜优容无奈地叹气道，“是洛舟啊。”

“哪个洛舟？”

“就是那个人气很高的大帅哥！各种财经杂志吹的商界奇才。我爸天天买讲他的杂志，连带着让我也看，我都快背下来了。”

这个形容，除了她认识的那个洛舟，还有别人吗？

随便找了个四人连座后，除了杜优容，其余两人一看就是不关注这些事情的，开始询问关于洛舟的事迹。

只有初瞳一直默默听着，没说话。

九点钟，开学典礼正式开始。

和预想的差不多，领导们依次发言，主旨无非就是“A大很棒，A大欢迎你，希望各位同学在A大努力拼搏”，一个比一个说得要引人入睡。

十点多的时候，终于迎来了最受关注的环节。

校领导发言过后，台上出现了初瞳几天前才见过、昨天才聊过天的人。

洛舟穿了一身黑西装，裁剪得当的西装最衬人的身材，宽肩窄腰大长腿一览无余。他没打领带，衬衫扣子解开了一颗，外套敞着，正式里又透着股随性，禁欲又性感。

坐在台下，虽然和他有一定的距离，但只要不是近视，都能看见那是张多帅的脸。

他话都不用说，光是从后面走上台，走到麦克风架子前，原本死气沉沉的礼堂就瞬间沸腾了——并没有人起哄，但欢迎的掌声却比之前放大了数倍，响亮到听着都觉得手疼。

上一个讲话的是女领导，话筒高度实在差太多，洛舟把话筒的高度往上拉了拉，站在那儿等着礼堂安静。等了十几秒，见掌声还没有停下来的意思，他这才开口道：“差不多行了，你们手不疼？”

台下顿时笑成一片。

有人吆喝着“不疼”，洛舟也笑了：“我这一句话还没说就这么拼命鼓掌，我怕我说完，你们手都拍废了。”

和之前正儿八经严肃认真的校领导讲话完全不同，洛舟才讲了两句话，就让一群学生顿时恢复了活力。

这个环节每年都是学生们最期待的部分，但没有哪一次有这次反响大。

初瞳身边的人都乐得不行，原本睡着了的老二都坐起来开始不停地“哈哈哈”。

初瞳也暂时忘记了和洛舟的小别扭。

现在他说话的这个味道，对于初瞳来说很是熟悉。

洛舟这些年接受的专访很少，多的时候一年两次，少的时候一年都没一次，貌似是看他的档期，也看他的心情。

他每一期专访她都有看，而且不止一遍。

在说行业相关正事的时候，他还算正经；到了问个人问题的时候，他就开始各种起范儿。还有粉丝给他的专访做过合集，分成好几个大类别，标志性的舟言舟语、洛式反问句，等等。

所以可能是适应了他这样的讲话风格，初瞳并没有现场的学生笑得那么夸张。不仅没笑，她的心情还有点儿微妙。

曾经那个小女孩每一年都在假期上网搜洛舟专访的场景，在眼前一幕一幕地浮现。

女孩一点点长大，想念那个远方的哥哥，也不好意思主动找他，所以只能搜专访来看镜头前的他。好像这样就能离他更近一点儿，这样就能更了解他一点儿。

好像这样，等再见面的那天，他们就不会那么陌生。

可她忘记了，是她单方面惦记了那个哥哥很多很多年。对于他来说，她只是一个曾经相处过一个月的小妹妹。

自洛舟上台后，二十多分钟了，礼堂内的笑声几乎就没断过。

他虽然说话方式很独特，有些毒舌，但是道理都是很正的，做到了优秀毕业生代表该做的事情。

洛舟讲了不少方面，比如课余时间的分配，比如谈到游戏，他说——

“游戏可以玩，但还是不太建议你们把它当成每日必做的事情，养成习惯，就会越陷越深，毕竟不是每个人都和我一样拥有极高的自制力。”

再比如说到宿舍——

“还有一点，在A大读书，如果不是宿舍矛盾过大，最好不要搬出去住。

“虽然我本人当年没住几天宿舍，但A大宿舍条件绝对是很好的。”洛舟说完，又强调，“不要怀疑，我没收校长的钱，我说好，那就是真的好。”

台下又是哄堂大笑。

他顶着这样一张脸，穿着一身虽然看不出牌子但看起来就很贵的衣服，完全不会有人怀疑这话的真实性。

洛舟发言结束后，掌声又开始震天响了，不仅响亮，还停不下来。

他比手势也不管用，最后挑眉说：“这届同学这么喜欢鼓掌是吧？那好，后面的问答也不用问了，你们在这儿继续鼓着，我正好赶时间，先撤了。”

“哎哎哎别啊，学长——”

掌声说停就停。

到了问答环节，台下有传话筒的老师，有同学想提问就举手，老师将话筒递过去。

前排的手几乎一个挨着一个举起来，但问题只有十个，递话筒的老师也不管了，身边全是爪子，看哪个爪子好看就把话筒塞给哪个。

“学长，你当年高考考了多少分啊？”

“没考过，保送的。”

“学长，想进你的公司实习或者工作有什么要求吗？”

“智商不能比我低太多。”

“洛舟学长，你还单身吗？”

“我要不是单身，能有时间来参加这种优秀毕业生演讲活动？”

每个问题他都能用类似“一句话堵死人”或者洛舟式的反问句给回了，而且都是不会让人有后续问题的那种答案。

这样干脆利落又简短，十个问题，不到十分钟就回答完了。

到了最后，洛舟也没什么正经结语，只给大家开了一个玩笑：“各位同学，好好学习，好好生活。以后要是混不好，出去别说是我的学弟学妹。”

然后，他在掌声中点头致意，潇洒转身离去，头都没回，仿佛没听到身后一片不舍的声音。

这个环节结束后，礼堂怎么也安静不下来了，总有说小话的声音，叽叽咕咕、喊喊喳喳，绵延不绝。

初瞳听到身边三个室友也跟着沦陷了。

她有点儿不知道怎么和她们一起讨论，闲得无聊就打开了微信。

结果，她发现班级群突然多了“99+”的消息。

她点进去，最开始是问开学典礼几点结束，零零星星有几个人回复，后来洛舟上台讲话期间一直到现在，几乎全是讨论洛舟的。

“我真没想到今年邀请到的优秀毕业生是洛舟！啊啊啊我太喜欢他了！”

“我姐们儿也喜欢他……就很神奇，不是娱乐圈的人，名气还这么大，都不输明星了！”

“啊啊，我喜欢他妹妹还有妹夫！我暑假在家待着无聊，看完了洛棠、苏延演的两部剧，好看死了呜呜呜，酥糖神仙爱情！”

“这学长长得也太帅了吧……我看我身边的女孩子都偷偷摸摸拍他照片，我也拍了几张，我这儿角度特别好，发给大家一起欣赏帅哥。”

“哇，绝了！一生只爱代码的老衲竟有一丝丝心动。”

“一直听说他粉丝的属性就是‘被怼最开心’，听完他演讲，还有那个问答，我现在终于理解了哈哈哈。”

计算机系女生少，来来回回就几个女孩子在讨论，男生们偶尔发个表情包试图参与一下，增加存在感。

初瞳一直翻看着，没有参与讨论。

不仅仅他们班这样子，辛莹也给她发了好几条消息，都是与洛舟相关的，还给她截图了自己班级群。辛莹学的传媒，女孩子多，班群比初瞳他们班消息多多了。

洛舟这个人，不管在哪里都是人群的焦点。

初瞳回复完辛莹，返回消息界面，正准备退出的时候，发现上方又有一个对话框冒出了一个红点。

没空闲聊：“你没来参加开学典礼？”

他刚下了台，应该在后台还没走。

不过为什么要问她这个问题呢？

初瞳打字回复：“我参加了呀。”

没空闲聊：“哦，可能人太多，没看到你。”

tong：“我来得晚，座位在很后面。”

没空闲聊：“中午跟我吃个饭？”

典礼正式结束是十一点半。

初瞳跟室友们说自己有约，就和几人分头行动了。

她按照洛舟微信上的指示，走到了礼堂西侧一棵巨大的香樟树的阴凉处，一眼就看到了背对着她的男人——一只手拿着电话放在耳边，另一只手拎着西装外套。

室外温度太高，他把衬衫的袖子折上去了一点儿，露出修长的小臂，皮肤很白。

洛舟今天公司里没什么大事，也没有他必须要参加的会，别的事情助理可以处理，晚点儿回去也没关系。初瞳到的时候，他正和公司的人通电话安排相关事宜，挂掉电话，一回头才发现身后站着初瞳。

初瞳小时候头发长度只到肩膀，属于中短发，现在已经是标准的黑长直，发尾有些自然的弯曲，她本身长得就偏清纯、可爱，所以特别适合这个发型。

今天小姑娘穿得很正式，白衬衫和浅灰色的百褶裙，精致又不失可爱。

她眨了眨大眼睛："洛舟哥，你要带我去哪里吃？"

洛舟看了她半晌，答非所问："你这么穿还挺好看。"

上次还说她和小时候没什么变化，怎么现在又好看了？

初瞳正不知道该回什么，洛舟又道："你哥哥我的演讲，怎么样？"

"还行。"

"就还行而已？"

其实是很好，但她就是不想夸他："我坐在后面，有点儿吵，没怎么仔细听。"

"啧，真可惜。"

感慨完这句，他总算放过了这个话题。

"走吧，今天中午带你吃大餐。"洛舟一边带着她朝停车的地方走，一边说，"和当年教过我的几位教授一起，虽然不是你们系的，但多认识一下老师也有好处。"

A 大的校园很大，这条路不是从礼堂去食堂的路，走的人不多，但一路上还是遇到了一些参加完开学典礼的学生，初瞳总觉得有人在看自己，一直和洛舟保持着一段距离。

总算到了停车处。

洛舟今天没开跑车，换了辆较为低调的黑色轿车，内里十分宽敞。

"学长——"初瞳刚系好安全带，外面突然有道男声传来。

似乎是洛舟认识的人。他关上车门后，又因为这声召唤打开了车窗朝外看去。

"哦，是你啊。"洛舟看起来和来人挺熟的，少见地开起了玩笑，"不是我说，你是不是挂科延毕了不好意思说啊？怎么这么多年了还没毕业？"

"学长开什么玩笑？"男生边朝车这边走来边笑，"你又忘了，我读博呢。"

"哟，学长车上竟然有姑娘啊？"那人看了眼初瞳，不带丝毫恶意，纯粹调侃般地吹了声口哨，"竟然还不是洛棠。"

"不会好好说话就别说，出什么怪动静。"洛舟说，"这也是我妹妹。"

"哦——妹妹啊，"那人笑嘻嘻地道，"知道了知道了，这可是我们洛舟学长认下的妹妹，真是稀奇。”

“不扯了，中午约了人吃饭，改天见。”

“好嘞，学长再见！”

车窗上升，洛舟发动车子驶出A大。

初瞳有些好奇：“刚刚那是你的学弟吗？”

“嗯。”洛舟道，“是我直系学弟，跟我关系不错。”

初瞳点点头：“看得出来。”

过了会儿，初瞳没忍住，又说：“不过……刚刚他好像误会了。”

“嗯？”

“就是我们的关系……”初瞳委婉道，“你和别人说我是你妹妹，会被误会的。”

洛舟偏了下头：“误会什么？”

“还能误会什么，”初瞳音量渐小，“就……别人又不会觉得我是你亲妹妹。”

“那肯定不是亲妹妹啊，我们长得也不像啊。”

话是这么说，一开始洛舟没怎么在意，但初瞳这样讲了之后，他又回想了一下学弟刚才的调侃，好像是不太对劲，怪里怪气、挤眉弄眼的。

遇到红灯，车子暂时停下。

洛舟一手扶着方向盘，靠在靠背上，转过头看着初瞳：“所以你想说，他误会什么了？”

初瞳直视前方：“反正……就不是正经妹妹。”

洛舟一愣。

这话说得太古怪了。

他突然起了点儿兴趣，微微挑眉：“那你说说看，还能是什么妹妹？”

初瞳依旧目视前方，绷着的小脸有点红，老实巴交地吐出三个字：“情妹妹。”

这声“情妹妹”初瞳说得很小声，却把洛舟震惊得不轻。

一直到红灯变绿灯，九十秒内，车内都陷在一股诡异的安静氛围里。

两人心照不宣地沉默了许久，洛舟觉得自己理应先讲清楚。

情妹妹怎么能行？这要成了真事，那简直禽兽不如。

“他可能脑子有问题，我觉得，他大概率不是这个意思。”情况特殊，平时惜字如金的洛舟也开始啰唆了，“我学弟那个人平时就神经兮兮的，当年我上学的时候，他脑回路就和正常人不一样。你别想多了。”

这话说得真违心，那学弟明明是个博士高才生，脑回路也正常得很。

但这话题不结束，就太尴尬了。

初瞳垂着眼睛，“嗯”了一声。

和教授们吃饭，选的酒店离学校不太远，开车十分钟就到了。

洛舟先下车，然后绕到另一边给初瞳开车门，带着她进门的时候，微微低头叮嘱：“别紧张，话跟着我说就好。这些教授私下里都是很有趣的人。”

初瞳乖乖点头：“好。”

进了房间之后，一共就四个人。一位是副校长，是当初洛舟那个系的系主任，剩下三位都是教过他的教授，四人中有两人在今天的开学典礼上讲过话。

“这是我父母朋友家的女儿，我妹妹，”洛舟介绍道，“初瞳，计算机系，学的网络安全。”

然后，洛舟又给初瞳介绍几位教授，初瞳笑着和他们一一打招呼。

其实，初瞳之前好奇过，洛舟这人在老师面前是什么样子，会不会也像是平时那样不可一世，通过这顿饭，她总算看到了。

不能说他完全收敛了个性，也不能说他和平常一样，对老师的尊重肯定有，但是也很爱和老师开玩笑。而教过他的教授们似乎也习惯了他的个性，打趣起他来也非常积极。

“你这哥哥啊，当时追他的姑娘可太多了。记得有一回啊，我上个必修课，看到教室后面一排脸生的姑娘，我就问，这么多新同学是怎么回事儿啊？一群姑娘告诉我说她们选了这门课。”其中一位教授对初瞳说，然后敲敲桌子，“我当时就憋不住想笑了，就我们系有的课你上哪儿选去？”

一屋子的人都笑起来。

“正常，正常，”另一位教授乐呵呵地说，“有这小子的课出席率基本都是满的，点名都不用点，一进去就看见那满教室座无虚席。”

“你说说吧，洛舟，我不信那么多追你的姑娘，你就没一个看得上的。”

“刘教授，我跟您没撒过谎吧，”洛舟说，“我那会儿是真的一点儿不想谈恋爱，哄女孩有什么好的，有那时间我打游戏都来不及。”

刘教授喝了口茶，连连摇头：“白瞎，白瞎。”

另外几人也跟着玩笑：“白瞎啊。”

也不知道是感慨白瞎了这张脸，还是白瞎了那些姑娘。

虽然这些都是经济系的教授，和初瞳不同系，但如果说完全没有联系那是不可能的。经管首先和数学联系最深，其次就是计算机，在这三个系之间，本科学生跨专业考研是常有的事。

调侃过洛舟之后，几人又开始询问初瞳的专业，以及对以后就业和考研等的想法，给的建议初瞳也都很认真地在听。

一顿饭吃了两小时，洛舟把初瞳送回宿舍时正是最热的时候，校园里人烟稀少。原本初瞳说送到校门口就行，洛舟虽然嘴上答应，但还是开车进了校门，又把她送到宿舍楼。

在宿舍楼下道别的时候，初瞳很认真地向他道谢。

“谢谢就不必了。”洛舟看着她，“不闹别扭了吧？”

“嗯？”初瞳有种自己是个莫名生气的小孩子的羞耻感，“我本来也没有闹别扭啊。”

她好好解释：“我真的就是觉得，第一天见面，你完全没认出我来这件事……我有点儿介意而已。”

别扭了这么多天，也难得她说实话。

“那个啊，”洛舟也不占嘴上便宜了，“我妈说的是真的，我刚起床的时候眼睛是不太好用。”

憋了这么多天的气，仿佛终于有了发泄口，初瞳一下子舒坦了不少。

早承认自己瞎不就好了？！

洛舟也看得出她神色的转变，又压低声音继续道：“那，小跟屁虫，跟哥哥和好了？”

他一带“哥哥”两个字，初瞳瞬间就心软了。

更何况他这次还认错了，还很少见地承认了自己眼瞎。

于是，小跟屁虫也点了头：“嗯。”

“这周就开始上课吗？”

初瞳说：“不是的，从明天开始，要先军训。”

“我爸，就是以前那个喜欢逗你的洛叔叔，从国外出差回来了，我妈想让你这周末去我家吃饭，”洛舟问，“你什么时候军训结束？”

“周六结束，周日休息。”

“行，周日我来接你。”

……

一桩心事解决，还有一桩。

洛舟开车回公司后，第一件事就是给之前遇到的学弟打电话。

学弟叫汪旭，两人是因为社团活动认识的，认识几年来，汪旭一直扮演的是洛舟小迷弟的角色。

说来奇怪，不管多大年纪，洛舟身上的莫名气质总能吸引到迷弟、迷妹或者小跟班，但他对这些很烦，更爱独来独往。

而汪旭能和他进一步认识，或者说汪旭能被允许当他的小迷弟，是因为某次社团活动后的聚餐，让洛舟觉得汪旭身上有点曾经某个小跟屁虫的影子。

那会儿一群人一起喝酒，洛舟开玩笑问汪旭是不是喜欢男人，然后表明自己虽然不准备恋爱但是性取向是没有问题的。

汪旭说："你想多了学长，我也喜欢漂亮妹妹，只是崇拜大佬，喜欢跟着你而已。"

有时候怀念来得就是这么突然，他记得以前也有人这样对他说过——"哥哥，你为什么这么对我，我只是喜欢和你说话啊。"

那端汪旭接起了电话："学长？你怎么主动给我打电话了？找我有啥事儿？"

洛舟立刻想到之前那出，没时间跟他闲聊："你今天在停车场，阴阳怪气的那几声'嗷嗷'是什么意思？"

"嗷嗷？我什么时候嗷嗷——"汪旭顿了一下，"哦，你说我起哄你妹妹的事啊？"

"嗯，为什么起哄？"

"呃……"汪旭说，"那个难道不是你暧昧对象吗？就……男的都这么说啊，有了想追的女孩但是年纪比自己小，就说是自己的妹妹，难道不是？"

所以，这货还真的将初瞳误会成了情妹妹？

"是个屁。"洛舟说。

"那是我爸妈朋友家的女儿，她小时候跟我一起玩过，真是我妹妹。"洛舟简直太无语了，"不是我说，你怎么能这么龌龊？"

汪旭满脸的无奈，竟无言以对。

A 大新生军训从周三早上一直到周六晚上。

不足一周，但也有整整四天，而且 A 大新生军训是出了名的严格，还上过报纸，被誉为"最贴近部队集训的军训"。

但初瞳也没多在意，站军姿什么的倒都能忍，女孩子最在意的是会不会晒黑。

四天能将人晒得多黑，初瞳原本是不信的。

直到第一天军训完洗了澡，她看到镜子里自己和室友们通红的脸，然后第二天一起来，肤色就黑了一个度。

真的能晒黑。

众人先是沉默，然后二话不说开始疯狂涂防晒霜。

可后来她们发现，涂防晒霜也是不管用的。

A 大给新生军训的地方一整天都没阴凉处，每天上午十点之后，下午三点之前，都是生不如死的难熬时间，太阳烤着皮肤，防晒霜似乎都和汗一起化掉了。

四天下来，初瞳觉得这样高强度的军训，涂防晒霜好像也就只能起到一点儿心理安慰作用而已。

周六晚上，敷了一片以前从来不屑于敷的美白面膜，她看着镜子里黑了几个度的自己，突然想到要不然明天不去洛家了，等养白了再说。

可就像有什么神奇的心电感应一般，她这个想法刚从脑子里闪过，手机就是一震。

没空闲聊："明天上午我妹去接你，可能九点左右，你的电话我给她了，到时候你们联系。"

初瞳给他发了一串省略号过去。

没空闲聊："你这个省略号什么意思？"

没空闲聊："别告诉我你不想来了啊。我爸已经把明天午饭要用的食材准备好了，你不来，我得挨揍。"

初瞳真的很想说"那你去挨揍吧"，但是洛舟说到了洛叔叔。

在她印象里，洛叔叔和白阿姨一样特别疼她，人还特别有趣，一说话一群人都能被逗笑，她也很想洛叔叔的。

tong："没有没有，我去。"

其实，初瞳不想去的真实原因，就是不想以现在这个肤色见到洛舟。

室友见她握着手机愁眉苦脸的，问了一句："瞳瞳，你怎么了？"

"我明天要去一个长辈家吃饭……"初瞳抬头哭诉，"但是我现在太黑了啊呜呜呜，我不想去丢脸……"

"唉！"大波浪也在敷面膜，"咣咣"捶初瞳的床板，"你再说！你再说！现在咱们大一男男女女都黑成啥样了啊？你这肤色还不够白？简直是一枝独秀了好吧！还想咋？"

其余两人跟着附和："就是！你都这么说了，那我们是啥？！"

初瞳顿时不敢哭诉了。

从来不认真护肤的她涂好精华眼霜，默默钻回被窝，戴上眼罩，希望早点儿睡觉能让自己白回来一点儿。

次日一早。

洛棠九点半给初瞳打的电话。

当年洛舟跟着父母一起去S市的时候，据说洛棠不跟着他们来，非要留在家里。初瞳一度对洛舟那个同样在读初中的妹妹很是好奇。

后来洛棠拍了两部戏，初瞳在荧幕上见到她的第一眼就觉得这应该是洛舟的亲妹妹，长得像，还都一等一的好看。

不过两人的性格是截然不同的。

初瞳见到她本人的第一眼就觉得她很好相处，不像她哥哥那么冷，两人在车上就很聊得来了。

到了洛家，洛城就和上回白相宜见到她时一样对她一顿猛夸。初瞳被夸得都不好意思了："洛叔叔你别说了，我刚军训完，都晒黑了好多。"

她看了看白相宜和洛棠—— 一周内，初瞳目光所到之处都是黑炭一样的男同学们和黄炭一样的女同学们，乍一看到两个白皮肤的美女，差点儿觉得不像真人。

初瞳有些失落地道："你看，我和这两位大美人一对比，就黑得特别明显。"

说是这么说，但白相宜和洛城是见过她小时候的——她自认自己初中那会儿和现在比起来，绝对是颜值低谷，哪哪儿都没长开，所以黑点儿应该也没什么。

"没关系没关系，"洛棠赶紧解围说，"让我妈带你去做两次晒后修复，她有专门做这个的皮肤管理师。

"我大学在国外读的，没军训，但初中军训完真是黑得不行，我妈当时就带我去做了几次修复，两个多星期就白回来了，"洛棠笑了笑，"你放心，她最懂这些啦。"

"对，阿姨带你去。而且你这真不算黑，洛棠小时候那晒得我都看不下去了，我才带她去做的。"白相宜其实觉得还是黑了不少的，但怎么能在小姑娘心上扎刺呢？肯定得睁眼说瞎话："你比她当时白多了。"

"对啊，你这算什么黑？"洛城也走过来，和她比胳膊上的颜色，"看看叔叔这肤色，你跟我一比简直是白雪公主啊。"

洛城前段时间出差去了非洲，所以上次初瞳来拜访的时候没见到他。

毕竟是从非洲回来，的确黑了好多，初瞳一下子就被他逗笑了。

几人其乐融融之时，身后楼梯传来渐近的脚步声。

这家四口人，三个都在这儿，只剩下洛舟了。

初瞳以为洛舟会像上次一样睡到中午，没想到今天这个点他就起来了。

"你起得还挺早，"洛城招呼他，"快过来聊天，初瞳刚到。"

洛舟先是懒懒地"嗯"了声，自己去倒了杯水喝，这才优哉游哉地走到沙发处，正好坐在初瞳旁边的位置。他原本计划去接她，但因为临时有事，不得不改变计划。

初瞳感到自己身旁的坐垫微微往下一陷。

她原本非常介怀的肤色已经在三个小天使的开导下完美解决——白相宜和洛棠给她洗脑一周绝对能白回来，她现在甚至觉得自己已经白回来了。

于是，初瞳大大方方地回头和洛舟打招呼："早啊，洛舟哥。"

谁知，洛舟却在和她对视的一瞬间，愣了一下。

“初瞳？”洛舟又凑近了看她的脸，“你这脸上抹的什么？”

他神情十分认真，眼睛里也都是疑惑，还带着点儿刚起床的迷离。

初瞳也被问得一愣，然后老实回答：“我没抹什么，就只涂了防晒霜啊……”

太过熟悉洛舟这人的说话套路，旁边的洛棠突然有种不祥的预感。

她正想拿别的事情转移洛舟的注意力，堵住他的臭嘴，却仍然晚了一步——

“也就一周没见吧，你这是跟我爸一起去非洲旅游了吗？”洛舟抬起手，动作自然地戳了戳她的脸，“怎么黑了这么多啊？”

然后，刚才卖力夸小姑娘的三人发现，初瞳原本高高兴兴的小脸，瞬间就垮了。

三人满脸无奈。

我们刚费力哄得她相信了，洛舟你难道是神经病吗？！

第5章　记仇

客厅一阵静默，围坐的几人各怀心思。

洛棠只恨自己虽窥见苗头，却还是没能及时堵住洛舟的嘴。

而白相宜则想到不久前看到洛舟的专访，人家问到他对于联姻的看法，洛舟冠冕堂皇地嘲讽了联姻行为太古老。

她当时对洛舟说："恋爱你不谈，联姻你不要，你想断子绝孙吗？"

洛舟装聋作哑。

经此一事，白相宜突然顿悟了，不是洛舟想不想恋爱或联姻的问题，问题是，他这张嘴，真的配谈恋爱吗？

初瞳昨晚忐忑了一晚，今早好不容易在白相宜、洛城、洛棠的鼓励下建立起来的小信心，就这么被洛舟的一句话给彻底摧毁了。

她简直不知道该如何形容自己当下的心情，好像该生气，但是更多的竟然是悲愤——一种"我为了见男神忧郁了好几天，就怕他吐槽我，结果他这个毒舌果然吐槽我了"的悲凉从心而生，挡也挡不住。

洛舟说话一直这样，从来不考虑什么合不合时宜，尤其当下还是在他自己家里，更是想到什么说什么。但尽管如此，他还是察觉到了身边人的不对劲。

"叔叔去给你做大餐，再不做你们就该饿肚子了，"眼看着要十点半了，大餐要提前准备，洛城起身活络气氛，转头对洛舟说，"你，进来给我打下手。"

"你做饭哪需要下手，我那厨艺你又不是……"

洛舟还没说完，洛城再一次干脆利落地道："别废话，让你来就快点儿来。"

进了厨房，洛舟看到台子上摆好的一排食材。洛城手里拿了把菜刀，也不切菜，就那么拿着，看着洛舟，问："说吧，你是不是想单身一辈子？"

洛舟满脸写满诧异，不至于吧？

这场景看着有点儿瘆人，洛舟往后退了一步："有话好好说，爸，把刀放下。”

“我不放。”洛城又掂量了一下菜刀，继续问，“赶紧回答我，你小子是不是想单身一辈子？”

“我什么时候说我要单身一辈子了？”洛舟说，“我不就是现在还没找吗？”

“你刚才说的那是啥话？”

话已至此，洛舟大概也明白了自己被叫进来教育的原因。

“我说她黑，也没说错啊，那她就是黑了，你们安慰她白她就能白了？”

“人家小姑娘自己能不知道自己黑了？一进门就特别不好意思地说自己晒黑了，你妈妈和你妹妹都那么白，她以前和她们一样白，现在晒成这样也不是她愿意的，我们不得安慰着她点儿？哪有你那么说话的？”

洛城训完还觉得不解气：“我看你还觉得你挺有理的是吧？你有理在哪儿了？”

洛舟无言以对。

厨房里正在训话。客厅里，白相宜和洛棠就一直和初瞳聊好玩的事，反正避开肤色就对了。

初瞳当然知道她们的好意，面上表现出来的是没有丝毫芥蒂的开心，至于回去要郁闷多久那是之后的事情。

洛城从年轻时就为老婆习得一身的好厨艺，真是名不虚传！中午的大餐绝对是初瞳来 C 市之后吃得最好的一顿。洛舟带着她和学校教授吃的那次已经是五星级酒店了，都没洛城做的好吃。

美食还是能治愈人心的，初瞳心想，如果享用美食的时候，看不见洛舟的话那就更好了。

之前再怎么生气，和洛舟闹小别扭，这么多年来，初瞳从来没有过不想见到洛舟的心情，都是巴不得和他待久一点儿。

这是第一次，她真心希望如果眼前的洛舟能消失就好了。

不光是看到他，脑海里就会循环播放他那句“你去非洲旅游了吗？怎么黑了这么多”，还因为——既然在他眼里她都那么黑了，他看到她越久，岂不是越毁形象？

初瞳离开洛家的时候，也是由洛棠送回去的。

洛舟主动提出由自己送，似乎有点儿想要补偿初瞳的意思，但洛棠非常懂女孩子的心理，白了他一眼说：“哥，你老实歇着吧，她现在多看见你一秒都是煎熬。”

洛舟甚是无语。

初瞳到宿舍之后，白相宜和洛棠加了她的微信，问了她哪天课少，准备带她去做皮肤修复护理。

三人还建了一个群组，叫“美女初瞳变白日记”。

白相宜还给她发了定海神针：“你放心，阿姨肯定不让你看见你洛舟哥，就我和棠棠陪你一块儿去。”

初瞳高兴地向两人道谢，发了好几个表情包，心情一下子好了不少。

可洛舟说她黑的这件事，每次她要淡忘的时候，就一定会有人跟她提起。

初瞳跑到这么远的地方上大学，和初父初母打视频电话的频率很高，但她两个哥哥白天忙，一般只有周末或者工作日的晚上才能见到面。

从洛家回来后，某晚和大哥、二哥打视频电话，她二哥见她第一眼就笑得不行。

初瞳满头问号，直到二哥笑完了，告诉她说：“我那天半夜打游戏，看洛舟也在线就拉他双排，我们连麦打的。我说你最近见没见到我妹，他说‘哦，你不知道吗，她晒成小煤球了’，哈哈哈笑死我了……”

初瞳恨从心生——这个仇，她真的记下了！

这件事更加刺激了初瞳想要白回去的决心，和白相宜、洛棠的群聊也在天天分享变白方法。

想法很美好，但大一新学期的课程还是很紧张的，计算机系一直以课业紧张而闻名，所以变白计划初瞳一直没抽出时间来进行。

这期间，白相宜托人给她送来了据说有美白奇效的面膜，初瞳天天敷，可能她属于容易晒黑也容易变白的肤质，一周过去，好像真的有肉眼可见的效果。

周末，初瞳又在白相宜的邀请下去了洛家，还是洛棠来接她，但九点多的时候，初瞳突然收到洛棠的微信。

洛小棠：“瞳瞳，我哥竟然把我车钥匙藏起来了，他自己开车去接你了！你要是不想见他就直接打车过来吧！”

初瞳倒也没有那么生他气了，她安抚了一下洛棠的情绪，又解释了一下自己真的已经不介意了。没过多久，洛舟就打来电话说：“马上到门口了。今天开的这车估计进不了学校，我在正门这儿等你。”

初瞳想了三秒，很高冷地只回了他一个字：“哦。”

五分钟后。

初瞳坐上了之前坐过一次的深蓝色跑车，扣好安全带之后，默念了三遍“讲礼貌是中华民族的传统美德”，然后看着正前方的车窗和驾驶位的人打了声招呼：“洛舟哥，早上好。”

那人应了一声：“嗯。”

听声音，和往常一样，懒洋洋的。

上路后，两人沉默了十分钟，直到一个将近两百秒的红灯，洛舟才开口。

他叫她："小跟屁虫。"

初瞳装作没有听到。

"啧，"没得到回应，洛舟靠在座椅靠背上，笑着说，"你不会因为上回的事还在生气吧？"

初瞳还是一语未发。

他这个句式很耐人寻味，如果她现在说"还在生气"，那就显得自己格外幼稚。所以初瞳抿了抿唇："我没有。"

"而且，"初瞳反驳，"我为什么一定要生气才不和你说话呢？我就是单纯的不想理你，不行吗？"

还单纯的不想理你，明明就是生气。

洛舟看着她犟嘴的样子，莫名很想笑。

好像比起小时候，现在的初瞳多了很多小脾气。以前她哪有这么容易就生闷气。但是，这些小脾气还都挺可爱的。

虽然此时此刻，洛舟脑子里想的是"可爱"，可话到嘴边，不知道为什么就自动变了个词——

"幼稚。"洛舟说。

"你才幼稚。"初瞳回。

"没你幼稚。"洛舟又故意顶回去逗她。

嘲讽我黑，我生气还不行！现在又说我幼稚！

他如愿以偿地把初瞳气晕了。

因为宿舍老二家里有港澳的亲戚，粤语说得很溜，其余三人都很感兴趣，所以最近她们宿舍一直在和老二学粤语。

都说学习一门方言，要从骂人的话开始，此言当真。短短几天，几人就将粤语骂人的词基本全部掌握了。

老二教她的词萦绕在脑海，初瞳想也不想随便挑了一个骂出口："索嗨！"

洛舟乍一听到，顿了一下，偏过头去看她："你说什么？"

初瞳心想完了。

刚骂完，才反应过来她骂的是谁。

洛舟那脾气，被人骂了肯定会揍回去的吧。

"索嗨？"

完了完了，他不会懂粤语吧？

"这是年轻人的新流行词吗？"洛舟道，"我又跟不上时代了？"

这话让初瞳大大地松了一口气。

他不知道就好。

“就……还是幼稚的意思，”初瞳眼睛眨也不眨地撒谎，“是我室友家乡那边的方言，她天天说，我就记住了，意思就是你这个幼稚鬼。”

洛舟当时没在意，也没反驳，自认这场口舌之争自己甘拜下风。

一直到初瞳下车时，他看出她拔安全带时有些着急的小动作，又回想起刚才小姑娘脸上那些细微的表情，和滴溜溜转的大眼睛。

他怎么想怎么奇怪。

他没立刻下车，反而熄了火，拿出手机，在浏览器搜索框输入：索嗨是什么意思？

页面加载三秒，屏幕上的答案异常醒目。

百度知道：说你傻的意思。

很多年不做亏心事的人，一做就会特别亏心。

初瞳骗完洛舟就着急忙慌地下了车，直奔洛家大厅，一路上心脏怦怦直跳。

她怎么也没想到，跟老二学了一个星期的粤语骂人宝典，第一回实践就用在了洛舟身上。这算不算是……在太岁头上动土？

进门的时候，白相宜和洛棠没有发现她的异样。初瞳去厨房探头和洛城打了个招呼，就被洛棠拉着坐到了沙发上。

白相宜和洛棠对初瞳的变白速度表示出了近乎夸张却又毫不引人反感的惊讶。初瞳一边听一边想，洛棠不愧是演戏的，演技实在是逼真。

洛舟是在五分钟后才进门的。

玄关那边传来声响的时候，初瞳一动都不敢动，全身都僵硬了。

她在心中默念希望洛舟上楼补觉，希望洛舟上楼补觉……

然而，事与愿违——洛舟径直走向了沙发这边，还偏偏就坐在了初瞳的正对面。

一抬眼，二人视线必然要撞个正着。

初瞳如坐针毡之时，白相宜突然转向洛舟，开口询问道：“对了，我忘了问你，昨晚为什么推了张家的宴请？”

“头疼。”

“说实话。”

“他家女儿喜欢我喜欢疯了，脸皮又厚，我去了做什么？被她黏一整晚甩都甩不掉。”

“话怎么能这么说，你……”

虽然对话初瞳听不太懂，但她能够明白的是，白相宜开始教育洛舟，他暂时不会注意到自己。

这让初瞳松了好大一口气。

她避开会和洛舟撞上视线的可能性，直接转过头和洛棠说话。

初瞳早就知道洛棠是出了名的追星少女代表人物，所以挑的也是她爱聊的话题。两人聊起洛棠的公开男友苏延即将上映的电影，洛棠眼睛简直都要放光了。

只可惜好景不长——

“洛棠。”两人聊到一半，洛舟突然出声。

“嗯？”洛棠转过头，“什么事？”

洛舟靠在沙发里，跟没骨头似的，语调平缓，听不出喜怒：“你知道‘索嗨’是什么意思吗？”

“噗——”

洛舟刚才一叫洛棠的名字，初瞳就端起茶杯喝茶，试图降低自己的存在感。可听到他的下一句，茶水差点没呛到嗓子眼儿里。

他来了！他来了！

他肯定知道了！

他一定是偷偷去百度了！

洛棠一脸茫然：“索什么啊？索嗨？我哪知道啊，这是哪国语言啊？”

“不是，今天心情好，教你句方言。”洛舟笑了笑，解释道，“这个是幼稚鬼的意思。”

初瞳一时语塞。

“你教我这个干吗？”洛棠又重复了一遍，“就——‘索嗨’？”

初瞳恨不得将头埋到茶杯里。

“说什么呢？”洛城刚走过来，就听到洛棠在说脏话，当下就教育道，“棠棠你怎么无缘无故骂人啊？”

“啊？”洛棠惊讶道，“‘索嗨’是骂人的话？”

“是啊。”

“那我哥说是什么……幼稚的意思？”洛棠从手边拿起一个抱枕朝洛舟砸过去，“哥你脑子有毛病啊！”

洛城：“不教你妹妹点儿好的！”

白相宜摇摇头，下了定论：“一肚子坏水。”

“就是！”洛棠附和，“一肚子坏水！”

“是吗，”洛舟毫不在意地笑了笑，眉眼舒展，跟他平时臭着一张脸的表情天差地别，好看得不行，直勾勾地看向初瞳，“可我也是被人教坏的啊。”

初瞳有些尴尬。

对话进行到这里，洛棠敏锐地察觉到，这两人之间好像不太对劲儿。

可能是路上发生了什么事，看起来……竟然有点儿要和好的趋向？

讨伐洛舟也讨伐完了，洛棠想到早上的事情，主动帮洛舟说了句好话：“瞳瞳，我哥平时上班不赖床，但周末基本上不到下午见不到人的。今天真是不知道什么风九点就给他吹醒了，把我钥匙藏起来也要去接你。”

洛舟心里冷笑。可不是吗，起那么早，特地去找骂的。

“是啊，起得太早，困了。”说完，他不咸不淡地看了初瞳一眼，转身上楼去了。

初瞳原本就觉得很忐忑了，洛舟这么一说，最后那么一看，她心里那种负罪感简直快要爆棚了。

更何况这样好的机会，他也没有在大家面前揭发她。刚才那一出，如果放在电视剧里，他就是一个彻彻底底大度包容又护妹的好哥哥啊。

洛舟离开后的这段时间里，初瞳聊什么都有些心不在焉。

一直到中午吃饭。

因为洛舟的起床气，洛家三人没一个想上楼叫他的。初瞳脑子一热，主动揽下了这个重任。等走到了洛舟房门前，她后悔已经来不及了。

洛舟房间在长廊最左，门和其他房间一样，有着纹理精致的木质雕花。

初瞳试探性地伸出手，敲了敲门。

“谁？”里面传来声音，洛舟拖着长腔，用格外慵懒的语调说，“姓洛和姓白的请直接走。”

初瞳被这个回复噎了一下，然后清了清嗓子，认真地朝门内说道：“是姓初的。”

寂静，死一般的寂静。

大概就这样过了十秒钟，里面又传来洛舟的声音：“哦，姓初的啊。”

初瞳一时不知如何接话。

“进来吧，门没锁。”

初瞳试着握了一下门把手，下压，门果然一下子就开了。

房间很大，几乎没什么光，一片昏暗下只能看得清大体方位。

中央的大床，有个模糊的凸起轮廓——是他吧。

初瞳距离床有几米远，试探着叫他：“洛舟哥？”

他动了动，然后语调微扬地发问：“姓初的来干什么？”

初瞳心想，姓初的良心不安，是来道歉的。

初瞳虽然还没有原谅他之前损她的事，但就事论事，今天骂人确实不对，尤其洛舟还是她叫了这么久的哥哥，也算是她的长辈了。

姓初的好孩子不再犹豫，决定直奔主题：“对不起，我不该骗你的。”

洛舟说：“光骗了我？”

“还有，也不该骂你。”

这话说完，洛舟慢慢从床上坐起身，然后伸手后拉。

窗帘被拉开一条缝，房间瞬间亮了起来。

初瞳看到洛舟的发丝被阳光染成金色，他人坐在床中央，因为背着光，有些看不清脸。

“行，”他点了点头，“哥哥宽宏大量，原谅你了。”

歉道了，并不意味着就只有她一个人错了。

有些事情还是要讲清楚。

初瞳往前走了两步：“但我骂你，也是因为你先说我幼稚。”

“我说你幼稚，是因为你还在生气。”

初瞳声调也拔高了：“我生气是因为你说我黑！”

“看吧，”洛舟挑眉，“在车上还不承认，果然是生气了。”

初瞳一时语塞。

洛舟掀开被子下床，走到初瞳面前。

他身上穿的衣服和早上去接她的时候不是一套，已经换成了一身黑的家居服，领口处能看见完整的锁骨，性感诱人。

“小跟屁虫，”洛舟叫她，“黑不黑的，真有这么介意吗？”

初瞳并没有做出任何回应。

“行，哥哥再道个歉，你不黑。”洛舟看起来心情不错，“别生气了，嗯？”

初瞳还是一语未发。

可能在他心里，她还是曾经那个小孩子，永远没长大过，晒黑了被人说一句就要闹一两个星期的别扭，还得这么哄着才能好。

突然之间，初瞳一下子就没了想要和他争论的劲头。

——不是因为黑。

——我这样在意，是因为这是你对我的评价。我在意的不是我的样子，而是在你眼中，我是什么样子。

——可你什么都不懂。

既然是洛舟把人接过来的，那就默认是洛舟要把人送走。

初瞳来的时候，肚子里还有气。这一趟她接受了洛舟的道歉，气也就消了。可回学校的路上，初瞳反而比来的时候心情更低落了，全程看着窗外，完全不想说话。

车子平稳停下，初瞳偏头一看，又是那个熟悉的两百秒红灯。

也不知道洛舟这是什么运气，红灯总共 200 秒，每次他一来就从 199 秒等到最后。

初瞳在心里吐槽的时候，安静的车内突然响起他的声音。

“小跟屁虫。”

初瞳有点儿不太想应这个称呼，但礼貌的美德还是让她开了口：“干吗？”

“我发现，你还真的挺特别的。”

这是什么意思？初瞳大脑有一瞬间的空白。

她回过头，只见洛舟一只手搭在方向盘上，修长的指节自然弯曲，被阳光照射得像会反光。

“从我记事起，到现在，”他微微朝她的方向倾斜了一点儿，顿了顿，又说，“如果遇到骗我，又骂我傻的，大概道歉都来不及，那人就已经原地去世了。”

初瞳一时语塞。

这个角度看，洛舟那双桃花眼显得有些深邃，带着探究意味，眼睛里还有些让人看不清的东西。

“但是刚刚，”他声音很轻，还笑了一下，眼角微微弯起来，“我竟然没生气。”

初瞳都不敢眨一下眼睛。

他现在说的这些话，大概是他们重逢以来，她从他那里听到的最乱人心智的话。初瞳甚至怀疑自己得了幻听，仿佛听到什么东西在耳边炸开的声音，搞不清心跳的频率是太快还是太慢，竖起耳朵，生怕漏掉一个字。

洛舟说完，才发现初瞳有点不对劲。

女孩子之前被晒黑的皮肤几乎恢复到以前的白皙水嫩，她眼睛睁得大大的，一眨不眨地盯着他看，灵动又有神。

洛舟愣了一下：“怎么了？”

“感动了？”说完，他迅速明白过来：也是，感动也是应该的。

“我竟然能对一个没有血缘关系的妹妹这么好，”洛舟看着她，“你真的很有福气。”

第6章　喜欢之始

将初瞳送到校门口后，洛舟驱车掉头。

途中那两百秒红灯像和他有着解不开的缘分，再次停下车的时候，他又想到刚才那两百秒里和初瞳的对话。

一般情况下，洛舟对于自己说的话太毒而惹到了谁、让谁生气，是不会往心里去的——你生你的气，关我什么事。

更别提道歉了。

像上次说了初瞳晒黑，被全家人一块儿教育，他也没觉得自己哪里说话毒了，只是没想到她那么介意。

上周不欢而散之后，一整个星期里，洛舟偶尔会突然冒出“小跟屁虫还那么黑吗”“小跟屁虫是不是又跟我闹别扭了”等一系列念头。

而且都是很突兀地出现，像毫无预兆就蹦到他脑子里。

他跟洛棠吵架都没这么介怀过。

今天终于跟这小姑娘把话说开了，他竟然感觉松了口气。他说不上来原因。但是要说他为初瞳破例的事情，从年少到如今，似乎都不少。

不过，明明等红灯时聊天还好好的，最后下车之前，小姑娘的脸色又变得不太好看，跟他道别时没像平常那样笑，语气也硬邦邦的。

洛舟想了想，还是捞起一旁的手机，单手给她发了条消息。

九月开学之后的时间过得很快。

先是一周的军训，然后就是紧张的课程，其间出现在大一新生眼前的还有各种各样的社团宣传，让人挑得眼花缭乱。

初瞳的高中也有各种各样的课余活动，她参加过许多类似的社团，因此兴趣不是很大，但宿舍里的其他三人都对这些很感兴趣。

周二课最少，结束了最后一节，秉着好姐妹厕所一起上、社团一起报的原则，三人还是将初瞳带去了招新现场。

“唉，你看你这两天，说话都比以前少了，正好报个社团开心一下！”

“就是就是，咱们学校的非人军训都熬过来了，还能有什么不开心的？”

前天洛舟送她回来后，初瞳因为他的话，还有自己的反复无常，闷闷不乐了一下午。她躺在床上发了好久的呆，时间长到室友都吓了一跳，以为她受了什么刺激——这好像才是她们张罗着拉她来参加社团的真正原因。

她在宿舍排行最小，三人好像也真的把她当小妹妹看。

初瞳心里暖暖的，对室友们笑道：“好呀，那你们看你们的，这片儿的我都不太感兴趣。我去另外一边转转有没有别的。”

说好微信联系后，四人开始分头行动。

周末那天从洛家回来后，洛舟在微信上问过她，这次是不是真的不生气了。

初瞳回复说“是”。

这不是别扭，也不是口是心非。只不过是想清楚了，从洛舟的立场来看，他哪里有错。

虽然说话方式的确特殊了点儿，但该道的歉都给她道了，他对这个没有血缘关系的妹妹的确足够好，也足够包容。

他只是——不喜欢她而已。

初瞳想通这件事情并不难，就是有点儿难过。

……

社团招新是在体育馆一层进行的，偌大的场地划分成了好几个区域，其中每个社团占的面积相同，横幅、海报各有特色，排列井然有序。

逛着逛着，初瞳的脚步停在了一个名字很可爱，叫“拯救喵星人”的招新横幅前。

见有人驻足，社团宣传人员立刻凑到她身边开始给她介绍。

几分钟后，初瞳了解到这个社团更类似于一个志愿团体，虽然叫作“拯救喵星人”，但其实“喵”和“汪”他们都救。

这是个专门帮助流浪猫、流浪狗的社团，已经成立几年了。最初创建人是动物医学系的学长、学姐们，成员也是动物医学的学生较多，但也不乏初瞳这样单纯想要帮助猫猫狗狗的其他专业的同学。就这样，社团不仅延续到了今天，热度在校园内也完全不低。

初瞳高中时被辛莹拉着参加过不少类别的社团。辛莹口味一时一变，每学期一次换社团的机会她都是果断换掉。高一、高二两年下来，初瞳陪她一起折腾了四个。

所以，对于娱乐性质的社团，她真的提不起兴趣，喵星人正对她的胃口。

初瞳当即就决定加入，在填报名表时，给她答疑解惑的是一个动物医学系大三的学姐，长得美，声音也温柔。

“我们不仅有志愿活动，也有非志愿的活动，”学姐说，“比如说，现在有很多人家养猫，但主人经常出差，一走一两周的时间，就需要人来照看宠物……类似这样的情况，所以呢，社团还可以提供兼职活动给有需要的同学。”

接下来，初瞳又拿到了一本社团的须知手册，里面讲解了志愿活动都是如何进行的，非常详细。

吃完饭回到宿舍，初瞳大致读了一遍社团须知，里面有很多实例，还有流浪猫、流浪狗被救助之前和之后的对比图，看着让人很暖心。

翻完之后，初瞳的心情也好了很多，她将手册封面用手机照下来，发到朋友圈，配字——“今天心情很好，因为加入了一个很有意义的社团。”

初瞳的微信好友都是认识的同学或者相熟的朋友，朋友圈一发，点赞数噌噌地往上涨，评论也十分热闹。

有好奇这是做什么的，有看懂了夸她的，还有一条最为突兀的——

没空闲聊：“那哥哥来评论一下，是不是心情更好了？”

A 大课程上到周五，结束之后，就是长达七天的十一假期。

初瞳不回 S 市。

放假的前两天，初瞳日常和初父初母视频电话的时候，初母说她大哥、二哥都有假，换他们来 C 市找她，顺便还能探望一下老朋友。

这七天说长不长、说短不短，初瞳班里有不少离家太远，或是有路费顾虑的同学并不打算回家。但初瞳宿舍里有两个本地人，老二一个外地人想家想得天天挠墙，势必是要回去的。

周五上完最后一节课，回到宿舍，老二收拾好行李，大家都洗完澡爬上床后，初瞳听到自己上铺突然说：“姐妹们，咱们认识也一个月了，今晚不如来点儿刺激的，开个……姐妹夜聊会？”

“好啊，没有问题！”王芊第一个响应，“聊点儿什么？聊聊感情经历怎么样？我就爱听这个！”

“我先摊牌，我没有感情经历，”寝室长老大是个标准的学霸，说，“我的时间基本上都奉献给了学习，没空看男生，也没喜欢过谁，我听你们聊。”

“行，那就从我开始吧。”初瞳听到自己上铺拍床而起的声音。

初瞳上铺是个很外向的杜优容，性格开朗，属于到哪儿都人缘很好的那种人。她名字很好听，微信名却叫“有容乃大”。最初加她微信的时候，宿舍里每个人都笑了好久。

杜优容长相属于张扬美那一类，学习又好，这样的女孩子故事自然不会少，三人都听得津津有味。

“喜欢的人”是女孩子之间永远也谈不腻的话题。

只不过杜优容的故事太多了，说着说着，原本的姐妹互相分享故事到最后成了杜优容一人给大家传授经验的座谈会。

“我跟你们说啊，一般男生喜不喜欢一个女生，从称呼上就能体现出来。”杜优容讲，“我初恋就是，平时要么不叫我，要么就一声‘喂’，对别的女孩子都正正常常的，就对我反常。

“还有我前男友，他的性格跟我初恋不一样，他属于那种没皮没脸类型的，暗戳戳喜欢我那会儿就天天喊我‘容容’，喊别人都是全名，就我特殊。

“再比如……”

初瞳听到这里，突然有些愣神。

她很自然地想到洛舟对她的称呼——“小跟屁虫”。

但关于称呼这个问题，初瞳一直都是不太满意的，小时候还和洛舟争取过，想要个好听点儿的昵称。

初瞳记得自己第一次提出来，是在书城事件后没几天。

虽然有了称呼，不再被称作“喂”还有“你”，但那个称呼是“小跟屁虫”，不好听、不可爱，她不怎么满意。她有梦想，想让酷哥哥叫自己“瞳瞳”。

但酷哥哥洛舟拒绝得也很酷，干脆利落，表示没门儿。

洛舟第一次拒绝，初瞳也没泄气，反而觉得可能是两人还不够熟悉的缘故。

于是，小跟屁虫又跟了一周左右的时间，两人熟悉到初瞳打游戏坑他他也不会太生气的地步了。

初瞳经过反复观察，挑了洛舟刚和她大哥、二哥打游戏连胜之后心情最好的时候，再次提起想要给自己更换称呼这件事情。

那会儿，洛舟在院子里的躺椅上没骨头似的靠着，拿着本书，晒太阳。

晒太阳，大概算是洛舟一个不为人知的爱好。

后来每次回忆起洛舟在庭院里拿着本书晒太阳，初瞳总会联想到自己养的猫，一样的慵懒爱晒太阳，高冷又傲娇。

初瞳悄悄凑过去，弯腰叫他：“哥哥。”

洛舟瞥了她一眼：“嗯。”

“我不想听‘小跟屁虫’了，”她说，“你为什么就不能叫我‘瞳瞳’呢？”

“你还惦记这事呢？”洛舟“啧”了一声，懒洋洋地换了个姿势继续晒太阳，拒绝道，“我为什么要叫？肉麻！”

初瞳不能理解某人的脑回路，觉得只是个小名而已，有什么肉麻的？

“可是我别的哥哥都这么叫我的，”初瞳眨了眨眼，还是想争取一下，“你也是我哥哥啊。”

洛舟重新把书盖在脸上。

"不叫。"

"为什么？"

"因为我跟你别的哥哥不一样，知道了吗？"他完全不害臊地说，"我很跩。"

后来，初瞳就没再提过了。

她想，就让这个小梦想在角落里生灰吧，人生总不会事事都是圆满的。

洛舟每次叫她，自然还是"小跟屁虫，过来"一类的话，听多了倒也有一种别样的可爱与亲昵。

直到洛舟随父母离开S市的那天，初瞳和家人一块儿去机场送他们。

她那天从起床就开始郁闷，一想到洛舟要走了就郁闷，谁和她说话她都怏怏的，提不起精神。

快到时间要过安检时，两家大人在那边做最后的寒暄，没人注意旁边一大一小两个孩子。

洛舟突然戳了一下她的脑袋："你今天是不打算跟我说话了？"

初瞳一语不发。

"行，"他点点头，"反正都听你叽叽喳喳一个月了，今天你不说，就换我说吧。"

洛舟那时候就已经很高了，又高又瘦——初瞳看他都要仰着头。

说完那句话，他却突然弯下腰，到了一个和她平视的高度。

他说："你要好好长大，好好读书，不要被男孩子骗。"

他又说："以后有空来C市玩，哥哥罩着你。"

语速适中，总是懒洋洋的语调加了点儿正经的感觉，少年那磁性悦耳的清润嗓音格外好听。

这样近的距离，初瞳能看到他的眼角微微弯起来——那双好看的眼睛显得极为温和。

初瞳傻了。

这是他们相处一个月来，她听到他对自己说过的最温柔的话。

那一刻，机场的播报以及人声喧嚣全部都离她远去，目光所及只有面前这个弯腰叮嘱她的少年。

洛舟摸了摸她的发顶，又垂下头，在她耳边一字一顿地轻声说："瞳瞳，再见。"

那时她才知道，原来喜欢一个人，真的只需要一瞬间。

第7章　魅力挺大

原本初瞳以为爸妈来C市，大概率是要住酒店，也有可能住在洛家。

但没想到，她都猜错了。

因为这远道而来的一家人，白相宜联系了自己的朋友，提前预订了C市边缘区域一处风景极好的度假村。

初瞳上网搜了下，这座度假村有各种休闲设施，住宿都是一栋栋别墅，想要打高尔夫、泡温泉或者骑马等，附近都有场地，接送的车起码是加长卡宴，可以说是有钱人假期娱乐最合适的去处。

初父初母的飞机中午准时到达。初瞳从宿舍出发准备去接机的时候，收到了洛舟发来的消息——让她带好自己的行李随他们一起，接上初家四个人便直奔度假村。

初瞳被家人挨个儿熊抱了一遍。上车后，好兄弟许久不见，初瞳的两个哥哥跟洛舟聊了没几句，先开了把游戏验证一下彼此的兄弟情；初瞳和洛棠坐在一排；初父初母则在前排和洛城、白相宜聊天。

她爸妈还在表达对她离家太远的不满，初母跟白相宜说："唉，瞳瞳这孩子从小到大都听我们的话，也不知道是怎么了，报考大学的时候自己主意正得很，非要跑这么远……"

"而且小姑娘学什么不好，还非要学计算机，"初父说，"我有个朋友啊，S大计算机系主任，三十就开始秃顶啦，跟这孩子说，她还不信，唉……"

一车的人都在笑，初瞳正想张嘴反驳的时候，坐在她前面的洛舟却突然回过头。

除了刚见面时打了招呼，在车上时，初瞳没怎么和洛舟搭话，但视线一直不受控制地往他的方向瞟。

距离上次见洛舟已经过去一个星期了。

初瞳已经在尽量避免想起这个名字。这个人，就算有他的微信，初瞳也一直没有主动看过他的朋友圈。

洛棠和白相宜都是忙人，三人小群也挺久没说过话了，她的周遭没有任何一个人与洛舟处于同一个圈子。

可就算这样，她还总是会想起来，完全控制不住。

收到陌生学长示好告白的时候，她会对比面前的人与他的天差地别；偶尔路过公告栏，看到优秀毕业生那栏贴着洛舟接受采访时的照片，听见别人议论他长得有多帅，还没女朋友，她会觉得心烦意乱；听到室友提起男生对女生的称呼时，她也会一下子想起他。

而现在，他凑得这么近看着她的时候，之前暗暗下过的“下次在他面前一定要淡定”的决心，瞬间跑得老远。

他这么突然一回头，实在让人猝不及防。

洛舟今天穿得简单休闲，白色卫衣和深色牛仔裤，配上那张完全挑不出毛病的脸，不像大众眼里那个财经杂志的宠儿、运筹帷幄的洛总，反而更像学校里懒散靠在图书馆座位上打游戏的帅学长。

他勾着唇，心情很好的样子，对着她说：“小跟屁虫，你过来，我看看秃没秃？”

初瞳大脑有一瞬的空白。

初瞳正不知道怎么回复的时候，洛舟身边的她的二哥用胳膊杵了他一下：“好兄弟，我妹秃了没待会儿再看，你别挂机啊。”

话虽然不中听，却成功让洛舟的注意力放回游戏上，也算是给她解了围。

一路上欢声笑语。

等到了度假村的别墅，先有工作人员将每个人的行李按照对应的房间送上楼，然后众人在一楼的豪华餐厅享用午餐。

下午没什么安排，依旧延续了来时的老样子，男孩们打游戏，女孩们陪长辈聊天。

聊着聊着，话题就跑到了小辈们的感情问题上。

两家一家一个小女儿，洛棠的感情是定下来了，那就只剩初瞳了。

还是初瞳二哥先提起这茬，打游戏的间隙抬头问了一句：“瞳瞳，开学也一个月了，学校里有没有小男生追你啊？”

初瞳还没来得及说话，身边的洛棠就回道：“那肯定有啊，我之前去她校门口接她，大门离我也就十米远吧，这十米都让我撞见一个红着脸和她表白的，平时还不一定有多少呢。”

“让他们追，”初父一挥手，“看上我女儿很正常，能不能追得上就各凭本事了。”

洛棠点头附和：“就是！初伯伯说得太对了。”

洛舟听到洛棠的话之后就有点儿走神了。

他也去接了那么多次，怎么从没遇到过呢？

遇到了，他也好去教训一下。

玩的英雄吃操作，一走神就死了，等复活的时候，洛舟的视线转到了初瞳身上。

她安安静静地坐在沙发上，侧脸线条柔和又好看，眼睛弯弯，笑得特别乖巧。这小姑娘现在这么漂亮，有人追确实正常。

“那她的男朋友可太难挑了，”初瞳听见二哥又说，“怎么着也得比她这三个哥哥帅吧。”

高冷的大哥闻言笑了：“你这标准定得可太高了点儿。”

随后，她又看到一直没说话的洛舟在一旁点头：“是挺高的，毕竟三个里面还有个我。”

第一天刚到度假村没什么玩的，印象最深刻的就是午餐、晚餐两顿美味大餐。重头戏都在后面，第一个要去的就是美容养颜的温泉。

次日一早，初瞳起床的时候就觉得小腹不太舒服，去卫生间的时候果然看到了熟悉的红色。

“姨妈”到访，原定在今天、令所有女性心生向往的温泉之行，她是去不了了。

洗好贴身衣物后下楼，初瞳和初母说了这事：“妈妈你们去玩吧。我肚子不疼，但不能泡温泉，待在别墅里玩手机也挺好的。”

她一直觉得自己没怎么为“姨妈”这件事烦恼过很幸运，像辛莹那么活蹦乱跳的一个人，一来“姨妈”就像死过一回。

初母再三确认她身体脸色一切正常，这才放心，又去和白相宜简单说了一下。

吃过早饭后，不知道洛舟听谁说的她不去了，初瞳做好了一整天待在客厅的准备，回房间拿手机充电器，没想到刚一出门就遇到了等在门外的洛舟。

“洛舟哥？”初瞳愣了一下，“找我有什么事吗？”

洛舟直接问：“怎么不去了？”

初瞳：“我有点儿不舒服。”

全家数他起得最晚，头发都还没干透，发型显得有点儿乱。但好在有美颜加成，乱也像模特拍摄雨中造型刻意抓出来的那种乱。

闻言，他微不可察地皱了皱眉：“哪儿不舒服，生病了？”

说完，他抬手要来碰她的额头，被初瞳退后一步躲掉。

“我没生病。”初瞳脸上有点热，声音也变小，“就是……女生的那个不舒服。”

洛舟似乎也没想到这个答案。他的手在半空中顿了一下，又收回去，点点头，然后转身下楼了。

初瞳下楼之后收获了大家的嘘寒问暖。到了出发的时间，刚才到楼上去找她的洛舟倒是没了踪影，直到初瞳在玄关处等着送大家的时候，身后才突然传来他的声音。

“刚接到助理的电话，我要开视频会议，”洛舟道，“今天就不去了。”

“你也不去了？”洛城摸不着头脑，“之前不是让你把时间空出来了吗？最近公司有什么事重要到要你这会儿开视频会议？”

这话一出，初瞳看见洛舟很有嘲讽意味地挑了一下眉：“爸，你确定，你要问我公司的事？”

洛城一直以来都是物尽其用的，或者说“儿尽其用”。

自从洛舟被他带出来之后，洛城自诩到了自己这个年纪就该轻松一点儿，虽然还挂名在公司，偶尔与国外合作的项目他本人也会出差，但公司里平时的大事小事和他这个董事长几乎没什么关系了。

“怎么，甩手掌柜当了这么多年，你是想重新回来管理公司了是吗？”洛舟靠着墙笑，“你快回来管吧，我游戏账号一堆职业战队邀我去打电竞，说实话，我还挺心动的。”

洛城立刻转身搂着自己的老婆：“你看今天天气多好，咱们快上路吧。”

送走了一群人，偌大的别墅瞬间就显得空荡起来。

洛舟说了声自己有工作之后就上楼了，初瞳拿了个抱枕坐在沙发上看电视，一个无聊狗血剧，用来打发时间也算凑合。

原本以为这一上午都和洛舟见不着面了，没想到在狗血剧插播广告的时候，他就下来了。

初瞳听到脚步声立刻回过头。

可能是她的表情太过惊讶，洛舟看着她问：“怎么啦？”

“你不是要开视频会议吗？”

“是啊，会议开完了。”

还不到半小时，有这么短的视频会议吗？

初瞳怀疑被骗了，但是没有证据。

“哦。”初瞳想了想，又说，“那你刚刚如果说你开会只要半小时，他们肯定会等你的啊，干吗不和他们一起去呢？”

不知道是不是眼花，她似乎看到洛舟的脸上划过一丝不爽。

然后，洛舟解释道：“我也没想到，提前结束了。”

之后的时间里，初瞳看电视，洛舟坐在她身边玩游戏。

上午的太阳一点点变亮，从她这个角度看过去，身边这个人的轮廓被镀上了一层金边，好看得像一幅油画。

有那么一瞬间，初瞳觉得像回到了好多年前。那个时候，他们两人一个看电视一个打游戏也是极为常见的一幕。

只不过，那时候是她赖在他身边看着他打游戏，而现在，大家都走了，本来应该只剩下她自己，却没想到洛舟也留了下来。

落地窗照进来的光线明亮温暖，暖到初瞳有一种他好像在陪着她的错觉。

……

来“姨妈”很容易犯困。

电视剧又无聊，初瞳窝在沙发里看着看着就开始打哈欠，越看越困，最后顶不住直接抱着抱枕朝后仰了过去。

闭眼之前的最后一幕，是男主角在喂女主角吃桃子，水嫩嫩的桃肉让初瞳眼馋不已，她迷迷糊糊嘀咕了一句“我也想吃桃子”，就彻底睡了过去。

醒来的时候，初瞳发现自己变成了侧躺在沙发上，身上还盖了条毛毯。

而别墅大门恰好打开，换了一身衣服的洛舟走进来。他把钥匙扔在柜子上，手里拎着一个透明的袋子，袋子里装着一堆——大桃子！

初瞳愣住了。

她想到自己睡前的愿望，一下子从沙发上坐起来：“你怎么知道我想吃桃子？”

“我不知道，”洛舟慢悠悠地走到她身旁，然后将袋子放在一边，“是我想吃了。”

“哦。”

气氛有些尴尬。

可能是她脸上的渴望太明显，洛舟沉默两秒后，又说：“你要是也想吃，就一起。”

初瞳顿时开心了。

她仰着头小声问：“那你给我洗吗？”

这说的什么废话？！

原本洛舟是会去洗的，但是被她这么一问，莫名就不想承认了。

“可以啊。”

“但我没给人洗过桃子，”他垂着眼，对着一脸高兴的小姑娘敲诈，“洗一个一百块。”

话音刚落，面前的小姑娘立刻打开手机戳屏幕，三秒后，洛舟听到自己手机振动的声响。

他打开一看——tong 向您转账 200 元。

她像使唤服务员一样，眼睛亮晶晶地吩咐道："先洗两个。"

洛舟黑着脸进了厨房，刚准备解开袋子，又收到了一条消息。

"tong 向您转账 200 元。"

"转账留言：再帮我切成一块一块的。"

洛舟一脸无奈。

虽然转账并没有被接收，但初瞳最后还是如愿以偿地吃上了切成一块一块的大桃子——某位身价极为昂贵的总裁亲自切的。

不知道洛舟去哪里买的，桃子一口咬下去汁水四溢，又香又甜，还带了一点儿恰到好处的酸，简直好吃到爆。

"洛舟哥。"初瞳叫他。

"说。"

"这桃子为什么是温的？"

"还能是为什么？"洛舟看了她一眼，"我用热水洗的。"

初瞳又嚼了两块——温温凉凉恰到好处，吃到胃里也不会有任何不舒服。

洛舟说完就走到一旁坐着看手机，似乎也不打算解释为什么用了热水，但肯定是因为她的"姨妈"。

初瞳忍住心中不断生出的喜气，像是很淡定，很平常地"哦"了一声。

"但你不是说，你想吃桃子吗？"过了几秒钟，她又想起什么，回过头，"那你怎么不洗你的？"

"我在厨房吃过了。"他答完还不忘习惯性地损她，"管得真多！"

水蜜桃是真的大，吃完两个之后就有想打嗝的冲动，初瞳去洗干净手，再次窝进沙发里。

女生在生理期的时候，无论喜怒哀乐，所有情绪都会被放大。

洛舟给她洗桃子，给她切桃子，特地用热水洗桃子，让初瞳开心了整整一天。

晚餐前，去泡温泉的众人回到别墅。初母一眼就看出女儿今天心情不错，打趣道："看你笑的，看来跟你洛舟哥在家玩得挺高兴啊。"

后来洛棠去厨房，还问起那一袋子水蜜桃是谁买的。洛舟当时不在，初瞳替他回答了："洛舟哥买的，他说他想吃了。"

洛棠却一脸问号："是吗？二十多年了，我哥竟突然喜欢上吃桃子了？"

初瞳也没料到竟是这个回答。

她和洛棠面面相觑了一会儿，想到一个最可能的理由："哦，今天我看的电视剧里面，主角吃了半集的桃子，看起来很诱人，可能是因为这个，他才突然想吃的吧。”

是这样吗？

初瞳生理期虽然不长，但前三天还是不适合频繁移动，因此，户外活动她还是参加不了。

恰好初瞳的班级群发了一条给所有人的公告——专业课老师临时布置了一个在线完成的作业，最终期限是三天后的十二点——不能出门也方便提前把作业做了。

让她没想到的是，洛舟连续两天都和她一起待在了别墅里。

洛城听到这个消息后，笑呵呵地说：“公司其实没事儿吧，儿子，你是不是想找借口留在这儿陪妹妹？是就是，你别不好意思说啊。”

洛舟直接回：“我觉得爸你很想回来管公司，不然工作你来做，我现在、立刻就去玩，怎么样？”

洛城便笑呵呵地转移话题：“咱们快上路吧，别让司机等太久了。”

说实话，她不能出门，他也不能出门，这样的巧合，不让人多想是不可能的。

但很快初瞳就发现，除了第一天洛舟看起来很闲，只工作了半小时以外，其余的两天他都真真切切地在忙，忙到吃饭时也会接电话，而且一接就是十几分钟，忙到在客厅敲电脑一敲几小时不停一下。

可是偶尔不工作的时候，他会和她讲话，逗她玩，一不小心把她逗生气了，两人再进行道歉和好环节。

一个月前，她去洛家拜访，和洛舟还停留在礼貌打招呼的阶段，被说了也只是自己生闷气。但现在已经不一样了。他们慢慢变得熟悉，相处模式和小时候有些相似。

但她又觉得，好像哪里不太一样。

初瞳的作业用不到电脑，属于文书题，阅读长篇的英文原文，然后做许多简答。

她英语好，没花太多工夫，边玩边读做得挺轻松。由于开学一个月以来，同学之间都有了简单的了解，初瞳经常会被班级群里的人喊出来解答疑难问题。

剩下的时间里，她会偷偷观察洛舟。

洛舟工作的时候和平常有很大的不同。他穿着家居服，面无表情地盯着电脑屏幕，专注而严肃的样子格外迷人——最关键的是，嘴是闭着的。

之后她不满足于此，又琢磨出来，除了窝在沙发上偷看他这一个方法以外，如果从沙发走到厨房接水再走回来，那就可以路过他工作的桌子，不仅可以光明正大地看，还能搭上几句话。

初瞳第二次去厨房接水，路过他身边时，洛舟叫住她："帮我也倒一杯。"

初瞳正要答应，又听他补了一句："谢谢。"

可能是他的嘴平时真的太毒了，不然为什么连他的道谢都会让人觉得这么难得。

初瞳接了两杯水回来，一杯自己拿着，一杯放在他手边，随口道："我没给你接热的，我记得你好像不爱喝热水。"

以前洛舟在她家的时候，经常将水放到冰箱里，第二天才拿出来喝——他爱喝冰水，初瞳印象很深刻。

打字的手停下来，洛舟抬头看了她一眼："对，我确实不爱喝。"

突然之间，初瞳神经一下子绷紧。

——他会不会问，她为什么会记得？

——那她要怎么回答？说小时候观察太仔细了？

——可是这个小细节为什么会记了这么多年？

脑子里一连闪过好几个问句。

好在洛舟说完那句话之后，似乎并没有再问下去的意思。

初瞳松了一大口气，但还是没彻底放心，想要说点儿别的事情来转移一下话题。

她的视线落到了发出清脆声响的键盘上。

他重新开始打字，黑色键盘上的手指修长白皙，敲击键盘的时候，手指骨节和手背上淡青色的血管都清晰分明，仅仅是看着都令人赏心悦目。

"洛舟哥。"

"嗯？"

初瞳盯着他的手，有些出神："我记得……你好像会弹钢琴？"

"会。"洛舟瞥了她一眼，"怎么突然问这个？"

"没什么，就是……"初瞳稍微想了想措辞，不想让自己夸他的意图表现得太明显，"你的手长得和我二哥的很像，他就是从小学钢琴的，所以我就随口一问。"

洛舟"哦"了声。他停下打字的动作，看了眼自己搭在键盘上的手，反问道："和我像？"

随后，他的眼尾弯起来一个弧度，吊着唇角笑："那你二哥的手，长得挺好看啊。"

初瞳一时语塞。

午餐时，洛舟又去阳台接了个电话。

初瞳见他出去，就放慢了自己吃饭的速度，细嚼慢咽，毕竟这样才能和他差不多同一时间吃完。

洛舟离开餐桌不久，初瞳的微信收到了辛莹的一条语音消息。她左手拿叉右手拿刀，不太方便把手机放在耳边，而且语音还挺长，她想着边吃边听，就直接摁了外放。

“宝贝，不得不说，你魅力是真的大啊！上次你不是来我们系找我吃饭吗？”辛莹的声音清晰传来，“哎呀，我们班班草在那之后就一直问我你的名字啊、爱好啊、有没有喜欢的人啊，等等，出生年月日都问了，那可是我们班班草，被誉为‘最有可能成为传媒系系草’的大一新生啊——”

紧接着，下一条也自动播放出来：“你知道吗，今天他又跟我要你微信，但我怀疑你是不是连他长什么样子都不知道啊？你相信我，我是不会坑你的，摸着良心说，我班班草在大一新生中绝对算帅的，就是人品我还不太了解，你有没有什么想法？我先给你发两张他的照片？”

初瞳没想到辛莹说的会是这个话题。

想法自然是没有的，再帅的又不是没见过。而且她确实对辛莹口里的班草没印象。

初瞳想吃完饭再回复，便继续切盘子里的牛排。

刚划下去一刀，身后却蓦地传来熟悉的男声。

“让她发。”

初瞳吓了一跳。她“唰”地回过头，正对上洛舟充满玩味的目光。

他说：“小跟屁虫，魅力还真的挺大啊！”

用的还是和辛莹一样的语调。

初瞳一时不知如何接话。

“让她发照片来，”洛舟重新绕到另一边坐下，唇角微微上扬，看起来还挺有兴趣，“正好，哥哥帮你看看帅不帅。”

第8章　他的猫

可能是因为初瞳半天没有回复，辛莹急性子等不及，便给她发来了两张照片。

没有什么油腻的姿势，是两张干干净净的半身照。

平心而论，辛莹并没有夸大——这男生长得确实挺帅，皮肤也白，属于那种阳光型的大男孩，跟初瞳身边这三个哥哥都不一样。

初瞳粗略地扫了眼，发现自己对这个男生是真的毫无印象。

辛莹："其实我是被他拜托太多次了，你凑合看看，要是能加微信就告诉我一声，我化个妆出门追我哥哥演唱会去啦。"

初瞳还没来得及回复。

餐桌上只有她和洛舟两人，接连不断新消息的声音洛舟也听到了："怎么，她发过来了？"

初瞳看着他，"嗯"了声。

洛舟："给我看看。"

他全程都带着笑，心情不错的样子，好像在逗着她玩一样。

初瞳抿了抿唇："为什么要给你看？"

"你朋友不是说他帅吗，又想追你。"洛舟晃了晃手边的水杯，"我作为你哥，帮你鉴定一下，不行吗？"

是没什么不行的，她也想不到拒绝的理由。但初瞳递去手机的时候，总有种不祥的预感。

三秒后，预感应验——

"就别说和我的差距了，"只见洛舟滑动了两下手机屏幕，看完之后又将手机还给她，随后靠回椅子上懒散道，"这还不如你大哥、二哥帅呢。"

不光踩了一脚人家班草，还借着大哥、二哥来将自己抬到了金字塔顶端的位置。虽然没直接说出来，但简化一下主旨那就是"本少最帅"。

不愧是洛舟。干啥啥不行，自夸第一名。

初瞳后来和辛莹表达了自己的意思，只说自己还不想谈恋爱，所以暂时不会考虑这些。

两家人一共在度假村待了五天半的时间，除了前三天无法外出，最后两天初瞳随大部队玩得很开心。

而由于工作关系，初父初母以及初瞳的两个哥哥订的是六号回程的机票。临走之际，一家人在机场又把她好一番揉搓。

送走了初家人，洛城和白相宜有事先行离开，初瞳和洛家兄妹坐一辆车。洛舟开车送她回学校。

上车后，洛舟一边倒车一边问道："你刚刚说的'小乖'是谁？"

"哦，"初瞳扣好安全带，"那是我家养的猫。"

初瞳刚才最后和大哥、二哥说了句"好好照顾小乖，视频电话的时候也要带着它一起"。当时周遭声音那么杂乱，没想到洛舟竟然听到了。

"咦？"洛棠一听这个就兴奋了，"是你家养的猫呀？什么品种的？"

初瞳："加菲。"

"加菲？"洛棠一愣，随后又说，"加菲好可爱的，我哥以前也养过。"

初瞳手指一顿。

洛舟养过加菲猫，她知道。

小时候，她因为猫叫声差点儿被诱骗。和洛舟关系和缓之后，他问过她是不是喜欢猫，还给她看了自己家里养的猫的照片。

恰好此时，洛舟突然从后视镜看了她一眼，两人视线在半空中相撞。

他目光淡淡，似乎没什么情绪，但初瞳还是有点心虚。她别开视线，装作若无其事地转头继续看着洛棠。

她会养一只加菲猫，完全是受洛舟的影响。

当时酷哥哥离开了她家，走之前又对她进行了那种温柔暴击，初瞳幼小的心灵有些难以承受。

次年生日的时候，家人问她想要什么礼物，初瞳一下子就想到了洛舟养的猫。

他们有五年没见，而小乖已经四岁半了。

这样一提，初瞳才想起来，她去了洛家这么多次，也没见到洛舟相册里的那只猫。

"我养过，就是给你看过的那只，"洛舟好像知道她的想法一样，开口道，并没有回头，可是话是对着初瞳说的，"现在你没见到，是因为几年前老死了。"

初瞳一愣，好半天才"哦"了一声。

她看着前座的洛舟，发现他直视着前方，脸上并没什么表情。

她正不知道该说什么的时候，手里的手机屏幕一亮。

洛小棠：“刚才是我嘴快了……早知道就不提那只猫了呜呜呜。”

洛小棠：“唉，一言难尽。”

初瞳立刻打字问：“为什么？”

洛小棠：“唉……那是我哥的爱猫，从他十岁陪到二十岁，你别看他现在跟你说的时候云淡风轻的，猫没了他当时自闭了一整个暑假。”

洛小棠：“就是物理意义上的自闭，不爱说话、不爱吃饭，甚至都不爱打游戏了，生无可恋的那种。”

车内十分安静。

初瞳看着手机屏幕，静静地等着洛棠的下一条消息。

洛小棠：“不过后来我们家又养了一只小猫，因为我妈妈前年生了一场病，伤到肺了，对猫毛很敏感，所以这两年没养在我们家别墅，你也就没见着。”

洛小棠：“虽然这只小猫养了有几年了，但我哥好像并不是很喜欢。”

初瞳似乎听到身边的洛棠叹了口气，最后一条消息弹出来：“你说我哥嘴这么毒的人，谁能想到他还挺长情啊……”

……

洛舟开车把初瞳送到了校门口。和洛家兄妹道别后，初瞳走在回宿舍的路上，脑子里不断想到以前的画面。

少年时的洛舟几乎隔几天就要给她秀一下那只加菲猫的照片，像洛棠说的，嘴那么毒的人，却毫不吝啬地夸赞炫耀他“儿子”多可爱。

十月，树叶变色的季节。

走到宿舍楼前，抬头看着边缘泛黄的叶子，初瞳突然有些替他感到难过。

原来那只被他喜爱的小猫，已经离开了他好多年。

十一假期回到学校之后，女生宿舍楼里是大型互换家乡特产的场面。不光自己宿舍换，隔壁处得好的姐妹宿舍也要换，总之不是在收拾行李就是在串门的路上，热闹非凡。

初瞳压根儿没回家，也没有任何特产，所以面对室友们给自己带回来的大堆礼物，最后决定用请客吃饭来弥补。

初瞳加入社团的第三周，在经过认真听组织者开会，清楚流程及注意事项，并且考验合格之后，总算要参加第一次社团活动了。

这次领队的是副社长叶澄，之前帮初瞳填报名表的学姐就是她，大一新生就只有两个女孩子，一个是初瞳，还有另外一个是动物医学系的，叫林莓，脸蛋圆圆的很可爱。

同龄的女孩子之间熟悉起来很容易，聊了一路，初瞳就已经了解到林莓是个彻彻底底的颜控。

“初瞳你也太好看了，这眼睛这皮肤，完全没化妆都这么美……我的妈呀，而且你还是学计算机的！高智商美女！”林莓说完，又摇头否认，“不不不，‘美女’这个称呼太俗了，不适合你，‘仙女’才对！”

她不光夸初瞳，也夸别人。

“啊，叶澄学姐好有气质啊……”林莓眯着眼感慨完，随后看着叶澄，有些疑惑，“不过，我听说今天一整天咱们都要全副武装地穿戴防护服，她化全妆，不会被闷花了吗？”

初瞳没怎么在意：“可能不会吧。”

每次的志愿活动基本都是一样的流程，先到事先确认好的流浪猫狗会出现的地点，将猫、狗引到笼子里，再到固定的救助站给它们做清洗。

“拯救喵星人”在C市有一定名气，有网站和公众号，把猫猫狗狗洗干净后，再将它们的照片以及健康状况上传上去，领养率很高。

因为流浪猫狗一般独自生活久了，加上它们流浪的原因大都是被原先的主人抛弃或者是和主人走丢，对人类是很有戒心的，而且直接接触也可能会沾染细菌，所以在碰触它们之前，志愿者都要穿好一整套的防护服，一直到结束之后才能脱下来。

初瞳只给自己的猫洗过澡，小乖洗澡的时候完全不会反抗。但流浪猫和宠物猫十分不同，它们身上可能有看不见的伤口，碰触哪里都有可能被激烈反抗，没有经验的话不能直接上手。

所以，初瞳和林莓这种第一次参加的新人，都没有直接给流浪猫狗进行清洗，主要是在旁边协助，给大家递递工具或者帮忙固定，以及做一些清洗完毕后的吹毛和梳毛工作。

尽管如此，夜幕降临，脱下防护服的时候，初瞳依然感到浑身酸痛，伸展一下肢体，关节都在咯吱作响。

林莓也边扶着腰边和她吐槽：“我去，原来这就是叶澄学姐不怕花妆的原因啊。她根本就不用做事情啊……全程坐在那边说自己是监督工作，有突发状况去找她，然后就这么坐了一整天。”

初瞳一直在忙，没在意叶澄到底在干什么，林莓说完之后，两人身后正在脱防护服的另一个学姐说：“唉，咱们副社长一直都这么金贵，不光你说的那些，一般咱们社团有市新闻报道什么的来采访，还都是她去露脸呢。你们刚来，习惯就好啦。”

大学和高中不同，这里生活更丰富，人自然也是形形色色的。初瞳不太在意这些，刚安慰了林莓几句，就听到外面学长喊集合的声音。

走出更衣室的时候路过叶澄身边，她正在打电话，林莓对着她的背影狠狠地翻了个白眼。

在一片嘈杂中，初瞳耳边倏地划过“洛舟学长”四个字——她一下子停住脚步回过头。

但身边人太多，女孩子有好几个，根本辨认不出是从谁口里说出来的，初瞳站在原地没三秒钟就被林莓拉走了。

初瞳想，可能是闲聊时候提起来而已吧。

这天活动的最后，所有志愿者在救助站前进行了合照。除此之外，在大家忙碌的时候也有负责照相的人抓拍记录下一些瞬间的影像。

几十张照片在次日晚上修好，先是传到了社团网站和公众号上，之后又将原图一齐发到了社团大群里。

初瞳挑了几张有自己和林莓的保存下来，发了条朋友圈，配了一个“猫”的小表情。

她是六点发的。

发完之后，初瞳就像有心事一样，隔一会儿就看一眼消息列表，挨个看谁给她评论或者点赞了。

等到七点钟，终于——没空闲聊赞了她的朋友圈。

洛舟刷到初瞳朋友圈的时候，刚从车上下来，进了朋友的茶馆。

初瞳发了一个猫头，配图是一张大合照和几张穿着防护服的照片。

那张大合照里，她站在边缘不起眼的位置——她个子不算矮，脸上干干净净不施粉黛，可是莫名有种魔力，让人一眼就会将视线定格在她的脸上。

踟得几乎从不给人点赞的洛舟给她点了个赞。

洛舟曾经是A大人，他曾经也是这个社团的成员。

初瞳不知道，现在也没几个人知道，这个社团能够延续这么多年，离不开当年洛城的资助。甚至到今天，洛舟也依旧在赞助这个社团。

洛舟的猫离开的那个暑假之后，洛舟就加入了这个社团。

洛舟从来不认为自己是个有爱心的人，当时他只是想找点儿事做，只是想着，既然没办法再为它做什么，那么就为它的同类做点儿什么吧。

初瞳倒是和他完全不同。这个社团里的成员大都是学动物医学的，她一个计算机系的课业那么繁忙，却还报了这个社团。

还真是个善良的小姑娘——和以前一模一样。

“哎哟——我约了你一个月，今天终于肯赏脸见我了啊？”

熟悉的贱兮兮的声音在耳边响起，洛舟将视线从手机上收回，抬头接话道：“是啊，我来听你放屁了。”

今天约他出来的人是他认识多年的朋友，隋家公子隋易——听这不走心的名字也知道这人来到这世上是个意外。

隋易是隋家最小的孩子，家业轮不到他管，守好这个茶馆就有钱花，标准的花花公子哥，基本天天就想着花钱和谈恋爱。

隋易当即点头："行，那我今儿个放臭点儿。"

隋易属于那种给他一个眼神他就能写本《故事会》的人。洛舟边喝茶，边听他讲自己又一遭被结尾的爱情故事——隋易这人说话有趣，当个相声听也不错。

直到中途洛舟收到了学弟汪旭的微信消息。

汪旭："学长，不逛学校论坛我还没发现，你妹妹在学校也太受欢迎了吧。"

洛舟心中充满疑问。

既然提到了学校，那"你妹妹"三个字肯定指的是初瞳。

没空闲聊："什么意思？"

汪旭："[链接]—A大论坛·一年一度新生仙女评选。"

汪旭："[链接]—拯救喵星人社团大家都知道吧，这次他们出动的志愿者队伍全队颜值都好高啊！一起看美女呀！"

随后还不忘搬运了一下官网图片。

洛舟先点进名字长的那个帖子，然后发现不少图片都在初瞳朋友圈见过了，没怎么看回帖就退了出来。

随后是第一个——

这种类似的评选似乎也是延续多年的传统了，有男有女，洛舟那会儿还不分什么大一大二，直接全校排，在校四年他应该是四年榜首。

他点进去一看，第一张照片就是初瞳。

是她穿着迷彩服的照片，看样子是军训时候拍的，周围的人被虚化了，只有她的脸清晰展现——那是一个回头的瞬间，少女回眸的时候唇角自然上翘，眼睛明亮无比，整个人既纯净又灵动。

洛舟没再往下翻，盯着这张照片良久，突然觉得自己的心理有点奇怪。

一方面觉得，小姑娘的照片挂上去被这么多人看，不太好；一方面又觉得，如果今天这个榜上第一不是初瞳，那这些投票的肯定全都瞎了。

见洛舟走神太久，隋易拿茶杯磕了一下桌子："不是，大少爷，我约你一次这么不容易，你就是来玩手机的？不是说好来听我放屁的吗？"

隋易说着起身："我今儿倒要看看你手机里什么玩意儿这么好看。"

然后，隋易绕到了洛舟的身后，映入眼帘的就是一张仙女的照片。

隋易"哇塞"了一声："这妹子也太好看了吧！你这什么帖啊……A大……论坛一年一度新生仙女评选？"

洛舟关掉了网页，锁了手机屏幕，回头看他："好不好看跟你有什么关系？"

隋易觉得自己的爱情要来了："说真的，洛舟，你认识这妹子不？"

"认识她要干什么？"

"啊？"隋易挠了挠头，"还能干什么？就是，这妹子长得太符合我的审美了，我寻思万一能发展一下的话——"

话还没说完，一下子被打断。

"再胡说八道看我怎么收拾你。"洛舟说，"这是我爸妈朋友的女儿，我妹妹。"

隋易一脸失望。

"我妹妹刚上大一，十八岁，"洛舟喷他，"你也不看看自己多大了，你还是个人吗？"

隋易心想，咱俩不是一样大吗？

算了，我哪敢说话。

"禽兽。"

隋易一脸无可奈何。

第9章　我讨厌你

社团活动过去几天后就是周末。

周六，初瞳兑现自己请客吃饭的诺言，特地问了洛棠C市有什么好吃又好看的餐厅。

洛家公主推荐的餐厅自然不会便宜，人均八百八十八的自助餐，但这对于她这种家境来说已经算是平价了。

两个本地室友一听餐厅名字就惊了，杜优容说："不是吧瞳瞳，我原先以为你是那种家境蛮好但也不算太好的姑娘，原来你是富婆啊！"

如果和学校里的学生比的话，初瞳觉得自己应该可以算是一个小富婆。

初家亲戚多，初瞳从小到大都招长辈喜欢，收的压岁钱全家最厚，每年进账不少，这还没算父母给她的生活费。

宿舍三人喜上眉梢，梳妆打扮，开心赴宴。吃饱喝足后，三人纷纷发朋友圈表示自己的激动之情。

老大："果然，世界上最好吃的馅饼就是天上掉下来的馅饼，谢谢我们的小可爱。[图片]"

老二："谢谢初瞳同学带我这个乡下人进城了呜呜呜！[图片]"

有容乃大："我们宿舍镇舍之宝人美声甜盛世美颜还是个小富婆，我爱了，人间仙子谁追到手谁享福。[图片]"

这彩虹屁吹得明显是被请客了，而这家店在C市算是很出名的。初瞳挨个给她们点了赞，又看到不少同班同学纷纷在她们三个下面评论，还挺热闹。

吃完饭之后，四人逛了一下附近的商场。但初瞳没想到的是，周六饭局结束，周日又来一顿——

初瞳是和室友们逛完街回来后收到社团大群的消息的："上次参加志愿者活动的各位，周日带你们吃顿大餐犒劳你们，不用带钱，带着一张嘴来就行。"

这谁不乐意啊，群里直接乐开了花。初瞳很快收到了林莓的私聊。

小草莓："初瞳！明晚社团聚餐你也去吧？哇公费的，不吃白不吃！"

tong："嗯嗯。"

小草莓："那明天我们一起去呀。亲亲！"

初瞳回复了一个表情包。

毕竟怎么看都是福利，而且初瞳也挺想多参加一下集体活动的。

她正准备将手机锁屏去洗澡之际，屏幕突然一黑，随后跳跃着来电显示——洛舟。

初瞳停顿了几秒钟，接了起来："喂？"

时隔一周，她再次听到洛舟的声音，还是熟悉的、懒洋洋的语调："原本我妈明天上午还要接你来，但她跟我爸临时有事要出去，我白天在公司加班，我妹和男朋友约会。"

初瞳心想，怎么还挨个汇报？

初瞳迟疑道："要不然就下周吧……"

话还没说完，洛舟就打断了初瞳："但是晚上我有空，带你去吃大餐？"

语调上扬，听声音和语气，他似乎心情不错。

一瞬间，初瞳突然极为后悔自己刚才手太快。

她慢吞吞地回复："明天不行，我答应了晚上去参加社团聚餐……"

洛舟在那边先是"哦"了一声，然后隔了几秒，初瞳听到了他关车门和锁车的声音，以及窸窸窣窣的风声。

他叹着气说："行吧，小跟屁虫总要有自己丰富多彩的生活，哥哥很能理解。"

挂断电话后，初瞳耳边好像还萦绕着他刚才说的话。

他的声音顺着电波传递过来，和平时有些不一样，洛舟语速放缓，像故意逗她那样的语调，显得特别撩人。

"这是刚跟谁打完电话？"路过初瞳身边的时候，杜优容问了一句。

初瞳握着手机，回过神来："嗯？"

"我问你刚和谁打电话，不知道的还以为是跟暗恋对象呢，脸都给打红了。"杜优容顺势捏了一把她的脸，"红扑扑的，真可爱。"

周日晚。

社团聚餐选定的酒店看上去非常气派，初瞳和林莓一块儿到门口，立刻就有服务生来接。林莓一路上都在和初瞳感慨社团怎么会这么有钱。

不仅林莓一人感慨，开饭后，便有学长给不知情的新成员们解答了这个疑惑。

"咱们社团，不吹不黑，应该是学校里获得赞助最多的社团了，给你们发的那个手册上其实有说，一看你们就没仔细翻完。别的公司我都不提了，我就提其中一个，洛氏。”学长一停顿，笑道，“不然哪儿来的底气花钱搞救助站搞网站啊，赞助商在呢，还不明白吗？”

“怪不得啊——”

“明白明白——”

也是在饭桌上听学长提起，初瞳才知道“拯救喵星人”竟和洛舟有关。

聚餐少不了的一样就是酒。

初瞳二哥喜欢酒，平时总往家里带。她见的酒虽然多，喝的次数却很少。这回原本想喝果汁的，但是架不住身边几个学姐强力推荐，最后和林莓一起选了两杯据说度数又低又好喝的果酒。

初瞳点了荔枝酒，林莓点了白桃酒。

原本两人都觉得一小杯就够了，谁知第一口就十分惊艳，水果的香甜味儿混合着一点点酒精的辛辣，恰到好处的刺激，比喝饮料果汁好喝无数倍。

越喝越想喝，越喝越上瘾，学姐们见这俩学妹一杯见底眼睛还直放光，干脆给两人点了成瓶的。

初瞳和林莓跟在座的许多人都不太熟悉，但由于只有她们两人是大一的学妹，还是很受到学长、学姐们的关注的——林莓长得可爱，性格活泼；初瞳坐在那儿干啥都像个仙女，一跟人说话就眼睛弯弯的，谁看谁喜欢。

边吃边喝边聊差不多半小时后，包厢的门突然被推开，熟悉的女声响起：“不好意思呀，路上堵车，我来晚了。”

大家纷纷和她打招呼：“叶澄学姐，等你好久了，快来坐快来坐。”

初瞳身边有个空位。叶澄坐下的时候，初瞳听到林莓发出了轻轻的哼哧声，于是在底下捏了捏林莓的手。

有人问：“学姐刚去干吗了呀？”

“我呀，刚刚去帮人家喂猫了，”叶澄说话细声细气的，“就是入社的时候和你们介绍过的那个兼职。”

这么一说，大家又讨论起兼职的利弊、薪酬的高低，初瞳觉得自己脑子稍微有点儿沉，也没敢再喝酒，专心听大家聊天。

她听到桌子那头一个学长说：“叶澄帮人家喂猫的那家人啊，我都羡慕，说出来得羡慕死你们。”

众人顿时来了兴趣，开始追问那家人是谁，莫非是学校的哪个名人？

初瞳一愣。

她虽然脑子不太清醒，却莫名想起之前在救助站听到的那声“洛舟学长”。

“是洛舟学长家的，”坐在自己身边的叶澄笑着补充，“就是开学典礼来演讲的那位。”

原来……那天是她。

包厢内一瞬间炸锅——

“洛舟？！”

“天哪——洛舟学长？！”

“洛舟学长家养猫，为什么还需要人帮忙喂养啊？”

“这个就不太方便说啦，”叶澄笑眯眯地道，“但是会找到我们，也是因为洛舟学长曾经是咱们社团的成员，他一直知道咱们社团有这个项目，所以找我们也很正常呀。”

哦，他曾经也是这个社团的成员。初瞳心说，这些事连她都不知道。

“学姐，那你能见到洛舟的妹妹吗？我是她的粉丝，能有机会要一张签名照吗？”

“不行啦学妹，明星也是有隐私的。”这么拒绝完，大概隔了三十秒，叶澄又一副勉强试试的样子，“这样吧，我下次见到她问一下，如果她愿意送的话我就带回来给你。”

那个大二学妹立刻捂嘴“啊啊啊”了好几声：“谢谢学姐！谢谢学姐！”

初瞳听到林莓在旁边嘀咕：“我也是洛棠的粉丝啊！她的签名照是我毕生的夙愿！但是……但是我好讨厌这个学姐……”

“没事的。”初瞳小声对她说，“小草莓，我帮你要。”

林莓心道：姐们儿，你喝傻了，你上哪儿认识洛棠去呀？

但小姐妹毕竟是安慰自己，林莓象征性地点了个头，又和初瞳碰了次杯。

初瞳原本放下的酒杯被重新拎了起来，刚才喝的酒劲儿也上来了，脑子晕乎乎的，还犯困。

正当她越来越困，眼睛快闭上的时候，耳边捕捉到一句：“那叶澄学姐，你和洛舟学长很熟悉吗？”

初瞳又一下子抬起头来。

叶澄没有说是，也没有说不是，反而垂眸红着脸道：“哪有什么熟悉不熟悉啊，我只是负责帮着喂他家的猫而已。”

嘴上不说，可满脸都写着——我和洛舟学长就是有点儿什么。

初瞳一脸厌烦。

林莓也看呆了，虽然喝得口齿不清，但还是托着腮断断续续地吐槽：“这学姐……真的……是个人才！”

当“洛舟学长”四个字被身边那道柔和的女声讲出来的时候，初瞳就觉得很不舒服。后来被人那么一引导，几乎更是叶澄一人的问答环节，听到的话都在调侃她和洛舟有什么。

林莓都受不了了："这不就是明摆着说出来显摆的嘛！这个学姐真是绝了啊……"

初瞳后来什么都不记得了，人们的说话声渐渐离她远去，只记得自己和林莓两人闷头喝了好多酒。

手机响起的时候，她也没听到。

叶澄就坐在初瞳旁边，见桌子上的手机一直在振动，便碰了一下趴在桌子上眯着眼睛的女孩："学妹，你电话。"

初瞳迷迷糊糊地回复："帮我接一下吧，好困……"

叶澄说："好。"

然后，叶澄拿起初瞳的手机，看到来电显示的那一瞬间，一下子愣住。

她思索着同名同姓的可能性："喂？"

那头沉默了一下，随后传来男人清润而有磁性的声音："初瞳呢？"

这辨识度极高的声音，的确是他。

"洛舟学长？"

叶澄太过惊讶，问的声音稍微有些大，而这四个字像有魔力一般，在座的所有人都将视线转向她。

洛舟还在问："你是初瞳的同学？"

叶澄瞬间觉得极为尴尬——刚讲完和洛舟的事情，他却完全不记得她的声音。

而且，他和这个学妹又是什么关系？

叶澄咬了咬唇："我是叶澄。"

"行，随便是谁。"似乎根本没听清她的名字，电话那端，洛舟满不在乎地说，"初瞳呢？让她接电话。"

初瞳是被颠醒的。

最开始好像有人想把她横着抱起，可那样子胃折得好不舒服，她挣扎抗议了一番后，那人好像把她背在了背上。

这次初瞳没挣扎，因为她闻到了很熟悉的松香味——清爽又有安全感。

睁开眼的时候，她正在某人的背上，很有节奏感地一颠一颠着。

她垂着头，视野有些模糊，最先出现的是线条流畅的下颌，然后顺着往上的是笔挺的鼻梁，长睫毛，桃花眼—— 一张多看几眼就会让人心跳加速的脸。

初瞳眨了眨眼："洛舟？"

洛舟停下脚步，微微侧过脸，气笑了："喝了酒真是了不得啊，小跟屁虫，这就直接叫我大名了？"

初瞳又眨了眨眼。

她和他对视了两秒，眼泪直接就掉了下来："你好凶啊……"

要说照顾醉酒后的女人，洛舟没有任何经验，白相宜有洛城，洛棠小时候不喝酒，长大后喝酒有她男朋友。

他身边的兄弟都是大老爷们，喝醉了满嘴骂人的字眼。

而这小姑娘喝醉后没耍酒疯，没骂人，竟然直接哭了……

洛舟本就不精通语言的艺术，想来想去，也只有一句："你哭什么？我哪里凶你了。"

然而，初瞳已经不理他了，开始自说自话。

"我今晚不开心。我好不开心，你居然和叶澄那么熟悉，还给她打电话，还让她给你养猫，嗝——"

叶澄和一群人讲洛舟讲了一小时。她认识了他那么久，都没有那么光明正大地跟谁分享过洛舟的事情。

初瞳的吐字很不清晰，洛舟一边背着她走向 VIP 电梯口，一边努力辨认着她说的话。

"什么成？什么猫？"洛舟听得云里雾里，"怎么不开心了？"

可初瞳已经进行到下一个话题了："你真的是个坏哥哥。"

从晚上八点，洛舟就开始给她发微信让她别喝酒，她一条没回。幸好昨天顺便问了聚餐地址，洛舟开着车就过来了。

这哥哥哪儿坏了？

他问："我怎么坏了？"

"你从我家走了之后，"初瞳想到什么，说着说着，突然控制不住眼泪，"每一年，每个节日，你的每个生日，我都给你发短信。"

哥哥节日快乐，哥哥生日快乐，哥哥新年快乐……

"我每一次都发了，"她哭得一抽一抽的，"可是你从来都不回复我。"

很多个夜晚，她甚至想过：如果小时候没有抄近道，没有被猫叫声吸引，没有被他救就好了；如果没有和他变得亲密就好了；如果没有，她不会知道他说话虽然毒舌但很有趣，不会知道这个哥哥冷冷的外表下其实又酷又温柔，不会在因为想念他而感到难过的时候不敢告诉父母、哥哥和朋友；如果没有，她就不会在这样漫长的时光里，如此无望地喜欢一个人。

初瞳越想越委屈，年少时隐秘不能发泄的情绪加上现在的委屈，借着酒劲，全都化为汹涌的泪水夺眶而出。

电梯"叮"的一声打开门，洛舟刚迈进电梯，就听到背后的小姑娘呜呜咽咽的声音和软软的哭腔："洛舟，我讨厌你。"

前一秒，洛舟还在为初瞳所说的发短信不回事件发愣。在专注回忆她说的话，回想当年。可不知道为什么，明明之前都是在抱怨，她的情绪突然就转变到了说讨厌他的地步。

还直接叫的“洛舟”。

之前也不是没跟他闹过别扭，但再怎么闹，哥还是叫的。

这次，哥都直接省略掉了。

原本以为初瞳喝醉了嘀咕的应该是些无关紧要的东西，像刚把她带出包厢的时候说的话他都听不懂。

但之前先说他是个坏哥哥，然后又这么直白地说讨厌他。

洛舟莫名其妙中了两箭，说不心塞那是不可能的。

随后，洛舟想到“酒后吐真言”这个道理，难道这才是她的心里话？

不至于吧。

“你刚说什么？”洛舟稍微偏过头，又问了一次，带着点儿慌乱，“讨厌我？”

然而，初瞳忙着掉眼泪，没有再回复他。

洛舟刚从公司下班，饭都没来得及吃就过来接她，身上还穿着衬衫，小姑娘热乎乎的眼泪很快就将薄薄的衣料给打湿，区域还有越扩越大的趋势。

行吧。和小醉鬼较真儿干什么？

洛舟迈入电梯，电梯门合上，两人来到地下停车场，初瞳还是趴在他的背上哭，只是吐字越来越不清晰，不管怎么辨认都辨认不出来，叽里咕噜的像外星语。

洛舟一边听她讲外星语，一边走到车旁，将背上的人轻轻移动到副驾驶座上，又弯着腰给她扣好安全带。

谁知，他越过初瞳，伸手将安全带的扣子扣进去的时候，小姑娘突然伸手搂住了他的脖颈。

随后，她的上半身都跟着贴过来，整张脸埋在了他的锁骨位置。

因为醉酒而发烫的脸颊贴上了冰凉的皮肤，肿痛的眼睛得到了缓解，那一瞬间，初瞳舒服得连哭都忘了。

紧接着，她又蹭了蹭，毛茸茸的头发擦过洛舟的下巴，有点儿痒。

初瞳抱着他，脸贴着他的锁骨，深深地吸了一口气：“好香啊……”

这小跟屁虫，今儿真是醉得一塌糊涂了。

有多少年没和雌性生物这么亲密过，洛舟已经记不清了。

刚才一下子被她抱住被她蹭，惊讶有，不习惯也有，倒是没反感。

突然，洛舟在这一瞬间想起之前初瞳用方言骂他傻的那次，自己也没觉得生气。

他想起自己之前跟初瞳说过的话。

这个小姑娘明明和他相处时间不长，但是对他来讲，是真的很特别。

现在这个姿势维持不了太久，洛舟稍微一动就挣开了她的胳膊。

初瞳很不满意。

她知道自己的脸刚才贴到了一个好舒服的东西，凉凉的、滑滑的、香香的。不知道是什么，可她知道是洛舟身上的。

“热，”初瞳对着洛舟伸手，噘了噘嘴，“想抱抱。”

洛舟心想，还撒上娇了。

初瞳在他面前很少撒娇，小时候还撒，长大后再见面，反而比以前拘谨了不少。

现在她大眼睛水汪汪的，粉嫩水润的唇嘟起来，显得特别可爱。

洛舟突然想逗逗这个小醉鬼。

“不是刚才还讨厌我，说我是坏哥哥吗？”他单手扶着车门，微微弯腰，垂下头看着她，停顿了两秒，又问，“怎么，现在又不讨厌了？”

“你……你这么记仇干吗呀？”说完这句话，小姑娘撇撇嘴，眼泪说来就来，跟水龙头一样开关自如，一边流泪一边抱怨，“你又凶我……”

等洛舟安抚好她的情绪，已经是五分钟后了。

洛舟搞明白她似乎是眼睛哭得有点难受，于是用手给她捂了会儿眼睛，初瞳的眼泪这才停下。

直到驱车上路，刚才被她的脸贴过的锁骨上，那块皮肤仿佛还残留着热度，迟迟不散。

初瞳现在这个状态连路都走不了，明显也没法回宿舍。洛舟想着直接开车把她带回洛家，也能让白相宜照顾一下。

初瞳仿佛终于折腾累了，哭过劲儿之后便呼呼大睡。

睡了一路，到了洛家门口，洛舟将她抱出车的时候，她才睁开眼，也没反抗，还往他怀里蹭了蹭——一脸安然，对人毫无防备的样子。

洛舟哼笑了声，也不管她听没听到：“就你这酒量，以后再喝酒就要挨揍了。”

洛家客厅灯火通明，有用人正在客厅收拾卫生，见到洛舟回家打了声招呼。

洛舟点了点头，将初瞳放在沙发上，对用人说：“找一下醒酒药，然后倒杯热水给我。”

初瞳闭着眼迷迷糊糊的时候还是很乖的，让吃药就吃药，让喝水就喝水。

喂她吃完醒酒药之后，洛舟给白相宜打了个电话，大概说了说初瞳的情况，结果得知自家爸妈后半夜才能回来。

白相宜还特地嘱咐：“你让人收拾一下洛棠的房间，直接给她住就好了，棠棠的床舒服。”

洛舟应下之后，觉得头有点儿疼。

他看了眼挂钟，又给洛棠打电话：“你今晚不回家了？”

“是啊，”洛棠说，“我早上吃饭的时候就跟你们说了，苏延这几天刚杀青，好不容易有空档期，我俩去 H 市玩了。”

洛舟头更疼了。

他看了眼躺倒在沙发上的初瞳，突然想到之前她趴在他背上嘴里念叨了好几次的叶澄。一开始洛舟都没听明白，后来她一直提一直提他才勉强听出这个名字。

“有个事。”洛舟问电话那端的洛棠，“你那只猫，现在给谁养呢？”

“就是从瞳瞳他们大学的那个社团找的人啊，救猫的那个，不是很有名的吗？”洛棠说，“那姑娘还是个副社长呢，叫叶澄……怎么了？”

洛棠突然对他展开了机关枪模式，一连好几问：“你问这个干吗？为什么突然关心洛羊羊？你不是不爱它吗？”

洛羊羊是洛棠给猫咪取的名字。

洛舟想了想，好像跟洛棠去看猫的时候，是有这么个人对他做过自我介绍，但模样早就忘干净了。

洛舟说了句“没事”，就挂断了电话。

行了，谜团之一解开了——从初瞳的外星语来分析，这个“叶澄”就是让他成为坏哥哥的原因之一。

但叶澄又不是他找的人，这小姑娘怎么还算他头上了？

洛舟看了一眼身边躺着的人。

初瞳脸上的红褪去了不少，变成了粉嫩嫩的颜色，嘴唇也是偏粉的，像鲜嫩可口的水蜜桃。因为哭过，眼周还有些肿，漆黑的睫毛又长又翘，呼吸的时候小小的鼻翼有细微的变化，整个人安静又温顺，完全看不出刚才口出狂言的样子。

回想一下她的“狂言”。

洛舟是坏哥哥谜团之二——短信。

初瞳提到的短信，洛舟动用了一下自己的天才大脑，搜刮了许久之前的记忆，追溯到了五年前。但也并没有想起任何初瞳给自己发过短信的事情。

倒是想起来，从初家回来后的那个暑假，有一晚洛舟和朋友喝多了酒，醒来发现自己的手机被猫扔进了家后院的游泳池里，泡了一天一宿，从里到外包括手机卡全废了。

洛舟当即就买了个新手机外加一张新卡。

他这人没有那种换个号码就通知所有人“本少换号了，新号存一下”的习惯，换了就是换了，联系人随缘，联系不到那就是缘分没到。

初瞳的短信，应该可以确定就是这么没的。

所以，为什么停机的电话卡还能收短信？这什么规定，要是给个提示那她不也就能知道他换号了？

洛舟平时很少做对不起别人的事情——并不是真的没做过，而是因为他并不会觉得自己对不起谁。

但这小姑娘边哭边说这事时候的委屈语气，洛舟回想起来，还真的让人有点难受。

洛舟身上的衬衫背后被初瞳的眼泪给浸湿了一大片，他起身上楼换了件衣服，再下来的时候，就听到沙发上初瞳的手机一直在振动。

他走过去拿起来，屏幕上跳跃着来电显示：容容（爱心）。

洛舟微一挑眉——这名字后面还带了个爱心符号。

洛舟接通电话，那边的人就噼里啪啦说了一堆。

“瞳瞳，你不是去聚餐了吗？怎么还没回来啊？我们三个都从图书馆回来了，夜宵都吃完了，你在哪儿呢？”

这个时间来电话的女生，说的又是这番话，肯定是她的室友。

洛舟重新坐回沙发上：“她聚餐喝多了，今晚不回宿舍了，我是她哥……”

话还没说完，就被粗暴地打断了。

那边女生一改之前的语气，大声质问：“男的？！为什么会是个男的接我电话？初瞳人呢？”

洛舟重复了一遍：“初瞳喝醉了，我是她哥哥，把她接回家了。”

“初瞳哥哥不在C市，她又不是本地人，你是她哪儿来的哥哥？”那个叫容容的女生问完之后，突然又道，“哎……等会儿，我怎么觉得你这声音我在哪儿听过啊？”

洛舟：“可能是开学典礼吧。”

“开学典礼？什么开——开什么玩笑？洛舟学长？！”女生音调拔高了一个八度，“你是初瞳的哥哥？！”

可能是电话那端的音量在客厅内显得太大，初瞳在沙发上翻了个身，睁开了眼。

洛舟不知道她听不听得懂，尝试着说：“你室友的电话，你和她们说一声，明早我送你回去。”

“好，”初瞳听话地接过电话，“喂？”

“瞳瞳——”杜优容快激动死了，“你没事儿吧？刚才一个男的接电话我都快要吓死了，那男的还说他是洛舟，他是你哥？”

“他是洛舟呀。”初瞳慢吞吞地复述着洛舟的话，“洛舟他说，明早送我回宿舍。”

杜优容：“天啊，你认识洛舟这件事儿等你回来再给我交代清楚！总之，明早必须见到你人。你要是没回来我就报警，听到没？”

“嗯嗯，”初瞳乖乖点头，煞有介事的样子，“好的，我要是没回去，你就马上报警把他抓起来！”

洛舟心想，怎么还跟小姐妹商量起报警抓他了？

初瞳又跟那边黏糊了两句才挂断了电话。

现在十点钟，算算时间，醒酒药应该开始起效了。

洛舟看着她将手机锁屏，问道：“有没有哪里不舒服？想不想吐？”

问了两遍她才听懂，初瞳摇摇头说：“没有，不想吐。”

然后，她睁着有些肿的大眼睛，朝他的方向伸出手：“抱抱。”

本来也准备送她上楼睡觉了。

洛舟弯腰，揽着腰和腿弯把她抱起来之后，边带着她上楼边“啧”了声：“喝醉了之后，真是会撒娇。”

用人已经将洛棠的房间收拾好了，床单也都是新换过的。洛舟把她放到床上之后，初瞳立刻坐直环顾了一下四周：“这里好好看……”

似乎刚才在沙发上的小憩让她恢复了精神，洛舟并没在她的眼里看到睡意，小姑娘从床上翻下去，坐在床边的地毯上东看看、西瞧瞧。

洛舟再次上前，把她提到床上。

初瞳不高，骨架也小，不管抱着还是提着都轻轻松松，觉不出重来。

洛舟觉得自己像哄了个孩子。

他轻摁着初瞳的肩膀，看着她的眼睛，一字一顿地道：“该睡觉了。”

初瞳的眼睛睁得圆圆的。她也学着他的语速，一字一顿地道：“那你哄哄我。”

洛舟的太阳穴突突直跳——晚上还没吃饭，头疼似乎连着胃也不舒服起来了。

洛舟一向嘴毒，跟谁都是，在他的词典里，道歉相关的词句是使用频率最低的。

现在又出现了一个全新领域的难题——哄人相关词句，使用率零。

最后，在初瞳的注视下，洛舟沉默了几十秒钟，绞尽脑汁也没有想到任何哄人的话。

“你不哄我，”初瞳等得不耐烦了，当即从床上站起来，叉着腰说，“那我就不睡了。”

仿佛刚才一路上的醉后乖巧都是假象，现在直接将要酒疯的无理取闹演绎到了极致。

“占了哥哥这么多便宜，”洛舟直接被气笑了，伸手戳了一下她的额头，停顿了一下，故意放慢语速，“你明天醒了之后，最好别忘记今天都干了点儿什么！”

可喝醉后的初瞳并不吃这一套。

“你让我不忘我就不忘吗？”初瞳站在床上，手还叉着腰，趾高气扬地反问，“你是在教我做事吗？！”

第10章　洛舟学长好眼光

早上醒过来的时候，初瞳迷茫地看着陌生的欧式天花板。

这精美的纹路……这一看就价值不菲的水晶灯……再感受一下这身下柔软的大床……这……这不是宿舍啊！

大脑有三秒的空白，她“腾”地掀开被子坐直，开始上上下下看自己身上的衣服，发现是自己的没错，还有点儿皱皱巴巴的，顿时松了一大口气。

放松下来后，随之而来的记忆也一点点地跳到脑子里——虽然是碎片式的。

昨天社团聚餐喝酒，喝酒前的事情自然不用说，喝酒喝到一半的时候，初瞳记得自己当时特别困，一边犯困一边还想听那个叶澄学姐讲话，生怕听漏了一点儿她说的她和洛舟的什么故事，就这样昏昏沉沉的，彻底睡了过去。

然后不知道为什么，洛舟就出现了。

再然后，就是一段一段的了。

初瞳还没来得及继续回想，身边手机的闹铃就响了。

她把闹铃关掉，一下子看到了满屏幕的微信消息。

初瞳的微信要炸了。

先是宿舍群里面，几个室友就着她和洛舟这个话题聊了一晚上，提醒了她无数条，明知道她不可能回复，也不知道这几个人为什么这么兴奋……

然后是社团大群——消息太多，初瞳都没逐条看。

最后是私聊，昨晚有几个学姐是加了初瞳微信的，全都在问她和洛舟的事情，还有提到叶澄的。

初瞳粗略地翻着看，也没回复，一直翻到了与“没空闲聊”的对话框，手指一顿。

没空闲聊：“洗澡洗脸，用洛棠的浴室就行，洗好了下来吃早饭。”

时间是十分钟前。

不知道为什么，初瞳现在一想到“洛舟”这两个字，心里就有一种难言的情绪。

初瞳带着自己碎片式的记忆，抱着头去了洗手间。

虽然洛舟那样说了，但毕竟这是洛棠的房间，也没有换洗的衣服，洗澡还是不太方便。

洗漱的时候，初瞳眼前开始闪过一幕一幕的画面——

刷牙的时候，看到了她直呼洛舟的大名。

用水冲脸的时候，看到了她趴在洛舟背上哭着说你真是个坏哥哥。

洗面奶在脸上揉开的时候，看到了她哭着质问洛舟为什么不回复她的短信。

最后洗完脸的时候，看到了她哭着说“洛舟，我讨厌你”。

初瞳仿若石化了一般。她今天是不是装作睡到天黑别下楼比较好?

洛棠护肤品架子上摆着好几样初瞳也有的款，都是白相宜送给她的。

简单抹了脸之后，初瞳对着镜子把衣服上的小褶皱拉平，做了好几次深呼吸，这才带上手机，出房门下楼。

初瞳最开始还抱着一丝侥幸的心理——十几分钟过去，洛舟估计吃完早饭了吧。

但当她走到餐桌前，一抬眼就看到了慢条斯理喝牛奶的洛舟。

和预想中的冷嘲热讽不太一样，洛舟开口的第一句话，竟然是关怀她。

“头疼吗？”他问。

初瞳有些受宠若惊。

他不是很在乎自己好哥哥的人设吗？不是天天挂在嘴边他这个好哥哥对她这个妹妹无敌好吗？她昨天那样说，这人竟然都没生气吗？

初瞳摇摇头：“不疼。”

“知道不疼是为什么吗？”

初瞳张了张嘴：“啊？”

洛舟看着她：“因为我给你吃了醒酒药。”

初瞳硬着头皮说：“谢谢哥哥。”

“洛舟哥，今天——”坐下之前，初瞳看了看空荡荡的桌子，“就你自己吗？”

“我爸妈昨晚回来得晚，还没起床；洛棠和她男朋友出去旅游了。”洛舟解释完，示意她坐下，“先吃饭。”

初瞳“哦”了声，慢慢挪动到桌子旁，拉开椅子，坐下吃饭。

一切的动作，包括咀嚼吞咽，都非常机械化，初瞳就像一个机器人。

偶尔，她的视线会瞟到对面的洛舟身上。

其实很早之前，在她家住的时候，洛舟每天都是起得最晚的那一个，初瞳虽然起得要早一点儿，但是故意吃饭磨蹭，就是想等着洛舟一起吃。

那时候经常也是这样，大家都已经吃完去做别的事情了，长长的餐桌上只有他们两人在吃早饭。

今天是周一，他肯定要上班，身上穿的是件纯黑色的衬衫，领口微微敞开，衬得外露的皮肤像白玉一样，对称的锁骨线条流畅优美。

而且不仅好看，还很滑，很香……

初瞳及时掐断了自己的联想。

为什么脑子里会自动出现很滑、很香？！

“怎么？”洛舟注意到了她的视线，眼神轻飘飘地从手机转移到她的脸上，似笑非笑地说，“想起来你怎么占哥哥便宜了？”

初瞳差点儿噎住：“我怎么占你便宜了？”

洛舟放下手里的餐具，靠在椅子上看着她，眼睛黑沉沉的，半天没说话。

“我猜，”初瞳试探着道，“我可能是断篇儿了？”

闻言，洛舟竟然笑了，虽然笑意明显不达眼底：“不错啊，真忘了。”

初瞳一时语塞。

他又问：“那说说，你都记得什么？”

初瞳忍着羞耻，用埋头吃早饭来避免和他目光对视，边吃东西边将自己记忆里的画面给他快速复述了一遍。

“洛舟哥，”在他发作之前，初瞳先他一步开口，“谢谢你昨晚把我带回来，照顾我，虽然可能后面发生的很多事情我都不记得了，但……你是不会和一个醉鬼计较的，对吧？”

洛舟眯了眯眼。

这话说得不错啊，还挺圆滑。

“放心，我不计较。”洛舟点点头，“你忘了也没关系，一会儿送你回学校的路上，我帮你回忆回忆。”

初瞳试图垂死挣扎：“你公司不顺路，不然我打个车……”

“说好是我送，就是我送，”洛舟打断她的话，“我现在就来帮你回忆第一件事。”

初瞳：“什么事？”

“昨晚你和你室友打电话，做了个约定，说今早如果我没能把你送回学校，就要报警把我抓起来。”

初瞳一脸的不相信。

“所以快点儿吃，我不想进局子。”

去学校的路上，洛舟并不满足于给她平铺直叙地讲述，还模仿上了她的语气。

“你当时叉着腰，站在洛棠的床上，说——

“‘你让我不忘我就不忘吗？’

“‘你是在教我做事吗？！’”

一瞬间，初瞳竟然理解了说出这两句话的自己——一定是压抑得太久了，喝醉了才会控制不住顶撞他吧？

这情节实在令人尴尬，好在洛舟也没真的从头说到尾，只挑了几句模仿，也就不打算再继续下去了。

过了几个路口，转眼间，又到了熟悉的两百秒红灯，熟悉的从 199 开始倒数。

“当时我从你家回来后没多久，手机被我的猫扔到游泳池里泡了一晚上，里面全泡发了，卡也报废了。”沉默间，洛舟突然开口，说了一句无关紧要的话。

初瞳没反应过来：“嗯？”

“换手机换卡，都买的新的。我嫌麻烦，联系人也没有恢复。”洛舟转过头，“所以你的短信，真的不是故意不回。”

清晨的阳光从车外照进来一缕，他的眼睛里映着缩小版的她，不同于刚才的玩笑语气，这会儿他说话时的神情极为认真。

被他这样专注地盯着，初瞳心跳莫名地加速。

这件事拿出来说，其实初瞳有些尴尬。

她小时候的确介意，长大一点儿以后不是没想过洛舟很可能是换了手机卡之类的。所以，她后来给他发短信也没有再盼着回复，只是习惯使然而已。

而这次再见面的第一天，他就给了她手机号，并不是当年那个，这足以证明她的猜想。

也正因如此，初瞳来到 C 市一个多月，和洛舟见了这么多次，也没有提这件事。

但喝醉的时候，可能是想起了曾经特别在意的事情……初瞳也没想到自己就这么说出去了，还说得那么委屈。

她小声说：“嗯，我昨晚喝醉了，说胡话，其实本来也没有什么的。”

怕他不信，初瞳又说：“其实也没有每年都发，好像就你刚走之后发了几次。你没回复，我就没再发了……昨晚说得实在太夸张了。”

“没发几次？”洛舟看了她一眼，“真的？”

他到现在都记得她说那句“每年都发”时候的语气，怎么也不像胡话。

其实初瞳的性格蛮有意思的，她在长辈前面乖巧，在同龄人面前俏皮，大多数时候可以用“可爱”来形容，这种性格即使受委屈了一般也不会主动说。

让她喝醉之后才说出来的委屈，那应该真是憋了好久。

初瞳先是底气不足地“嗯”了声。三秒后，她好像想到了什么，顿时底气又回来了。

初瞳底气很足地补充了一句：“当然是真的啊，一直没有回复，我干吗还自讨没趣。”

反正过去了那么多年，这种东西也没地方查，那不是她说什么就是什么吗?

洛舟把她送到学校的时候，距离上课还有二十分钟。

初瞳走之前在宿舍群发了条消息，却没想到三个室友正在校门口等着她。

她拉开车门准备下车时，身侧的洛舟也跟着下了车。

人高腿长，一身黑格外显身材，加上那张脸，走哪儿都像会发光的吸睛体。

洛舟和她一同走到室友面前，初瞳几乎可以看到三位女生强装平静的表面下隐藏着怎样的尖叫声。

“人我送到了，”洛舟对她的室友笑了笑，看着还挺友善，“还要不要报警抓我啊？”

杜优容拼命摆手：“不不不敢啊学长，我们昨晚真就是随口一说，随口一说，您可千万别记在心里哈哈哈哈……”

洛舟这尊大佛走了之后，初瞳一下子被三人包围，轮流锁喉。

“好啊初瞳！”

“还好姐妹呢！认识洛舟学长的事情竟然从头到尾没告诉过我们！”

“我就说呢，当初开学典礼我们三个那么激动，咋就你，看着这么极品的帅哥还那么沉得住气——”

“原来是天天见有免疫力了啊！”

……

初瞳被她们东一句西一句搞得哭笑不得，等几人说累了、词穷了之后，才解释道：“我真的不是故意不说的，你们也没有问过我。我觉得，在你们讨论洛舟的时候，我主动说这些怪怪的，显得我好像在炫耀一样……”

说的也是，相处快两个月了，她们都知道，初瞳的确就是这样的人。

明明有钱却也没炫过什么，随口说的请客一请就是大手笔，偏偏在她们眼里的大手笔，人家眼睛都没眨一下，真的是个小富婆。

这个理由还是可以接受的。

“审讯”阶段告一段落，老二说起新的八卦：“对了，你们昨晚那个聚餐啊，都在论坛有吃瓜帖了，全是围绕着一个你一个洛舟一个什么橙，我们仨看了一晚上。”

“叶澄。”杜优容说，“那女的正好和我们瞳瞳完全相反，一个是我有但我从来不秀，一个是明明没有还硬秀，笑死人了。”

初瞳听得云里雾里：“说什么呢？什么帖子？什么论坛啊？”

杜优容一把揽过她：“走了，先到教室，到教室我发给你链接。”

十分钟后，初瞳见到了室友们口中的帖子。

A 大论坛 · 4 组 · 闲聊灌水八卦——一顿聚餐吃得震撼我全家，给你们放一个某知名社团副社长学姐的瓜。

1 楼楼主：“几百年没上论坛了，要不是今晚太让我匪夷所思，我也不会浪费时间打字。

“众所周知，每个社团里总会有那么几个占着职位但是又不干实事的。你要是抗议人家背后还有大佬顶着，不服就只能走人。

“我们社团也是，就喵星人那个。

“这个人呢是个学姐，我简称为‘Y’。

“我们社团大家都懂的，一次志愿活动能累掉半条命，缓好几天都还胳膊酸腿疼的那种强度。

“之前每次社团活动，这位 Y 学姐都是负责‘监督’工作。啥意思呢？就是站那儿看你们干。完了最后要是有来采访我们社团的，次次还都是她出来露脸，给人讲述志愿工作多么多么辛苦却还是甘之如饴——真正累死累活的我们啥也不是。

“昨晚，我们社团聚餐，所有人都准时到的，Y 学姐有事，姗姗来迟。

“有人问她去干吗了，Y 学姐说去帮人养猫了（我们社团一个给社员的兼职活动，赚钱的）。然后有和 Y 学姐熟悉的学长开玩笑说了一句，她养的猫的主人大家都认识，最后公布了答案——洛舟。

“好家伙，我们全沸腾了，差点儿全体起立了。

“然后，就成了 Y 学姐一人的独秀环节，全程扯些有的没的，总的来说主旨就是‘我和洛舟学长熟着呢’。

“我当时寻思，这 Y 学姐不佩服不行啊，洛舟这种人物都能被她给整住。

“重头戏来了。

“我们社今年新招的大一新生里，有两个小姑娘特别招人喜欢，其中有一个长得贼好看的，我暂时叫她 C 学妹吧。

“C 学妹不知道怎么回事，酒喝多了，趴在桌子上睡觉睡得好好的，结果没多一会儿，洛舟本尊就来了我们包厢——是的！本尊！近距离看真是帅爆了……

“你们知道，当时我们所有人都被Y学姐洗脑了，觉得她和洛舟甚至就快成了，所以洛舟一来，Y学姐一起立，我还寻思他俩要抱上了。

“结果——洛舟看都没看Y学姐一眼，直奔趴在桌子上呼呼大睡的C学妹，还冷着脸问谁给她喝这么多酒，然后打横就把人抱走了。

“这是什么剧本？！

“我要是Y学姐我恨不得当场钻地缝里去。”

看完之后，初瞳愣了。

洛舟到了包厢，竟然全程没看叶澄吗？

按照她的记忆，那个学姐说的话，不应该是这样啊。

初瞳正准备往下滑，屏幕顶端弹出来三条林莓的消息。

小草莓：“我们系今天全都在传昨晚的事情！我的天哪！”

小草莓激动不已：“昨晚我错过了什么啊？我喝醉了竟然错过了见洛舟学长吗？！”

小草莓持续激动不已：“姐们儿，你为啥认识他啊？难道！莫非！你昨晚说能帮我要到他妹妹洛棠签名照这事是真的吗？！”

初瞳笑着回复了她两个字：“真的。”

然后，初瞳切回帖子链接，手指继续向下滑——

2楼：“楼主，和你的心路历程一模一样，反正匿名论坛我也不怕说，Y一整晚基本上都在说自己和洛舟有多熟悉，然后有个学妹想要洛棠的签名照，她先装模作样地拒绝，然后又说自己努力试试，弄得人家学妹一顿感恩戴德，我坐在旁边真是呕了。”

3楼：“我昨晚忍了一晚上Y学姐，没想到最后如此魔幻收场。这个转折够我跟人讲半年了。”

4楼：“最尴尬的还不是这个，是洛舟根本就不知道她是谁啊！你看洛舟从进门到最后离开有没有正眼看过她一眼啊？”

5楼：“完全没有，Y还主动叫了一声‘洛舟学长’，然而学长眼里只有C学妹。”

6楼：“C学妹那么好看一妹子，比Y不知道要好看多少倍！人也乖，去做志愿的时候让她干啥就干啥，自己不会的就学，她叫我‘学姐’的时候我心都要化了好吗？不知道她跟洛舟学长啥关系，反正我先赞一个洛舟学长好眼光！”

第11章　追求者

初瞳盯着 6 楼回复的“洛舟学长好眼光”这七个字。

看着看着，她的脸颊就开始有升温的趋势。

初瞳这是第一次逛论坛，帖子看起来都是女孩子的口吻。

帖子里面的吃瓜群众大致分为两部分。

有挺多人解码了 Y 学姐是谁之后，纷纷开始“分享”自己和 Y 学姐曾经共事或者接触的经历，有不少对得上号的极品事件。

还有一部分人的关注点在洛舟和 C 学妹身上，有的猜是情侣，有的猜是妹妹，不断询问昨晚的过程细节，甚至都翻到了洛舟的微博想要寻找蛛丝马迹。

最后当然是没什么结果。

洛家人都算是生活在公众眼光下的人物，在社交平台上最活跃的是洛棠和洛城，洛舟和白相宜是很少发微博的。

还没开始上课，身边的杜优容见她看得差不多了，在一旁说道：“咱们宿舍好像就我经常逛学校论坛。我在论坛经常见有人提那个叶澄学姐，但都没跟你聊过这个人，她好像从大一开始就挺有名的了。”

初瞳抬起头：“怎么有名？”

“她长得挺好看的，属于气质型美女，又会来事儿，而且看吃穿用度家境也不错，追求者众多，你从昨天的事情也能看出她心眼儿一箩筐……”杜优容一路数说下来，“你看，这样的人肯定有名啊，大概就是典型的男生缘好、女生缘差那种人吧。”

初瞳也说不出是什么感觉。

初瞳很少会去讨厌一个人，虽然知道叶澄这个学姐在志愿活动的时候不做实事，而且还有学姐说她一直就是这样什么都不干还爱出风头，反正初瞳也不准备和她交好，因此也就没怎么往心里去，更没有跟着一起吐槽她。

但昨晚喝醉之后，初瞳听叶澄一直在提洛舟，而且还用那样暧昧的语气，这让她心里对这个学姐的厌烦一下子就到了顶点。

还别说，在看到帖子里反复强调洛舟一眼都没看叶澄的时候，初瞳虽然没见着那个场面，但在众人的渲染形容下，也莫名有一种洛舟替自己出了口气的感觉，身心瞬间舒畅。

这节课是信息科学技术概论。

这节课大概是初瞳宿舍四人开学以来听得最不认真的一节课——四人都在狂戳手机，宿舍群一个接着一个的问题指向初瞳，诸如“你和洛舟竟然认识这么多年了？”“真的只是单纯的兄妹？”“从实招来没有娃娃亲？”等。

一上午，初瞳耳边和眼前都没能离开“洛舟”两个字。

中午吃完饭回宿舍，初瞳先洗了个澡换了身干净的衣服，紧接着，又接到了洛舟本尊的电话。

他说的是昨晚喝酒那件事。

“以后你们社团再有这样的活动，你要么去了不喝酒，要么就别去。”他强调道，“有朋友一起也不行。”

洛舟平时说话很少这么正经，突然正经起来，音调沉沉，还真挺吓人的。

毕竟昨晚喝断篇儿在人家面前丢了脸，初瞳虚心接受教育，乖乖答应下来。

随后，洛舟一改之前的正经语调：“小跟屁虫，这次要不是我去包厢接你，你是不是从来没跟你同学说过有我这个哥哥的事儿啊？”

初瞳有些心虚，声音渐小：“是没说过。”

果然，他下一句便是：“怎么，嫌丢人？”

“不是。”初瞳想了个最合适又最能让他满意的理由，“你粉丝多，我怕说出来招人恨。”

“说得也是。”他果然满意了。

初瞳并没有接他的话。

“但如果我是你，有个我这样的哥哥——”洛舟的声音满含笑意，又拖着腔调，他道，“这么骄傲的事情，我肯定开学第一天就昭告所有人了。”

十月的最后一个周日是A大的秋季运动会，也就是在一周后。

最近班群每天都有人动员大家积极报名参赛。初瞳虽然有集体荣誉感，但体育这块她是真的不擅长，所以都是在心里默默给大家加油。

原本以为自己大概是做不出什么贡献了，没想到这天下午的体育课，辅导员特地来操场安排她给系里举牌，还叮嘱了好几遍记得跟着方队练习。

晚上和辛莹在食堂吃饭，初瞳随口提了一句。

辛莹完全不觉得惊讶：“我之前不是告诉过你，当时军训的时候有人拍到你一张照片，直接把你送上咱们大一新生仙女投票第一名了？你举就对了！

“而且你们那种理科学霸系，本来妹子就是稀有物种，你这样的直接是濒临灭绝了，肯定得趁着这四年好好利用，没毛病。”

“我们系举牌的是大三的一个学姐，学生会宣传部部长，”说完，辛莹又讲起自己系，还“嘶”了声，“虽然我觉得她长得也不是很好看……但是人家有话语权啊！”

的确，一般工科院系举牌的人都特别好选，尤其像物理计算机这类，因为系里每个专业的女孩子都少之又少。

反倒是辛莹的传媒系，还有艺术系等，美女如云，不仅好看还会打扮，对于举牌人选的定夺，每年都是一场没有硝烟的战争。

接下来的几天里，初瞳每天下课后到晚饭前的时间都耗在了操场上，跟着方队一起排练，每晚回宿舍还能听到杜优容带来的“艺术系三个系花之间的恩怨情仇”“三个系花争破了头最后便宜了小学妹”“薛定谔的系花”等一系列校园八卦故事。

周六彩排，周日正式开幕。

因为初瞳是给本系举牌的，所以彩排的时候三个室友全跟着去了。她们坐在操场边围观了全程，回到宿舍之后还一直讨论：“我看了一圈，没有一个比瞳瞳好看的。”

“那个叶澄给他们系举呢，明天必须‘艳压’！”

“你不会化妆就让容容给你化个妆，无敌！”

初瞳下意识地反驳：“我怎么不会化妆？”

“是是是，你会你最会，”杜优容翻了个白眼，“花两分钟涂个防晒霜，涂个口红，这就是初瞳小姐姐化妆法，谁看了不得说一声牛啊？”

初瞳顿时无语。

被杜优容鄙视了一番化妆技术，初瞳属实是没话反驳。杜优容对化妆的精通程度简直可以去当美妆博主了。

运动会当天一早，在杜美妆师巧夺天工的手法之下，初瞳就在宿舍三人的彩虹屁声中一路走到了操场。

举牌要穿裙子，她穿的卫衣和运动短裙，同色系白红相间的棒球袜、棒球鞋，扎了个高马尾。秋天的早晨稍稍有些凉，所以外面还罩了一件挡风外套。

也不知道是之前Y学姐C学妹和洛舟的瓜让她知名度大增，还是举牌的装扮较为显眼，一路上初瞳的回头率奇高。

运动会正式开幕。

花枝招展的举牌美女们穿的裙子一条比一条精致好看，有的带闪有的带纱，唯独初瞳身上是条简单的运动系短裙。

相较之下，的确仙女裙更加夺人眼球，可运动系裙装和方队更加契合，看起来更像同一个风格的一个整体。

再配上她的高马尾、杜美妆师给化的元气少女妆，灵动可爱，青春无敌。

运动会本就是大家最闲的时候，方队一个接一个地走下来，论坛里一溜的新帖，其中还是夸赞C学妹美貌的帖子数量最多。

举牌的确风光，的确好看，就是费腿。

等开幕式终于结束，从操场往看台走的时候，初瞳的膝盖都冻僵了，她甚至觉得自己每一次弯膝盖都能听到“嘎吱”的轻响。

好在今天是个大晴天，从上午九点钟开始，大大的阳光全方位笼罩着操场，清晨的清冷便彻底消失不见了。

最先比的是短跑，女子一百米的参赛者里面有辛莹，初瞳得赶过去给她加油。

路上，初瞳的鞋带开了，她蹲下去系鞋带的工夫，却不想再站直的时候就见到了个熟人。

面前的男生十分高大，麦色肌肤泛出健康的光泽，五官端正帅气，短发根根直立，穿着短袖，肌肉外露，胸前挂着属于运动员的号码布。

他眼睛很亮地看着她：“初瞳？”

初瞳看着这张脸，仔仔细细地回忆了一下——没记错的话，这好像是高中时隔壁班的体委。

男生的语气有些激动，他道：“你还记得我是谁吗？我是你高中隔壁班的体委，我叫陆井。”

初瞳心想，果然是他。

至于为什么会对他有印象——

高中那会儿，初瞳所在的班级跟隔壁班是兄弟班。当时体育课都是一个老师，每周两节体育都是两个班一块儿上。

这个体委有好几个兄弟，都和他一样高、一样壮，因为不喜欢这种大块头的男生，辛莹吐槽过这群人是大猩猩团体。初瞳觉得很形象，因此也在心里不自觉地跟着叫了。

后来记不得是从什么时候开始，每次和初瞳打照面，隔壁班体委这一群兄弟都会对着她嗷嗷起哄。

高中时，追初瞳的、对着初瞳起哄的人太多了。

但唯独这一群人最特殊——每次上体育课，一经过篮球场，就有一群大猩猩勾肩搭背冲着你“嗷嗷嗷”，搁谁谁都得印象深刻。

面前这位，就是大猩猩们的头目。

“你好。”初瞳礼貌地和他点头，“请问有什么事吗？”

虽然已经毕业了这么多个月，但初瞳还是很好奇——他每次带着一群大猩猩对着她嗷嗷叫到底是为了什么？

还没等她开口问，男生先开口了：“初瞳同学，你有男朋友吗？”

初瞳睁大眼：“啊？”

“没有的话，我想跟你说个事。”猩猩头目脸上泛起一点儿红晕，“那个……我喜欢你。”

初瞳心想，怪不得那会儿他们对她嗷嗷叫了。

“其实从高中分班后就开始了，我第一次见到你就喜欢你了，但是那会儿我怕我们俩谈恋爱会耽误你学习，所以就没敢跟你提。”

啥叫怕我们俩谈恋爱会影响我学习？兄台这么自信吗？

“谢谢你喜欢我，但我现在不打算谈恋爱，”这话初瞳说过太多次，说得相当顺溜，“抱歉。”

一般这时候，对方会微微有些尴尬，然后两人就该道别了。

“没关系，我本来就觉得你不会同意，”谁知，这人还笑呵呵、一脸诚恳地说，“但是你放心，我会继续努力追你的。”

初瞳心想，我放什么心？我对你根本就不来电。

不等初瞳再说话，陆井一边笑着一边跑远了，阳光下的笑容透着股傻气：“我还有比赛，先走了！”

初瞳在原地站了好一会儿，才继续朝着刚才前进的方向去找辛莹。

初瞳觉得自己得告诉辛莹一下再遇猩猩头目的事，她肯定特别感兴趣。

此时此刻，洛家。

洛舟睁开眼，看到上午十点半的时候，还觉得有点儿惊奇——这在他过往的周末里绝对算起得很早的了。

摸出手机，回复完该回的消息，他就刷到了初瞳的朋友圈。

操场，方队，她穿着裙子，举着他们系的牌子。

运动会。

微信也有汪旭发来的消息。

汪旭：“学长，你妹妹今天可好看啦，被论坛夸爆了哈哈哈哈。”

汪旭：“我一大四的学弟心动得不要不要的。”

汪旭：“[A 大论坛]—[今日份夸夸帖]”

洛舟扫了两眼就退了出来，和上次看到那个什么大一仙女票选差不多的心情。

带图夸了，觉得她的照片就这么公开放上去不太好。但要是有夸别人的帖子没有夸初瞳的，那就是他们眼瞎。

这心情，真是奇了怪了。

洛舟下床洗了个澡，吹头发换衣服收拾了一下，刚好十一点半。

车开上路之后，洛舟给初瞳打了个电话。

接通之后，那端初瞳用软软的声音主动和他打招呼："洛舟哥。"

"看你朋友圈，今天开运动会？"

"嗯。"她人应该还在操场上，说的话伴着广播以及哨声传来，"刚结束上午的比赛，准备解散了。"

"我上午有点事要出去，待会儿十二点路过你们学校，"洛舟睁眼说瞎话，问道，"带你吃个午饭？"

"啊，可我下午一点就要回到操场，"初瞳说，"室友一点半有比赛，我得陪着她们，好像来不及出去吃——"

洛舟无所谓地道："那就去你们学校吃。食堂还是周围，你选一个。"

初瞳有几秒钟没说话，似乎真的在认真思考。

"那还是在学校周围吧，不要去食堂，今天运动会，大家估计都去食堂……"过了会儿，初瞳停顿了一下，说，"我怕你被围观。"

到 A 大校门口的时候正好十二点。

洛舟下车落锁，抬步朝着门口走过去，除了出入的学生，他看到了两道立在门口不动的身影——一男一女。

女孩背影纤细，马尾辫看起来很俏皮，上身穿着宽松的大外套，百褶裙裙摆在膝盖往上十厘米的位置，深蓝色的格纹，显得一双腿又细又白。

男的，壮得像头熊。

洛舟距离两人越近，就越能听清他们的对话。

女孩："陆井同学，我中午和我哥哥有约了，你去找你的朋友吃饭吧。"

熊："我陪你一起等吧。"

女孩："真的不用了。"

熊："那你哥哥来了之后，我能和你们一起吃吗？"

女孩："你可以问问他。"

洛舟停在她的身后，看着初瞳平日里少见的马尾辫，微微弯了弯唇："这谁啊，不介绍一下？"

初瞳一下子回过头。

她脸上是惊讶的神情，眼中有什么亮闪闪的东西衬得她眼睛像在发光。

"我叫陆井，是初瞳的高中同学。因为当年怕耽误她学习，所以现在才正式跟她告白，"不等初瞳介绍，旁边的"熊"就自我介绍了，一副憨憨的样子，又用像下保证书一样的语气说，"我会努力追求她的，哥你放心！"

右眼皮一跳，洛舟道："你叫谁哥呢？！"

第12章　傲娇这种生物

洛舟问完，就听到面前的笨熊答得很是自然："当然是叫你啊。"

仿佛一拳打在了棉花上。

洛舟很是不爽地眯了眯眼："谁准你叫的？"

"就是……你是她的哥哥，"大笨熊想了半天，"不是有个词叫'夫唱妇随'嘛。"

这下不等洛舟说话，初瞳觉得自己的头发都要一根根竖起来了，迅速打断猩猩的话："陆井同学，'夫唱妇随'不是这么用的。"

"我知道……我知道那是给夫妻用的。"陆井忙说，随后，不好意思地挠挠头，"那我这不是在努力吗？"

初瞳和洛舟二人顿觉无奈。

洛舟看了初瞳一眼，满眼都写着"这是哪儿来的傻子"。

初瞳无言以对，用眼神回了他一个"我也不知道"。

"我一向不太赞成'四肢发达、头脑简单'这种说法，"洛舟忍不住道，"但你的头脑是真的简单。"

初瞳一向不太赞成洛舟总是突突损人毫不留情的做法，但这次，她只想说"干得漂亮"。

洛舟损猩猩的时候，初瞳就在一边默默地看着。

陆井穿着短袖，胸前号码布也没摘，一身的运动气息；洛舟身上则是一件黑色薄毛衣，和陆井看着像两个季节的人。

两个男人差不多高，用她的小矮个儿来衡量，肯定都是一米八五往上。但陆井身材很壮实，显得块头比洛舟大了一圈。

反观洛舟就显得特别清瘦，腿又直又长，毛衣领口可以窥见一点点锁骨，脖颈也白皙修长。

两人肤色还一个黑一个白，一瞬间，心中就有了明显的滤镜和偏爱，初瞳疯狂地给又白又瘦的某人打高光。

初瞳一直以来总是更多关注洛舟的脸，这下子才发现，原来他的身材也不是一般的合她的胃口。

被毒舌之后，陆井也不生气，眼睛里依旧写满期待："哥，那我想中午跟你们一块儿吃……"

洛舟干脆利落地拒绝："想都别想。"

大笨熊顿时一脸失望。

洛舟补充了一条："还有，我不是你哥，以后见了我叫'学长'。"

说完，洛舟就拽着初瞳外套上的帽子，带她出了学校。

走出去不到三步，他又反悔了，回头道："算了吧，以后还是别见面了。"

大笨熊一脸的茫然无措。

洛舟将初瞳带出学校走了没多远，就放慢了脚步。

因为太久没来这周围，A 大附近的各种小吃餐馆他早就不了解了。

他转过头问："想吃什么？"

"去一家我和室友经常去吃的店吧。"初瞳说完，又想到了什么，"但这周围的店肯定不如洛叔叔做得好吃。你都说了是顺路来找我吃饭，等下可不要嫌弃饭菜不好吃啊。"

洛舟懒洋洋"嗯"了声："不会。"

初瞳回过头看着前路，洛舟将视线又落在了她的侧脸上。

从侧面看，她的睫毛又翘又长，嘴唇是蜜橘色，唇形圆润可爱，唇珠饱满，看起来就让人想到橘子的香甜。

中午的阳光将少女的发顶染成了金棕色，刘海儿边缘的碎发将脸形修饰得更小了。

这好像是他第一次见她梳这个发型。

本人比帖子里的照片里更好看，高马尾配着运动系短裙，整个人都显得元气满满。

两人并排走着，初瞳还在努力辨认周围的店铺招牌，后脑勺莫名一沉——洛舟从后面拽了一下她的马尾辫。

初瞳原本想当作什么事都没发生，没想到隔了五秒钟，他又拽了一次。

初瞳："哥哥，你幼不幼稚？"

她一脸认真："拉女孩子的马尾辫玩，只有小学生才这样做。"

"是吗？"洛舟笑了笑，很是无所谓的样子，"那可能是因为我小学没这么干过，现在看到你的辫子，就手痒。"

初瞳一脸嫌弃。

说话间，初瞳想带他去的餐馆已经到了。

她没再继续跟他贫嘴，指了一下身边的店牌："我们到了，就是这家。"

这是一家家常餐馆，店主是个六十多岁的老奶奶。初瞳她们宿舍第一次来是因为前面的店全部爆满没位置，转来转去就找到了这一家，没想到意外地好吃又实惠。

这家店位置比较难找，所以人并不多，空位还有不少。

初瞳带着洛舟到了一个不太起眼的位置上坐下，熟练地从旁边的筷子架上抽出菜单摆到他面前："你看下要吃什么？"

洛舟："随便，你看着点吧。"

反正，他也不是来吃饭的。

这个想法刚在脑海里冒头，他突然一愣。

不是来吃饭的……那是来干什么的？

初瞳没注意到他的不对劲，想着平时和室友一起来时候的分量，估算了一下，最后点了两菜一汤。

将点好的菜报给服务员的时候，初瞳观察了一圈周围的人，虽说看样子基本都是A大的学生，但好在今天是周日，再加上运动会午休时间短，大多数人都选择在食堂吃饭了，这儿人不多。

不然，洛舟这影响力，被认出来又要在论坛霸屏了。

等菜的时候，洛舟接了一个电话。

他今天的穿着有些休闲，纯色毛衣让他看起来就是个大学生，也没有了穿西装时候的那种冷硬禁欲感，额前头发自然下垂，不说话的时候，人显得很柔软。

洛舟看起来心情挺好，连带着眼神都很柔软，对着电话那端说："这种低级错误，我让我家那只蠢猫去敲键盘都不会出现，你要是再犯一次就自己收拾东西去非洲，懂了？"

柔软什么啊，初瞳差点儿忘了，他的心比石头还硬。

初瞳在心里默默吐槽完，他也打完了电话。

这家店比较小，除了后厨帮忙，前台结账，有时候上菜也是店主奶奶亲自来做。

初瞳长得漂亮，还爱笑，嘴甜，见过一面的基本都难忘掉。店主奶奶来给他们这桌上菜的时候，一下子就乐了："哎呀，小姑娘你又来啦。"

初瞳帮忙接过饭菜，笑着打招呼："奶奶好。"

"今天咋没跟你的小姐妹一块儿来？"

初瞳指了指对面的洛舟："今天是带我哥来的。"

洛舟也十分配合地点头，叫了声"奶奶"。

店主奶奶上完菜，转过头，正准备离开的时候，脚步突然顿住。

"咦？你这个哥哥……你等会儿！"奶奶说完之后，快步转身离开，回来的时候手里拿着一本杂志，"你看，这上面的人是不是你哥哥啊？"

初瞳定睛一看。

那是洛舟上一次接受杂志访谈的期刊，封面上是他的照片，侧着身子写字，据说这一期的销量比一年其余时间的销量加起来都要多。

洛舟也看到了封面，先一步答道："对，是我。"

"哎哟，我孙女可喜欢你喽，"奶奶笑得眼睛都眯起来，"你能不能在这杂志上签个名啊？我回头带给她。"

"那我得问一下我妹妹。"洛舟笑了下，视线转回来，看着初瞳，"我能签吗？"

初瞳心想，这种问题问她干什么？

初瞳当然点头同意，并且还建议他多给奶奶签两个。

签完名之后，奶奶抱着杂志哼着小曲走了，洛舟手指在桌子上一点一点的，也不说话，就这么看着她，表情很是玩味。

怎么说呢？就有点像孔雀开屏的那种嘚瑟样儿：你看到没？哥就跟你吃个饭，都能被要签名。

加上等菜的时间，这顿午餐吃了将近一小时。

最后，洛舟不但将初瞳送到了校门口，还进了校园。两人也没避嫌，走的是校园大道，初瞳这一路上遭受到了不少"关注"，很可能还被拍了照。

但洛舟接下来问的话，很快就转移了她的注意力——

"你室友下午要比什么？"洛舟问。

"铅球。"初瞳回答。

洛舟"嗯"了声，随后又说："那这个要比赛的人……是教你'索嗨'的那个，还是要送我进局子的那个？"

初瞳这才意识到，原来不知不觉间，自己的三个室友，已经有两位把他给得罪了。

实在是担心洛舟这性格会找人算账，初瞳劝他："洛舟哥，你不能这么记仇。"

"我又没报仇，"洛舟语气懒洋洋的，"光是记仇还不行啊？"

初瞳不知如何接话。

"你不是也挺记仇的吗？因为我说你黑，直接跟我冷战了两周，这就忘了？"

初瞳无言以对。

走着走着，初瞳突然发现这条路方向不对，停下脚步："洛舟哥，我们走错了，这是回宿舍的路，操场在那边。"

初瞳还觉得纳闷，他一个在这儿待了好几年的人，怎么去操场的路都能记错啊？

此时，洛舟也停下了脚步，微微侧过身看着她："没走错。"

初瞳正要开口质疑，就听洛舟又说："你先回趟宿舍。"

初瞳满脸的疑惑。

"手机刚推送了天气预报，"他说话时表情相当自然，看起来似乎真的是不经意间地提醒，"下午会降温，十摄氏度，不想冻死就把裙子换了。"

初瞳回宿舍换衣服的时候，总觉得哪里不对劲。

她手机里也有天气软件，可从来没中午给她推送过消息啊？

难道洛舟用的那个与众不同？

初瞳一边疑惑着，一边迅速换了条水洗蓝色的长牛仔裤。下楼的时候，洛舟正靠在树旁等她。这人在哪儿都格外惹眼，身边频频有回头张望甚至停下拍照的学生。

初瞳总觉得，经过这一中午，加上运动会期间大家又很闲——她可能又要沾洛舟的光，上一回学校论坛了。

像安装了某种雷达，初瞳走到他身边的时候，洛舟立刻感应到，抬起了头。

他用视线扫过她的长裤，似乎挺满意："走吧。"

从宿舍到操场的这段路上，不到一分钟的时间里，洛舟突然提到陆井。

"你和那个熊大，高中就认识了？"

初瞳一愣："熊大是谁？"

"就是刚才要认我做哥的那个，说自己叫……"洛舟望着天似乎在回忆，"陆井？"

初瞳心想，人家怎么就成熊大了呢？

"我不算跟他认识，只是我们当时是隔壁班，体育课一起上。他是隔壁班的体委，所以我有些印象。"初瞳讲的时候，省略掉了大猩猩团体对自己"嗷嗷嗷"的那段往事。

洛舟："那他为什么说那句话？"

"嗯？"初瞳奇怪，"哪句？"

洛舟稍微回忆了一下，发现自己竟然记得清清楚楚："是因为当年怕耽误你学习，所以现在才正式告白——他是这么说的吧？"

"这个我真的不知道，"吐槽归吐槽，但那都是在心里，初瞳一般是不会口头跟别人吐槽谁的，于是委婉说道，"大概是……他这人比较自信吧。"

两人步速缓慢地朝操场走着。

本以为这个话题就此结束了，没想到，沉默了几秒钟后，他又问道："所以你们高中连话都没说过，他刚才就直接叫我哥？"

初瞳突然觉得两人这对话有哪里不对劲。洛舟什么时候对一个陌生人这么上心了？

初瞳偏过头，真诚发问：“洛舟哥，你为什么对他这么感兴趣啊？”

“身为你哥哥，对你的追求者把把关，”洛舟反问，“有什么问题？”

是没什么问题。

“那照你这个逻辑，”初瞳眨了眨眼，“身为你的妹妹，你的追求者，我也可以把关喽？”

洛舟似乎没想到她会这么说。

初瞳听到洛舟突然笑了声。

他唇边挂着笑，桃花眼微微弯起来，极为勾人的样子。

“可以是可以，但是——”笑完，他拖着长腔道，“追我的人实在是太多了，哥哥怕你把不过来啊。”

乍一对上那双笑眼，初瞳猝不及防，心跳仿佛漏了一拍。

她从小到大，没有遇到过像洛舟这种脾气的人，说话总是带着刺，弯弯绕绕，那张嘴开个玩笑能把人气个半死。

偏偏人又长得特别好看。

和他手机聊天的时候会生气，但面对着这张脸的时候，是怎么都气不起来的。

“哥哥，”初瞳忍不住了，“你真的好自恋。”

洛舟理直气壮地道：“实话实说而已。”

初瞳到操场的时候，已经是一点二十分，正好赶上即将扔铅球的老二在做热身运动。

几人一眼就看出她身上的不同：“咦？你还回宿舍换衣服了？”

初瞳“嗯”了声。

初瞳盯着自己的牛仔裤发了几秒钟的呆，想到刚才洛舟喊她去换衣服时说的话，有些心不在焉地问身边的杜优容：“容容，你知道……什么天气预报会在中午推送吗？”

“啊？”杜优容一脸问号，“这我可不知道，除了突发雷阵雨那种，天气预报一般都是早上六七点推的吧。”

初瞳的认知也是这样的。所以，洛舟那样说，是单纯找个理由，想让她去换掉裙子——怕她下午冷？

运动员集合的哨声打断了她的思绪，初瞳和几人一起给老二鼓气加油。

他们系女孩子本来就少，人数基本上都是凑的，只要四肢健全的就得报一个项目或者走方队。初瞳举了牌，宿舍其余三人一个生理期，剩下两个都难逃参赛的命运。

另一头，不知道算不算是冤家路窄，洛舟把初瞳送回操场，往回走的时候，竟再次遇到了两小时前才见过一面的陆井。

陆井大概是刚吃完饭，看方向，应该是从食堂走到操场这边来的，准备参加下午的运动会。

中午的太阳给男生晒出一头的汗，平心而论，这大块头长得挺端正的，就是表情实在太憨，不然也不会让人联想到熊这种动物。

“哥——”熊大碰触到他的眼神，又立刻改口，“学长好！”

洛舟对他点了个头，转身便要走。

可熊大并不打算就这么打个招呼。他几步走到洛舟面前，开门见山地道：“学长，你是不是讨厌我？”

洛舟闻言，有些诧异地挑眉：“原来你还是会思考的？”

熊大也不生气，还在劝他：“学长你看，我也没做什么伤天害理的事情，你不能对我有偏见啊，不然等以后我追到了初瞳，你要怎么办？”

洛舟一语未发。

“学长，我知道你是我们学校很多人的男神，你不要这么小心眼儿，我肯定会好好追她的。”留下这句话，这个风一样的男子“嗖”的一下就从洛舟身边跑过去了。

初瞳的这个追求者，未免有点自信过头了？

洛舟被说了“小心眼儿”之后，满脑子都是陆井和他讲的话，越想越气。

他回忆了一下当初自己对洛棠的追求者是什么态度。

洛棠小时候有过一次和初瞳当年类似的遭遇，只是那会儿她年纪更小，眼红洛氏的人便想从洛家小女儿这里下手。所以，在洛棠初中之前，为了更好地保护她，洛家并没有让她在外读书。

上了初中后……她就喜欢上了她现在的男朋友——影帝苏延。

两人中间多年未见，兜兜转转，现在终于修成正果。

当时上初中的洛棠毕竟年纪小，还真没有追求者追到他这个哥哥眼前的，估计也就是私下里告个白。

开车回家，在等红灯的时候，洛舟掏出手机翻到了一个电话。

金子光，他唯一的家里有亲妹妹的兄弟。

那边接电话的时候，语气是那种刚睡醒的慵懒状：“喂？洛舟？”

今天周日，昨天周六，通常周六的夜晚这人会做些什么，洛舟大概心里有数，他起这么晚也在情理之中。

金子光的父母给他取这个名字是想应验那句“金子在哪儿都会发光的”，却没想到二十多年了儿子还是没发光。

但发不发光先不说，洛舟现在手边就这一个能参考的。

“问你个事。”

“什么？”

“你不是有个小你几岁的妹妹吗，现在应该在上大学吧？”

金子光沉默了三秒钟，然后突然叫道：“你看上我妹了？真的假的？她天天买你的杂志啊，我妹这是要走狗屎运了？”

洛舟闭了闭眼：“你先回答是还是不是。”

“是是是，是在上大学，怎么了？”

洛舟给他大概讲了一下自己和初瞳的关系，总之就是纯洁的哥哥和妹妹，然后说：“今天去他们学校，我碰到我妹的一个追求者。”

“然后呢？你什么感觉？”

洛舟想了想：“觉得他不配！”

金子光一语未发。

洛舟：“然后他说，我妹叫我哥，他也想跟着叫。”

“嗯，你什么感觉？”

“我想揍扁他！”

虽然陆井的那个身材貌似很难实现“揍扁”这一词。

金子光：“那你是想让我分析啥呢？”

“我认识的人里就你一个有在上大学的亲妹妹，我就想问问，是所有哥哥都这样吗？”

金子光想了半天：“我好像不是这样。”

绿灯亮，洛舟把手机切换成免提：“怎么，平时有追你妹的吗？”

金子光：“没有啊。”

洛舟满脸的疑问。

金子光过了会儿，纠正了一下说法：“也可能是有，但是我不知道。”

洛舟耐着性子：“那假如，你妹妹的追求者追到你面前了，还自来熟，直接叫你哥，跟你说他肯定要把你妹妹追到手，你什么反应？”

金子光：“谁能收了我妹，我举双手双脚赞成啊！”

洛舟：“你是亲哥吗？挂了。”

运动会总共三天，初瞳只去了第一天，第二天就想待在宿舍里玩玩手机或者看看书，却接到了一个来自辛莹的连环夺命电话。

“初瞳！江湖救急啊——”她号叫着，“我现在在分水站负责给各班级分水，然后做登记，但是我哥哥昨晚突然被黑了啊啊啊，我今天白天一整天都要给他反黑做各种数据，我没法做这活儿了啊，求求你宝贝，替我这一天吧，以后你让我给你做牛做马都行！”

辛莹嘴里的“哥哥”是她天天追的星——一个摇滚歌手，长得又酷又帅，笑起来带点儿邪气，特别吸引女孩子。

“其实真的特别简单，就是有人来拿水，你就分给他们，然后登记一下班级、姓名、号码布，每个人领取的数量有限额……宝贝你快来操场，我教你，呜呜呜求求你了……”

初瞳最后还是从床上爬了起来，认命地去帮她做登记。

分水站位于田径赛场中间位置的草坪上，有一个在操场里搭起来的小帐篷，不晒。

正如辛莹所说，工作的确简单，就是有人来拿水的时候，初瞳做个登记，一名运动员限三瓶。辛莹也在她旁边坐着，只不过一直在埋头操作手机，等水不够或是初瞳不知道怎么记录的时候，才抬头告诉她怎么做。

可不知怎的，初瞳替辛莹坐镇一小时之后，好好的分水站竟然成了撩妹站。

被撩的妹自然是她这个分水的。

早上的时候还不算忙，但过了一小时，一人限领的三瓶水不少男运动员都不一块儿领了，非要分三次跑，而且每次还都得和她搭两句话才开心，比如“学妹叫什么啊”“学妹单身吗”等。

说好的活儿很轻松，初瞳觉得自己手里的笔就没停下过。

辛莹一边反黑打榜一边还不忘调侃：“你这魅力我也是服了，这么多帅学长都来撩啊。”

初瞳翻了个白眼，没好气地道：“你快搞你的吧，还有空听他们撩？”

辛莹“嘿嘿”一笑，伸了个懒腰，看着初瞳有些不耐烦的侧脸，突然想到一件事：“对了瞳瞳。”

“嗯？”

“你昨天是不是又和你那个洛舟哥哥一块儿出现在校园里了？”

转笔的手停下，初瞳缓慢地睁大了眼睛：“你怎么知道？”

“还能怎么知道，洛舟这种校园大名人，你俩被人拍到了啊。”辛莹说，“我昨天无聊刷论坛看到的，我给你找找。”

辛莹边翻浏览记录边说：“其实啊，要不是最近举牌的瓜一个接一个，大家都在吃艺术系三个系花爱恨情仇的瓜，肯定还是你和洛舟学长的瓜最惹人注目。”

初瞳无言以对。

“而且吧，上次那个帖子太火了。她们爱吃瓜的都觉得很是打脸，你俩还有了‘CP 粉’。”

初瞳：“什么？！”

“嗯，”辛莹把帖子链接发给她，“发给你了，你自己看。”

从微信链接点击进去，直接跳转到了论坛界面。

帖子的发布时间是昨天中午，和洛舟送她回来的时间相差不远。

主题：洛舟学长又出现在我们学校附近了啊啊啊！就今天中午！还有上次那个绯闻女主！

1楼楼主：“中午从校外吃饭回来遇见的，洛舟和上次某帖子里的C学妹。

“我偷拍了几张，洛舟学长超帅，C学妹超美。

“他们也太般配了吧！

“本追星狗想嗑CP，有姐妹一起的吗？”

初瞳觉得有点儿羞耻，因为洛舟的缘故，自己就这样莫名其妙地成了众人的焦点。

她继续往下翻，却没想到，下面的走向完全和主楼不一样。

2楼：“这个啊，上周就嗑过了，现在无了。”

3楼：“楼主你来得太晚了……这对已经悲剧了。”

4楼楼主：“怎么就悲剧了？咋就无了？学长、学妹多甜啊啊啊！”

5楼：“是C学妹室友说，C学妹亲口说的兄妹，大概是那种家里认识一类的所以关系好吧……总之，兄妹实锤了。”

6楼：“这楼勾起了我的伤心往事……这对CP我这才嗑了一周就没了，而且还不是别的没法，是有情人终成兄妹？”

7楼：“之前有个宝藏楼，写同人文的，叫《风雨瞳舟》，那个楼主就是因为这个说不写了，还给了个狗血结局呜呜呜呜……”

初瞳满脸疑惑。

帖子下面一堆人求链接，初瞳在三十多楼翻到了所谓的同人文链接。

她抱着不可思议的心理戳进去，看着大篇幅的同人文字描述自己和洛舟的亲密，以及一些不断嚷嚷“好甜好甜”的回帖，只觉得羞耻到了极点。

从来没想过，她可以成为别人笔下的主角——还……还……还帮她写出了很多她想都不敢想的事情。

初瞳没能全部看完，红着脸往下翻，想先看一眼那个所谓的结局。

翻到手指都发痛的时候，总算在将近四百楼的时候找到了——

399楼“风雨瞳舟悲剧了”：“我是楼主，今天才得知C学妹亲口说洛舟其实是她哥，我心碎了，于是我换了个ID……

“没啥好说的了，本来也只是个人之作，随便写了个结尾，大家看完乐呵乐呵就散了吧。”

三天后，兄妹鉴定结果出来了。

洛舟握着初瞳的手：“瞳，我永远都是你的哥哥。”

女孩闻言，泪如雨下。

此时此刻，窗外飘着的，是六月的飞雪。

风雨瞳舟　完

初瞳简直无语了，心想，真是人才啊！

第13章　洛氏醋坛子

初瞳被文章中那个“洛舟”说的话惊得不轻，以及“六月的飞雪”，这是在暗示冤情？

400楼：“说好的开车上高速呢……这突然悲剧真的令我心梗，等我过了这阵伤心劲儿，看上哪对会再回来写的（还得等我们专业作业少的时候），总之，大家有缘再见哈！”

这是楼主留下的最后一楼。

下面的跟帖分了好多种，有的是挽留，有的是对结局哭笑不得，更多的是发散性思维开始设想新的结局。

401楼：“哈哈哈六月的飞雪，对不起我笑出声了，隔着屏幕都能感受到楼主的绝望。”

402楼：“这同人文前面是真的甜，呜呜呜呜年龄差我好爱啊，洛舟前面那么高冷后面贱贱的，又贱又帅，C学妹软萌小仙女，两人绝配啊！不说了，有没有人给我推荐一下类似的小说啊？就一点要求，要在一起的！不要有情人终成兄妹的！”

403楼：“风雨瞳舟悲剧了，爷的青春无了。”

404楼：“我还是老老实实嗑太子殿下妹妹的CP吧，是酥糖不够甜吗，我嗑太子这个毒舌男人干啥，唉。”

……

×××楼：“就我一个人觉得不对劲吗？楼主你等等啊！为什么就这么笃定兄妹悲剧了呢？我知道你结局的兄妹鉴定是恶搞，但他们又不是真的兄妹！你振作点儿好吗？！

“家里认识＝从小认识＝青梅竹马，家里认识＝双方父母都不会有任何意见，所以，家里认识的兄妹难道不是最有可能成真的吗？！

“洛舟这么多年没女朋友谁知道是不是在等C学妹啊！”

×××楼：“我愣了，楼上姐妹笔给你，你来写！”

×××楼：“楼上这是什么神仙姐妹！我可以了，我重新站起来了，我还能嗑！”

×××楼：“啊啊啊青梅竹马哥哥妹妹加我一个我爱了爱了！楼主你回来啊啊啊！给洛舟安排一个暗恋好吗？！我想看骚气的太子殿下偷偷喜欢C学妹！”

……

初瞳看这些帖子看得断断续续，毕竟运动会还在进行中，中途一直有人来分水站。她看一会儿就得停下来给人记录班级、名字、号码，还得应付某些自以为很帅实则很油的学长们的言语撩拨。

被撩了一上午，初瞳是越发觉得自己心如磐石，不为所动。

身边的辛莹埋头太久，从座位上站起来，边活动腰和脖子边看向初瞳：“怎么样，看完了吗宝贝？感想如何啊？”

初瞳一语不发，感想太复杂了，也不太好形容。

同人文前面写了好多“C学妹”和“洛舟”的亲密戏份，比如牵手、接吻、拥抱……初瞳看到就觉得脸上发热，浑身像要冒烟，眼睛都不敢停留在屏幕上超过三秒，怕被人以为自己中暑了。

初瞳含糊道：“我能有什么感想……就觉得，她们真的挺有才的。”

这些人直接替她脑补了那么多她想都不敢想的场景片段。

“唉——”辛莹突然长长地叹了口气。

初瞳有些疑惑：“怎么了？”

“其实我啊，给你看这些帖子不光是因为帖子提到了你，”辛莹说，“还因为，我想试探一下你的口风，看你对于你和洛舟学长这对CP怎么看，毕竟看那晚聚餐的描述，他对你是真的好特别……但我没想到你看完了竟然没感觉啊？！”

初瞳纠结了一下。

虽说她那点儿心思到现在为止跟谁都没有说过，但是这是辛莹，以前没和她说是因为当时洛舟已经走了。初瞳怕辛莹知道了自己喜欢一个相隔千里的、大自己好几岁的哥哥，会觉得自己蠢。而且少女时代心思敏感，哪好意思说。

而现在和洛舟在一座城市，还发生了不少事情，再不说似乎就有点儿不对劲了。

初瞳：“其实我——”

“唉唉，算了算了，”辛莹突然打断她，自我否认道：“我又想了想，既然你说你们在你小的时候就认识了，这么久以来你都对他没感觉，那现在就更不可能了。”

初瞳被打断之后，想说的欲望就收了回去。

“不过，如果洛舟学长你都不喜欢的话，那你得喜欢啥样的啊……”辛莹愁眉苦脸，突然替好姐妹担忧起了终身大事。

然后不到三秒，辛莹脑子里闪过昨天初瞳给自己讲的高中猩猩团团长和她告白的事情，差点儿从椅子上蹦起来，一下子扑到初瞳肩膀上：“别告诉我是猩猩头目！啊啊啊求你了宝贝瞳瞳！我们班的那个系草也好，选谁都行，千万别选他！我是真的不爱肌肉男啊，我一想到我美若天仙的姐妹要做那个大块头的女朋友就恨不得自戳双目！”

初瞳黑沉着脸，大声制止了她的胡思乱想：“你想什么呀？！不会的！”

顿了顿，她又补充道：“我大概……短时间内，都不会成为谁的女朋友吧。”

辛莹听到这话，高兴地说：“那好啊，我也不谈恋爱，我追星呢，我的心全是给我家哥哥的，好姐妹就该一起单身！”

然后，辛莹又埋头开始鼓捣她的手机。

初瞳在脑子里闪过洛舟的脸，以及他笑着对她说“我的追求者太多，哥哥怕你把不过来”那时候的样子。

如果恋爱，除非，她不再喜欢那个人了。

可是，她都努力多少年了，也没能戒掉喜欢他这个习惯。

为期三天的运动会结束后，便进入了开学以来最为紧张的时期。

运动会这样的大型娱乐项目总能让人不自觉地放松，加之期间没有作业，运动员训练、方队国旗队彩排、论坛上关于举牌和系花的八卦等应接不暇，前前后后大概一周的时间里，学生们都是在玩耍中度过的。

像是说好的一样，十一月份，每个院系都安排了不少测验或小考试，有的按照比例计入期末总成绩，有的按照比例计入平时表现分，总之都得认真对待。

计算机系这种平时就课业繁重的，考试和测验自然也是不落下风。初瞳她们宿舍的氛围都变了，周一到周五，四人每天从图书馆回来就差不多该洗漱睡觉了，娱乐时间少得可怜。

考完近期最后一门小考之后，初瞳提前交了考卷走出教室，突然有一种如释重负的感觉。

高中后半段，保送结果下来，她就没有这么累地学习过了。

不光自己学习累，作为全宿舍学得最明白的人，复习的时候她还得负责帮室友们也搞明白了。

今天是周五，晚上，辛莹的偶像要在市中心体育馆开演唱会，她老早就打听好了初瞳的考试结束时间，并且约了她一块儿去。

“我追了这么久的偶像，得让好姐妹看一眼啊！我哥哥的票超级难抢，这次我运气好抢到两张，视听盛宴免费来，你不心动吗？”辛莹当时是这样诱惑她的。

说实话，初瞳其实不怎么心动，但考虑到来了C市之后，自己很久没有跟辛莹单独出去约过了，再加上正好赶上考试结束，所以她同意了，就当见识一下辛莹偶像的魅力，顺带维系姐妹情。

考完试是下午五点，两人定好六点出发。

五点半，辛莹来她宿舍找她的时候，初瞳吓了一跳。

辛莹穿了深色的牛仔铆钉外套，黑色短裙，下面是马丁靴，细腿显得非常诱人，一身超级朋克风的打扮，脸上的妆容也相当应景，原本走甜美风的她今晚只能用一个“酷”字来形容。

初瞳想到她偶像就是唱摇滚那类的歌手，恍然大悟，打趣道：“可以啊，你这身打扮，夫唱妇随啊？”

辛莹一下子咧嘴笑了：“你可真会说话！”

然后，辛莹快步走到初瞳面前：“我跟你说，今晚演唱会肯定全是我这样打扮的，清汤寡水不适合演唱会。我给你化个差不多的妆，咱们今晚就要做VIP区最靓的仔！”

妆容最后的确化得挺好，但初瞳的衣服里实在没找到什么酷酷的，辛莹又把自己的衣服拿来给初瞳穿。

初瞳看着姐妹手上的小短裙：“都十一月了，咱们不会冻死在外面吧？”

辛莹摆摆手：“哪会啊！咱们出了校门就打车，下车就进体育馆了。放心，全程空调，也就几分钟的时间在室外。”

辛莹的确是有经验，两人一路上都没挨冻，先吃了晚饭，八点的时候准时跟着人流入场。最贵的VIP区有优先权，所以一点儿都不挤。

两人没立刻进内场，先去了趟洗手间，演唱会快要开始的时候才回来。

中心体育馆的舞台下面就是VIP区座席，观看角度很棒，初瞳跟在辛莹身后挨个儿找座位，等初瞳终于看到自己的号码时，稍微加快了步伐，却一不小心碰到了已经坐下的人的膝盖。

这人的腿得有多长啊，这都能碰到——这是初瞳脑子里冒出的想法。

然后，她低头致歉：“不好意思，我……”

却在碰到那人的眼睛时，一下子愣住了。

这熟悉的冷酷神情，这微微上挑的桃花眼，初瞳惊讶出声：“洛舟哥？你怎么在这里？”

洛舟盯着她看了半天：“我也想问你这个问题。”

虽然是周五，但他身上是一身便服，料子什么的看起来非常薄，却很有型很好看。初瞳刚想问他为什么穿这么少，却想起来自己穿的是短裙，她穿得更少。

可能……来看演唱会的大家都轻装上阵吧。

初瞳的座位恰好就在洛舟旁边。她先绕过去坐下，然后回答道："我是陪我朋友来的。"

洛舟沉默了几秒。

初瞳今天和平时相比，变化实在是太大了。

她穿了件黑色短外套，里面的领口看得见雪白的锁骨，下身牛仔短裙。脸上的妆容将五官衬托得十分立体，唇色是暗沉的红色，平时素颜时候看着又纯又可爱，这番打扮竟然有种冷冷的性感。

特地打扮成这样，仅仅是陪朋友？

"这么巧啊？"洛舟扯了扯唇角，"我也是陪朋友来的。"

这真的是大实话。

没想到隋易一把年纪了还追星，还说什么摇滚这东西自己去没意思，用了多年兄弟交情逼着洛舟陪他去。洛舟正好没事，也就同意了。

旁边的隋易听到动静，伸过头来，乍一见到初瞳的脸，一下子惊呆了："这不是……这不是那个……"

隋易正要说"你不让我追的妹妹"，却被洛舟一脸淡定地打断："嗯，这是我妹妹。"

初瞳觉得两人是朋友，应该是差不多的年纪，于是对着这个脸生的男人点了点头："哥哥好。"

这小姑娘照片就好看，真人简直更惊艳了。隋易正欢天喜地想应下这声"哥哥"——

"着急叫什么哥哥？"洛舟却突然看了她一眼，"我还没给你介绍，这是我儿子，隋易，你叫他大名就行。"

初瞳一时语塞。

隋易一脸的尴尬。

初瞳在跟两人说话，辛莹也发现了，初瞳按照流程也将她介绍给了洛舟。

之后，辛莹趴在她耳边小声叨叨："这也太帅了吧！我以为你两个亲哥就已经帅得不行了，没想到洛舟学长近看颜值这么能打啊！那一瞬间，我都想爬墙了！"

当然，爬墙是不可能的。

辛莹夸归夸，但演唱会一开始，她的偶像一上台，她的眼里就只剩下舞台上的一人了。

辛莹的偶像是真的酷，长相冷硬，笑起来带点儿痞气，名字也很酷，叫陈诉。每次镜头特写给到他的脸时，台下的女孩就开始疯叫。

初瞳已经和她完全无交流了。辛莹一心一意盯着舞台，有时候歌唱到高潮，辛莹以及周围的人还会激动地站起来挥着荧光棒一起唱。

就只有初瞳和洛舟，从头到尾安安稳稳地坐在座位上，过于淡定，格格不入。

如果洛舟不在，初瞳是会站起来的，毕竟氛围真的很好，歌也好听。

但是洛舟在她身边，这个场景莫名像小孩子和家长一块儿去网吧，小孩不敢打游戏，只敢百度作业。

听完两首歌，初瞳突然感受到身边的人动了一下。

洛舟上半身微微向她的方向靠近，凑到她耳边问："你喜欢他？"

初瞳一下子转过头。

她瞪大眼睛，看着距离自己极近的这张脸。

台上灯光变幻多彩，照在他脸上，映在他瞳孔里，那眼尾蕴着光，几乎令人目眩神迷。

耳朵被他的气息扫过，麻麻的，痒痒的，她已经好久没有和洛舟这么近距离地接触了，完全忘记他在她耳边说的是什么，只愣愣地做了个点头的动作。

然后，初瞳发现洛舟的表情，似乎臭了一点儿。

他和她重新回到正常距离。初瞳后知后觉才反应过来，心脏简直要跳出喉咙了。

她想伸手摸自己的耳朵，却又怕被他发现，越是回想刚才就越是在意，那半边耳朵简直快要烧起来了。

不知道台上又唱了几首歌，洛舟又凑到她耳边，问："好看吗？"

有了第一次，这次心跳倒没有坐过山车般那么夸张了。

初瞳实话实说："挺好的。"

初瞳平时说话声音就小，又不敢像洛舟凑到她耳边一样离他那么近，所以这话洛舟自然听不清，再加上舞台灯光晃眼，口型也难以辨认。

他又问了一遍："我问你，好看吗？"

初瞳加大了一点儿音量："我说，挺好看的呀。"

但洛舟没有反应，明显是又没有听到的样子。

初瞳深深吸了口气，气沉丹田，对着他大声喊："我说——很——好——看！"

洛舟几乎可以确认了。

初瞳和他爸妈见面都不化全妆，来看演唱会却化了。

从来没见她穿过这个风格的衣服，这次却穿了。

这样的穿着一看就是常来演唱会的打扮，这样的反应，所以初瞳是在追星？

洛舟一下子想到了自己的亲妹妹。

洛棠最开始就是打着追星的名号要进娱乐圈，最后这星还真被她给追到了。

初瞳和洛棠不太一样。洛棠平时看着乖巧，其实本人非常大大咧咧，什么都敢做。初瞳比洛棠乖，初瞳这种性格，大概率做不出又蠢又冲动的事情。

但是——

追星有多疯狂，洛舟是再了解不过的。

追星的时候，天天挂在嘴边的"哥哥我爱你"，洛棠在家里给苏延发各种表白微博的时候，一脸痴笑的场景他也不是没见过。

他又想到刚才初瞳声嘶力竭的那一声"很好看"。

洛舟转过眼，第一次仔细打量舞台上唱歌的人。

洛舟看了半天也没看出哪里特别。

人长得也就那样？这叫很好看？

洛舟坐在座位上一动不动。身边又唱又跳的隋易实在看不下去了，凑到他耳边大吼："哎——不是我说，你怎么回事儿啊太子，嗨起来好吗？这么好听的歌！不嗨你对得起这个舞台吗？！"

洛舟正心情不好，冷笑了声："就这啊？"

隋易一时语塞。

"我都不想打击你，你还非要问。"他对着一脸茫然的隋易，毫不留情地道，"你这是什么眼光？"

隋易满脸写满问号。

他的偶像哪儿惹到这位太子爷了？

演唱会太嗨了，初瞳最后还是被辛莹拉到了距离舞台更近的地方跟着一起嗨。等她晕头转向回到座位的时候，洛舟已经不在了，只剩下他的朋友还在摇摆。

原本想给洛舟发条微信的，可演唱会结束的时候已经是晚上十一点，到宿舍都快到第二天了，初瞳困得不行，洗完澡倒头就睡，也就忘了这茬。

第二天上午，初瞳睡到自然醒，刚睁眼，就听到枕边的手机连震三下。

没空闲聊连着发来两张图片。

没空闲聊："知不知道666感冒灵，这个和月季清瘟哪个好用？"

图片是两盒药的照片。

初瞳心想，怎么突然问她这个？

初瞳刚清醒过来，努力回想了一下自己以前喝过的药，还没等想起来，屏幕上突然跳跃着洛舟的来电。

她稍微清了清嗓子，接起来：“洛舟哥？”

初瞳第一反应是他打电话来，难道是白阿姨要她去吃饭。

可洛舟说的话很快让她打消了这个念头。

不知道是不是刚醒来的原因，洛舟的声音好像有点奇怪，鼻音很重，他道：“我爸妈出去旅游了，我妹跟男朋友去旅游了。”

初瞳一愣，不知他说这是什么意思。

初瞳的脑子还没转过来，洛舟就已经进行到下一个话题了：“看到我给你发的微信了吗？”

“看到了。”初瞳一下子回过神，也想起了自己以前吃过的药的名字，“我刚才正要给你打字。我记得，你说的那两种药效果都一般。我感冒的时候爸妈给我吃的是牡丹清瘟，应该效果会更好一些……”

初瞳说完，电话那端便是一阵诡异的沉默。

就这样安静了好几秒，洛舟说：“好，我知道了，谢谢小跟屁虫。”

最后挂电话前，洛舟竟然还和她道了谢。

初瞳愣愣地看着两人通话结束的界面，回想着这一分钟都不到的对话。

她怎么想怎么觉得不对劲。

他那个声音和刚醒来还是有区别的，太不正常了，嗓子还有点儿哑。明明昨天见面的时候还完全不是这样的啊。而且还说什么……他家人都出去旅游了……

初瞳在床上躺了三秒钟，想明白什么之后，鲤鱼打挺一样倏地坐直，点了一下手机屏幕，重新给洛舟打去电话。

不知道洛舟在干什么，总之，电话刚响了一下就被他秒接起来。

洛舟没说话，似乎是在等她开口。

短暂的静默过后。

“哥哥，”初瞳抿了抿唇，试探着问，“你是不是……生病了？”

安静的宿舍内，室友们都没发出什么声音，但也没人起床，不知道是在睡觉，还是在躺着玩手机。

初瞳握着手机，坐在床铺上，听到电话那端传来肯定的回应。

洛舟：“嗯。”

其实，初瞳问出口的时候，心里已经差不多有答案了。

洛舟这番微信消息和电话的操作，拐弯抹角都拐到天上去了，主旨不就是告诉她两点——

一点是，我生病了。

一点是，我家没人。

得到回复后，初瞳接着小声问："是……感冒发烧吗？"

洛舟又"嗯"了声，可能嗓子不太舒服，还轻轻咳了下。

初瞳掀开被子下床，也不知道几个室友是睡着还是醒着，穿上拖鞋之后轻手轻脚地去了阳台，才继续跟洛舟讲话。

"你刚刚说……你家里只有你自己？"

"是啊。"语调又变成平时那样，懒懒散散，洛舟说，"都出去旅游了，可怜吗？"

初瞳不知道怎么回答，只觉得这个病人真的挺难伺候："你家只有你发我图片的那两种药吗？"

"嗯。"洛舟重复了一遍，强调，"只有这两种你说不好用的。"

"不好用"三个字咬得很重，像还在等着她说什么一样。

"不然——"初瞳顿了一下，"洛舟哥，我去看看你吧，还可以在路上经过药店的时候帮你带几盒牡丹清瘟。"

短暂的沉默过后——

"既然你主动说要来，"他拖着长长的尾音，但声音听得出明显的愉悦，"那哥哥肯定是欢迎的。"

昨晚，洛舟给隋易发了消息之后就提前离开了，并且警告隋易再也别拉他来看什么演唱会。

开车回到家，洛舟处理了一点儿工作，顺带着搜了一下那个叫陈诉的歌手的生平事迹。

似乎原生家庭不好，陈诉十几岁就去酒吧驻唱，当时便积累了大量粉丝，随后因为外形出众被星探发现，签了公司，因为实力过硬，更是一路长红。

洛舟："平平无奇。"

歌也算还行，长得也就那样，完全想不通这有什么好粉的。

洛舟又去微博上搜了一下这个名字，全都是在讨论今晚演唱会的微博，"哥哥好帅""哥哥我可以吹上天际"等。

洛舟眼前顿时浮现出初瞳对着他大喊"很好看"的样子。

他顿觉有点儿烦。

但这股莫名的烦躁很快被身体上的不舒服给转移了。

洛舟前一晚熬夜，早上起来的时候就有点头疼，但是那会儿没在意。看完演唱会，他回来洗了个澡睡了一觉，可能是被演唱会吵到，再加上出门穿得少吹了冷风，第二天早上一醒来，就觉得有些不舒服。

洛舟身体还算可以，除了曾经有一次应酬的时候喝太多高度数的酒喝进过医院，平时小感冒都不怎么有，可能一年一两次。

也正因这样，他每次一感冒就不会轻易痊愈。

家里人都成双成对地出去旅游，凑巧一般，司机和阿姨看家里没什么事情也请假回了老家，所以只剩下他自己。

按照以往的经历，他吃个药再睡两天，实在不行再叫家庭医生，估计这病就好了。

但不知道为什么，或许是生病的时候脑回路比较清奇，或许是这几个月来跟某人的接触实在太多，洛舟第一时间想起的，就是昨晚刚见过的小跟屁虫。

然后，他也没怎么思考，在头重脚轻的情况下，翻出来家里仅有的感冒药，拍给她，又在等不到回复之后打了电话。

原本第一次挂电话的时候，他还怕初瞳意会不到他的意思呢。没想到，她的悟性果然很高。

初瞳到的时候，洛舟出去给她开门。

现在已经是十一月份，C 市是那种典型的冬冷夏热的城市，早晚温差也大。初瞳今天穿得很符合这个季节，雪白色的厚外套，深蓝色的围巾，半张脸都埋在了围巾里，只露出来一双大而漂亮的眼睛。

洛舟看到她眼睛的那一刻，心里突然一松。

很难形容那种感觉，像在极度口渴的时候碰到了清甜的泉水，连头疼发热都在瞬间消退了不少。

他将门彻底拉开让她进来。

初瞳原本因为两人通话时他说的最后一句话而憋气，买药的时候，耳边不断回想起他那句“既然你主动要来”——像魔咒一样。

明明是在他的疯狂暗示下，她才来的！

就算洛舟直接说一句“我病了”，现在又是周末，初瞳也肯定会过来看他。

可是他那样说，实在是——不要脸！

不过，这种愤愤却在见到他人之后彻底没了。

洛舟皮肤一直很白，而且是那种晒不黑的白，但今天还是能明显看出他脸色很差，嘴唇颜色也淡到发白，穿着单薄的家居服，整个人带着明显的病态。

他先开口，唇边带着一点儿笑意：“这么快？”

初瞳两只手都拎着东西，洛舟往前走了一步，似乎是想帮她拿。她将两只手的东西全放在左手拎好，空出的右手伸出去推了他一下：“你不是知道自己生病了吗？干吗穿这么少出来啊？”

初瞳的语气带了点儿自己都没意识到的急躁。

洛舟一愣——洛大总裁很少被人用这样的语气训斥，往往都是他质问别人，没有挨人质问的时候。

面对这突如其来的小脾气，他沉默了三秒：“可能，着急接你？”

初瞳做了次深呼吸，把他家院子的门带上，推着他往别墅大门方向走。

等进了室内，重新温暖起来，初瞳一边换鞋一边吐槽：“洛舟哥，难怪你会生病。”

洛舟靠在玄关旁边的墙上，不明所以：“嗯？”

“你就是因为昨晚穿得太少才会感冒吧。”初瞳抬起头看着他，清脆好听的嗓音回荡在客厅，“今天又是这样，就算给我开门也可以套一件外套再出去嘛，你这么不注意，别说牡丹清瘟，四叶草清瘟都救不了你。”

洛舟并没有回，心想，哟，小姑娘还挺会说教。

但初瞳这话说得也对，洛舟没什么好回嘴的，点了点头：“嗯，我下次注意。”

这回轮到初瞳语塞了。

她都准备好洛舟会突突地回嘴，没想到他就这么乖乖听话了。

“今天怎么不穿小短裙了？”洛舟靠在墙边看着她，微微挑眉，“昨天那么冷，不是都穿了？”

“冷也是室外，我和我朋友又不出去。”初瞳嘟囔了一句，“而且那又不是我想穿的，是我为了陪好朋友才穿的。”

虽然跟辛莹一块儿吃饭的时候，两人的回头率超级高，但一想到昨天也被他给看到了，初瞳总担心那身装扮在他眼里会不会太过中二。

她有些不自在地转移话题：“那个……你吃早饭了吗？”

“没吃。”

“我在学校附近买了点儿，”初瞳从他身边走过，走到餐桌旁，把东西放上去，回头道，“你吃一点儿吧，先吃了饭才能喝药。”

洛舟“哦”了声，慢悠悠走过来，看初瞳在摆早餐，就在她对面坐了下来。

为了不让病人觉得自己被区别对待，初瞳也没有给自己买太香的东西，两人都是清汤寡水的粥。

吃了没两口，初瞳抬头观察对面的人，看了几秒，总觉得洛舟似乎有些不情不愿的。

她想了想，开口问他：“哥哥，你是不是不喜欢喝粥啊？”

洛舟放下手里的勺子：“不是。”

初瞳心中有些不解。

“主要是……”他突然对着她弯了弯唇，“我还以为小跟屁虫会给我做，白期待了啊。”

这男人刚喝了几口粥，嘴唇恢复了点儿血色，淡淡的粉，还有一层薄薄的水光。

初瞳被他笑得莫名脸热，心脏突突跳了几下，立刻埋头喝粥掩饰。

她实话实说：“我做的没有这家的好喝。”

“哦，”洛舟接过话头，“所以你真的会做？”

初瞳点头：“是啊，因为我大哥胃不好，所以我跟妈妈学了煮粥。”

洛舟盯了她半天，看不出眼睛里的情绪，最后莫名其妙地说：“那你哥真幸福。”

初瞳未发一语。

早餐在沉默中结束。

虽然洛舟满脸的不情愿，但粥还是喝了个干净。

药不能立刻吃，要等食物消化一会儿才行。简单收拾了一下餐桌，初瞳帮他找到电子体温计，坐在沙发上给他测体温。

洛舟倒是很配合，可能是因为不舒服，也没什么精力和她说话，眼皮耷拉着，看着还真有点可怜。

体温计显示的数字是“38.5”。初瞳不自觉地皱眉：“这已经算是高烧了吧……你为什么不叫医生来看一下呢？”

洛家不应该有那种私人医生随叫随到的吗？

“因为不喜欢。”洛舟答。

“不喜欢也不是生病不看医生的理由啊。”初瞳很是无语，顿了顿，忍不住说，“哥哥，你怎么跟小孩子一样。我从小学开始就没有你这种想法了。”

洛舟也不在意她的语气，懒散道：“吃药能好的病，为什么非要看医生？”

“那当然不一样。”初瞳反驳，“看医生好得快呀。”

“我打个比方，”洛舟忽然问她，“你最讨厌吃什么水果？”

初瞳不知道他什么意思，还是老实道：“榴梿。”

洛舟：“那你现在生了一种病，吃杧果也能好，吃榴梿也能好，只不过吃榴梿可以让你好得更快一点儿，你选哪个？”

初瞳：“杧果。”

虽然明知道是歪理，但她竟然被说服了。

早饭后半小时。

初瞳冲好了牡丹清瘟颗粒。洛舟喝药的时候，她一直站在旁边看，他喝完了瞅她一眼：“怎么了？看病号喝药很好看？”

“不是。”初瞳摇摇头，“我还以为，你会愁眉苦脸不想喝呢。”

牡丹清瘟虽然好用，但苦也是真的苦，洛舟却喝得格外顺畅，跟喝水一样。而且他刚才又说自己不喜欢看医生，理所当然的，初瞳觉得他也会很幼稚地不喜欢吃药。

“哦——”洛舟拖着尾音，“原来是想看哥哥出丑。”

初瞳不想跟他贫嘴，正色道：“喝完药你去睡一觉吧，如果醒来还是没退烧的话，就叫医生来。”

洛舟“嗯”了声，然后做了个惯性起身的动作，手支在身边的沙发垫上，却突然低着头，整个人停住不动。

初瞳一愣，坐到他身边：“洛舟哥，怎么了？”

“头晕，等一下。”

他似乎是想就这么缓一缓，所以一直没抬头，过了好半天才重新抬眼：“好了，我上楼了。”

这次他顺利地站了起来，但是看起来并不稳。

大脑没有经过任何思考，初瞳直接伸手拉住他的胳膊：“我扶着你。”

说完之后，初瞳才意识到自己做了什么，不知道这人会不会多想，碰到他的手心一下子变得滚烫起来。

“好啊。”

没想到，洛舟反而毫无芥蒂地借助了她的力量。

不仅如此，他还调整了两人的姿势，将胳膊搭在了她的肩上，方便借力。

然后，洛舟还笑着说：“谢谢小跟屁虫。”

这么一番动作，顿时让初瞳收起了所有旖旎的不该有的心思，老老实实地架着他上楼。

两人只比正常的走路速度稍微慢了一点儿，洛舟也并没有狠压着她的肩膀，只是松松地挂在上面，甚至感觉不到沉。

初瞳两手都很尴尬地没地方放，她想了想正确的被架姿势——右肩上搭着他的胳膊，左手似乎就应该扶着他的腰。

初瞳做了几秒钟的心理斗争，在即将踏上楼梯的时候，左手悄悄地虚环上去。

初瞳也不知道他察觉到没有。

洛舟身上的衣服宽松，为了避免太近的接触，初瞳直接拽住他的衣料。但手还是有感觉的，总是能碰到的。偶尔，手指隔着衣服布料触碰到紧实的肌肉，初瞳自然而然地在脑海里比量了一下，最后得出了一个腰好细的结论。

停！停——

她勉强压下自己的胡思乱想，手离他的腰更远了，上台阶的一路都很小心地看着脚下，生怕一个不留神，在楼梯上出什么意外。

总算安全到达了目的地。

这是初瞳第二次进洛舟的房间。

记得上一次来的时候，初瞳因他嘲笑她晒黑而生气，却又因为自己骂了他而先道歉。好在最后他也给她道了歉，两人便正式和好了。

距离那个时候，竟然已经过了一个多月。

那会儿和他还不如小时候熟悉，每说一句话都要斟酌许久，现在却已经有了这么亲密的接触——虽然是在特殊情况下。

洛舟的房间很大，摆设很简洁，床和被子都是深灰色的，是一种看起来很冷淡、很高级的颜色。

初瞳扶着他坐到床上之后，洛舟就松了手，她站在床边还没说话，他先抬头问："你今天有事吗？"

初瞳摇摇头："没有。"

"那你听没听过一句话？"洛舟手支在身后，很自然地说，"救人救到底，送佛送到西。"

初瞳盯着他的眼睛，发现他不是在开玩笑。

平时那么高冷又毒舌的人，现在是很认真地在跟她绕弯子，很认真地暗示她，你不能就这么一走了之。

初瞳心想，竟然有那么一点点可爱。

她突然忍不住想笑，抿了抿唇，压下笑意："没听说过。"

"那你现在听我说过了，"洛舟闲闲地道，"有受到什么启发吗？"

"有的。"初瞳点点头。

"嗯？"

"哥哥，"初瞳微微弯下腰，正好到和他平视的距离，认认真真地说，"你病好之前，我不会走的。"

安抚好病号之后，初瞳下了楼。

毕竟来了这么多次，初瞳也算是了解了他家的布局。

她先看了下厨房的食材，差不多都是自己可以驾驭的，想好中午做什么吃之后，就坐到沙发上看起了电视。

恰好有一个台在重播洛棠和她男朋友苏延一起上过的综艺，洛棠说话十分有梗，两人互动又甜又有趣，看得初瞳脸上的笑就没停下过。

看了没多久，室友发来微信消息。

有容乃大："宝贝，你怎么不在宿舍啊？"

初瞳想了想，这也没什么好瞒的，就大致把情况说了一下。

杜优容一下子炸了。

有容乃大："什么情况？！"

有容乃大："他那么有钱，生病了就算家人不在，不也是一呼百应吗？什么家庭医生叫不来？什么保姆雇不到？为什么非你不可？"

tong："他说他不喜欢看家庭医生。"

想了想，初瞳又打字回复："而且，其实就算有家庭医生什么的，我也应该过来看看……毕竟他和他的家人一直都对我很照顾，我们又认识了很多年……"

有容乃大："你没懂我的意思，你去当然是很正常，但是他不先找医生找家里人反而先找你，就不是很正常了吧？"

有容乃大："你上次跟我们讲，你们不是仅仅在你小时候相处过一个月左右而已吗？他这么多年身边就没有一块儿长大的好兄弟？我不信，怎么就最先找了你这个不太熟的妹妹呢？"

初瞳此时顿悟了，心想，说得好有道理。

初瞳一直站在他的角度给他找理由，但杜优容这么一问，她也不知道该怎么回复了。

因为洛舟对她的确挺特别的，可她也知道，那种特别并没有到会让人误会关系的程度。她依旧很清楚地感受到，他大概只是把她当妹妹。

tong："我觉得，一个是因为我去过他家许多次了，一个是因为可能他觉得女孩子比较细心吧……"

有容乃大发来一张"地铁老爷爷看手机"的图片。

……

和杜优容聊了没多久，大概距离她下楼才过了一小时，初瞳就收到了原本该在睡觉的洛舟的消息。

没空闲聊："睡醒了。"

没空闲聊："上来。"

初瞳心想，怎么这么快就睡醒了？

手指一顿，初瞳慢吞吞地打字回复："上去干吗？"

没空闲聊："陪我打游戏。"

这霸道的语气，完全想象不到这人刚才还非常可爱地暗示她不让她走。

行吧，病号牛！

初瞳依依不舍地看了眼屏幕上洛棠好看的脸蛋，认命地关掉电视，上去之前，还贴心地给病号带了杯热水。

初瞳象征性地敲了两下门，进房间的时候，看到洛舟正半靠在床头，手机横着拿在身前，显然已经打开了游戏界面。

她把水放在床头：“哥哥，发烧要多喝水。”

闻言，洛舟倒是什么都没说，抬头看了她一眼，然后就乖乖伸手去拿杯子喝水。

喝完，他清了清嗓子：“坐床上，方便交流。”

他的床很大，两人也不会挤，初瞳“哦”了声，不客气地坐在了边缘位置。

都说，喜欢一个人也会不自觉地喜欢上他的爱好。

以前在她家的时候，不管是主机还是电脑、手机，洛舟什么游戏都玩，而且什么都玩得好。近几年，偶尔听哥哥提起他，都是被他带飞很爽一类的溢美之词。

初瞳会玩游戏完全是受他的影响，不知不觉，打游戏成了她为数不多的休闲活动之一。

最近课业太忙，初瞳已经半个月没上王者了，但自从加了洛舟的微信之后，他在她的好友排行里一直稳居第一名，超越了她的高中野王同学以及大哥、二哥。

半个月不见，他都快到百星了。

初瞳有些无语：“洛舟哥，你平时不忙吗，有这么多时间打游戏吗？”

“时间倒不是很多，”洛舟一边邀请她组队，一边说，“主要是胜率太高，一打就赢，我有什么办法？”

这话就很气人了。

有些人打一百场胜率九十多，直接上荣耀王者；有些人打一百场胜率四十，永恒的钻石。

初瞳在女孩子里算是玩得很好的，当初高中大家一起开黑的时候，同学不论男女都喜欢和她组队，她能带飞队友，实在带不飞，也从来不喷人菜。

但就这实力，初瞳从星耀打上王者也得用一百多局。

她和洛舟星星差距太大，不能双排，打的是场匹配。

进入游戏之后，法师射手被人秒选，上单也确定了英雄，只剩下打野和辅助。

初瞳作为经常带飞队友的女大学生，觉得自己挺有奉献精神，慷慨地选了个蔡文姬：“那我辅助吧。”

洛舟锁了露娜，并说：“不然呢？我玩辅助不是暴殄天物吗？”

默念了三遍“不能和病号计较”，初瞳又做了次深呼吸，专心盯着手机屏幕开始打游戏。

就算是个匹配也得好好打，她按照常规思路，先帮中路清理兵线，然后跟着洛舟玩的露娜刷野区一直到他四级，之后回到发育路保护射手。

初瞳本身是玩C位的，不常玩辅助，特地挑了个没什么操作又能给加血的奶妈，想着保人能力强。却没想到这射手如此之浪，技术也不行，她怎么奶都救不回来，五分钟不到后羿就死了四次，每次都是闪现送人头，仿佛她的奶有毒一样。

初瞳又一次孤独地在塔下帮后羿卡兵线的时候，洛舟突然说："过来。"

初瞳："嗯？"

洛舟："别保那个废物了，过来跟我。"

她屁颠屁颠地跑到了露娜身后，两人一块儿蹲在草丛里，初瞳精准丢出二技能控到三人，露娜冲出去斩获三杀。

洛舟说："跟着我不那么容易死。"

"哦。"这种在游戏中的维护是一种很微妙的情绪，初瞳听得有点小感动，随口道，"那如果跟着你还是死了呢？"

大概会说——把对面杀了给你报仇？

某音段子都这么演的，辅助一死，野王大开杀戒。

洛舟打完暴君，慢悠悠地答："你死了，那我就帮你打一句话。"

按照套路，他要打的肯定是警告对面："我的辅助你们也敢动？"

初瞳操纵着蔡文姬的婴儿车，美滋滋地等着回复："嗯？打什么话？"

洛舟："蔡文姬别送。"

初瞳心想，这话很好，很可以，很洛舟。

初瞳跟着露娜之后，倒是真的不容易死了，只不过这种秀起来人影都摸不到的英雄一般辅助都跟不上，她想给人加点儿血都得拼命追。

八分钟的一波团战，初瞳没了，看着黑掉的屏幕，她还以为洛舟真的要打字说让她别送，毕竟没什么事情是他干不出来的。

没想到他回头一波天秀，对面技能基本都交完了，露娜直接五杀。

然后他站在原地不动，五秒后，屏幕左下角果然出现了一行字——

LUO（露娜）："法师和射手随你们杀，但奶妈是我的人。"

爱涛涛的菲菲（后羿）："什么？！"

爱菲菲的涛涛（妲己）："不会吧？！"

奶妈："究竟发生了什么？！"

初瞳期待的时候他没说出她想听的话，现在她放弃了，他却又这么霸气地维护她。

这心情就像坐过山车，忽上忽下——当然，是最后直冲顶点的那种。

这局游戏赢得毫无悬念。

对面不断发消息想要撩露娜大神，露娜大神却高冷地一直没有再说过话。

当时击杀蔡文姬的是对面的射手，自蔡文姬死了之后，对面射手出来一次死一次，直到最后游戏快结束的时候，被洛舟杀到没脾气，塔都不出了，打字说话。

我星星你的星星（狄仁杰）：“蔡文姬，你家野王这么护着你，还不赶紧跟他处 CP？”

明明只是简单的调侃，但是这样明目张胆地说出来，初瞳却像被戳中了心事——脸上发热，手心开始变潮湿。

原本刚才他说完那句话之后，初瞳就觉得有些尴尬，话都不怎么说了。

如果这下再不反驳一下这个狄仁杰，这尴尬怕是消不下去了。

她找到一个安全的草丛里站定，然后打字回复。

tong（蔡文姬）：“其实……他是我哥。”

这话发出去不到三十秒，对面的水晶就爆炸了。

游戏结束后，退出了结算界面，初瞳看着左下角的好友申请，傻眼：“不是，这局明明你带飞的，为什么八个人加我好友啊？”

“因为我设置了拒绝添加好友。”洛舟说完，“啧”了声，“谁让你最后多嘴。”

多嘴是指她解释洛舟是她哥。

所以他们觉得露娜大神没 CP，她只是妹妹，于是一窝蜂地都来找她，曲线救国。

初瞳点开好友申请界面。

前面五条添加好友消息都是系统自带的句子，但后面三条属实画风清奇。

“我星星你个星星向您发送好友申请：妹妹！这声妹妹我先叫了！能给个你哥的联系方式吗？”

“爱涛涛的菲菲向您发送好友申请：小可爱！能给个露娜大神的联系方式吗？想加他呜呜呜。”

“爱菲菲的涛涛向您发送好友申请：那个，别给我媳妇你哥的联系方式行吗？”

初瞳心想，这后羿是真的菜，也是真的了解自己老婆。

“这也太厉害了，”初瞳一个都没同意，挨个拒绝后，忍不住道，“那以后跟你打游戏，连我都要关掉好友申请了。”

“不然呢？”洛舟抬眼看她，“我要是不牛，你大哥、二哥怎么天天抱我大腿？”

初瞳心想，吹自己就吹自己，怎么还拉踩上了。她大哥、二哥简直就是洛舟用来吹嘘自己的工具人。

洛舟又给她发了游戏邀请，初瞳没点进去。

“洛舟哥，”她认真地说，“你发烧，要多喝水多睡觉才能快点儿好，不要打太多游戏了。”

洛舟并没有直接回答。

“而且从你喝了药到现在才一个多小时，你怎么会这么快就醒？”

洛舟也没有回答，只是退出了游戏界面，将手机锁屏扔到一边，才重新看向她：“睡不着，头疼。”

初瞳一愣。

话是这么讲，可是从他平淡的表情上完全看不出他哪里不舒服，除了脸色还是很苍白。

而且这人刚才打游戏操作那么秀，初瞳也没想到，他竟然是顶着头疼打的。

她记得洛舟以前并不是这样的。小时候，他就算有什么不舒服，一般也都是统一回答“没事”，不像现在，不仅发着烧主动给她打电话暗示，还主动交代头疼。

“很疼吗？”初瞳小声问，“疼到睡不着？”

“怎么？”洛舟重新靠回床头，似笑非笑地看着她，“你要给我按摩？”

这句话和她问的问题有半毛钱关系吗？

初瞳心想，这难道又是洛舟式暗示？

不过……初瞳的外公会一点儿中医，以前她妈妈头疼的时候，她见过外公给妈妈按摩的位置。

“以前我妈妈也经常头疼，外公给她按摩的时候，我当时好奇，就学了一下。

“你要是真的很想的话——”为了显得自己并不是那么主动，初瞳不自觉地模仿了他的句式，“我也可以试试。”

两人对视两秒。

洛舟微微挑了一下眉：“那你试试？”

初瞳从床边站起来，走到他身边：“那你坐过来一点儿，背对着我，然后低下头。”

洛舟很听话地转身低头。

他的头发很软，滑过手背的时候痒痒的。脖颈修长白皙，皮肤光滑又干净。由于他还发着烧，初瞳的手指触碰上去，有明显的灼热感。

心跳加速，她咬着唇，两手扶在他脖颈两边，用拇指寻找记忆中的穴位，摁下去。

“这样的力度可以吗？”

洛舟："没感觉。"

"什么叫没感觉？"

"就是字面上的意思。"

初瞳心想，难道找错位置了？

初瞳继续回忆，位置应该不会错啊，那么他的"没感觉"，难道是嫌弃她手劲小的意思？

初瞳深吸一口气，又加大力气摁了一次。

"现在呢？"

"没感觉。"

初瞳不信邪，再三确认穴位，把吃奶的劲儿都用在手上："这样呢？"

"还是没感觉。"

初瞳满脸的疑惑。

"怎么可能没感觉？！"初瞳先前的一点点害羞荡然无存，一下子恼羞成怒，语气满含怀疑，"你脖子是打了麻醉药吗？！"

其实是有感觉的，那个穴位摁下去会有些酸胀酥麻，她应该摁对了地方，但洛舟就是想逗她。

初瞳气急败坏之下讲的话实在引人发笑，洛舟没忍住，一下子笑出了声。

他这一笑，初瞳更气了："你还笑，你笑什么笑？！"

"哈哈……你说呢？"洛舟回头看她的时候，眼睛都是弯的，"当然是笑你可爱啊。"

他好像是真的开心，脸色都因此好了不少，笑起来显得眼尾狭长——从这个角度看，格外惊艳。

她的手指还搭在他皮肤上，两人距离极近。

初瞳心里憋的气一瞬间全部消散不见了，转而被另外的情绪替代。

她将手一松："哥哥，我看你也不像是头疼的样子，赶紧睡觉吧。中午吃饭，我会来叫你的。"

然后，初瞳立刻出了他的房间，也没听清他说了什么，生怕被他看出端倪。

下楼许久，初瞳的心跳都没恢复原速，手上还残留着他皮肤的温度。

初瞳迟疑了一会儿，很慢很慢地，用刚才碰过他的指尖戳了一下自己的脸。

也不知道是指尖比较烫，还是她的脸比较烫。

可能是按摩真的起了效果。

初瞳离开房间后不久，洛舟就觉得头疼缓解了不少，困意涌上来，又睡了一个多小时。等他再醒来，恰好是午饭时间——十二点半。

他下楼的时候，客厅里空荡荡的。

在原地站了会儿，听到厨房有水声，洛舟循着声音过去，一眼便看到了熟悉的背影。

初瞳今早来的时候是披着头发的，这会儿应该是为了方便，扎成了一个马尾，从后面看，和上个月A大运动会的时候一样。

她身上没有围围裙——大概是找不到在哪儿，所以每个动作都小心翼翼，离操作台有一段距离，害怕汤汁溅到自己身上。

洛舟靠在门边，这样只能看到她的侧脸，但仍能看出她认真的神情。

初瞳的眼形是标准的杏眼，平时睁大的时候微微发圆，扇形双眼皮由窄变宽，极富少女感。从窗外洒进来的阳光照在她身上，长长的睫毛都被染成了金色。

他想到，自己早上只是打了个电话，小姑娘就拎着早饭和药过来看他。帮他量体温，陪他打游戏，帮他按摩，现在又给他做饭。

他以前感冒发烧，一般就是喝了药在家里待着、躺着，因为知道他身体素质不错，爸妈妹妹也就口头关怀一下。

而被她这么全方位照顾的感觉，是真的很奇妙。

不知道出于一种什么心理，洛舟没打算出声叫她，就想靠在这儿这么一直看下去。

初瞳煮了粥，好像还煮了一锅汤，不知道里面是什么，但闻着还挺香。

她一边煮汤一边拿了个汤匙舀起来一勺，先吹几口气，等吹凉了之后再喝掉，品尝味道，再往里面加其他调料。

这么循环了好几次，最后总算满意。

初瞳将煮汤的锅盖上盖子，回过头的时候，一下子就对上了他的视线。

在她的认知范围内，原本只有自己在的空间突然多出了一个大活人，就算大活人长得很好看，这事儿也非常惊悚。

初瞳吓了一大跳，本能地想往后退一步。可地上有一小摊刚才不小心洒的水，初瞳踩了上去，鞋底一滑没站稳，眼看就要往后倒的时候，又被洛舟拽住手腕一把拉回来——因为巨大的惯性，她整个人直直撞进了他的怀里，手没有支撑点，就搭在了他的肩膀上。

两人莫名其妙地抱了个满怀。

洛舟反应快，一系列的动作完全是条件反射。

将人拉过来后，他将手自然而然地扶在了她的后背和腰上。

上次这么近距离地接触，还是她喝醉了的那次。可那会儿她一身酒气，又说胡话，他没精力关注其他，和现在是完全不同的感触。

原来她抱起来——很小，很香，又很软。

第14章 总不会一辈子只喜欢一个人吧

锅里的汤汁还在咕噜咕噜地冒着泡，随着时间的推移，淡淡的香气渐渐飘出，弥漫整个厨房。

但此时此刻，初瞳鼻端闻到的却是沐浴露的清香——来自抱着她的洛舟身上。

她的脸颊刚好贴在了他的肩膀下方，很快，他身上的体温传递过来，似乎有那么一瞬间，周遭的一切都是静止的。

初瞳也不知道两人是谁先松了手。

好像是她快一点儿，又好像是同时，她往后退了一步，洛舟也重新靠回了墙边。

二人对视两秒。

“谢谢哥哥。”初瞳站稳之后，先是道了谢，然后想到自己会脚滑的根本原因，又问他，“你刚刚站在这里干吗不出声，吓我一跳。”

这能说什么？看她看出神了？

洛舟也不好解释，随口道：“我刚下楼，还没来得及说话。”

初瞳干巴巴地“哦”了一声。

初瞳的确是没有听到任何脚步声，所以才会被吓到。

对于洛舟来说，可能这根本不算什么，毕竟他只是刚到厨房顺手搭救了她一把，以免她摔跤。

上次听社团的学姐学长们描述，她喝醉的时候神志不清，洛舟是把她抱走的。但那会儿她是神志不清，现在是清得不能再清了，甚至记得自己扑到他怀里之前的每一个慢动作。

对她来说，属实是太尴尬了。

二人直勾勾地对视一阵之后，又是一阵沉默。

大概是刚刚睡了觉的原因，洛舟的头发有点乱，显得很软很松，眼睛也半睁不睁的样子，看起来有些困倦。

不想和他对视，初瞳的视线又往下滑，落在了他的肩颈处。

一瞬间，初瞳又想到了刚刚自己撞上去的那种奇怪感觉。

刚才的一切来得太突然，初瞳到现在才觉得后劲儿在飞速地往上涌。

“那……”她摸了摸鼻子，垂下眼，“你去外面餐桌等吧，很快就好了。”

病号不能吃什么油腻的东西，正好初瞳也不会做油腻的东西。

除了是个人都会的煮方便面，她只跟妈妈学会了煮粥和熬汤。简单来说，就是把青菜等食物倒进去，加水，加调料，然后乱炖，非常简单。

虽然饮食要清淡，但也需要营养，只喝白粥感冒也不会好得快。所以，初瞳从洛家的冰箱里搜刮了不少食材，放在一起炖了挺久，闻着很香。

洛舟没有老老实实坐着等，初瞳将汤和粥都盛好之后，是他负责端出去的。

两人坐在餐桌对面。吃饭的时候，初瞳还是没有从刚才的尴尬中缓解过来。她一边埋头喝汤一边手指滑动手机屏幕，虽然眼睛没在仔细看，但是这副样子会给人一种错觉——我很忙，忙着玩手机，刚刚的那点儿小事情我早就忘记了，完全不算事。

是的，完全不算事。

初瞳本想一直这样维持到喝完汤，一边喝一边让自己忘掉刚才那个拥抱，却不想还没喝几口，洛舟就打破了这种沉默。

他问的是一个无厘头的问题：“你多高？”

初瞳勺子一顿，曾经被面前这人嘲讽过身高，因此十分警惕地抬头：“你问这个干吗？”

洛舟将手里的勺子一松，往后靠在椅背上，修长的手指突然摸向自己的锁骨，一脸若有所思的表情：“你刚才额头撞到我这里，到现在还有点疼……所以就想起来，问问你。”

他还用手比画了一下，这动作的意思好像是说她的头撞到哪里，哪里就是她的身高。

“刚才那是角度问题，我是斜着摔过去的，又没有站直。我站直的时候才没有那么矮。”初瞳有理有据解释完，声音变小，不情不愿地说了实话，“我怎么也有……一米六三。”

初瞳遇到洛舟的时候，他高中毕业已经十八九岁了，和现在差不多高，而她还小，才一米五几。

但那时候她在班级里也并不算矮的，再加上初瞳大哥、二哥都是一米八五以上的标准帅哥身高，爸爸妈妈都安慰她，将来一定会长高，所以初瞳一直幻想着自己长大后能有一米六八或者一米七二这种女神级的身高。

然而，初中之后，她的长高之旅变得极为坎坷。

几乎是以一年一厘米、比蜗牛还慢的速度，非常非常艰难才长到了如今的一米六三。

洛舟“哦”了声：“挺好。”

其实初瞳内心深处也很在意这个事情。洛舟也算是见证过她以前身高的人，她忍不住就和他抱怨起来：“我两个哥哥都长那么高，爸妈也是，我以为我可以很轻松就长到一米六五以上的，没想到高中往后就不怎么长了……”

破天荒的，初瞳对面那位毒舌的人不知道是因为生病暂时像人了一点儿，还是因为看在初瞳给他做饭的份儿上，所以暂时善良了一点儿，不仅没有喷出“毒液”，反而还安慰了她。

“为什么这么想？”他说，“又不是越高越好看。”

初瞳没有接话。

洛舟有些好笑地看了她一眼：“你就适合这个身高，总想长那么高干什么？这样多可爱。”

初瞳还是没有接话。

这样多可爱。

加上几小时前楼上那次，这是他今天第二次夸她可爱。

初瞳都记不清自己被多少同性异性的朋友或者长辈夸过，漂亮、可爱、乖巧懂事，等等。

但是这种赞美的词从洛舟嘴里讲出来，就非常不同了——既十分难得，又十分让人感动。

“而且，”洛舟没有注意到她的情绪变化，还在给她举例子，“你这身高如果想变高点儿，自己穿高跟鞋不就可以了吗？那些一米七几的姑娘万一不喜欢自己的身高，想变矮，怎么变？”

初瞳仍是没有接话。

就和刚才那个榴梿和杧果的例子一样，初瞳明明知道是歪理，却又找不到合适的理由反驳他。

她压下多余的情绪，含糊地“嗯嗯”两声，便继续低头喝粥。

……

中午吃过饭后半小时，洛舟又喝了一次药。

这次他困意来得快，上楼一口气睡了好几个小时。初瞳本以为他的烧应该可以退了，没想到洛舟下楼之后一量体温——38 摄氏度。

只退了一点点，还在高烧的范畴。

“我在家的时候，不严重的发烧喝两袋就差不多退了，至少也能变成低烧，为什么你不怎么见效啊？”她觉得很纳闷，开始怀疑，“难道你不适合这个药？”

洛舟："和药没关系。我很少感冒，所以每次感冒都好得慢。"

初瞳看了眼时间："但是这都快到晚上了……不然，你还是叫医生过来看一下吧。"

洛舟没回答叫医生的事情，反而突然问道："怎么，到晚上，所以你要走了？"

初瞳没有现在就要走的意思，但是也没想过要留下来。

她实话实说："我白天来的时候，是想着你病情减轻后我就回宿舍。"

初瞳原本觉得，他白天喝两次药，烧怎么也应该退了，退烧之后就是普通小感冒，也不太需要人照顾了。可没想到到现在都还没好。

初瞳还在斟酌该怎么措辞。洛舟又开口问她："记不记得，你上午跟我说了点儿什么？"

初瞳迟钝地眨眨眼："什么？"

洛舟清了清嗓子，模仿着她的语气："'哥哥，你病好之前，我不会走的'——我没背错吧？"

初瞳心想，还有脸背呢！那不都是你暗示的吗？！

洛舟这语气模仿得还挺像，这话一说出口，初瞳的羞耻感一下子就上来了。

她努力压下脸热，和他讲道理："但我就给你带了两盒药，让你叫医生你又不叫，我留下又没什么用——"

"怎么没用？"洛舟打断她，一本正经地道，"今天你如果不来，我病死在家里也不是不可能的。"

初瞳："但是你都可以独立行走了，打电话叫医生也是随叫随到的事情，我也不是非要留下吧。"

"哦——"洛舟像恍然大悟一般，应了声之后整个人就往后靠，像瘫痪一样瘫在沙发里，"那我现在不能独立行走了。"

洛舟生动形象地表演了什么叫作——当场碰瓷。

一场碰瓷成功让初瞳留了下来。

吃过晚饭，洛舟上楼洗澡。

他正准备进浴室时，随手扔在床边的手机响了好几下——是隋易发来的微信。

隋易不随意："大少爷，真病了，都回不了我微信了？你就早上说了一句发烧了，到底怎样了啊？"

早上的时候，洛舟回复他的时候说了一句自己好像发烧了，毕竟是被硬拖着去看的演唱会，隋易觉得是自己的问题。

当然，洛舟也觉得是他的问题。

没回复隋易是因为这人话多，而且洛舟又不想打字，怕一说起来就没完没了。

隋易不随意："别真是被我搞的吧……那我可罪孽太深重了啊。我这一天撩妹都不香了，提心吊胆，你倒是回复我一下啊。"

隋易不随意："你别是晕在家里了吧？我直接去你家了啊？"

洛舟原本还不想回，但看到最后一句，立刻打字制止。

没空闲聊："你来个锤子。"

没空闲聊："安心撩你的妹，别来，爸爸很好。"

……

趁着洛舟上楼洗澡，初瞳简单收拾了一下厨房，又坐回沙发上给杜优容打电话。

那边接得很快。

杜优容周围有些吵，所以她的声音听起来很大："喂——是瞳瞳吗？怎么了？什么事儿啊？你到宿舍了没？再不回来小心赶不上门禁时间了啊。"

初瞳也不知道自己心虚个什么劲儿，说话都没什么底气："那个……容容，我今晚不回去了……"

"什么？！"那端的女声瞬间拔高，"为什么不回来？洛舟学长病得很重吗？"

初瞳想了想："总之，就是还需要人照顾的状态。"

"不是，那你留在那儿也不好吧？"杜优容说话很直，"孤男寡女的，出点儿啥事咋办？"

初瞳就知道她要说这个："我又不是没在他家住过……你放心啦，不是和你说了他是我哥吗？"

杜优容还是不放心，最后初瞳好说歹说，才松了口："总之，万一发生什么不好的事，你就立刻打电话给我，我马上报警！"

初瞳又是感动又觉得好笑，"嗯嗯啊啊"地答应了。

挂断电话之后，初瞳一回头，就看到换了一身衣服、面无表情的洛舟正站在她身后，没完全吹干的头发还有点儿潮湿。

他凑过来，手肘撑在沙发上。刚洗完澡，距离近了，初瞳能闻到他身上清爽的薄荷香。

"上次你喝醉酒跟她打电话，我似乎也听到了类似的警告，"洛舟盯着她看，缓缓笑了，"你这个室友，是真的坚持不懈想让我进局子啊。"

初瞳显得有些尴尬。

也不能怪洛舟偷听，毕竟杜优容刚才声音大到她都得把听筒拿得离自己远一点儿才行。

“不是，”初瞳抿了抿唇，替室友解释，“她也没有恶意。我们互相都很喜欢开玩笑，我室友平时说话就是这样的……”

“她又没说错，你不用解释。”洛舟打断她的话，看起来是真的不怎么在意。

随后，他又问：“你不怕她说的？”

初瞳不解：“嗯？”

洛舟垂眼看她，长睫毛打下一圈扇形阴影，分辨不出眼里的情绪。

这个角度看过去，他的下巴线条，以及说话时上下滚动的喉结显得尤为性感。

他放慢语速，重复道：“孤男寡女，出点儿什么事可怎么办……你室友想过，你没想过吗？”

洛家大厅灯火通明，此时却陷入了一瞬的寂静。

洛舟平时不是高冷脸就是吊儿郎当的，此时的神情却很认真。

初瞳原本以为他还会调侃几句杜优容的话，没想到他反过来拿杜优容的话来问她。

孤男寡女……的确，孤男寡女，又都是单身，虽然是兄妹但又没有血缘关系，一般人听说这样的先决条件，大概都会觉得过夜不妥吧。

但初瞳还真的没有往这方面想过，哪怕任何一秒。

说起来还挺悲哀的。

初瞳没想过的真正原因，就是她非常清楚，在洛舟心里她就是妹妹而已，不过亲近程度还比不上亲妹洛棠，但是根本属性是一样的。

她刚上大学，洛舟和教授吃饭会带着她；她喝醉酒，洛舟会去接她，不顾别人眼光当众抱走；她被男生追，洛舟会替她挑三拣四。

她在这个对于她来说陌生的城市里上大学，他会对她很照顾。

但归根结底，就是哥哥对妹妹的关心而已——还是不会产生任何非分之想的那种妹妹。

因为要“孤男寡女出点儿什么事”的前提，得是双方，或者至少其中一方有着不轨的意图、不纯洁的想法。

她有不纯洁的想法没错，可她半点儿都不敢表露出来。

“洛舟哥，”初瞳沉默了不短的时间，才道，“你为什么突然问我这个？”

等了半天等来这个回复，洛舟觉得她可能多半不好回答。他收回支在沙发边的胳膊，重新站直：“没什么，我随便一问，你就当没听到吧。”

连他自己都说不上来到底为什么要问她这个问题。

想让初瞳留下的时候，洛舟并没有别的想法，只是刚才在听到她室友的质问时，微微愣了一下。

那是她的室友担心她，所以好奇，她会不会也有这样的担忧。

但看小姑娘的反应，这个问题问得似乎不太对。

怕她尴尬，洛舟随手拨了拨头发："早点儿休息，我先上楼了。"

说完，洛舟便要转身。

"哎，等等——"初瞳突然叫住他。

洛舟重新偏过头："嗯？"

"洛舟哥，我确实没想过，"眼睛一眨一眨的，初瞳道，"但我没想过是有原因的。"

"什么？"

"虽然说家里只有我们俩，的确是孤男寡女。"初瞳说话时，看着他的眼神很真诚，"但是我举个例子吧，和你单独在家，就像是我妈妈带着我哥哥出远门，只有我跟我爸在家一样。"

洛舟满脸的无奈。

"所以，这对我来说，就是，照顾生病的长辈而已。"

生病的长辈心情抑郁，身体反倒有了明显的起色。

第二天一早，洛舟量体温的时候就已经恢复到了正常体温区间，为了保险起见，在初瞳的建议下，又喝了一袋冲剂。

这下子，洛舟的病总算是好了，而初瞳也算履行完了昨天许下的那个承诺。

刚好她有个小组作业要下午回学校和组员讨论。吃过早饭之后，没待多久便和洛舟告辞，临走时，初瞳还尽职尽责地叮嘱："你叫午餐的时候记得叫清淡的，每隔几小时就量一下体温，要是烧起来了就吃药，要是烧不退就叫医生……"

总之，初瞳把能想到的都说了一遍。

临出门时，洛舟想开车送她，被初瞳拒绝了。

她把他推回沙发上坐着："这刚要好转，你别再出去吹风了。这次会感冒不就是因为去看演唱会的时候穿得太少吹冷风了吗？"

洛舟反驳："开个车而已。"

"那也不行，待在家里才最安全。"初瞳怕他不听，又强调，"你要是又烧起来，昨天我就白来了。"

洛舟看着她，不说话。

一再表示这附近打车很容易，而且会全程开着定位，一到宿舍就给他发消息，初瞳总算说服了这个病号老老实实待在家里。

"对了，现在都快到冬天了，哥哥你记得出门不要再像周五穿那么少了。”刚才说到演唱会那天，初瞳似乎想起来什么，忍不住数落他，“耍帅也要看年龄啊，你这明显已经禁不住那样耍帅了，还是注意一下身体吧。”

被一个十八岁正值青春年少的美少女这么数落，洛舟是一句话也反驳不了，全部都堵在了心里。

今天天气很好，空气也难得清新。初瞳出了洛家大门，抬头看着天，长长地舒了一口气。

她一路走得很慢，边走边回想着这两天的事情。

刚才临出门时，看着洛舟黑着脸却又无法还嘴的样子，有那么一瞬间，她觉得，就这样和洛舟相处，也挺好的。

洛舟嘴有点儿毒，可是毒得有趣，长得帅过大批明星，对妹妹又好，整个人除了脾气外近乎完美——

如果将他当成一个很好的哥哥，而不是暗恋对象，不用再斟酌字句，不用再小心翼翼，随心所欲想说什么就说什么，被损也不用在意，还能偶尔言语反击看他吃瘪……不也很棒吗？

说不定，这样反而可以慢慢淡化掉那些想法。

初瞳来洛家多次了，也总是听到白相宜和洛城明里暗里嘲讽洛舟至今单身的事情。

初瞳不知道他单身的原因，也没问过，但她很清楚，这人肯定不是因为别的单身，纯粹是自己眼光高，或者是嫌恋爱麻烦。

虽然他的脾气被他家里人嫌弃，可他在外面的知名度、人气，他本身的能力和性格，惦记他的人数不胜数，若是他松口，不说一呼百应，应该也差不多。

初瞳读高中的时候，经常会被男孩子告白。

被告白的时候，看着那些男孩子有些青涩的面容，她几乎每一次都会想——洛舟十几岁的时候，是不是也会这样，板着一张帅脸，傲娇地和学校里受欢迎的漂亮女生告白。

大概没有人会拒绝他吧。

谁会拒绝那样一个浑身散发着光芒的少年呢？

那时候的她，只是这么一想，都羡慕得要命，甚至羡慕到心脏微微发痛。

初瞳上了出租车，看着窗外飞速倒退的属于C市的、对她来说却依旧陌生的景色。

她来C市读大学，更像是一种本能——一种想要靠近自己喜欢的人的本能。

并不是有目的性地接近，也没有存过别的幻想。

毕竟他们最开始相遇的身份，以及他对她的态度，似乎就已经限制了一些别的可能。

初瞳心想，也不知道洛舟会决定在什么时候，找一个什么样的女孩子谈恋爱。

如果等到他找女朋友那天，她还是过不去自己这关，接受不了，那大不了渐渐和他疏远关系，远远地看着，祝福他就好。

总不至于，一辈子只喜欢这一个人吧。

不会那么惨的。

初瞳回到宿舍的时候已经十点半了，但周日是赖床日，学霸也不例外——杜优容她们才刚刚起床。

初瞳走到床铺旁边脱外套的时候，杜优容从床上爬起来，眯着眼和初瞳对视了五秒钟，才清醒过来："啊，瞳瞳回来了。"

初瞳点点头："嗯，基础概论有个作业定了下午去图书馆讨论，他烧退了，所以我就提前回来啦。"

杜优容"哦"了声："那看来是没事儿啊？"

初瞳："你说谁？我吗？"

杜优容："不然呢？"

她肯定还是惦记着孤男寡女这事，初瞳忍不住白了她一眼："早和你说过多少回了，能有什么事……"

杜优容也觉得自己想多了，初瞳说过好多次，洛舟学长和她认识好多年，父母是至交，这关系有啥可怀疑的。

然而，还没等她再说什么，杜优容就听到初瞳又叹着气感慨了一句："而且——就算我想有事，也不会有的。"

杜优容顿时满脸写满问号——是什么让她们宿舍的舍宠说出这样没自信的话？！

"你这说的啥话？！"杜优容一激动，嗓门都大了起来，"你从开学到现在拒绝的帅哥用不用我给你数一遍？初瞳你清醒一点儿啊，你要是想有事，谁都抗拒不了好吗？！"

初瞳还没来得及回答。

由于拔高的嗓门，老大舍长和老二也闻声清醒过来。

舍长揉揉眼睛："咋了，跟谁有啥事啊？瞳瞳要让谁抗拒不了啊，要恋爱？"

杜优容随口敷衍："跟她哥。"

"跟她哥——"老二还没清醒，只捕捉到了"她哥""抗拒不了"以及

“恋爱”，一骨碌爬起来，“别啊瞳宝，你哥是帅，那你也不能啊！”

初瞳心想，这都什么跟什么啊，从李冬梅传成王红雷吗？

最后耗费了十几分钟，总算解释清楚了前因后果，几人也陆续起床洗漱。

舍长和老二向来大大咧咧，彻头彻尾的学霸直女，可纵横情场这么多年的杜优容不是。她刷完牙洗完脸，怎么想怎么觉得不对，极为敏锐的神经嗅到了一丝丝不寻常的味道。

什么叫作“就算她想有事”？

初瞳为什么会以那个立场，做那样的假设？

几人收拾好准备去食堂吃午饭，杜优容刻意落下，拉着初瞳走在后面。

“瞳瞳，你实话实说。”杜优容压低声音，直切主题，并密切关注初瞳的表情，“你是不是有点儿喜欢洛舟学长啊？”

初瞳不知道她为什么突然问这个，倏地一愣，然后立刻摇头：“没有的，你想什么呢？”

杜优容“哦”了一声就没再问。

可是刚才她明明察觉到，初瞳在否认的时候，很微妙地停顿了一下——有情况！

两周后，到了十一月中旬。

洛舟驱车驶在从公司到酒吧的路上。

十一月有一件对C市名流圈来说较大的事——十一月二十日是白相宜的生日，每一年都是大办，今年也不例外，而且白相宜还点了名要初瞳也去。

他生病痊愈后的这两个周末，每次联系初瞳，她不是去参加社团活动，就是被小组作业以及复习考试占据，因此两人一直都没见面。

但联系还是有的。

她发朋友圈他就赞一个，十一月十一日那天，初瞳还祝他节日快乐。

今天已经十一月十六日了。红灯时，洛舟拿出手机翻到初瞳的电话，拨了过去。

大概响了十几秒，初瞳才接起来：“洛舟哥，有事吗？”

女孩子的声线温柔，因为在南方长大，说起普通话来也软软的。

洛舟十几天没听到她的声音，这么一听，还有点儿说不出的感觉。

他突然就不想说事了，逗她：“没事就不能打电话了？”

“你别开玩笑了。”电话那端沉默了三秒，初瞳压低声音，“我在图书馆外面站着呢，你找我有什么事吗？”

毕业于A大的洛舟清楚地知道，十一月的A大课业有多繁忙，尤其是大一，估计真是天天下了课就泡在图书馆里。

他长话短说，说明了一番白相宜的意思："总之，空出来周六那天，上午我来接你，剩下的就听我妈安排。"

初瞳立刻答应下来，一副着急去学习的语气，很快便挂断了电话，毫不留情，毫不拖泥带水。

洛舟听着听筒里面的"嘟嘟"声，不轻不重地"啧"了声。

挂断之后不到十分钟，洛舟也到了目的地——C 市私人酒吧"VV"。

包厢内灯光明亮，洛舟看着对面许久没见的金子光。

遗传了好基因，男人生得高大英俊，眼下发青以及疲倦的精神状态却掩盖不住。洛舟客观评价道："你最近是不是颓废得不得了？去没去医院查查肾脏功能？"

金子光没忍住，"扑哧"一笑："也就你跟我这么说话……好久没被你毒过了，还真有点儿爽。"

两人的确挺久没约出来见面了，聊了挺多，回忆过往，展望未来。聊着聊着，金子光突然想到之前这位大少爷给自己打的那通电话："哦，对了，你上回突然问我妹，怎么着，你和那妹妹有情况啊？"

拿酒杯的手一顿，洛舟道："什么情况？"

"你想啊，你问的那话多奇怪啊，什么追求者你不满意，什么你觉得配不上你妹，你还想揍人家，"金子光"啧啧"两声，"这不对劲儿吧，怎么有人喜欢你妹妹，你还想揍人家呢？"

洛舟想了想，脑海里回忆起熊大的样子："可能是因为那货不太像个人吧。"

金子光一脸的疑问。

既然提起了这个话题，洛舟又给他说了两周前自己生病感冒，于是把初瞳叫来的事情。

"不叫医生叫你妹干吗？"金子光不能理解，"上大学那会儿你生病有这么柔弱吗？还得叫人？不都自己吃药就好了？"

"不知道，"洛舟晃了晃酒杯，"当时早上脑子烧糊涂了，就把她叫来了。"

金子光一下子来了兴趣："然后呢？继续说，叫来你妹妹之后呢？"

洛舟又讲了两人相处的一天半，省略了部分初瞳照顾他的细节。

"这什么绝世好妹妹，对比我家那个，啊……"金子光一脸的不忍直视，顿了几秒，重新回归正题，"所以呢，你妹妹对你这么好，你什么感觉？"

洛舟靠在卡座里，回忆了一下自己当时的心理。

很复杂，他自己当时都很迷惑，尤其是站在厨房门口看着人家做饭看出神的时候。

他不是很确定的回答道："可能是觉得……我没白疼她吧？"

金子光心想，你养女儿呢？还“我没白疼她”？

两人聊了两小时左右，中途又来了一个熟人，洛舟便没有再继续提初瞳的话题。

最后散伙前，洛舟友善地提醒兄弟：“你这金子再不发光，就是一辈子的废铁了，可别白瞎了金叔叔给你取的好名字。”

金子光懒散一笑：“那大概率是要白瞎了。”

几人都是自己开车来的，私人酒吧有帮 VIP 顾客开车回去的服务。

年轻女司机肯定是不能要的，麻烦，但曾经有次安排的是个年轻小男生，回程路上也一路给他暗示，洛舟差点儿把人踹下去。从那之后，为了全方位避免麻烦，洛舟都是叫看起来憨厚的中年男司机帮自己开回去。

他坐在副驾驶座上，打开车窗吹风醒酒，手机突然在一旁振动起来。

“您手机响了。”司机提醒。

洛舟“嗯”了声，拿起来一看屏幕便接了起来。

来电的是负责他私人事务的秦助理。

“洛总，您之前让我查的那个旧号短信记录终于出来了，电子版的已经发到您邮箱里了。”

因为酒精而有些迷糊的大脑瞬间又清醒了。

洛舟有些意外，那么久远的消息能重新翻出来，也算是意外的惊喜。他单手揉了揉眉心，应道：“好。”

然后，洛舟打开手机邮箱，点开秦助理发来的邮件，下载附件。

是个很长的文字文档，每一条都是先日期时间，再接文字内容。

第一条是五年前，他离开之后发的。

前面的一些都很简短，很有规律，每逢节假日就给他发祝福——

2015 年 1 月 1 日 00 时 01 分

137××××××××：“哥哥，新年快乐！”

2015 年 5 月 5 日 00 时 01 分

137××××××××：“洛舟哥，生日快乐！”

……

她这样发了很久，没有多余的话，只有简简单单的祝福。

然后过了一段时间，她意识到，这个手机号大概率被他弃置了。

“洛舟哥……你这个手机号不用了吗？

“真的不用了？

“我也不想和爸妈还有哥哥问你的新号码了，既然你不用了……那我就把这个号当作垃圾箱，想发什么就发什么好了。”

洛舟一愣。

她还真是说到做到，从那之后，短信变得频繁起来，似乎彻底贯彻了把这个号码当作垃圾信箱，很多时候发的都是无意义的话，像是小女孩对哥哥的碎碎念。

“忘记告诉你啦，我今年生日的时候，养了一只加菲猫。”

“为什么会有政治、历史这样的科目呢？背得想哭……快分科吧！”

……

有时候一连几个月都没一条，但频繁的时候，她和小姐妹吵架了、和好了，都会来这里说。

甚至，还会说对那时候的她来说，应该是很敏感的话题——

“唉，有些事情不能和我爸妈还有哥哥说啊，我就只好来这里吐垃圾……我今天被一个男孩子告白，不知道为什么，有一瞬间很想答应他，很想试试大家都在阻止的早恋是什么样子的。可最后我还是没有。

“你要是能看到，回我一下就好了。

“还是算啦，想了想，这些话要是被你看到，好丢人哟。”

……

“哥哥，我今天决定报A大了，还没有告诉我爸妈……我觉得他们不会支持我的，但你会的。”

……

“明天我就要去C市啦，应该也会换那边的手机号码，发了这么多年，还有点儿舍不得这个垃圾箱……

“哥哥，再见面的时候，你应该不会忘了我吧？

“大家都说，我现在还挺漂亮的！

“你记得见面之后，夸一夸我啊。

“还是算了，我想什么呢？不嘲讽我都算好了。

“不过，如果真的忘了我，那也太伤人了。”

……

从酒吧到家里的这段路程，不仅有足够的时间让洛舟读完这些文字，他还很仔细地读了两遍。

回到房间，他没立刻去洗澡，而是坐在床沿又看了一遍。

短信文档篇幅很长，可是如果单纯提炼出来，那些话其实并不算多。

尽管不多，却也是五年时间里她一条一条发出去的，每一句话都承载着时间的记忆。

酒劲似乎也在一瞬间涌上来，洛舟说不出是种什么感觉。他一向什么都不在意，现在心里却特别堵。

五年里，他被一个小姑娘这样依赖着，却从来没有意识到，也没给她任何回应。

他很少为自己做过的事情后悔，现在却第一次后悔——当初手机掉进水里，自己因为麻烦而直接换掉手机卡，将旧的直接作废。

等几天，又能怎么样呢？

心情太过复杂，洛舟转眼看着窗外，今晚满天都是星星，夜空罕见地璀璨，大概明天又是个大晴天。

一瞬间，他又想起她最后发的那几条——

“哥哥，再见面的时候，你应该不会忘了我吧？

“大家都说，我现在还挺漂亮的！

“你记得见面之后，夸一夸我啊。”

……

他捏了捏鼻梁，闭了闭眼，然后打开几乎从来没用过的短信图标，在收件人那栏填入初瞳的手机号。

很慢很慢地，一个字母一个字母地打，发过去两句话——

“在吗，小跟屁虫？”

“你长大之后，真的很漂亮！”

第15章　安慰

初瞳最近每晚都是和三个室友在图书馆一起复习，A 大图书馆设有四人的电脑桌，对她们来说非常方便。

今晚，碰巧其他三人都有事，杜优容去约会，另外两个参加社团聚餐，所以只剩她一人。

初瞳默默估算过，她单独行动的时候，收到搭讪和告白的概率比和室友在一起的时候要高，大概是男孩子也会害羞吧。

接到洛舟电话的前一分钟，她正在被人询问联系方式。

是隔壁电脑桌的男生，长得很干净，满脸害羞状，一看就不常做这种事情，连要她的联系方式都是用传纸条这么青涩的方法，而且字迹十分工整。

看着他，有一瞬间像回到了高中那段时光，初瞳对他笑了笑，正准备回复的时候，便接到了洛舟的电话。

听人说，有些人和别人打电话的时候，是会在脑海里脑补对方的样子和状态的。

初瞳就属于这类人。当听到洛舟熟悉的声音时，初瞳不自觉地开始给他添上面容和表情，而且相当生动。

接电话没耗费太长时间，却让洛舟在她这儿刷了一次存在感。等打完电话，再次回到座位的时候，初瞳突然就改变了想法。

不是一个院系，不是一个社团，想要联系方式的目的无非就是那么一个。初瞳明知道自己完全没有那种想法，干吗给联系方式，变相给人家希望呢?

还是算了吧。

被婉拒后，那个男生也没说什么，只是对她笑了笑便换了个座位。

初瞳叹了口气，继续看着电脑屏幕。

晚上九点半，初瞳从图书馆回到宿舍，先洗了个澡，出来之后杜优容她们也都回来了。杜优容刚约会完，满面春风，正在卸妆，见她出来对她扬了扬下巴："瞳瞳，刚刚听你手机响了好几声，记得看。"

“哦，好。”初瞳原本以为是微信，走到床边把手机捞起来，看到屏幕上的提示是两条新短信。

这年头发短信的不全是广告吗?

“肯定是垃圾短信吧，一天到晚……”初瞳一边嘀咕一边点进新消息，却在视线触及来信人的名字时，一下子收声。

——洛舟（188××××××××）：“在吗，小跟屁虫？”

——洛舟（188××××××××）：“你长大之后，真的很漂亮！”

初瞳心想，这还是洛舟吗？为什么这么突然地夸她？

初瞳愣怔了好一会儿，反复看了好几次。

她左思右想，怎么都想不通洛舟到底为什么给自己发两条这样的消息。

而且这语气也太不对劲了啊。

特意提了“你长大之后”……

这几个月里，他好像还没正面夸过她长大之后漂亮吧，最初见面也只是嘲讽了一句——她没长个儿。

初瞳把当前页面截了个图，然后退出短信切换到微信，找到了和洛舟的对话框给他发了过去。

tong：“[图片]洛舟哥？”

tong：“是你本人给我发的短信吗？”

tong：“你喝醉了，还是又发烧了？”

那边迟迟没有回复。

初瞳一头雾水地去吹头发，十分钟后再回来，洛舟总算给了回复。

没空闲聊：“是我发的。”

没空闲聊：“哥哥夸你，怎么就非得是喝醉了发烧了？你这是什么思想？”

初瞳心想，这是什么思想？经常被奴役在他毒舌下的人的思想。

初瞳说得很委婉：“主要是……你平时又不夸人，突然这么夸我，还挺让人害怕的。”

随后，初瞳又发了张瑟瑟发抖的图片。

没空闲聊：“那我以后多夸夸你。”

没空闲聊：“这次就当——提前习惯一下。”

洛舟提前交代了要把周六空出来，初瞳就把作业都赶在周五前做完了。

她周四的时候收到社团大群的召唤，去听了个会，顺带报名了下个月的志愿活动。

曾经一起参加活动的学姐李冉在散会后找到她。李冉说她明天有急事，问初瞳能不能明天帮自己喂一下猫——也就是社团许多人都在做的那个兼职。

这位学姐和初瞳说不上有多熟，但是初瞳第一次出去参加志愿活动，李冉教了她和林莓很多东西，而且她说话很直率，看不上叶澄那种人就直接和她们吐槽，性格非常爽快，爱憎分明，初瞳对她印象一直挺好，所以没怎么犹豫就答应了。

怕她找不到路，学姐微信发了很详细的地址过来，包括在哪里转地铁线，在哪个站出站，过不过马路，等等，就差把走几步都告诉她了。

但是小富婆不差那点儿钱，初瞳第二天是直接打车过去的。

初瞳对C市还不算熟悉，目前只熟悉洛家附近，以及学校附近的区域，目的地小区还是她的盲区。初瞳虽然不了解，但下车看到这小区高级的外表也不难猜出它的昂贵。

她的工作很简单，开门喂猫就行。

喂猫这种事情只能一天来一次，因为如果把所有的猫粮或者生骨肉直接倒给猫咪，它们不懂节制，一顿全吃掉，撑坏了是一定的，所以才需要人按天去喂。

把学姐嘱咐的猫粮和生骨肉都倒完后，初瞳觉得就这么走了也不太好，于是蹲在一旁，默默地看着小猫，等它吃完。

猫粮很快见底。

这只猫是纯种布偶，长得非常好看，还不认生，很温顺。任务完成，初瞳忍不住伸手想摸摸它的脑袋。

谁知，刚一碰到它，身后便响起了密码锁打开的声音——初瞳“唰”地回过头。

进来的是一个男人，面容清俊，戴着眼镜，穿着长长的风衣，手边是行李箱，一副刚出远门归家的模样。

初瞳乍一见到陌生人，傻眼了，条件反射般一把把猫抱在怀里，戒备地看着对方：“你是谁？”

男人似乎觉得好玩，停顿了几秒，突然对她笑了一下。他五官有些冷，这样一来，莫名有种冰山消融的感觉。

他用手指了指她怀里：“我是你抱着的那只猫的主人。”

空气有一瞬间的凝滞。

初瞳顿时反应过来，尴尬得要命，赶紧把猫放回了地上。

她想起学姐说过的话——

“学妹，这家的猫主人特别帅，虽然你不缺追求者，但这种优质男还是别错过的好，以后你要是想脱单了学姐介绍给你认识啊。”

初瞳理所当然地拒绝了。

她也得先撇清杂念才能想脱单一类的事情啊。

不过，眼前这男人确实和学姐说得一样，算得上相当优质。

“啊，不好意思，我是代替李冉学姐过来帮您喂猫的。李冉学姐今天有急事，所以……”她解释了一通，最后朝着门口走去，“既然您回来了，那我先走了。”

在经过他身边的时候，初瞳听到他问：“你是李冉的学妹？”

初瞳点头：“嗯。”

“你叫什么名字？”

“初瞳。”

被那人问了名字，初瞳说不上哪儿有点儿奇怪。但她也没在意太久，毕竟当天晚上回去，还有周五一整天，除了上课就是在图书馆敲键盘赶作业，没有时间想别的。

周六，白相宜生日当天。

初瞳上午被洛棠接到洛家，先吃了个午饭，然后便是挑裙子做造型的快乐环节。

下午是她第一次参观洛家两个女人的衣帽间，里面实在是太过壮观，各种绝版高定裙子数不胜数，款式颜色应有尽有，还几乎都是没穿过的。

“我觉得瞳瞳穿白色好看，妈你说呢？这条好看吗？”

“她穿白色是好看，但纯白在晚宴那种场合太素了，换一条。”

“这个呢？带点儿渐变色，我觉得好看，裙摆还有碎钻……”

……

洛棠和白相宜在商量，初瞳就在一边听着，像个老实的布娃娃，她们说什么颜色适合她，她就穿什么颜色，总之相信这两个人的眼光肯定是没错的。

最后，白相宜一锤定音，给她和洛棠选的是色调和设计有些相似的姐妹裙。

裙子上中部分以白和天蓝为主，下面是层层叠叠的纱镶嵌着小颗水钻，相似中又各有特色。

初瞳只比洛棠矮了一点点，两人肤色相近，身材相近，穿上姐妹裙后简直让人挪不开眼，一向高标准严要求吝啬夸赞的白相宜满意得连连点头。

试好了裙子，又一通化妆打扮后，初瞳便跟着洛家的车去宴会场地。

白相宜的生日晚宴在所有晚宴中都绝对算是重量级的。不管是选在了市中心寸土寸金的园林场地，还是来宾，简单来讲，受邀的都不是一般人。

车停在了庭院外面，入口处像竹林一样，绿意装点，曲径通幽，穿过廊亭，就看到了内里的宴会场地，不论外观还是装饰，都极富古意。

走在半路，初瞳一直在欣赏周遭景色，白相宜转头问她："怎么样啊瞳瞳，是不是很符合你们家的审美？"

之所以这样问，是因为初瞳爸妈当时也是他们那圈子里的一段佳话——两人都是书香世家出身，一家子里好多艺术家，搞琴棋书画那一套很是出名，初瞳的爷爷奶奶、外公外婆住的地方的确都是和这儿差不多的感觉。

她点点头："嗯，这里和我奶奶家有点儿像，但是这里更好看。"

因为洛城和洛舟有别的事情，白天的时候，隐约听白相宜和洛棠提起两人似乎是一起去了什么地方，初瞳不懂，也没仔细问，反正一整天都没见到。一直到进入会场，才看到迎面而来的两人。

洛城虽然现在有些发福，但那张脸的轮廓骗不了人，一看就知道年轻时就是大帅哥。不然仅仅白相宜一人的绝色也生不出洛舟、洛棠这么好看的一儿一女。

而这一家人又很好地诠释了女儿像爸儿子像妈，洛棠像洛城的地方多，而洛舟五官虽然更像白相宜，但混合了他自己独有的气质，美则美矣，却一点儿都不让人觉得阴柔——用曾经采访过他的小编的话来说，简直A爆了。

初瞳和洛棠一左一右挽着白相宜的胳膊。这一路上，一个大美人带着两个小美人不知道吸引了多少目光，寿星的嘴角就没放下来过。

洛城、洛舟也走了过来。洛舟挑了挑眉，帅得晃人眼，唇角一弯，不说人话："左牵黄，右擎苍？"

众所周知，这句诗里的黄是黄狗，苍是苍鹰的意思。

初瞳一时语塞。

洛棠："你才是黄和苍！哥你真是够了！不会说话能不能不要说！"

白相宜："你真的是我生的吗？你这嘴还是嘴吗？"

洛舟浑不在意，又调侃自己的亲妈："被她们俩挽着，一脸非常享受的样子啊，白女士。"

白相宜翻了个白眼，阴阳怪气地回过去："是呢，你还是闭嘴吧，我恨不得这俩才是我亲生的呢。"

洛舟"啧"了声："爸，你老婆是不是有点过分了，亲生的都不想要了。我看，过完这个生日我就从公司退休算了。"

洛城笑呵呵地道："别的啥都好说，你要断绝亲子关系，爸爸妈妈也不拦着，就是退休，免谈。"

开玩笑，好不容易养出来一个洛舟，自己逍遥快活了，说不干就不干，那怎么能行？

听他们一家人互损十分有意思，初瞳一直没说话，只是抿着唇笑。

很快，宾客到齐，身为寿星的白相宜上台做了开场，便到了晚宴开始的时间。

这次不仅有名媛千金以及公子哥们，还有娱乐圈和时尚界的不少人，比如洛棠男朋友——影帝苏延。

初瞳看过苏延的电影，但近距离看影帝本人这还是第一次。传闻中他十分高冷，可和洛棠在一起的时候，整个人看起来特别温柔，两人光看外表，就让人觉得简直是天造地设的一对。

白相宜下台之后就被不少人围着，洛棠和苏延两人腻腻歪歪地去拿酒喝，初瞳的身边莫名就只剩下了一个洛舟。

他今天穿的纯黑色西装，暗蓝色领带，明明这装扮也没什么出奇之处，黑色也和在场的大部分男士一样，但他站在这里，配上那张脸以及毒舌而不自知的表情，就是比别人都要显眼。

洛舟带着她在各种甜品桌附近转，一边给她指好吃的，一边问："在你家那边的时候，这样的宴会参加得多吗？"

"不多。"初瞳摇摇头，"我平时上学，就算有也挺少会去的，我不是太感兴趣。"

洛舟"嘶"了声："可以啊，随我。"

初瞳心想，什么叫随你？随谁也随不到你身上啊！

还没等她出口反驳，洛舟又说："我也有段时间没在这种场合露脸了，今天估计挺多人会来找我。我不能一直陪你，你跟紧洛棠或者我妈，别自己一个人。"

初瞳听了这话顿觉有点儿无语："什么呀？我又不是小孩子……"

"怕你被有心人搭讪啊。"

初瞳觉得他想得太多了："这么多大人物，谁会搭讪我？"

洛舟停下脚步，看了她半晌，看得初瞳都怀疑自己脸上是不是有什么东西，他突然压低声音，意味深长地说："怎么就没有了？谁让你今天穿这么好看。"

她蓦地一愣。

没办法，被嘲讽久了，初瞳依然不能适应毒舌的赞美。

初瞳移开视线，避开他的眼神："但她们两个都有自己的事情，我自己随便吃点儿东西，找个地方玩手机也——哎，洛舟哥你干吗？"

还没等她反应过来，洛舟抬手，动作极为自然地捏了下她的脸，语气很轻："让你跟就跟，哪儿那么多话。"

洛舟说完后，便被人端着酒杯迎了过去，渐渐走开，身影离她越来越远。

初瞳站在原地，只觉得自己脸上被他捏过的那一块简直热炸了！

初瞳想赶紧找杯喝的缓解一下现在过于激动的心情，离开摆放自助甜品的长桌，走到酒水区，正在挨个分辨是酒、果酒还是不含酒精的饮料时，耳边却突然传来一道男声。

“初瞳？”

初瞳回过头。

她身边站着的，是两天前见过的，那只漂亮布偶猫的主人。

镜片微微反光，他礼貌地对她笑了下：“好巧啊，又见面了。”

宴会过了一小时。

洛舟被不知道多少个人敬了酒，一边聊还要一边注意初瞳的位置。最后她给他发了条消息，说自己吃好喝好找了个地方玩手机，洛舟这才放下心来。

他喝得有点儿多，中途出去到外厅透气的时候，遇到了前不久约过自己的人——一块这辈子也难发光的金子。

金子光嘴里叼着根烟，没点燃，吊儿郎当的模样，笑嘻嘻地凑过来：“哎，我可见着你那妹妹了，是不是白阿姨身边的那个啊？”

“嗯。”洛舟应完，回过神来，又突然有些不爽，“你闲得没事看她干什么？”

金子光：“你跟我说了那么多回，兄弟看看都不行啊？”

倒不是不让看，但洛舟也不知道怎么形容，索性不说话了。

“我刚才好像看到你妹被人递酒了，”金子光说，“不过小姑娘没接，还挺警惕。”

“嗯，也不看看是谁妹妹。”

“你这语气……”金子光“啧啧”两声，“我觉得你对你这妹妹属实是有点奇怪，你这又要揍人家追求者又要怎么着的，过于关心她了吧？”

“什么叫过于关心？”

洛舟又开始列举半个月前生病时候初瞳照顾他的细节一二三四，反讽：“我关心她不应该吗？”

金子光“扑哧”一笑，拍着他的肩膀：“不是我说，你咋这么容易满足啊？你妹妹估计就当你是个好哥哥，人家对家人就这么好，以后啊，她对她男朋友还会更好，你这么当哥哥，不得酸死了啊？”

洛舟倏地一愣，看着他问道：“你说什么？”

“啊？”金子光一脸疑惑，“你没听见吗？我说咱别想太多，你妹妹对你这么好，以后对她男朋友肯定更好啊，咋了？”

洛舟满脑子回放着金子光这句话——对她男朋友更好。

一想到初瞳和他做过的事情，会和另外一个男人做，甚至更加亲密，他就设想不下去了。

这个假设，似乎不能成立。

一秒钟都不行。

他还在出神的时候，金子光又问：“还有，你之前说你对你妹妹那个追求者不满意，有没有想过是为什么啊？”

洛舟道：“就是不满意，配不上她。”

金子光：“那，要是换个更好的完美男人追你妹，你就满意了？”

洛舟还真没想过这个问题。

“我和我爸对我妹都不这样，我是觉得我妹能被人追，我就谢天谢地啦，还替她挑三拣四？”

“所以你这心理是当哥还是当爸啊？”金子光开玩笑道，“总不能是当男朋友吧？”

初瞳这一晚上过得挺开心。

主要原因大概是她是随着晚宴主角白相宜入场的，看起来和洛家人的关系十分亲密，被许多人看到了，于是不论男女，总有和她搭话聊天借机询问身份的。

第一位就是那个布偶猫的主人。

初瞳当时在酒水区挑饮品，他凑过来，先是说了句“好巧”，然后便问她：“想喝什么？”

初瞳说：“我在找不含酒精的饮品。”

这里有许多给女士准备的果酒，但吸取了上次桃子酒的教训，又是在这样的场合下，她是一点儿酒精都不敢碰了。

原本初瞳准备一排一排地看过去，但布偶猫主人似乎很熟悉桌上的摆设，直接给她指了另一侧的一排杯子：“那边是果汁。”

初瞳眼睛一亮，抬头对他道谢，拿好饮料准备转身开喝的时候，却发现这人还跟在她身后。

他手里拿着个酒杯，对她道：“前天没来得及说，我叫温宿。”

初瞳：“你好。”

初瞳不是个天然呆。

不仅不呆，她对于男性的嗅觉，还相当敏锐。

说实话，从和这个布偶猫主人相遇到现在，前前后后都有点儿像偶像剧里那种“女人我对你很感兴趣”的桥段。

但人家又没表示出任何别的意思，问候加上自我介绍，随意聊聊天而已，就算是出于礼貌修养，也不可能拒绝。

初瞳往甜品区走去，温宿就跟在她旁边，保持着一段合适的距离。

“刚才入场时，看到你和洛家人很熟的样子。”

“嗯，因为我父母跟白阿姨和洛叔叔是很好的朋友，所以我来这边上大学之后，他们一家人一直都很照顾我。”

“你不是C市人。”因为她的措辞，所以温宿用的是肯定语气。

初瞳顺势答了句：“嗯，我家在S市。”

S市，姓初，温宿差不多知道她是谁了。

之后，初瞳发现这人又换了话题，开始指着甜品桌上的食物给她介绍，哪个好吃，哪个口味比较奇怪。

可这些刚才洛舟都已经给她讲过了。

不过好在温宿嗓音还蛮不错的，说话语速适中，听起来完全不让人烦。

有一搭没一搭地聊了几分钟后。

“刚才看到洛舟一直跟着你，”温宿突然说，“我还是第一次见他对除了亲人以外的女孩子这么亲密。”

原本听得很是心不在焉，“洛舟”两个字一下子让她打起精神。

初瞳愣了几秒，随后问：“你认识洛舟？”

温宿反问：“有人不认识洛舟吗？”

初瞳：“我不是这个意思，我是说——”

“我知道。”温宿说，“只是认识，不是朋友。”

“哦，对了，你不要误会我们的关系……他是我哥哥。”初瞳解释他上一个问题，微不可察地停顿了一下，又打了个补丁，“我还小的时候，我们就认识了。”

谁知道男人八卦不八卦呢，万一她解释得模糊不清，这人以为“哥哥”是“情哥哥”，那明天洛舟有对象的事情不就传遍了？还是说明白点儿好。

“哦，哥哥啊。”男人镜片后的眼睛看起来很深邃，语气意味不明，他道，“那就好。”

随后，温宿就和她告别了。

莫名其妙的男人，莫名其妙的对话，莫名其妙的结束。

这一晚，初瞳被搭了数不清次数的讪，话题围绕着她和洛家人的关系，并且以洛舟为主——让初瞳真切地感受到了众人对于洛舟感情生活的好奇程度。

当然，这些人里部分人是真的纯粹八卦好奇，还有些初瞳不认识也不眼熟的千金名媛，则是一副打探的样子，听她解释是哥哥后，表情立刻会有细微的差别，还会特地跟她套近乎。

应付这些人，也是心累。

后来她找到了一个安静的角落玩手机，这才彻底消停下来。

晚宴结束后，洛棠被男朋友苏影帝带走了，因为回A大要绕路，而白相宜喝了太多，洛城得先把她带回家，最后剩下洛舟和初瞳坐一辆车送她回去。

两人都坐在后排，与司机有着一段距离，还有隔板挡着。

毕竟今天刚开始和洛舟聊天的时候氛围很好，初瞳还被他捏了一下脸，原本以为上了车，和他这一路还能继续聊天胡侃的，却没想到，一上车就是沉默。

车里开着空调，有车载香水的香气，也有从洛舟身上散发出来的淡淡酒气。他手撑着额头，手肘抵住车窗边缘。

初瞳看不清他的表情，从姿势来看，只觉得他似乎是喝醉了有点儿难受，在醒酒。

可洛舟并没喝醉。

他酒量原本就好，这些年接手公司后经历了各种生意场上的锤炼，平时参加这种宴会，远不会到醉的地步。

刚才上车前，初瞳好一个关心白相宜。

“白阿姨，您脸好红啊，头晕不晕，不用送我，您赶快回家吃点儿醒酒药……”

“不晕不晕，晕什么，阿姨送你回学校，走走走。”

“不用不用，让叔叔带您回家吧，我自己就可以的。”

……

你推我让了好久，要不是知道不是亲生的，谁看了都觉得这真是好一个母女情深。

那场景，让他又想到金子光那句话——人家估计就当你是个好哥哥，对家人就这么好，你没必要想太多。

是啊，那天要是洛棠发烧了，估计她也会去照顾，也会留下过夜的。

白相宜发烧她也会去的。

洛城也是一样。

不仅仅是对他，这小姑娘对他们一大家子，都很好。

特殊一下子成了大众。

这么一想，还真是不爽。

再加上想到金子光的后半句“以后对她男朋友还会更好”，更是不爽了。

夜晚的道路十分通畅，车大概行驶了半小时，已经能看到A大附近熟悉的建筑物。

初瞳一直看着窗外的景色，偶尔装作不经意地看一眼洛舟，却发觉他周身似乎散发出越来越低的气压。整个人就像是笼罩在了负面情绪里。

眼看着快要到地方和他道别，她声音很轻地试探着问了他一句："洛舟哥，你今晚喝了很多酒吗？"

洛舟总算改变了一路上雕塑一样的姿势。

他将手拿了下来，整个人靠在了座椅上，又转过脸对着她，没什么表情地点点头："嗯。"

然后，洛舟又问："你呢？今晚没喝酒吧？"

初瞳赶紧摇头："没有。"

洛舟似乎还想说什么，车子却缓缓停下。

司机将车内灯打开，告诉他们 A 大门口已经到了，随后便下车给初瞳这边打开车门。

初瞳下了车，和司机道谢，原本想绕到另外一边和洛舟道别，却没想到他也打开车门下了车。

迎上她的目光，洛舟言简意赅地道："太晚了，我送你回宿舍。"

其实，就算黑也有路灯，校园内已经算很安全了，初瞳本可以拒绝的。

但她又怕拒绝后洛舟就真的走掉了，两人明明在车上都没说几句话。

初瞳也不搞那些虚的了："谢谢哥哥。"

他们都没换掉衣服，洛舟一身黑西装，初瞳外面是一件纯黑的风衣式外套，布料厚实挡风，她的裙摆也是层层叠叠长到脚踝，今晚风不大，根本不冷。

晚上十一点的校园内人已经很少，偶尔有路过的学生，见到两人，都会频频回头。

路上，洛舟一改在车上的沉默，和以前一样主动挑起话题："今晚，找你说话的人多吗？"

"挺多的。"初瞳如实回答，"但找我说话，无非也就是问问我的名字呀，问问我和你们家以及我和你是什么关系呀这些的，都差不多。"

"对了。"初瞳想到搭讪者里最莫名其妙的一个，"有个叫温宿的人，你认识吗？"

"温？温家的，大概吧。"洛舟没想起来，含糊地问，"这人怎么了？"

初瞳："大部分问我跟你关系的都是女孩子，就只有这个人不一样，我突然想到他而已。"

洛舟"哦"了声："然后呢，你说是什么关系？"

"就……"初瞳顿了一下，有些不解地说，"说你是我哥哥啊。"

洛舟瞬间脸色就黑沉了下来。

“怎么了？”

“没什么。”

接下来，又是一路沉默。

把初瞳送到了地方，两人在女生宿舍楼下那棵树旁告别。

初瞳和他道谢，洛舟对她淡淡地笑了下：“回去早点儿睡觉，晚安。”

“晚安。”

然后，初瞳转过身往宿舍楼走。

大概走了十几步，都快到宿舍门口了，神使鬼差般，初瞳站在原地转过头。

一下子，她就看到洛舟依然站在树下面，压根儿没挪地方。

她原路折了回去，一步一步走到了他面前。

初瞳仰起头，眨了眨眼：“洛舟哥，你今晚是不是……心情不好啊？”

洛舟并没有直接回答她的问题。

“你是，发生了什么事吗？”

为什么他的状态……这么像……失恋呢？

初瞳脑补功力也是一等一的强，在车上的时候她就想过，能让洛舟陷入这个状态的事情能有几件？会不会是宴会上见到了曾经喜欢过的女孩子有了男朋友，于是喝多了酒，上车后还黯然神伤。

这样一想，一切都异常合乎情理。

她回来就是想问清楚这个问题。

初瞳提着一口气，等着他的回答。

这棵树旁边有盏路灯，照得少女的大眼睛闪闪发亮。

“没有什么事。”洛舟垂眼，遮盖住了大部分情绪，语调平平淡淡地叙述，“我就是突然想我的猫了。”

初瞳感到很奇怪，但是又不知道如何来安慰他。

“今天遇到一个朋友，跟我说起他新养的猫，我就想起我养过的那只。”

初瞳还记得，当时洛棠和自己讲他痛失爱猫的时候有多难过——直接难过到自闭。

怪不得，怪不得他今晚这么反常。

情绪这么淡，这么低落，话都不想说。

一瞬间，原本路上的疑惑、猜测全部都消失不见了，仿佛曾经那个她在脑子里幻想过的因为失去爱猫而难过的少年再次出现在眼前，初瞳莫名觉得心疼。

初瞳想了想，看着他道：“哥哥，我曾经听过一个说法。

“每个宠物离开主人之后，都会以另外一种形式陪在主人身边。很多人觉得，失去一只宠物之后再养一只，是对原本那只的不忠，可是其实……它们才不会这样想呢。

“如果猫猫狗狗能表达自己的想法，它们唯一的愿望，就是看到自己的主人快乐。

“就像主人也希望它们永远健康一样。”

洛舟其实哪里会不懂这些，他没有感性到那个程度，比如这么多年来都还走不出自己养的猫已经去世的心伤——他的确很怀念，但还不致如此。

他不接纳洛棠养的那只叫洛羊羊的猫，也不是忠诚或不忠诚，只是因为嫌它蠢。

但被初瞳这么安慰的感觉，看着她认认真真、绞尽脑汁地讲道理，试图让他好受一点儿的样子，真的，非常不错。

洛舟敢打包票，他养的猫，猫生圆满无比，一定是这世界上最幸福的几只猫之一。

他绝对对得起自己的猫，所以也不怕此时拉它出来当工具猫。

他的猫如果在天有猫灵，也肯定不会有任何异议的。

洛舟盯着她半天，蹦出一个字：“哦。”

初瞳一脸的茫然，心想，“哦”是什么意思？

还没等她分析出来，面前的人突然再次开口：“但我还是觉得难受啊。”

他的桃花眼微微眯着，瞳孔里投影着星月，惊艳得无法形容，神情里似乎还夹杂着一点点忧郁。

他微哑着声音道：“怎么办，你安慰安慰我？”

初瞳牙齿轻轻咬了一下嘴唇内侧的软肉。

随后，她抬起手，对他招了招：“那你……弯一点儿腰。”

洛舟非常听话，慢悠悠弯腰，到了和她平视的位置。

二人对视两秒后。

猝不及防，后颈被她伸手勾住，他下巴贴着她的肩膀，闻到少女身上甜甜的清香。

“哪，安慰你。”他听到初瞳说。

初瞳摸着他的头发，一开始手法极为僵硬，但贴上去之后，似乎觉得软，又在上面揉了揉：“哥哥，别难过了。”

次日，论坛爆出热帖：

A 大论坛 · 八卦组——风雨瞳舟是真的！我看谁还敢说这对悲剧了！

1 楼楼主：“昨晚我室友来姨妈肚子痛，我输了石头剪刀布，于是下楼给室友打开水——真是谢谢我室友赢了我，因为这要是换个人下来，一定不会注意到这个惊天新闻！

“一到宿舍楼下，我就看到一对人在那棵树下面抱着。

“我一开始寻思是普通小情侣分别，后来我仔细一看，这男的腿怎么这么长，身材这么好，这女的怎么穿得奇奇怪怪这么好看。路灯一打，这两人的脸还有点儿眼熟。

“我就掏出手机偷摸照了几张照片。

“当时太暗看不清，但当我回到宿舍，用软件调亮这两张照片的曝光度，并且提高清晰度之后，你们看——

“这是洛舟学长和C学妹啊！还不明白吗！”

2楼：“什么情况？火前留名！”

3楼：“啊啊啊之前写兄妹结局的风雨瞳舟的楼主呢？快出来啊啊啊兄妹毛线啊！”

4楼：“洛舟学长真帅，C学妹这穿的什么衣服？迪士尼在逃公主是你吗？”

5楼楼主：“所以，经我推测，这对就是那种青梅竹马的哥哥妹妹，小时候大概纯洁（管他纯不纯洁，长大了不纯洁就行），长大后哥哥这么护妹还这么帅，妹妹也就心动了，两人顺水推舟风雨瞳舟了呗？”

6楼：“楼主你莫非就是传说中的‘嗑’学家？”

第16章 夜不能寐

7 楼楼主："'嗑'学家哈哈哈，过奖了过奖了！"

8 楼："我知道他们为啥穿成这样，昨天是白皇后生日，C 学妹不是和洛太子家里认识吗？估计是宴会刚回来吧。"

9 楼："白皇后是谁？"

10 楼："这个我知道，是网友给取的昵称啦。大家都叫洛舟学长太子殿下，太子的爸妈就是陛下皇后啊。他妈妈白相宜是出了名的冷美人，姓白，所以昵称就叫白皇后啦。"

11 楼："所以……既和洛家这么熟悉，还能让洛舟频频照顾的 C 学妹到底是啥来头？你们知道吗？我现在好好奇啊！救救孩子！"

12 楼："C 学妹同学说她不是本地人，然后说她人可好啦，也不像大小姐，反正性格贼好的那种。别的我就真不知道了。"

13 楼："我这帖子明早一定会爆吧！求加精！"

……

这帖子是深夜发布的，如楼主所愿，第二天果然爆了，成为周日大家讨论得最热烈的八卦帖。初瞳看到的时候，回帖早已经好几百了。

周六一天都没学习，周日得把这周末前要交的作业给赶完，初瞳是打算从早到晚泡在图书馆里的。结果一睁眼就被杜优容告知她的光荣事迹上了学校论坛。

"这是怎么回事？！"三个室友齐齐围在她床前，"脱单了都不告诉我们？！快起床，老实交代！"

初瞳便跟她们讲了讲前因后果，从参加洛舟妈妈的生日宴开始，一直到最后他送她回来。

对着她们三个，初瞳是真不好撒谎，差不多一五一十全说了，室友们这才满意。

初瞳觉得"因为洛舟学长想念亡猫而向学妹寻求安慰"这个真实原因有点儿崩洛舟的人设，而且这也算是较为隐私的事情，便嘱咐室友不要告诉别人。

“放心放心，”她们说，“我们就喜欢这种全世界只有自己知道秘密的感觉。”

这帖子横空出世之后，在去食堂吃饭和去图书馆的路上，初瞳已经被明里暗里旁敲侧击了无数次。

不管是参加社团活动认识的，还是一个院系的同学，只要能说得上话的，基本上见到她都会来八卦一下：你真的和洛舟学长在一起了吗？

“不是……”初瞳都会解释，然后很尴尬地停顿一下，再接着说，“我们没有在一起，抱着是因为……”到这里，再尴尬地停顿一下。

别说吃瓜群众了，她自己说完，都觉得这是赤裸裸地欲盖弥彰。

真正的原因不太好讲，总不能说是因为洛舟想猫了，所以让她安慰他，然后她鬼迷心窍地就抱上去了。

但仅仅这两次尴尬的停顿，已经给了吃瓜群众足够的暗示。

“行行行，你不用说了。”吃瓜群众们摆摆手，然后给了她一个“懂的都懂”的眼神。

初瞳心想，这真的是误会。

因为她白天的回应，大概女孩子们回到宿舍也讲八卦，吃完晚饭在图书馆偶遇团支书——两耳不闻窗外事的那种女学霸，竟然也一脸好奇地问她：“初瞳，开学典礼来演讲的那个学长，真的是你男朋友吗？”

有一句话叫作“解释就是掩饰”，有时候，越解释反而越会起反作用。

初瞳这才意识到，在大家眼里，她好像就这样“被脱单”了。

初瞳今天第一万次地反思自己——昨晚她又没喝酒，说啥也不应该直接抱上去啊！

都怪当时洛舟说话的那个样子，实在太好看……真是色迷心窍！

现在就是后悔，非常后悔。

不过，现在大家都觉得她和洛舟是一对，或者在暧昧中，那么追她的人估计也会少一大片。初瞳这么一想，觉得倒也不错。

但这是站在她的角度——和暗恋对象传绯闻谁不乐意啊！问题是暗恋对象乐不乐意啊！

于是，后悔了周日整整一天，周一上课的时候，初瞳左思右想，觉得这事儿必须得给主角之一的洛舟也说一声，毕竟也关乎他的名声。

她憋了好久，最后发出去三条消息。

措辞谨慎，还用了不少省略号来表达自己无奈的心情——

tong：“洛舟哥，不知道你记不记得周六晚你送我回来，我们在宿舍楼下那会儿，被学校里的同学拍到了，然后就发到了学校的八卦论坛上……”

tong：“我当时也没有想到会这样……”

tong：“那个帖子现在挺热的，不少人都看到了，大家开我们的玩笑，你介不介意啊？你介意的话，我们就想办法把帖子黑掉吧……”

看到初瞳微信的时候，洛舟刚开完一个会。

周一事情比较多，洛舟靠在椅子靠背上看手机，邹特助在一边给他汇报总结刚才会议时各部门主管报上来的主要信息。洛舟看完初瞳发来的这三条消息，顿时没什么心思听正事了。

他没犹豫太久，回了句“不介意”。

然后，洛舟盯着屏幕，陷入沉思。

邹特助叽里呱啦说了十多分钟，将手里的文件合上的时候，心里还在疑惑为什么洛总今天没有毒舌某些部门。

一抬头，邹特助便看到洛舟看着手机发呆的样子。

他尝试着叫了一声：“洛总？”

洛舟回过神来，视线落到他身上，问了个与公事不相干的问题：“邹特助，你有没有妹妹？”

“嗯？”邹特助一愣，随后反应很快地道，“洛总，我是独生子女。”

洛舟：“不用亲的，表的堂的随便认的都行。”

邹特助：“也没有，我只有弟弟。”

洛舟不耐烦地道：“那你现在就当你有了一个妹妹，懂？”

邹特助：“懂。”

“现在我告诉你，你妹妹长得很漂亮，有很多人追你妹妹，你怎么想？”

“我替我妹妹觉得开心啊。”

洛舟：“你妹妹要被人抢走了，你开什么心？”

邹特助：“我妹妹又不是我的，怎么能叫被人抢走呢？”

这话说的，还真是有点道理。

洛舟陷入沉默，邹特助开始转动智慧的大脑，思来想去，洛舟也没有别的妹妹啊。

“洛总，”他小心翼翼地道，“您妹妹洛棠不是早就和苏影帝确认关系了吗？您这介意的，是不是有点儿太晚了？”

什么跟什么。

“谁跟你说她了啊。”洛舟轻嗤了声，惯性讽刺，“就这情商，怪不得你跟我这么久，也没见你脱单。”

邹特助觉得洛舟今天似乎很有闲聊的闲情逸致，心情似乎不错，便也回敬道：“说得像您脱过单一样。”

室内一阵诡异的沉默。

洛舟眯了眯眼："你想降薪？"

邹特助满脸写满问号。

说不过就禁言，是不是玩不起。

十一月过去后，C 市的气温骤降，十二月初就下了场雪。

初瞳这个没见过世面的南方孩子激动了整整一天，一下课就拉着室友到外面看雪捏雪球，也有不少和她一样反应的，大家走过路过都见怪不怪了。

玩久了雪，手心温度都变得和雪一样低，接到手心的雪花不会立刻融化，初瞳试着用手接雪好几次，总算抓住最好看的那一瞬间"咔嚓"照了下来。

她调了下光影，便打开微信，迅速找到洛舟的对话框给他发了一张照片。

tong："雪！"

等做完这一切，初瞳才发现自己的行为有多不妥。

他们上一次聊天，都是半个月前了。

而她刚才从头到尾完完全全都是下意识的举动，因为情绪高亢，也没在意别的，只是这张照下来的 C 市雪的照片，最想第一个给洛舟看。

初瞳咬咬牙，正准备撤回的时候，底下突然弹出来新消息。

没空闲聊："这么高兴？"

初瞳心想，完了，现在撤回更说不清了。

虽然被他秒回这件事也很让人心跳加速、心情愉悦，但初瞳真的很想问问，日理万机的总裁，为什么会在工作日的工作时间，这么快就回复她的信息呢？

tong："当然高兴！"

tong："我出生以来，我家那边几年都不见得下一场雪……"

tong："偶尔天气预报报了会下雪，最后下的还都是雨。"

打完字，初瞳才意识到，一个不留神，竟然又发了三条。

为什么管不住自己的手呢？

他又没问你别的，你说这么多干吗？

屏幕左边是洛舟简短的寥寥几字回复，右边则是她大篇幅的言语，对比异常鲜明。

洛舟说了四个字，她回了四十多个字。

她恨自己不争气。

没空闲聊："那正好，C 市冬天很多雪，以后就可以经常看了。"

没空闲聊："想滑雪吗？"

没空闲聊："你想的话，改天带你去。"

是因为她说喜欢雪，所以他才这样问的吧？

初瞳看着最后两句话，思绪良久。

那些自己胡思乱想生起的羞耻感和后悔都消失不见了。

她慢慢打下"好呀"两个字发过去，然后又发了个可爱的表情。

初瞳收起手机，转头叫了声陪她一起下来玩雪的人："容容。"

杜优容回过头："嗯？"

初瞳呼了口气，笑道："我真的好喜欢这座城市啊！"

有她很喜欢的雪，还有她最喜欢的人。

一天的课结束后，初瞳去社团参加两周一次的大会。

这次不是随便开开会，而是有任务的。

社长是个大三的学长，说话比较随意幽默："是这样啊，这不是快到学期末了嘛，因为大家期末考试的时候都忙，所以咱们的学期总结报告都是现在开始做的。这样到最后期末的时候，也不会占用你们时间，会什么的都不用开，大家专心复习就行。"

之后学长解释了学期总结报告怎么做。总的来讲，就是将每次志愿活动的照片以及过程都放到一个文档里，配上描述那场活动过程内容的文字，越详细越好，最后合成一整个大文档。

"因为咱们社团的资金来源比较依赖赞助方，所以每季度都要给出我们的劳动成果才行，也就是要到公司把文件送过去，简单做个汇报。文档大家一起做，都不准偷懒。这个汇报人选呢，就抽签决定。"

初瞳身边坐着李冉和林莓，因为和她俩最熟悉，每次都这样。

林莓听到这里，小声问李冉："学姐，那这个被抽到的要去做汇报，岂不是很倒霉？"

"倒霉什么啊倒霉，你这个小傻瓜。"李冉叹了口气，"这机会是大家挤破头都想去的啊，给咱们社团赞助的都是什么集团你也看到了吧，能在他们面前混个脸熟是好事儿，谁不想要啊？"

林莓"啊"了声："这样吗……"

李冉："唉，就那个咱们都看不惯的叶澄，我跟她一个社团两年了，四个学期，次次都她去，你说牛不牛？"

听这话的意思，好像并不是凭借运气去的。

李冉又开始给林莓科普被叶澄坑过的那些年。初瞳在旁边当故事听，左耳听故事右耳听社长开会。

"反正不用紧张，基本就是走个形式，能拿到机会去锻炼一下是最好的。”社长最后下了结语，“虽说是走形式，也得认真地走，得对得起赞助商给的钱，好好做听到没？”

大家纷纷笑了，齐声说“好”。

散会后，李冉和林莓还意犹未尽地讨论了一路。

做整合报告用了一周的时间，社团成员建立了一个共享文档，大家一起编辑，分好负责的模块后，谁有了新的想法也可以往里面添一添，每次的修改都是带着修改人的身份记录的，谁写了多少，写了什么，一目了然。

下周再开会的时候，社长表扬了大家效率高，比往年做得都快。

李冉又开始吐槽：“快是快，但看看咱们叶副社长干了点儿啥呢？就给图片文字改了改排版，总共能花十分钟？还非要在文档的排版那栏写上自己的名字，呕——”

林莓也跟着她呕，初瞳被两人搞怪的表情逗得直乐。

接下来，便开始了抽签环节。

要汇报的一共有十来个赞助方，初瞳一个没抽中，反而还松了一口气，正好她不想跑腿。

谁知，签都抽完之后，负责联系赞助的学姐突然举手，说：“社长，忘记提前告诉你了，昨天我发邮件给各个赞助方的时候，收到洛氏回复，点名要咱们社团的初瞳去汇报。”

虽然事情热度过去了许久，但谁不知道洛舟和C学妹的那点儿事？

顿时焦点就到了初瞳的身上，社团会议室里一片“喔”的起哄声。

初瞳一脸茫然无措——这意思是洛舟钦点的？

起哄声过去之后，桌子那端有个女声响起：“可是社长，叶澄学姐已经抽到带着‘洛’的签，本来是她要去的，怎么办呀？”

李冉翻了个白眼：“人家都让初瞳去了，你说怎么办？”

“那抽签是传统啊，总不能就这么作废了吧……”

“哎呀，好了好了，互相呛什么，”学长哪懂这些校内八卦以及女生的小心思，无所谓地道，“那你俩就一块儿去呗，正好，咱们社团最好看的两个美女，去给最大的赞助商汇报。得，就这么定了，散会。”

……

自从上次喝醉酒之后的一系列事件，虽然还是会一起参加活动，但初瞳再没怎么和叶澄单独说过话了。她是有意避开叶澄的，相信叶澄也是一样。

两人认识几个月了，到现在才互留了微信号，场面十分尴尬。

定好去洛氏的时间是周三，这天初瞳下午没课。

叶澄等在宿舍门口，化着精致的全妆，穿着米色风衣，甚至开了几颗扣子，看得见里面的毛衣裙。

好看是好看，但今天这么冷，穿成这样外出，这可真是一点儿温度都不要了。

怕冷星人初瞳把手插在自己棉服口袋里，走到她身边，忍不住问："学姐，你不冷吗？"

叶澄摇摇头，笑着说："走吧学妹，咱们打车还是坐地铁？"

初瞳说："我都可以。"

叶澄："那打车吧，快一点儿。"

初瞳至今还记得这个学姐对洛舟抱有什么心思，她一向与人为善，没话题也会努力不冷场，但这位怎么着也算是情敌了吧……

两人一路无话。

快到校门口时，初瞳的手机响，因为太冷，她没看来电显示就接了起来："喂？"

"请问，是A大的初瞳同学吗？"

这熟悉的、极富辨识度的磁性声音。

初瞳无语："洛舟哥，你干吗？"

旁边叶澄听到后，脚步一顿。

初瞳没在意，注意力全在电话上。

"是这样，我们洛总说了，怕初瞳同学路上冻着，所以特地派了司机去接你，"他尾音微微上扬，"怎么样，感不感动？"

走到校门外，初瞳果然看到了熟悉的黑车："感动。"

"那就快上车，我们洛总还说了，想快点儿见到你。"

挂掉电话之后，初瞳转过头："学姐，他们派车过来了，我们不需要打车了。"

叶澄神情有点僵硬地"嗯"了声，跟在她身后，一起上了洛舟派来的黑车。

除了初瞳上车和司机打了声招呼以外，十几分钟的车程，车内十分寂静。

一直快到目的地的时候，叶澄突然叫她："学妹。"

初瞳回过头："嗯？"

"我能问问，你和洛舟学长到底是什么关系吗？"叶澄直勾勾地看着她，笑了笑，"也没什么别的意思，如果你们真的是男女朋友，我也好早点儿死心。"

初瞳没想过自己有朝一日会面对这种问题。

她真的好想说"是"，说"你快点儿死心吧，不要惦记我哥哥了"，但是不行。

初瞳抿了抿唇："不是的，我们家里很熟，他就是特别照顾我而已。"

然后，初瞳便看到叶澄脸上绽开的笑容，很好看，是发自内心的喜悦：“好，谢谢你。”

这个“谢谢你”，真是怎么想怎么堵得慌。

洛氏大楼总共三十多层，外部全用的高级防紫外线玻璃，外面看上去是晶黑色，多边形棱角分明的设计非常高级，进到大厅后，室内的装潢也一样华丽大方。

从下车到被司机带上二十六楼，初瞳都有些走神。

出了电梯门，听到了一声“好的洛总”，她的视线一下子聚焦过去。

许久没见的人正背对着她，在和别人嘱咐什么事情。

男人身材极好，西装穿在身上，肩、腰、腿，每一处收拢褶皱全部都好看得让人惊叹。

听到电梯的“叮”声，他转过身来，那张帅脸更是抓人眼球。

初瞳看到给自己带路的司机对他颔首：“洛总。”

洛舟懒洋洋地“嗯”了声。

然后，洛舟又听到叶澄叫他：“洛舟学长，我……”

还没说完，他淡淡打断了叶澄的话：“这儿不是学校，跟我司机叫一样的就行了。”

然后，初瞳听到叶澄明显低下去的失落语气：“洛总。”

轮到初瞳了。

洛舟看向她，眼里有明显的笑意。

“洛——”初瞳嗓子眼儿一卡，一想到周围还有他公司的员工，平时的称呼突然就无法出口了，顿了顿，随大流一般和别人叫了同一个称呼，“洛总好。”

声音都小了两度。

原本正要转身的男人身体一顿。

洛舟走到近处，就这么垂眸和她对视着，突然弯唇一笑，伸手精准地捏上她的脸：“反了你啊，刚才叫我什么？”

关上了会议室的门，邹特助回想起刚才电梯口那一幕，看到那个小姑娘憋红着脸叫了声“哥哥”，终于明白了，前不久洛舟非要给他假设的那个“妹妹”指的是谁。

他眼尖地观察到刚才围观群众之一的某部门主管，此时此刻正在疯狂地敲手机屏幕。

邹特助若有所觉地打开了自己屏蔽掉的公司匿名八卦群。

果然——

“哎呀，你们今天没去二十六楼真是后悔一辈子！”

“那是我们想去就能去的楼层吗？开玩笑呢？能去的至少是主管！”

“不是，发生啥事儿了？咋后悔一辈子了？”

“没啥，就是，洛总好像有对象了。”

“什么？”

“刚才我也在，千真万确，好漂亮的小姑娘。”

“男神有对象了？！我为了进洛氏，大学才那么拼的。我刚进来一年太子殿下就找太子妃了，爷的青春无了。”

“大佬们，这八卦，靠谱吗？”

于是，公司里最权威的邹特助也加入了匿名聊天——

“嗯，靠谱。”

在来洛舟的公司之前，初瞳还抱着是不是放下文件简单说两句就可以走了的想法。

来了之后，她才发现，对于叶澄来说，是的——叶澄放下文件之后不到三十秒，洛舟就摆了摆手说：“同学我知道了，你可以走了。”

然后，他又看着初瞳：“这个同学就留下来吧，有什么需要问的我会问她的。”

他点名让自己来这里，就压根儿不是为了什么公事。

洛舟办公室的装修风格和他房间的差不多，空间大，东西少，除了那张长长的办公桌以及看起来就很贵的皮质座椅，就只剩下一个摆设用的书柜，看起来很简洁空旷。

鞋跟碰撞在地上，甚至还有回音。

洛舟靠在桌子边，西装外套敞着怀，一条长腿微微弯曲，看起来随性又帅气。

初瞳站在桌子前，有些迷茫：“那……我留下来做什么？”

他指了指刚才两人放下的文件，说：“拿这个，不是要过来汇报吗？”

初瞳：“我学姐刚才不是汇报过了吗？”——你又不仔细听，还打断了人家。

“那是因为，我这个人比较挑剔。”洛舟笑了下，眼角眉梢都表明了此时此刻的好心情，“她声音太难听了，我想听你说的。”

这真的是睁眼说瞎话啊，叶澄的声音哪里难听了？

叶澄原本的音质就很棒，说话又细声细气的，很温柔，听起来就更好听了。李冉那么讨厌叶澄，也从来不嘲讽她的外表、声音，毕竟是真的没什么毛病。

初瞳还想说点儿什么，洛舟装模作样地抬起手腕看了看表，说："再不开始，我就发邮件跟你们社团投诉了。"

于是，初瞳就这么在他的注视下，格外羞耻地进行了二十分钟的"汇报"演讲，期间还掺杂着某人刁钻的提问。

最后结束的时候，他还贴心地打了内线电话让人给她送了杯茶。

桃子味的果茶，很奇妙很好喝的口感。

但不知道是不是初瞳想得太多了，进来送茶的小姐姐似乎一直在看她，而每次初瞳看回去的时候，那个小姐姐又会把视线挪开。

她坐在一边的休息沙发上，当作什么都没看到。

送茶的小姐姐走了之后，办公室里响起洛舟敲键盘的声音。

初瞳没有出声，默默地把茶喝完，起身走到他旁边："洛舟哥，那我先回学校了？"

敲键盘的手指停下，他转头："你下午有课？"

"没有。"

"那你回去干什么？"

初瞳一愣："那我待在这里干什么？"

"学习。"

"可我没带书过来。"

洛舟笑了声："谁说让你看书了？"

初瞳更奇怪地问："不看书我学什么习？"

"让你看我，"洛舟单手撑着脸，看着她，懒洋洋地道，"学一学人生赢家是怎么工作的。"

初瞳在洛舟办公室又待了一个多小时。

人生赢家是怎么工作的，初瞳没学到，倒觉得自己像动物园里被展出的珍稀动物。

首先，她和洛舟夸了句这个茶真好喝，于是他便打电话又让人送了一次，还特地吩咐直接拿一壶来就行。

初瞳在一边玩手机喝茶，没多会儿，送茶的小姐姐又来了。

洛舟眯了眯眼："你来干什么？"

小姐姐有些不好意思，眼睛却还见缝插针地往初瞳这边瞟，满脸写着好奇，嘴里解释道："我就是，来看看您妹妹喝完了没……"

洛舟："你刚才不是送了一壶？"

小姐姐显得有些无奈。

洛舟："她是水桶吗？十分钟就能喝一壶？"

小姐姐显得甚是尴尬。

初瞳也不知道如何帮她解围。

之后，这个送茶的小姐姐便没有再出现过了。

大概又过了二十分钟。

又是一个小姐姐推门而入，只不过这次来的是较为年长一些的，穿着得体，头发盘起来，戴着一副黑框眼镜，一看就是非常干练的职场女性，非常专业。

只是她额角渗出了几滴汗，呼吸也不太均匀，像因为太过着急赶路而导致的。

初瞳以为她是要向洛舟报告什么大事情，准备低下头当隐形人，没想到这位黑框眼镜径直朝她看来。

对视的一瞬间，女人原本因为劳累而没什么神的双眼“唰”的一下变得铿亮。

初瞳不知道究竟发生了什么，她会是这样的表情。

“秦秘书？”那边的洛舟出声，吸引了女人的视线，他转了转笔，问，“交给你的事情办完了？”

女人点点头：“办完了，洛总。”

洛舟似乎有些惊讶，挑了挑眉：“你平时不都是拖到最后期限吗？今天吃错药了？”

“没有，洛总，我就是提前完成了，过来跟您说一声。”

后来，每隔十几分钟，就会有各种人敲门进洛舟的办公室，眼神不经意间总会往初瞳身上瞟几次，说些什么话，然后再被洛舟差遣走。

原来他这么亲民的吗？

反复几回之后，初瞳看呆了：“洛舟哥……你的办公室，平时也这样热闹吗？”

“平时当然没有。”洛舟靠上座椅靠背，整个人看起来格外懒散，“平时，我也没这么好说话。”

“嗯？”初瞳眨眨眼，“那今天为什么好说话？”

“因为——”他挑着唇角笑，语调悠长慵懒，“今天有个小朋友在场啊。”

“小朋友”三个字，被他咬得含糊又温柔。

初瞳蓦地一愣。

两秒后，她移开视线，小声应道：“哦。”

这番对话结束后，洛舟打了个电话。

他没压低声音，所以初瞳听得一清二楚。

“邹特助，今天是你给公司里的人下达的指令，二十六楼办公室可以随便进了是不是？嗯？”

要多阴阳怪气就有多阴阳怪气，但也是这通电话之后，他的办公室才彻底消停下来。

但没了其他人，办公室内也没有真正安静过，两人时不时就要聊几句，话不投机就开始拌嘴，你来我往，轻松自在，这一下午初瞳过得还挺开心。

下班时间是六点钟，身为领导，除了特殊情况以外，洛舟也是十分遵守公司规矩的。

他带着初瞳走的是专属电梯，和初瞳上来的那个不一样，两人直达停车场，洛舟开车送她回学校。

在车上的时候，洛舟一直在等初瞳先开口问，可没想到都快到 A 大了，她都没有提到他想听的那茬。

等红灯的时候，看着熟悉的 199 秒倒计时，洛舟状似无意地提起：“你怎么不问？”

“嗯？”初瞳疑惑，“我问什么？”

“问我，今晚要不要和你吃饭。”

初瞳实话实说：“我晚上还要和室友一起去图书馆讨论作业，中午就和她们约好了……”

明明是大实话，却越到后面说出来的声音越小。

洛舟“啧”了声，没再说话。

到了 A 大门口，洛舟还是和初瞳一起下车，准备跟之前一样送她回宿舍，却被她给拦下。

考虑到洛舟此人的知名度以及外表辨识度，初瞳提到了上次的帖子。

“那次之后，就天天有同学问我，可是我们又不是那样的关系，你要是送我回去再被同学看到一次，传开来的话，就真的成真的了。”她说，“你上次说你不在意，但是万一知道的人越来越多，你还不在意吗？”

初瞳说得一脸认真，也说得没错，是基于对他们两个的考虑。

洛舟看着她，认真地道：“我不在意啊。”

初瞳一时语塞。

“想想，跟我这么传的话，至少有一个好处。”

初瞳一愣：“一个好处？”

“能给你挡桃花吧。”

初瞳心想，这个确实。

然后，洛舟又一副思考的表情，手撑在跑车车门上，无所谓地道：“可能还有一个好处？因为哥哥太帅了，你会被很多人羡慕？”

初瞳一时像被人说中了心事一般，不知该如何接他的话。

现在天都还没黑，六点多钟校园人正多，完全没什么好担心的，最后在初瞳的坚持下，洛舟没送她。

初瞳到了宿舍，便准备打开微信告诉他一声。

刚点开软件，初瞳却发现了一条来自叶澄的未读消息。

时间是叶澄离开洛氏后不久。

叶澄：“学妹，我之前都那么直白地问你了，告诉我实话也没什么关系吧？”

初瞳一愣，回复：“什么意思？”

叶澄：“意思就是，洛舟学长那样对你，你告诉我他只是你哥哥……拜托了学妹，我又不傻。”

洛舟到家的时候已经是晚上七点，随便吃了点儿饭就上楼洗澡，用电脑查看了一下邹特助转发过来的重要邮件，挑着海外合作商的回了几封。

脑袋一直乱糟糟的，他又打了几局游戏，虽然一通乱杀各种超神，却越打越烦。

十一点钟，他把手机扔在一边，平躺在床上，剖析自己脑子里到底在想些什么。

今天公司员工的反常，大概是觉得他对初瞳太过不一样的态度，所以争先恐后都想来办公室一探究竟。

这如果放在一个月，或者两个月之前，他可以很肯定地否认——这群人心里是屎才会看到屎，心里有龌龊才会看谁都暧昧，他就是个好哥哥罢了。但现在不行了。因为上次在她宿舍楼下，被她抱的那次，让他几乎颠覆了自己的认知。

洛舟大概有半个月没主动找她。

洛舟生活中的交际圈、工作、朋友，等等，几乎没有任何跟初瞳相关的，可这半个月里，他却经常看到某样东西就一下子联想到初瞳的脸。

这是在“想”一个人的时候才会出现的情况。

想见她。

所以收到 A 大社团发来的邮件，他就直接点名要她来。

刚才把她送走，在校门口分别的一瞬间，他又想起上次在女生宿舍楼下，她勾着他抱他的那一下。

竟然有那么一瞬间，脑海里下意识的想法是——想再来一次。

洛舟翻了个身，抬手关掉总控灯，直接盖被睡觉——但清醒的时候没想全的东西，又在梦里想了一遍。

洛舟做了个不算长的梦。

先是梦到一个小姑娘，他一下子就认出那是小时候的初瞳。

那时候的她头发长度到肩膀，微微往里扣，脸上有点儿婴儿肥，大眼睛乌溜溜，显得特别乖巧可爱。

乖巧可爱的小姑娘蹲在地上，哭着号着说哥哥你这个负心汉，你换电话卡都不告诉我，你没有心。他解释她也听不到，就一个劲儿地哭。

后来，他看到这个小姑娘的身影渐渐地变高，长大，头发长长，坐在一个秋千上，晃动的幅度很小，她拿着手机在发短信，一边发一边嘀咕："不回就不回吧，就当这是个垃圾箱好了，哼！"

再后来，就是现在的她。

那晚的场景再现，在女生宿舍楼下，她伸手勾住他的脖颈，洛舟被她轻轻抱了一下，她的手还揉了揉他的头发，说："哥哥，别难过了。"

后面呢?

后面的场景就模糊了。

但大概率是，两人的距离更近了。

洛舟醒来的时候是凌晨两点。

他说不上来是什么心情。

日有所思夜有所梦。

洛舟极少做梦，既然做了，足以证明他的潜意识在想什么样的事情。

他在心里咒骂着，摸出手机打开微信。看到朋友圈有个小红点，点进去发现三分钟前金子光更新了条动态，是光影交错下的红酒杯，一看就知道这人又去泡吧了。

这个点也就他能醒着。

洛舟心里太堵了，堵得睡不着觉，他得找人说点儿什么疏通一下才行。

洛舟找到金子光的聊天框，发给他两条消息。

没空闲聊："唉——"

没空闲聊："我好像一个变态。"

金子光并不知道任何前情提要，也不知道他在吐槽什么，却很流畅地回复了他。

别催了在发光："自信点儿，把'好像'去掉。"

第17章　试探

金子光这人，从小到大唯一遵循的人生哲理就是“得过且过”。

及格线六十分，他就考六十一，四六级最低分踩线飘过，毕业论文马马虎虎能看——他的人生里，几乎所有和学业分数相关的事情，都是只要过了就行。

事业也不例外，不亏钱就行。

对他来说，唯一一件不能得过且过的事情，便是挑女朋友。

而金子光交过的女朋友也确实都很高质量。

两人高中时候在一个学校，最开始洛舟和他熟悉，也是因为某天体育课，金子光找到正在打篮球的洛舟，很熟络地叫他：“哎，哥们，我看上的妹子怎么都暗恋你啊，这不太好吧？”

金子光看上的都是大美女，级花起步，次次碰壁就很费解了，因为不服气就直接找过来了。

他找过来才发现，好像这人确实是帅，还牛！

而洛舟当时觉得这人傻得还挺有意思，于是就这么渐渐熟悉，和这个废铁成了兄弟。

金子光这人生活得太颓废，不仅仅是洛舟谴责过他浪费了自己的名字，其他的哥们也天天调侃“金子今天发光了吗”“没有呢”“这辈子都发不出来了吧”，等等，于是他一不做二不休便改了个微信名——别催了在发光。

这 ID 当时就给洛舟看笑了。此时此刻，配上他后面说的话，却有种莫名其妙的讽刺感。

洛舟看了这行字半天，直截了当地骂过去一句：“傻！”

金子光笑呵呵地回复他。

别催了在发光：“不过，太子殿下怎么突然醒悟了自己的变态属性啊？我好好奇，真的，给兄弟说说？”

洛舟发过去一串省略号。

洛舟打了一行字，“我好像喜欢初瞳”，然后想到金子光这人大概压根不知道初瞳是谁，又一个字一个字地删掉。

他又打，“我好像喜欢我妹妹”，结果这话怎么看怎么变态，愣是没发出去，也给删掉了。

正当洛舟沉思怎么发这个比较好，以及到底要不要告诉金子光，告诉了他有什么用的时候，那边又发来一连串的消息。

别催了在发光：“你怎么啦？”

别催了在发光：“等会儿，现在凌晨三点钟。”

别催了在发光：“明天工作日吧，洛总和我又不一样，从不迟到早退的，怎么可能熬夜熬到凌晨三点？”

别催了在发光：“我醒着正常，你这个点儿醒着，不太对啊？”

别催了在发光：“你又没有性生活！”

洛舟原本就有点儿郁闷，现在真想穿过屏幕揍死这个臭弟弟。

最后他还是没告诉金子光原委，后半夜也没睡着，睁眼到天明。

再次见到初瞳，已经是半个月后的事情。

十二月是本学期的第四个月，月底有A大一年一度的校庆，当天恰好是平安夜。

十一月底的时候，考试小测几乎全部告一段落。十二月上半个月，班级群里团支书每天都在动员所有人为即将到来的校庆文艺表演出谋划策。

就像运动会是男孩子大展身手的天下一样，通常，文艺类相关活动都是女孩子参与的部分较多，不管是构思还是其他方面，而且一般理工科学霸男生们也不太愿意上台表演。

但计算机系原本女孩子就少，初瞳他们班一共十几个女孩子，里面有一半都是一听到文艺演出就连连摇头摆手的，初瞳高中的时候就很少参加这些，除非被班主任点名才上去表演。她这次原本是打算也说自己啥也不会的，却被有自己微信好友的火眼金睛的同学指出，她朋友圈以前发过一张弹古筝的照片——露馅了。

于是班级全票通过，第一个确定要去表演的，就是初瞳。

初瞳家里的长辈以及哥哥姐姐们有书法家、画家、作家，会画画、写诗、弹琴、唱歌，干什么的都有，涉及的文艺种类相当齐全。

初瞳的大哥学的小提琴，二哥学的钢琴，而她学的乐器都是偏古意一些的，古筝弹得最好，也会箜篌和笛子。

一开始大家都想听箜篌，但这个乐器不好收声，对收音设备和音响的要求特别高，不然听不出好听的效果，而且合手感的乐器也很难找，虽然看起来非常神秘、好看、高大上，却不太适合在这样的校园舞台上展示。所以，最后还是选了比较稳妥的古筝。

一个人弹奏古筝听起来很是单调，在团支书坚持不懈的努力下，又找出了两个会跳舞的女孩——杜优容就是其中之一。

初瞳这才知道，杜优容也抱着和她一样的想法："唉，我高中出够风头了，大学想着低调的，看来还是不行啊。"

初瞳很捧场："容容高中是不是很受欢迎啊？"

杜优容撩了下头发："那必须的。我当时喜欢跳爵士，那会儿大家就喜欢看女孩子跳这个，给我们学校小伙子迷得一愣一愣的。"

除了两个有舞蹈功底的，又选了三个肢体协调的女生，跟两人一起练，反正还有二十天，一支舞蹈怎么也能学会的。

所以，他们最终敲定的节目就是初瞳弹古筝外加五个人伴舞。

听起来还蛮俗气的，但同学们都觉得这已经是理工科里天仙般的节目了。

"我问了下隔壁学物理的姐妹，他们班节目是上去做游戏，比谁画电路图画得快，我笑死了哈哈哈……"

"我学数学的姐妹班级更绝，整得跟《最强大脑》似的，要搞什么口算心算。"

"那除了咱们班以外，计算机系别的班级是什么节目啊？"

"不知道，可能上去表演黑客入侵校园网吧，哈哈……"

……

没有对比就没有优越感，这么一通讨论下来，班级群里大家纷纷觉得这个节目整好了简直就是理工科之光，纷纷给予出演人员表情包鼓励。

敲定的时候觉得轻轻松松，但真的实战排练起来，没有什么是简简单单就能完成的。

初瞳这边倒是不用怎么练习，有名的古曲她基本都会，几人选好曲目后，重点还在舞蹈。前阶段没办法跟乐器合，跳舞的两人教剩下三人基本动作，杜优容每天回宿舍都是扶着腰爬上去的，初瞳都提议把自己的下铺让给她睡了。

她摆摆手："唉，没事儿，咱们换床还要换床铺什么的，我爬床都爬习惯了，不累。"

然后，杜优容又道："对了瞳瞳，你知道这次校庆嘉宾都有谁吗？"

"嗯？有谁？"

"刚才练舞的时候，辅导员过来跟我们说，好好练，这次校庆嘉宾有开学典礼我们很喜欢的那个学长。"杜优容声音一顿，"我们几个等她走了才反应过来，那学长不就是你哥哥洛舟吗？"

闻言，初瞳一愣。

“怎么了？你这是什么表情？看来你不知道这个消息啊？”杜优容笑了笑，“也不知道是不是巧合，我看校园网以前的记录，洛舟学长毕业之后可从来没来过啊。”

初瞳确实是不知道这个。

可是——前一晚，她才和洛舟聊过天。

起因是初瞳排练的时候跟大家一起在训练室拍了张照片，发了朋友圈，洛舟问她是不是在准备 A 大的校庆。

今天就收到了他要来当嘉宾的消息。

也不知道为什么，把这些连在一起来想，初瞳莫名像吃了糖一样，嘴里、心里、脑子里都变得甜甜的。

剩下的时间，除了排练，初瞳又帮李冉去了几次温宿家喂猫。

原本她还在奇怪，这个温宿看起来是本地人的样子，莫非天天都在出差所以才找了喂猫工？但很奇怪的是，代班李冉的几次，她有两次都遇到了“凑巧”回家的温宿。

你说你叫了人帮你按时喂猫是因为你没空，既然有空回家，那自己的猫自己喂它不香吗？真的很奇怪，初瞳这种宠猫人士不能理解。

不过除了奇怪之外倒也没什么别的疑点，第一次的时候他留她喝茶，被初瞳婉拒了；第二次去，温宿说自己顺路路过 A 大，可以开车载她回去，为了让她放心，还说：“我以前也顺路送过李冉。”

初瞳觉得和他还没熟到这个地步，原本拒绝了的，谁知那天他家小区门口久久打不到车，又着急回学校排练，最后还是坐上了他的车。

两人路上不尴不尬地聊着天，最后下车前，他自然而然地问她的联系方式，还是初见时戴着眼镜、一副斯文绅士的样子。初瞳是搭他顺风车回来的，也就不好拒绝。

但排练占据了太多的时间，很快，这个人就被她抛之于脑后了。

关于这次演出的六套汉服，原本团支书说：“你们放心排练，古筝我跟我音乐社团的朋友借，衣服的话，我们去找找有什么汉服赞助商没，争取不花钱就拉回来。”

然而，演出一周前，她又来宿舍找到杜优容和初瞳，抹泪道：“呜呜呜汉服商看不上咱们这种小打小闹，只能花钱租了，明天我在班群里说一下大家众筹交个班费吧。”

初瞳：“没关系，交给我吧。”

杜优容拍拍团支书的肩膀，比了个拇指：“咋样，咱班的宝藏女孩，不仅多才多艺学习好，还贼有钱！”

最后，初瞳搞回来的汉服让团支书都看傻了，比她找的那家好看多了，差点儿对着初瞳直呼“爸爸”。

到了万众期待的平安夜当天。

因为人手不够，给六个人化妆的工作杜优容一人弄不过来，于是初瞳呼叫了没有演出任务的辛莹前来帮忙。

辛莹经常来初瞳宿舍，和她的室友们都认识。在化妆间的时候，杜优容和辛莹聊天：“妹子，你长这么好看，怎么不上去演节目啥的？”

“我不行的，没才艺，而且我待的是传媒系，那家伙，个个都是大佬，当初为了讨论表演什么节目就差点儿搞出几个小团体，我直接弃权了。”

“啧啧啧，你看看，真是一个天一个地，我们这边都是硬着头皮上，你们那边是想上还得抢。”

两人你来我往，说得很有意思，初瞳偶尔也插几句话。

等化好妆换好了衣服，闲坐在后台休息间等上场的时候，初瞳收到了洛舟的微信。

没空闲聊：“在哪儿？”

tong：“在化妆间呢。”

没空闲聊：“化完了？”

tong：“嗯嗯。”

没空闲聊：“那你现在来礼堂外面，有棵树的那侧门。”

……

不知道他叫自己过去干吗，但初瞳还是老老实实地去了。

因为晚上天气冷，她里面是待会儿演出要穿的白襦裙配蓝纱，外面罩了一件厚厚的羽绒服，严严实实地盖住了里面好看的汉服，生怕冻到。

而叫她出来的洛舟好像还生活在上一个季节。

黑色的大衣甚至没扣扣子，看得见里面是米色的高领毛衣。洛舟穿衣服有点性冷淡风，平时很少穿米色这样的颜色，偶尔一穿，就显得人特别温柔好看。

好看是好看，穿得少也是真的穿得少。

在初瞳眼里，零下的温度不穿羽绒服或者棉服就是穿得少，就是不尊重冬天。

初瞳一下子想起来上次他生病的起因，第一句话就说他：“洛舟哥，你又为了要帅穿这么少。你小心冬天再生一次病。”

“少吗？”洛舟也没想到一上来她会提这个，闻言笑了一下，“那哥哥这么久没见你，在你面前要一次帅还不行了？”

十几天没见，他额前的头发稍微长了一点儿，可能是太久没看到这张脸，免疫力有所下降，初瞳觉得他好像又帅了点儿。

不远处礼堂的灯光和月光一起映在洛舟的眼睛里，他眼尾微微弯起来，对视的时候让人有种眩晕感。

初瞳不自觉地咽了咽口水，转移话题："哥哥，你今年为什么来看校庆啊？"

洛舟朝她走近两步，唇边还挂着笑："校长让我来的。"

"但我听他们说，你以前接受邀请，好像都不来的。"

"那今年我就来了啊。"

他微微挑眉，意味深长地道："某个小跟屁虫因为这个破节目彩排拒绝了我多少次约饭，不会不记得吧？我来看看这节目到底多好看，不行？"

的确是有这么一回事。

但最近她是真的在忙，又不是不想和他吃饭。初瞳抬起眼眸："我同学们都在排练的时候，我肯定不能走啊……也没那么多时间出学校去吃晚饭。"

洛舟"嗯"了声，然后也不说话，就这么盯着她看。

初瞳被他看得更不自在了，脸上发热，声音渐小："你也不要抱太大的期望啦，我们搞电脑的没什么才艺。"

她们的节目对于一个校庆来说应该是较好的水准，但对于洛舟这种见过各种大风大浪的人来说，那肯定是算不上好看的。

还没等洛舟再说什么，初瞳外套口袋里的手机就响了，她接起来，是杜优容让她回去戴发饰准备上场。跟洛舟打了声招呼，她就小跑着回了后台。

洛舟看着初瞳的背影，她的羽绒服是纯黑色，长到膝盖，下摆露出长长的裙子，裙角跑起来特别飘逸，这样奇奇怪怪的搭配，竟然也有种莫名的可爱。

他也在她走后进了礼堂。

礼堂内还是灯光大开的状态，洛舟进去之后，有一瞬的人声骤减，之后便是小范围的频频传来各种尖叫。

他目不斜视地走到最前排，找到写着自己名字的嘉宾席位置。

差不多又等了十分钟，大灯熄灭，舞台灯光亮起，正式开始。

校庆看起来是很没劲，洛舟上学的时候就不爱参加这类活动。大学除了喵星人社团，他参加的集体活动也就是一个运动会。

他身边就是校长，两人一直断断续续地聊着天。看到第二个节目的时候，校长问："洛舟啊，咱校庆节目怎么样？"

洛舟毫不犹豫："校长，您别怪我说实话，还是跟以前一样无聊啊。"

校长也不生气，呵呵地笑："那你个臭小子还来？"

“这不是我妹妹今年在这儿上大一，还要上台表演节目，”洛舟也笑道，“我就来了。”

“你妹妹？”校长想了想，“是之前跟刘主任吃饭的那个？他们跟我说，你带了个小姑娘过去。”

洛舟点头：“是她，计算机系的，待会儿指给您看。”

又等了七个节目。

洛舟都快无聊到打盹儿的时候，总算，今晚第十个节目，主持人的报幕里提到的“初瞳”两个字让他重新振作起来。

出场的一共有六人，几人衣服细节设计各不相同，颜色却都是白蓝色调，古装打扮，整个场景以浅蓝色灯光为底，加上脚底有一点点白色的雾，仙气十足。

五人站着，中间一人坐着。

中间的少女面前摆着古筝，她看着弦，缓缓抬手，高抬轻放，拨弄出一个单音。

瞬间，身边五人散开，做了个开场动作，而她换作两手齐弹，随着韵律逐渐鲜明，五位围绕着她的女孩也开始变换舞姿。

没什么内涵，就单纯是一个古筝弹奏加古典舞的表演，虽然舞蹈难度不大，但几人跳得很齐，很有韵律感，中间的少女古筝弹得极为动听。她偶尔一抬脸，双眼灵动而漂亮，给人十足的惊艳。

再加上几人的服装和造型实在是太好看了，无疑是几分钟的视听盛宴。

“看到了？”节目快要结束的时候，洛舟微微偏过头，“校长，猜猜哪个是我妹妹？”

“这我怎么猜？”

“给您点儿提示，最好看的那个。”

校长眯了眯眼：“弹古筝的那个？”

洛舟差点儿都想跟他击个掌：“好眼光啊！”

谁知，校长和蔼地看了他半晌，道：“知道的你是在说你妹妹，不知道的还以为你在说你女朋友。”

校庆结束，初瞳在后台把衣服换下来，汉服则直接送给几个同学了。她原本就是买的，也没打算留下。听闻这个消息，大家都开心得不得了，还有不少没参演的同班女生都为自己的肢体不协调而捶胸顿足。

她收拾好东西准备从后台出礼堂的时候，内心突然冒出一个想法。

洛舟难道会从开始坐到结尾吗？陈诉的演唱会他都没耐心看完——紧接着就收到了洛舟的消息。

没空闲聊：“还是刚才的地方，过来。”

还真是想什么来什么。

和杜优容以及其余演出的女孩说明情况，在大家一副“我都懂我都懂”的起哄声中，初瞳默默走到了侧门，又和洛舟见了面。

第一句话他就提到刚才的演出：“刚才演得很好。”

初瞳也不管他是不是哄人开心，自己半个多月的心血被认可，自然开心：“真的？”

“当然是真的，”洛舟说，“校长都在我旁边夸你了。”

初瞳更不好意思了：“我其实挺久没有弹古筝了，刚才还一直害怕自己弹错呢。”

表演时她都没敢往洛舟那边看，生怕自己和他对视，一个手抖毁了这场演出。

“弹得很棒。”洛舟一改往常毒舌本色，夸完了，又突然伸出手摸了摸她的头发。

这是预料之外的动作。

毫不夸张地说，被他摸过的头顶似乎都开始和别的地方不一样了。

初瞳总觉得，今天的他，包括上次见面的他，似乎有哪里变得不太一样了。

以前，他总是像损洛棠一样损她。

现在这种，似乎变成了——逗？

洛舟是自己一个人开车来的，最后还是他把她送回宿舍。

初瞳准备和他道别的时候，这人却突然变戏法一样递给她一样东西。

他修长的手掌里，躺着一颗红彤彤的苹果，小巧圆润又可爱。

初瞳愣了两秒，接过来：“给我的？”

“嗯。”洛舟懒洋洋地道，“今晚不是平安夜吗？”

平安夜，送平安果。

“好像，我这辈子还是第一次送人这玩意儿。”他看着初瞳握着苹果，笑了笑，吊儿郎当地说，“怎么样，荣幸吗？”

一个苹果，确实扯不上荣不荣幸。

但如果是第一次，就有了点儿特殊的意义。

任何事情被赋予了第一次，都会变得与众不同，比如初恋和初吻，就不单单是恋爱和接吻，仅仅是听起来都要美好太多。

初瞳眨了眨眼：“你说……第一次？”

“嗯，”他点头，“有什么问题？”

“我不信，你难道初高中也没给人送过吗？”

初瞳每年圣诞节前一天的平安夜，自己和同桌的桌洞里全都是别人送给她的苹果加情书，包装得一个比一个好看。这习俗在学校里相当流行，平安夜送苹果不亚于情人节送巧克力，都是表白利器。

洛舟这种校园风云人物，不可能没做过这种事吧？

“我？”洛舟嗤笑了一声，似乎很是疑惑她为什么会这样问，“是什么让你觉得我初高中会给人送这种东西？”

其实，老早之前初瞳就想问他了，关于他上学时候的事情。

虽然那都是在遇到他以前发生的事情，可初瞳经历过那个身边许多小伙伴都春心萌动的十六岁，见证了一对又一对在父母、老师看管下秘密进行的恋爱。发生在那种时候，那大概是许多人一辈子难以忘怀的初恋。

她没有这种经历，她的十四十五十六岁，都悄悄喜欢着一个很远很远的人，藏着心事，谁都没告诉过。

所以，她想知道他有没有这样喜欢过一个女孩子，这样追求示爱过。

初瞳沉默了几秒钟，然后道：“哥哥，你初高中的时候，难道没追过女孩子吗？”

她今晚说的话都挺让他惊讶的。

眼睛一眨不眨地盯着她看，洛舟说：“你要听实话？”

初瞳被洛舟问得一下子紧张起来，什么叫你要听实话？难道真的有？

她稳着声音说：“对啊，不然我还想听假话吗？”

洛舟一脸坦然地道：“初高中的时候，拒绝表白都拒绝不过来，我还有空去追人？”

初瞳听到这样的回答完全不相信。

他拨了拨头发：“实话实说，那时候的想法就是，没哪个女孩子值得我追。”

初瞳听后似乎失去了动力

“你第一次见我那会儿，我高中毕业，那时候我已经收敛很多了。”他完全不替自己害臊，还挺骄傲的样子，“以前的我，更跩。”

听洛舟吹嘘了一下自己年轻时候有多跩，晚上渐渐起风，两人也没再继续站在外面聊下去。

初瞳拿着苹果回到宿舍，眼尖的室友一下子便看出来了，迎接她的是热闹无比的起哄声。

“看看是谁回来啦？啊，是那个去见她哥哥的小仙女——”

“哎哟哟，手里还拿着苹果，要不是看到这个苹果，我都忘了今天是平安夜呢——”

“我好酸啊呜呜呜，柠檬树上柠檬果，柠檬树下你和我，咱们只有柠檬，没有平安果。”

这还开始作诗了。

自从上次被人看到在宿舍楼底下搂搂抱抱之后，初瞳就格外谨慎，先不说和洛舟见面次数减少，就算他要来学校找她或者送她回宿舍，都不会和他去太显眼的地方。

加上十一二月各专业课业繁忙，所以论坛上已经挺久没有两人的相关帖子了，只有一小部分自称是“CP 粉”的人在开玩笑。

而校庆，又再次让两人重新成为话题中心。

不是我说，这也太巧了吧，洛舟学长毕业好几年，年年都不来校庆，偏偏就今年，C 学妹来的第一年，他就来了哇

来就来了，怎么 C 学妹演完出没多久他人就不见了呢？嗯？是后面的节目不配浪费时间吗？

看破不说破，懂的都懂

诸如此类。

杜优容跟个播报机一样，一有调侃的帖子就在宿舍大声朗读，在论坛讨论不够，室友们还要再讨论一遍。

圣诞节那天，辛莹的偶像又有演唱会，她选择激情追星。初瞳也有活动，和室友们定好晚上出去搓一顿。

白天待在宿舍玩手机的时候，初瞳却接到了洛棠的电话。

“喂，瞳瞳，”虽然一个多月没见面，语气还是熟络，“你下午有空没？”

洛棠的声音甜美，听起来欢快又有活力。初瞳一听就忍不住笑：“有的，怎么啦？”

“我今天要去给我的猫打疫苗，想起来之前说过要带你见见我家洛羊羊来着，怎么样，待会儿要不要一块儿去？”

初瞳下午是空着的，闲着也是闲着，便一口答应下来。

今天晚上据说要下雪，一整天的温度都很低，她穿得很多。在约定好的时间到了校门口，看见洛家标志性的豪车，她下意识以为是洛棠开车，便直接打开了副驾驶座位的车门，却一下子对上了洛舟的视线。

他单手扶着方向盘，对她笑：“哟，又见面了，还真是跟屁虫啊，走哪儿跟哪儿？”

初瞳无语：“昨晚是我跟的吗？”

洛舟又笑，心情很好的样子：“行吧，昨晚是我跟的你。”

还没等她再说话，后座传来洛棠的声音：“瞳瞳、瞳瞳，坐后面来，别和他一排，咱不受那个气！”

她当即关上了副驾驶的车门，坐到后面的座位。

洛羊羊是只矮脚猫，眼睛是正圆形，看人的时候乌溜溜的，毛色以白色为主。不愧是矮脚猫，腿短得不可思议，看起来特别可爱。

两个女孩在后座撸猫撸得不亦乐乎，洛羊羊身为一只公猫，也是非常享受的，反而是前排的洛舟成了一个沉默寡言的工具人司机。

打疫苗的地方是家偏私人性质的宠物医院，估计是价格很贵，人不算多，外面停的私家车里不少都是名车。

洛棠早有预约，在等候区等待约好的医生时，她突然盯着一个地方“啊”了声：“哥、哥、哥，你看那边，是不是罗姐姐？”

初瞳顺着她的视线看过去。

在问询窗口，能看到一个高高的女人侧对着这边。

女人穿着黑色风衣，戴着围巾，拎着猫箱，侧脸精致，看起来和洛舟一样是不怕冷星人。因为都是简洁没有装饰物的黑色长款，两人这外套莫名有情侣装即视感。

洛舟也看了过去：“嗯，是她。”

“那你坐这儿干吗啊？”洛棠推了他一把，“去打个招呼啊，走走走。”

洛舟看了眼初瞳，撑着长腿站起来：“走吧，带你见见我另外一个兄弟。”

初瞳跟在两人身后，看着洛棠歪着头和那个女人打招呼：“罗姐姐，你怎么也在这里呀？”

女人转过身来，露出妆容精致的整张脸，笑得很惊喜：“棠棠？！”

“我妈去年养了只小猫，每次都是我带它来打疫苗什么的，真是凑巧了，你们今天也来了。”女人说着，转头看向初瞳，“洛总，这个漂亮妹妹是谁啊？不介绍介绍？”

洛舟先给初瞳介绍，指了指女人：“罗文薏，我兄弟，别看她长着一头长毛，其实是个铁汉子，你跟着叫‘哥哥’就行。”

那肯定是不可能的，初瞳跟着洛棠叫了声：“罗姐姐。”

罗文薏：“妹妹真是乖！”

“然后，这个——”洛舟轻拍了下初瞳的脑袋，声音却不自觉地停顿了一下，继续说，“这个，是我妹妹，初瞳。”

那个停顿估计只有他自己才能察觉到。

其实，他不太想给人介绍这是他的妹妹。

三人都没察觉到他的异样，罗文薏“啧啧”称赞：“洛总你这也太有福气了，这俩妹妹个顶个的好看啊。”

“那也不看看哥哥长什么样！”

“你这个嘴……”

聊了几分钟下来，明显感觉得到几人之间的熟悉，后来罗文薏被护士带着去给猫打针，和他们道别，三人又回到了休息区的沙发上等着。

洛舟大忙人，一坐下就来了电话。

他走到一旁去接的时候，洛棠就悄悄和初瞳咬耳朵："这个姐姐啊，我曾经一度以为她会是我嫂子来着。"

"嫂子"两个字让人反应不过来，初瞳一愣："什么？"

"她和我哥是大学同学，然后那会儿跟我哥还有我哥的朋友关系都很好。他们一帮人总是一起玩游戏打球啊什么的，我觉得罗姐姐以前是喜欢我哥的吧……但后来看他实在撩不动就放弃了。"洛棠说完还自己点点头，"嗯，我猜测就是这样的。"

"可是……"初瞳缓缓道，"他们看起来关系很好啊。"

"那是因为这都是我自己猜测的，我哥眼里罗文薏是啥样的，就是刚才他给你介绍的那样的。"洛棠"啧啧"两声，"那么好看一姐姐，在他那儿就是个长了长头发的汉子。"

初瞳没有接话。

"不过说起来，这个姐姐和我哥的朋友们真的关系都很铁。她似乎是那种和男生很相处得来的人，熟悉之后都称兄道弟的。"

初瞳没说话，安静地听她讲。

"不过我哥有个好兄弟，有一次来我家喝酒的时候，我和他闲聊，他说，罗姐姐以为谁都不知道呢，其实大家都懂她为什么跟他们一块儿玩。洛舟这人追他的女孩子太多了，他看都不看一眼，反而这种曲线救国的行为可能成功。"

说到这儿，洛舟的电话也结束了，之后洛棠再也没提起来，总不能当着他的面讲他的八卦吧。

给猫打完疫苗，洛棠拎着猫箱接了一个电话，挂断之后，说："苏延要来接我，洛羊羊我带走了，哥，你送瞳瞳回学校吧。"

这话说完，洛棠这张脸瞬间就可爱了好几倍。

洛舟看着初瞳套上羽绒服外套，伸手给她戴上了衣领后的帽子，手隔着帽子搂着她的头，懒洋洋地道："那还用你教？我当然要送了。"

这回轮到洛棠一愣。

她看着两人离开的背影，洛舟手搂着她的脑袋，初瞳似乎不太愿意，一边挣扎一边被带着往前走。

初瞳衣服虽然厚，却因为自身骨架小完全不显得笨重，看起来很是可爱。而洛舟穿得少又帅，背影也是相当有型。两人身高差和衣服类型差加在一块儿，有种奇妙的反差萌。

嫂子人选，难道终于又要出现了？

晚上七点，C 市中心商场顶层，集清吧与美食为一体的知名店内，某宿舍的圣诞聚餐正式拉开帷幕。

“今晚说好了啊，咱们四个，只能醉俩，剩下俩只能喝果汁啥的，得负责把喝醉的整回宿舍。”杜优容立下规矩，“来吧，石头剪刀布，谁赢了谁才有资格喝醉。”

还没等出石头剪刀布，初瞳举了个手：“可以主动申请吗，我想喝。”

初瞳睁着那么好看的大眼睛说这话，谁能不同意，舍宠就是要宠着，剩下三人立刻表示：“那行，我们三个争最后一个名额。”

最后杜优容获胜。

“唉，”杜优容摆了摆手，“那今晚也就醉一个，咱三个把瞳瞳整回宿舍就行了，很稳妥。”

室长：“为啥就醉一个？”

杜优容：“我海量啊。”

……

几人给初瞳点的是果酒，好喝，微微辛辣，还有酒精带给人的美妙体验。

吃了点儿东西后，大家觉得纯聊天不够过瘾，提议开始玩游戏。

“来吧，真心话大冒险，”杜优容提议完，补充道，“但是定个新规矩，只准选真心话。”

“为什么？”

“咱们又没有男孩子在场，万一抽到那种去撩人的大冒险，撩出事儿来咋办？”杜优容说，“没事儿，家丑不可外扬，咱们一家人，真心话就是家丑。”

有道理。

于是手机上的桌游软件开始转，指针最后指向了初瞳的方向。

这一轮的发起人是杜优容，也就是杜优容想问题，初瞳来回答真心话。

初瞳揉了揉眼睛：“容容，你问吧。”

老大、老二在一旁兴奋：“老杜，问点儿有用的！问点儿劲爆的！”

杜优容给两人递了个“把心放回肚子里”的眼神。

杜优容憋了得有俩月了。

她总算借这个机会能够好好问一问初瞳——

“初瞳同学，请问，你是不是喜欢洛舟学长？”

现场的轻音乐恰好放完，正在切换下一首，店内有那么几秒钟的静音。

老大、老二都惊呆了。

这确实够劲爆！

几人目不转睛地盯着初瞳看。

看见她点了点头，就这么承认道：“是的。”

三人异口同声：“你说什么？！”

初瞳头一次感受到什么叫作“头脑发热”。说这话的时候，大脑、脸，全部都开始升温。

她第一次对别人承认：“我说，是啊，我喜欢他。”

她今天下午回宿舍之后，心情就一直不太好。

说不上来为什么，对于洛舟和那个罗文薏的关系，对于罗文薏对洛舟的感情，等等，包括洛棠和她说过的那些话，虽然只是猜测，但也有一定的可信度吧，不然洛棠怎么会给她讲。

竟然有女孩子愿意曲线救国到那个地步，就为了和他更近一点儿。

别人的喜欢，能说出口，不怕表达。

或者像罗文薏，可以和他称兄道弟做朋友这么久，就算她真的放弃了，想必也并不觉得多么遗憾吧。

可她却要藏着掖着，就因为他们相遇时的身份是哥哥和妹妹，就因为她遇到他的时候，她还是个半大的小女孩。

初瞳因为心情不好，很想感受一下上次喝醉后那种飘飘然的感觉，醒来之后失忆的感觉也很是新奇，所以喝了不少。

被问到这个问题，在酒精的催化下，初瞳几乎没有犹豫，就说了实话。

这么多年来的第一次。

三人听到这个就炸了，叽叽咕咕说了些什么，她也没全部听清，差不多就是想让她详细讲述一下原因。

初瞳尽最大的努力简化了一下原因，差不多就是年少无知、色令智昏，以及一些说不清道不明、言语无法讲出来的心动，比如他离开S市之前的那声“瞳瞳”。

“但你都来这边上大学了，你们还依然是哥哥妹妹，你也是一直这么跟我们讲的——”杜优容一针见血，“你想过告白没？”

怎么可能没想过。

没有实践，无非就是承受不了被拒绝的后果——形同陌路，或者老死不相往来。

话题风向转变得特别快，紧接着，几人就开始讨论起有什么神不知鬼不觉的告白神套路。最终大家一致认可的，是杜优容这个恋爱大师提出来的。

“瞳瞳，我教你一个告白的方法，万无一失。

“你先发消息和洛舟说——‘哥哥，我想跟喜欢的男生告白，你觉得他会同意吗？’

“这时候，但凡是个正常人，都肯定会说‘会’。

“然后，你突然对他说四个字，直接告白，说‘我喜欢你’。

“如果成了，那就是最好的结局。”顿了顿，笑容加深，杜优容道，“如果洛舟拒绝了，比如说了类似‘我们不合适，还是做兄妹吧’的话，那么，应对对策就是——

“你语气带着点儿遗憾地对他说，‘你看，连你都不同意，那他也不会同意的，我还是别去问了。’”

老大：“完美！”

老二：“绝妙！”

杜优容笑了笑，道：“怎么样，进可攻退可守，是不是很稳？”

清醒时候的初瞳肯定不会这么觉得，但喝醉酒的人眼里哪里有逻辑，当即竖起拇指：“稳！”

初瞳当时真觉得这计划天衣无缝、万无一失。她原本就觉得自己不可能得到想要的回答，但是这个方式，最后也能巧妙地缓解掉这件事。

于是，准备好后，她便在众人充满期待的注视下打开了和洛舟的聊天框。

一模一样地打出了杜优容教她的第一句话。

tong：“洛舟哥，我想跟喜欢的人告白，你觉得他会同意吗？”

手心开始发热，她紧紧盯着屏幕下方，大概隔了五秒钟，蹦出来三条消息——

没空闲聊：“什么？”

没空闲聊：“喜欢谁了？”

没空闲聊：“不会，不准去！”

初瞳一时不知该怎么进行下去。

第18章　确认情敌

——我想和喜欢的人告白，你觉得他会同意吗？

——会。

——我喜欢你。

——我们不合适，还是做兄妹吧。

——唉，连你都不同意，那他肯定也不会同意的，还是算了吧。

杜优容刚才说，第一句话问出来，但凡是个正常人都会说“会”。

初瞳也这么想，毕竟一般有人问自己这种话，不都会鼓励别人吗？

这个套路，杜优容也是听别人说的，已经是经过实践的最保险的方法了。

但是洛舟这是怎么回事？！

众人面面相觑了好几秒，初瞳傻眼，杜优容满脸大写的“靓女无语”：“这咋办啊？洛舟学长怎么不按套路出牌啊？不是，这计划就这么卡在第一步了，怎么搞？”

初瞳脑子现在转得也很慢，讷讷地道：“不知道……”

而那边，洛舟还在发消息。

没空闲聊：“看到没？”

她没回，过了会儿，他又发来两条。

没空闲聊：“还在吗？”

没空闲聊：“真的去了？”

初瞳默默打字：“没有。”

她抓了抓头发，又打：“既然你这么说，那就算了，我再想想……”

舍长小心翼翼地提议：“要不然，咱们换个别的告白办法？”

“没有了，”不等初瞳说话，杜优容就道，“我说的这个已经是最保险的办法了，虽然闹出这样的乌龙，你等着，初瞳明天睡醒了估计得后悔死，让她以后再冲动一次？门儿都没有。”

初瞳的确是这种性格。

别人是一而再再而衰三而竭，初瞳这种性格大概是一而就衰了，也没有二和三了。

“不信咱就问问她。”杜优容转向初瞳，“宝贝，改天清醒的时候再找机会告白一次，你还想吗？”

在酒精作用下，大脑几乎滞缓，初瞳却还是摇了摇头：“不想了，太丢人了。”

杜优容一摊手：“你看吧，我说啥了。”

众人齐齐沉默三秒。

“容容说得对。”初瞳叹了口气，喝了口酒，“那我们继续游戏吧，就当我刚才什么都没做。”

后来的游戏，但凡指针转到初瞳那里，问的问题无一不是和洛舟有关的，初瞳语言组织能力虽然比不上清醒的时候，但还是把能想到的都告诉了她们，几人听得津津有味，恨不得当场录像。最后杜优容甚至不要脸皮地直接作弊，转好几次，一直到转到初瞳才作数。

三人吃好喝好，听故事也听饱了，最后一起扶着初瞳离开。

回宿舍的车上，杜优容看着初瞳困得睁不开眼的样子，刚才没有想到的一些细节浮上脑海。

她觉得洛舟有哪里不对劲。

之前没顾得上分析太多，现在仔细想想，当时洛舟回复初瞳的不光是“不会”，还问了初瞳“喜欢谁了”，还命令她“不准去”。

光一个“不会”就不正常。

再加上后面两连问，就更不正常了。

此时此刻，洛舟正在参加一场久违的同学聚会。

他昨天回A大参加校庆的事，被当初的同届同学不知道从哪儿听说了，还把这消息发到了班群里。

沉寂了挺久的班群因为这消息激情聊了一夜，大家聊出了感情，干脆就约了圣诞节出来聚聚。

隋易是带聊的主力军之一，说自己为了见老兄弟们，偶像的演唱会都不去了，也是他疯狂拉洛舟一起来参加的。

这么一番张罗，最后聚的一共有二十个人，对于毕业几年各奔东西的大学同学来说，已经算是十分不错的了。

大家先是走了一番所有聚会都会走的流程，追忆似水年华，回忆曾经那些让人记忆深刻的片段。

来的二十个人里面，女生比男生少得多，其中罗文薏也在。

有人怀念：“唉，想当时大一的时候刚进篮球社，看薏姐打篮球，我真是惊为天人好吧，怎么有女孩子那么帅呢！”

“是啊，薏姐也就是因为女孩，体力差点儿，不然肯定跟咱太子殿下是最佳搭档了啊，还能轮得到隋易这货？”

“哎，怎么说话呢？”隋易不满地道，“我光有体力吗？我技术也贼棒的好吧？”

这话说得有歧义，几个男生挤眉弄眼地开玩笑：“是啊，技术贼棒，贼棒！”

洛舟听了半天，“啧”了声：“你们说错性别了吧，都叫什么薏姐，那明明是哥。”

现场有一瞬间的凝滞，但似乎只有洛舟一人没感觉出来。

“哎，”有人缓解尴尬道，“话不能这么说啊，舟哥你不看看薏姐现在多漂亮，比大学那会儿还漂亮。”

“就是，当时大学的时候也有很多人追她吧，不过因为她跟咱们——不，是跟你熟，所以很多男生觉得自己没戏，追都不怎么敢追。”

洛舟靠在座位上，挑眉：“那他们眼神可真是不好使，我俩纯哥们，怎么就不敢追了？”

这下连隋易也无语了。

听他们调侃这么久，罗文薏开口打断道：“得得得，你们差不多得了啊。什么敢不敢追的，没有的事儿，有也是因为我本人气场太强大，跟洛舟有半毛钱关系啊？”

洛舟一脸毫不意外的样子：“我说什么来着？”

追忆过去暂且告一段落，大家开始询问起彼此的感情状况。

单身人士互相取暖倾诉，而有对象的已经开始掏出手机拿照片互相攀比了。

洛舟除外。毕竟他这人在大学里有多受欢迎，在座的所有人都清楚。他如果没谈恋爱，最大的阻碍者一定不是别人，就是他自己。

当问到罗文薏时，她坦言自己毕业至今都是单身，众兄弟都炸了。

“真的假的？你大学单身四年一直跟我们混在一块儿就算了，毕了业也没谈个恋爱？”

“薏姐太惨了吧……”

“是啊……”

“不是吧，罗文薏你不是吧？”隋易也不信，“你又不像咱们太子爷，嘴有点毛病，你这条件怎么能单身这么多年啊？”

罗文薏听他们这番感慨，忍不住笑道：“我说你们，我去国外读了个研，实习了好几年，天天忙得要死要活的，我是惨，但不是因为单身才惨的啊，瞎同情什么呢。”

“主要咱这个年龄摆在这儿，二十五六了，你不着急，家里人也不着急？”

“男生的话好像还好，女生的话是真的有点晚，”有人说，“我有个表妹，今年二十三，毕业一年多就被我姨妈开始催着相亲了。”

“实在不行呢，”隋易知道大家都在说给谁听，也顺势道，“不然，就从老同学里面选一个呗，知根知底，还高质。”

身处话题中心的罗文薏还没讲话，洛舟突然问：“二十五岁算老吗？”

其他人一时语塞。

“喂，别搞什么性别歧视啊？”洛舟笑着闲闲地道，“二十五六不管是男人还是女人都不老，你们几个脑子有毛病吧。”

隋易心想，说这些还不是为了暗示你，这都不懂吗？

上大学那会儿，只要是稍微有点眼力见的男同学，都看得出罗文薏对洛舟的心思。别人可能多是靠猜测，而隋易却是真真切切确定的。大四毕业前夕的某天晚上，当时洛舟的手机在隋易那儿，来了电话隋易就替洛舟接了，就听到罗文薏突然带着哭腔来了一大段表白的话。

她喝酒了，听到不是洛舟的声音之后又立刻清醒过来，接着，她让隋易把来电记录删除，千万不要告诉洛舟这件事。

虽然不知道她为什么藏了这么久，但隋易也真的一直没把这件事情告诉洛舟。说实在的，他觉得罗文薏挺惨的，这么好的一姑娘，怎么就喜欢上了洛舟？

这个话题之后，洛舟便收到了初瞳的微信。

tong：“哥哥，我想和喜欢的人告白，你觉得他会同意吗？”

那一瞬间，洛舟整个人突然有种窒息感。

不知道是“喜欢的人”还是“告白”还是“同意”哪个更让人窒息一点儿，反正这句话连起来，在洛舟看来，就仿佛钉子扎进眼睛里一样不舒服。

他回复了初瞳之后，便一直等着她的回信。

她说她没去告白，然后说准备再想想。

洛舟也完全没觉得心情变轻松。

这岂不是说明了——她真的有个真实存在的喜欢的人？

谁？熊大？还是她闺蜜口里千方百计打听她消息的班草？

喜欢一个人这么随便的吗？说好的提前给长辈把把关呢？

聚餐的中半段，洛舟就已经开始心不在焉；后半段更是全程梦游，酒也没心情喝。

聚餐结束，没喝酒的送喝酒的回家，洛舟负责送隋易和罗文薏以及另外一个男生。

按照路线，先到隋易家，然后是那个男生，罗文薏是最后一个下车的。

洛舟一路都十分沉默。由于熟悉他的性格，罗文薏也识趣地没有说话。

一直到快到地方的时候，罗文薏才开口。

“洛总——”

“好兄弟，”洛舟笑了下，“叫大名就行了，叫什么洛总。”

“行。”罗文薏笑着叫他，“洛舟。”

“嗯。”

“实话实说，你是不是……”她停顿了一下，然后目视前方，继续道，“有喜欢的人了？”

洛舟没有直接回答。

“她是不是在今晚，也就是刚才，给你发信息了？”

洛舟愣了：“有这么明显吗？”

罗文薏没答，又说：“我能再问一句……你喜欢的，是那天在宠物医院见到的妹妹，叫初瞳的那个小姑娘吗？”

洛舟这下是真无语了。

他面无表情地往后一靠：“难道我把喜欢初瞳写到脸上了？嗯？”

罗文薏“扑哧”一笑：“没，就是女人的第六感而已。”

洛舟轻嗤一声：“那你这第六感可真是准得可怕。”

罗文薏笑着垂眼。

他没否认。

没否认，那就是了。

那天在宠物医院，并不是罗文薏第一次听到“初瞳”这个名字。

她从小到大学习好，记忆力超群，她清楚地记得，大二暑假跟洛舟以及别的朋友出去吃饭时，洛舟被一个还在读高中的小姑娘告白了。

他自然是毫不留情地拒绝了。罗文薏调侃了他一句：“这小姑娘多清纯漂亮，你还真是狠心啊？”

“这个就叫狠心了？”洛舟当时表情十分不屑，语带骄傲地道，“我一叔叔家有个十几岁的妹妹，今年应该读高中，不是我吹，比她清纯漂亮一百倍，性格还特别可爱。”

在洛舟嘴里，从来没这么正儿八经地夸过女孩子，就连洛棠都是拐弯抹角地夸。

罗文薏当时就愣住了。

然后，他又说：“名字也好听，叫初瞳。我去她家那会儿，她是我专属的小跟屁虫。”

他笑得很好看很帅，那神情里，是满满的怀念。

罗文薏联想那时，再看如今，似乎也并不奇怪了。

车停在了罗文薏家院子门口。

“如果有什么需要帮忙的话，随时找我。”她一边解开安全带，一边笑着说，“虽然你一直没把我当女生看，但我性别的的确确是女的没错，总要比你懂女生的。”

洛舟倒没觉得自己有什么需要别人指导的地方，不过还是“嗯”了声：“放心，会的。”

目送罗文薏进了院子，洛舟驱车回家。

路上还在想晚上初瞳发的消息，遇到红灯，他摸到一旁的手机，给初瞳发微信。

没空闲聊：“下周什么时候有空？跟我吃个饭。”

洛舟看了看，觉得语气太过强硬，又发了个微笑的表情。

圣诞节这次喝酒，初瞳醉了，但是醒来之后没断篇儿——可她宁愿这次断篇儿。

一想到她对洛舟说，自己想和喜欢的人告白什么的，实在是太羞耻了啊！

宿舍的人都劝她看开点儿，但这事儿的后遗症实在太大了，初瞳缓了好久也没缓过来。

尤其是醒来之后，她看到洛舟给她发的两条微信，那个怎么看怎么阴阳怪气的微笑脸。

约她吃饭必然是要兴师问罪的。

她就算拒绝了他一次约饭，C 市就这么大，A 大就这么小，他了如指掌，总不可能永远躲着不和他吃饭吧。

可是到底要怎么说才好呢？

洛舟催得紧，拖了一个星期，转眼便到了圣诞节的下个周日——她定好今晚和他吃饭。

但初瞳到最后也没想出个所以然来。

她绝对不会告诉洛舟那个所谓的喜欢的人就是他，可她也不想胡乱编造一个人出来。

恰好又接到了李冉的拜托，这次李冉直接说：“学妹，我这实习简直绝了，每天无偿加班，完不成任务不准下班，真的没空做兼职……你看那喂猫的兼职薪水是真的高，我给别人也不放心，你去做行不？我听那个帅哥说他的猫可喜欢你了，你不是也跟我夸过它好看吗？”

李冉列举了一大堆好处。她说的确实是实话，初瞳虽然不缺钱，但也没直接拒绝："学姐，不然这样吧，我还是代替你先做着，然后这段时间在社团里我找一下有没有想长期去做的，有的话我告诉你。要是你和温宿还有他的猫觉得那人可以，我就再转接出去。"

薪水高的兼职在哪里都不缺人，找人肯定简单，问题在于金贵的猫咪喜不喜欢。

于是，和洛舟见面之前，初瞳又踏上了兼职的路途。

温宿的猫叫 Blue——她问过温宿，他说是因为它湛蓝色的眼睛。

初瞳很喜欢这只猫，每次来都想和它多玩会儿。除了主人热衷于给她搭顺风车外，初瞳对于主人帅哥倒是没有什么兴趣。

今天和往常一样，她准备离开的时候，温宿又问她去哪里，初瞳说了和洛舟约好的餐厅的大体方位，男人便说要顺路送她。

"其实，我想问好多次了，"初瞳忍不住道，"为什么这么多回，我去哪里你都顺路，有这么巧合？"

"你以前都是回学校，我是固定去市中心，自然顺路。"温宿解释，"所以准确来讲，今天才是第一次巧合。"

初瞳半信半疑，但还是搭了他的车。

毕竟这附近出租车难打，和洛舟的约饭她也不想迟到。

洛舟订的餐厅在商场大楼顶层，一个五十多层的旋转餐厅。初瞳提前在网上搜过，据说上面可以看到整个 C 市，晚上还可以观赏到很漂亮的夜景。

她提前交代了自己帮同学做了个兼职，所以不用洛舟去接，但没想到，他的超跑和温宿的车是同时停进停车场的。

一个暗蓝一个黑，一个炫酷一个低调，并排停着。

初瞳下车的时候，洛舟正抬手锁车，一边走，视线一边扫过旁人，却在触及她的时候，整个人一顿，脚步也停了下来。

紧接着，洛舟转身走向她这边。

恰好温宿也从驾驶位出来，两个男人就这么对视上了。

明明什么都没做，初瞳有那么一瞬间像被抓包一样，有种莫名的心虚。

她看着洛舟脸色有越变越黑的趋势，正准备说点儿什么，却被一旁的温宿打断了。

"洛少，"温宿从驾驶位绕到了初瞳这边，朝着洛舟伸手，"我是温宿。"

洛舟思索了一会儿，没想起来："你是温家的……"

温宿："排行第二，温勉的弟弟。"

哦，是那个他从没见过的出国留学的温家老二。

温家也是 C 市大户，洛温两家在商业上有不少合作，洛舟跟温勉还是挺熟的。他便点了点头："你跟你哥长得挺像。"

温宿笑了笑："那不知道洛少是否赏脸，改天叫上我哥，一起吃个饭？"

洛舟"嗯"了声："让你哥发我时间、地点就好。"

"那她我就带走了。"他一把拉住身边从头到尾沉默着的初瞳的胳膊，挑了挑眉，非常有占有意味地道，"谢谢你送她过来，她是来找我的。"

"兼职是什么时候开始的？"

"大概一个多月了……"

坐在环境优雅的旋转餐厅内，初瞳看着桌子对面的洛舟——他今天穿得很休闲，脱下外套，里面灰黑色毛衣衬得肤色很白；说话时，修长的脖颈上的喉结滑动显得格外性感。

哪儿哪儿都很好看，就是表情有点臭。

他抬了抬下巴，冷笑道："不是说去兼职吗，为什么坐他的车来的？什么兼职？"

他这个状态有点奇怪。

初瞳没给他讲事情的前因后果，只说了下自己的职责，然后直截了当地道："你不是在那个社团待过吗？这就是那里提供的。一个可以撸猫，还可以看帅哥的兼职。"

她也说不清自己为什么要加上后半句"还可以看帅哥"这个条件。

她承认温宿是个大帅哥，但并不是她喜欢的那款——她喜欢洛舟。

但经过刚才那一番停车场对话，初瞳突然很想看看，在洛舟面前夸别的人帅，他会是什么反应。

洛舟先是一愣，然后回想了一下温宿的模样。

他五官有种斯斯文文的气质，却又不会显得太严肃古板，平心而论，气质和外表比熊大是好多了。

兼职了一个月，上周突然说有喜欢的人，想告白，这周就坐着一个陌生男人的车来和他吃饭，然后又夸这个陌生男人长得帅——

一切突然都在脑子里连成一条线，疑惑都解开了。

所以她喜欢的，她想告白的，百分之九十，就是刚才那个温宿。

"怎么想到去兼职呢？"洛舟沉默了好几秒，忍着冲动问，"最近缺钱花？"

初瞳没反应过来这个话题的跳跃，眨了眨眼："啊？"

他眯了眯眼，看着她的时候眼神格外深邃："缺钱想兼职的话，洛棠那只洛羊羊给你喂，怎么样？"

初瞳蒙了一下："什么？"

"可以撸猫，洛羊羊，"洛舟扯了扯唇角，"也可以看帅哥。"

"谁？"

“你哥哥我。”

话题转变得太快，初瞳没反应过来，直到听到洛舟说“你哥哥我”四个字后，才顿时有了种理所当然的感觉。

也是啊，他嘴里的帅哥还能是夸谁？肯定是他自己。

毕竟，曾经这位可是为了夸自己，不惜拉踩她的两个亲哥来凸显自己的帅，仅仅说一句自己是帅哥已经算是非常朴实的夸赞了。

进了餐厅十多分钟，两人还没点餐，桌上已经摆好了一篮餐前法式面包。

初瞳拿了一个小号的，想用吃来掩饰一下当前的尴尬。

她一边咬着面包，一边小声说：“你干吗突然提这个？”

“突然？”洛舟挑了挑眉，“我刚知道你在兼职，我也很突然。”

初瞳觉得有必要解释一下前因后果：“我不是因为缺钱。其实最开始是帮我学姐的忙，只去了两次，没想到她的实习公司太无良，压榨她压榨得越来越厉害，该下班的时候不下班，每次回宿舍的时候都快半夜了。她没什么特别信得过的人，再加上我和那家的猫也算认识了，所以就转给我……”

洛舟听完后，神色稍缓，“哦”了声：“所以你的意思是，这不是你想做的，只是帮忙？”

“对啊。”

“她转给你，你不能转给别人吗？”

“我是这样想的，”初瞳说，“可是也不是立刻就能找到合适的人的。温宿家的猫脾气还挺挑剔的。”

“挑剔？”洛舟看着她，语气微妙地问了句，“这么说，那只猫喜欢你？”

“是啊。”想到那只有点儿傲娇的布偶，初瞳还挺骄傲地说，“它对我比对学姐都亲。”

洛舟心里冷笑。

他又想起刚才在地下停车场见到的温宿。有些男人间的东西，一眼就能看穿。

这还真是物随其主。

“以前不知道你课余时间这么多，”他重新拉回到之前的话题，“既然这么有空，洛棠的给你养，你现在的随便找个人转出去算了。”

“我哪里很闲了啊，”初瞳无奈地道，“而且之前喂洛羊羊的好像是我学姐，就是上次跟我一起去你公司的那个，叶澄……”

然而还没等她说完，洛舟就打断了她的话：“她是谁跟我有什么关系？换掉不就行了。”

不知道为什么，初瞳突然有些同情叶澄了。

感觉如果不答应下来，这个话题大概是不会结束的。初瞳最后说：“我回去就立刻找人替我，先转出去，再喂洛羊羊，可以吧？”

洛舟勉强“嗯”了声。

两人终于开始点餐，将前菜、主菜、甜点等全部点好，没多久前菜就由服务生端了上来。

不愧是闻名C市的餐厅，食材新鲜，味道美妙，好吃到天天吃学校食堂的初瞳差点儿咬了舌头。

前菜吃完被撤走，在等主菜的时候，洛舟突然说：“那个温宿。”

初瞳看着他问：“怎么了？”

洛舟盯着她看了好几秒，大家都说桃花眼看起来温柔又多情，可洛舟这双桃花眼大部分时候都冷冷的、酷酷的，经常看得她紧张，又止不住地心跳加速。

他面无表情地道：“你喜欢他？”

“温宿？我什么时候说我喜欢他了？”她太过于惊讶，导致脸上都有些涨热，“这也太离谱了吧——洛舟哥，你是试探我还是开玩笑的啊？”

她是发自内心地感到震惊和疑惑，可在某人眼中，并不是这个样子。

洛舟看着桌对面的初瞳杏眼瞪得大大的，很亮很亮，一脸不可置信，唯独脸颊却微微发红——像极了被戳破心事的、正处于暗恋中的少女。

圣诞节那天，她对他讲想要和喜欢的人告白。算算时间，如她所说，她和温宿认识一个多月，感情可能就是这段时间萌发的。

突然，洛舟觉得胸很闷。

洛舟靠在椅子靠背上，眯了眯眼：“你说他帅。”

“我是说了，但我也是实话实说而已啊，又不是说他帅就喜欢他，”她一脸认真地反问，“他难道不算帅哥吗？”

呵呵，还说没有。

不过，不管怎么讲，这是个才认识一个月的人。

既然她已经同意转让兼职，就意味着两人今后会很少见面。

只要不见面，说不定很快就淡了。

“而且，又不是长得帅我就会喜欢。”初瞳不知道他的想法，还在和他理论，而且搬出了以前她妈妈的言论，“我妈妈以前就跟我说了，恋爱结婚不用找太帅的，对我好最重要。”

听到这儿，“长太帅的人”很有自知之明地对号入座，蓦地一愣：“为什么不找太帅的？”

初瞳掰着指头数：“那理由可多了，什么花心啊，招姑娘啊……”

洛舟打断她：“不行，必须得是帅的。”

这回又轮到初瞳疑惑了："为什么啊？"

"你两个哥哥长得也不错吧，再加上我——"洛舟直起身，胳膊放在桌沿，单手撑着脸，微微笑了下，"你身边有我们三个这样的哥哥，后半辈子也不能委屈了自己的眼睛啊。"

洛舟那句话，明明是在吹牛，顺便又带着她两个哥哥进行了一波颜值拉踩。可那句委屈她的眼睛什么的……听在耳里竟然有那么一点点莫名的宠溺感。

总之，一通对话下来，初瞳算是了解了：温宿在洛舟眼中是不帅的，洛舟接受不了她说那人是个帅哥这件事。

初瞳也不想和洛舟争论什么，反正温宿又不是她的菜，洛舟认为温宿帅不帅和她也没关系。

洛舟吹完牛之后，初瞳也没有反驳，这个话题自动结束。

吃饱喝足等甜品的时候，初瞳环顾一周，发现他们的座位是全餐厅视野最好的，临着面积最大的窗，天已经黑了个彻底，从这里往外面看，C市的夜晚景色果真一览无余。

亮着霓虹灯的建筑，川流不息的车辆十分渺小，黄色路灯一盏盏连成线，像一条条金色河流，随便怎么拍照都很漂亮。

初瞳走到窗边照了好几张照片，最后选了几张最好看的发到宿舍群，回头一看，洛舟正站在她身后。

他背着餐厅明亮的灯光，轮廓分明的脸一半在暗处，不那么清晰，却格外好看。

洛舟将视线放在她身上，不知道站在这里看了多久。

初瞳心一跳："干吗这么看我？"

"没什么。"他说。

洛舟收回视线，又恢复到平常那副懒散的模样，几步走到她身边，也看着窗外的夜景。

"说起来，我当年从你家走之前，好像嘱咐过你，不要被男孩子骗。"洛舟靠着一边的装饰栏杆，目光微垂，"你有听吗？后来有没有偷偷早恋？"

那当然没有。

当年那天，送他离开之后，她自己一个人偷偷躲在房间哭，不想流泪又控制不住，为了不让爸妈和哥哥看出异样，眼睛消肿之前连房门都没出。

后来的时间里，主要任务就是学习，身边的同学朋友成了一对又一对，她也从来没沾过边，连暧昧都没有过，更别提早恋了。

初瞳原本想直接否认，却突然想到自己还没问过洛舟类似的问题。

在外界的媒体报道小道新闻里，洛舟的绯闻少得可怜，从他爸妈妹妹的各种冷嘲热讽也看得出来，他似乎是处于感情生活空缺的状态。她平安夜那天也确认了，洛舟没有主动追过女孩子——可她还从来没问过他，是不是从来没有谈过恋爱。

她抿了抿唇："你先说。"

洛舟转过头："我说什么？"

"就是，我们没见面的这些年，"初瞳努力让自己看上去就和平时聊天一样，像一个单纯好奇的妹妹，忽略问出这话时那不断加速的心跳，"你有交过女朋友吗？"

没想到，这人一秒钟就给了她答复。

"没有。"洛舟坦然道，"一个个长得还不如我好看，谈什么女朋友。"

听到这个答案，初瞳莫名想笑。

就单纯论脸来讲，他的确有资格说这句话。

但想笑是因为，很多年前初瞳也这样问过他。

那是在某个下午，小初瞳心血来潮地八卦道："洛舟哥，你有女朋友吗？"

"没有。"

年纪尚小的初瞳虽然乖巧，却也不太懂得说话的艺术，平日里听白阿姨和洛叔叔吐槽洛舟听多了，直接问："那是因为你脾气太臭了，所以学校里的女孩子受不了吗？"

她至今都记得，少年洛舟当时的一脸疑惑，似乎这辈子从没受到过这样的质疑。

"记住了，小跟屁虫，你哥哥我没有女朋友，"洛舟一字一顿地告诉她，"那是因为我没有看得上的。"

这么多年了，他竟然还是这么一个理由。

洛舟看她有点儿走神了，提醒道："我说完了，到你了。"

初瞳抬头。

洛舟身侧就是繁华美丽的C市夜景，可他站在这里，却让人无暇顾及那边的景色，忍不住把视线一直放在他身上。

一如当年，无论在哪儿，只要是他在的地方，任何事物都会被他的光芒所掩盖。

那样剧烈的光，轰轰烈烈，蛮不讲理，占据了她的整个青春。

她轻声说："我没有被谁骗，也没有早恋。"

没有男孩子能骗到我。因为在他们向我告白之前，我已经遇见了你。

在旋转餐厅吃过饭后，初瞳便进入了A大期末复习周。一月中旬时候进行期末考，一月底放寒假。

初瞳忙得团团转，但也抽出时间来把兼职给转出去了——没给别人，给了林莓。

据林莓所说，布偶猫对她爱搭不理的，好在也没有攻击或者排斥她。她心态很棒，初瞳也安慰她慢慢来——猫咪这种生物本来就比较慢热。

复习周的任务太重了，曾为A大学子的洛舟也知道，于是喂养洛羊羊的事情暂且搁置。他说等她新学期回来再说，初瞳便一直专心复习。

初瞳期末考前一天，洛舟收到了温家大公子温勉的邀请，前往温家酒庄和他小聚。

温勉电话里说了，要介绍他弟弟给洛舟认识，也就是温宿。

大概是温宿说过什么，温勉知道他们已经见过面。这次再见面的时候，温勉还是正式介绍了一次："这是温宿，我弟弟。他一直在国外读书进修，今年上半年才回来。"

然后，温勉对着温宿指洛舟："这位就不用我说了，洛舟洛太子。"

两人假惺惺的，互相微不可见地点了点头。

在温勉的带领下，三人进入酒庄露天后院落座。

洛舟的朋友不多，温勉算一个，而且是唯一的在生意场上打交道而交下的朋友。

主要是他挺喜欢温勉的性格，做事从不拖泥带水，公事公办，冷面无私，这个人也够格做他的朋友，双商都高，长得也好。

酒还没开始品，温勉便说明邀请他最主要的来意："今天叫你来，不光是介绍我弟弟。"

"嗯，"洛舟懒散道，"你电话里说有个大事儿，说吧，是什么？"

"我要和我女朋友订婚了。"

温勉那张脸，那气质，都是标准的霸道总裁范儿。

顶着这张脸说这样秀恩爱的话，有种强烈的违和感。

温勉一直以来私生活极为检点，从未被任何媒体捕风捉影，就连洛舟也仅仅知道他不是单身，却没见过他女朋友。

洛舟以为不带出来见，大概也没认真谈，便也从来没问过。

谁知道……不鸣则已，一鸣就是订婚？！

洛舟缓缓地道："这是……什么时候的事？"

霸道总裁于是又冷着脸简单讲述了他和女朋友的相处时间和大致过程，死板规矩得像念公文书一样。

温勉说完，又道："订婚宴在春天，到时邀请你，要来啊。"

洛舟挑挑眉："看心情。"

和洛舟熟了，便知道他这语气已然是同意了的意思。

两人相视一笑，温勉正准备让人倒酒，桌边的手机却突然响起。看到来电的时候，他冷冰冰的脸上浮现一丝柔和的笑意——这电话是谁打的不言而喻。

他起身示意："我去接个电话。"

洛舟摆手："去吧，再不走我都闻到酸味儿了。"

唯一和在座两人熟悉的人离开后，剩下的两人间，氛围开始变得奇怪起来。

洛舟看到温宿这张脸就想起自己的推测，想起初瞳说过他是帅哥，想起这极有可能就是初瞳喜欢的人，然后就心情郁闷。

眼不见心不烦，为了不看那张脸，他直接拿起手机开始玩。

没想到，他不想看温宿，对方反而主动招惹他。

"洛少，之前你妹妹在我家做兼职的事情，你知道吗？"

洛舟手机玩不下去了，放回桌子上，抬头看过去："怎么了？"

"没怎么，"温宿说，"就是看到你，突然想到你妹妹。初瞳两周没来了，我家的猫很想她。"

洛舟轻笑了声，心中痛快："哦，那就想着吧。"

识趣的人这会儿就会中止聊天，但显然这是个不识趣的。

"洛少，我是听初瞳说，才知道她是你妹妹。"温宿手指扶了下眼镜，恰有一丝光芒从镜框边缘闪过，让他看起来斯文优雅，"我今天来，也是想问问你这个兄长，不知道……可不可以追你妹妹？"

这一句话，不仅仅是在问他，还话里有话地示意他，初瞳这样告诉了温宿，是因为仅仅把他当作哥哥而已。

洛舟久久没出声。

温宿似乎料到了这个结果，也没再说话。桌上摆着几瓶温勉让人拿来的酒，度数、品种、年份各不相同，温宿看了会儿，伸手想要拿其中一瓶——可他还没触碰到瓶身，那瓶酒便被洛舟拿走了。

温宿捞了个空，动作一顿，接着收回手。

他也没生气，笑着问："洛少这是什么意思？"

洛舟拿着酒握在修长的手指里，晃了晃，深色的酒瓶衬得肤色更白了。

"也没什么。"他微一抬眼，看着温宿，闲闲地道，"就是不让追的意思。"

第19章 脸疼

A 大的期末考试周，毫不夸张地说，比起初瞳经历过的高三差不到哪里去。

图书馆天天座无虚席，电脑室不到教学楼锁门的时间都一直亮着灯。从早到晚，出校吃饭的人少多了，学生们不是食堂就是外卖，像杜优容和她的数学系大神这种学霸情侣都不约会了，像辛莹这样热爱偶像至深的追星少女都不打榜了。

不过，高三是一整个学年的紧张，而大学考试周会这样紧张，无非是大家都有考前抱佛脚的习惯。

初瞳作为班级里的几位大学霸之一，性格最软，最好说话。这期间她自己复习的时间比教别人的时间要少得多。这现象和她高中的时候差不多，那会儿她在学校，考前时光基本都是这样过来的，自习课和课间永远在被问问题。

不过，教人本来也是另外一种学习和巩固的过程。初瞳自己复习也用不了太多时间，对于同学的求助，几乎是有问必答的。

期末考第一天的前一晚，初瞳洗完澡上床。因为舍长要开着台灯熬夜复习，她正准备戴上眼罩、耳塞早睡的时候，久违地收到了洛舟发来的消息。

她之前为了给洛舟加备注，想了很多个称呼。

生他气的时候，想取一些带有那么一点儿侮辱性的昵称；不生他气的时候，又想取一些可爱一点儿的称呼。要么就是不合适，要么就是太亲昵，最后还是老老实实给他备注了——洛舟。

圣诞节的那一个月，生活里似乎总是有洛舟的影子，存在感极强，再往前的九月十月也是一样。

到了考试月，他反而当了回知趣的哥哥，一次都没打扰过她，也没叫她去洛家或者出去吃饭。

这场突如其来的聊天，他的第一句话只有四个字。

洛舟：“明天考试？”

初瞳回复了个“嗯”。

然后，初瞳又问：“你怎么知道？”

她看着聊天框上方的“对方正在输入”，一想到对面那人不知道靠在哪儿给她打字的样子，莫名地心情就变好了。

几秒钟后——

洛舟：“我神通广大又不是一天两天了。”

初瞳回复了他一串省略号。除了这串省略号，她又发了个“我就静静地看你装”的图片。

上方又开始显示“对方正在输入”。

初瞳在床上翻了个身，把胳膊垫在枕头上趴着，什么也不做，就静静地等着他打字。

洛舟：“复习得怎么样？”

初瞳慢吞吞地回复：“还行。”

洛舟：“好好复习，考完带你去吃好吃的。”

这话真像一个负责任的好哥哥在奖励妹妹。

初瞳忍不住笑了一下，还没笑够两秒，那边又发过来一条消息：“怎么样，开不开心？”

所以在他心里，她还是个一吃好吃的就开心的形象？

tong：“开心什么呀，我又不是小孩子。”

洛舟：“跟哥哥吃饭，不开心？”

原来重点不是“吃好吃的”，而是“跟他吃”。

这倒是……

初瞳很无奈，咬着唇打出一个“开心”。

想了想，她又在“开心”前面加了一个“挺”字。

想了想，她又删掉了。

最后，发出去的成品和最初的想法大相径庭——

tong：“还行吧。”

洛舟快速地回了个问号。

初瞳看到这个问号，想到某人此时此刻可能会有的吃瘪表情，开心地笑出了声。

她笑了会儿，这次没有给傲娇顺毛，装作自己没看懂这个问号的样子，发了句：“明早八点半考试，我先睡啦，洛舟哥晚安。”

然后，她笑着锁了屏，戴上眼罩，眼前顿时陷入一片黑暗。

睡前心情格外美好，第二天一早也是精力充沛。第一天考的两门对于初瞳来说是最难的，因为偏文科性质，要记的东西太多；后面大家都觉得难的专业课她反倒不怎么担心。

考试陆陆续续进行了一星期，最后一天考选修。

和室友们都不同，初瞳选修的是与书画鉴赏相关的。她原本就懂一些这方面的东西，当初选这个也是为了省时省力，上课随便听听就行，学习复习都毫不费力。

所以看完一遍 PPT，她便开始刷朋友圈，刷着刷着，洛舟又发消息来——和她定好了次日吃饭的时间。

考的都复习到了，八点半开考，初瞳九点半就写完了全部的简答题，但由于学校有规定，就算要提前交卷也必须待满一个半小时才可以离开考场，所以她出教学楼的时候已经十点多了。

选修课普遍简单，考试也简单，所以几乎所有人都是一到点就冲了出来。毕竟是最后一门，考完就代表着寒假的开始，因此教学楼门口每个人看起来都是兴高采烈的。

穿过人群的时候，初瞳听到耳边不断传来女孩子的对话声，压抑不住地激动。

“哎呀——你看下面那儿是不是有个大帅哥？”

“啊——看到了，这身材！这个外套！好帅！我爱了！脸呢？走走走，走近点儿看看脸。”

“脸我好像依稀看到了……怎么……怎么这么像……”

“这不是别人，这是洛舟啊！”

初瞳对于前面那么一堆形容帅哥的话都没兴趣，直到她听见“洛舟”两个字，才立刻抬头向下看去。

这门课的考试教室在中央教学楼，教学楼门口有着很长很长几十级台阶——洛舟正站在台阶最下方。

他身上是双排扣黑色大衣，一只手插在口袋里，另一只手拿着手机，腿笔直修长，面无表情地站在那里，俊脸显得很冷漠又很有气质，就算方圆百里有那么多人，第一眼看到的也一定是他。

个别发现了洛舟的女生已经开始加快速度下台阶，初瞳不敢像她们那样一步下好几级——并不是不着急，而是她运动细胞有限，万一在洛舟面前摔个狗啃泥就丢死人了。

初瞳原本以为学生这么多，得走到洛舟眼前他才能发现自己。

却没想到，还没等初瞳下到一半台阶，她一个偶然的抬眸，恰好和洛舟的视线在空中相撞。

远远地，他唇角一松，没看错的话，似乎是对着她笑了一下。

剩下的台阶，初瞳都是在和他的对视中迈下去的。

看的时候没什么感觉，等走到洛舟面前，等敏锐地感受到身边似乎有不少视线化为X射线扫射和侦查这边，看着他那双含着笑意的桃花眼，初瞳的脸越来越热，呼吸加快，心跳加速，刚才因为下楼而频繁活动过的膝盖都有点发软了。

洛舟头发长了一点儿，不知道是不是半月没见的缘故，总觉得他又帅了。

她注意到洛舟抬了抬手，似乎想做什么，却停在了半空中，什么都没做就又放下了。

正疑惑的时候，初瞳又见他神色自然地扯过她外套上的连帽，扣在了她的头上。然后，洛舟用手掌微微施力压下来，像是揉了她一把："我车停到那边停车场了，跟我一起去取。"

午饭选的地方又是初瞳从没去过的店。

洛舟开车开了半小时才到地方，这儿人很少，包厢非常别致，墙壁上挂着各种油画，还有一个柜子专门放摆件和小饰物，等待饭菜的时候，初瞳就已经照了好多张照片。

平心而论，这几个月来，但凡是洛舟带她去过的餐厅，就没有一家是不好吃的。

这次也是一样。

初瞳早饭吃得少，最近又一直泡在学校吃食堂，虽然A大食堂已经算花样很多了，但再怎么也是大锅饭，完全比不上这种宝藏店的饭菜好吃。这么一对比，简直不像在吃人间的食物，像在吃天堂的食物。

看出她陶醉于美食的状态，等初瞳吃到差不多六分饱的时候，洛舟才开始有一搭没一搭地和她聊天。

"寒假什么时候回家？"

"今天考完试，应该要等两天才回，床铺行李什么的要打包收拾一下。"

"考得怎么样？"

"还行。"

"才'还行'而已？"洛舟笑了笑，"这么没自信吗？"

初瞳顿了几秒钟："哥哥，我保送进A大之前的那场考试，爸妈哥哥问我考得怎么样，我也说的'还行'。"

初瞳一本正经地道："可能你的'还行'是真的还行，但我的'还行'是谦虚的。"

跳过这个还行不还行的问题，洛舟又重新问起她回家的安排："回家的机票买了吗？"

初瞳摇头："还没买，我哥说他会给我安排的。"

"那你跟你哥说，让他歇着吧，我来。"他靠坐的姿势懒散，似笑非笑地看着她，“我正好有事，要去S市。”

初瞳愣了一下：“所以……”

“所以，”他把话接过去，“机票我处理就好，你跟我坐同一班飞机。”

听起来像命令的语气，好在并不强硬。

而且对初瞳来讲，这完全算是个甜蜜的命令。

她咬了咬勺子，含糊不清地“嗯”了声，然后低头借着喝汤的机会掩饰自己的脸红。

真的不知道是不是错觉，学期伊始，她抱着想要靠近洛舟的心情来到这座陌生的城市，几个月过去，回过头来看，好像在两人的相处方式里，主动的经常都是洛舟。

他总会在恰到好处的时候，出现在她面前刷一波存在感；在她忙学业的时候脸都不露，不打扰也不占用时间，只发微信鼓励；在她考试结束后，立刻带她出来搓一顿。

而她，反而是被带着跑的。

初瞳想起自己以前又想他却又幼稚的时候，还偷偷诅咒过，让洛舟哥变胖吧，让她快点儿长大吧，只要洛舟哥变成二百斤的胖子，那她应该就喜欢不下去了。

她不再是小时候的她，洛舟和年少时也完全不同，但是不管怎么变，他的颜值是一直都在线的。

初瞳埋头喝汤，脑海里一闪而过杜优容某次分析给她、却被她给完全拒绝了的话。

——“洛舟是不是找你找得太频繁了点儿？”

——“上次还拦着你告白，他不会是也喜欢你吧？”

两天后是清空宿舍，学生离开学校的高峰时间段。

上午十点，校园论坛一帖横空出世：

还收拾宿舍呢？还摸爬滚打去车站呢？快进来吃柠檬！

1楼楼主：“前两天期末考结束，学校惊现一位据说从不回母校看看、现在却经常回来的传奇人物——洛舟学长。经论坛研究，原来是某知名C学妹期末考最后一科考完了，于是洛舟学长来带她出去放松。

“我没酸我真的没有。

“又说到今天，我跟我室友精打细算，四个人最后决定拼个车去高铁站，又是抢打车软件红包又是抽奖，最后约了个车，四个人一共五十块钱，我们还挺开心。

“然后，我们一下楼，就看见C学妹站在宿舍楼旁边的树下，她身边的洛舟学长单手提着一个行李装进了前备厢——没错，我也是问了室友才知道，原来跑车的行李都放在前面，不是后备厢而是前备厢。

“这车当着我们面开走的那一瞬间，什么玩意儿都不香了。

“真的，什么拼车什么五十块，老子不管风雨瞳舟是不是真的，就算是假的，老子也羡慕C学妹羡慕到爆炸，好想要这么个哥哥啊！”

2楼：“前排兜售柠檬。”

3楼：“楼上，来十斤解解馋。”

4楼：“呜呜呜不愧是我看上的CP，越来越真。”

5楼：“既然刷到了C学妹相关的帖子，那我就来说说，我最近听不少人都说她人贼好，长得好看只是优点之一罢了。她说话可爱，学习好，而且问她问题完全没脾气，几乎是有空必答的那种。在本系的名声和人缘都好得不行，这是什么小仙女？！”

6楼：“就是这样的人间仙女啊，不然洛舟学长是瞎了吗？他眼光多高大家都知道的。”

……

24楼：“那些说搞不懂楼主为啥那么激动的各位姐妹们，请你们想象一下，如果你有一个青梅竹马大你几岁的哥哥，优秀到是全校人的偶像，你期末考完试他当着全校人的面儿在校门口等你，你收拾好宿舍，别的同学满头大汗地去校门口打车去车站还得跟同学拼车，而你哥哥开着价值千万的超跑就来接你了。再如果，这个哥哥身材贼好，说话幽默，长得比明星还帅……

“我已经开始代入了，别叫醒我，就让我在梦里过吧。”

25楼：“让人羡慕呀，我为什么就没有这样一个好哥哥。”

26楼：“别说了啊啊啊啊住嘴！”

27楼：“代入感太强，我已经开始幸福了。”

28楼：“已经开始幸福了哈哈哈，笑死我了，你这代入得有点太深了吧。”

29楼：“上面那个妹子总结得不错，但是还漏了一点儿。

“这不仅是个完美哥哥，还是个没有血缘关系也没有女朋友的哥哥，导致你和他被全校的人传绯闻，还收获了大批CP粉（没错，正是在下，风雨瞳舟是真的）。”

30楼：“这对越嗑越真，虽然都是些侧面的糖，捕风捉影的，但就是觉得早晚要成。”

31楼：“楼上说的啥？不是已经成了吗？上次在宿舍楼下激吻忘记了？”

32楼：“这就激吻了？我咋记得是被拍到拥抱？”

33楼：“我也记得是激吻。”

34楼：“嗐，大惊小怪的，楼主我猜你和C学妹不是一个楼层吧。昨天是搬行李的日子啊，C 学妹的行李都是洛舟给她从三楼搬到一楼的。我们是听三楼的同学说的，还特地去看过。”

35 楼：“然后呢？请楼上姐妹详细点儿讲，我不差这点儿流量！”

36 楼：“没啥可讲的，就是三楼一整层楼都探头看洛舟，然后掐柠檬，自己掐不够还要拉着别的楼层一起掐（比如我们五楼的）。”

到了学期末，宿舍要清空，以便进行统一打扫消毒，所以大件的床单被子，以及不带走的衣服等都得打包搬到一楼统一的行李储藏室。

306 宿舍里，初瞳的行李是最少的，她收完自己的就帮其他三人收行李，还会跨越楼层帮一下辛莹。

期末考考完那晚，杜优容给她们讲过 A 大的一个传统。

“我们社团学姐告诉我，每年收行李的这个时候，都是各位女孩展现自己人格魅力的时候。”

三人懵懂发问：“为什么？”

“因为行李袋特别大啊，你看一个袋子差不多得两个人一起拖到电梯里，再运到一楼，但对男生来说就不是啦——”杜优容笑得很神秘，“学校考虑到女生搬宿舍不方便，这两天的白天都是允许男生进入的，就是为了让女生少点儿负担。”

听完，两耳不闻窗外事的舍长惊叹：“天啊，还有这规矩呢？”

“那我和舍长这不是要凉了？”老二愁眉苦脸地道，“我俩平时跟班里的男生都很少交流，社团里的帅哥还都不是单身，联系方式哪儿方便加啊。”

“要丢脸了。”

“呜呜呜呜要自己搬了。”

“你们怕啥，”杜优容摆摆手，“忘了系花在咱们宿舍呢？”

“肯定有不少男生给初瞳发消息要来帮她搬行李的，到时候不就顺便帮你们一起搬了？不信等着瞧！”

被杜优容说中了，初瞳的确收到了好几条问她需不需要帮忙的消息。

有的是同系或者同班的男同学发来的，有的是社团里的学长发来的。

但她都委婉拒绝了。

一个是行李不多，一个是她不喜欢欠人人情，他们帮她搬了行李，这事儿就会一直记在脑子里，总想做点儿什么把这个人情还回去，这样一搞，又是一来一回——太麻烦了。

但她没想到的是，第二天，她还是没有自己搬行李。

洛舟在宿舍楼下这件事，还是杜优容先发现的，初瞳被告知没多久，便接到了洛舟的电话。

“行李收拾好了？”

“嗯。”

“搬了没？宿舍号多少？”

“还没。306。”

“嗯，那等我上去。”

就这样，她都来不及说别的话，那端就挂了电话。

杜优容着急拍她：“说啥了说啥了？嗯？”

“他说……要上来帮我搬行李……”

宿舍静了三秒，然后除了初瞳以外的其他三人分别从各自的位置原地起跳，将混乱成团的东西全部藏好，宿舍从不堪入目变得勉强能看，嘴里纷纷感慨——

“哎呀！”

“我今天还说她傻，不让人来帮忙呢！原来重头戏在这儿呢！”

“别人也就让同学、学长来一下，看看咱初瞳的小伙计，什么叫排面？这——才——是！”

初瞳发着愣，直到洛舟敲了敲宿舍门进来，才看过去。

洛舟走过来的时候，最先和她视线相撞。那一瞬间，初瞳似乎在他脸上看到了一丝不太明显的笑意。

耳边是室友们此起彼伏的“学长好”，故作正经的样子，完全没了刚才的疯癫。

洛舟这才移开视线，态度很是不错地点了点头：“你们好。”

不仅闲到来这里帮她搬行李，还对陌生人和颜悦色。

看来今天心情是相当好啊。

初瞳也和他打了声招呼。

她的行李已经收拾好放在一边，初瞳原本想着等室友三人收拾好再一起搬到一楼，没想到竟有免费苦力上门。洛舟确认了她的行李之后，便帮她搬出了宿舍。

初瞳两手空空地跟在他身边，每经过一个宿舍，都能发现探出头来看热闹的姑娘。

为了避免和她们对视，初瞳只好尴尬地目视前方。

初瞳开口道：“洛舟哥，你怎么知道，我今天要搬东西？”

洛舟：“我上过学，住过宿舍，当然知道。”

“那你是怎么知道，男生可以进来的？”初瞳顿了顿，声音渐小，“你以前……也这样帮女生搬过行李吗？”

快说不，快说没有，快说这是第一次——问完之后，她在心里疯狂默念。

洛舟看了她一眼，似乎对她会提出这个问题有些惊讶。

像是听到了她的碎碎念一样，洛舟否认道："没有。"

他解释道："但我住校的几个学期，每次一到期末考之后的那一天，我的室友们就跟抽风一样，全都跑到女生宿舍给人搬行李……所以我才会知道。"

可笑的是，那会儿觉得室友几个蠢透了，怎么就那么爱上赶着白干活，爱往上贴脸呢？搬个行李喜欢的人就能跟你谈恋爱了？打游戏不香吗？

真没想到，有朝一日，他自己竟主动重复了当初自己嘲笑过的做法。

这要是被当初那些人知道，怕是要笑到肠子打结了。

听完洛舟说的话，初瞳大松一口气，侧过脸悄悄看了他一眼。

洛舟今天穿得非常休闲，短款外套显得腿更长，人直接年轻好几岁，和大学校园完美契合，能分分钟混入新生校草评选的榜单。

他一手提一个行李袋，看起来毫不费力，一次就搬完了。

在一楼的储存室放下，初瞳给行李挂好牌子后，洛舟说要带她去吃午饭。

初瞳的手机和包都没带，两人重新上楼，初瞳弯腰从床铺上拿手机的时候，洛舟的声音传来："你们几个，行李需要我帮忙搬吗？"

"不了学长，"杜优容摆摆手，"我得等我男朋友来帮我，他要是知道我行李被别的帅哥搬走了，非得跟我哭几小时。"

"我们也不了学长，"舍长和老二像说好了一般，齐声道，"我们不配。"

洛舟回过头，与初瞳对视两秒。

初瞳准确接收到了他眼里散发出的"你这群室友挺别致啊"的信息。

实不相瞒，她也这么觉得。

初瞳从S市飞来C市的时候，是和辛莹一块儿，但这女人为了自己的偶像，还要再在C市待五天才回家。

如果只有一两天初瞳就等等她了，但五天实在太久，寒假总共也才四周而已。

这次回家是和洛舟一起，坐同一班机，也是他负责买的机票。

离开学校那天，飞机起飞前两小时，洛舟接上她到机场。跟着他坐的自然是头等舱，两人一路畅通，VIP通道走得非常快。

登机后，连好了飞机上的Wi-Fi，开了飞行模式。

因为昨晚睡眠充足，并不觉得困，初瞳开始玩手机，刚打开微信，就看到杜优容发来的消息。

有容乃大："上飞机了？"

有容乃大："瞳瞳，前段时间忙着复习和考试就没空给你分析，这会儿我认真地和你讲，洛舟学长很大概率是喜欢你。"

初瞳给她回了个问号。

有容乃大："据你所说，你们这么多年都没见过面，是吧？"

初瞳回复了个"是的"。

有容乃大："你说他当你哥哥的时候，对你很好，如果他这些年间去过S市出差，会不去看看你和你家人吗？"

初瞳犹豫了几秒。

tong："好像……是会去看的。"

有容乃大："所以没去看等于他没去S市出过差，为什么这么多年不去S市出差，你一来上大学他就去了？偏偏还凑巧在你放寒假要回家的时候？"

tong："你继续说。"

有容乃大："你先问问洛舟学长，他在你身边吧？你就装作随便一问的样子，说'哥哥你这次出差是去干吗的啊'。"

此时洛舟恰好刚挂断一个电话。

初瞳看了几遍和杜优容的对话，酝酿了一下情绪，转头叫了他一声："洛舟哥。"

他从手机屏幕上抬起头："嗯？"

"你突然去S市出差，是有什么事吗？"

"为了一个项目。"洛舟说，"一个在本地的地产项目，在许多城市都有子项目，每次最后阶段都有些事情需要坐镇，这次轮到S市，也是一样……"

之后，他又大概说了一下那个项目的名字和由来，讲给她听的模样像极了帅教授。

很不对劲，按照洛舟的风格，只要说前面那六个字"为了一个项目"，这个回答就已经完毕了，别人不问，他从来都不会主动多回答这么多内容的。

初瞳趁他不注意的时候，悄悄打字："我问了，他说是因为一个项目。可是有点儿奇怪，他说了很长一串解释，我和他已经很熟悉了，平时他不是会主动说这样多废话的人。"

tong："你让我问这个问题，是怎么了吗？我只发现了这个。"

有容乃大："瞳瞳，你发现了华点。"

有容乃大："人在撒谎的时候会不自觉地装作自然地给自己多解释一些多余的话——你都说了，其实具体的什么项目你并没有问他，对吧？他解释那么多你没问的东西，归根结底是'怕你怀疑'，为了让自己的说法看起来更合理。"

有容乃大："但这也说明了他在撒谎！其实，他根本就不是为了这个才去S市的！"

……

说了没多久，杜优容得去陪男朋友，不能再继续聊天了。

用她的话来讲，她找的这是个“小奶狗”，以前一直和男神或者踫哥哥恋爱，从来没和“小奶狗”谈过恋爱的杜优容这次沦陷得非常彻底。

不过就算如此，她也不符合“恋爱中的女人智商为零”的例子——恋爱大师的头脑和嗅觉依旧是相当敏锐的。

飞机平稳起飞后，初瞳满脑子都是杜优容给她分析的那些话。

她把手机关掉，想要看看飞机上的杂志平复一下心绪，随手就从旁边的小柜子里抽出来一本。

这儿应该收集了许多往期的期刊杂志，好巧不巧，初瞳拿的那本，封面上正是她身边坐着的这个人。

标题是“洛氏洛舟对未来股市的看法”，与此同时，旁边还特地用鲜紫色标注了“劲爆彩蛋：洛少的理想型究竟是怎样的？”。

初瞳一下子就想要阅读这篇文章了。

她从目录找到了洛舟专访的那页，火速翻到，然后跳过前面冗长的文章，直接看最后的劲爆彩蛋——

Q（主持）：“对于洛总的私生活大家一直很感兴趣。众所周知，您是单身，那么请问能公布一下您的理想型择偶标准吗？”

A（洛舟）：“我这人没什么条条框框，等遇到了就知道是不是理想型了。”

Q（主持）：“哎呀，说得也太深情了！洛总还是分享一下您的条条框框吧，粉丝们实在是把我们的信箱都塞爆炸了。”

A（洛舟）：“那就……年龄和我差不多的，阅历相似才有话题；身高高点儿，无聊的事少做点儿，别黏人。”

初瞳看完后，心想，是这样的？是这样的？

刚才她被杜优容一通分析而燃起来的小火苗，似乎又被这个彩蛋给浇灭了。

初瞳反反复复看了好几遍，再三确认了，这几条，全部都和自己毫无关联。

第一条，年龄和他差不多，这就已经将她淘汰掉了。

洛舟一直在垂着头看手机，屏幕上不知道是文件还是谁的消息。他表情平淡，眼神毫无波澜，大概是公事。

等了好一会儿，他也没看完。她终于忍不住，用手指戳了一下洛舟搭在扶手上的胳膊。

洛舟立刻抬头。

“洛舟哥。”初瞳见他望过来的视线，指着杂志上那篇专访，认真地发问，“这是个以前专访你的文章。这些都是你的心里话吗？这是你的理想型？”

洛舟盯着这个自己不知道猴年马月接受的采访记录，久久没说话。

“不，是我胡扯的。”半天，他说出来一句，随后又打了个补丁，“这东西，谁会在镜头前说实话啊。”

洛舟说话的时候，一直看着她的眼睛——初瞳能看到他棕色的漂亮瞳孔里映着一个缩小版的自己。

这很令人信服。

初瞳眨了眨眼：“那——你真正的理想型——”

没等她问完，洛舟就接过话来，语调懒懒散散，还带着一丝笑：“我喜欢长相清纯可爱的，说话声音要甜，身高也别太高，最好不要超过一米六五。”

到这儿，洛舟停顿了一下，然后又道：“最好，年龄再比我小个几岁。”

第20章　追她

头等舱不同于后面经济舱的喧闹，平稳飞行的时候，除了发动机的轰鸣声外，没有任何其他杂音。

洛舟说完，就坐在那儿定定地看着她。

他穿着黑色毛衣，衬得肤白如玉，神情似笑非笑，那双好看的桃花眼显得有些玩味。

他说“喜欢长相清纯可爱的”。

——初瞳经常被人夸漂亮，但漂亮也是分很多种的，她最常被夸的词，就是清纯可爱。

他说“说话声音要甜”。

——初瞳也经常被人夸声音甜美，打游戏的时候开麦，次次被队友怀疑是开了变声器。

他说“身高也别太高，最好不要超过一米六五”。

——初瞳刚好一米六三。

他又说“最好年龄再比他小个几岁”。

——她也符合。

每一条，她都符合。

这样的境况下，她的大脑自动运转，有个猜想几乎是立刻在脑海里生成，可以说是呼之欲出。

初瞳呼吸一窒，手心冒汗，膝盖微抖，心脏都有一瞬间似乎要静止了，那一刹那过后，便是剧烈的跳动。

她盯着面前的人，眼睛睁得大大的，睁到眼眶微微发酸，张了张嘴，差点直接问“你说的是不是我”。

但最冲动的那几秒过去之后，初瞳重新冷静地想了一下。

平心而论，他说的这几条并不是什么她独有的特性——这再大众不过了。概括来讲，无非就是人美、声甜、个头儿矮、年龄小……可能路上随便找个路人来问，男孩子的选项都是这些。

她镇定下来，清了清嗓子："这些才是真的？"

洛舟点头。

"那你为什么……在接受采访的时候，要那样说？"

"这能有什么为什么？我原本就没想过这玩意儿，随口说了几句。"洛舟嗤笑了声，"早知道有那个问题，我大概会要求删掉。"

当时被问到这样的问题，洛舟事先并不知道，也没有好好考虑过那种事情。

理想型？那是给那些想恋爱、向往脱单的人准备的词，而且既然是带着"理想"，那就说明这标准大概率是较高的，是潜意识里觉得自己够不到的。

而他从小被追到大，要什么类型有什么类型，从班花到校花，再到娱乐圈知名小花，他都毫无兴趣，还需要有这玩意儿吗？

所以就随便说了几条，应付了事罢了。却没想到采访之后，关于理想型的这段问答反而成了流传最多的视频，各大营销号纷纷发这段视频并且配字"洛太子的理想型来了，还不赶紧努力""洛舟理想型？标准答案已出，快来抄作业"等，一个小采访而已，硬是把 # 洛舟理想型 # 送上话题榜。

"我说完我的理想型了，"洛舟悠闲地道，"有来有往，现在到你了。"

初瞳实话实说："其实我也没想过这个问题。"

"随便说说，别紧张，"他笑了笑，眼睛亮晶晶的，"反正哥哥又不是在采访你。"

"高的，瘦的，长得帅的。"既然是理想型，又不用考虑现实，那肯定什么好来什么。

初瞳说了三个词之后，又和洛舟对视了两秒，他眼睛里映着一个缩小版的她，双眼皮扇形一样漂亮，看得初瞳悄悄咽了下口水。

"还要，眼睛好看的。"

"还有呢？"

"还有……养猫的。"

洛舟前面几条他都听得非常舒适，毕竟与自己完美契合。唯独最后这个"养猫的"，一下子让他联想到了另外一个人——温宿。

高瘦是肯定的。

初瞳认真夸过他长得帅。

那长得帅，不也包含了眼睛好看吗？

而且初瞳还帮他养过猫，喜欢他的猫，大概正因如此，现在才会多加一条"养猫的"……

越想越对得上号，越品这个理想型越像温宿。

洛舟心情一起一伏，非常不妙。原本这几天心情挺好的，今天最好，"温宿”这名字完全被抛之于脑后。现在冒出来一次，就再也抛不开了。

洛舟又想到那天在温家酒庄，温勉不在的时候，温宿说的话。

他说了不给追，但鬼知道那人私下里追没追？

初瞳又大概率喜欢的就是他，这岂不是一追就……

洛舟暗暗咬了咬牙，状似不经意地提起温宿：“你和温宿，最近有联系吗？”

“为什么突然问他？”

“你提到猫，突然想起他而已。”

“没有了，”初瞳摇摇头，“我兼职转给我同学之后，就没有再见过他了。”

“他没联系过你？”

“没聊天，我们也就朋友圈互赞的交集而已。”

闻言，洛舟又舒服了一点儿——看来就算喜欢，也没喜欢得有多深。

初父初母早早就等在了机场外。

下了飞机后，初瞳和洛舟一起坐上了初家车。

初母电话里听说洛舟要来的时候就很是开心，见到两人，笑得眼睛都眯成了一条缝：“洛舟，这次来待多久啊？”

洛舟在长辈面前也是相当会装，礼貌极了：“五六天。”

初母又道：“你没订酒店吧？出差的这几天就在阿姨家住，舒服还方便，你以前又不是没住过。”

说完，初父也表示了对他的欢迎。

这几天，要和他住在同一屋檐下了？

初瞳转过头，看到洛舟笑着回答：“好啊，那就麻烦叔叔阿姨了。”

他答应得也太迅速了点儿。

初瞳小声凑到他耳边：“你怎么直接就答应了呀？”

谁知，这句竟然被坐在前排的初母听到了，初母道：“问的这是什么话？哥哥来咱家住怎么了？还不让哥哥同意？”

“我没不让同意，”初瞳解释，“就是我觉得，一般这种，不都得先客气一下吗？”

“客气什么啊，你这孩子。”初母感慨了两句，跟洛舟说，“别理她，跟你开玩笑的。”

洛舟还是笑着说：“我知道的，阿姨。”

初瞳坐在后座上细品着现在的氛围，以前自己出远门回家，那都是嘘寒问暖，一段时间内，话题永远围绕着她，这还是第一次偏离到了别人身上。

到家后，恰好大哥二哥相继下班回来，大概是初父初母提前说了，两人见到洛舟也并不惊讶。二哥还笑嘻嘻地道："三排走起，之前一直没空，这几天有望荣耀了。"

初瞳看到二哥那张脸，就想到二哥无数次被洛舟当作拉踩工具人，什么弹钢琴的手像他就是好看，什么还不如她二哥帅，等等。

不过，初瞳毕竟不是爱告状的人，也做不来打小报告这事。

三个男生在激情游戏的时候，初瞳也有事情要忙——忙着和她的爱猫小乖交流感情。

猫咪果然普遍都有傲娇属性，初瞳最开始去抱小乖，它死活不从，也偏着头不看她。后来在初瞳半小时坚持不懈的顺毛与唠叨中，它才终于翻了个身，肚皮朝上，任人摆弄。

一直在路上奔波有点累，再加上到家了，熟悉的床又回来了，初瞳这一晚的睡眠质量相当高——晚十点睡，第二天早上九点多才起，足足睡了十多个小时。

她起床吃早餐的时候，正好碰上洛舟要出门。

他没有穿正装，身上是休闲的装扮，黑色大衣配灰格围巾，很干净也很帅。他从玄关转身出门后，初母还忍不住感慨："看多少次我都觉得，洛舟这孩子，长得真是好看。"说完"啧啧"两声，"也不知道你洛舟哥将来的对象得好看成什么样？"

提到"对象"两个字，昨天有关"理想型"的事情，再次浮现在初瞳的脑海里。

初瞳昨晚洗完澡实在太困了，于是吃了早饭之后，便给杜优容打了个电话。

"容容，昨天太困忘记和你讲……"她描述了一下当时的经过，"我当时看到飞机上一本杂志，上面有洛舟的专访，最后彩蛋是问他私人问题，理想型是什么样子的，然后杂志上面他的回答是，'年龄和他差不多，阅历相似，身高高点儿，不黏人'。"

杜优容傻了："啊？那你这不一条也不符合？"

"你听我说完啊，"初瞳又讲了后面，"我找他确认的时候，他突然告诉我，这杂志上的答案是他随口胡诌的，其实他真正的理想型是——"

"是啥是啥？"

"清纯可爱，声音甜美，身高不超过一米六五，然后年龄比他小几岁。"

嗓门一瞬间变大，杜优容道："哇！这不就是在跟你表白吗？"

"你淡定一点儿……"初瞳有些无奈，"这怎么能叫表白啊？我一开始也是激动得不得了，但后来一想，男生的择偶标准不都是这样子的吗？"

"不，不一样的。"杜优容说，"这可是洛舟—— 一个从来都没有择过偶的男人啊。你刚才说他说自己随口胡说的，我信，他这种天之骄子怎么可能给自己条条框框一个理想型呢？不可能的。

“回答杂志的那个是假的，跟你说的，百分之百是真的。”

初瞳一语未发。

“瞳瞳，别不信我，”杜优容相当肯定地说，“这绝对、绝对是他给你的暗示。”

整个白天，都是初瞳和初母携小乖在家里，下午六点钟，四个男人像说好了一般同时到家。

吃饭的时候，初瞳被安排坐到洛舟旁边的座位——昨晚也是这样。

幸亏她和洛舟在C市也没少吃饭，偶尔夹个菜什么的都习以为常了，不然挨着不熟悉的人坐真的会四肢僵硬。

饭桌上，初父问起洛舟工作进程，洛舟简短地做了回答。

初瞳正在埋头扒碗里的饭菜时，听到耳边传来他的声音：“你两个哥哥的大名是……初浔、初俞对吧？”

还没等她点头，她二哥已经替她点了头。

“为什么问这个？”

“没什么，就是突然好奇，”洛舟笑了笑，“你们三个的名字，有什么来历吗？”

“有的，怎么没有！”初母一下子兴奋起来，“初俞你讲讲。”

“我才不讲，”一向大大咧咧的二哥拒绝，“让我妹自己讲。”

见状，洛舟挑了挑眉，更好奇了。

他转回视线，盯着初瞳，一副求知若渴的样子。

初浔，初俞，初瞳。

“先说我吧，”初瞳无奈，“‘瞳’代表眼睛，我爸妈说，取这个字，意思是放在手心上疼的眼珠子。”

洛舟莞尔笑道：“那你两个哥哥的呢？”

初瞳：“初浔、初俞换成同音字的话，是寻、遇，我爸妈说，我们三个的名字连起来，意思就是——”

初瞳觉得有点不好意思，但还是硬着头皮往下说：“寻寻觅觅，终于遇见了我们放在手心上疼的眼珠子。”

这个话说出来实在是太有喜感了，一桌人吃得差不多了，都在笑，发问的洛舟笑得虽然不明显，却仍能感受到他神情里的嘲笑。

初瞳后悔解释这个含义了。

就让瞳美美的不好吗，怎么在爸妈那儿就成了眼珠子呢？

她继续低头吃饭。

却不承想，洛舟玩梗玩上瘾了，趁着大家不注意的时候低头后对她说话。

他的声音低沉，带着一点儿微微的哑和调笑意味，道："哦——原来初瞳等于'眼珠子'啊。"

初瞳心想，你才眼珠子，你全家都是眼珠子，并恶狠狠地瞪了他一眼。

但是好像并没有起任何作用，洛舟脸上笑容更加明显，眼尾微微弯着。

他低头，离她极近，似乎贴着她的耳畔，声音轻得像是暧昧。

"小跟屁虫，我宣布，你现在有新外号了。"

初瞳一脸无奈却一语未发。

"小眼珠子。"

初瞳也不知道洛舟这个起名技能是怎么长的。

真说起来，白相宜和洛城取名技能多好，洛舟、洛棠，谁听了不夸一句好听？怎么洛舟就不继承一下这个基因呢？

之前，他叫她"小跟屁虫"还说得过去，毕竟初瞳以前是真的做他的腰部挂件，恨不得寸步不离跟在他屁股后面，所以就算觉得难听、羞耻，好歹是有根有据的。

并且这个称呼听多了，其实也蛮好听的，洛舟每次叫她"小跟屁虫"，那个语调稍微上扬，听起来显得格外亲昵。

之前某一天，杜优容问过初瞳，她叫洛舟叫"哥哥"，那洛舟叫她什么。

初瞳老实回答："不然就是不叫，叫就是'小跟屁虫'……是不是很难听？"

杜优容还分析说："你别觉得难听，我跟你说，洛舟学长这个脾气，估计平时都不叫人的，你细品，'跟屁虫'就很可爱，这个'小'字就很灵性，加上这个'小'字，一下子就有了宠溺的感觉。"

初瞳当时也赞同她说的。

而且初瞳小时候就问过洛舟："哥哥，你有多少个小跟屁虫啊？你都这么叫他们吗？"

"想什么呢小朋友？"洛舟很不屑地嗤笑一声，"我看起来是那么容易就收跟屁虫的人吗？"

"挺像的，"初瞳点点头，牢牢记得当时被他救下时的场景，"你打架那么厉害，很像电视里那种大哥的样子。"

洛舟并没有直接回答她的问题。

"所以到底有几个啊？"

"一个。"

他还伸手戳了一下她的头，笑道："就你一个，满意了？"

那时候初瞳心花怒放，令她开心的原因，是她在洛舟那里足够特殊。

但同样是特殊的，小眼珠子是什么鬼？！

小眼珠子还是算了吧。

饭桌上，其他人没发现两人在偷偷进行一番不为人知的对话。

初瞳捏紧了筷子，抬头和洛舟对视，看到他黑漆漆的眼眸里满满的笑意。

“哥哥，你要是真的叫这个外号，”初瞳一脸平静，“我就和你绝交。”

洛舟倒是没想到会得到这个回应。

他即兴想的这么个外号，就想逗逗她，但小姑娘说这话的时候眼睛睁得大大的，看表情明显是认真了。

他一下子想起曾经初瞳对于外号的执着。

洛舟很少叫人是真的，洛棠小名就是简单的棠棠，亲妹妹小名一般他都不叫，等着洛棠叫哥，必要的时候“哎”或者“喂”或者直接叫大名。

至于兄弟朋友等，除了大名以外那基本都是搞笑性的绰号了。

所以当时用心想外号，给初瞳取了个“小跟屁虫”，他还觉得自己对这个妹妹真好。

初瞳最开始不太喜欢，却也没说别的，只是反抗过几回想让他叫她“瞳瞳”，但都被他拒绝了。

“瞳瞳”这个称呼他也只在离开S市前叫过一次。

小眼珠子——有这么难听吗？

“你这么讨厌？”洛舟笑了声，“我觉得还挺可爱的啊。”

初瞳一脸的无奈。

“刚才是你先讲你们三个名字的释义，哥哥这不就顺水推舟取了个‘小眼珠子’。”洛舟安抚道，“你要是这么不喜欢，那就不叫了，嗯？”

他的声调柔和下来，明显带着哄人的意味，这在洛舟身上相当罕见。

初瞳此时此刻也在后悔，觉得自己刚才说“绝交”似乎有些过分。

他们每次拌嘴，或者有分歧吵架，仔细算来好像都是他先低头——虽然他先错的次数也是比她多。

但洛舟这种人，如果他不想低头认错的话，每一次拌嘴，两人的境况应该都会相当尴尬。

总的来说，他经常让着她。

现在也一样，她语气那么不好，他也没生气。

初瞳立刻顺着他给的台阶下来，点点头：“嗯。”

说完，初瞳低头继续吃饭，转移注意力，听着初父初母聊天。

还没吃几口，初瞳又听到洛舟在旁边用只有他们俩才能听到的声音说：“不然……”

“嗯？”初瞳抬头。

“以后，都不叫了吧。”洛舟转头看过来。

初瞳眨了眨眼：“什么都不叫了？”

“我说，你的外号，以后都不叫了。”

“以后叫你小名。你以前不是总想让我这么叫你吗？”洛舟放下筷子，顿了顿，盯着她的眼睛，缓缓吐出两个字，“瞳瞳？”

坚持让洛舟叫自己“瞳瞳”是初瞳小时候一直想要实现的心愿，她觉得自己小名好听，而且叫这个才能体现出亲密，想让酷哥哥和自己更亲一点儿。但是长大后却因为各种各样的变化，以及心智的成熟，再也没有纠结过称呼这样的事情。

可她没有想到，原来被喜欢的人叫小名，尤其是这么多年只叫过一次的小名，以一种极高的频率出现在耳边的时候，是这么挑战人的心脏健康。

自从洛舟那晚在餐桌上提出这件事之后，他立刻贯彻落实，以前是一声不叫，现在是一天叫八百遍。

想喝水了叫她“瞳瞳水杯在哪儿”，看她玩手机就叫她“瞳瞳打游戏吗”，吃饭时候主动担任叫她的任务“瞳瞳下来吃饭”……以前那些不需要带着称呼的简短的话，现在必须带着“瞳瞳”两个字，似乎不带称呼就不会跟她说话了一样。

原本的高冷男神变身复读机，但说的一百个字里有五十个是“瞳瞳”，每天都在瞳瞳、瞳瞳、瞳瞳……

这样明显的变化，初父初母以及两个哥哥自然也全部看在眼里。

初父初母没什么表示，觉得小打小闹小乐趣。

二哥惊讶：“哟，晋升了？这就不是小跟屁虫了？成瞳瞳了？”

“嗯，”洛舟点头，“小时候叫那个就算了，她长大了还这么叫不太好，就换一个。”

大哥暗示：“也不用一天叫八百次吧。”

洛舟一点儿都不尴尬，理直气壮地说：“‘小跟屁虫’叫太久了，换了称呼不习惯啊，我多叫叫习惯习惯。瞳瞳——”

初瞳在微信上和杜优容诉苦，杜优容激动得嗷嗷叫：“他绝对——是在撩你！故意的！”

杜优容完全没有理会初瞳说的话问的问题，兀自激动得不得了。

就这样，两天下来，洛舟大事小事喊“瞳瞳”，一家人都在笑，只有瞳瞳本人是又尴尬又害羞。

到了第三天，初瞳的耳朵总算解放了。

全国大学生放假的时间都差不多，就算有差别也仅仅几天而已。这几天内，初瞳的高中同学们全部放假回家，班群里准备搞一次聚会。她和同学们关系一直很好，自然要去。

聚餐时间是晚上七点。

初家一楼有一个化妆间，专门给家里两个女性使用，里面各种化妆用具应有尽有，还有个超漂亮的欧式梳妆台，配一面巨大的镜子。初瞳出门前一小时就上楼换了衣服，然后进去化妆。

她没关门，洛舟进来的时候，她是从镜子里看到的。

那会儿初瞳正往脸上拍妆前乳，见洛舟进来，手停顿了一下，在镜子中和他对视："哥哥，你来干吗？"

他没答，反手带上门，径直走进来："你要出去？"

"嗯。"

"去哪儿？"

"高中同学聚会。"

他"哦"了声，之后便一直站在旁边看。

初瞳跟杜优容这个能去当美妆博主的女人在同个宿舍待了一学期，被她教着化了无数次妆。杜美妆博主教的都简单易上手，初瞳现在已经算是个化妆入门级选手了，从头到尾的顺序以及手法全都懂。

但被洛舟这么看着，初瞳还是觉得有点儿奇奇怪怪的。

洛舟一直没说话。一直到她妆容快结束，准备涂口红，却又在一排颜色里纠结的时候，他突然出声："第三排第一个。"

初瞳愣了一下，回头："嗯？"

她穿了件乳白色的毛衣，下面长长的格裙，头发披着自然下垂，被白天的阳光照成浅棕色。坐在镜子前回头看他的那一瞬间，整个人既温柔又漂亮。

说实话，在洛舟看来，她脸上的妆其实淡得和没化也没什么区别，反正素颜就已经很好看了。

但他记得之前圣诞节后，约初瞳出去吃饭的那次，她嘴唇上涂的是蜜橘色，主色调是橘，带着点儿粉，水水润润的质感，看起来特别少女不说，简直嫩得想让人咬一口。

"我说，涂第三排第一个。"他淡淡地道，"那个适合你。"

"哦。"

初瞳有些发愣，回过头，在口红架上找到了洛舟说的那支口红。

等回过神来的时候，初瞳已经涂到了嘴唇上。

她今天想涂的明明是正红色来着，感觉比较配浅色的毛衣。

为什么他一说，她的手就自发动起来了？

怎么就这么听他的话?

初瞳对着镜子里的自己一通腹诽，然后拿过一旁的散粉进行最后一步——定妆。

她拍脸的时候，洛舟就站在她身后，毫无预兆地突然出声。

“瞳瞳。”

“干吗？”

“没干吗，我就叫叫你而已。”

初瞳显得有些尴尬。

也不说别的，就叫她的名字，问他他就回“我就叫叫你而已”，这样的对话这几天已经发生过无数次了。

初瞳最后照了照镜子，没什么要加要减的地方，站起来，走到洛舟面前。

“洛舟哥。”初瞳直截了当地问，“我记得，你不是来出差的吗？”

“是啊。”

“那你为什么就去上了一天班？”

洛舟盯着她看了好几秒，然后唇角上翘，笑容暧昧：“怎么，嫌我烦了？”

“没有。”

“以前那么想让我叫你小名，现在我叫了，你又不想听，不想听就算了，还嫌哥哥烦？赶我去上班？”

“我说了没有烦——”初瞳脸上有要发热的征兆，稳着声音说，“我就是关心一下你的工作，不是赶你去上班。

“而且，你不要总是拿我小时候说的话来说事好不好……”声音渐小，初瞳道，“那时候，我心智又不成熟，说的话都很幼稚……你难道没有幼稚过吗？”

“哦，”洛舟慢悠悠地反问，“那就是不想听‘瞳瞳’了？”

“我也没有不想听。”

很想听，那可是她以前写在日记本里的小梦想之一。

但是——叫得也实在太频繁了吧！

洛舟声音原本就好听，“瞳瞳”两个字因为发音的缘故，叫出来还会带着点儿鼻音，每一次叫她，就是一声无形撩，那这么每天每小时都撩，谁受得了！

“你就像正常时候那样称呼我，把你以前叫我‘小跟屁虫’的情况，替换成小名就可以了。”初瞳顿了顿，“总不至于说什么话都叫一次啊……”

她说着说着，就低下头去。

洛舟挺久没有量过身高，大概就在一米八五到一米八八，也就是和她差了二十多厘米。

她发顶刚好就在他的视线下方，这个角度能看得到她小巧秀气的鼻尖和长长的睫毛。

“既然你都这么提了，”洛舟没忍住，抬手放在她软软的头发上揉了两把，“那哥哥就满足你。”

最后，初瞳的同学聚会是洛舟送她去的。他说他顺路，他也有应酬。

洛舟来这里要待一周，二哥慷慨地借出自己的跑车给他开。

虽然二哥车远不如洛舟多，但他对车的要求高，唯一买的也是性能和外观都相当棒的一辆，价格也格外美丽——美丽到当时瞒着家里买的时候差点被初父打断腿。

拉风的超跑开到定好的饭店附近，距离那里还有几十米的时候有个红绿灯，初瞳让他靠边停车：“在这里就行啦，前面单行，你要掉头的话得转好大一圈，那个饭店就在那里，我过个马路就到了。”

“好。”洛舟在路边停车，看着她解开安全带，“我晚上的应酬不喝酒，你结束了告诉我，我来接你。”

“嗯？”初瞳转头看向他，“不用特地来接我的，我家司机现在在上班，万一我比你早结束，那你……”

洛舟迅速打断她的话，道：“没事，我来接，我乐意。”

晚上六点半，初瞳是卡着点到的。

可能因为她是最后一个到的，受到的欢迎也最热烈，推开包厢门的那一瞬间，老同学们热情的招呼声差点把房顶掀翻。

时隔半年再见高中同学，离开了清一色的高中校服，男生更帅了，经过化妆打扮，女孩子更美了，大家都明显更好看了。

“瞳瞳！”曾经的纪律委员激动地站起来抱她，“呜呜呜你还是这么好看，想死你了！”

“说啥呢，她明明比以前更好看了好吧！仙女本仙说的就是初瞳啊！”

其他和她关系好的女同学也纷纷上前叽叽喳喳。

男生们没女生们那么激动，活泼的就跟着女孩们一起夸几句，害羞的或者有别的心思的，就一直默默地看着。

初瞳和一堆姑娘亲热地拥抱完，落座时，心中万分感慨。

凡事都有平衡，她觉得一定是自己少女时期的感情暗恋之路太苦太没盼头了，所以才让她在人缘友情这方面开花开得这么好。

后来大家聊起学校，聊起上学时候的那些趣事，也聊起学校的老师。

纪律委员说：“对了瞳瞳，我们学校放假最早，我回来之后回学校看了老王。老王还问我你怎么样了，你真是他的得意门生啊哈哈哈。”

“开玩笑，”一个男生接过话头，“初瞳自己就拿了多少个奖，她在我们班，老王脸上多有光啊。”

初瞳他们班在年级里是成绩非常出挑的，学霸很多，每次考试各种科目的平均分都名列前茅，保送名额全校第一，获得的奖杯、奖状数量也是全校第一。

而这些个第一，和初瞳是脱不开关系的。老王是他们班主任，教物理，指导她拿了一个又一个物理竞赛奖，基本上每次给学生举正面例子必提初瞳，跟打广告似的，她高中那么出名和老王也是有很大关系的。

“我过年之前去看看王老师吧，”初瞳也挺想老师的，笑着说，“大家有没有还没去但是想去的，可以跟我一起呀。”

就这样，众人又约了下一波看老师的日子。

今天缺席的，有些是没加微信群，有些是换了微信号但没人联系得到，也有的同学曾经和班级里的人不合群，所以这样的聚会不来也很正常。

但是班级里的几大活跃分子巨头之一——辛莹缺席了，许多人都表示不敢相信。

有人调侃：“不是吧，最能说的莹莹竟然没来，谁不来我都没想到她能不来啊。”

有人附和：“就是，毕业那会儿就她哭得最猛，还好兄弟好姐妹一辈子呢，还高三·2班永不分家呢，半年就变心，真的没爱了。”

初瞳听得想笑，她和辛莹关系最好，站出来替她解释了一通：“虽然她人不在，但是刚才跟我说了，要跟咱们视频。”

辛莹为了偶像留在了C市，但又不想错过这次聚会，所以全程都出镜在初瞳的手机屏幕里。

“哎呀，大家都知道我喜欢陈诉好多年了啊，我艺考那么努力的动力就是他啊。兄弟姐妹们理解理解追星少女吧，你们看我今天都没有去追行程，偶像下飞机按说我身为粉丝团前线成员该去接机的，但我没有！我留在宿舍跟大家视频聚会，还不够忠贞吗？！”

“忠贞什么啊哈哈哈，你有病吧！”

“辛莹，这词儿不是这么用的，咱们语文老师听到真的要被你气死了。”

“这次就算了，我们定了年后去看老王，你总不会过年都不回来了吧？”

辛莹满口答应：“那我肯定在！”

聚会就离不开酒，大家都成年了，初瞳对于酒这东西真是又爱又恨，身边没人带她喝的话，她自己不会去买。可这种氛围下，她是真的扛不住美妙果酒的诱惑。

她想了想，反正是洛舟来接她，便给他发了条微信。

tong：“哥哥，我喝点儿酒可以吗？”

发出去之后，初瞳才突然觉得不对劲，怎么看怎么奇怪。

为什么她喝酒，要问他可不可以？

得豪横一点儿。

初瞳撤回了那条消息，重新发消息，这次可不是征得同意的语气。

tong：“哥哥，我喝点儿酒哟。”

就这样简单通知他一声。

另一边，S市国宴酒店。

洛舟这次说是出差，其实并不是强行。他给初瞳讲的S市有项目落成，需要他签字以及出席一些会议，这些都是真的。

只不过，放在以前有这样类似的情况，签字的话直接寄到C市，会议直接视频会议，他本人是不会折腾这一出亲自来S市的。

这次订机票的时候，邹特助一直在反复和他确认：“洛总您喝酒了吗？”“您可以放心，S市那边的项目一切正常，我查看过了。”“没有什么重大问题，您确定要去吗？”……

来这里出差是借口，现在有了别的事情，只是顺便办个公罢了。

此时此刻，洛舟看着桌上一张张透着紧张和谄媚的脸，有些无奈，又有些无语。

但显然，所有人都和邹特助一个想法。知道洛舟本人要来之后，项目负责人就一直状态特别紧张，洛舟去分公司的那几天，负责人和他说话都直冒汗——都觉得太子是来兴师问罪的。

他还真不是，就是来追个妹妹。

饭局开始的时候，洛舟便说了自己待会儿有事要开车，不能喝酒。他都说了，自然也没人敢敬他酒，服务生给他倒的也是茶。但他喝茶归喝茶，其他人还是喝酒。

桌上有两位参与项目的女员工，并不算是参与决策的核心，但可能是考虑到没有功劳也有苦劳，不知道是谁就把两人叫上了。

原本洛舟也不管这些，他只负责跟那几个人交谈而已，其余的在他这儿基本都是隐形人。

两个女员工其中一个戴着黑框眼镜，头发规矩地盘着，一直都本分安静地吃东西，也不插话。另外一个却是个浓妆艳抹的女人，穿的不是正装，是条鲜艳的红裙子，露出的皮肤很多，在洛舟和人谈话的时候会时不时搭上几句。

这种路数见过没有一百也有几十次，不舞到面前洛舟也懒得处理这种事，全程没搭理过那女人。

如果一直这样，仅仅是不知礼貌地插话，他不会也不屑做什么。

但酒过三巡，红裙子女人似乎喝多了酒，从座位上站起来，拿起一边服务生托盘里的茶壶走到洛舟身边，声音甜腻地说："洛总，我给您倒茶。"

她醉得昏了头，已经看不见身边领导的眼神警告了。

茶壶嘴快要碰到茶杯的时候，洛舟伸手挡了一下，没碰到那女人的手，却凭着一股巧劲儿将茶壶从她手里拿了过来。

他将茶壶放在桌边，靠在椅子上看着女人："既然是跟着部门来吃饭的，那么吃饭才是你需要做的事情，倒茶是服务生的事情，不需要你来做。"

女人愣在原地。

"还是说，你这人就喜欢给人倒茶，想换个工作？"洛舟笑了笑，眼神却不带一丝温度，"喜欢就说出来，这点儿小事，公司还是能办到的。"

这个女人今晚丢了工作，今后的人生与任何人都无关，她的所作所为都是自愿，人如果不懂得克制自己的欲望，后果只能自己承担。

女人被洛舟那样说了之后，当场不可置信地掉了眼泪，包都没拿，就哭着跑出了包厢。

在座的人也没有一个敢追出去或者替她求情说两句话的，心里都有数，纷纷开始揽责任道歉，说员工训练不严，紧张又做作地转移话题和视线，当务之急，将太子心情搞好才是关键。

洛舟看着这群人比开始更加忐忑的笑脸，晃着茶杯，偶尔回两句，不知不觉又想到了初瞳。

那个说两句就生闷气，但又气得很可爱的小姑娘。

就她还觉得他毒舌呢？

他哪里真的跟她毒舌过啊？

洛舟收到初瞳消息的时候，已经对宴席感到不耐烦了。他对于应酬基本都烦得不行，生意场上都是体面话，他的身份又导致所有人都怕得要死，体面话体面得包了好几层衣服，听着都费劲。

生意场上的合作伙伴里，他能愿意出去喝酒应酬的，也就温勉了，年龄相仿不说，这人有能力又干脆，说话也有点儿意思，可以说是冷酷霸道总裁。

正处于烦躁期，手机响起的时候，看到微信提示里"tong"那几个字母，他的心情一下子舒缓了不少。

tong："哥哥，我喝点儿酒可以吗？"

洛舟心想，哟，喝酒还会请示。真乖！

洛舟想象了下小姑娘在酒桌上，偷偷摸摸玩手机给他发消息，向他请示自己能不能喝酒的样子，被萌了一脸。

他正准备打字回复，那条消息却不见了——tong 撤回了一条消息。

洛舟刚准备发个问号，下方“嗖”地又来了一条消息。

tong：“哥哥，我喝点儿酒哟。”

洛舟心想，这是干什么？不是在征求他的同意吗？怎么又变样了？

没空闲聊：“你怎么回事，嗯？”

那边久久没回复。

大概过了十分钟，洛舟又发过去几条消息，均石沉大海。

洛舟心想，得，估计是开始喝了。

后面的时间对洛舟来说比前面的还要难熬。大概是他看表的频率实在太高，高到他身边几个高层都无法忽视。负责人便小心翼翼地问：“洛总，您一开始说您还有事，不然今天咱们就到这儿？”

这么多天来，这是洛舟看负责人最顺眼的一次。

洛舟盯着他看了好几秒，看得人又开始紧张起来，才点了点头：“嗯，就到这儿。”

他起身，接过服务生递过来的外套，边穿边道：“这次的项目做得不错，今年五月的度假村也由你负责。”

心惊胆战三天以为自己这次要被下派的负责人，面对着天降馅饼，简直不敢置信：“谢谢洛总！”

他的确表现不错，也兢兢业业在 S 市分公司干了许多年。洛舟摆摆手：“你应得的。”

可见人不能空有一身能力，出去打拼，有眼力见儿是多么重要的事情。

距离初瞳通知他自己要喝酒，已经过去了四十分钟。

等洛舟开车到她同学聚会的那个饭店，已经一小时了。

他提前问过包厢号，原本打算直接进去，却没承想停了车走过去，正遇到一群年轻人结伴从饭店里出来。

路边有一个垃圾桶，一个男生扶着另外一个男生，似乎在干呕，但是呕了半天也没吐出来东西，反而脸上全是眼泪。

洛舟下意识地想离得远一点儿，却听到了那人大吼。

“初瞳有喜欢的人了！呜呜呜……”男生号啕大哭，“爷的青春结束了！”

洛舟听后心中一惊，什么跟什么啊？

他停下脚步，正准备走过去好好问问两人，另外一个看起来尚且清醒的男生就给他解答了疑惑。

“唉，好兄弟看开点儿。初瞳刚才说自己有喜欢的人，差不多默认了是大学才认识的吧？你想啊，初瞳去C市上的大学，C市啊，那是首都啊。虽然咱们这儿也不差，但首都那肯定牛的人物多了去了！再说了，高中时候她那么乖、那么学霸，怎么可能喜欢谁，大学了没有老师、家长管了，她喜欢上谁不也很正常吗？”

“那咱们学校，那……那么多追她的，她也没喜欢谁啊？”男生继续哭，“呜呜呜……我一直暗恋她。我以为她就是那种谁也看不上的女神呢，要是谁也看不上就好了……”

较为清醒的男生继续安慰着兄弟。

洛舟想听的差不多都听到了，也就没走过去问。

两点信息：第一，初瞳说自己有喜欢的人；第二，还默认了，喜欢的人是大学才认识的。

洛舟忍不住在心里爆粗，又跟那个温宿对上号了。

他站在门口，内心的火正噌噌往上蹿的时候，一抬眼，就看到了被人搀着出来的、导致迷弟抱着垃圾桶哭泣的女主角。

初瞳果然是喝醉了，但没有不省人事，还能独立行走，也睁着眼。

她赖在一个比她高了不少的女孩子旁边，像是黏在人家身上一样，脸颊红扑扑的，还在笑嘻嘻地说着什么。

洛舟的火又悄无声息地降下去了一点儿。

初瞳挽着人下台阶的时候，洛舟几步走过去，把她从别人身上揽过来，半搂半抱着，初瞳整个人的重心都转移到了他身上。

纪律委员喝多了酒，反应慢了半拍，愣了两秒才意识到怀里的小仙女被拐走了。

视线里多了个颀长的身影——黑发，黑风衣——搂着她的小仙女。

纪律委员头发都爹了，当即准备出手抢回来，就看到小仙女很开心地对那人笑：“你来了。”

“洛舟哥。”初瞳含糊不清地叫他。

因为含糊不清，所以纪律委员只听到了“哥”这个字。

她性格爽朗，眯着眼看了看这个男人的脸，当即“哇”了一声：“不愧是初瞳的亲哥哥啊！妹妹是仙女，哥哥长得也这么好看！不过，怎么你俩长得不怎么像呢？我人傻了……”

洛舟搂着初瞳，对她的同学笑着解释：“不是亲哥哥。”

纪律委员脸一红，觉得脑子更晕了：“那……她叫你哥哥？”

这男人生得太好看啦，淡笑着的时候，眼睛里像藏了漫天的星星，声音也格外醉人。洛舟不怀好意地道：“是情哥哥。”

第21章　情妹妹

面前的帅哥说完这句话之后，搂着小仙女转身就走。能看得清清楚楚，初瞳完全没有反抗，脸上满是笑容，还在他怀里蹭了蹭脸。

只剩纪律委员留在原地风中凌乱。

她跟几个同学打过招呼，稀里糊涂地坐上出租车之后，打开手机看群聊消息。

有人提醒她："纪律委员，姐们儿，初瞳有人来接了没啊？她好像不太清醒啊，可别让她自己走啊。"

纪律委员迷迷糊糊地回复："算是送回家了。"

她想到那个长相极好的男人，以及那句"情哥哥"，忍不住又发了一句："你们知道，初瞳脱单了吗？"

虽然喝多了酒但醉的是少数，都还能看手机和打字，这信息一发，一片问号占据了屏幕。

"真的假的？！"

"什么玩意儿？不是刚才只说她有喜欢的人了吗？她没说自己不是单身啊？"

"千真万确，刚才原本我和她在一块儿，她被疑似是她男朋友的人接走了，特别熟悉的样子，两人直接是抱着走的……"

"哇，能别说了不，众所周知宋彭暗恋小仙女多年，今晚失恋了一直跟我哭，刚才好不容易哄好了，现在看到手机直接坐地上不起来了……"

……

纪律委员打开窗想吹风醒醒脑，眼前一直回放着刚才初瞳被带走的画面。

那个大帅哥到底是谁啊？为什么这么眼熟？

不是明星，但是怎么好像在哪儿见过呢？

想着想着，手机又是一震。

辛莹："亲，在吗？"

辛莹："初瞳是单身狗啊！我傻了，什么叫她被疑似是她男朋友的人接走了？你确定她不是被陌生人拐跑了？！”

纪律委员：“不是吧，初瞳直接松开我的手自己到那个人怀里的啊skfs！”

辛莹：“skfs是什么暗号？”

纪律委员：“我这手抖，打字的时候多按了几个字母。”

辛莹：“没事，那你继续说，接她的那个人长啥样啊？她喝醉了之后就把手机视频关了，我这边也不知道后来发生了啥啊！”

纪律委员不想打字，直接发语音给她：“宝贝，我刚才扶着她出门，然后有个男的，长得比明星都好看，就是好眼熟，但我又想不起来是谁。他一来初瞳就跑他怀里了，还叫他哥，我一开始以为这是她亲哥，然后就问了一句是不是。”

辛莹：“你这么一说，我好像知道是谁了，那没事了。”

但纪律委员没看到这条。

她想到那人的语气表情还忍不住有些害臊，咽了口唾沫继续道：“完了他说，他不是亲哥哥，是情哥哥……”

辛莹：“啊？！”

洛舟和人吹了一通牛，想到她同学那目瞪口呆的样子，心情变得格外舒畅。

有过一次照顾醉酒经历后，一切都变得轻车熟路了。

这次初瞳醉得不如上次厉害，洛舟把她带到车上都没费什么力气——她处于一种可以自己直立行走，也认得出谁是谁的状态。

甚至上了车，初瞳还会自己扣好安全带，然后转过头看着他笑嘻嘻地说：“哥哥，回家吧。”

洛舟看了她几秒，“嗯”了声，转头发动车子就上路了。

还没安静三秒钟，初瞳就没头没脑地问了一句：“哥哥，你为什么不回复我的微信？”

“什么微信？”

“我今天喝酒前不是给你发了微信的吗？你不记得啦？”

她喝了酒之后，说话有点小时候跟人撒娇的感觉，奶声奶气的，问这话的时候语气很软。

“哦，是发了。”洛舟想到那个，还觉得好笑，“你发就发，怎么还撤回？”

“因为我一开始想征求你的同意啊。”

“那不挺好的，”洛舟转方向盘掉头，“怎么后来又不征求了？”

“因为我后来一想——”她一开始语调舒缓，顿了顿，紧接着放大声音，态度相当强势，“我喝酒还需要跟你请示？！”

洛舟一语未发。

“成年人了，难道不是想什么时候喝就什么时候喝吗？！”

洛舟发现，酒好像是会暴露人的本性。

上次也是，这次也是，初瞳平时看着那么乖、那么听话，一喝了酒就开始——“你在教我做事？”“我喝酒还需要跟你请示？”

洛舟心想，挺跩，挺有他的风范，还挺可爱。

初瞳一直在旁边瞪着他，洛舟腾出一只手，揉了揉她的头发：“行，想喝就喝，不用请示。”

初瞳的表情一下子又柔和下来。

眼睛亮亮的，她又确认了一遍：“真的？”

“但不能喝高度数的。”

“我不喝高度数的呀，”她说，“我只喜欢那些水果味的，荔枝酒、桃子酒，都超级好喝！”

这种几乎没酒精的酒都能喝成这样，换别的估计早倒了。

眼看前面到了一个红绿灯路口，初瞳出声指挥：“前面要左转了。”

“嗯，我知道，你不用看路。”

初瞳一愣：“你已经知道路了啊？”

洛舟点了点头。

洛舟对S市完全不熟悉，来的时候是初瞳给他指挥的，但他记路能力极强，跑了一次他就记得距离和方向。

初瞳因为这点儿小事，开始感慨他好厉害，说自己在这里生活了快二十年都记不得很多方位。洛舟听了一会儿，等她渐渐没声了，才开口问道：“刚才，哥哥听你同学说了个事儿。”

初瞳：“什么事？”

“听说，你在聚会上和他们说，”洛舟停顿了下，“你有喜欢的人了？”

初瞳一瞬间睁大眼睛，像不敢置信地问：“谁出卖的我？”

洛舟一听，心想，看来那俩人说的是真事。

初瞳也记得自己说了。当时在玩真心话大冒险，她也不知道哪儿来的勇气选的真心话，果然被问到万众瞩目的情感状态问题——有没有喜欢的人。

初瞳老老实实地回答“有”。

后来大家又想方设法旁敲侧击地问是不是大学遇到的，初瞳没点头也没否认。

因为如果不是大学遇到的，那就是高中遇到的，在座的又都是高中同学，她怕她否认之后，大家会乱猜，闹出误会就不好了。

初瞳想了老半天，自己同学怎么可能认识洛舟，那么洛舟是从哪里知道的呢？

初瞳此时脑子里是一团糨糊，完全想不明白。

洛舟捏了捏鼻梁："没谁卖你，我自己听到的。"

初瞳小声地"哦"了一句。

然后，车内沉寂下去，半天都没有声音。

她觉得奇怪："哥哥……你为什么不接着问了？"

洛舟看了她一眼："你想我接着问什么？"

"不是，我觉得好奇怪，你和我同学们好不一样。"她疑惑地问，"你问完这个，为什么不问问，我喜欢的是谁啊？"

洛舟扶着方向盘的手指一顿："不想问。"

为什么要再问一次？

如果一个人高考落榜，知道这个消息就已经很难过了，学校广播再通报一次自己高考落榜岂不是难过到炸裂？

洛舟一向觉得气氛很重要，比如现在这样的二人世界，提到第三个扫兴的名字，那实在是大煞风景。

这段对话结束后，在酒精的作用下，初瞳做出了和上次喝醉一样的事情，非常没心没肺地倒头就睡，一直到车停在她家门口才揉着眼睛醒过来。

洛舟下车，绕到另外一边给她开车门。

然后，洛舟就看到初瞳不仅喝多了，好像还睡傻了，系着安全带就想下车，又被安全带的阻力给弹回座位上，自己还满脸疑惑，又笨又可爱。

这么来回几次，她终于忍不住求助了，睡眼蒙眬地看着他："洛舟哥，我怎么粘在椅子上了啊？"

洛舟低笑着回："因为我在座位上涂了胶水。"

说着，他单手扶着门框，弯腰探身进去给她解安全带。

两人距离拉近的一瞬间，他莫名想到上次似乎也有过这样类似的场景。

那会儿是他给她扣安全带，脖子一下子被勾住，然后某人化身小流氓，闻他的锁骨，还夸他香。

谁知道，想什么来什么，历史常常惊人地相似——

安全带"咔嚓"解开的时候，初瞳也勾住了他的肩膀。

毕竟不需要在室外活动，洛舟今天穿得很少，她温度偏高的脸蛋直接贴到他脖颈处的皮肤上："好凉快啊……"

像在单纯降温一样。

可对他来说，并不是。

洛舟虽然没喝酒，但是属于男人的本能该有的都有，被她蹭来蹭去的，难免会有些不适和燥热。

这么维持了两秒，洛舟想把人推开的时候，初瞳突然又埋在他身上说了一句："哥哥，你今晚没喝酒吗？"

洛舟答："没喝，怎么了？"

之后，他感到初瞳在他颈间吸了口气："怪不得，哇……你好香啊！"

洛舟心想，又跟上次一样。属小狗的吗？一喝醉了就开始闻味？

洛舟愣神的工夫，"初小狗"又多闻了好几下，鼻息跟挠痒痒一样在洛舟的皮肤上窜来窜去。

"初小狗"还不满足于闻他，可能自己嗅觉失灵，便开始提无厘头的要求："哥哥，我记得喝酒人会变臭，那你闻闻我呢？我香吗？"

上一次被她这么亲近，那会儿他好像还没有别的心思，只觉得她真是醉得太厉害了。

但是现在，洛舟的心跳、身体的反应都很明显了，完全不一样，简直呈几何倍数增长。

洛舟不想回应，以为初瞳只是随便说说，打算直接糊弄过去："瞳瞳，松手下车，到家了。"

可她理直气壮地道："不行，你不闻，我就不下了！"

看他没反应，初瞳又一下子变脸，双眼水汪汪地说："原来是因为嫌弃我……"

真是又好气又好笑，洛舟舔了舔唇，嗓子都有点哑了："我是不是该给你录下来。"

随后，洛舟伸手撩了下她的长发，学着她的样子，却没有像她那样贴近。

洛舟不用特意吸气，就已经闻到了她身上的香气——椰奶香混合着水果，以及一点儿酒精的味道。后面两种明显是她今晚喝的酒味，可能因为度数低，水果气甚至压过了酒气。

很奇妙的，甜甜的，充满少女味道的香。

"还挺好闻。"他下意识地低声说。

初瞳没听清，抬起大眼睛，一脸期待地看着他："哥哥，我香吗？"

坚持了这么长时间，洛舟胳膊都酸了不说，还弄得整个人特别燥热。

又被这个"初小狗"黏着抱着闻了这么久。

这么狭小的空间，不小心碰到哪儿，也是情有可原的吧。

他就着这个姿势凑近了点儿，亲了一下初瞳的侧脸，然后对她笑着说："嗯，很香。"

第22章　告白

次日一早，初瞳是被一条接一条的手机消息炸起来的。

初瞳迷迷糊糊从枕边摸到手机，打开微信一看，最新的是班级群聊里提醒她的消息。

她睡前没开静音，班级群虽然是屏蔽的状态，但每一次被提醒都会照常提示。

初瞳一只眼都没睁开，太酸了，另外一只眼只睁开了一条缝，用一种奇奇怪怪的表情看着手机屏幕。

“初瞳妹妹，听说昨晚有个特别帅的帅哥把你接走了？还说是你男朋友？你什么情况啊？！有了男朋友都不直接说啊！”

初瞳一愣，这哪还顾得上眼睛酸不酸，一下子睁大眼，又仔仔细细地看了一遍这句话。

昨晚？男朋友？

昨晚出酒店的时候，她依稀还有印象，她不是先跟纪律委员一块儿出的酒店大门，然后洛舟去接的她吗？

那又是哪里冒出来的男朋友？！

后面又有同学陆续发来新的消息：

“哎呀，不是说的男朋友！你怎么回事？人家说的是哥哥吧。害羞害羞！”

“也不是哥哥那么单纯啊，纪律委员说了，她问过了是不是亲哥哥，帅哥说不是，是‘情哥哥’！（这个说法按说应该挺土的，但莫名酥到我了怎么办？）”

“也酥到我了！果然仙女泡到的男人都不是一般男人！我好想看看长啥样啊啊啊，初瞳还没醒吗？还没醒吗？还没醒吗？”

初瞳满脸诧异，这个很帅的哥哥，肯定是洛舟没错吧？

所以，是洛舟给人自我介绍，说自己是她的情哥哥？

“不过，万一初瞳醒来否认了，可能这都是纪律委员喝多了做的梦？”

这话一出，纪律委员就出来说话了：“我昨晚真没喝多，就是脑袋稍微有点儿沉，但绝对没晕！我的酒量你们还不了解吗？咱班有男生喝得过我吗？”

“那倒是真没有……这位姐当初毕业典礼后聚餐那海量我记到现在！”

纪律委员：“我现在就困惑一点，那个大帅哥不是啥明星但是巨眼熟，不知道我到底在哪儿见过，但是一直想不起来，给我难受了一晚上……”

那肯定眼熟啊，谁家还没两本财经杂志呢，洛舟那脸可是销量招牌。就算没杂志也总有报纸吧，没报纸也总会看过几则电视里的采访视频吧。

不过初瞳现在很庆幸她没想起来，真的说出名字，大概群消息又要翻一倍了。

初瞳高中时候是实打实的校园风云人物——虽然本人低调，但架不住追求者们一个比一个高调，什么本校学神，隔壁学校的校霸，或多或少都暗示过那点儿爱慕。

那会儿每次有人在班级里告白或者送情书和礼物给她，就有一堆女孩子男孩子起哄。不过当时的初瞳态度太过强硬，一个也没看上，铁了心就是要学习，吃瓜群众就慢慢淡定了。

现在，放寒假的大一学生实在是太闲了，又正巧逮着初瞳疑似有男朋友的消息，一群人快好奇死了，便开始可劲儿聊。

实在是不知道怎么回复，也不知道从哪儿开始回复，初瞳刷了刷群消息就切了出去，想着回一下私聊。

除了群聊里满屏的提醒，就数辛莹给她发的消息最多。

辛莹：“哎呀，纪律委员说的是真的假的？！”

辛莹：“我猜她说的那个去接你的应该是洛舟吧？你之前不是说回家的飞机你是跟洛舟一块儿坐的吗？那他去接你也没啥可说的……就是那个‘情哥哥’是怎么回事？你们在一起了？为什么你什么也没跟我说呀？！”

这是最开始的几条，还在正常说话。

不知道为什么，辛莹后面就疯了。

辛莹：“地上好凉……”

辛莹：“我躺在地上许久……”

辛莹：“怎么也想不明白，到底是哪里出了差错？”

初瞳并没有回她。

辛莹：“听到别人说你有了男朋友，我气得浑身发抖手脚冰凉，这个社会还能不能好了？”

辛莹：“究竟什么时候闺蜜才能不当工具人？我们闺蜜之间，就一定要有秘密吗？谈恋爱都要瞒着吗？眼泪不争气地流了下来。”

初瞳还是没有回复她，心想，这是什么牌子的戏精？

吐槽归吐槽，但有一说一，初瞳对辛莹是挺心虚的。

初瞳把那点儿少女心事跟杜优容她们都说了，却没来得及告诉辛莹。

一个原因是上课的地方跟辛莹离得太远，还有一个原因是期末前的那一个月，两人都忙得要死要活的。她是忙学业，辛莹虽然学业相对轻松，但她是学业加追星，忙碌程度完全不输初瞳。两人的姐妹情都是在朋友圈维持的。

而且，初瞳觉得她和洛舟的很多事情，都是一些小小的细节、小小的情绪，很散很乱，跟室友讲是一点一滴地讲，和许久没见的辛莹，要怎么一下子表达出来也是个问题。

总不能直截了当地说，我跟洛舟这几个月发生了点儿事，不确定是不是错觉，现在疑似他对我的态度有些奇怪的暧昧。哦，对了，我忘记告诉你，我高中时候就暗恋他了。

如果这么一笔带过，辛莹肯定会杀了她。

她是想找个机会正儿八经地和辛莹说的，但是一直没找到合适的机会。

tong：“没有男朋友，我如果真谈恋爱了，怎么可能不告诉你？”

辛莹秒回：“你总算醒了，我的姑奶奶！快说说跟洛舟是怎么回事？这哥是开玩笑的，还是你们俩真的有一腿啊？”

tong：“他这人的性格，说这个话可能是开玩笑的，但……”

辛莹：“但？”

tong：“但也可能不是……”

昨晚初瞳进了房间后，泡了个澡才睡觉，所以这次并没有上次喝完酒第二天连自己都嫌弃自己的情况发生。

她洗漱完，下楼之前做了好久的心理建设，并且也把事情大概跟情感大师杜优容讲了。

但是初瞳心里还是纠结，到底该不该主动问呢？

杜优容说，他既然在同学面前夸下海口，那肯定也会主动和她说的。

“情哥哥”是什么意思谁都知道，虽然没直说“男朋友”，但差不多也是那个含义。只不过这个称呼更调侃，不是确定关系，反而更加暧昧一点儿。

“他又不傻，真对你没意思会开这种玩笑？洛舟又不是什么花花公子、花心渣男，他都被怀疑过喜欢男人，会随随便便说自己是谁的情哥哥？”

但是杜优容不知道，谁都不知道，洛舟会说出那句“情哥哥”，很有可能是因为她以前开的那个关于“情妹妹”的玩笑，当时他那个表情，应该能把这个梗记很久。

而且按照他那个性格，开玩笑也太有可能了啊……

初瞳以前围观他跟大哥、二哥打游戏，洛舟很少说话，但一说就很是骚气，让人不断发出各种语气词唏嘘感慨。

二哥游戏里快死了吆喝让洛舟救他的时候，洛舟不是提要求说“叫哥哥”，就是“叫爸爸”。

越紧张越容易胡思乱想，初瞳的思维一会儿跳到昨晚，一会儿跳到该怎么回复高中同学，一会儿脑海里又开始模拟洛舟说自己是她情哥哥的场景。

到了餐桌上，初瞳不知道其他人干吗去了，只剩下自己一个人。

听到脚步声，桌旁的洛舟抬眼看过来。

洛舟看起来睡得很好，以前他一熬夜眼下就挂着淡淡的青色，今天却干干净净，眼神清明，头发有点儿凌乱，但依旧帅爆炸。

初瞳跟他对视了几秒，脑子里还存留着刚才想的那堆乱七八糟的东西，一大早的，觉得自己快要窒息了。因此初瞳感到很尴尬，但好像只是她单方面的尴尬而已。

洛舟神色如常，还像几天之前一样顺畅地叫她小名，跟她自然而然地打招呼：“早啊，瞳瞳。”

比起他的自然，初瞳略显僵硬地将身子挪动到椅子上：“早，洛舟哥。”

之后，两人便开始无言地吃早饭。

初瞳吃饭的时候格外沉默，像永远不打算抬头和主动挑起话题。

洛舟端详了她好一会儿，除了沉默，她还时不时地发发呆，很像酒后后遗症，除此之外，并没有别的过激反应。

他敲了敲桌子，见初瞳望过来，直接问道：“又断了？”

“断”自然指的是断篇儿。

前面还是记得的，就是回家路上睡了一觉，后来的细节全忘了，初瞳也不知道这算是断还是没断。

懒得多说，初瞳干脆一下子全否认了：“嗯，断了。”

“从哪儿开始断的？”

“我记得你去接我了，但之后上了车，一直到回家，我就没什么印象了。”

洛舟想了想，那这不是把重头戏全给忘了？

他忍不住笑了一声：“你还挺会忘。”

初瞳心想，他这是什么意思？

早饭过后，洛舟便出门了——去做他出差来S市应该做的工作。

“他为什么说我挺会忘？难道我在那之后说什么奇怪的话了吗？”初瞳坐在沙发上给杜优容打电话，“可我昨晚真的没怎么醉，我都自己给自己洗澡了，我怎么可能做什么过分的事情呢？”

“先不说你醉得厉不厉害，”杜优容也是纳闷，“就你断篇儿这个功能，我是真的不理解，怎么喝个酒就能失忆了呢？”

“那我哪儿知道，你上网搜一下，都是有科学依据的好吧，我跟你又不可能胡说……”

杜优容：“反正这也很简单，不然就是他做了奇怪的事，不然就是你做了奇怪的事情，不然就是你们俩一起做了奇怪的事情……哎呀，这话怎么还带了点儿颜色？！”

初瞳：“他会做什么奇怪的事情啊？”

“那谁知道呢？在我看来他对你有意思，做什么奇怪的事情也没什么好惊讶的啊，比如……”杜优容突然嘿嘿地笑道，“抱一抱啦、亲一亲啦之类的，嗯？”尾音荡漾得快上天了。

这语气，加上杜优容说的话，初瞳不自觉地脑补了别的画面。

她的暗恋那是真的纯洁的暗恋，平时从来不往这方面想，这一下子，她感到耳根发热，那热度又火速蹿到了脸颊上，眼看着还要继续蔓延。

初瞳抬手捂着脸给自己降温：“你别开玩笑了行不行……”

“我怎么开玩笑了？”杜优容认真地道，“咱们认真来分析一下，你看你虽然名义上是他妹妹，但对他来说也就是一个没有血缘关系的女人。洛舟父母不可能就你爸妈这一对好朋友吧，那么多好朋友的孩子里肯定有跟洛舟差不多大的女儿吧，怎么不跟那些人搞特殊呢？对每个妹妹都这么好，他是慈善家吗？”

逻辑满分，无法反驳。

接下来的两天里，初瞳陷入了十分纠结的境地。

听了同学们各种各样的说法，加上杜优容极为有力地煽风点火，初瞳越想越觉得她和洛舟之间的暧昧好像十分明显。

可洛舟这边不点破，她也不知道怎么样提那个“情哥哥”的事情才合适，每天都在纠结，从早上见到他开始，一直纠结到睡前，精神都快要错乱了。

而且这期间，她的心情是忽上忽下——时而甜蜜，时而冷静——想到杜优容的分析就甜蜜，想到洛舟单纯开玩笑也不是不可能就恢复冷静。

初瞳做什么都没法集中注意力，看到洛舟在眼前晃就心跳紊乱，真是快要疯了。

最后初瞳想，她还真的无比庆幸，她喜欢了这么久的人，是一个私生活极其检点的人。他这样的身份，如果不是态度强硬地拒绝，花边新闻一定不会断。她这么玻璃心又容易胡思乱想，知道了花边新闻不得难受死——虽然他检点的缘由也格外简单，只因为没人配得上他。

洛舟要走的前一晚，初父初母带着两个儿子出席晚宴，初瞳借口自己懒不想动就没去。洛舟也恰好出门，似乎是听说他明天要走，洛氏在这边的分公司给他办了酒席。

家里就剩下她自己和她的小猫咪，初瞳总算舒服了。

初瞳吃完饭，在猫咪的专属房间给它喂食，然后把它抱到了阳台上跟它玩。

她把猫咪放到垫子上，让它肚皮朝天，边玩边说："小乖，我问你洛舟坏不坏，如果坏，你就'喵'一声。"

小乖特别给力地回应了她："喵——"

初瞳愣了一下，又问了一遍："洛舟坏不坏？"

小乖："喵——"

初瞳像发现了宝，惊喜得不行，又这么重复了四五次，每一次小乖都精准地"喵"了出来。

最后玩够了，初瞳挠了挠它的肚皮，叹气："算了。"

"他不坏，只不过我太㞞了……我太喜欢他了。所以，我才不敢问，就算有了暧昧的迹象，也不敢主动开口，只能一边心跳加速一边逃避。"

小乖仰面躺着，一张圆脸写满了不解，歪着头和她对视着。

小动物的视线好像是有治愈功效的。

不仅如此，以前初瞳因为这样的事情伤感的时候，也是在房间里跟小乖对视。她会想到自己为什么养了这样一只加菲猫，然后想到洛舟炫耀自己的猫咪时候的样子，看着小乖，就好像跟他之间有了什么联系。

初瞳心情好了不少，又笑嘻嘻地和它玩了会儿，一直安静的院子里突然传来停车的动静。

她下意识地看了眼挂钟，才晚上九点钟。

按照以往的经验，爸妈哥哥他们不到十二点是不可能回来的，那难道是……

没多久，大门处传来声响，证实了她的猜测。

洛舟还是穿着他的黑外套，这男人在其他季节的时候，身上还有点儿别的颜色，到了冬天就变得相当单一了，颜色不是黑就是白，风格除了酷就是冷酷。

但他是那种怎么穿都好看的衣架子，就算穿同一种颜色，也不会看腻。

刚才和小乖说他坏话了，不常说人坏话的老实孩子初瞳又开始觉得良心遭受拷问，直接克服了这几天的心理难关，主动和他打了声招呼："洛舟哥，你怎么回来这么早？"

听到声音，洛舟这才看过来。

"初瞳？"见到她坐在客厅，他有些惊讶地挑挑眉，"你怎么没和伯父伯母一起去？"

洛舟是下午就走了，只知道他们晚上有晚宴，并不知道初瞳没有跟着一起去。

初瞳说："我今天不想去，就没去。"

"吃晚饭了吗？"

"吃了。"

洛舟边问她边脱外套。简短的对话过后，他向着她这个方向走过来。

客厅有很多坐垫，都是初瞳买的，放在地板上，方便她随时随地玩猫。

洛舟来家住的这几天，初瞳一开始不知道该不该在他面前把小乖抱出来，毕竟他的那只加菲猫已经去世了，而且他还那么伤心……

但到这儿的第二天，初瞳给它喂食的时候，洛舟全程都跟她一起，倒猫粮，看它吃粮，完全没有表现出什么不好的情绪。自那之后，他还总跟她一起给它喂食。

今天倒是很反常，小乖在他眼里似乎成了隐形猫。

洛舟走过来，也坐在了旁边的坐垫上，长腿曲起，胳膊随意搭在膝盖上，没头没脑地来了一句："怎么回事，你？"

初瞳放在小乖爪子上的手不自觉地紧了一下："我怎么了？"

"怎么最近一直躲着我啊？"洛舟看着她的眼睛，温和地问，"哥哥惹你了？"

离得近了，感受得到他全身还带着外面的凉气，没有酒气，只有淡淡的清爽的松香味。

初瞳不是有意躲着他的，而是下意识地躲着。

他都这样直接问了，也没什么否认的必要。

初瞳捏了捏小乖的爪子，心想，反正明天他就走了，再不问，总不能开学之后再提吧。

初瞳悄悄吸了口气："就是……我同学聚会那天。"

洛舟："嗯？"

"我朋友告诉我说……"她避开洛舟的视线，垂着眼睛看着地毯的纹路，"你跟他们说，你不是我哥哥，是……情哥哥。"

最后三个字，她说出来的羞耻程度简直爆表，原本声音就小，听起来几乎是从牙缝里挤出来的蚊子哼哼。但洛舟肯定知道她在说什么。

因为他一下子就笑了，笑声懒洋洋的，磁性又好听："哦，你朋友终于告诉你了？"

初瞳震惊地抬头："什么叫……终于告诉我了？"

"没错啊，这是我说的，"洛舟承认得相当大方，甚至调侃道，"我还纳闷，你那个同学难道也断篇儿了，不然怎么过了这么多天，都没把这么重要的消息转达给你？"

“你在开玩笑吗？”

“我看起来像在开玩笑吗？”

初瞳立刻点头：“像。”

洛舟一语未发。

初瞳找准他停顿的时机，说出了这么多天憋在心里的话：“你就没想过，你做这些事，对别人说这种称呼，突然对我特别亲密，我会误会吗？”

洛舟也收起了笑容，看着她：“误会什么？”

初瞳：“误会你对我，不单单是哥哥对妹妹的态度。”

初瞳都不知道她是怎么说出来的。

她不知道自己怎么能把语言组织得这么流畅，就好像有另外一个自己在代替自己提问一样。

这话说出来之后，周遭的空气似乎都一下子静止了。

也不知道过了三秒还是五秒，或者是十秒，初瞳眼睛都睁得有些发酸了。

客厅明亮的灯光下，洛舟的五官显得立体又深邃，他的双眼皮很深，是扇形的，配着桃花眼的眼形显得极为漂亮，偏褐色的瞳仁里映着缩小版的她。

那么温柔多情的眼睛，给了这样一个又跩又傲娇又毒舌的男人。

她的整个青春，给了这样一个把毒舌当家常便饭、五年不回她短信、撩她又不负责的男人。

可他还是很值得。

能列举出再多的缺点，都阻止不了他在她的世界里闪闪发光。

两人对视良久。

洛舟突然开口道：“那我来澄清一下，这不是误会。”

从他的话里提取出有效信息，过滤分析，然后初瞳的心脏开始剧烈跳动，甚至微微发痛。

初瞳一愣，差点儿忘记了自己刚才说过的话：“什么？！”

“你说得对，那不是误会。我对你不单单是哥哥对妹妹的态度。”他笑了笑，刚才那种窒息感一下子散去，语调清晰地道，“是情哥哥对情妹妹的态度。”

与初瞳说“情哥哥”三个字的时候那种羞耻完全不同，他没有丝毫的不适，说得理所当然，相当自然。

初瞳一时间都没反应过来，就听到他再次开口。

“或者就现在来说……”眼角弯着淡淡的弧度，显得温柔缱绻，眼神却格外认真，洛舟道，“是情哥哥单方面想要追求情妹妹的态度。”

第23章　哥哥哄你

初瞳长这么大，也算是经历过许多大事的人。

比如代表全校发表演讲，代表学校出去比赛，代表市优秀毕业生做报告，被学校里许多女孩子的梦中情人当众告白……

她很少紧张，也从来不在大场面上发挥失常，每次老师或者家人对她都格外放心，初瞳不知道多少次被夸赞心理素质好、特别沉得住气、特别淡定。

但只有她自己知道，她过人的心理素质、她的淡定，在某人面前完全无效。每次想到这个人，想到他的名字、他的模样，都是心情起伏最大的时候。

初瞳在几年前幻想过，如果她和洛舟比之前的关系更加亲密，会是什么样子？也想过如果他是她的同学、学长、她每天都能见到的人，会是什么样子的？

可能是因为没有恋爱过的原因，她并不经常代入自己和洛舟到那种甜甜的桥段里，比如牵手，更不用提接吻这些，她想他的时候就是单纯的想念他，喜欢他的时候就是单纯的想见他。

在她的脑海里，更是从来没有模拟过，有一天洛舟对她说出如此暧昧的话的场景。

像养了一株先天有缺陷的植物，没想过要让它茁壮成长，只想尽力养活。养了几年，结果这植物不仅长得特别好，还开花结果了，结出来的都是金子，哗啦啦往下掉。

初瞳现在就是这样的心情。

正因为从未想过，所以之前那么明显的迹象，她都憋到现在才问出口。

洛舟说完那段话，便一直安安静静地坐在原地，可能是怕她紧张尴尬，伸手把玩趴在她脚边的小乖，修长的手指挠着它的下巴，小猫咪舒服得直眯眼。

初瞳沉默了好久，脑子里闪过千百个问题，第一个问出口的，是为了确认他的精神清醒状况。

“洛舟哥，你今晚没喝酒吧？”

“喝酒？”似乎没料到她会这么问，洛舟微微挑了下眉，又往她旁边挪了一点儿，“咱们离这么近，你闻到酒味儿了？”

初瞳：“没有。”

洛舟：“你想问我，是不是醉了才这么讲？”

初瞳没有直接回答。

“放心，我没喝酒，一滴都没喝。”洛舟盯着她道，“我脑子很清醒，说这些也不是开玩笑，但是——”

初瞳张了张嘴：“什么？”

他停顿了一下，然后接着道：“但是——毕竟你一直当我是哥哥，如果你非常不能接受，那么现在就告诉我。”

初瞳悄悄压了压喉咙：“告诉你，然后呢？”

洛舟勾了勾唇角：“然后我就想办法让你接受。”

初瞳听到这话的瞬间突然特别想笑，心想，不愧是他啊。

“所以你刚才，绕了那么多……其实中心意思就是，”过了最初的紧张劲儿，初瞳越说越放松，直截了当地道，“你喜欢我？”

在室内明亮的灯光下，她一眼观察到某人的帅脸上闪过一丝不自然，转瞬即逝。

他不答反问：“我觉得，我表达得够清楚了。”

初瞳没有逼着他往下说，她真是发自内心地疑惑：“可是，为什么啊？”

洛舟也纳闷，为什么就喜欢上了比自己小那么多，一直以来都当妹妹看待的初瞳呢？

这些年也不是没有想过曾经那个小姑娘，但洛舟以前并不觉得两人之间会有现在这样多的交集，最初见到长大后的她，有惊艳，还有一种小姑娘长大了的欣慰感，那时候似乎一切都是正常的。

后来她和他斗嘴、生气，然后两人再和好，他开始觉得逗她很有意思。

他第一次见她哭的时候，还不明白所谓的“短信”是什么，还觉得自己明明是个绝世好哥哥，被她嫌弃十分委屈。直到看到了曾经那个手机号收到的所有来自她的短信，心情就变得分外复杂了。

十一月份的那次生病，两人朝夕相处了一天半，莫名其妙的他就对着她做饭的背影出神。

第一次明确意识到，是在白相宜生日宴后，在金子光“你这心理是当哥哥还是当爹还是当男友”的灵魂拷问中，他不得不承认，一直以来他都过于在意她的追求者了。

而恰好也是那天，她不知道他为什么情绪不好，洛舟随口编的一句为了自己逝去的猫难过，小姑娘还真就认认真真地安慰起他来。

A 大校庆的时候，去了那种公开活动，就只是为了看她的表演。

还送了少年时期自己非常看不上眼的所谓的“平安果”。

知道她喜欢温宿，真的要酸死了……

或许，不止这些。

或许每一次和她相处、说话，每一次她让他觉得惊讶或者可爱的片段，都在转变和加深这样的情绪。

洛舟坦诚道：“我也不知道。”

喜欢就是喜欢。

他很讨厌拖拖拉拉，也不打算一直耗着，这次来出差除了想多跟她待几天以外，目的之一就是为了现在这样把话说开。

洛舟看着她，一条一条地数着。

“可能是因为你长得好看？

“声音又好听？

“叫哥哥的时候特别甜？

“弹古筝的时候很迷人？

“你们现在夸人流行用‘仙女’是吗？”洛舟一脸正经地说，“你不就是？”

洛舟平时极少夸人，一下子说出来这么多真是让人招架不住。初瞳从听第一句就开始害臊，耳根子一点点烧起来。

到“仙女”的时候，不知道他还要说什么，眼看着越来越离谱，她及时出声制止：“停、停停——”

洛舟便没再继续往下类比。

不过，他不列举她的优点，却开始列举自己的——

“你再看哥哥我，长得帅就不说了，声音不也挺好听吗？而且洁身自好，家财万贯，学富五车……”他“嘶”了声，“我发现很多成语用在我身上都毫不违和啊。”

好家伙，夸自己比夸她文采好多了。

初瞳眨眨眼道：“你怎么突然开始自夸了呢？”

“主要是想告诉你，虽然你是个仙女吧，哥哥也不赖……”他又凑近了点儿距离，眼睛狭长又漂亮，拖长腔调，缓缓道，“所以，给个机会吧？”

谈话是被开门声打断的。

初瞳红着脸匆匆跑上楼，洛舟跟回来的四人打完招呼才上楼。

还不到十二点，洛舟想来想去，这事情也不好跟别人分享。

前段时间，来 S 市出差之前，金子光还关心过他和初瞳的感情纠葛如何了，找准自己的定位没，洛舟没正面回答他。

现在有空了，就微信找到金子光的对话框。

没空闲聊：“滚出来聊天。”

别催了在发光：“咋啦？”

别催了在发光：“晚上十二点，我正准备开始夜生活，如果不是你有哪个地下情人快生了，请不要打扰我。”

没空闲聊：“我跟我妹告白了。”

刚才两条都是秒回，这条之后，屏幕静止了十多秒没来新消息。

然后，洛舟就看到了下方的一大串问号。

别催了在发光：“你说什么呢？是你之前跟我提过几次的妹妹？”

没空闲聊：“嗯。”

别催了在发光：“哎呀！你当初跟我说的什么啊，哥哥不是吗？纯洁的兄妹不是吗？我说你这心思一点儿都不像哥哥，像男朋友，你还说我想歪了？”

没空闲聊：“嘴硬还不行了？”

金子光发了个无语的表情。

金子光在无语之后，立刻去发了条朋友圈——今晚，有个老男人他不当人了，刷新我三观了。

之后金子光稍微平复了一下心情，开始问一些关键性的问题。

别催了在发光：“那你妹什么态度啊？你不是说你们俩就是纯洁兄妹吗？现在是只有你自己不纯洁，还是俩人一起不纯洁了？”

没空闲聊：“我多一点儿，但我觉得她对我也不是没意思的。”

别催了在发光：“你就是告了个白呗？没撩妹，也没问问她想不想做你女朋友？”

没空闲聊：“嗯。”

别催了在发光：“这是为什么？”

没空闲聊：“她有喜欢的人。”

金子光又开始刷问号，这人着急了，也不管什么夜生活了，当即给洛舟打了个电话过来，要他口头讲。

洛舟又给他讲了温宿，以及初瞳替学姐给人代兼职，顺带收获一枚追求者的事情。

“不是吧洛少，那你这就有点儿卑微了啊。”金子光说，“这都心有所属了，你还告白？那妹妹对你是什么态度啊？这个最关键，你讲讲。”

“她没表示太多，主要是那会儿岳父岳母回来了。”

金子光愣了：“告白第一天，这就叫上岳父岳母了？”

"怎么了，现在不叫以后也会叫，我预习一下不行？"

"行。"

金子光："你说你一直身为人家的哥哥，突然就这么告白了，妹妹不觉得你是怪叔叔？没拒绝你吗？"

"没。"洛舟靠在床头笑道，"你也不必这么想。我觉得我妹可能对我也有点儿意思，但是不好说。"

这话说完不久，洛舟突然又道："你说她既对我有点儿意思，也没拒绝我，却又跟自己同学说喜欢别的男人……她这是不是很有当海王的潜质？"

"算了。"不等金子光说话，他摇摇头，"是小海王我也惯着。"

洛舟懒洋洋地笑了声："我感觉我这魅力，肯定能让小海王对我专一，你说呢？"

初瞳一晚上都没睡。

她是真的睡不着，一闭上眼，眼前就开始放电影一样呈现洛舟刚才说的所有话，他的脸格外清晰，他的声音像360度立体声，一遍又一遍，观影体验极佳。

什么情哥哥情妹妹，还把她狠狠夸了一通。

虽然，除了跟她扯皮，洛舟所有话都说得拐弯抹角，也并没有一句直接的告白。

但是，这就是在讲"我喜欢你"吧？

初瞳一直都知道自己记忆力好，但现在更加深刻地体会到了这一点，洛舟那句"情哥哥单方面想要追求情妹妹"已经不知道在脑海里循环播放了多少次。

她想一次，就开始心跳加速一次，止不住地想，在床上翻来覆去，反正没人看见，脸埋进枕头里，裹着被子把自己扭成麻花，激动之情无处释放。

到凌晨两点钟时，初瞳仍毫无睡意。

实在太过于激动，初瞳甚至翻出手机认真搜索"长时间心跳过快会怎样"，网上说了一大堆围绕心脏的病名，总之就是心脏病变。

于是，她又做了好几次深呼吸，为了不让自己一直想着某人，便打开了微信。

先刷朋友圈，发现三小时前杜优容更新了动态，一共两张照片，一张晒美食，一张晒了在全身镜前她和她男朋友的照片。

既然是三小时前，那应该睡了吧。

原本也只是想要转移一下注意力，初瞳打算打字给杜优容说一下全过程，毕竟是这么久以来在感情之路上开导安慰她的人。等早上起床，杜优容自然就能看到。

tong：“容容，他跟我告白了！”

打出后面那六个字的时候，初瞳敲屏幕的速度很慢，唇角抑制不住地往上扬——

杜优容迅速发来一个问号。

初瞳没想到，她竟然秒回。

初瞳愣了，打字问：“你为什么还没睡？”

有容乃大：“我最近不是跟我对象出去旅游了吗，刚才呢做了一些少儿不宜的事情，又洗了个澡，这不，睡前再看一眼手机。”

初瞳给她发了个“强”的表情。

杜优容催促她：“快说，你之前那句话什么意思啊？是洛舟和你告白了？”

tong：“你怎么知道？”

有容乃大：“别人跟你告白你啥时候跟我汇报过？这还不明显吗？”

这倒也是。

初瞳在校园里不经常自己行动，基本身边都有室友在，大家也是在她旁边见证了不少告白现场。

就算是单独行动被告白或者搭讪，因为被告白这件事从她初中开始就时有发生，初瞳向来都不当回事，在她看来，就跟鞋带开了一样，完全不值得一提。

有容乃大：“我在想，我现在该说啥呢，恭喜我们小仙女拿下男神！”

tong：“为什么你一点儿都不惊讶啊？”

如果不是他身上确实没有酒味，初瞳都怀疑他喝了假酒。

杜优容没打字回复，直接发过来一条语音。

“我为什么要惊讶？你想想我之前每次都跟你说了什么话，我怎么分析的？姐姐我不是早就猜到了吗？这告白不是在我的预料之中吗？”

初瞳直接给她回复了三个“强”的表情。

“然后呢？告白了，现在是在一起了吗？”杜优容停顿了一下，“我跟你说，暧昧是最短暂也最美好的时候，能多暧昧一会儿就多暧昧一会儿，更何况，你喜欢他这都多少年了，不吊着点儿他，我这个旁观者都觉得不得劲。”

初瞳老实回答：“没在一起，他也没问我，我们说了几句之后，我爸妈他们就回来了，我就回房间了。”

杜优容：“那就按照我说的那么办，就吊……”

就到这里，语音奇怪地断掉了。

接着，她改发文字。

有容乃大：“呀，我男朋友洗完澡回来了，宝贝我先睡了。你今晚就自个儿狂欢吧！”

初瞳心想，狂欢也没什么好狂欢的。

虽然精神仍然亢奋，但是身体说它已经累了。

初瞳趴在床上又发了十几分钟的呆，跟杜优容转移注意力告一段落，最后又爬起来，用游戏转移注意力。

一晚上打了十把只输了一把，游戏耗费体力精力，打完之后已经凌晨五点多，初瞳有了困倦的感觉，关了游戏倒头就睡，一直睡到了早饭前。

可能是因为每天的生物钟都很固定，早上七点半，她很神奇地睁开了眼，没过几分钟，便听到敲门声，以及二哥叫自己下楼吃饭的声音。

其实直接装作没听见也不会怎么样，不吃早饭也只会被爸妈责怪两句罢了。但初瞳又想了想，被爸妈说两句算不得什么，可是如果昨晚洛舟对她告白，自己今早直接赖床，那岂不是相当于告诉他自己兴奋得觉都没睡？不行。

初瞳睡了两小时，就这么凭着毅力下了床。

洗漱的时候，她站在洗手台前，看着镜子里的自己，因为皮肤薄又白，熬夜熬出来的青色分外明显地聚集在眼下，这副样子下楼，一定会被看出来昨晚一宿没睡。

初瞳在家的时候从来不化妆，今天例外。她用遮瑕笔将黑眼圈遮盖得彻彻底底，这才放心地下了楼。

除了她以外，几人都已经整整齐齐地坐在餐桌上。初瞳一来就发现，给自己剩下的座位又是在洛舟旁边。

“瞳瞳来啦，快来快来，坐在你洛舟哥旁边就行。”初母说。

她默不作声地走过去坐下。

耳边立刻传来身边他的声音：“早啊。”

初瞳没有回答。

“昨晚睡得挺好？”

洛舟眼神清明，在她家住的这几天似乎都没怎么赖床熬夜，看起来精神不错，清晨的说话声音也格外养耳。

虽然遮瑕应该是没什么问题，但还是担心他会看出来，初瞳垂下眼睛说：“嗯。”

到这里，对话都还很正常，问候也是惯常的洛舟式问候。

直到初瞳拿起一旁的牛奶喝了口，听到他问：

“不激动？”

初瞳一愣：“我激动什么？”

“你说呢？”他似笑非笑，压低声音，“昨晚上楼之前跟你说的话都忘了？”

不仅没忘我还背过了，但这当然不能说。初瞳摇了摇头：“我又没喝酒又没失忆，怎么会忘啊。”

“那——”

洛舟还没说完，便被餐桌另一端的初母打断：“咦？你们俩，别光聊天不吃东西啊。”

初父看着两人笑：“看来这次感情是真比以前好啊，我记得瞳瞳小时候天天就想着跟在洛舟旁边，这会儿给你俩安排在一起，开心了？”

初瞳显得有些无奈，心想，真是哪壶不开提哪壶。

提到曾经的黑历史，初瞳还没说话，有人倒是很开心。

洛舟替她回答：“嗯，开心了。”

餐桌上瞬间响起一阵欢快的笑声。

这个梗过去之后，初父似乎也只是随便说说，没有再提，很快就跟初母聊起了别的话题。

“林家那个姑娘跟咱们瞳瞳一样大，学的美术，那天问我咱们闺女水平怎么样，我就说了瞳瞳读的计算机，结果那小姑娘还问，咱们为什么让她去读这个专业。”

这话一出，二哥不乐意了：“什么玩意儿，一个画画的学生还管人家选什么专业，家住印度洋是吧？”

“就是。”洛舟也接过话来，“当年，我也差点儿选了这个专业。”

这话让初瞳蓦地一愣。

她想起，当年洛舟总是在外面院子里晒太阳，每次脸上都盖着一本编程书。

初瞳那时候就问过他，哥哥，你是不是很喜欢搞电脑，那你大学也要学电脑吗？

洛舟当时笑了笑：“喜欢有什么用？我妹不可能管公司，我家就只有我，最后还不是报的金融。”

虽然他一般时候的笑容多数带着嘲讽，但那次的笑容有些不同。有种无奈，还有种不甘心，像挣扎过最后却变得无所谓的样子。

受他影响，也因为好奇，她从书店买了好几本编程进阶书，的确有趣。后来初瞳报考的时候，毫不犹豫就填了A大计算机系，提交之后，又想到了那天的洛舟。

“叔叔阿姨之前不是担心她，学这个会秃吗？”洛舟的声音把初瞳的思绪拉了回来，他淡笑着看了她一眼，笑容里带着调侃，“这不是也没秃？还更漂亮了。”

初瞳一脸错愕地对上他的视线，大概三秒后才挪开。

为了不让别人看出异样，她索性低下头喝粥。

二哥初俞觉得奇怪，直截了当地问洛舟："你这次来这边，好像跟之前不太一样了啊。"

洛舟："什么不一样？"

"对我妹啊，"二哥笑嘻嘻地说，"以前不是见缝插针地损吗？现在改行做温柔好哥哥了？"

话到此处，初瞳简直心虚到爆炸。

明明谁都不知道，明明只是他们两个人的事情，可是昨晚说破后，一切都不一样了。

在众人面前像有了秘密——这个世界上只有他们两个人知道的秘密——还挺甜蜜、挺刺激的。

一上午，初瞳还是没有困的感觉，大家出去上班的上班，该干吗干吗，她无聊地坐在客厅里玩猫、玩手机，顺带跟杜优容打了通电话，仔细讲完了昨晚没顾及的细节。

她真正有了困意，是在午饭之后。

今天中午回来吃午饭的只有洛舟一人，其他人都有事外出了。初瞳想到早上那顿时不时就令人窒息的早餐，原本是松了一口气的，没想到她这口气松得太早了。

"瞳瞳，昨晚的事情还记得吗？"

"记得啊。"

"你今天对我的态度是不是有点儿冷淡？嗯？昨晚不是说好了，要给我个机会吗？"

"我没——"

"没说？你确定你要当场反悔？"

初瞳有些无奈。

"还是说，对我的态度根本没冷淡，你只是……害羞了？"

初瞳一时语塞。

洛舟坐在她对面，差不多是从开头一直说到最后，说的还全都是角度刁钻、难回复的问题，还带着浓浓的暧昧意味。

初瞳能回的就回，不能回的就装聋作哑。

总算吃完午饭，她一直亢奋的状态终于停歇，正常的疲倦瞬间涌上全身，跟洛舟说了声便上楼回房间睡觉去了。

初瞳实在是太困了，一觉睡到了天黑，再睁眼的时候已经是晚上六点了。

初瞳边揉眼睛边下楼，到最后一级台阶的时候，才看到面前正站着洛舟。

他下午换了身衣服，身上一股凉气，似乎是刚从外面回来。

初瞳眨眨眼，不管怎么说，叫人这个基本礼貌还是得有的："洛舟哥。"

"你刚睡醒？"

"嗯。"

洛舟对她笑了笑，眉眼有种说不出的帅气："你确定，你昨晚睡得好？"

初瞳刚醒，脑子还没反应过来，一愣："你说什么呢？"

洛舟单手放在楼梯扶手上，语声慵懒，似笑非笑地道："吃了午饭后就上楼睡觉，阿姨说你中间就没下来过，午觉能一觉睡到晚饭？"

这话里话外，就像在暗示"嗯，我知道你昨晚没睡好"一样。

不得不说，这人有时候真是贱兮兮的。

他说得没错，但初瞳就是不想承认。

她当即驳回去："为什么不能？白阿姨说过，你放假的时候都是睡到下午才起呢。"

洛舟没有再和她回嘴。

此时此刻，客厅里没有开大灯，落日的余晖从落地窗照进来，洛舟高挺的鼻梁像笔直的分割线，他的脸半明半暗，看起来格外漂亮，很有艺术感。

较为昏暗的环境下，他的眼神显得格外深邃，眼尾狭长带着微微的弧度。

初瞳被盯得耳根发热。

下一秒，他突然抬手，摸上她的发顶："以后不要熬夜了。下次，睡不着可以告诉我，"洛舟凑到她耳边，用只有两人才能听得到的音量道，"给哥哥打电话，哥哥哄你睡。"

被迫嫁给男神

下册

车厘酒
—著—

华龄出版社
HUALING PRESS

第24章　初氏小海王

虽说这不是第一次被这个男人撩到——初瞳最早就是栽在送他离开时他对她无意间的温柔叮嘱里。

但那时候，她只是他的小妹妹，洛舟也只是想到什么说什么，做了好哥哥该做的，说者无心听者有意。

现在不同，现在是明目张胆地撩。

从圣诞后的那顿饭开始算起，两人间意味不明的关系拉拉扯扯了也有一个多月，这还是头一次，他说出这么直白的暧昧言语。

杀伤力极大，震得她整个人都傻了。

洛舟也不催她，就站在她面前看着她，时间一点一滴地向前进，初瞳听得见客厅挂钟嘀嗒嘀嗒的声音，也感受得到脸上遏制不住的热度，从来没觉得恒温空调有这么热过。

沉默了十几秒，院外传来停车交谈声，大门被打开，客厅的灯光骤然亮起，大哥、二哥并肩走进来，两人在玄关处边脱外套边换鞋，安静的空间一下子被两人的聊天声打破。

此时此刻，她站在台阶上，洛舟站在台阶下。

怕这样看起来太奇怪，初瞳反应过来后立刻两步跨下台阶，跑到玄关处，主动跟两人打招呼。

"哥哥，爸妈呢？"

"爸妈有事，今晚不回来吃了。"二哥说。

初瞳正要点头，却被大哥叫了一声。

"瞳瞳？"

她疑惑："嗯？"

"你脸怎么这么红？"

大哥平时说话很少，惜字如金，总给人一种自然而然的威压感。这话问得初瞳心里"咯噔"一下，仿佛做了坏事的小孩被家长看穿了一样。

她一口气没提上来，大脑飞速运转找理由的时候，身侧突然多出一道人影。

洛舟走到两人中间，看似不经意地挡了挡，成功让大哥的视线转移到了他身上。

他语调随意地替她解释："阿姨说她刚睡醒，估计是被空调热的。"

大哥点了点头，又看向她："怎么下午睡觉？"

初瞳："就是突然困了。"

他总算没再往下问，转而关心起了洛舟在这边的工作处理进度："项目还顺利吗？"

她大松了一口气，立刻去一楼的洗手间用凉水洗了把脸。

她连续用凉水降温，冲了好久，照镜子反复检查，才终于回到了"微红"的状态。

初瞳双手撑在洗手台上，袖子撸到胳膊肘，脸上凉凉的水珠从鼻尖滴下去，又掉到水池里。

这么站了一会儿，她抬起头。

对着镜子里的自己，无声比口型，说了三个字——没出息。

洛舟将离开S市的日子往后推了几天。

他说还有点儿事没处理完，但初瞳对此表示严重怀疑——洛舟每天出门可能压根儿就不是去工作的，不然怎么走了一段时间又回来，待到下午再出门，然后和家里人差不多时间回来。

看起来是一同出入的，可中间有一大把时间，他都在家里待着。

初瞳怀疑出门只是他做给初父初母和两个哥哥的假象，并且掌握了证据。

但出于那么点点私心……她也没戳穿他。

初瞳和洛舟的相处变得和以前不太一样，说什么话都带着小别扭，可是别扭完又觉得特别甜腻。

就这么厚着脸皮又留了两天，眼看还有几天就要过年了，洛舟要走的前一天，辛莹也终于舍得从C市回来了。她回来的第一件事就是约初瞳出去，急得不行，上午的飞机，下午两人就定好了时间地点。

初瞳对自己一直没告诉她洛舟这件事而心怀愧疚，在家里又闲得没事做，自然没拒绝。

中午吃饭的时候，她想着好歹洛舟也算是陪了她这么多天，出门肯定要和他交代一下。

于是，吃完午饭，初瞳道："洛舟哥，我下午要出去一下。"

对面的男人懒懒地靠回到椅子上，放下手中的餐具，抬眼看她，目光凉凉地道："出去什么事？"

初瞳心想，这是什么态度？这一脸兴师问罪的样子是怎么回事？她出去怎么了？！

“我闺蜜回来了。”初瞳说，“也是A大的，就是比我晚回来几天。今天，我要和她出去吃东西。”

这能怎么拒绝？

这能挑出什么毛病吗？他可能找到理由阻止她吗？

不可能。

不过，初瞳没想到的是，他压根没打算要阻止她。

洛舟单手支着下巴，微微歪着头，这个姿势莫名帅气。

然后，洛舟开口：“我明天就走了。”

初瞳听后一愣。

“就你刚才说的，你闺蜜，她才刚回来。”

初瞳有些无奈。

“你们有一个寒假可以见面。”男人轻轻笑了笑，“怎么就非得今天呢？”

这是开始打感情牌了。

他就是在博取她的同情心！想让她心软！

初瞳也的的确确是心软了。

可是一码归一码，对女孩子来讲，情感小秘密不告诉闺蜜，这个可是大罪！她愧对辛莹，辛莹一从C市回来就约她，她不可能不去。

但……这个理由又不能告诉洛舟。

初瞳坐直身体，挺起腰杆，让自己看起来完全没有动摇：“但是下午，我还是必须得去。”

洛舟面无表情地问：“为什么？”

她不自觉地声音变小道：“我想她了。”

天地良心，对着辛莹本人，她都没法这么一本正经地说一句“我想你了”，这种话也就开玩笑的时候说说而已。

这么肉麻的话，也不知道自己刚才是怎么说出来的。

餐厅好多秒的寂静。

初瞳下意识地放轻呼吸，观察着洛舟脸上细微的表情变化。

他从面无表情，变成了面带微笑——是那种皮笑肉不笑的模样。

“你这么说，”他顿了下，声音听起来竟然有些温柔，“让我有点儿羡慕你的闺蜜啊。”

自从洛舟那句话后，气氛就变得有些奇怪起来。

家里的阿姨在两人离开餐厅后收拾桌子，初瞳上楼换衣服，又下楼进了化妆间，和辛莹见面不需要化全妆，简单涂个隔离和口红就可以了。

从吃完饭到现在，初瞳跟洛舟一句话都没讲过。

她是因为不知道讲什么好。

而洛舟大概是因为吃醋？

那句“羡慕你的闺蜜啊”，不知情、不了解他的人，听到了估计还会心疼一下下。

但仔细一想，吃她闺蜜的醋，这人也是很可以的。

初瞳心不在焉，一直想着刚才那番对话，从化妆间出去后，发现客厅里站着换了一身衣服的洛舟。

她愣了一下，脱口而出：“你也要出门吗？”

他转过头：“送你。”

初瞳又是一噎：“你不是不想让我去吗？”

“那我不想有用吗？”他像被气笑了，“你不是想她吗？”

这阴阳怪气的，可真幼稚。

但可能是和平时有一定反差，除了幼稚，竟然还有点儿莫名的可爱。

初瞳清了清嗓子，正色道：“哥哥，你怎么连女孩子的醋都吃啊？”

“女孩子不是人？为什么不能吃？”

“但是我和她好久没见了啊，之前在一个学校不同系，也很少说得上话……”

“你不用说了，我都懂。”洛舟拿着手机、车钥匙走到门口，淡定道，“准了。”

因为“准了”那两个字，初瞳一路上都不是很想搭理他。

她熟悉二哥车上的构造，上车后便轻车熟路地打开车载音乐，就这么听了一路，刚好也能避免聊天。

这会儿是大部分人的午休时间，路上车辆较少，畅通无阻，开了十几分钟便看到了市中心商场的标志性招牌。

快要到目的地的时候，洛舟扶着方向盘问：“你们大概几点结束？”

初瞳算了算，应该吃完晚饭就回了：“晚上八点左右。”

洛舟用手指敲了敲方向盘：“那我八点半在这个商场门口接你，嗯？”

他似乎心情不错，眼尾微微上扬，完全没了中午说“我好羡慕你的闺蜜”时候的那副样子。

初瞳想了想，刻意重新问了一遍：“你来接我？”

“怎么？”洛舟挑眉，“不行？”

“没。”初瞳看着他，郑重点点头，“准了。”

初瞳跟辛莹约的地方在商场顶楼的一个咖啡馆，装潢非常欧洲古典范儿，照相特别好看，但由于价格过高，人也不算太多。

初瞳和辛莹是不需要寒暄的关系，两人选了个靠窗的好座位，点完东西便开始了姐妹茶话会。

辛莹激动地道："瞳瞳，从头讲！从学期初开始讲！我没想到我一个跟你在一个学校的人，竟然不知道你和洛舟学长的故事！"

"这算什么故事啊……"初瞳想着先给她打个预防针，"其实我好早以前就认识他了。"

"洛舟学长？"辛莹睁大眼，"有多早？"

"初中暑假的时候。"

辛莹："初中暑假？那这么多年你为什么从来都没提过啊？"

"因为我暗恋他，谁也不想告诉。"

……

就这么从两人初遇的开始讲到最后，讲了大概有半小时，然后对于中间那几年自己的暗恋，初瞳没有提及太多。

不知道辛莹是太细心帮她略过了这部分，还是太大大咧咧不在意这部分，总之，很快就说到了开学之后的一系列事情。

"最开始几次见面，我们俩每隔一阵就要闹一下别扭，或者说……是我单方面生气吧。"

他说她这么多年没见了怎么还是没长个儿，全家人都安慰她军训没晒黑的时候，他冲出来问她是不是刚去过非洲，在她悄悄生出少女心事的时候，冒出一句跟她脑回路完全不在一条线上的回答。

"我知道他的性格特别傲，差不多在他世界里不存在他有错的那种观念，所以好多次都以为，长大后我们可能就会这么慢慢淡了联系吧。

"可是他给我道歉了。

"好多次。"

后来，初瞳没有再认真生过他的气，洛舟也没有再像之前那样开她玩笑，更多的都是逗她玩，和她拌嘴。

"然后你之前在论坛上看到帖子、拿来问我的那次，是我们社团有个活动，有个学姐喜欢洛舟，就一直说一些暗示两人关系很好的话，我一不高兴就喝多了，他就来接……我社团里的学姐就写了那个帖子。"

那晚跟洛舟有不少亲密接触，那件事之后，撇开哥哥妹妹，他们之间好像就多了一些什么别的东西。

"咱们俩去看演唱会之后第二天，他因为看演唱会的时候穿得太少吹了冷风，然后生病了，第二天一早给我打电话让我过去。

"他妈妈生日宴结束，他送我回宿舍，那天他很想他死去的那只猫，在宿舍楼下让我安慰他。我一冲动，就抱了他一下。

“校庆的时候，他来看演出，我听学姐们说洛舟年年被邀请，但这是第一次来。结束之后，他送了我一个平安果。

“上周的同学聚会，他来接我，对纪律委员说他不是我亲哥哥，是……情哥哥。

“三天前，他跟我告白了。”

初瞳没有真的从头说到尾，只是穿插着讲了一些细节。在回忆的过程中，她发现，自己竟然清晰地记得每一个场景。

辛莹听到中间就很少插嘴了，听到最后，一脸怔愣地讷讷道：“那你们现在……是……在一起了吗？”

“还没有。”

辛莹张了张嘴：“你暗恋对象和你告白，为什么不在一起？”

“他没有问过我别的，在不在一起什么的，他好像就是，”初瞳顿了一下，“就是告诉了我一声。”

辛莹：“牛！”

辛莹感慨了好一番两人神仙爱情天注定。

“姐们儿。”辛莹突然隔着桌子，抓住了初瞳的手，两眼睁得圆圆地看着她。

初瞳心里“咯噔”一声。

每次辛莹做这个动作，就代表她有大事儿要说了，不知道是好事还是坏事。

“你……出什么事了？”

“不算出事，”辛莹小心翼翼地道，“就……像你说的，咱们俩这不是总也没机会碰面吗？你没告诉我关于洛舟的这些事，我也没机会和你讲我的事。”

“你什么事？”

“我也有情况了。”

“和谁？”

“和我偶像。”

好家伙，一个比一个能瞒。

另一边，洛舟送初瞳到商场之后便回了初家，进了门，却在客厅见到了原本不该在家的初俞。

初俞将胳膊搭在眼睛上，一副睡着了的样子。洛舟走过去拍了拍他的肩：“要睡回房间睡。”

初俞一下子醒了，迷迷糊糊地睁开眼："啊，你也回来了？"

他是老二，年龄比初瞳大，比洛舟小，性格属于活泼开朗型。

简单讲了一下初瞳出门见朋友的事情，洛舟在初俞身边坐下："你怎么回来了？"

初俞："我设计图上午画完了，下午没事，我才不在公司待着呢。"

见到洛舟就仿佛见到了移动上分机器，非常稳的那种，初俞一下子就不困了："来啊哥，上分？"

"哥？"洛舟挑眉："老规矩。"

"好的，"初俞比了个手势，"爸爸，带我。"

两人迅速上号。

打着打着，洛舟状似不经意地问他："对了。"

"嗯？"

"你想没想过，你未来妹夫，会是个什么样的人？"

"我妹夫？"初俞拨了拨头发，"那肯定想过啊。首先吧，得对我妹好，人的话……长得不能丑，不然那不得影响我妹孩子的基因啊。"

"然后呢？"

"然后？哈哈，"初俞突然笑了两声，"尊敬长辈吧，比如对我，得把我哄开心了才能当我妹夫。"

洛舟想了想，这个貌似还是很好达到的，带他上分他就开心。

"所以你妹夫，得游戏打得好？"

"No，no，no，"初俞摇摇头，"光打得好能带我也不行，还得让我开心。"

洛舟没有说话。

"就比如你总喜欢让我叫你'爸爸'。"初俞"啧啧"两下，"这个就不太开心了，这要是我妹夫敢对我这么说话，我就要揍他了。"

洛舟轻咳了声："嗯，以后不了。"

洛舟要走的这天，由于不是休息日，家里除了初瞳这个放假在家的大闲人以外，都多多少少有点儿事情要处理。

他的飞机是在下午，两个哥哥一早都出去上班了，原本初父初母想去送他，但被洛舟给拦下了。

"没事，都这么大了又不是没长腿，您忙就行。"他笑着说，"而且，派一个人送我就行了，不用太大排面。"

这说的是谁，初父初母一下子了然，于是两人便笑着嘱咐初瞳："瞳瞳，你就代表咱家去送送哥哥吧。"

初瞳没立场也没理由拒绝。

初父初母把司机留给了他们，洛舟行李不多，上午简单收拾了一下，中午吃了饭后，两人不紧不慢地出发去机场。

一路上洛舟都没怎么讲话，但到了机场后，他却像突然打开了话匣子。

“少参加点儿同学聚会，参加了也别喝酒，喝酒的话记得找你哥。”他还给自己这话打了个补丁，“我不在，记住了，是找你亲哥。”

“嗯。”

这她当然知道了！

不过可能临别之际洛舟就是有叮嘱她的习惯，几年前是这样，几年后还是这样。

叮嘱了几句之后，他又转变了话锋：“新年的时候，有没有礼物送给我啊？”

初瞳没反应过来：“嗯？”

“哥哥会给你礼物的，你不给哥哥，就说不过去了吧？”

初瞳心想，我会给你所以你得给我，这是什么强盗逻辑？

东扯一句、西扯一句，到了洛舟要过安检的时间。

他走头等舱VIP通道，不需要排队，所以倒不是很急，还有说话的时间。

两人在安检口外，面对面站着，洛舟肩宽腿长，一身黑色长外套，不看脸都已经十分惹眼，回头率超高。

他突然叫她小名：“瞳瞳。”

“嗯？”初瞳微微仰头和他对视。

“之前不是说，让你给我个机会吗？”

初瞳一时未语。

“这么多天了，你也没明确地排斥，或者拒绝我。”洛舟弯了弯唇，“那这是不是同意给我机会的意思，嗯？”

初瞳心想，他都知道的吧。既然都知道，还要问出来。

而且她也很纳闷，告白后不都是接着来一句要不要在一起之类的吗？

为什么他的就这么不一样呢？

杜优容说让她多吊他一会儿，可就算她不吊，洛舟也压根没问过她这种问题，她也无从同意啊。

初瞳抿了抿唇，有些别扭地应道：“算是吧。”

他神情有略微的放松，笑容加深了些，眼睛看起来格外漂亮。

这么笑了会儿，他突然低头俯身，凑到她面前，直视着她的双眼：“那你准备什么时候忘了他？”

初瞳原本被他骤然放大的帅脸给惊得心跳忽停，在听清了他说的话之后，一脸茫然地问：“啊？”

机场人来人往，洛舟太惹人注目，总有视线朝这边看过来。初瞳的注意力却不在这上面。

她盯着面前的人，又问了一遍："你说的是……让我忘了谁啊？"

初瞳眼睛里写满大大的疑惑，这么纯粹的表情，让洛舟突然有了一丝动摇。

怎么回事？他想错了？

最开始见到温宿的时候，是因为初瞳坐着他开的车去赴约，当时只觉得这男人对她图谋不轨是肯定的，但是洛舟并没觉得初瞳对他有什么意思。

可是吃饭的时候，她很突然地夸那个男人帅。还说那个兼职很好，有猫可以撸，有帅哥可以看。

而且恰好在夸温宿之前，她在某天突然给他发消息说"哥哥我有个喜欢的人想去告白，你觉得他会同意吗"，正好就是她替她学姐去做兼职的那段时间，完全对得上。

再加上上周她高中同学聚会，她的小迷弟坐在外面边哭边号，旁边那人说的话洛舟也全都听到了。

初瞳承认她有喜欢的人，并且默认了，是在大学认识的。

那不是温宿还能是谁？

如果她喜欢的不是温宿，而是另有其人呢？洛舟的思绪一顿。

洛舟又想起来，她似乎还追星，当时特地化了个非常个性的妆、穿着朋克风的衣服去听那人的演唱会，好像叫什么陈诉。

这难道还真是个正儿八经的小海王？

还是说小姑娘没定性，见到好看的就喜欢？

"洛舟哥——"他的想法被初瞳的声音打断。

"你发什么呆呢？"她眨了眨眼，还是很不解地问，"我在问你呀，你刚才说的是什么意思？我准备什么时候忘了谁？"

洛舟沉默几秒，心想，这事儿吧，不说永远搁在那里，也不是个办法。而且洛舟原本就觉得还是说明白了比较好。

洛舟考虑再三，说："之前去你同学聚会的时候，我无意间听到你同学说的。"

他的确算不上偷听，那孩子号得估计方圆百米的人都能听到，压根儿没避着人啊。

初瞳还是奇怪地问："我同学讲什么了？"

"说你有喜欢的人。"

初瞳一愣。

"还说，是大学认识的。而且我还记得，之前你在温宿家给他养猫，跟我说他帅……”洛舟顿了顿，“他是你在大学才认识的，那我觉得你喜欢的是他，不对吗？”

初瞳一时语塞。

同学聚会那天晚上，她在玩每次聚会必玩的项目真心话大冒险的时候，在起哄下大家怂恿她选了真心话。那自然就离不开“你有没有喜欢的人”这类问题。所以被问到，初瞳就如实说了。

因为运气较好，后面没有再轮到她被人问。

可是还是有人一直好奇，见缝插针地问她喜欢的人是谁，是不是大学认识的。

初瞳也不知道自己当时迷糊着说了什么，让人误会是大学认识的。可能随口一句什么话，就被当成是默认了。

所以，他觉得她喜欢大学认识的温宿？

“还有，”洛舟又道，“我还记得你之前突然发消息给我，说你要跟一个人告白。”

初瞳听后显得有些无奈，心想，总不能说告白的人其实是你吧。

“那个也是他吧？”见她一直沉默，洛舟笑了笑，“怎么不说话了，嗯？”

告白的那个明明是乌龙——那天如果他按照正常人的思维回复，她当时就已经头脑发热和他告白了。

这一切一切的乌龙，其实用一句话就可以解释。

她只要坦白，她喜欢的人是他，暗恋了他这么多年，一切问题就都解决了。

可是在杜优容的理念灌输教育下，初瞳并不打算直接说。

——“不行啊瞳瞳，”杜优容说，“不能让他知道你悄悄暗恋了他这么多年。”

——“那洛舟学长那性格，不得直接上天啊？以后他在你面前呼风唤雨，那还得了？”

——“你也不想想，你这些年都这么卑微着过来的——就让他追！让他患得患失！让他尝尝爱情的苦！”

……

初瞳非常赞同她的观点。

洛舟这个人太危险了，对她杀伤力太强。现在他们的身份按理说应该是她处于主导地位，可仍是洛舟在拿捏她。先不说初瞳不好意思讲出自己那么多年的少女心事，如果如实告知，以后自己的地位确实堪忧。

初瞳直接问：“你觉得我喜欢温宿？”

“不是我觉得，”洛舟强调，“是你的言行举止让我这么觉得。”

初瞳无奈地道：“可是我真的不喜欢他。”

“那你当初问我的时候，是要跟谁告白？你跟你同学说的有喜欢的人，又是指的谁？”

初瞳挨个解释：“告白那个，我当时在和室友们在外面吃饭喝酒，我们玩真心话大冒险游戏。我选了大冒险，惩罚就是给列表里没有血缘关系的男生发那些话。

“然后，同学聚会，当时玩游戏的时候，我已经喝得有点儿醉了。”其实没有，但初瞳没办法，只好睁眼说瞎话，“洛舟哥，你见过我两次喝醉的样子，我喝醉后说的话，真的能信吗？”

洛舟额角一抽，心道你说的话能不能信不知道，你往我怀里钻第二天又断篇儿忘得干干净净的样子是真的不能看。

“那大学认识的，又怎么说？”

初瞳用了同一个理由：“都说了，喝醉了，我可能连问题都没听明白，那也很有可能就让他们误会了呀。”

似乎，所有的疑点都解决了。

初瞳否认她喜欢温宿的时候，神态自然，眼神认真，肯定不是说谎。

可是在说“她喜欢的人”的时候却并不是那么坚定。

上了飞机后，洛舟还在惦记这事儿。

他越想越觉得，初瞳八成是不想说自己喜欢谁，而且应该大概率跟那个她喜欢的人没什么发展的可能，她不太像会主动出击的人。

不是温宿，洛舟已经差不多可以确定了。

但那人是谁他仍然不知道，原来好歹有个温宿，可以在心里骂两句出气，现在连个目标都没了。

洛舟拿出手机，翻了翻初瞳朋友圈，从头到尾挨个看，每张照片都不放过，就想着寻找出点蛛丝马迹。

然而，洛舟一无所获，什么都没侦查出来——她朋友圈照片里除了社团集体照以外，压根没有异性的出现。

他这身份这立场，也不能硬是逼问她吧？

洛舟越想越憋屈。

洛舟非常憋屈地发了一条朋友圈——爷，不开心了。

初瞳是在到家后不到五分钟内刷到洛舟新发的朋友圈的。

她看着这句“爷，不开心了”，想象了一下两人分别时他那副样子，好像的确不怎么开心。

初瞳也不知道为什么，明明都给他解释了，可是他好像不信，非要坚持认为他自己有一个情敌。

她上楼回到自己的房间，停留在洛舟朋友圈界面好久，想了想，截了张图，发给了杜优容。

有容乃大：“洛舟学长发这个干什么？”

有容乃大：“发给你看的？”

tong：“嗯。”

有容乃大：“他这是怎么了啊？而且他发给你看的，你发给我干啥？”

tong：“你之前不是说，得让他尝尝爱情的苦吗？”

tong：“虽然我什么都没做，但我觉得他现在就在尝了。”

飞机在高空飞行了一小时后，洛舟正式将初瞳的备注由“瞳瞳”改为“小海王”。

也恰好同一时间——

别催了在发光：“怎么了兄弟？”

别催了在发光：“我来猜猜吧，是不是跟妹妹出问题了？”

别催了在发光：“当初就是我点醒的你，你没忘了吧？出啥问题了，赶紧的，来。”

金子光发来了三连问候。

正好，情绪需要一个发泄口，洛舟当即打字回复。

没空闲聊：“我妹有喜欢的人。”

别催了在发光：“啊，谁？”

没空闲聊：“我还不知道是谁，这是最糟糕的。”

别催了在发光：“什么？！”

别催了在发光：“竟然不是你啊？”

别催了在发光：“我以为洛少追人说一句就能成功呢，怎么回事儿啊？怎么死皮赖脸待在人家家里那么多天，人家妹子连喜欢都没喜欢上你啊？啊？”

没空闲聊：“我还想知道呢，我问谁去啊？”

洛舟很想揍他，但是够不着。

别催了在发光：“不瞒你说，我和我现在这任女朋友，从认识到最后深入交流……可能也就用了一周。”

洛舟认真冷笑着打字：“我要是认真起来，绝对比你快。”

可某人并不信。

别催了在发光：“言语上的绿巨人，行动上的小矬子——洛舟。”

别催了在发光：“那你发什么朋友圈，还跟你妹撒娇，‘爷，不开心了’？”

金子光随后发了个“看不起你”的表情。

第25章　太子妃

金子光这人换女朋友也就比换衣服慢一点儿，最长的可能也就谈一个月，“金子光”三个字就是花花公子的代名词，这花心大萝卜现在还在这儿跟他秀上了。

没空闲聊：“你用一周开始，用一周结束，我能跟你一样吗？”

别催了在发光：“我也不是生来就这样的好吗？我那个初恋啊，她跟我分手是因为啥？因为在篮球场看你打球，移情别恋了。我告诉你，你也算是我变成今天这样的加害者好吗？”

别催了在发光：“没暗杀你，就已经是我人品好了。”

两人开始越扯越远了。

洛舟懒得理金子光，发了个表情包便切了出去，手机锁屏，靠在头等舱舒适的座椅上闭目养神，直到下飞机。

到家之后，洛舟在玄关处遇到了正在换鞋的洛棠，洛棠看起来也是刚回来的样子。

兄妹俩少说也有十多天没见了，洛棠看到他的时候愣了一下：“哥，你今天回来啦？”

“嗯。”洛舟随口问道，“你这是去哪儿了？”

“我跟苏延去旅游了呀，”她指了指一边的行李箱，“原本想过年那周去的，但是听说现在不少人都喜欢在年周的时候旅游，正好他最近没有戏要拍，我们就把计划提前了。”

洛棠这嘴很能说，这时候就不能搭话，只要问她“你们去的哪儿”，她就能从去哪儿说到路上发生了什么，然后一直说下去。

此时此刻，洛舟可不想听人秀恩爱，主要是对两人的事情毫无兴趣，只是“嗯”了一声，换完鞋就准备转身上楼。

“哥。”洛棠叫他，“你偷偷告诉我，你是不是有什么新情况啊？”

洛舟看了她几秒：“你指什么？”

“就……你这次为什么突然出差那么久啊？”洛棠撇撇嘴，“我跟苏延出去吃饭的时候偶遇邹特助来着，聊了几句，明明以前这种事，你压根儿不出差的，不是吗？”

洛舟心想，这邹特助真多嘴。

“所以我合理猜测，”声音里藏着一丝兴奋，洛棠凑近了，用说悄悄话一样的音量对他道，“你是不是背着爸妈谈恋爱了啊？在S市有女朋友了？”

洛舟心想，要是真有还好了。

洛舟：“不是。”

洛棠：“那……总不可能是真的突发奇想要尽职尽责地完成工作吧？”

洛舟：“怎么不可能？”

“没必要的事情你从来不干，能寄过来签文件，你会跑到那么老远？还待了十天？”洛棠“啧啧”两声，“邹特助都不信好吧，更别说你妹我了。”

见他久久没个解释，洛棠撇嘴：“瞒着爸妈就算了，你怎么连我都瞒啊？我又不会跟爸妈告状。”

洛舟心想，倒不是怕她告状，他想在定下来之后再和他们讲，一锤定音，说“初瞳是我女朋友，我追到了”。

现在这不上不下的情况要怎么说？难道说“我在追她，但是也没十足的把握能追到手，因为她疑似还有个不知名的心上人”？

洛舟想想都觉得憋屈，所以他不打算开口。

可他越是沉默，洛棠就越是认为自己的猜测一定是对的。

“是不是你那个小女友，身份特殊敏感？不然就是，小女友家境不好，你怕爸妈不同意？”她越想越起劲儿，“是不是那种家境清贫、自力更生的坚强少女？”

洛舟心想，这都什么跟什么啊？

于是，洛舟冷笑道：“洛棠，我看你是谈个恋爱把脑子谈傻了。”

虽然洛舟每天都很毒舌，可他此时此刻的毒舌，在洛棠的眼里，显然是恼羞成怒了。

这番兄妹间的交谈最后不欢而散。

洛棠最后“嘁”了一声，对洛舟翻了个白眼便转身上楼去了。

进了自己的房间，将房门反锁后，她立刻拨通了洛城的电话。

那边很快接通。

“爸，”洛棠完全忘记了自己刚才说的“我又不会跟爸妈告状”，立刻告状道，“我哥有情况！”

洛城开的免提，那边传来白相宜的声音：“什么情况？”

“我哥谈恋爱了！”洛棠捂着嘴，压抑着激动，“铁树终于开花了！”

洛舟走的那天再往后数三天就是春节。

上次同学聚会，说好了要在过年前去看望一次老师。于是距离春节还有两天的时候，还是聚餐的那批人，大家一起去了高中班主任的家里。

辛莹聚会没来，现在她回来了，这个活动肯定不能缺席。

她人缘好，跟谁都玩得来，同学一见到她就纷纷笑着调侃："哎呀，某人去了首都念了回书，连家都不想回了，同学聚会都不参加了呢。"

"是呢，我们这些老同学算啥，还是大学认识的新朋友更香啊。"

"唉，人可真是健忘的动物啊……"

"你们一个个的干吗呢？"辛莹哭笑不得，"那不是还跟你们视频了一小时呢，咋还说我！"

"视频能赶得上本人吗？"

"就是——"

"哎呀，好了好了别搁这儿嘲讽我了，"辛莹摆摆手，"我多喜欢我家哥哥你们还不知道吗？他有粉丝见面会啊，我这不是因为追星才不回来的吗？"

之前是微信上说好，分头到班主任家会合，一番嬉笑寒暄过后，大家一边说笑一边上楼。

班主任家所在的小区是新楼盘，房型比较宽敞，十几个人进去也完全不会显得挤。

时隔半年，班主任依旧清晰地记得他们每个人，问过他们的大学生活之后，便开始回忆之前的趣事。

说到辛莹和初瞳的时候，两人正在一旁小声讲话，班主任笑道："你们这对姐妹真是走哪儿都要一起。上学的时候，一起去超市、去厕所；毕业了，一起去C市，一起读A大，你们说你俩像不像是连体婴？"

"哈哈哈，老师，她们就是连体婴！"纪律委员说，"体育课跑八百米的时候，我们从来不担心自己倒数。辛莹跑得快，但初瞳体力不行，可是她们姐妹情深啊，辛莹就陪着她当倒数第一。"

同学们又开始起哄她俩的姐妹情深。

初瞳、辛莹在高中的确是各种意义上的连体婴，两人性格在别人看来相差甚远——辛莹比较能疯能玩，初瞳属于文静类型的。

辛莹好多次都说，两人明明一样疯，怎么就她自己的疯癫名声在外，可是压根儿没人信。

她就是传言里那个"校花最好的疯疯癫癫的闺蜜"。

"既然都上大学了，"班主任笑得格外慈祥，"那我也得问点儿别的问题了。"

此时，班主任毫无防备地问道："谁大一上半年谈恋爱了？诚实点儿，举个手。”

客厅有那么一瞬间的静止画面。

竟然，没有一个人举手。

班主任推了推眼镜：“你们不是吧？高中时候不让你们早恋，一个个疯了一样偷着谈，精明起来跟地下党反侦察似的。现在能光明正大地谈了，反而一个个的都是光棍儿了？嗯？”

“老师，可能就是偷偷摸摸的才最快乐。”有不正经的男孩子说。

“我们大一太忙了，我社团都没参加，也没怎么认识班级以外的男生……”有学霸说。

“我们不是全都单身啊，老师，”纪律委员说，“初瞳撒谎了，她脱单了！”

初瞳再次享受众人的注目礼。

刚才在楼下会合的时候，因为辛莹的到来缓冲了一下，估计他们就忘记问“情哥哥”事件了。谁知道，这会儿又突然想起来了。

“哎哟，”班主任惊讶地道，“你们中间，是初瞳先脱单的？这我倒是没想到啊。”

初瞳：“不是的，老师我没有。”

“哎呀，别害羞啊，”纪律委员笑道，“当时来接你那人，‘情哥哥’都说出口了，你还有什么不好意思的。”

初瞳无奈地说：“那个‘情哥哥’，真的是开玩——”

她话还没说完，只见身边的纪律委员看着茶几下的一个地方，怔愣了三秒钟，然后伸手取出来，激动地道：“哇，这不就是那天来接她的情哥哥！”

纪律委员手上是一本杂志——杂志封面上正是洛舟接受访谈的照片。

旁边也有人一眼认出来：“老师，您还看这些呢？”

“不是我看，我有个外甥女特别喜欢这什么舟的，一出带他的照片的，直接买一本送到我家，我家的杂志都是这么来的。”

问完这个，几人的话题又绕了回去：“你确定那天来接她的是洛舟？”

“怎么回事啊？初瞳，快说说快说说！”

初瞳无奈，只好老实将两人父母的关系交代了一番。

不少人都知道初瞳家境优渥，但谁也没想到，会是跟洛舟那种公众人物联系如此紧密的优渥。

“你这个哥哥本人真的是太帅了……”纪律委员回忆那晚，还是很激动，“而且他说‘情哥哥’的时候，正好搂着你，那表情、那神态，我直接就信了啊！”

初瞳：“他那晚说的话你真的不要在意，他经常跟熟人这么开玩笑。”

“是吗？”文艺委员伤感地说，“太羡慕了，我也好想让洛舟跟我开这种玩笑。”

初瞳这边否认了脱单，可初瞳知道，现场有一个人是肯定脱单了的。

但她绝对不能说。

上午在班主任家里做客，中午约了曾经的几位任课老师一块儿吃饭。

吃饭的时候不好说悄悄话，于是在解散后，初瞳和辛莹并没有立刻回家，反而在附近找了家喝下午茶的店继续聊。

“说吧，”初瞳看着对面的人，“上次你说没想好怎么组织语言，这都两三天了，总该想好了吧？”

“唉……”辛莹挠了挠头，“就……我之前去接机……”

由于辛莹特别能交友套近乎，加上学的又是传媒专业，十月的时候她就已经在陈诉签的经纪公司找到了一份兼职工作，和他的经纪人也混熟了，还加了微信。

陈诉是个很特立独行的人，性格里有那么点儿小奇怪——他一不高兴了，就喜欢自己行动，讨厌人群，讨厌注视，让经纪人找不到也是常有的事情。

那天本来是个很普通的接机行程，可很久都没等到陈诉出来，辛莹当时为了见他已经站了好久，腿好酸，就坐到了卫生间附近的座椅上玩起了手机。

大概玩了五分钟，身边坐下来一个人，这是公共座椅，她自然没抬头去看，继续旁若无人地看着手机。

追星少女的玩手机跟别人的玩手机定义不一样。作为小主持，得时刻关注超话有没有黑子进来，还得看最近又是哪些营销号在带节奏黑他，及时去控评澄清事实，还有陈诉新歌上了，各种榜也要打……

搞着搞着，她就忍不住开骂：“烦死了，这星探秘闻是被陈诉挖了祖坟吗？天天黑他，就是靠黑他吃饭的吧？还敢删评论……”

之后，辛莹进行了长达十分钟的“问候”。

辛莹骂完又开始切号打榜，然后发语音到后援会的群：“我的号打完了，姐妹们还有多余的，或者没空打的，都私聊甩给我。”

然后，她一边等着私聊，一边弯腰去揉自己的小腿：“累死了……”

身边突然传来一道男声：“追星这么累啊？”

声音有些闷闷的，加上机场嘈杂，辛莹也没仔细辨别。

“是啊，累死了好吗？”辛莹当这是个路人，也没心思回头去看，顺势答了一句，“一上热搜我们就得起早贪黑，一发新歌就得废寝忘食，一有行程就得提前几小时准备好……”

“这么累还追什么？”那人又问。

“当然是因为喜欢才追的啊……”她一边揉着酸痛的小腿，一边嘀嘀咕咕，说着说着就委屈上了，“而且累点儿怎么了？谁怕累了呢？关键是今天站了那么久，人都没见到啊！”

然后那人沉默了，过了十几秒，又突然说：“那你现在见到了。”

“这个相遇我后来想想都觉得不可思议……因为陈诉那个怪癖我们老粉也知道，但谁也不知道他会选在那么显眼的地方——那可是公共座位，被认出来直接大爆炸好吗？！”

初瞳兴趣极浓地道：“那后来呢后来呢？”

“后来，我那天回头见到人是他的时候，脑子直接短路——真正意义上的短路你知道吗？”辛莹比画，“他当时戴着口罩，我回过头的时候，可能是怕我不信吧，还特地摘下来给我看。

“我简直要吓死了，这可是机场啊！直接就把口罩给他拉回去了。

“我想过要加他微信，但是我肯定不能做私生饭才做的事儿啊。我觉得我跟偶像得保持距离，就忍住了。”辛莹说，“但我没忍住想和他合照。

“跟他自拍了一张，然后陈诉说这张照片他也很喜欢，让我加他微信发给他……”

“噗——”初瞳呛到了，一边咳一边笑，“你别说了，我已经想象得到你当时在那儿的傻样子了！”

“不，你想象不到，”辛莹捂着脸，万分羞耻，“我直接捂着嘴哭了……”

初瞳直接笑倒在桌子上。

“总之，其实我现在是他经纪人的兼职小助理，寒假晚回来了一周也不光是追星，还有工作啦……”辛莹有点儿不好意思，“当然，能当上也是因为他介绍的。”

两人离开下午茶店，在外面逛了会儿，吃了晚饭才回家。

之前，初瞳只知道一个追星成功的案例——洛棠和苏延，可那两位是从初中就开始的渊源，说白了就是再续前缘罢了。

辛莹跟陈诉可不是。陈诉是辛莹从初三就开始喜欢的歌手，那时候她十五岁，他十九岁，刚出道一年，两人是完完全全的两条没有交集的平行线。

之前辛莹每次提到洛棠，都会和她歌颂神仙爱情。初瞳没想到，这样的事情会发生在辛莹身上。

到家之后，初瞳上楼正准备洗澡，扔在床上的手机响了一声。

她走过去，滑开屏幕。

洛舟：“回家了没？”

今天一天，初瞳和他都有联系。他知道她上午去看老师，也知道她下午和晚上跟辛莹在外面玩。

自从洛舟离开S市之后，两人微信联系就变得格外频繁——洛舟早上一睁眼就给她发“早安”，一整天都会断断续续地聊天，甚至精确到汇报他吃了什么，有时候两人会连麦打打游戏，然后一直到睡前的“晚安”。

初瞳打字：“回了。”

洛舟：“还有两天过年。”

洛舟：“我的礼物呢？”

tong：“我什么时候答应给你礼物了？”

随后，她又发了个“呆”的表情。

洛舟：“那现在答应一下。”

洛舟：“爷爷想要。”

初瞳发了一长串的省略号过去。

他一发这个“爷爷”的表情，初瞳就想到那个“爷，不开心了”。

她没忍住笑，笑完看看手边的礼品袋，回复：“给你买了的，开学再拿给你。”

洛舟那边沉默了好一会儿，然后发来了一个“爷舒坦了”的表情包。

总之，就是跟“爷”过不去了。

初瞳坐在床沿，想到洛舟的身份，他人脉那么广，估计认识好多娱乐圈的人。

她对任何明星都无感，可是陈诉很特别，这位以前只是辛莹的偶像，现在却是她男朋友。

tong：“洛舟哥，我想问你个人。”

洛舟：“问。”

tong：“你知道陈诉吧？上次你陪朋友去看他的演唱会，我们还遇到了的那个歌手。”

洛舟：“问他干什么？”

tong：“就是……我想你大概认识很多明星什么的吧，明星不是会有那种地下恋情吗，那你有没有听说过，这个陈诉有没有什么隐瞒大众的女朋友，或者什么有关私生活不好的消息？”

洛舟给她发了个问号。

初瞳以为自己没解释清楚，看了又看，也不知道他这个问号是要表达什么。

她便换了个更简洁的说法。

tong：“其实就是想问下这个人有没有那种不好的传闻，私生活会不会很乱什么的……你了解吗？”

洛舟连着发了两个问号过来。

紧接着，初瞳那边也发了两个问号。

洛舟：“问他的私生活干什么？你要跟他生活？”

她呆滞地看着屏幕，还没想好怎么回复，那边又来了一条语音消息。

“初瞳，”洛舟一改往日称呼小名的温柔，语气听起来正常，实则压抑着怒火，声调上扬，“我大晚上的找你聊天，是为了听你问我别的男人的私生活的吗？”

初瞳觉得这个场面自己前两天好像才经历过一次。

也就是在机场送洛舟离开的时候，他突然问她“打算什么时候忘了他”，那个“他”指的是跟她可以说是完全不熟悉更谈不上喜欢的温宿。洛舟却通过自己的瞎推测乱分析直接盖章她喜欢的人就是温宿，吃飞醋——也不知道吃了多久。

现在又来了——熟悉的语气，熟悉的话，熟悉的酸。

洛舟说完之后，直接邀请她语音通话，屏幕上出现洛舟的白色头像，以及备注的“洛舟”两个字。

初瞳接起来，一句废话都没说，立刻解释：“那个不是我要问，我是帮别人问的。”

声音顿了一下，他问：“帮谁？”

“我闺蜜，”初瞳试图唤醒他的记忆，“就是当时那个跟我一起去演唱会的，你还见过她的，你不记得了吗？”

“那演唱会，”洛舟笑了声，“你不是也去了？”

初瞳：“我那是为了陪她啊。”

洛舟哼笑：“陪你朋友，还特地化妆穿那种平时不常穿的衣服？”

初瞳：“那也是因为她说，看演唱会要有仪式感啊。”

两人的通话陷入沉默。

初瞳抓了抓头发，有点儿无奈：“我闺蜜真的喜欢陈诉好久好久……从初中就开始了，我可以给你看我们好久之前的聊天记录，我完全是在她的影响下才知道这个人的。”

这种被误会喜欢谁的事情，换作别人她可能会觉得十分无语，但人类的本质就是双标，洛舟误会，她就只觉得甜，还想笑。

初瞳说着说着，脸上有点儿热：“你干吗连明星的醋都吃啊？年轻人追星不是很正常的事情吗？对明星的喜欢怎么能和别的喜欢一样呢？”

洛舟：“我亲妹追星都把人追家里来要结婚了，我还不能敏感点儿吗？”

初瞳心想，那倒也是。

“你那朋友，没事儿想着打听偶像的私生活是要干什么？”

初瞳犹豫了一下。

这也不是辛莹要求的，是初瞳想帮她打听的。

因为娱乐圈不可能像看上去那么风平浪静，就像许多人很可能都不是单身，她怕陈诉一边跟粉丝恋爱一边还有地下女友，又或者跟粉丝恋爱他也是老手，只不过保密工作做得好没有人知道。

“就是……想看下这个人值不值得她粉这么多年。”

这应该是个万无一失的理由吧。

洛舟这才“嗯”了声，没再问下去：“我很少了解这些小明星的事，之后让人查一下，再告诉你。”

随后，洛舟又提起别的事情：“说说吧，新年给我买了什么礼物？”

“哥哥，你怎么会问这种问题？”初瞳纳闷，“说了还有惊喜吗？你告诉我，你给我准备了礼物，我什么时候问过你了？”

“我着急啊。”洛舟笑，“不然你给哥哥寄过来吧，离你开学还要等半个月，这也太久了。”

……

接下来，两人就着“礼物的新鲜和惊喜感”这个问题进行了十分钟左右的对话，虽然大部分都是无意义的口水话，但抱着手机还是聊得相当开心。

互道“晚安”挂断后，初瞳看着两人的聊天界面，想了很久，把“洛舟”两个字删掉，又给他改了个备注——东亚醋王。

除夕前一天下午，初瞳收到了洛舟寄过来的礼物。

是一只和她一样高的玩偶熊，浅棕色的毛绒，身上戴着可爱的帽子围巾，装在一个巨大的纸箱子里。

初瞳把它拆开之后摆在沙发上，相当显眼，二哥当时刚睡完午觉起来，看到这只熊揉着眼睛“哇”了一声：“这谁买的啊？咱家又没有小孩，买这玩意儿干啥？”

“不是谁买的，是洛舟哥送的。”初瞳解释，顿了顿，又补充道，“送我的。”

这只熊，初瞳以前见过。

在C市中心商场，她和洛舟去的时候，路过了一家装潢非常漂亮的玩偶店，这个熊就摆在店门口，憨憨的，惹眼又可爱。

她当时随口说了一句：“这熊好可爱，如果我不住宿舍的话，就买回去摆在家里了。”还很遗憾地补充道，“可惜宿舍放不下。”

但是女孩子喜欢的东西可太多了，今天是一只可爱的熊，明天熊就被抛之于脑后，换成了一条精致发带、一个漂亮手镯，见一个爱一个，花心得很。

说那话大概是几个月前了，如果不是他送来，初瞳这辈子可能都不会再想起这只熊。

没想到洛舟竟然记得。

那是洛舟啊，那可是被网友调侃为日理万机的“太子殿下”啊。

初瞳坐在熊的身边，摸着它身上软软的毛，感慨道：“阿熊，你何德何能啊……”

初俞看到这个场景，憋着笑掏出手机拍了张照片。

原本只是随手一拍，没想到照片效果出奇好。

妹妹和熊完全框进了照片，并且完美抓住了初瞳张嘴讲话的瞬间，她的侧脸很是好看，女孩子对着玩偶熊说话的场景像活了一样，光线角度都相当绝。

初俞找到洛舟的微信，给他发了过去，并配字“我妹傻了，哈哈”。

那边没有秒回，隔了大概五秒钟，初俞都准备切出微信的时候，看到了最底下、最新来的醒目的转账记录——“没空闲聊向您转账9999元”。

初俞满脸的问号。

他立刻点击确认收款，然后打字：“爸爸，这是干什么？”

洛舟先是发来一长串的省略号。

没空闲聊：“答应我，以后封印了‘爸爸’这个称呼，OK？”

初俞：“你说啥是啥，OKOK！”

初俞：“干啥啊你这是，可别说手滑，我不会还给你的啊。”

没空闲聊：“奖励。”

初俞发了个问号给洛舟。

没空闲聊：“你不是给我拍照片了吗？这个当成奖励就行。”

初俞心想，这是什么心理啊？看到自己送的礼物被初瞳喜欢，所以开心了，这才奖赏他？好像哪里奇怪，但是又说不上来。算了，有钱赚就行。

初瞳并不知道自己已经为亲哥赚到了一笔横财，她抱着熊摸了好一会儿，越看越喜欢，给它照了张特写发给洛舟。

随后，初瞳又发了条消息：“我很喜欢，谢谢哥哥。”

东亚醋王：“嗯。”

很高冷的一个“嗯”。只不过，带着“东亚醋王”这个新备注，好像说什么话都增添了喜感。

tong：“你怎么会想到给我买这个熊？”

东亚醋王：“你不记得它了？”

东亚醋王：“跟我逛商场的时候，不是你自己说喜欢的吗，失忆了？”

tong：“没有啦，我一看到就想起来了，就是没想到你还记得我当时随口说过的话。”

这次隔了几秒钟，东亚醋王才发来新消息：

“你说的话，哥哥都记得，不信考考我？”

初瞳原本以为他是认真的，愣在了沙发上，什么鬼，考不考的，这多尴尬啊。

可她还没想好怎么回复，洛舟便开始抢答——

东亚醋王：“比如‘索嗨’？”

东亚醋王：“比如‘你在教我做事’？”

初瞳心想，是她太天真了。

翻旧账总是令人恼火的，更何况还是那么不光彩的旧账。

事后，因为翻了初瞳女士的旧账，洛舟进行了长达一分钟的反省，两人才握手言和重归于好。

除夕那天，初瞳手机消息提示音从早响到晚，就没停下过。

好像很多个新年都是这样子，从早到晚窝在沙发里回复祝福消息，或是给人送祝福，顺便在看到对方的名字的时候会想一下这人是谁，有多久没见了。

她两个哥哥也是，兄妹三人一起坐在沙发上玩手机。

初浔、初俞以前谈过恋爱，但近一年却巧合一般一点儿动静都没有。初父初母在旁边频频暗示——

“阿浔，你闻伯伯今年都抱孙子了，他儿子跟你同岁。”

“就是，我们俩也不想着抱孙子，至少带回来个姑娘吧。”

“家里天天对着你俩大老爷们儿的脸，我们也够够的了，懂？”

初瞳大概知道大哥上一段恋情好像结束得很不愉快。他性格高冷，话少，是那种不会轻易恋爱，但是一恋爱就格外认真的人。他还带初瞳见过当时的女朋友，初瞳记得那是个很温柔的姐姐，大哥看她的眼神简直能化出水来，也不知道两人为什么分开了。

二哥嘛，倒是从来都没带她见过自己的女朋友，他说得遇到那个要结婚的再让她见。跟大哥相反，二哥性格跳脱，特别没定性，追他的人多他就找不着南北，所以从小到大，一直就没找着过南北。

两人今年双双是光棍儿也是初父初母没想到的，唠叨了半个多小时，大哥初浔高冷，很少回这方面的话，有人却听不下去了。

“爸妈，急啥啊，”初俞说，“你看洛舟也没有啊，我们优秀的男人从来不着急找对象的啊。”

搬洛舟出来，初父初母就停下了这个话题。

初瞳全程没参与，但在听到“洛舟也没有”的那一刻，却觉得莫名心虚。

洛家每个人她都问过新年好了，打开微博，看到其中一条是 #酥糖夫妇新年祝福#，点进去便看到了洛棠挽着苏延的手拍的一段视频，两人穿着颜色相近的情侣装，苏延笑容很淡，洛棠笑容很灿烂，整个人都靠在他身上，幸福感直接溢出屏幕了。

下面评论也是非常整齐划一——

“不会吧不会吧？不会只有我一个人大年三十还是单身吧？”

“不是吧阿 Sir，我的年夜饭就是大餐吗？”

一系列评论全都以“我酸了”为核心。

既然凑巧刷到了洛棠的微博，初瞳又搜了一下洛舟的微博。

他好像好久没有上线过了，搜出来的相关消息，全都是粉丝在哀号自己为什么要粉一个不是娱乐圈的人，他压根儿不需要经营微博，想发就发，想走就走。

在一年仅有一次的大喜节日里，超话里也跟别的地方画风不一样，哭声遍地。

“洛舟不发微博不改名：没发微博的第 47 天，明明新闻上还能看到他，怎么就单独忘了微博的密码呜呜！不是吧不是吧，哥，过年了也不看看我们粉丝吗？不祝福我们一下吗？就四个字‘新年快乐’也行啊！”

“爱上一个不回家的男人：好想卑微求一个太子的新年祝福，今天能蹲到吗……”

“洛舟且鸽子：我都不像别的姐妹一样奢求新年祝福了好吧，哪怕他上线毒舌一下也好啊！没见过求骂的粉丝吧？没有吧没有吧没有吧？”

初瞳叹为观止，还真是没见过这种的，在线求毒舌，这也太卑微、太可爱了，看了之后好想笑。

想了想，她给洛舟发了条消息。

tong：“洛舟哥，你多久没上微博了啊？”

东亚醋王：“不久啊，今天还打开看了。”

tong：“那你怎么从来不发微博？”

tong：“我刚才偶然点进你的超话看了下，你的粉丝天天等着你发微博，都可伤心了，你既然上线了，干吗不发呀？”

东亚醋王：“想多了，我不是娱乐圈的人，撑死算是她们一百个关注里的其中一个，都是嘴上说说而已，说完了还有别的哥哥等着，伤什么心。”

初瞳心想，说得有那么点儿道理。

tong："那你突然不更新的原因呢？"

东亚醋王："没劲，懒得发。"

东亚醋王："而且，因为那时候有了一件更有意思的事情。"

tong："什么事？"

东亚醋王："决定追你！"

初瞳看着这四个字，耳根处的皮肤开始一点点地升温，渐渐蔓延开来，没几秒钟，整个人都开始觉得热了。

从超话看，他大概是一个多月前开始没发微博的，也就是圣诞节那会儿。

那时候他就想要追她了吗？

初瞳无法形容自己有多开心，家人就在身边，她的激动也难以跟他们描述。

深深吸了一口气，又缓缓吐出来，正当她考虑这个话该怎么回复的时候，洛舟似乎也没打算让她为难，直接把她的注意力转移到了新的地方。

东亚醋王："你来问我，是想让我发微博？"

tong："是啊，我觉得你的粉丝好卑微。"

东亚醋王："那你也当我的粉丝吧。"

tong："啊？"

东亚醋王："你也当我的粉丝，我就发。"

粉丝？开玩笑吧，她初瞳，从洛舟还在上大学，没有接管公司，没有出现在大众视野的时候，就当了他的第一个小跟屁虫——那可是比粉丝还要铁的好吗？

初瞳实话实说："我不一直都是你的粉丝吗？"

不知道为什么，她说完这话，东亚醋王一下子没了动静。

刚好到了午饭的时间，她吃饭的时候也时不时地看一眼微信。

结果微信没来消息，倒是微博给她推送了一条"你关注的人洛舟发布了新动态"的消息。

初瞳愣了下。她刚才就那么随口一问，真的有效果了？他真的去发了？

初瞳立刻从推送点进了微博。

洛舟的确上线发微博了，而且还是个相当罕见的露脸视频，但只有短短五秒钟。

他拿手机横拍的，头发凌乱有型，穿着纯黑色薄毛衣，刚好能拍到修长的脖颈。

洛舟整张脸清晰地出现在屏幕里，姿态很是随意，镜头有些不稳，像边走边拍的，他懒散地抬手拨了拨头发，第三秒才转眼看镜头。

第四秒，那双极为漂亮的桃花眼眨了下，光线下的眼瞳显出浅棕色。

第五秒，他扯了扯唇角："新年快乐。"

然后黑屏，视频就此结束。

好敷衍，可是好帅！

初瞳这个才见过他本人没几天的，都觉得仿佛被最后那一下击中了心脏，更别提许久没见过洛舟脸的粉丝们了。

她反复看了这个视频十来遍，这么一小会儿的工夫，再返回刷新页面的时候，转、赞、评一下子就由零变为几万了。

光顾着欣赏美颜，没注意到他视频上方还配了几个字——洛舟：某人让发的。

某人本人明显有些无奈。

一开始，他的粉丝似乎跟初瞳一样，没注意到视频上面的那五个字，全都在反复看视频反复尖叫毫无意义的"啊啊啊"以及"哥哥我可以我可以"。

可是渐渐地，评论开始出现问号。

洛舟发微博了吗："某人？某人是谁？总不能是洛棠吧？"

是啾啾鸭："某人让发的，他就发了，我觉得好宠是怎么回事啊？某人到底是谁？是什么意思啊？"

酥糖夫妇宇宙第一："可能只是太子的朋友或者助理之类的吧……"

祖安公主："太子以前哪里用过这样的语气发微博啊？不然就是毒舌，不然就是讽刺他亲妹，什么时候发过这么耍帅的视频，这么隐晦的话啊？而且这视频感觉不是发给我们的，是发给'某人'的。那这个'某人'我大胆猜测一下，难道……是未来的太子妃？"

祖安公主的评论渐渐被送上了热门，开始有陆续的人哭"太子都有太子妃了，爷的青春结束了"。

然后，没多久，大家发现那条评论下多了一个"博主赞过"。

又没过多久，大家发现洛舟本尊出现了。

洛舟回复祖安公主："你还挺机灵！"

第26章 终有回响

洛舟什么时候娶我："太子妃！他承认了！啊啊啊太子脱单了！呜呜呜……"

名字好难取噢19："洛舟这是变相承认有女朋友了？大事件啊！为什么我比明星公布恋情还要兴奋！"

苏延洛棠范黎梁子月肖迎陈诉我的爱："我其实并不难过，只是纯好奇啥样的姑娘能收服洛舟？不仅让他这么嘚瑟地承认太子妃，还让他特地发了个耍帅的新年祝福视频……我看好多妹妹都在哭，就没有跟我一样好奇的吗？"

小清欧气满满："有有有！超级好奇太子妃是个啥样的人哈哈哈，洛舟这性格（对不起我是真粉丝）谈恋爱真的不会砸吗？虽然脸是神颜，但这毒舌的本性……"

但评论还是被大片的"呜呜呜"淹没，直到后来又有个相当理智的长评论横空出世，被大家送上热门，这状况才有所缓解。

看破红尘的老阿姨："有啥好哭的，我也是不懂，不会真的有人把自己当成洛舟的女友粉吧？不会吧不会吧不会吧？给明星当女友粉还能说是做梦，给太子这种人当女友粉这不是找虐吗？也不想想，那家庭、那性格、那脸，可能吗，妹妹们？圈内多少女明星想追都追不到，这很有可能是你爬墙头上都得不到的男人，他不可怕吗？还当啥女友粉，醒醒吧。"

洛舟什么时候娶我："谢谢姐姐，我醒了。"

洛舟认证女友1号："醒了，谢谢阿姨，这就去改名。"

……

先不说洛舟将近两个月没动静，关键是这一有动静就这么大，他的粉丝基本都是因为他那张脸，以及身为被大家所调侃的"太子"特立独行、不可一世的嚣张性格才粉他的，这视频最后的那一眼，以及那句"新年快乐"，简直把人酥断腿。

不到半小时，这个视频和他妹妹、妹夫一样上了热搜榜，位置靠下一点儿，但是还在往上升。

初瞳觉得新奇，从热搜那里戳进去，有些营销号都出来开始蹭热度了。

“星探秘闻发布头条文章——洛氏股市跌宕起伏，CEO洛舟开始走明星路线消费粉丝另谋新出路？”

评论1：“什么情况？”

评论2：“什么跌宕起伏，洛氏稳得很！”

评论3：“我算懂了，营销号是要流量不要命啊，洛舟的热度你也敢蹭？”

……

后面还有上千条评论，各个回得都相当在理，初瞳挨个点了赞。

还有人感慨：“不愧是洛舟的粉丝啊，看这一条条评论，完全展现了他的风采。”

发生了这么劲爆的事儿，洛舟的微博下有人开始问有可能的知情人士：“到底是谁啊啊啊？！ @洛棠@洛城@白相宜一家子不出来说两句吗？”

这一家子现在正忙着对当事人进行批判呢。

洛城和白相宜恩爱了一辈子，儿女双全，又都是让人省心的人中龙凤，可这俩孩子的情感之路可真是考验父母的心脏啊。

女儿十几岁就跟人家看对眼了，中间瞒了那么久，最后又没脸没皮地非要进娱乐圈当明星，不过折腾了一顿，好歹二十几岁的时候把心上人拐到手准备结婚了。

儿子呢，学业、事业完成得都相当好，难得的管理天才，洛城都没想到儿子毕业几年自己便直接能做甩手掌柜，活得轻松自在。

可这儿子怎么就是不谈恋爱呢？

怀疑性取向也不是第一次了，洛城甚至暗中准备了一份紧急应对公关方案。

这下洛舟发的这个视频，回复的那个评论，真是让一家人又气又喜。

气的是这么个大喜事都不告诉家里人，喜的是应急公关方案大概是用不上了——因为洛舟承认的是“太子妃”，女字旁。

白相宜指着洛舟的鼻子：“你这个玩意儿到底怎么回事？我跟你爸你妹知道了能怎么啊？能把你女朋友打死，还是生吞活剥了啊？”

洛城搂着老婆：“就是啊，我们高兴还来不及呢，你看看你这防备的样子！”

“我就说你之前出差那么久很奇怪吧！”洛棠叉着腰道，“真是让人寒心啊！”

洛舟被三人一起指责，也只是拿着手机靠在一边笑，不阻止也不辩解。

等到三人说累了，开始喝茶润嗓子的时候，洛舟才开口。

“不告诉你们，不是怕你们对她怎么样，”洛舟笑了笑，“是怕你们打死我。”

三人脑袋上一人冒出一个大大的问号。

可洛舟没有再往下说的意思，直接起身上楼去了。

洛舟新年祝福视频火了之后，所有知道初瞳和他关系的人都炸了。她微信原本已经回复完了新年祝福消息，消停下来，这下子又开始嘀嘀嘀响个不停了。

有洛棠发来的“瞳瞳，你看到我哥的微博了吗”，初瞳心虚地回了一个“还没有”。

杜优容发来问候：“某人？”

有容乃大：“某人让发的？嗯？我给你改个备注叫‘某人’怎么样？”

初瞳回了她一串省略号。

辛莹：“某人！某人！你老公好帅！我嗑到了啊啊啊！”

tong：“什么老公？！你不要乱叫！”

辛莹：“不好意思哈，我们追星的就是喜欢夸张的叫法。”

还有之前拜托她兼职的学姐，还有林莓，还有许许多多的人。

还有校园论坛的新帖子——主题：洛舟学长的新微博？这是？风雨瞳舟官宣了吗？

洛舟的微信消息被淹没在了众人的口水里，初瞳回复了好久才看到他发的消息。

东亚醋王：“我发了。”

东亚醋王：“哥哥帅吗？”

初瞳心想，这件事情上还是不能违心的。于是，初瞳发了个“嗯嗯”的可爱动图的表情包。

tong：“但是我没想到你会发视频啊……”

tong：“你还配了那个文字，知道我们认识的朋友全都来问我，学校论坛也有人发帖子了。”

东亚醋王：“论坛啊，我知道。”

东亚醋王：“风雨瞳舟，不愧是我的学弟妹，还挺会取。”

初瞳心想，这个人真是绝了，“你还挺机灵”“还挺会取”，用杜优容教的C市话来说，怎么这么欠儿欠儿的呢？

东亚醋王：“有没有时间打个视频电话？”

初瞳一愣，看了看周围的父母和哥哥。

她打了两个字：“稍等。”

然后，初瞳拿着手机上楼回房间，把门反锁，又去卫生间照了照镜子，头发翘起来的地方给它压平，抿了抿嘴唇，看起来更红润了一点儿。

原本想涂口红，可是洛舟知道她一整天都待在家里，初瞳又不是闲得没事在家化妆的人，那不就太明显了吗？

如果真的化了妆再视频，洛舟会说什么她都替他想好了。

那人会笑着调侃她："哟，化这么漂亮，是为了给哥哥看啊？"

他绝对会这样说的。

初瞳照好镜子，走到床边坐下，给洛舟发起视频邀请。

他似乎一直在手机边等着——秒接。

经过一瞬间的卡顿，初瞳看见了屏幕上他的脸。

刚才发的视频果然是现拍的，发型衣服都没变，也没用任何美颜、任何特效，就微信这个原相机像素下都那么好看。

初瞳瞄了一眼边上小框框里的自己，好像也还不错。

洛舟在那端突然出声："嗯？"

初瞳不明所以，也跟着"嗯"了一声。

"素颜啊，"洛舟道，"我还以为你消失这么久，是为了跟我视频化妆去了。"

初瞳心想，看吧！她就知道！

她的确想过，但现在肯定不会说出来，硬着头皮道："视频而已，干吗要那么麻烦去化妆……"

"那倒也是，"洛舟点点头，"毕竟你素颜就这么好看。"

初瞳有点儿顶不住他的夸赞，清了清嗓子："那个……哥哥，你突然要跟我视频，是有什么事吗？"

洛舟转了一下镜头，看得出他身后背景是洛家书房，看来也是避开家人打的这通电话。

"没什么啊，"他说，"就是想见你了，不行？"

初瞳心想，行，太行了。

因为这不像平时打电话，有一点点的脸红都能被看出来，不过洛舟也没有进行过多的调侃，点到为止，这天聊得还是很舒服的。

挂断之前，初瞳提到了洛棠给她发的微信。

她没承认，是因为她不知道洛舟有没有告诉家里人发这条微博的原因，万一他没打算说，但她讲出去了，岂不是很尴尬？

"哦，她啊，你不用理。我准备最近告诉我爸妈了，"他揉了揉鼻梁，"我妹我爸还好，我妈那么疼你，真怕被她乱棍打死……"

跟洛舟的视频结束后，初瞳有些心不在焉。

他"准备告诉爸妈"的内容是什么呢？他在追她？

也只能是这样了。

毕竟他们目前没有别的进展，除了那次告白，他也没有提过任何“做我女朋友”之类的话。

似乎有些奇怪，告白之后让她给个机会，她给了，他就开始追。的确追得很到位，隔着那么远也送礼物拍视频的……

但追人的目的不就是在一起吗？

为什么一次都不提呢？

初瞳跟杜优容聊天的时候，话里话外透露出这个疑惑，却反被质疑。

有容乃大：“我迷惑了，让他多追你一会儿，多享受一会儿不好吗？你就这么迫不及待？”

初瞳无话可反驳，于是无语闭麦，再也不想提这个话题了。

往年过年的时候，在初瞳印象里，收到的短信祝福最多，就算是群发短信也能把收件箱给淹没，今年却寥寥无几，很是奇怪。

初瞳白天只是简单地疑惑了一下，直到晚上的时候，纪律委员发来一条微信。

纪律委员：“瞳瞳美女，你是不是换号了啊？我刚刚想打你电话给你拜个年，一直打不通！”

这才成功破案。

从C市回来后，初瞳一直没换回以前的电话号码。

经纪律委员这么一提醒，她才想起来自己现在手机里装的还是在C市新办的卡。

换卡是有原因的，当初上学前，初瞳就了解到C市有种本地不限流量网速超快的手机卡，推出了专为大学生设计的流量套餐，初瞳看中的就是它速度快，所以早早就网购了一张卡，旧的便留在了家里。

她家的手机卡都签了自动续费，不存在停机什么的事情。初瞳找到旧的手机卡，立刻把新的换了出来，重启手机，静待开机。

短信箱里果然很多未读信息。

有许多初高中的同学是没有加微信只留了手机号码的，初瞳从上往下翻，果然翻到了许多熟悉的名字，她一边回复老同学，一边删除垃圾短信，大概过了半小时才将今天收到的祝福短信回完，又接到了两三个老同学打来的拜年电话。

初瞳有强迫症，任何应用都不能留下红点，短信也是一样。所以她又继续往下翻，和之前一样，删除垃圾短信，回复没回复的短信，速度很快。

直到她看到十一月份的上百条信息，以及来信人的时候，手指顿住，不可思议地睁大了眼。

来信人是备注里的“洛舟”。

这个手机号备注里的“洛舟”，也就是那个那么多年都没有回复她的号码。

不是说……当年就被他弃用了吗？

为什么在两个多月前突然找回来了？还……给她发了这么多条短信？

初瞳脑子里突然冒出一句颇为喜感的话，“激动的心，颤抖的手”，是她当下的真实写照。

心跳得格外快，手指抖得特别厉害，她脑子一片混乱，一秒钟在想为什么他要发这些消息，一秒钟在想他怎么找回的号码，一秒钟又想自己说的那些话全部被他看到了，可真是尴尬……

她闭上眼，做了一次深呼吸，然后开始按照发来的时间顺序，从下往上看短信。

“谢谢。”

“谢谢。”

“嗯，不用了。不好意思啊，当时换号的时候，懒得通知所有人，也没想起要告诉你。”

“真的不用了。”

如果没记错，这是回复了她曾经给他发的信息——

“哥哥，新年快乐！”

“洛舟哥，生日快乐！”

“洛舟哥……你这个手机号不用了吗？”

“真不用了？”

……

他真的一条一条地回复了她。

她在几年前发：“忘记告诉你啦，我今年生日的时候，养了一只加菲猫。”

他回：“加菲猫好啊，长得蠢萌蠢萌的。不过我的加菲猫已经不在了。”

她在几年前发：“为什么会有政治、历史这样的科目呢？背得想哭……快分科吧……”

他回：“政治、历史你哥这种天才也不擅长啊，你不会太正常了，想开点儿，这不是仙女该学的玩意儿，嗯？”

她跟他吐槽自己和当时一个姐妹的争吵，他回：“对啊，就是她的问题，赶紧绝交。”

“跟她争论什么啊，生什么气，肯定是她的错啊，我妹妹怎么可能有错呢？”

她跟他树洞自己被告白，有一瞬间想要早恋，却还是忍下来了，他回：“没同意就对了，你那一瞬间想答应他也是错觉。下次别想这些有的没的，遇到跟你告白的，直接上去问他是什么品种的癞蛤蟆，也配跟洛舟的妹妹早恋？”

她说被他看到自己发的短信会很丢人，他回：“被我看到这些很丢人？哥哥不觉得丢人啊，你长大后回头看看当年发这些话的自己，不觉得可爱吗？”

还有好多，好多。每一条都对得上，他说的每一句话，她都想得起来自己当年发给他的短信是什么内容。

“学习这么好？我记得我走之前你成绩还没这么突出吧，怎么，跟哥哥待了一个月就被传染了？也是，我这个人好像一直都在当别人的人生楷模。”

“报A大就对了，我罩你不香吗？”

“哥哥没失忆，当然不会忘了你。”

“见面那天……好像还真是没夸你，但哥哥在心里夸了，你信吗？”

……

洛舟做的像是一场还原，如果当年，那个哥哥没有换手机，那他回复过来的消息应该是这样的。

可能当年，因为他的回复，还会衍生出更多的来往回信，几年的光景，也不仅仅是这百余条消息。

可是往事不可追，他在弥补她——他在弥补那个等着哥哥回信的小女孩，弥补她孤孤单单发消息得不到回应的那些年。

除了他，没有任何人知道，她曾抱着女孩子敏感细腻的心思，对一个远方的哥哥发了什么。而那个人的不回复，对她来说是多么大的伤害。

他用这样的方式，将以前那些空缺一点点地填满。

他没有跟初瞳讲过他发现了这件事，只是默默这样做了而已。

最后，洛舟回复完所有的信息，还额外发了一条：“不知道你什么时候才会看到这些，看不到也没关系，希望你看到的时候，能觉得开心一点儿。很遗憾，你分享你的青春，而我没能陪你长大。对不起。”

这些字温柔至极，有着巨大的冲击力。初瞳甚至没有感到鼻酸的过程，只是一瞬间，眼泪就涌出了眼眶。

她从来没这么感谢过自己喜欢的是这样一个人——一个值得所有的人。

就好像，他不是在说“对不起”，而是“我爱你”。

第27章　坦白

初瞳去卫生间用凉水冲了好久的眼睛，闭着眼冲眼皮，不然万一肿起来，待会儿出去他们一眼就能看出她哭过。

初瞳一边洗，一边脑子里还在回放着洛舟发的那些短信。

像弹幕似的，一条一条。

真的是每句话都特别有他个人特色，拽拽的。

什么“直接问他是什么品种的癞蛤蟆，也配跟洛舟的妹妹早恋”这话都说得出口。由此可见，他这个人是完全不懂谦虚和害臊的。

虽然以他的条件，也确实不需要这两项特质。

初瞳刚才哭是因为一瞬间的感触和冲击，现在已经平复了很多。她一边洗，一边忍不住想，如果她十五岁的时候突然收到这么多回信，那估计要哭一整天，并且回忆一次哭一次。

情绪渐渐平静下来，眼睛也洗得差不多了，她抬头看着镜子里的自己，眼眶周围并没有浮肿，只是正常范围内偏红一点儿，这才拿着手机离开房间。

她给洛舟发了条微信。

tong：“我看到了。”

东亚醋王：“嗯？”

tong：“我刚刚换卡，看到你给我发到那个旧手机号上面的短信了。”

初瞳哭过之后，一想起来就觉得莫名甜滋滋的，唇角一直翘着，惹得坐在沙发另一侧的二哥频频看过来：“你不就上了趟楼，这是发生什么好事了，捧着个手机也能笑成花？”

初瞳看都没看他：“过年我高兴啊。”

“白天也没傻乐成这样啊……”

兄妹俩说了两句话的工夫，洛舟那边也回了消息。

东亚醋王：“感想呢？那一百多条短信费了哥哥好久的工夫，观后感至少得来个八百字以上的。”

初瞳“扑哧”一笑，心想，写作文吗？还观后感呢？

tong：“那没有。”

东亚醋王：“为什么？”

tong：“就只有五个字，你要吗？”

东亚醋王：“五个字？我猜猜，是‘哥哥我爱你’？”

每次要认真说点儿什么，他就把气氛搞得让人哭笑不得。

tong：“我是认真说的！”

东亚醋王：“那你说。”

于是，初瞳慢慢地一个字一个字地打：“哥哥，谢谢你！”

是真的谢谢，不仅仅弥补了超级多的空缺，具体形容起来的话，更像是圆了她少女时代的一个梦。

东亚醋王：“原本呢，我打的不是‘对不起’。”

他说的话，和之前初瞳看短信时候的想法一模一样。

东亚醋王：“是我爱你。但我那会儿怕你看到之后，觉得我是个变态，就改了。”

初瞳心里暖暖的，打字回复他：“我懂，就算你不改，我也懂。”

在早些时候的聊天里，洛舟说过的，圣诞节前后他决定追她。

而短信发在十一月上旬，也就是那会儿他还没有其他意思。

生活里不常说“我爱你”，这三个字在汉语里过于正式。

可“我爱你”能表达的不仅仅是爱情。

心疼也是爱，遗憾也是爱。

心疼她还是个小姑娘的时候发短信没人回复，遗憾错过了这些，没能陪着他的小跟屁虫长大。

这就是他想说的爱。

不管那是怎样的一种情感，都让人觉得格外美好。

大年初一开始，初瞳微信里全都是各种吐槽走亲戚好烦的朋友圈。

比如什么——“不会吧？我都十八岁了还管我恋不恋爱吗？”

或者截然相反的——“哎呀，我才十八谈个恋爱就让我往家里带了？还问我男朋友家里干吗的，有没有钱？我就一青春美少女，跟帅哥谈个恋爱，互相馋对方身子，问什么家庭啊！”

配图也是各种搞笑，一看就是屏蔽了家人所以放飞自我的那种语气。

对于过年走亲戚这方面，初家并没有太多亲戚要走，除了外公外婆家和爷爷奶奶家要去，其余的亲戚都是来他们家，不用出门走动。

但朋友圈里的人面对的问题，初瞳也面对了。

从大年初一开始，初瞳也被长辈问了无数次情感问题，其中她的小姑姑最为夸张。小姑姑听说初瞳还没谈恋爱之后惊讶地拍着大腿道："我们瞳瞳这么好看，怎么都没找个男朋友呢？！我记得你姐姐当年读大一，跟我打电话说上半年就找了三个！"

表姐在一边喝茶，听到这个差点儿喷了："妈——你吹牛能不能别带上我啊，再说了，这难道是什么光荣的事儿吗？"

小姑姑："哎呀，妈就是想到了，随口一说啊。"

初瞳也笑了笑，没说话。

她不讨厌这个小姑姑，因为初母说自己刚嫁给初父的时候，很烦小姑姑嘴快、说话不过脑子这点，聊天总是火冒三丈，可后来初母坐月子，就小姑姑来陪她最勤。这种嘴快的性格是天生的，哪家有八卦小姑姑冲在第一线，谁有麻烦了需要帮忙她也冲在第一线——初瞳觉得这种性格还挺可爱的。

她的女儿就和她完全不同。初瞳的表姐叫路青青，学艺术的，情商非常高，人好看，还特有趣，每年过年一帮同辈的人里，初瞳最喜欢找的就是小姑姑的女儿。

走亲戚的时候，如果双方大人带了同龄孩子，肯定是大人聊大人的，孩子聊孩子的，没说几句初瞳就发现，表姐悄悄凑到了她的身边。

她心领神会，跟表姐换到一边的小沙发上坐下，避开大人视线。

"我妈说的你别在意啊，"路青青开门见山，"哎呀，她那人我估计你们也都习惯了，我从小到大都想把她说话的毛病扳过来，现在我放弃了，扳不过来了。"

初瞳笑道："她就这样也很可爱啊，咱们家不是都习惯了嘛。"

"唉，"路青青摆手，"不说我妈了，说说你吧。"

"我？"初瞳一愣，"说什么？"

路青青挤眉弄眼："跟姐姐说说你和洛舟的八卦呀——"

初瞳满脸写满问号，心想，她是怎么知道的？

表姐比她大了四岁，她读大学的时候表姐刚好毕业，而且表姐读的也不是A大啊！

初瞳："姐姐，你是怎么知道的啊？"

"这就说来话长了，"路青青顺了顺她有型的短发，"我虽然不是A大的，但我不是也在C市上的学吗，我们美院之前学画人脸的时候，我宿舍一姐们儿就画的洛舟。然后，这四年，在洛舟这个小迷妹的帮助下，我们宿舍对洛舟的各种事迹了如指掌——你和他的事儿也是昨天她在宿舍群里说的。"

初瞳又问了几句，才总算搞明白。

简单来讲，以吃瓜网友以及洛舟粉丝的行动力、侦查力，搜索关键词找到 A 大论坛是毫不费力的，而既然知道了 A 大论坛，那么也看得到所有跟洛舟有关的帖子。

不光表姐，现在好多吃瓜群众也知道太子妃是谁了。

“不用管我那姐们儿，她就是追着玩，你跟他才配啊！”路青青兴奋地拍了拍初瞳的肩，“真的，我一直觉得你是我见过的素人里最漂亮的女孩了。”

初瞳僵硬地笑了笑。

“你快给我讲讲，你跟他是怎么扯到一块儿的啊？是清纯女学生和霸道总裁的故事，还是清纯学妹和功成名就的学长的故事？在哪儿认识的？怎么在一起的？……”

路青青还在嘀嘀咕咕，初瞳拿着手机在微信上迅速告诉了洛舟这个事情。没想到，他的反应竟然极为平淡，毫不意外。

东亚醋王：“知道又怎么了？”

东亚醋王：“你要火了，开心吗？”

初瞳心想，一点儿都不开心，只有惊吓。

路青青摇了摇她的胳膊：“瞳瞳，到底怎么认识的，什么故事，我好奇死了，快讲讲？”

“姐姐，其实我们还没在一起。”初瞳锁了手机，笑着抬头说，“也没你想的那么浪漫，就是个老牛吃嫩草的故事。”

生气归生气，但因为这点儿小事生出的气，在人前损了一下他的形象后，很快就消了下去。

接下来的几天里，初瞳开始梦到洛舟——频繁地想起他的脸，频率高到严重影响生活——初瞳整天都心不在焉。

开学是在出了正月之后，但初瞳决定提前回去，于是订了初十的机票。

提前返校，家人自然疑惑，但她解释得有理有据：“我们专业课教授推荐我参加一个竞赛，下学期一开始就要准备报名了。她建议我提前回学校，她可以帮我一起准备。”

既然是学业上的理由，那他们也没办法拒绝。

临行前一晚，她和自己的宝贝猫道别：“小乖，妈妈明天又要走啦，你在家听话哈。”

之前初瞳自称妈妈的时候被洛舟听到了，他还觉得很好玩，笑着对小乖说：“叫舅舅。”

“小乖，下次回来……”初瞳声音压得很低很低，凑到猫咪的耳边，“你的舅舅可能就变成爸爸啦。”

初十下午，S 市机场。

初瞳原本和辛莹约好乘坐一班飞机回去，但这通心血来潮想要早点儿回去的念头一生出来，便一发不可收拾，很快就跟辛莹说明了情况。

谁知，辛莹竟然也决定初十回去。

辛莹解释："我不是他经纪人的助理吗，我得工作。"

初瞳解释："我不是我们教授最看好的学生吗，有个竞赛她叫我提前准备一下。"

理由冠冕堂皇，但两人对彼此太了解了，这语气心虚的程度一下子就听得出来。

确认过眼神，都是为了男人。

飞机飞行两个多小时，两人带着行李出安检口的时候，初瞳原本还在跟辛莹聊着什么，却听到辛莹一声压低的尖叫声："哎呀——"

初瞳一下子抬头看她："怎么了？"

声音格外激动，听起来都快哭了，辛莹道："我今天竟然没化妆！"

初瞳："啊？"

辛莹："我偶像，不是，我男朋友来了！他竟然来机场接我！被粉丝发现就死了啊啊啊！"

初瞳一边陪她往外走，一边朝旁边张望："哪里呢？"

辛莹给她指了一个方向："那个，一身黑，戴口罩、墨镜的那个，看到没？"

初瞳看过去，那人穿的是不太显身材的黑羽绒服，很长，好在身材比例很好，不臃肿，反而有那么点儿酷。可就算如此，那在外人看来也就是个浑身加脸都挡得严严实实的人，一丁点儿都看不出是陈诉。

初瞳十二万分的怀疑，小声问："你确定那是陈诉？这身材、这脸一点儿没露……你也认得出来？"

辛莹捏一把她的胳膊："废话！我粉的人我能不知道吗？！"

两人距离陈诉已经很近了，初瞳感到自己的手臂被松开，辛莹风一样从自己身边擦了过去，一下子扑在了对方身上。

辛莹的声音传来："你干吗来了？！经纪人姐姐知道吗？"

"接你啊。"

"我问你经纪人姐姐知道吗？！"

"不知道。"

"哇！你真的是……"

初瞳就站在一边，看两人恩恩爱爱渐行渐远。

所以，论坛上所说的吃柠檬、吃狗粮，就是这个滋味吗？

初瞳原本的好心情被酸掉了一半。

她拖着自己的行李准备去出口，突然手腕一紧，手上一轻，行李不翼而飞。

她大脑当机一秒，不敢相信自己这是经历了什么。

不是吧！没人接机就算了，大庭广众之下，还有抢劫的啊？！

初瞳心里悲愤交加，都张嘴准备呼喊了，却听到这个“歹徒”好听的声音在头顶响起。

“喂，想死你了。”

她愣了下，然后猛地抬头，瞬间撞见那双熟悉漂亮的桃花眼。

“歹徒”今天特别好看，唇角笑得微微上扬，一只手拽着她的手腕，另一只手搂着她的腰带到自己怀里。

“给哥哥抱抱。”

初瞳在听到他声音的时候就已经卸下了防备，猝不及防地被拉进怀里的时候，耳边满满都是他刚刚说的“想死你了”“给哥哥抱抱”。

然后，洛舟就如此自然地伸手来抱她。

他们还没在一起呢，这怎么整得像已经在一起一段时间了一样呢？

初瞳的脸刚好贴在他胸前，她声音闷闷地说：“哥哥。”

洛舟：“嗯？”

“我们可以就这样……随随便便抱的吗？”

“有什么不行？”他笑了声，“哥哥妹妹不可以抱吗？”

“可以是可以，”初瞳被他搂着，空着的那只手顺势扯住了他的外套，松松的，不好意思抓太紧，小声反驳，“但是好像没有哥哥追妹妹的吧？”

洛舟抬手摸了摸她的头发：“可以啊，过了个年，长本事了，还敢跟哥哥顶嘴了。”

初瞳不服气地说：“我本来也敢。”

“对。”洛舟点点头，“就你敢，别人都不敢。”

初瞳一副无奈的表情。

他叹气道：“还不都是我惯的。”

初瞳心想，你说话气人当然要顶你了，到头来还整了个“都是我惯的”，简直槽多无口啊。

两人你一句我一句，初瞳虽然的确在顶嘴，可是全程唇角就没放下来过，笑得停不下来。

刚才看着辛莹、陈诉走远的背影，她脑海里第一个闪过的就是洛舟。

只是浮现了一下他的脸，却从没想过他会真的出现在机场。

毕竟今天的行程她是对他保密的。

初瞳猛地抬头：“你怎么知道我今天回来啊？”

“那还能因为什么啊？”洛舟最后搂了她一下，然后松开了这个怀抱，转而带她向着出口走，“肯定是你身边出内鬼了呗。”

初瞳偏过头去看他，猜测着问：“是我二哥吗？”

不愧是亲妹，一下子就猜对了。

但洛舟肯定不能出卖初俞，随口道：“是你儿子，小乖。”

初瞳满脸的疑惑不解。

两人很快便走到了洛舟停车的地方。

放好行李，两人先后上车。

驶出机场，平稳上路后，洛舟靠在座位上对她道：“说吧。”

初瞳一愣：“什么？”

“说说为什么还没开学就提前回来了？”

初瞳沉默了一下，声音有那么一点儿的僵硬：“小乖不是给你通风报信了吗？连降落时间都说了，它没告诉你我为什么早回来啊？”

洛舟闻言便笑了出来：“毕竟是只猫，表达能力有限啊，还是你来说吧。”

“就是……我专业课的教授让我准备竞赛……”

“什么竞赛不能开学再准备，要提前这么久回来准备？”洛舟语调微微上扬，饱含怀疑，“我当年也有朋友读计算机系，怎么没见他准备这个？”

“开学就要报名了，所以提前准备报名作品……”初瞳的解释模糊了具体时间，其实是开学后半个月才报名，教授也是让她开学再准备的。对于他的刨根问底，初瞳又是心虚又是烦躁：“哥哥，你问这么多干吗啊？”

洛舟笑了笑：“没什么，哥哥就是怀疑你撒谎。”

初瞳硬着头皮：“我撒什么谎？”

洛舟：“比如，明明是想我了才早回来的，硬编了个学习的理由？”

初瞳：“我才没有。”

她的声音已经越来越小，语气也越变越软，这是什么意思，洛舟了然于心。他觉得逗得差不多了，也没再继续这个话题：“提前回学校，你要住哪儿？”

初瞳说：“过了初七就可以回宿舍了。我今天先回去放东西住一晚，后面几天答应了我室友去她家里住。”

“你室友家在本地？”

“嗯。”

“什么小区？”

初瞳觉得奇怪，但还是老实说了小区名字。

洛舟听了后也没什么表情：“嗯，那还行吧。”

“什么叫还行啊？”她忍不住问，“而且你问她家住什么小区干吗？”

“那个小区都是高层，户型我了解，一般三百平方米左右，多住一个人绰绰有余。”洛舟看了她一眼，“这不是怕你睡觉太挤吗？”

从机场开到A大需要四十多分钟。在等待最后一个红灯的时候，洛舟突然说：“你今晚就去跟你朋友住吧。”

初瞳：“为什么？”

“现在宿舍根本没几个人，自己住有什么意思？”

初瞳没有说话。

“不然就去我家，”他虽然用的商量语气，但也没给她更多的选择，“你选一个？”

初瞳张了张嘴，刚想习惯性地反驳回去，却突然想到两天前的晚上——

当时表姐路青青又来找她玩，拉着她壮胆看了个鬼片，初瞳觉得自己胆子挺大的，便同意了。谁知看完后，路青青不怎么害怕，倒是初瞳吓得不行，睡不着，一闭眼就是鬼片中的画面。晚上睡前，初瞳一直跟洛舟聊天，聊到意识模糊才陷入梦乡。

他是想到了这个吧，怕她自己在宿舍住害怕，可是想说什么又不直接讲，所以才这么强势地让她选。

初瞳对自己的事情总是不会记得非常清楚，像鬼片画面这种东西，白天压根儿不会想起来，估计到了晚上才会突然想到——啊，我好怕。

可是她不记得，有人帮她记得。

这感觉真是难以言说地美好。

初瞳看着洛舟线条优美的侧脸，看了半天，出声叫他：“哥哥。”

洛舟：“嗯？”

“你是担心我晚上害怕才这么说的吗？”

“不是。”

初瞳忍着笑：“那你知道有个词，叫‘傲娇’吗？”

洛舟只是笑笑，并没有回答她的问题。

初瞳还是先回宿舍放了行李，然后把去杜优容家会用到的衣物和用品全都整理进了一个背包里。

杜优容之前听说初瞳要提前回来，直接邀请她去自家住，原话就是想住多久住多久，越早越好，所以她和杜优容一说，杜优容就立刻回复“OK”。

洛舟也没走，就在宿舍楼下等着。

初瞳收拾好出来后，暮色刚刚降临。洛舟没立刻把她送过去，先带着她去吃了顿晚餐。

晚上八点，在去杜优容家的路上，洛舟提起了惦记许久的新年礼物。

初瞳一边拉开背包拉链，一边感慨地说：“我还以为你忘了。”

“我怎么可能忘，”洛舟冷笑道，“哪有你这样的，礼物都买了，还要别人要才给。”

初瞳掏出包装精美的小盒子，递给他：“给——我不太会送人礼物，平时我哥他们都不戴，但你经常参加宴会什么的，应该用得到吧。”

洛舟都不用打开看了：“袖扣？”

初瞳愣愣地点点头：“你怎么知道？”

“也不知道为什么，从小到大，百分之八十的人都喜欢送我这玩意儿。”洛舟笑着说，“不过看不上他们的品位，我以前都戴我自己选的。”

他伸手接过盒子，打开看了眼：“以后就只戴你这个了。”

“我也不是多想送这个，”初瞳抓了抓头发，“主要也买不起别的啊……”

她倒是想买辆车送他呢，这不是能力有限吗。

“你不用送都行，”洛舟把盒子放进了一旁的储物盒，“如果知道你为了我提前回来，我肯定不要新年礼物了。”

初瞳原本安安静静地看着前路，也没听出这话有什么不对劲儿。

五秒钟后，初瞳才反应过来：“我什么时候说是为了你啊？！”

他没脸没皮地说：“你没说，我说的。”

初瞳脸上发热，好在现在大晚上，漆黑一片，什么都看不出来。

但她也想不出什么话来反驳。

因为他说得对。

他都知道，都看出来了——她是提前来找他的——逗她的语调都很开心。

可初瞳突然有那么一瞬间不太开心。

洛舟以前对她的好，和最近对她的好，有很大的区别，分水岭就是他的告白。

对她这么好，是因为他喜欢她，在追她，可是他真的只是追着玩玩吗？

追人的目的不是为了在一起吗？

他为什么一次都没提过呢？

初瞳将脑袋靠在车窗上，郁闷了好几分钟，然后便感到车平稳停下——她因为停车的惯性微微后仰。

“到了，”洛舟解开安全带，“叫你朋友下来接你，或者我开进去？”

初瞳慢慢起身，盯着他，没说话。

洛舟察觉到她情绪有一丝丝不对劲，原本要给她解安全带的手一顿：“怎么了？”

“那个……我把你追我的事情，告诉我室友了。”

洛舟显得毫不在意，还有些高兴：“你告诉去啊，爱告诉几个告诉几个，你发论坛自述我都没意见。”

初瞳心想，论坛自述是什么鬼？！

“也没什么，就是，”初瞳清了清嗓子，后背不自觉地绷直，手心也在出汗，努力控制着面部表情，想让自己看起来自然一点儿，“她说她想问问你，准备追多久？”

初瞳心虚极了。

其实她室友才没说这话呢，杜优容也不可能好奇这事儿，一直以来杜优容给她灌输的思想就是：被追的时候最美好，一定要好好享受这段时间，不仅不能表现得过于主动，还得吊着他点儿。

初瞳不是没试过。

过年之前，她觉得她做到了“吊着他点儿”——比如洛舟如果不先找她，那她也不会主动找他；聊天的话题都是洛舟提的，她也不用主动想。

可是好像自从过年那晚，她发现他给她发过的一百多条短信后，原本还算淡定以及拿捏得住的状态就彻底变了。

初八开始，洛舟复工回公司上班，不能像放假时候那样天天和她聊天，初瞳简直无聊得不得了，打游戏都没劲，开始频繁地想他，想找他，想见他。

她发现，之前能忍住、能做到的，现在却做不到了。

所以，初瞳订了提前回来的机票。

再加上见面后他亲昵的态度，所以，初瞳没沉住气，随口扯了一个理由来借机问他。

杜优容家住的小区在C市算是高档小区，院门不直接对着马路，还隔着一道墙，所以周遭没有吵闹的汽车鸣笛，格外安静。

洛舟不知道她为什么突然情绪就发生了变化，还以为是想起了什么不愉快的事情，并没往自己身上想，更没想到会听到这样一句话——打算追多久？

“追多久不是咱俩的事吗？”洛舟胳膊搭在了她的座椅靠背上，“你室友，她问个什么劲儿？”

初瞳顺势说出想好的台词：“她好奇心太重了，之前看到你那个视频的时候就一直在问我……然后你今晚送我来她家，我怕她待会儿又要问，我不知道该怎么说。”

“有什么不知道的。”洛舟答得很随意，“劝劝她好奇心不要那么重不就得了。”

竟然什么话都没套到——初瞳一下子觉得失望极了。

她“哦”了声，然后低下头，打开微信给杜优容发消息说自己到楼下了。全程头发挡住了脸，也挡住了表情，周围又这么暗，洛舟肯定看不出来。

在初瞳一边生闷气，一边等杜优容回复的时候，洛舟突然出声，语速缓缓地说了三个字：“主要是……”

初瞳抬起头看他：“嗯？”

洛舟抬手打开了车内的灯，他那张帅脸也一下子在她眼前清晰起来。

“你难道不觉得，被追的时候很幸福吗？”洛舟眨了下眼睛，“我听我几个恋爱经验丰富的朋友都这么说的啊。”

初瞳心想，这问得也太直白了。

被喜欢的人追当然幸福，甚至用“幸福”都不足以形容。可初瞳不想跟他那么直白地说“幸福”俩字，含糊不清道：“还好吧。”

洛舟凑近她的脸，近距离盯着她的眼睛，又没头没尾地来了一句：“那你实话实说。”

初瞳莫名有些紧张，往后靠了一下：“说——什么？”

瞳孔漆黑，唇角带笑，他问道：“喜欢哥哥吗？”

这样重要的问题，为什么问得这么突然啊？！

初瞳手指抓紧背包带，从听到这句话的那秒开始，脸腾地一下开始发热。

灯光下，她所有的反应都被某人尽收眼底。洛舟知道小姑娘脸皮薄，所以也不打算逼她说到底：“嗯，我替你答了，‘喜欢哥哥’。”

初瞳心想，臭不要脸。

“你看，既然你吃定我了，我也吃定你了，那追你就变成了一辈子只做一次的事情，”洛舟一脸得逞地靠在那里笑，看起来蔫坏蔫坏的，但又十分勾人，且说得理所当然，“不得让你多享受一会儿吗？”

“哇——”某小区高层卧室内，一女子高呼出声，“这是什么绝世情话？！这是洛舟学长说的吗？这是那个总干直男事儿总损你的洛舟说的吗？”

初瞳点头：“嗯嗯。”

杜优容抓了抓头发：“我怀里的男朋友瞬间就不香了。”

初瞳满脸疑惑。

“我男朋友就是个小直男，我原本以为洛舟也是，甚至比我男朋友还直的那种，还想说咱俩这是什么难姐难妹，”杜优容摇头道，“没想到他这么会啊！”

刚才在楼下，洛舟说完那句话之后，杜优容恰好下来接初瞳，在外面敲了敲车窗。

尽管只见了短短一两分钟，但杜情感咨询师立刻就嗅到了两人之间氛围的不对劲儿，回来的路上一个劲儿地问初瞳寒假发生什么了，路上又是怎么了。

两人此时已经洗完澡，初瞳给杜优容原原本本地还原了车上洛舟说过的话，便引得她这样夸张的表现。

“我承认我酸了，真的，”杜优容边敷面膜边感慨，“其实过年他发那个视频的时候，我有那么一瞬间是真的想劝你不然主动出击算了，他不是跟你告白了吗，你也跟他告个白，皆大欢喜在一起得了，毕竟就冲这个脸也早谈早享受啊！”

初瞳：“那你怎么没说啊？”

“我后来又觉得他这脸太危险了，主要是你既然已经喜欢了他那么多年，那你肯定很专一，不会换人。他这么招人，可就不一定了。所以，我又觉得，还是得吊着他，让他多追一会儿才好，不然太容易得到就会不珍惜。”杜优容没忍住翻了个白眼，“但是没想到，这哥哥心里门儿清啊，根本不是被你吊着，是让你享福呢，我真是服了！”

初瞳嘿嘿嘿地笑着。

“笑吧笑吧，人生赢家，今晚跟我睡一张床，别去客房了。”

“为啥？”

“沾沾仙气，希望我男朋友能有你家洛舟哥哥一半会撩，我就知足了。”

初瞳又开始嘿嘿笑：“哦，好呀。”

杜优容心想，虽说仙女傻笑也是很可爱的，但这一脸傻样真是酸得让人看不下去了。

谁能想到有些人的爱情不光单身狗会酸，脱单了的人也会酸啊？

这日子简直没法过了。

洛舟开车回到家之前，没想过今天会是个大日子——时隔二十几年，再次挨打的日子。

洛家客厅灯火通明，除了他以外的三人正坐在沙发上喝茶——白皇后高贵冷艳，陛下和蔼可亲，公主娇俏明媚，各有各的风采，看起来一切正常。

可他进门后，三人的目光齐刷刷望过来的那一刻，正常的氛围瞬间消散。

“回来了？”洛城先出声打招呼，然后放大声音问他，“下午听秘书说你翘班了，晚上也没去公司啊？去哪儿了？”

洛舟换好鞋走过去，边脱外套边随口道：“出去吃饭了。”

洛城：“跟谁？”

洛舟动作一顿：“爸，你平时什么时候关心过我跟谁吃饭啊？今天问这干什么？”

“白皇后”翻了个白眼：“你问的这是什么东西，半天都没问到点子上。”

洛城被嫌弃，换人上阵。

白相宜一脸高贵地端着茶杯，掀起眼皮看着洛舟：“我管你跟谁吃饭，网上传疯了的那个消息，还有你回复的那个什么‘太子妃’，今天、今晚，必须给我解释明白了。”

洛舟心想，换人就是牛，“白皇后”这一开口，客厅气场一下子就变了。

洛城附和老婆：“不解释明白不准上楼。”

洛舟进门以来，洛棠也开口说了第一句话：“老实交代，哥你是有喜欢的女孩了吧？”

弄了半天，这是三堂会审啊。

洛舟闲散地坐到离三人较远的小沙发里，懒懒地点头：“嗯，有了。”

三人脸上满是惊讶。

“在追。”

真的是姑娘！

闻言，洛城一下子直起身来：“哪家的姑娘？叫什么？”

其余两人不约而同地屏住了呼吸。

洛舟却久久没回答。

白相宜向来是家里最沉稳、最高冷的那个，此时此刻也忍不住开口催促：“就一个名字，你酝酿什么呢？赶紧说。”

“也不是我酝酿，”洛舟“啧”了声，看起来很是为难，“主要是……说了怕挨打。”

“成年了没？”洛城突然警觉起来，拳头握起来，“你不会是祸害人家未成年小姑娘了吧？”

“成年了。”洛舟答完，有些诧异地反问道，“爸，你怎么想我呢？我有那么禽兽吗？”

“怎么不能？”洛棠在一边补刀，“单身久了，什么事情做不出来？”

洛舟略显无奈。

“你这么不想说，”白相宜眯了眯眼，“不会是有过什么不好名声的女明星吧？”

“也不是。”洛舟摇头道。

洛城：“只要是个清清白白的好女孩，我跟你妈什么要求都没有，你别在这儿卖关子了。”

“就是，哥，你磨蹭什么呢？”洛棠急得不行了，“快说是谁？！”

“这个女孩……”洛舟顿了一下，“其实你们都认识的。”

三人更是诧异。

“初瞳。”

两个字落下后，客厅死一般的寂静。

电视里还放着洛棠最爱的她和苏延主演的电视剧，似乎在这一刻都变得无声了。

过了五秒，白相宜缓缓眨了下眼睛：“你再说一遍！”

洛舟跟她对视：“我说，我喜欢的，我追的这个女孩，是初瞳。”

不敢相信，他竟然还一脸骄傲。

“妈，别说话不算话啊，”洛舟觉得几人脸色不对，一边起身一边提醒，“刚才说好了的，只要成年、只要是个清白好女孩就行，怎么现在又是这种表情？”

“那是你爸说的，不是我说的！初瞳是你妹妹，成年了又怎么样？还不是十几岁的小姑娘？”白相宜更气了，“你还有脸质问我？！”

白相宜直觉有烟在头上冒，手指捏着洛城的胳膊，咬牙切齿：“我刀呢？”

第28章　谈个恋爱

初瞳来读书的时候是八月底九月初，在那之前不久，洛舟刚接受过一个采访。

采访里，问及私人感情问题，洛舟一副嘲讽联姻的嘴脸，然后漫不经心地胡扯了几个所谓的择偶标准，一看就是完全没开窍，也没准备开窍的样子。

白相宜看完之后气得太阳穴突突跳了好几天，至今都还记得采访的好几处细节。

那时候，她虽知道洛舟的择偶标准是随口胡扯的，但至少也得跟自己的真实想法沾点儿边吧？

什么成熟，话少，个子高，年龄不能差太多……

怎么全都反着来了？

倒不是说初瞳不好。

初瞳就是太好了，她好姐妹的女儿，一直当女儿养的小宝贝，对比一看，这一天到晚嘴里跟插了一排毒针一样无差别扫射的亲生儿子，他真的不配，皮相生得再好也不配。

最后刀自然还是没拿，但一向高贵冷艳的“白皇后”算是罕见地彻底发了一次大火。

从最初的“那是你妹妹！十几岁的小姑娘”到最后的“你怎么想的！我怎么有你这样的儿子”，再加上另外两人又是看戏又是煽风点火，洛家别墅今晚简直不要太热闹。

洛舟早就料到了这一出。

所以，除了无奈和好笑以外，洛舟也并没有什么别的情绪。

在狡辩和躲避的过程中，他甚至还抽出空想了想未来——按照他家这个状况，什么婚后婆媳关系紧张，那是完全不可能的，婆婆、媳妇一起抨击他还差不多。

这么一通下来，最后的判决也是“白皇后”来做。

暂时断绝母子关系，逐出家门，因为看着他的脸实在太闹心了。

她不说，洛舟自己也会出去住。洛舟一听到判决，直接二话不说跟三人道别，上楼简单拿了几件衣服装了个箱子就走了。

洛舟离开后，客厅内总算恢复了往日的平静。

洛棠看了一晚上哥哥的热闹，看他被逐出家门，本来跟白相宜差不多的怒火也早就不见了，只想捧腹大笑。

但现在笑太不合适了，她忍住，又给白相宜倒了杯茶："妈，别生气了啊，喝口茶。"

洛城也主动去厨房给她做夜宵。

白相宜："他走了，眼不见为净，我也没那么气了。"

顿了顿，她又说："这事给我的感觉太奇怪了。"

洛棠："什么？"

"就像是……"白相宜皱了皱眉，"我看大的水灵灵的小白菜，被我自己养的猪给拱了。"

洛棠心想，这比喻简直绝了。

初瞳在杜优容家住的期间，跟她的家人相处得非常好。

初瞳长相本就特别乖，又会说话，从小到大都讨家长老师等长辈们的喜欢。杜优容还在饭桌上对着她调侃："我爸妈当年生女儿，就是想要个你这样的小姑娘。没想到啊，生出来了一个叛逆的我。"

他们家的氛围特别愉快，一家三口都是爱开玩笑的。杜优容这话没有阴阳怪气，她爸妈听到这话也完全没有反驳："谁说不是呢！"

也算印证了什么样的环境养什么样的人。

最近初瞳的生活非常规律，白天跟杜优容出门，晚上洛舟下班接她去吃饭。这么过了几天，到了正月十五的前一晚，洛舟突然在餐桌上问她："明晚吃完饭，带你去看个电影吧？"

"好啊。"初瞳都没问是什么电影就点了头，"不过，为什么突然看电影啊？"

明明这几天都只是吃饭聊天而已。

洛舟拿杯子的手一顿："你不会不知道明天是什么日子吧？"

她眨巴眨巴眼睛问："什么日子？"

洛舟叹了口气："你的生日，农历的。"

正月十五的确是初瞳的农历生日。

作为受宠的小公主，小时候，她每年都是过两次生日的，一次农历，一次阳历，这点好像是几年前她自己跟洛舟说的。

初瞳有点小惊喜，还有一点儿尴尬："你竟然还记得呀……"

"当然。"

"不过，两个生日什么的……那都是以前了，我上了高中之后就没再过两次生日了。"

"为什么？"

她小声嘀咕："我当时觉得自己好幼稚，过两次又没意义，小孩子才这么想，所以就不过了，只过后面的那个。"

"幼稚什么啊，"洛舟突然笑了声，把手里的餐具放下，"这种东西和你是成熟还是幼稚都没有关系。重要的是，看有没有人愿意陪你过两次。"

初瞳一语未发。

他又慢悠悠地道："比如，我现在就很愿意，那过两次，就是有意义的。"

初瞳心想，歪理一套套，关键还都挺有说服力的。

洛舟笑着看她，眼尾弯弯，样子非常有迷惑性。

"怎么样，考虑考虑，赏个脸？"

初瞳看起来对于帅哥总是很淡定的，可是她其实最扛不住的就是美色冲击，淡定是因为遇见的都不够美。

所以，在洛舟的美色冲击下，初瞳最后还是决定赏了脸。

两人约好时间，在他下班后见面。

正月十五一早，原本一直热情陪玩的杜优容女士在女生的天敌造访后，光荣倒下了。

杜母说她平时都很大大咧咧，一到了生理期就跟变了个人一样，特别作，特别多愁善感，还特别能找事儿。

以前是找家人的事儿，自从交了男朋友之后就不找别人的事儿了，只找男朋友的事儿。

杜优容在房间休息的时候，初瞳就在一边打游戏陪着她。杜优容脸色苍白地靠在床头跟男朋友打视频电话，一脸柔弱：

"宝贝我肚子好疼啊……

"我好想你啊，我们都一个月没见面了……

"算算这一个月，虽然每天都在打电话，但我主动给你打电话的次数可能有二十多次，你只有不到十次……"

……

简直我见犹怜，不去表演系真是可惜了。

她男朋友也是真的惯着她，可能知道女生姨妈期的不易，态度好得不得了，甚至买了明天的车票要赶在开学前就回来陪她。

杜优容："那你不用跟叔叔阿姨说一声吗？"

男朋友："不用说，反正都过了正月十五，提前几天回学校，没事的。"

杜优容："可是你回来了，我也不能出门……"

男朋友："没事，能跟你在一个城市我就开心。"

旁边的听众心想，这就是她嘴里嫌弃的直男？这哪里直了啊？

初瞳一边在游戏里大杀特杀，一边忍不住在心里给杜优容的男朋友点赞。

这都能去"恋爱 bot"投稿了好吗，就叫"女朋友月经期间男朋友的求生欲"。

洛舟正常下班时间是六点，今晚的行程安排，中午聊天的时候他已经告诉她了，先吃饭，然后九点半看夜场电影。

大概五点钟，初瞳化妆换衣服的时候，杜优容还在跟男朋友腻歪。

杜优容看她准备要走的样子，就顺带提了一嘴："咱们学校有个传奇学长，你知道吧？叫洛舟。"

男朋友："当然知道，怎么了？"

"我估计你这人从不看论坛不刷微博，"杜优容突然放大声音，"大名鼎鼎的洛舟学长已经有心上人了。他追我室友追了好久，两人晚上正要去约会呢。"

初瞳一下子回过头："容容，跟你男朋友说这个干吗啊？"

杜优容也很真实："我俩聊了一天，我实在没话可聊了，就讲讲你跟你哥的爱情故事吧。"

于是接下来的时间里，初瞳边化妆边被迫听她讲，羞耻感简直爆棚。实在忍受不了了，她加快了自己的化妆速度，十多分钟后就从杜家动身离开了。

洛舟下班前有个会议，两人最后一次发微信是一小时前。

初瞳现在因为特殊情况早早离开杜家，便自己打了个车去他公司。

原本以为要在大厅等人，没想到洛氏大楼的接待一见到她，就把她带到了二十六层宽敞的休息室。

初瞳有些惊讶："小姐姐，你记忆力太好了吧，我就来过一次，你竟然还记得我啊？"

接待笑笑："主要是你长得太好看，见一次肯定能记得呀。"

开玩笑，这可是洛总的"妹妹"，虽然只来过一次，但那一次可是在公司内部掀起了滔天巨浪，连续一周都在传那一个下午洛总和他妹的八卦，她本人也是吃瓜前线的一员。

到了休息室门口，接待回头说："今天还有三位先生也在等洛总，待会儿见了不要太惊讶，如果不认识的话进到里间就可以了，我会跟洛总说的。"

初瞳倒是没想到还有人在等，点点头："好的，谢谢小姐姐。"

接待笑笑就离开了。

初瞳推门进去，里面的确有三个男人，一个穿黑衣服的坐在桌子上，一个穿红衣服的靠在落地窗边，还有一个穿白衣服的没骨头一样瘫在沙发上，各有特色。听到推门声，三人不约而同地齐齐看过来——长得还都不赖。

既然是能进到这个休息室的，看这长相和不俗的打扮，估计是洛舟的哥们朋友一类的吧。

初瞳用手在背后带上门，脚步顿了一下，开始迟疑自己是先打个招呼，还是直接进里间比较好。

不过没等她纠结几秒钟，黑衣服率先跳下桌子，饶有兴趣地吹了声口哨："哟，洛舟的休息室来了个妹妹！"

"长得还挺好看呢，"红衣服接话，"这丫头不是洛棠吧？"

"你傻啊？都不记得洛棠模样了？"白衣服在沙发上坐直了说，"我前两天在电视上看到洛棠了，长得不是这样儿。"

初瞳有些尴尬。

三人互损了一番，最后黑衣服问她："所以，妹妹你是？"

"我是他妹妹。"初瞳想来想去，也没有一个好的身份说法，苍白无力地打了个补丁，"不是亲的，也不是表的，就是家里认识的。"

除了哥哥妹妹，两人也没确定别的关系。

总不能说"他在追我但不知道要追到啥时候，我们现在在暧昧"吧？

她回答完之后，发现黑、红、白三人表情一下子变得微妙起来。

"洛舟还有非亲非故的妹妹？"

"妹妹长这么好看，怎么就不能有了？"

"说得也是。"

小黑看起来最为和善，笑眯眯地开始询问她来这里干什么。

毕竟三人看起来跟洛舟很熟悉的样子，初瞳也就如实说了。

没想到听完后，小黑明显愣了一下："吃饭？看电影？"

"这个点？"小红看了眼手机，"快六点了，他约你吃饭看电影啊？"

这什么反应？

初瞳一脸茫然地问："怎么了？"

小白开口："这个妹妹，你知道你哥有门禁这件事吗？"

初瞳摇摇头："什么门禁？"

"唉，这事儿是这样的，"小黑清了清嗓子，"去年夏天那会儿吧，我们几个约你哥洛舟喝酒，他大名人怕被认出来，从 VIP 口进的，但中途还是被女明星认出来了。然后女明星就上来敬他酒啊，洛舟脾气臭你知道吧？当时就不乐意甩脸子——”

顿了顿，小黑突然板起脸来，像场景再现一样，对着小红开始演戏：“不好意思，家里管得严，门禁八点。”

小黑演完，回头看初瞳：“然后他当场就走了。这事儿把我们乐坏了，你知道吗，那阵子圈里全都知道洛太子门禁八点，家里管得严，都成梗了。”

初瞳有些惊讶。

“所以啊，”小黑又笑了起来，“我们洛少晚上的时间可宝贵了，八点必须回家吃饭。”

“妹妹看表情是不知道吧？这厮有门禁的，不骗你，回去洗洗睡吧。”

……

男生们一起开始说话，就完全没有插嘴的余地。

初瞳站在那儿看着他们侃，也不知道该说什么，身后突然响起轻轻的推门声。

初瞳眼角余光看到侧面晃过来一个熟悉的人影，小黑、小白、小红等到人来，全体起立。

洛舟胳膊上搭着外套，容颜清俊，长身玉立，悠闲地看着三人：“活腻了是吧？怎么还骗小孩呢？”

黑、白、红：“我们骗谁了？”

洛舟不理他们，转过头盯着初瞳，桃花眼微敛，更正谣言——

“别听他们瞎说。

“我是孤儿，没有门禁。”

虽然知道“孤儿”纯属开玩笑，但被洛舟带上车后，初瞳还是忍不住吐槽：“洛舟哥，你以后不要说那种话了啊，多不吉利。”

“没什么吉不吉利的，”洛舟打着方向盘，“这不算开玩笑，严格意义上来讲，我现在的确是孤儿。”

因为跟父母坦白了喜欢的人而被逐出家门的孤儿。

不知道这要是被新闻媒体知道了，会怎么报道，取个什么题目才好。

初瞳听得一头雾水：“什么叫‘你现在的确是孤儿’？”

“没什么。”洛舟轻描淡写地说，“不过是喜欢你的代价而已，我可以承受。”

初瞳心想，这真的超出她的理解范围了。

于是，初瞳问：“你说什么呢，洛舟哥？我听不懂。”

“我妈发疯了啊，”洛舟装模作样地叹了口气，“我去机场接你回来的那晚，跟她坦白了我喜欢你之后，就被赶出家门，断绝母子关系了。”

虽然说这种事情难免有卖惨的嫌疑，但洛舟不在乎，他生怕这个惨卖得还不够。

“也不知道，她是觉得我哪里配不上你了？”洛舟“啧”了声，“我觉得哪儿都挺配的啊？”

初瞳还以为他家是真的出什么大事了，短短几秒，好多豪门狗血剧情在脑子里过了一遍，一边想还一边自我否认，那些私生子之类的事情怎么可能发生在洛城和白相宜身上呢？

到头来，原来是因为这个。

洛舟故意卖关子讲这件事，大概是想让她附和安慰他。

但是附和安慰他不就等于吐槽白阿姨吗？她当然不会。

初瞳想了想，先问：“那你最近都没回家吗？”

这就开始关心了？

洛舟看了她一眼，小姑娘眼睛睁得大大的，确实很像关心的样子。

洛舟笑了笑：“是没回家，但住在我名下的公寓里，比住家里还舒服。”

目的达到了，也没必要继续卖惨了，更何况本来就不惨，离了家的日子简直逍遥自在，跟初瞳吃完饭回去也不用费尽心机地编理由是跟哪个朋友出去的。

谁知初瞳听到这个回答后，一脸淡定地点了点头：“那不是挺好嘛。”

洛舟觉得奇怪：“你怎么不帮哥哥吐槽她。”

“吐槽谁？”

“我妈啊。”

初瞳立场坚定地说：“哥哥你想什么呢？我才不会吐槽白阿姨呢。”

这意思就是站她那边呗。

洛舟心想，呵呵，别说，“白皇后”那么护着这小姑娘，还真是没白疼。

洛舟冷笑道：“我看你才应该是我妈亲生的。”

“嗯？”大概是车内氛围太欢快，初瞳难得地顺应本心，开了回暧昧的玩笑，“不是吧，那我们不就乱伦了？”她顿了顿，语调上扬，“哥哥你舍得吗？”

洛舟一度怀疑自己幻听了。

以前他开初瞳玩笑，什么时候得到过正面回应？不仅得不到，还得顾及玩笑的度，小姑娘脸皮薄，不能开得太过。

这似乎是第一次，在没有任何铺垫的情况下，她抛了一颗直球出来。

也是因为这一句话，洛舟脸上一下子多云转晴，声音也变得非常愉悦：“当然不舍得。”

餐厅定在了曾经去过一次的商场顶楼的旋转餐厅。

洛舟早已经将刚才同在休息室的小黑、小白、小红打发走了。初瞳吃饭的时候突然想起来，好奇问了一句，小黑、小白、小红跟他是什么关系，毕竟看起来是那种熟悉到可以跟他开玩笑的。

“都是各种聚会上认识的朋友，”洛舟说，“我大学刚毕业的时候，还不像现在这样，酒吧什么的有人邀请我还是会去的。”

初瞳“哦”了声：“那现在为什么不去了？”

“去多了还有什么意思，都是一样的流程、一样的酒。我平常应酬都不缺酒喝，还跑去那里喝酒？”他笑了笑，“那不就傻了吗？”

也只有极少数人和洛舟一样想。

其实，大多数人去那里当然不是为了喝酒。或者说，主要目的不是喝酒。

洛舟想来想去，最后看着对面的女孩，叹了口气：“像哥哥这样的好男人，真的太少了。”

这突如其来的自夸，她都不知道从哪儿开始吐槽才好。当初瞳还在卡壳儿的时候，桌边有服务生推过来一个蛋糕——她的注意力一下子被蛋糕吸引了。

蛋糕不算很大，可是看起来特别精致，插着“1”和“9”两根数字蜡烛，还用花体字母写了个“TONG”。

洛舟在一旁提醒道：“许愿吧。”

然后，他看到初瞳乖乖闭上眼睛，双手合十抵在鼻尖处，睫毛长长的，投下一圈扇形阴影，大概过了五秒钟后才睁开，嘟着嘴吹灭了蜡烛。

虽然知道不会得到回答，但他还是非常贱地问了一句：“许的什么愿？”

她瞪眼：“愿望说了就白许了！”

洛舟：“我好奇。”

然后，洛舟收获了一枚白眼。

她的生日蛋糕是一整个的慕斯蛋糕，由于太好吃，一人又吃不完，初瞳舍不得浪费，就让服务生打包，准备带回杜家分给杜家人一起吃。

打包好的蛋糕盒先放到了车上，之后两人乘电梯到了电影院所在楼层。

洛舟并不是因为有好电影才要带初瞳来看，只不过生日这天，想带她做点儿以前没做过的事，想来想去，吃完饭后最适合的大概就是看电影，看哪个时间合适就买的哪场。

这是部平平无奇的爱情电影。

虽然是那种很平淡的、细水长流、润物无声的日常影片，但看完之后还是会让人觉得内心暖暖的。

电影结束的时候已经将近十一点，初瞳虽然不是个电影爱好者，但她对于看电影这件事有个仪式感——一定要等到片尾曲和彩蛋全放完了才会离开，如果中途离开就会非常难受。

原本她是想跟洛舟说一下，让他迁就一下自己这个强迫症。

没想到电影放到结局，开始放歌曲的时候，洛舟也没有要走的意思。

一拨又一拨人离开，最后，偌大的影厅只剩下了他们两个人。

大银幕上还在播放着演员表，初瞳听到洛舟低声说了句："终于走完了。"

不确定是不是听错了，她转过头看他："哥哥，你说什么？"

光影明灭，照在他鼻梁上，使得他的脸看起来轮廓极为立体。

那双眼睛像有魔力，深不见底，吸引人一直一直盯着看。

初瞳和他对视良久，洛舟突然开口问道："帅吗？"

初瞳一愣："嗯？"

没想到，没有任何预兆，他突然就开始了大型自夸。

"你看我，首先长得好。"他笑得一脸嘚瑟，"你不是说你看了我粉丝超话吗？那你肯定知道她们天天哭着让我去拍戏吧？

"身材不用说了，不瞎的都看得出有多好。

"然后学历、财富、生平，等等，这些网上都有，没背过的话建议再多看几遍。"

对于现在的情况，初瞳一脸迷惑："我看那个干吗？"

洛舟："了解一下未来老公有多优秀，不好吗？"

初瞳满脸写满问号。

"我偶尔喝酒，抽过烟，但是戒了。

"我可以带你打游戏，你只管躺赢就行。

"我喜欢你的猫，虽然不太机灵，但那是你养的。

"我跟你爸妈哥哥的关系都很好。"

一句又一句，他的意图渐渐明了。

像有什么一直期待的东西，终于等到了拨开云雾见到真容的这一天。

初瞳看着他的脸凑近自己，耳边自动过滤了电影片尾曲，只留下他的声音——"喜欢我吗？"

初瞳呼吸一窒，手指攥紧手机，眼睛渐渐睁大。

面前的人很认真地看着她，和平常的随意不同，眼神专注又温柔。

"喜欢的话，跟哥哥谈个恋爱，好不好？"

第29章　女朋友

洛舟的话说完，银幕上的片尾曲也进入了尾声，没过多久就播放完毕。影厅灯光骤然亮起，清洁阿姨走进来，开始从第一排往上打扫卫生。

初瞳坐在座位上，突然想到前几天，自己忍不住问他打算追多久的时候的那种心情。

不是着急，不是好奇，而是一种怕。

怕他喜欢她只是新鲜感，怕他追着追着就不喜欢了，怕时间越长，接触越深，她在他眼里会变得平庸，他会发现初瞳只是一个普普通通的女孩子，好像和别人没什么不同。

初瞳是扭着脖子看着他的，突然而来的明亮灯光有些刺眼，她眯了眯眼睛，适应了几秒钟后又对上他的视线。

他说话的语气是吊儿郎当的，那段前无古人、后无来者的自夸时也笑得轻松自在。

可他跟她对视的时候，没有眨过眼，瞳孔里投映出她的缩影，神情格外认真。

没有什么剧烈的心跳，刚才期待紧张的窒息感也渐渐消散，只剩下一种如释重负。

这大概也算是梦想成真吧。

并不是放在嘴上说的梦想，不是“我的梦想是考好大学”那样的梦想。

是不能告诉任何人的。

连写日记想提到他，都不好意思写出全名，只能用奇奇怪怪的代号来替代。

当年保送结果出来的时候都没有现在这样的感觉，任何时候都没有过这样的感觉。

因为从来没有任何一件事，能像喜欢他一样，她不确定，看不到尽头，却又坚持了这么多年。

“好。”

乍一听到这个字，因为声音太小，洛舟不是很确定是不是自己的幻听。

他顿了顿，又问了一遍："嗯？"

"我说，"初瞳深吸一口气，放大声音，一字一顿地道，"好，在一起。"

此时此刻，清洁阿姨已经打扫到了两人所在的这层，并没有察觉到异样，轻声提醒："电影放完了，帅哥美女方便出去一下吗？我这边打扫一下。"

洛舟和初瞳同时起身，他很愉悦地笑了声："没问题，阿姨。"

说完，洛舟像憋不住一样，又哼笑了声。

初瞳并没有说话。

"哟，"阿姨长得很面善，见状，随口调侃了一句，"小伙子，什么事儿笑得这么开心啊？"

"阿姨，我有女朋友了。"洛舟心情甚好，一把抓住身边初瞳的手，抬起来给清洁阿姨展示，"您看，刚追到的。"

清洁阿姨一连说了好几声"恭喜"，洛舟坦然接受并道谢，也没再松手，就这样一直拉着初瞳的手走出了影厅。

看电影的时候，初瞳坐在洛舟左手边。两人买的连号座位，原本初瞳坐在他右手边，可后来她身边挨着的是个男人，就被洛舟拎着换座了。

刚才在座位那边顺势牵手，所以目前是她的右手被他的左手牵着。

两人的第一次正式牵手，就这样完成了。

竟然这么自然。

洛舟的手看起来就非常大少爷，非常养尊处优，摸起来也是一样——骨感适宜，皮肤凉凉滑滑，左手不用写字，所以连指关节都是光滑的，牵起来特别舒服。

两人是最后离开影厅的，走到电梯那里，除了工作人员外已经没别人了。

他们保持了一种默契的沉默，进电梯后，洛舟才突然捏了捏她的手，语调带笑地说："你手好小。"

初瞳还没有来得及说话。

"还很软。"他又捏了一下，"跟个毛绒玩具一样。"

初瞳愣了下："那怎么能一样呢？"

"嗯？"

"毛绒玩具都是毛，"她转过头，认真道，"我的手哪有毛？"

"你这重点错了，"他也认真解释，"我是想夸你手软。"

然后，他就夸她的手像毛绒玩具？

真是神奇的脑回路。

对话间，电梯到达负一层，两人牵着手走到车门前。洛舟用车钥匙将车锁打开之后，手放在副驾驶的门把手上，姿势跟往常给她开车门的时候一样。

初瞳却发现他突然不动了。

她用空着的那只手戳了下他的胳膊：“怎么了？”

洛舟回过头，手从车门把手上挪开，垂着眼看她：“我就是突然想到……”

初瞳：“想到什么？”

洛舟：“拉开车门你上车，那不就不能牵手了吗？”

腻歪！太腻歪了！

原来谈恋爱，就是这么腻歪又甜蜜的事情啊？

腻歪归腻歪，最后还是松了手，上了车。

只不过在某人强烈要求下，开车的时候也是一只手扶着方向盘，另外一只手继续牵初瞳的手。

初瞳原本不想的，可洛舟说：“你看我平时很多时候也是单手开的，哥哥是老司机了，不用担心。”

但这次也在中途断开了。

送她回杜家的路上，他的手机响起来，洛舟扫了一眼，有些惊讶地挑挑眉：“我妈？”

初瞳一下子想起他讲的被赶出家门的事情，挣开他的手催促：“那你快接呀。”

洛舟这次没说什么，滑了下屏幕，挂上耳机。

“喂，妈。”语气优哉游哉，完全听不出是在跟气头上的“白皇后”冷战，洛舟道，“怎么给我打电话了啊，原谅我了？”

初瞳听不到那边说了什么，只听见洛舟隔了会儿又道：“想我了就直说，我明天就搬回去。”

白相宜冷哼：“还不是你爸给你求情。”

“知道了知道了。”洛舟笑了声，随后看了眼身边坐得端正乖巧的初瞳，想到晚上不久前发生的事，忍不住说，“对了，妈。”

白相宜：“有话就说，我又不聋。”

“咳，”洛舟清了清嗓子，“没什么，就是告诉你一声，我追到了。”

白相宜：“追到谁了？”

洛舟：“初瞳啊。”

迎接他的，是一段长久的沉默。

紧接着，冰冷冷的女声再度传来：“你还是别回来了，就当我没打这通电话。”

然后，白相宜“啪”一声就挂断了电话。

看到洛舟一边叹气一边摘下耳机，表情很是微妙的样子，初瞳有些疑惑地问："你是——可以回家了吗？"

他把手机放在一边，又过来牵她的手："原本可以的。"

"什么意思？"

"我这不是追到你了吗，所以又不可以了。"

初瞳听了这话都有些许的负罪感。

"可是，为什么啊？"

"大概是，我妈觉得我不配？然后我追到了，所以她很生气？"知母莫若子，洛舟随便猜猜也知道白相宜的心思，"但是你看我在意过吗？等她过了这个劲儿就好了，这么合她喜好的儿媳妇，我就不信还能不让我娶？"

初瞳心想，这人真是自我感觉良好啊。

到了杜家小区，洛舟把车停在外面。

经过多日的护送，洛舟现在对于这小区内部构造已经相当熟悉，送初瞳到单元门口轻车熟路。

今天和往常唯一的区别就是，两人是牵着手的。

大概距离单元门还有一百米的时候，初瞳突然忍不住想要问他一个问题。

"我们在一起之后……我要叫你什么啊？"

"如果你愿意的话，"洛舟毫不犹豫，"老公？"

闻言，初瞳一下子脸红耳热："我不愿意！"

初瞳心想，刚在一起的第一天！真不要脸！

"行，"洛舟也不勉强，"那就还是像以前那样，叫'哥哥'吧。"

这个倒是可以，毕竟已经叫习惯了。

初瞳"哦"了声。

"哥哥挺好的，毕竟还有个'情哥哥'的含义。"洛舟顿了顿，拖着尾音笑着问她，"你说是吧，情妹妹？"

这个梗大概是过不去了。

初瞳扭头"哼"了声。

两人慢悠悠地走着，到了单元楼门口，一同停下脚步。

初瞳仰头看着满天的星星，突然感慨："我觉得……我们确定关系之后，好像跟之前也没什么区别。"

她觉得这样很好——自然，又不会奇怪，也没有任何尴尬，反而比之前还要甜。

她的本意是夸赞，可洛舟似乎理解成了她在侧面宣泄自己的不满意。

"没区别？"他重复了一下这三个字，捏她的手，"怎么没区别？"

初瞳受到提醒："哦，对，这个有区别。"

“不仅这个。”他又说。

初瞳将视线转移到他脸上，不解地问：“嗯？什么‘不仅这个’？”

洛舟低下头，脸突然凑到她面前，两人面对面，距离一下子拉得极近，近到能感受到彼此呼吸的频率。

意识到他要做什么，但脚底像生根了一样完全没动——她也不想动。

洛舟的唇在某个瞬间似乎擦过她的唇角，稍稍停顿了一下，然后，拐了个弯，轻轻的羽毛一样的吻落在了她脸颊上。

“这个以前能做吗？嗯？”一双桃花眼笑得微弯，他道，“现在有区别了？”

初瞳被亲得晕晕乎乎的。

那个吻非常非常轻，却像在皮肤上留下了个烙印一样，温度一直在攀升，那一小块区域的存在感格外突出。

更奇怪的是，明明是第一次被他吻脸颊，却莫名有一丝丝熟悉的感觉。

她回到杜家的时候，杜优容正在敷面膜，跟男朋友继续煲电话粥。

初瞳先把蛋糕放到厨房冰箱里，然后拿着睡衣进了浴室洗澡。等洗完脸护完肤，脸上的热还是没有消掉。

她心不在焉地打开手机，发现微信朋友圈那儿有个小红点——东亚醋王。

另一边，洛舟回到公寓，回想起今晚的一幕幕，心情实在太好了，不做点儿什么实在是对不起这个美好的夜晚。

于是，他点开微信，先是回了初瞳消息，然后点开朋友圈，发了十个字，并提醒了今天刚追到的小女朋友——

没空闲聊：“小海王上岸了，吾心甚悦。”

洛舟发完朋友圈，没立刻得到回应，便先去洗澡了。出来后，他才收到手机里的两条消息。

小海王：“为什么要提醒我看这条消息？”

小海王：“谁是海王？”

洛舟边擦头发边忍不住笑。

没空闲聊：“还能有谁？”

没空闲聊：“当然是你了！你今天上岸，我太开心了，就发了条朋友圈，不行吗？”

小海王回复得很快：“我什么时候不让你发朋友圈了？”

收到这句话不到三秒，洛舟手机屏幕一黑，上面跳跃着初瞳的头像——小海王邀请您语音通话。

他笑着点了接听：“喂？”

“你解释清楚啊，”初瞳的声音清晰地传来，语速很快，完全不像平时细声细气说话的时候，她道，“我怎么莫名其妙就又多了一个外号？！”

“怎么这么激动啊？”洛舟还是想笑，“我给你取的爱称，不可爱吗？”

初瞳拿着手机，不敢置信：“可爱？”

“海王”是个贬义词，可是加了个“小”字，“小海王”真是好笑中还带着点儿莫名的宠溺。

他发朋友圈“小海王上岸了”，而他们是今天在一起的，海王上岸一般是类似于“浪子回头”一样的寓意，所以“小海王”指的就是她。

可是，初瞳听到他亲口承认，还是觉得很震惊。

天地良心，她浑身上下所作所为哪里跟“海王”两个字有一丝一毫的关系啊？

加了个“小”也不能扣这口锅啊？

怕被杜优容听到具体的谈话内容，初瞳在打电话前就钻进了浴室。

“一点儿都不可爱！你这不是在骂我吗？”她靠在洗手台旁边，觉得非常气愤，越说越气，“你快说，为什么取这个外号？我什么时候‘海王’过？”

初瞳真是要冤死了！

“行，我讲我讲，你别急。”洛舟在那头清了清嗓子，“首先是温宿吧。”

“温宿怎么了？我不是解释过了吗？”

“但你自己好好想想，温宿这个人第一次出现在我视线内，就是他开车送你来跟我吃饭。吃着吃着饭，你夸他长得帅，说养他的猫这个兼职非常美滋滋，能看帅哥能撸猫，”洛舟继续数说，“后来我见到温宿，他对我说他想追你。”

这倒是初瞳不知道的事，她愣了一下：“啊？”

“嗯，我跟他大哥温勉是朋友，温勉请我去温家酒庄喝酒，介绍我和温宿认识。他直接问我你是不是我妹妹，要追你。”

“那……然后呢？”

“然后？”洛舟“哼”了声，“然后我当然拒绝了。”

初瞳的气稍微平息了些，声音也和缓了点儿，她说：“可是这跟我有什么关系啊……而且之前我那不叫夸他帅，我只是说了一句，你干吗一直记到现在……”

“当然不止这一次，”洛舟又说，“还有你同学聚会我去接你，听到有人说你在聚会上说自己有喜欢的人，是上大学后才认识的。”

初瞳立刻反驳：“这个我都……”

还没等她说完，洛舟立刻打断：“是，虽然你解释过这点了，但我是让你把这些事情联系起来，如果温宿是个女人，这些事发生在我身上，你是我，你会不会误会，嗯？”

初瞳张了张嘴，也没说出一个“不”来——好像是会误会，不管他怎么解释，估计她肯定会在心里认为洛舟暗恋人家。

“那，”初瞳语气比刚才又弱下来一点儿，“那就算这样，‘海王’的意思是很多个吧，就算你误会了温宿，这不才一个……”

“才一个？”洛舟扬声道，“我不算？”

声音更小了，初瞳说：“那就……两个……”

“还有你跟你那闺蜜追的星，叫陈诉的，当时去看演唱会，还特地化成那样……你平时有那么精心打扮过？上回又突然问我他的私生活……来，假如我这么对一个女歌星，你误不误会，嗯？”

三个了。

那确实，而且还挺“海”的。

初瞳没想到自己原本嚣张打过去的电话，说着说着竟然变成了她不占理。

准确地说，也不是不占理……

就是如果真的按照洛舟角度那么想，确实像个小海王的样子，再加上他叙述的时候那股浓浓的醋味儿，搞得初瞳莫名有些不好意思起来。

“那你现在都知道了，那些是误会，朋友圈你也发了，说……”初瞳顿了顿，“说我上岸了。那这个备注，这个外号，就从今晚开始取消了，行吧？”

洛舟像很苦恼似的“啧”了声，懒洋洋地道：“可我还是觉得很可爱，看习惯了，不想改。”

她到底顶着“海王”这个外号多久了！

初瞳深吸一口气：“其实，今晚我本来要给你改备注的。”

洛舟：“嗯？改成什么？”

脸稍稍有些热，初瞳说：“改成‘男朋友’。”

洛舟顿了一下：“那还不赶紧改？等什么呢？”

“不改了，”初瞳说，“你都不改，我干吗改？”

洛舟听出了一丝不对劲：“这什么意思，所以我现在的备注是什么？”

初瞳：“东亚醋王。”

恰好此时，外面响起敲门声，杜优容说她要上厕所。

初瞳说完他的备注之后心里一爽，不等洛舟讲话，干脆利落地就把语音电话给挂了。

当她打开门出去的时候，杜优容用奇怪的表情看着她问：“你跟洛舟学长聊天呢？咋聊这么久？还非得躲卫生间聊？”

“没什么，就是……”初瞳犹豫了一下，最后选择了最为平淡的语气来讲这件事，“我和他今晚在一起了。”

在住进杜家差不多一周的时间里，初瞳每天晚上回来，都会和杜优容简单讲一遍跟洛舟的约会过程。一方面是杜优容好奇心重，另一方面，她觉得给人讲这种事情，看着听者的反应，那种感觉非常奇妙。从一开始的不好意思，到现在已经习以为常。本来就天天更新最新进展，所以讲晚上的经过也相当简单。

她讲完后，杜优容激动地把这事儿发到了宿舍群，老大、老二直接炸了，和杜优容一起发表情包和感叹号各种刷屏。

“不敢相信我已经拥有了太子妃的微信！”“洛舟学长这样的风云人物我等没法高攀，但我们这也算认识风云人物的老婆了啊哈哈哈哈！”……一条接一条。

初瞳也微信通知了辛莹，不过暂时没得到回复。不知道辛莹最近在忙什么，大概跟她偶像地下恋爱蜜里调油，微信找她都得隔好几小时才能看到。

朋友们通知完，初瞳暂时还没想到有什么好的方式告诉家里人。她觉得下次回家也是一段日子后的事情，不如先放着，找到合适的机会再说。

可她只考虑了自己的家人，却没考虑洛舟。

跟洛舟在一起的第二天上午，吃完早饭，初瞳收到了白相宜的微信。

白相宜：“瞳瞳，醒了吗？”

她心里“咯噔”了一下，但是随后又觉得自己反应过激，在白阿姨这里，洛舟才应该“咯噔”，她“咯噔”个什么劲儿啊？

tong：“醒了醒了！”

然后，初瞳又发了个“可爱”的表情包。

白相宜：“阿姨昨天晚上知道你跟洛舟在一起了。”

白相宜欲言又止：“阿姨……哎……”

初瞳迅速打字回复：“阿姨您要说什么呀？没事的，您说吧。”

白相宜：“瞳瞳，你实话实说……你哥，洛舟他，对你没威逼利诱什么的吧？”

初瞳心想，为什么白阿姨会这么想？简直让她哭笑不得。

tong：“没有的，阿姨。”

虽然不好意思，但是也不能让洛舟背这口不明不白的黑锅，初瞳认真打字道：“我也喜欢洛舟哥，真的。”

白相宜过了好几分钟才发过来个“摸摸”安慰的表情包。

白相宜：“那就好，你知道我和你洛叔叔一直都担心他找不到女朋友，如果你是真的喜欢他，这对我们来说也算是个大惊喜。”

初瞳不知道说什么好，回复了个可可爱爱的“嘿嘿”的表情包。

白相宜：“虽然在得知他把你追到手的时候，阿姨很想打死他，但是你放心，如果他敢跟你分手，阿姨才是会真的打死他。”

这熟悉的霸气，“白皇后”还是“白皇后”。

三天后，A大开学日。

因为听说初瞳有洛舟来接，杜优容早早地跟男朋友一块儿走了。初瞳坐着洛舟的车到了校门口，发现A大正门周围和上半学期入学时候的热闹程度差不多，竟然也到了人挤人的程度。

其中最多的是回宿舍的学生，还有些可能是单纯站在门口聊天乱侃，剩下不少学长学姐在帮那些行李很多的女孩子提东西。

她从宿舍去杜优容家的时候就带了一个背包，人太多，初瞳觉得洛舟出现在这里不太好，便在车上让他不用下来。初瞳说：“我就一个包，自己去宿舍就好了。你不用送我啦，直接去公……”

“想什么呢？”洛舟给她解开安全带，“送女朋友上学，还有送到门口就走的？”

没办法，这人实在太高调了——初瞳此时这么感慨，是因为她还不知道接下来的几分钟内要发生什么。

两人下车后，洛舟拉着她的手，目不斜视地往校门口走。

在人多的地方，又高又瘦皮肤又白的男生本来就惹人注目，更别提脸长得极为好看帅气，简直像会发光，亮到扎眼的洛舟了。

洛舟就充当了类似人群中的电灯泡这样一个存在，偏偏他自己还毫不自觉。

初瞳跟在这枚硕大电灯泡的身边，感受到一道接一道的目光不断扫到自己身上，恨不得给他披一件哈利·波特的隐身衣。

想到一个假期没怎么看的A大论坛，生怕又被顶上热帖，她跟在洛舟旁边，全程低着头进校园门。

可事与愿违——电灯泡是不可能低调的。

洛舟被人认出来了。

是个学弟，非常热情地打招呼：“请问是洛舟学长吗？”

“嗯，是我。”洛舟停下脚步，很和善，然后又非常没必要地介绍了自己此行的目的，吊儿郎当地说，“我女朋友开学了，我来送她。”

学弟满脸的惊讶。

初瞳满脸的不好意思。

初瞳心想，没事儿你说这干吗啊？！人家问你了吗，你就说？！

学弟在原地嘴巴张成“O”形好久，接着激动地开始跟朋友们传播八卦。

经过洛舟这么一回答，“洛舟学长送女朋友来上学”很快就在校园门口这一片传遍了。

好家伙，现在低头走路也没用了。

“你干吗那样说……”初瞳感受到身边似乎有女孩子好奇的目光，以及遮遮掩掩想要拍照的动作，更不好意思了，“待会儿我们又要被拍照传到论坛上，你都不想想的啊？”

“哦。”洛舟恍然大悟，“我知道那个。”

初瞳疑惑：“你知道哪个？”

洛舟低头，附在她耳边道：“风雨瞳舟，是吧？”

初瞳一下子瞪大眼睛，心想，他是怎么知道这个论坛术语的？

不等初瞳说话，洛舟下巴朝着一个方向抬了抬：“那照你说的，她们照相，是为了发帖子？”

他问这个，是想干吗？

初瞳没想到能有什么后果，迟疑地点点头：“应该是吧。”

随后，他所做的事情初瞳完全来不及反应和制止——洛舟突然转变了两人直着向前走的方向，初瞳的手被他拽着往一边拉去，正对着侧方距离他们不远的三个女生。

三个女生见洛舟突然回头，一下子收起了手里的手机，连连摇头摆手：“不好意思学长，我们就是想随便拍一下，因为觉得你们两个背影太般配——”

女生还没解释完，洛舟“嗯”了声：“所以，拍到了没？”

“呃？”

洛舟抬起跟初瞳交握的手，对着几人笑道：“来，角度对不对？要不要给你们个牵着手的特写？”

第30章　初吻

A大论坛——

主题：官宣了官宣了！开学第一瓜！风雨瞳舟官宣了！

1楼楼主："过了一个寒假而已，各位还记得这成语的来历吧？过年那天洛舟的热搜没忘吧？！

"就刚才，我和我两个小姐妹在校门口附近溜达，想着看看大一大二的新鲜小帅哥啥的，没想到看到一个毕业好几年的大帅哥。

"大帅哥还不是单独一个人，他还牵着一个小姑娘。

"阳光太刺眼，我们看了好一会儿才发现，这不是洛舟和C学妹吗？！

"怎么就牵上手了？！

"激动得我赶紧照了张相片。（此处手抖了，后面有清晰的）

"然后，我们遇到了个同学——男生，一直挺崇拜这位传说中的学长的，激动地跟我们说他刚才跟洛舟说话了，洛舟说他是来送女朋友开学的。

"亲口说的'女朋友'！"

2楼："目测这楼要火，搬个板凳蹲。"

3楼："女朋友！女朋友！啊啊啊我突然有种洛舟他妹和苏影帝公开那天的感觉了！所以寒假时候说的太子妃就是C学妹！"

4楼："天哪！刚开学就这么劲爆真的合适吗？我开玩笑的，楼主请把高清图放出来让我看看吧！"

5楼："啊啊啊好甜！这身高差，我爱了！我慕了！"

6楼："洛舟这是要去上班的打扮吗？开学日，总裁送大一的女朋友来上学，我真的酸了！"

7楼："幸亏开学第一天没正经课，楼主你快继续，我一分钟后再来刷。"

……

20楼："来啦来啦！上面说的'女朋友'还不是最让人震惊的。

"我跟我两个小姐妹看他们走的方向是去女生宿舍，就偷偷跟在后面。我们三个跟他们俩是有一段距离的，就找角度想拍清楚点儿两人牵手的姿势，没想到！被发现了！

“洛舟带着 C 学妹直接回头，而且还是直冲着我们走过来的那种，那架势感觉像要兴师问罪。

“这人我能惹得起吗？吓得我立刻主动承认错误外加花式赞美，我说不好意思学长，我们就是看你们太般配，所以随便一拍——

“然后，他竟然问我：‘那你拍到了没？’

“我说：‘呃？’

“他就抬起跟他女朋友握在一起的手问我：‘要不要给你们个牵手的特写？’

“呜呜呜原本觉得好甜的心情，突然就变得好酸好委屈，我越想越觉得我被利用了，我只是宣传他们爱情的发帖工具！”

21 楼：“这什么操作？来人啊，给朕祭出那张表情包！”

22 楼发了张“你好骚啊”的表情包。

23 楼：“阿巴阿巴……”

24 楼：“阿巴阿巴啥意思啊？最近老是看见。”

25 楼：“回楼上，放在这个语境，差不多就是被甜到痴呆不会说话的意思。”

26 楼：“我是他妹妹、妹夫的 CP 粉，又要粉他和他媳妇了吗？！可恶的一家人！气死我了！气死我了！没事这么甜干吗？！”

27 楼：“所以‘太子妃’破案了，就是 C 学妹——风雨瞳舟是真的！”

28 楼：“去年那篇同人文我记到现在，突然就悲剧收场了，我今天一定要给那个楼主挖出来，这次本人都官宣了，加更总得安排上了吧！”

……

初瞳从小到大虽然不算是一个低调和默默无闻的人，但也从不会主动出风头，都是被动情况下才出的。

出名的方式也是一样，有时候因为竞赛获奖被通报表扬，有时候是因为成绩好稳居年级前几，有时候是因为拒绝了不少女孩们眼中的男神。

虽然结果并不低调，反正她自认还算一个低调的人。

没想到，这么低调的她，却因为刚交的男朋友太过高调而被同校同学放在论坛首页吃瓜看戏讨论了一天。

逢人就能看到那种藏着八卦激动的眼神，熟悉的直接上来就“我看到你和洛舟学长的帖子了啊啊啊啊祝福”，简直是让人有些无语。

开学后课业不算忙，但是初瞳之前提前返校时用的借口报名参赛的确是真的。两年一度的信息大赛其中的网络安全分类，她是教授钦点的参赛学生之一，每天下课后的时间也没闲着，还得准备相关资料。

中午洛舟上班她上学，时间对不上，而晚上她也要忙，没办法像前几天那样跟他出去花费几小时吃个晚饭，所以开学后，两人已经三天没见面了，只靠微信聊天和极短的电话时间维系联络。

第一天，初瞳觉得联系少了也挺好的，还在为他嘚瑟让人拍照的事不满呢。

但是后面几天，她在图书馆查资料的时候，也开始怀念晚上跟着洛舟吃大餐、听他胡侃的日子。

到了第四天，洛舟终于忍不住了。

初瞳晚上从图书馆回到宿舍，洗完澡后没多久便收到了洛舟的问候。

东亚醋王："干什么呢？"

初瞳当时刚敷上面膜，手上都是精华液，正在往脖子上抹，没第一时间回复。

谁知，那边就又炸了。

东亚醋王："白天上课就算了，这个点了总不可能还没空吧？嗯？"

东亚醋王："这几天是直接不理我了？"

东亚醋王："还因为论坛那个事儿生气？"

初瞳双手没办法回复，但眼睛一直看着屏幕，看着底下一条一条地蹦出他的新消息。

这频率快到仿佛能想象到那端洛舟飞快打字的样子。

初瞳确实是因为开学那天的事情有点生气，但她不是个记仇的人，气也不会气这么久。

大部分时候来不及及时回复，是因为她这几天确实忙。

报名参赛是有不少要求的，要提供自己目前为止的成绩证明，还要有一篇全英文的不少于一千五百字的小论文，这个论文要表达的东西很多，一直在被教授要求反复修改。

初瞳一边叹气一边去洗手，回来之后打字回复他。

tong："我前天不是就说了，没生气，已经不生气了，你怎么还这么想……"

tong："而且，我这不就一小会儿没回复你吗？"

东亚醋王秒回："我度秒如年，你一分钟没回复对我来说就是六十年，不行？"

初瞳发了一长串的省略号过去。

男人的无理取闹其实一点儿也不输女孩子。

好在他没一直闹下去。

东亚醋王："所以，你什么时候能忙完？"

初瞳想了想："这周末吧。"

还加了个表情，表示自己真的没生气。

东亚醋王：“那周六早上我去接你。”

tong：“好！”

周五晚上，初瞳终于提交了合格的论文，成功报了名。晚上，初瞳在宿舍跟洛舟的电话时间从原本的十几分钟延长到了一小时，最后挂断还是因为室友纷纷抗议。

洛舟听到了几个女孩子起哄的声音，笑了笑：“帮我转告她们，现在才哪儿到哪儿？承受能力这么差，接下来几年怎么跟你做室友？”

初瞳自然是没有转告的——转告了今晚她就别想睡了。

次日一早，洛舟在宿舍楼下等她的时候，又“无意”被许多人看到了。

虽然洛舟以前来宿舍楼下接她的时候就很高调，现在也只是延续了以前的风格，但毕竟两人之前是初瞳口中的哥哥妹妹，现在算是公开的情侣，吃瓜群众的态度自然是截然不同的。

初瞳差不多出了宿舍楼就一路低头小跑，拉着洛舟火速上车。

刚关上门，初瞳便忍不住道：“你下次直接在校门口等我不好吗？”

洛舟：“为什么在校门口？”

初瞳：“因为这样看到的人就少了啊。”

洛舟笑了笑，发动车子：“你这小姑娘真奇怪，人家谈恋爱不都希望自己男朋友高调吗，我来宿舍楼下接你，你都不让？”

初瞳心想，适当的高调是挺好的，如果洛舟只是个普通学生也就罢了，但这种全校人都认识的“大人物”来接，就不是高调那么简单了。

初瞳托着下巴看着窗外：“那是因为每次你高调完，留在学校里被同学八卦的只有我一个人啊。”

没想到的是，洛舟竟然反问：“那不是更好？”

“嗯？”初瞳回头，“好什么好？”

“你看，我不能天天跟你在一起，但照你这么说，你同学能天天在你耳边提起我，”他轻笑了声，“这还不好？”

原本以为这个周末是要在洛家度过的，但没想到，最后洛舟带她去的是他自己的公寓。

这还是初瞳第一次来这里。

这里的装修风格和洛家太不一样了，看得出来洛家的装修洛舟应该是没有话语权的，所以风格完全不同。他自己住的房子，就和他在家的卧室几乎是一模一样的色调和布置——简约、干净。

两人在路上买了早餐，在餐桌上吃完后，洛舟带着电脑跟她一起坐在了沙发上。

初瞳看着他的电脑问："你还有工作？"

"不算，"洛舟随意道，"发两封邮件，很快就好。"

他把电脑放在腿上，邮箱页面完全没避着她，全英文的内容打得飞快，手指在键盘上跳跃的场面相当养眼。

初瞳欣赏了会儿，便突然听到他说："好看吧？"

"嗯？"

"我说我的手，好看吧？不然你怎么盯着看了这么久？"洛舟尾音上扬，语气吊儿郎当的，非常欠揍地把手从键盘上挪下来，抓住她的手，"勉强给你牵两分钟。"

初瞳："有病。"

她吐槽完，一下子甩开洛舟的手，起身坐到另外一边的沙发垫上。

听见男人的低笑声也没理，初瞳开始面无表情地打开手机，上网冲浪。

两人谈恋爱也有一周多了。

初瞳上网冲浪的时候，不知不觉点进了洛舟的微博，以及他的超话。

这才发现，原来开学那天两人不仅在论坛出道一次，竟然也在微博联动了一次——洛舟超话有人搬运了论坛那个帖子，到今天都还不断有人顶那条微博，底下大片大片的号叫，一部分祝福，一部分吃柠檬，一部分鬼哭狼嚎，怎么说的都有。

但其中，有个句式引起了初瞳的注意。

热评第二："A大论坛就只有这一个帖子吗？看这个回帖里面还有什么别的同人文帖子，就那个风雨瞳舟的有没有A大姐妹或者总逛论坛的能搬运一下啊啊啊，好想看。"

其中，回复这个热评第二的，下面像排好了队一样——

"朋友，癌症，想看。"

"朋友，癌症，想看+1。"

"朋，癌，想！"

……

这是什么神奇的暗号？

初瞳遇到了难题，下意识地就想开口问洛舟。

但是他还在那边噼里啪啦地敲键盘，初瞳也不好意思打扰他工作，便决定自己上网去搜。没想到这人就像侧面长了眼睛一样，当即转脸看向她："怎么了？有事？"

既然他都察觉到了，初瞳也就顺便问道："那个……你知不知道什么叫——'朋友，癌症，想看'？"

"知道啊，"洛舟笑了笑，解释，"你自己想看某种东西，但不直接说，反而捏造了一个‘朋友’。”

初瞳眨了眨眼：“啊？还是没懂。”

“那我给你造个句吧。”洛舟说完，突然起身走到她身边的空处坐下，凑近她的脸，淡笑着跟她对视，“我有一个朋友，得了癌症，死前唯一的愿望，就是看到我们接吻。”

这么一解释，初瞳立刻就懂了。其实是一句话的缩写，可能是说的人太多了，就变成了现在这样挑出来“朋友，癌症，想看”三个词的说法。

所以那些评论说的原话其实是：“我有个朋友，得了癌症，死前想看那篇同人文。”——这么一转换还挺搞笑的。

但某人造的句属实有些不要脸。

洛舟越靠越近，近到让人能闻到他身上若有若无的淡淡香气。

两人紧紧对视，他这个角度恰好对着窗外的阳光，眼睫和眼瞳都是浅浅的褐色，这样特殊的光线下，看起来格外漂亮，像有蛊惑人心的魔力。

初瞳一下子生出一股说不出的紧张感，睁大眼，调动全身力气抬起手放在他胳膊上，象征性地往外推了一下。

“行吧，”洛舟瞬间意会，靠回沙发靠垫，撤到安全距离内，笑了笑，“看来还得再等等。”

初瞳没说话。

隔了几秒，他看到初瞳有些无奈的表情：“怎么，这就吓到了？胆子这么小？”

初瞳直起腰：“你说谁害怕了？”

这明明是紧张好吗？！

“不害怕的话，”他突然又凑到她脸前，“那——给我亲一个？”

“这根本就不是怕不怕的问题。”初瞳往后靠了靠，想要跟他讲道理，“你不觉得……这样太快了吗？”

正式在一起才一周多，并且因为种种原因，好像也没约会过几次。

牵牵手抱一下什么的，初瞳觉得刚刚好。可刚才稍微幻想了下她和洛舟接吻的场景，初瞳就一下子觉得浑身不自在。

当然不是因为不够喜欢。

非要说的话，初瞳算得上一个慢热的人，不仅仅恋爱这样，友情也是，任何关系都是如此。

所以，她觉得自己是还没能习惯跟他过分亲密，过一段时间自然就好了。

洛舟定定地看了她好一会儿，微微皱眉：“快？”

他想说我给你讲我一个兄弟他叫金子光，一周时间够他跟女友做完全套顺带和平分手了，咱们这哪儿快了？

洛舟想了想，这也太渣男了，不好放在此时举例，别再让她觉得他身边兄弟全是渣男。

最后，洛舟点了点头："行，那就慢慢来。"

这个小插曲过去后，洛舟重新开始工作，差不多花了一小时才关了电脑。

大概十一点，洛舟打电话订了一家酒店的饭菜，然后带着她打了两局游戏——初瞳堂堂一个女野王，拿着软辅躺了两把。

像掐好了时间算的一样，"胜利"响起的时候，午饭刚好送到。

初瞳本以为就是个简单的外卖，就像在宿舍时跟室友们点过的一样——因为洛舟叫餐的时候也没说什么特别的话，只道"送平时我常点的那几样，两人份"。

没想到送过来的外卖摆满了一桌子，毫不夸张地说，每一道菜都是能上电视美食节目的水准——色香味俱全。

吃了一周的食堂，也因为报名的事情没能跟洛舟约晚饭，面对许久没碰过的佳肴，初瞳的食欲一下子被勾了起来，用"埋头苦吃"来形容也毫不过分，她跟洛舟说话都是敷衍，头都很少抬。

洛舟不说话的时候，也一直在看着她。

他发现初瞳饿起来吃饭就跟小兔子差不多，虽然口很小，但是很努力地一直一直在吃，特别可爱。

大概二十分钟后，她进食的速度就慢慢降了下来。

他也收回直勾勾的视线，提起新的话题："对了。"

初瞳抬头："什么？"

洛舟："我们在一起的事情，温宿也知道了。"

洛舟状似漫不经心，实则密切观察。

她脸上先是闪过一瞬间的茫然，然后才是困惑。

初瞳放下筷子："他知道就知道呗，你跟我说干吗？"

接手公司多年，微表情他会看很多。就初瞳这反应，估计先是回忆了一下温宿是谁，然后才觉得他说的这话很奇怪。

人都忘了？忘了好。洛舟很是满意。

"毕竟是你曾经夸过、并且也想追你的男人。"他声音都变得轻快起来，"我就是通知你一声，不要觉得遗憾。"

初瞳气得在桌子底下踹了他一脚："你才遗憾呢！"

洛舟笑道："行行，我遗憾。"

初瞳尤不解气："我觉得你才是喜欢温宿吧！一次又一次地提，要不要我微信帮你跟他表个白，你们俩在一起算了！”

这是真有点儿要生气的前兆。

洛舟再三保证以后绝对不提，并且附赠低声下气赔礼道歉大礼包，某兔子这才恢复平静。

“我的追求者你知道了这么多，”差不多吃饱了，正好洛舟提到了温宿，初瞳便顺势提到好奇已久的事情，而且觉得很不公平，扬了扬下巴，“我从来没有问过你，你也没给我讲过，那你的呢？”

“我的？”洛舟抬眼确认，“追求者？”

初瞳点头：“是啊。”

“那哪说得过来啊，”他单手撑着脸，唇角上扬，笑容显得痞帅痞帅的，“太多了，我的追求者们手拉手可绕地球一圈。”

初瞳心想，这你也说得出口。

“真的太多了。”洛舟转头活动了下脖颈，眼睛盯着天花板，“我记得 A 大有个无聊的帖，里面放着历年评选出来的校花、院花什么的。”

初瞳：“我知道那个。”

“不说全部吧，”他说话时喉结上下滚动，显得格外性感，“那里头，至少百分之九十，单身的时候都追过我。”

初瞳有些怀疑地盯着他：“没吹牛？”

洛舟坦坦荡荡地看回来：“哥哥能跟你吹这个牛？”

初瞳想起过年时，他那个视频下面的评论里，有一条被大家顶上热评的分析说得头头是道——不要想不开做洛舟的“女友粉”，因为这可能是你的偶像想方设法都追不到的男人。

还暗示了不仅仅是女明星。

初瞳看了眼他的脸，洛舟还在笑，笑得跟个妖孽一样，又帅又称得上漂亮，可不就是男女通吃吗？

“除了在学校，”初瞳想到哪儿问到哪儿，“是不是也有很多明星追过你啊？”

“准确地说，那应该不叫追。”洛舟手指敲了敲酒杯，“那种目的性太直接了，还能图什么？想要资源，想红。”

洛家旗下的娱乐产业，各种品牌代言，应该都是圈内疯抢的资源，谁不想傍上洛家太子爷呢？

初瞳也觉得是。

她刚要点头，洛舟像想起来什么一样，突然出声道：“哦，也可能不仅仅是图这个。”

初瞳不解地问：“那还图什么？”

“可能还图我的美色。”

初瞳好无语，好想反驳他，可他这张脸、这身材，又的确有被人贪图美色的资本。

初瞳做了次深呼吸，决定不做任何反驳，然后直接转换话题。

洛舟却又突然道：“别吃醋。”

闻言，初瞳一愣。

“毕竟，”他笑得懒洋洋的，“被再多人追过，我现在也是你的了。”

初瞳现在觉得自己提追求者这个话题一定是脑子短路了。

吃醋其实谈不上，她又不像某人是醋王，如果洛舟对他的追求者有所回应她肯定吃醋，而现在只是心情稍微有那么点儿复杂，其中最多的是一种小小的骄傲。

被很多人粉的偶像们追过的男人，现在是她的男朋友——就像莫名站在了食物链的顶端。

初瞳清了清嗓子，不想再让这男人自恋下去，便生硬地转移话题：“我之前想让你帮忙打听一下我闺蜜喜欢的那个歌星陈诉，你还记得吗？”

“记得，也打听了。娱乐圈看起来光鲜，其实有很多外面看不到的灰色规则。”他停顿了一下，“这个陈诉，还挺出人意料的，他算是真的靠运气和才华才走到今天的。”

初瞳忍不住替辛莹感到高兴，笑容刚扬起一半，洛舟便给了个转折：“但是——”

她微微一愣：“但是？”

“但是你问到私生活，我就让人查了下他有没有过前女友一类的事情……是有的，而且纠缠了好几年，陈诉已经四次被拍到跟同一个女人有所纠缠，照片都被他公司买断了。”

初瞳显得有些担心。

“不过关系不能确认，因为拍到的照片也比较模糊，最近一次是一年前了。”洛舟客观评价道，“这倒没什么所谓吧，就算是私下谈了恋爱，我认为不算私生活有问题，你自己考虑下告诉还是不告诉你闺蜜。”

一年前，一年前辛莹还在准备高考呢，没跟他认识。

初瞳听到他后面说的，才稍微松了口气：“嗯，那我想想。”

两人都吃完饭了，洛舟起身走到她身边，一把拉住她的手，把人带到了沙发上。

初瞳靠坐在他怀里，听到他的声音从头顶传来：“好了，不说别人的事了。”

初瞳：“嗯？”

洛舟拿了个靠枕放到了初瞳的腿上，动作相当自然地直接躺下："你看的电视剧里不是这么演过吗？我也想试试，在女朋友腿上睡觉是什么感觉。"

因为开学第一周就有作业要小组讨论，周六、周日两天晚上都要在图书馆讨论，所以初瞳没有在洛舟家过夜，两人腻歪了一下午。洛舟在送她回学校的时候，一直碎碎念"A大太过苛待计算机系大一学生""刚开学这么多作业是要学生累死""这符合素质教育吗"等，并表示他会发邮件建议减轻课程负担。

他抱怨了一路，初瞳就憋笑憋了一路。

周日，两人没去洛舟家里，他带着她去了一家从来没去过的西餐厅。

这半年多以来，跟他吃饭的地点从不固定，但两人去的每一家都很棒。

这让初瞳想起自己刚到C市不久时，洛舟就说过要带她吃遍首都所有好吃的。

原本她以为那句话只是他随口一讲，毕竟，一般尽地主之谊的都会这么说。

没想到，他一直都有在认真兑现。

周一中午，初瞳提前约了辛莹在食堂吃午饭。

两人打好饭找好座位，开始边吃边聊。

初瞳和洛舟的事情，辛莹早在微信上就得知了，并且在开学第一天就来初瞳宿舍问过她全过程了。

初瞳这次约她，是因为陈诉那件事。

初瞳先问了下两人最近的进展，怕被人听到，特地压低了声音道："你跟你偶像最近还好吗？"

"好着呢！热恋期！蜜里调油！非常甜蜜！"双眼发光，一看就是恋爱中少女的模样，说完，辛莹还不忘记互吹一波，"当然，我这毕竟是地下的，比起你们风雨瞳舟还是差了点儿啊。"

"莹莹，我怕你因为恋爱昏了头，就让洛舟帮忙查了下你偶像……不过你放心，我没问别的，只是想了解一下私生活检不检点——"初瞳懒得跟辛莹卖关子，直接道，"你是他的粉丝，他能和你恋爱，可万一你不是第一个……怎么办？"

辛莹似乎没想到两人的对话突然就变得严肃起来。

辛莹愣了一下，反应过来初瞳说的话之后，猛地点点头："够姐们儿！"然后，迅速问，"所以呢？结果呢？"

初瞳把洛舟的话复述了一遍。

原本她觉得辛莹那么喜欢陈诉，会不会介意那个一年前跟他有过纠缠的疑似前女友的人。可没想到辛莹对此完全没芥蒂，甚至在听到洛舟夸了陈诉是靠才华走到今天的时候，还激动得不得了：“既然洛总这么欣赏，不如给点儿代言啥的？”

辛莹压根儿没初瞳担心的那么脆弱。

看辛莹这样，初瞳也一下子放下心来了。

陈诉长得那么酷还有才，一年前有没公开的前女友再正常不过了。

最重要的是，洛舟都说了，他在这圈子里已经是相当干净的，那还有什么可多虑的？

好友的感情问题彻底解决了，初瞳周末悬了两天的大石头也彻底放下了。

晚上，她跟洛舟没见面——他今晚有应酬，听起来还蛮重要的。

初瞳从图书馆回宿舍的时候，大概九点多，校园里人不算多，还在外面的基本都是成双成对的情侣，走着走着就能遇到一对。

她一路低着头走，到宿舍楼附近，经过那棵树的时候，猝不及防地被旁边伸出来的手拉住胳膊，整个人被拽着倒向一边——想要尖叫的前一秒，她听到了熟悉的声音在头顶响起：“别害怕，是我。”

就像机场那次乌龙一样。

怎么总爱搞突然袭击啊？！

初瞳心里一松，浑身也一下子放松下来，被洛舟顺势搂进怀里。

她脸埋在他胸前，闻到了他身上的薄荷香混着酒气。

“你不是说这个酒局要很久吗？怎么现在就结束了？”

然而，洛舟像没听到一样，她并未得到任何回应。

“我能亲你吗？”紧接着，洛舟毫无征兆地说，“现在。”

初瞳僵了一下：“亲哪里？”

“当然是嘴。”

“可是你不是前天才说……慢慢来……”初瞳声音渐小，心跳加快，脸渐渐热了起来，“哥哥，你要说话算话。”

洛舟答非所问：“我有没有跟你说过，哥哥酒量很好？”

“说过……”

“我说没说过，哥哥喝醉之后，很不讲理？”

“没——”

洛舟轻笑了声，用气音在她耳边一字一句道：“那我现在说了。”

然后，洛舟不给初瞳任何反应的时间，用凉凉的手指抬起她的下巴，他柔软的唇紧紧地贴了上来—— 一个近乎溺毙的吻。

第31章　天赐良缘

现在这个时间点，学霸情侣从图书馆学习完，爱玩情侣从校外回来，总而言之，正是每晚校园情侣档的最佳散步时间。

男生送女生回宿舍，月色下，再跟女孩在宿舍楼下的参天大树旁接个吻，是再正常不过的事情，多么浪漫。

正因如此，A大女生宿舍楼下这棵树也被称为“见证过最多次接吻的树”。

这树旁边没有路灯，只能看到模糊的亲近的两个人影重叠在一起，从轮廓上辨认亲密的举动。在路过这棵树的时候，大家扫一眼也就笑着挪开视线了。

谁也想不到此时此刻正在亲热的，是校园热度最高的那一对情侣。

初瞳在从被吻住的那一刻开始，就下意识地屏住了呼吸。

最开始她整个人都是僵的，感受到洛舟在一点一点、一下一下地有规律地吻她，才开始重新呼吸，身体也慢慢放松下来，更贴合地靠在他怀里。

原来接吻是这样的感觉。

在一片漆黑的环境里心跳如擂鼓，明明脑子里想的是要把人推开，可是手指还是悄悄抓住了他的外套下摆。

离得这么近，她闻得到他身上的酒气，却好像在这样的氛围里也被过滤成了甜甜的香味——好神奇！

初春的晚风带着丝丝凉意，钻进人领子里还有点儿冷。但再怎么凉，也降不下去脸上的温度。

两人吻了一会儿。

初瞳闭着眼睛，其余的感官就更加明显。她原本以为要再这样持续下去很久，没过几秒，洛舟却突然撤离。

她也随之睁开眼。

然后，月光透过树梢缝隙刚好照到他脸上，面前的人双眼黝黑深邃，湿润的唇泛着光泽，格外诱人。

初瞳不自觉地咽了下口水。

“怎……”初瞳刚说了一个字，就被他打断。

洛舟看着她，说：“张嘴。”

初瞳原本恢复正常的心跳再次欢快起来。

虽然是个恋爱新手，但她可不是什么不谙世事的小白，在这种情况下要求的“张嘴”还能有什么意思——只有那一个意思了。

她这么保守的人接受一周给出初吻还不够吗？

那……那……那进一步的，也得让她缓缓吧。

初瞳退后一步，用手捂住嘴，坚定不移地摇摇头。

洛舟见状，微微翘了下唇角，哼笑了声：“行吧。”

然后，洛舟一把把她重新拉回来，手指抚着她的侧脸，一直滑到下巴，再次俯身吻上来。

吻到最后，初瞳脑袋里只有一个想法——没想到性格那么跩的人，嘴唇竟然好软好软。

两人接吻之后，是长达几分钟的沉默拥抱。

洛舟靠在树上，初瞳靠在他怀里，两人的姿势都随意又舒服。

洛舟先开口打破沉默：“怎么样？”

很突兀的三个字。

“嗯？”初瞳一愣，“什么怎么样？”

“跟我接吻——”他顿了顿，随后拖着长腔补充完整，“的感觉，怎么样？”

初瞳觉得他问这问题有点儿不要脸，但还是认真地想了想，回答道：“我原本以为会很尴尬……但其实并没有。”

“尴尬？”洛舟一只手摸着她的头发，问，“为什么会尴尬？”

音量变得很小很小，初瞳道：“因为是初吻啊……”

说实话，之前也不是抗拒，就是觉得自己没有经验，大概会在他面前出丑。

可真正尝试过，初瞳才发现，好像完全没有想象中那么复杂。

只要跟着他的节奏来就好。

这是因为喜欢而进行的亲密举动，最初有不适应，也仅仅只有几秒钟。到后面……承认这点有些羞耻，但初瞳觉得，她还是很享受的。

某人的唇那么软，亲他像亲了个果冻。

还是酒心糖味儿的。

“初吻？”洛舟闻言，嗤笑了声，“你这话说的，就跟谁不是一样。”

初瞳有点儿尴尬。

“怎么不说话？”

初瞳一语未发。

“是不是觉得哥哥吻技太高超，不太像第一次？”

初瞳心想，本来的确是这么觉得，但是他这个语气真的太欠揍了。

“没有啊，”初瞳认真地摇了摇头，“我觉得挺像第一次的呀。”

洛舟吊儿郎当的表情一下子沉静下来。

初瞳心里也随之“咯噔”一下。

洛舟盯了她几秒，懒洋洋地笑了：“你有这个错觉，那看来是亲得还不够久。”

说罢，洛舟就又低头。但初瞳这次眼疾手快，及时抬起胳膊卡在他下巴处：“够了——”

“我觉得不够。”

“你喝酒了，”她突然想到，“那是别人开车送你来的？”

洛舟：“嗯，陈叔。”

陈叔是洛家司机，初瞳也坐过他的车。

她“啊”了声：“那他不是已经等了很久了……”

“等就等，你操什么心？”洛舟淡淡地看着她，“我又不是不给他发加班工资。”

“但陈叔那么大年纪了，这么晚还不让人休息，你这不是无良老板吗？”

不知不觉，两人已经从九点多腻歪到十点了。

趁洛舟沉默的工夫，初瞳再接再厉：“你喝了酒就应该早点儿休息，而且我明早还有早课，现在该回去洗澡睡觉了。”

洛舟没说话，也没动作，就那么看着她——像个耍赖不走又没有借口的小孩儿。

初瞳暗中捏了捏手指，反反复复又松开，硬着头皮，像曾经安慰他的时候那样——抬起手，摸了摸他的头发。

他人是靠在树上的，所以跟她的身高差没有平时那么大，不用他低头，她稍微踮脚就够得到。

初瞳的手放到他发顶的瞬间，洛舟看着女孩子睁大的杏眼，他微不可见地挑了一下眉：“这是干什么？哄我？”

“嗯。”她点了点头，眼睛亮晶晶、水灵灵的，表情认真又害羞，特别可爱。

她说：“乖。”

没想到，一个字竟然如此见效。

把人哄同意之后，初瞳跟他道别，进宿舍楼乘电梯到自己的楼层，然后一路小跑回宿舍，迫不及待地跑到阳台上往下看。

洛舟站在刚才跟她分别的地方，一步没动。

他大概还记得她的宿舍方位，正半仰着脸朝上看，视线和她一下子在空中相撞。

夜幕下看不清五官，只有俊逸的轮廓是清晰的。

十点钟了，许多人都睡了，隔了这么远，没办法跟他说什么。

这么隔空对视了三秒，初瞳趴在阳台的栏杆上，笑着对他摆了摆手。

洛舟也抬手，简单对她挥了一下，然后转身离开了。

直到看不见他的身影，初瞳才从阳台回到房间，在室友们阴阳怪气的起哄声中拿着睡衣、浴巾去浴室洗澡。

她在脑子里将今晚的事情过了一遍。

想到洛舟逻辑分明的话语，吐字清晰的发音，以及最后离开的背影……她突然从心底生出一丝疑惑——喝醉了真的还能走那么直吗？

初瞳不是个疑心重的人，一般怀疑人这种事她想想就过了。经过昨晚那一遭，她脑内反复回忆最多的自然还是跟洛舟的那些亲密片段，那点儿小疑惑到第二天就已经消失不见了。

早上跟洛舟微信互道早安的时候，初瞳想了想，把备注改掉了——从“东亚醋王”正式改成了“男朋友”。

改备注的时候没避着人，恰好被身边的室友们看到了，众人立刻开始发表自己的感想。

“本学霸想爆粗口了……”

“能有一天不吃柠檬吗？知道你俩昨晚亲亲了，感情更好了，于是今天就换备注了，知道了知道了，所以今天还有别的戏吗？提前给打个预防针呗？”

“我都想去投稿了，标题就叫‘当一个宿舍有两个人脱单后另外两个单身狗有多惨’。”

“简直不能再惨，不然咱俩内部消化一下算了？”

……

就这么激情发表到了上课才停下。

上午的专业课上得人昏昏欲睡，课间的时候，初瞳接到洛舟消息，今天也不能一块儿吃饭了，晚上没应酬，但有个晚宴。

初瞳回复完他，又收到了辛莹的消息。

辛莹：“宝，几点下课？我等你吃午饭。”

辛莹：“有事说。”还配了张“可怜求安慰”的表情包。

不知道为什么，初瞳一下子就联想到了陈诉。

可她很快又否定了这个想法——辛莹昨天压根儿就没在乎，总不能一天就变了吧？

午吃饭的时候，大概是好姐妹间的心有灵犀，辛莹看出她有什么不一样，一上来就问："就一天没见，你这是有什么好事啊？怎么看起来这么高兴啊？"

初瞳想了想："可能算好事吧。"

"什么什么？"

"我的初吻，在昨晚送出去了。"

辛莹的表情一下子变得一言难尽。

初瞳原本以为好姐妹会跟自己一起开心的，没想到她是这副样子，愣了愣："你干吗这么看着我啊？"

"我不知道该说你什么好……"辛莹皱眉摇了摇头，"接了个吻你就乐得冒泡了，这可真是太嫩了……"

"哦，你现在是过来人了，再看我肯定觉得嫩，我就不信你当时和你偶像接吻的时候没这样？"脸上有点挂不住，初瞳敲了敲桌子，"就你追星那个疯狂劲儿，肯定比我夸张多了！"

没想到这话说完，原本辛莹乐呵呵的脸一下子就垮了。

"对，差点儿忘了我来找你说啥的。你昨天跟我说完陈诉可能有个前女友那事之后，我原本是真不在意的。"她放下筷子，坦白地讲，"陈诉那么好、那么帅，有前女友不很正常吗？没有才不正常，我在意个什么劲儿啊！"

初瞳点点头："然后？"

"但是我没想到……我用开玩笑的语气问他这事儿，他会跟我否认。"

初瞳一愣："否认？"

"对，"辛莹点头，"我觉得如果是已经放下的前任，是没什么不能讲的吧，我又不需要他讲什么故事，就只是旁敲侧击问了下他以前恋爱过几次……他竟然跟我说他没有。"

闻言，初瞳一愣。

"但你不是说过一年前他才和他前女友被拍到了照片吗？"

"啊，"初瞳下意识地答，"那个也不是确定的啊，就只是疑似……"

辛莹笑着打断她："宝贝，我追星这么多年，能被娱乐公司买断的照片是什么样子什么内容，我真的清楚。"

辛莹看起来大大咧咧，平时一点儿小事就咋呼，可是真遇到了什么不好的状况，反而特别冷静。

面对这样的她，初瞳也不知道该说什么了。

"那你现在怎么想的？"纠结一番之后，初瞳尝试着问，"虽然……他有对你撒谎的嫌疑，可是往好处想，可能就是怕你介意，不想让你误会之类的呢……”

“我还能怎么想，不就是跟你吐槽一下嘛。”辛莹开始吃饭，表情没了刚才那股伤感，看起来恨恨的，“撒谎就撒谎吧，又没背叛我。我那么喜欢他，还能因为这点儿小事没事找事啊？”

辛莹的心态还真是好，初瞳深以为然地点点头。

不过，回到宿舍后，她躺在床上稍微回想了一下中午跟辛莹的对话。

没忍住，初瞳给洛舟发了条微信。

tong：“问你个事呗。”

洛舟秒回：“问吧。”

tong：“你真的没有过前任吗？”

洛舟发了个问号过来。随后又发来一条消息。

男朋友：“谁跟你说什么了？名字内容报上来。”

tong：“不是，我就是问一下。”

tong：“今天听一个同学讲她前男友的感情史，就觉得你被那么多人追还一直单身，很不可思议。”

男朋友：“行，等着。”

过了五秒，洛舟甩过来一个娱乐新闻网址链接。

男朋友：“[链接]——《洛氏‘太子妃’为何迟迟没有人选？或许太子不喜‘妃’？》”

男朋友：“这标题什么意思，看得懂吗？”

tong：“意思是说，你不喜欢女人？”

男朋友：“嗯。”

男朋友：“随便搜，这种新闻多了去了，别说他们，我爸妈都怀疑过。”

男朋友：“但凡我交过一个女朋友，至于这样？你还有什么不信我的？”

他证明的方式还真是简单粗暴。

初瞳连说了三次“信了”，之后又发了几个萌萌的表情过去。两人结束对话，她开始午睡。

很奇怪的是，一整个下午，她右眼皮时不时地就要跳一下。

洛舟早交代过今晚要参见晚宴。初瞳晚上跟室友们吃完饭，分头去图书馆，九点多的时候走到宿舍附近——不管是时间还是路线，一切都像昨晚的复制粘贴一般——没想到，竟然包括后续，都是昨晚的复制粘贴。

初瞳不是没想过洛舟会又来学校找她，但考虑了一下觉得不现实。应酬还能说提前结束，但晚宴通常都是到午夜的，九点多应该才刚开始喝没多久。

被同一个地方、同一个角度伸出来的手给拉住、抱住，闻到同样的酒气。

身体甚至都记得他，像肌肉记忆一样，没有任何抗拒的本能反应，直接顺利地进入他怀里。

“唉！你怎么又——”

没想到，这次的他一句话都没说。

初瞳张嘴的一瞬间，他的唇舌一起席卷了她所有的感官，再想要做任何反抗都来不及。

昨天刚拒绝了他的“张嘴”，没想到，隔了一天，仅仅二十四小时，就达成了。

初瞳整个人都是傻的，甚至没能好好感受洛舟在做什么，回过神来第一时间就推着他的肩膀把人推开一段距离。

“你干吗每次都搞突袭——”她声音放大，“光明正大地等我不行吗？再说，昨天我都拒绝过……那样了，你今天还——”

控诉进行到一半。

“你要跟醉鬼计较？”洛舟打断她，笑得有些坏，“不是吧，之前你喝醉了占哥哥便宜，哥哥都没跟你计较，现在你要来算账？”

初瞳气势一下子矮了两截：“我……我什么时候……占你便宜了？”

“亲我，抱我，”洛舟一边说，一边看着她惊讶的反应，“你看，我说了你肯定不信，你自己又次次断篇儿，我还说什么，嗯？”

初瞳对他说的还是相信的。

喝醉了会暴露本性，她的本性不过就是喜欢他、想要亲近他，所以可能真的……做得出对他亲亲、抱抱一类的事情。

没想到他这么能憋。这么久以来，这是洛舟第一次提她喝醉后非礼他的这件事。

算算时间，她在他面前喝醉的那几次，两人都不是男女朋友关系，甚至都不是互通心意后的关系，而是单纯的哥哥妹妹。

那亲亲抱抱……他是怎么想她的？！

初瞳闭了闭眼，现在尴尬得简直想给自己在地缝里抠出个三室一厅然后钻进去待着。

连刚才被某人用那样的方式吻，都没那么在意了。

“那个……我之前在你面前耍过酒疯……你看……你这也算耍了两次了。”初瞳清了清嗓子，“那咱们就差不多扯平了，以后……你别再提我那几次的事情了。”

“这就扯平了？”洛舟很不服气地道，“你还扒我领子，亲我锁骨，你还——”

“停停停——”初瞳立刻叫停，完全听不得自己的尴尬史，“那……你说，还要干什么？”

他也不说话，眼睛微微弯起来，淡笑着点了点自己的唇边。

初瞳迅速做好心理建设，踮起脚，手臂勾着他的脖颈，闭着眼吻了上去。

下一秒，她的后脑勺被人轻轻扣住。

虽然是她主动，可还是被轻而易举地带跑，渐渐沉沦在他的节奏中。

交换呼吸，缠绵缱绻。

……

A 大校门外停着辆红色超跑，夜色都遮不住它的靓丽张扬。

洛舟出校门，坐上了这辆超跑的副驾驶。

驾驶位上是被临时叫出来当司机的金子光。

洛舟上车的时候，金子光正无聊得要死，一边打哈欠一边抽烟。

见人回来了，金子光把烟灭了，转头问：“跟妹妹约会约得怎么样啊？”

洛舟答非所问，笑着说了声：“好兄弟。”

洛舟很少叫他“兄弟”，这一叫，肯定是好事儿成了。

果然，下一刻，洛舟接着道：“你说得对，装醉是真的好用。”

金子光翻了个白眼：“出息。”

洛舟心情甚好，好到被金子光讽刺都没任何反应，好到一上车就打开了车载音箱开始放音乐。

金子光看他这样，边发动车子边吐槽：“我是真吐了。”

“吐什么？”

“我这一晚上什么也没干，就给你当了个司机，酒都没喝。”金子光顿了顿，“下次这种好事您老找别人行不？大晚上的，耽误我好事儿知不知道？”

金子光是前几天跟洛舟在外面遇到，聊天的时候，稍微“传授”了一下自己的恋爱经验，今晚就被洛舟叫出来跟他吃了顿饭。

吃就吃吧，还被勒令不准喝酒，只能看着洛舟一个人喝，就因为得当他的司机，简直妥妥的工具人。

后来开车去 A 大的路上，才得知，某人这通折腾，其实是要去实践他传授的方法。

金子光瞬间更无语了。

装醉这事儿有那么难想吗？

就您这水平还看得上这方法？

放着香喷喷的女朋友不陪，来给人开车，他真是太憋屈了。

“不是我说，你这谈了个恋爱，倒也不必跟返老还童一样吧？”金子光说，“什么大风大浪没见过，接个吻把你高兴成这样？兄弟，装纯情少年也得看看年纪吧。”

这话就不是很好听了。

“我纯不纯情不知道，”洛舟看了司机一眼，“反正跟身经百战的渣男是比不了。”

金子光心想，用完人家的方法就骂人渣男？这叫不叫“卸磨杀驴”？

“你说清楚，我怎么就渣了？”金子光相当不服气，“我渣谁了？你去打听打听，跟我谈过恋爱的女孩，有没有一个回头骂过我渣男的？”

那还真没有。

偏偏这个就更让人觉得可怕了。

谈过那么多任，全都不长久，竟然没有一任诋毁他，你说这人得精明到什么程度？！

洛舟感慨：“你但凡把这些心思分出来十分之一花在正事儿上，你微信名早就能改了。”

金子光：“啊？改什么名儿？”

洛舟：“‘爷发光了’。”

“嘁，我家那么大家业，那么多人分呢，轮得到我吗？”金子光笑了声，“现在这样多好，他们争去吧，反正钱我不缺，谁都不会亏待我。”

金子光有很多兄弟姐妹，每天上演鹬蚌相争的剧情，跟洛舟家里完全相反。

或者说，金子光家那种各路亲戚旁枝、不知道哪儿冒出来的堂哥表哥都出来明争暗斗，是圈子里世家的常态，洛家才是异类。

谁都不会亏待他也是真的，金子光性格特别讨金家老爷子喜爱，奈何不争气，毫无上进心，对家产一点儿想法也没有。

“搞什么事业？赚什么钱？”金子光语气变得快乐起来，“跟漂亮妹妹谈恋爱它不香吗？”

闻言，洛舟一语未发。

“而且你别给我泼脏水，老子真的不渣。”

洛舟点头：“对，你不渣，你只是想给太多人一个家。”

短短两天，连续的晚归以及回到宿舍之后的反常表现，初瞳全宿舍的人都已经知道她跟洛舟的最新进展了。

而自从开学那个“洛舟送女朋友上学”的帖子在首页挂了几天之后，之前叫作“风雨瞳舟”的同人帖又重新被翻出来。新学期新气象，在大家的千呼万唤，以及楼主本人的朋友的煽动下，曾经的楼主终于重新回归，并且答应把烂尾结局改掉。

544 楼楼主：“千算万算，没想到兄妹真成情人了。说实在的，我最初逛论坛就是因为有同学发给我一个关于他俩的帖子，第一次嗑 CP 太投入了，直接给写了个同人文。所以，知道他们是认识很久的哥哥妹妹之后，把我打击得不行。后来各位姐妹给我发的那些帖我是真的没看到，因为这几个月都没怎么上过论坛了。

“但是没想到‘风雨瞳舟是真的’我随口一说的这话，竟然真的成真了！

“我好了，我快乐了，之前的结局大家就当是我瞎写的，咱们重新来！我现在文思泉涌，之前欠着的今晚就开始构思！”

之前发出那个“窗外飘着的是六月的飞雪”的结局之后，楼主就销声匿迹了，不管楼里各位怎么说怎么叫，她都没有再回来回复一次这个她开的帖子。现在也得到了合理解释，她不是不回，是压根儿没看到。

545 楼楼主：“不过我想问一下，这俩人的时间线有人给我捋捋吗？我专业离 C 学妹老远老远了，八竿子打不着，不看论坛就与世隔绝了，他们啥时候告白啥时候在一起的？然后中间还发生了什么，两人现在进展如何？知道的姐妹麻烦讲讲，越详细越好！”

……

549 楼：“时间线我记得一点儿，好像刚到冬天那会儿，有人拍到他们在树下抱抱，还有照片的！

“再往后就是平安夜校庆那天，洛舟往年都不来参加，偏偏那次突然来做了次嘉宾，然后 C 学妹是有节目上台表演的，好巧不巧，C 学妹一演完他就走了。

“之后开始期末考前复习了吧，我就没怎么关注这些啦，可能他们也没啥动静。

“最让我印象深刻的是寒假春节啊！楼主你没看论坛但肯定看了微博吧？洛舟发的那个视频！写着‘某人让发的’，那个某人就是 C 学妹啊啊啊！”

550 楼楼主：“谢谢，嗑到了嗑到了嗑到了！”

551 楼：“至于你问的进展到哪一步，那我就不知道啦。不过不管进展到哪一步都不影响你创作！”

……

翻看完帖子，初瞳恰好收到了被讨论男主角发来的微信。

男朋友：“中午一起吃个饭？”

tong：“你来得及吗？”

男朋友：“我去你学校找你，我们吃食堂，有什么来不及的？”

初瞳一下子想到刚才看的帖子，想了想，打字：“食堂人太多了……他们都认识我们了，不然换个地方，学校附近的餐厅？”

男朋友：“你对哥哥有什么误解？”

男朋友：“人多正好，就食堂了。”

初瞳发了一长串的省略号过去。

中午放学，初瞳在教室跟三个室友说洛舟要来，所以她不能跟大家一起吃饭了的时候，三人整整齐齐地送了她三对大白眼。

洛舟在教学楼和食堂中间的一个凉亭附近等她。

初瞳到的时候，看到的是他的背影。

三月中旬，气温开始回暖，但温度还是不高。洛舟这人冬天都不穿厚衣服，现在更是，身上外套就是一件薄风衣——看着就冷是真的，但帅也是真的。

初瞳小跑过去，凑到他身边想拍他一下，没想到距离他还有两三步的时候，洛舟像察觉到了一样，突然回过头。

初瞳根本刹不住车，洛舟对她笑着张开双臂，她正好直接冲进了他怀里。

她反应了一会儿，头顶传来他熟悉好听的声音：“这是在给我表演——投怀送抱？”

“我才没有呢！”

初瞳立刻想挣脱开，洛舟眼疾手快地把她更紧地搂住，哄道：“开玩笑开玩笑……”然后，他低头附在她耳边说，“再抱一会儿。”

好像有什么魔力，她内心一下子变得特别平静，手也自发地搂着他的腰。

两人就这么静静地站在这里，抱了足足几分钟，才一同走去食堂。

因为洛舟现在拉她手早就习惯了，用他的话说，不拉都不会走路了。所以，一路走到食堂，包括排队打饭的时候，两人的熟面孔以及牵着的手，吸引了百分之九十九路人的目光——连老师都被吸引到了。

洛舟认识的教授多，刚好他们左边就是教师窗口，而曾经初瞳被洛舟带去一块儿吃饭的时候认识的那位刘教授一眼就看到了洛舟，走过来拍了拍他的肩膀：“哎哟，你这大名人怎么来学校了？有事儿啊？”

初瞳当时被洛舟挡住，在刘教授的视角看来她就是排队中的学生，直到她被洛舟拉到身前，他笑着道：“没什么大事儿，就是来陪我女朋友吃个饭。”

初瞳猝不及防，只得对刘教授点点头：“教授好。”

刘教授推了推眼镜，仔仔细细地看着初瞳，又说：“你唬谁呢，洛舟？这姑娘不是你妹妹吗？还跟我一块儿吃过饭，我记性好着呢。”

“当时确实是妹妹，”洛舟又笑，“那现在追到手了，就是女朋友了啊。”

刘教授一脸吃惊地看着两人。

初瞳的脸一下子红透了。

解释完两人没任何血缘关系后，刘教授去了教师区吃饭，两人随便找了张双人桌。

初瞳一坐下就忍不住数落他："你干吗在教授面前把我拉出去啊——"

洛舟不以为然地说："拉出去怎么了？"

"你还问我拉出去怎么了？"初瞳不敢置信，"那是教授！老师！要是在高中我们已经被记过了，虽然这是大学，但学校也没有鼓励学生恋爱什么的，我们肯定是要低调的啊！"

"没鼓励，"洛舟认真地反驳，"但也不制止。"

可是，让一个从小当到大的三好学生在老师面前做秀恩爱这种事，不管什么年纪什么时候都很羞耻好吗？！

初瞳捏着筷子，表情愤愤地开始吃饭。

脸颊白里透粉，腮帮子一鼓一鼓，眼睛也因为生气睁得圆圆的，简直像只小兔子。

洛舟看她看得想笑，还是安慰了几句："你怕什么……这都大学了，哪个教授还会介意这个？"为了给她定心，又道，"谁敢管你谈恋爱，你就去告诉校长。"

初瞳原本不想回复的，听到这里，满脑袋问号："为什么要告诉校长？"

洛舟："因为十几二十年前，咱们校长跟校长夫人就是大学认识的。两人大一刚开学没多久就开始谈恋爱了。"

"啊？"初瞳傻眼，"这种事你怎么知道的？"

洛舟扬眉道："校长一喝醉了就拉着我讲他跟他夫人的初遇场景，是军训后的集体舞会，我都背过多少年了。"

于是接下来的五分钟，初瞳也知道了校长和校长夫人的初遇场景。

被校长和校长夫人一打岔，之前那事儿也就这么过去了。

"这周末有事没？"洛舟问她，"没有的话，来我家吃饭吧，白女士强烈要求的。"

"好。"

想想，对于白阿姨来说，之前都是把她当成自己好朋友的女儿，这次就变成了儿子的女朋友，这转变还挺大的。

"对了，"想到这里，初瞳一下子又回想起自己家里人尚被蒙在鼓里的状况，"我们两个的事，我还没跟我爸妈哥哥说过……"

说起来，当时春节洛舟发的那条微博流量那么大，可初瞳爸妈和两个哥哥似乎完全没有注意过，也没谈论这件事，更是没有一丝怀疑她跟洛舟有什么别的关系。

现在，洛舟已经早早地跟家里人坦白了，初瞳这边还一个字儿都没提过。

她越想越别扭："我找不到合适的机会，最近也没跟他们打电话什么的……"

不管怎么讲，她也得尽快找机会说了才对，毕竟这种事越拖越奇怪，越难解释。

她发愁的样子被洛舟看在眼里，想了想，他问："你是觉得他们会不同意？或者不高兴？"

"不会吧……"初瞳皱了皱鼻子，"我爸妈都很喜欢你，我哥……我哥不是崇拜你打游戏厉害吗？不至于不同意、不高兴吧？"

洛舟又问："那你一直没告诉他们，是单纯找不到机会……还是不知道怎么说？"

初瞳老实答道："不知道怎么说。"

当了那么多年哥哥妹妹，而且她喜欢洛舟这个哥哥全家人都知道，要怎么给他们讲这件事啊？！

她腹诽没多久，坐在她对面的洛舟再次出声。

"没事，那你不用愁这个了，"他说，"交给我。"

三天后，周五晚，洛家电视里又恰好放到了洛舟曾经的采访。

屏幕上，五官俊美的男人淡笑着说："联姻？这都多古老的玩意儿了。你怎么不直接问我对娃娃亲的看法？直接梦回公元前，多好。"

这话是真的欠揍，白相宜看一次气一次，关了电视，对一旁的被采访的本尊讽刺道："你能找到女朋友，还是瞳瞳这样的，真是该烧高香啊。"

洛舟没在意白皇后的冷嘲热讽。

他突然问："妈，既然咱们家跟初家那么好，我跟瞳瞳就没定过娃娃亲？"

白相宜心想，这会儿又不是电视里的你了？！

"你倒是真有过这个机会。"白相宜冷冷睇他一眼，"是你自己没要。"

洛舟一脸疑惑地问："什么意思？"

"瞳瞳出生的时候你七岁，当时我就拿着她刚出生没多久的照片问你，要不要娶妹妹当小媳妇。"

"我说什么了？"

"你说妹妹丑死了，像只猴子，你才不要娶小猴子当媳妇。"

洛舟此时感觉好后悔啊。

"后来你八九岁的时候，我给你看瞳瞳一岁的照片，那会儿她长得特别可爱。我问你现在呢，要不要让妹妹当小媳妇？”

“我又说什么了？”

“你说这个妹妹是个肉球吧，胖死了，谁爱娶谁娶，反正你不可能娶。”

洛舟真想说自己嘴真是欠揍。

洛舟想了半天也没想明白，盯着白相宜问：“我小时候是个残疾？双目失明？”

闻言，白相宜一愣。

洛舟转而又问道：“妈，我说的这些话，初伯母也知道？”

白相宜：“知道啊，怎么了？”

洛舟满脸的尴尬。

“当时问你，是我和你初伯母两个人的意思。我们俩自然是想成亲家的，结果你整那么一出，”白相宜冷哼一声，“呵呵，真是膈应死我了。”

洛舟好无奈啊。

当时洛家产业已经做得相当大了，长远考虑一下，洛舟将来长大后如果与不知底不交心的家族联姻，实在有数不清的麻烦。

白相宜年轻的时候就想跟闺蜜当亲家，那会儿终于有了机会，便想尝试一下。只不过，经过嘴毒儿子这二连击破之后，她是彻底放弃了。

但那时候她想着，算了就算了，此等人间毒物不去祸害人家小仙女也挺好的。

没想到兜兜转转，十年又十年，小仙女还是惨遭“毒”手。

洛舟问完之后没说什么就上楼了。

照亲妈这么说，初父初母肯定是没有生起过任何他和初瞳会在一起的想法或者苗头。

那是直接跟她父母说好……还是先从她两个哥哥那边说好？

两个哥哥都是妹控，会不会反弹得更厉害？

洛舟正在分析着，手机突然振动了两下——收到两条微信。

初俞：“荣耀差几颗星，好哥哥带带我。”

随后初俞又发了一个“人家什么都可以做”的表情包。

洛舟算了算日期，到赛季末了，怪不得。

经常跟初俞打游戏，每个赛季都会带他至少几十把，早都习惯了。

初俞也是来得巧，正好旁敲侧击试探一下他的态度。

没空闲聊：“上号。”

初俞：“每次你发这两个字，我都觉得你帅爆了，真的！”

洛舟无声笑了下，心想，等你知道我跟你妹恋爱的时候也觉得我帅爆了才好。

两人星星都很多，双排耗费时间长，初俞一进队伍就打开了麦：“喂喂？”

洛舟也打开麦：“嗯，听到了。”

两人东扯西扯了会儿，大多数时候都是初俞在诉苦他遇到的那些路人队友有多坑，洛舟偶尔回应一下。

过了会儿，初俞突然“唉”了一声：“对了，我今天还想问问你，初瞳是不是在那边谈恋爱了？”

洛舟一愣，原本就想探探初俞的口风，没想到直接被他点明了。

那正好，洛舟沉默了会儿，选了个没什么错的回应：“你怎么这么问？”

“是不是被我猜中了？是不是？”初俞声音放大，“我跟那丫头聊天的时候觉出来的。男人也有第六感，我又是她亲哥。我就觉得她谈恋爱了，准没跑！”

洛舟想了想，说：“嗯，确实谈了。”

“我还真牛啊！”初俞一下子更激动了，“不是，那是个什么样的人啊？你见过没？我最近太忙了飞不过去，那丫头又不承认，那边我就认识你了，你得帮我看看，帮我把把关啊好兄弟……”

“我把了，”声音平稳，洛舟认真地道，“那人特别帅。”

初俞发了个问号过来。

“他和你妹，天赐良缘。”

第32章　嫂子

洛舟话音刚落，两人恰好匹配到了队伍，游戏开始加载。

点击“确认”进去之后，要先观察队友的常用英雄有没有撞位置的，还要禁英雄，初俞的注意力一下子就被游戏分走了一大半，等两人交流着选好了英雄。趁着停留在加载页面，初俞总算找到机会询问：“你刚才说什么？我妹男朋友，很帅？”

可能是因为洛舟之前说的话太过离奇，初俞的声音相当飘忽。

洛舟“嗯”了声。

初俞这人打游戏的时候特别投入，娱乐匹配局无所谓，但排位，尤其是高星排位，他从来不闲聊。倒不是不想，最主要的是没那个能力—— 一心不能二用。

洛舟每个赛季都跟他双排，他的特性洛舟自然知道。

之前跟初俞提了两句“初瞳谈恋爱”的事情，但这会儿已经进入游戏，依照初俞的性格肯定不会再往下问，而是会等两人打完游戏之后再问，而到了那时候，他的情绪肯定不会像最初那样激动了。

除此之外，洛舟仔细想过了，这件事如果想要坦白，初家人里，不论是性格还是行事作风，初俞是最好的切入点。

初俞知道之后，肯定会立刻跟家人透漏，估计是抱着八卦妹妹的语气和态度。这样一来，提前有了心理准备，不管是初父初母初家大哥先行询问初瞳，还是等初瞳主动跟家长坦白，都不至于太唐突。

两人一共打了一个多小时的排位，洛舟把把带他飞，五连胜让初俞直冲荣耀，心情简直好上了天。

高兴归高兴，既然已经上了荣耀，也就不好意思再傍着大腿不放，初俞很知趣地叫了停，两人没再继续打下去。

初俞果然跟洛舟想的一样。

做不到分心分神的他，打完游戏才腾出脑子想别的，退出游戏后，再次在微信上询问洛舟之前提到的初瞳恋爱一事：“继续说我妹啊，你刚才说她真的恋爱了，而且对象很帅？我没理解错吧？”

没空闲聊：“没有。”

没空闲聊：“你说让我帮你把把关，我帮你把过了，你肯定能同意。”

初俞：“真的假的？有那么帅？连你都夸帅的……我还真是想不到。”

没空闲聊：“嗯，真的帅。”

初俞：“不瞒你说，很早之前我想过对妹夫的要求之一，就是必须打游戏打得好，不说有你厉害吧，也得是能带我的那种水平。”

没空闲聊：“这方面，他也非常合你要求。”

这么一来一回，初俞终于开始觉得不对劲了：“我怎么觉得……你跟他怎么这么熟悉呢？！”

洛舟打字的手指一顿。然后，他笑了笑，回复：“嗯，是挺熟悉的。”

洛舟跟初俞聊过之后，让初瞳做好心理准备。

果然，从第二天开始，初俞便开始转移阵地，疯狂问初瞳她男朋友到底是谁。

初瞳只说等下次放假回家的时候，会带着男朋友一起回去。

这话可把初俞彻底惊到了。

他当即就打了个电话过来：“不是吧你？过年那会儿还单身呢，问你有没有情况，你都说没有，这才多久，一月份问的你，三月份还不到四月就要带回来见家长了？”

初瞳没啥好反驳的：“嗯。”

初俞又开始问：“你男朋友是你同学？”

“不算同学……真论起来，他是我学长吧。”

“比你大？大多少？身高、体重、长相呢？发张照片给我不过分吧？”

初瞳不知道说什么好，含糊道：“照片就先不发了吧，反正我五一放假会回家，还有一个多月，很快就到了，到时候哥你就见到他了。”

然后，初瞳立刻以自己马上还有课很忙为由挂了电话。

洛舟告诉她初俞知道了之后，两人就定好五一一起回S市，借此机会跟初父初母坦白。

初瞳一直知道自己爸妈哥哥都很喜欢洛舟，是那种欣赏的喜欢，她初高中那会儿的单恋藏得相当严实，几人肯定都觉得她和洛舟就是哥哥妹妹。

也不知道一个月后带他回家，到底会是惊喜还是惊吓？

初瞳是走到教室外接的初俞的电话，赶在上课前，她重新回到教室。

通常周六是没课的，但一学期下来，也会有那么几周不同于平常，要去电脑室的操作实践课偶尔会安排在周六上。

周六的课大家都兴趣缺缺，但又不能缺勤，放眼望去，一教室的人在电脑桌上趴倒一大片。

初瞳走到座位上坐好，也准备趴下闭目养神的时候，突然听到身边杜优容夸张的低呼声。

“哇——”她转头看着初瞳，一脸兴奋，“瞳瞳！”

“嗯？”

“那个楼主把后续写出来了！”

初瞳还没反应过来这话是什么意思，身边另外两个室友立刻从电脑桌上挺身而起：“哪里哪里哪里？容容，链接发群里，赶紧的！”

杜优容手指点了几下屏幕：“OK，发了发了。”

初瞳恍然大悟一样，哦，是那个消失了半年，刚刚回归的同人文的楼主吧。竟然能写这么快吗？

“瞳瞳，你要不要来看？”杜优容拍了拍她的手臂，“不过你不想看我也理解，毕竟这是你的……”她极具暗示性地挑了挑眉，“嗯哼——”

初瞳看着她的笑脸，耳根莫名开始发热：“我当然不看！”

三人看完之后的反应，倒是没什么夸张的。

因为几人刚打开手机，上课铃就响了，就算有什么观后感和反应也得憋着。

初瞳看她们一个两个都低着头偷偷摸摸看手机，手痒得不行，也没忍住去论坛看了眼——

611 楼楼主：“（点击链接提取文件）

“内容直接发上来必被屏蔽，链接放在这里啦，提取码 3d4b！

“因为怕引起不适，我没怎么用到两人的真名，毕竟都说 C 学妹是那种很乖很可爱的妹子啦，怕她看到觉得不适应，所以都用的指代人称。

“然后，这个同人文就是一时兴起写的，情节也是，大家看个热闹不要打扰到真人！（真的不要！个人之作我怕他们觉得不合适，别再影响到感情什么的。）

“总之，看到就是缘分，不要也没必要外传哈！”

612 楼：“抱住楼主亲！放心楼主！不外传！（也就只是发到了我们嗑 CP 的群里而已，我们不仅嗑娱乐圈的，还有这对，我不说她们也会来看。）”

613 楼：“不会被 C 学妹知道哈！她那种大学霸不会逛论坛的。”

614 楼：“对，我记得之前她室友的朋友爆料过，有人告诉 C 学妹她在论坛有帖子的时候她一脸茫然……然后洛舟那种大忙人就更不可能知道了！这是我们的宝藏！”

……

初瞳（C 学妹）：“我不仅逛了，还全知道了。”

洛舟倒是应该真的不知道。

文件里的内容，初瞳原本是打定主意不想看的。但是人都有好奇心，更何况是跟自己有关的呢？

同人文她从头看到尾，难道就要差这一点儿不看了吗？

楼主说了，怕她不适都没提名字，所以就当一个“文学作品”来读，也不是不可以啊？

又不是不懂！又不是没看过其他的！

抱着这种心理，上课很少开小差的初瞳，最后还是忍不住戳进了楼主的链接，并输入了提取码。

其实之前，帖子里就有人透露楼主是学文学的，估计是中文系的一个才女，发帖写文纯属个人爱好。

初瞳现在也这么觉得。

她看着文档里一行行文字，满心羞耻之余还忍不住感慨，这楼主竟然能将这样的事情描述出一种特殊的美感，文笔真是相当好。

楼里夸的也和她心里的想法差不多。

632楼：“流着鼻血看完了……请楼主收下我的膝盖。”

633楼：“我必须得承认，楼主你真的很会写！你太会写啦！”

644楼：“怎么说呢，我太佩服楼主了，一共也就两三千字，不露骨、不粗俗，怎么就能写得这么让人面红耳赤呢？！”

645楼：“谢谢楼主，今晚做梦有素材了。”

一上午的课上完，从下课到去食堂的路上，初瞳身边三个人跟楼里的人一样称赞那位不知名的楼主。

“这帖太神仙了，要不是当时楼主随手一写所以发在了随笔区，而是发在八卦区，这帖老早就爆炸了好吗？！”

初瞳就在一边默默地听。

其间杜优容还问了她一句“洛舟能不能看到这个东西”，初瞳斩钉截铁地否认道：“不可能的。”

过年的那段日子，他的确看过A大论坛，大概是因为有人把帖子搬到了微博。

但就现在他的那个忙碌程度和工作强度，完全不可能有闲心看这些。

“唉，可惜了，毕竟楼主把他写得那么——”杜优容一脸遗憾，顿了顿，说得很委婉，“那么帅，那么有精力。”

闻言，初瞳一愣。

杜优容：“我觉得就你形容的洛舟那个性格，他看到肯定乐死了。”

初瞳：“只要我不发就看不到，他没时间看的。”

初瞳本来是很笃定的。

直到几人在食堂窗口打好饭，找到四人桌坐下，她的手机在桌子上无声地振动，屏幕上跳跃着“洛舟”两个字。

她前一秒刚喝了满口的果汁，咽下去半口，就把电话接了起来。

洛舟一上来便很突然地问了句：“你知道了吗？”

初瞳咽下剩下的果汁，疑惑地道：“嗯？”

“A大那个帖子的事儿啊。”洛舟语气带着笑，尾音上扬，“看来你还不知道，‘风雨瞳舟’有后续了。”

“咳——”一口气没喘匀，刚咽下去的果汁立刻把她给呛到了，初瞳一下子连续咳了好几声。

等稳定下来后，她不敢相信自己的耳朵：“你说什么？！”

他怎么会知道？！

洛舟语气相当自然，和她谈论这种话题也没半点儿不自在。他没回答她的问题，反而问道：“你知道写这东西的人是哪个系的，叫什么名字吗？”

“不知道。”初瞳被他问得愣了一下，“怎么了？你干吗问这个？”

“我想把她招到我们公司，”洛舟在电话那端轻笑了声，心情很好的样子，“我看她写东西文笔不错。”

洛舟平时很爱开她的玩笑，喜欢逗她，但仔细想想，两人在一起后，初瞳还是挺少从洛舟嘴里听到荤段子一类的话——两人的对话都是比较纯洁的——这是第一次近乎直白地讲这种事情。

他先问了知不知道帖子后续，又夸楼主文笔好，竟然还说什么想聘用！

初瞳简直不敢相信，又羞又气，再加上这是在大庭广众之下，一个字儿都没回，直接挂了电话，手机调成了静音。

初瞳一抬头，却发现三个室友都没吃饭，正安安静静、齐刷刷地看着她。

眼睛瞪得像铜铃，耳朵竖得像天线，满脸写着“八卦”俩大字儿。

杜优容最先沉不住气：“男朋友打来的吧？说啥了？”

初瞳摇头：“没说什么。”

舍长：“那……你脸上也不像没说什么的表情啊。”

“你不知道，刚才有那么一瞬间，你脸直接‘唰’的一下就红了，你皮肤白，所以我们看得特别明显。”

“哎呀说啥了啊，这么十几秒的工夫怎么你就反应这么大，我好好奇啊！”

初瞳不理她们叽叽喳喳，该吃吃该喝喝，但三人开玩笑的嘴依旧没停。

与此同时，手机里的罪魁祸首也完全没有消停的意思。

男朋友：“怎么挂我电话？”

男朋友：“害羞了？”

男朋友：“看来你是知道这事儿啊？实话实说，你觉得她文笔好不好？”

……

其实，她还没觉得有多大感触，顶多就是心里骂他两句“臭不要脸”。

直到他说着说着，越来越上头，越来越过火——

初瞳点他头像，点右上角，点“加入黑名单”。

屏幕上弹出了微信拉黑前会出现的提示——“加入黑名单，你将不再收到对方的消息”。

她毫不犹豫地点击“确定”。

世界瞬间清净。

拉黑了洛舟一共三天时间，最后，是两人见了面一起吃饭的时候，他亲自用初瞳手机把自己从黑名单里放出来的。

洛舟原本以为她拉黑人是先删除了好友再拉黑，没想到从黑名单里把自己放出来之后，好友还在列表里。

他有些惊讶：“你怎么不删了我？”

初瞳就没想过删他。

因为删除好友之后，聊天记录也就没了，可单纯的拉黑再放出来就不会影响。再怎么害羞无语，跟他的聊天记录她还是要保存下来的。

可她不想说实话。如果真的这么说的话，洛舟的表情她都能在脑海里画出来了——肯定是恨不得尾巴都翘上天，可能还顺带说一句“哦，原来你这么爱我”。

初瞳：“我就是不想看你发的消息，所以直接拉黑了，为什么非要删好友？”

“也是。”没想到，洛舟点了点头，“删了好友聊天记录就没了，你肯定舍不得。”

初瞳心想，他竟然如此精准地捕捉到了她的内心。

女人都是爱面子的生物，恋爱中的女人尤是。

两人互相喜欢，可以有心照不宣的小甜蜜，但前提是“不宣”。

初瞳的小甜蜜被当场戳破，她立刻夺回自己的手机，口中模仿着他平时吊儿郎当的语气：“既然你这么想被删，那我现在就删一下吧。”

再然后，某人逗女朋友的样子很帅气，认错的时候也是相当诚恳又卑微的。

接下来的日子里，周末初瞳会被接到洛舟单独住的公寓，周一到周五，两人约会的时间还是跟往常一样。除了特殊情况外，他下班五点半，她下课六点，洛舟开车到 A 大接她，半小时刚刚好。

虽然一个工作人士、一个学生党，但时间上竟然出奇吻合。

三月底，初瞳参加了社团活动，这次的活动不同于往日，是去一个很偏远的地方，一共待两天，刚好洛舟也出差去邻市，两人几天没见面。四月的第一个周末，她被洛舟叫着一起参加一个订婚宴。

洛舟电话里通知得很随意，只说跟朋友吃个饭，他和他老婆订婚了。所以初瞳也打扮得很日常，随便穿了条裙子搭一件外套就出门了，没想到一上车，就看到了身着白色正装的洛舟。

真以为是单纯去吃饭的初瞳："你怎么穿得这么正式？"

洛舟一边伸手替她系安全带，一边解释："今天这订婚宴在绿苑那边，确实挺大，是该正式点儿。"

初瞳简直无语："那你前天跟我说就只是和朋友吃个饭？"

"确实是吃个饭啊，"洛舟扣完安全带，抬头看到她瞪圆眼睛的样子，忍不住笑道，"急什么，正要带你去换衣服，洛棠也在。"

初瞳上一秒还在发愁，她是来这边上学的，又不是来参加宴会的，宿舍里可没有什么礼服裙，毕竟又占地方又用不到。

听到他这么讲，初瞳稍微松了口气。

洛舟带她去了栋看起来很是神秘的建筑，外面没挂任何牌子，要不是有人指引着两人进门，初瞳都找不到入口在哪儿。

走进去才发现，里面和外面有着巨大的反差，灯光明亮装潢华丽，许多有素质的服务生冲着她笑，初瞳看了几眼，大概懂了这应该是给明星和豪门太太们做造型和美容的私人会所。

服务生带着她和洛舟进到一个房间，洛棠已经换好衣服坐在化妆镜前了。

她身上是一件浅蓝色的礼服，后背的镂空设计让她的背部看起来特别漂亮，薄纱上镶着小颗水钻，给原本就优美的背部曲线更加了一层光晕感。

洛棠从镜子里看到两人，眼睛一亮，"唰"地回过头："瞳瞳！"

她们好久没见了，最近一个月，洛棠不是出国，就是陪着苏延拍戏，再不然就是住在苏延家里，每次初瞳去洛家的时候她都不在。

初瞳对她笑了下，正要快步走过去，却被洛舟一把拉了回来。

他拉着她的手走到洛棠身边，语速很慢地道："别没大没小，叫'嫂子'。"

初瞳、洛棠两人同时翻了个白眼，生动形象地给他表演了什么叫作美女无语。

而且他说这话也是白说，接下来的时间里，洛棠没叫一声"嫂子"，还狠狠说了洛舟一通。

"你懂什么啊哥，谁爱听那声'嫂子'，多显老，"洛棠毫不犹豫地吐槽，"人家初瞳还不到二十岁，妙龄少女懂不懂？你以为跟你一样四舍五入奔三了？"

洛舟看着初瞳还在一边煞有介事地点头附和，简直气笑了："不叫就不叫，怎么还搞人身攻击啊？"

"这就叫人身攻击了？你去查一下定义好不好，"洛棠摇头晃脑，"我不就是说了个事实吗，看把你玻璃心的。"

初瞳身边有人给她化妆，正化到眼睛部位。她闭着眼，听到了两人对话的全过程。她觉得这番斗嘴十分有意思，插了一句："年纪大是容易这样啊，体谅他一下吧。"

"噗——哈哈哈！"洛棠一下子没忍住，清脆的笑声环绕在化妆间内。

这里的人效率相当高，而且是几个人一起给她打扮，初瞳换衣服加化妆也就半个多小时。

这里距离洛舟所说的绿苑酒店很近，路上没堵车，十几分钟就到了。洛棠在初瞳化完妆后就先走一步了，她坐苏延的车，估计已经进到里面了。

初瞳的裙子是洛棠给选的，因为洛舟在旁边看着，这也不能露那也不能露，把洛棠弄得特别烦，最后选了个规规矩矩哪儿都不露的仙女裙，这位爷终于满意了。

这裙子裙摆是自然下垂的，不是那种很夸张的礼裙，上车下车都不麻烦，但因为初瞳不常穿高跟鞋，走起路来还是怕踩到裙边，便一只手挽着洛舟，另外一只手稍微提着裙子。

"怎么了，裙子太长？"洛舟注意到她的小动作，"刚才试的时候不是正好吗？"

"可是我怕一紧张就踩到了啊……"

两人从门口走到外厅，初瞳看着立在门口旁的牌子，小声念出新人的名字："温勉……林遇星……"然后忍不住感慨，"哇……这两人的名字都好好听，看起来也很般配的样子。"

洛舟也是第一次知道温勉雪藏多年的女人叫什么。听到初瞳的话，他点了点头，中肯评价道："还行吧，比起初瞳洛舟还是要差点儿。"

闻言，初瞳有点尴尬。

"对了，"洛舟又道，"我忘了告诉你，温勉是温宿的亲哥哥，估计一会儿你还能见到他。"

"温宿"这个名字好久没有被提及了，初瞳乍一听到，愣了下："温宿？"

洛舟倒是对她这个反应非常满意："哟，我们小海王已经把他给忘了？"

初瞳来不及说话，他紧接着又笑了一下："行，忘了更好，你就当我没说。"

初瞳跟他聊着天，身心完全放松下来，不在意之后反而走得很稳，裙子也完全不用扯了。

订婚宴和新婚宴还是有区别的，没有什么证婚环节，更没有新郎新娘致辞，开一瓶酒，宣布宴会开始后，便和往常的宴会如出一辙，除了订婚的两个主角得一直走动见人。

初瞳见到了名字很好听的这对新人。温勉很帅，和洛舟开玩笑时给她形容的一样，是那种标准的霸道总裁脸。不知道为什么，他五官凑在一起会给人一种非常冷的感觉。而林遇星是个长得非常温柔的女孩子，温勉低头看向她时，眼光才会软化下来。两人气场恰好互补，站在一起就像天生的一对。

温勉跟洛舟聊天的时候，初瞳也自然和林遇星聊了起来。

她笑容温柔，声音也温柔，可性格并不完全跟外表一致，说话时总蹦出一个又一个的玩笑，眼神灵动又俏皮。

聊着聊着，初瞳好奇地问了句："你们是怎么认识的呀？方便说吗？"

"方便。"林遇星笑着眨眨眼，"我知道洛舟是他很好的朋友，你是洛舟的女朋友，当然方便。"

林遇星继续说："我们认识好多年啦，勉强算是大学校友吧。他大我三届，我大一的时候他大四，已经不怎么在学校了。

"我家庭是跟他差很多的那种，大概普通人都不算吧……连学费都要自己赚，大一就要开始找兼职。我是法语翻译专业，因为高中比较特殊，学校有课程可以学法语，所以我水平还算挺好的。刚好他们家公司那段时间跟法国客户联系密切，特别缺这方面人手，我面试表现不错，就算是在读学生也要了我。"

"然后……你们就认识了？"

林遇星点头："嗯，对，每次我当临场翻译的时候他都在。不过当时温勉觉得招我这么个大一学生就是个错误，特能挑我的刺，我出一点儿小错他就揪着不放，反复嘲讽——我跟你说实话，要不是我太穷，眼馋温氏给的高薪水，我早都拍屁股走人了！"

爱情故事大概讲了五分钟，总而言之，冷酷的温总裁对林遇星属于面冷心热类型的，大概是挑刺挑着挑着就爱上了。可惜的是，两人正经甜甜的恋爱其实没谈几年，因为家庭原因闹出了不少坎坷。

初瞳听故事听得相当入迷，以至于没注意到洛舟那边已经结束了对话，走到了两人身边。

林遇星下了结束语："总之，我跟温勉还经历了蛮多事情的，能走到今天，是真的靠幸运。"

"光幸运？"背后蓦地传来一道低沉冷感的男声。

初瞳吓了一跳，回过头才发现温勉和洛舟都在后面站着，也不知道听了多久。

温勉对她点了点头，伸手越过她揽过林遇星："能走到今天，光靠幸运？"

林遇星有些不好意思地看了初瞳一眼，答道："不是……"

"还有什么？"

这个看起来又温柔又有气质的姑娘声音更小："还有我对你的执着。"

初瞳满脸写满了问号。

洛舟这边的招呼相当于打完了，两人和他们道别，挽着手离开。

初瞳盯着他们的背影有些出神，洛舟伸手在她面前晃了晃："怎么还看傻了？"

"啊，不是，"初瞳回过神来，"就……因为平时都是我的室友嫌弃我们太能秀恩爱，刚才突然被人秀了一脸，有点不习惯。"

洛舟笑了下，正要说话，眼角的余光扫到一处，看到了一个人。

他笑容加深，带着初瞳转了个方向："那走吧，我们也去找个人秀。"

"嗯？什么？"初瞳被他这脑回路给惊到了，"找谁秀啊？我谁都不认识，太尴尬了，别别别……"

"放心，这个人你认识。"

他这么一说，初瞳脑海里第一个蹦出来的人是洛棠。

她稍稍松了口气："但是洛棠早就知道我们的事情了，你干吗要特地……"

话还没说完，洛舟带着她停下脚步，他对着面前的人点头："温二公子，好久不见了啊。"

温二公子？

刚才他说，温勉的弟弟是温宿，所以这个人是——

转过头，果然看到了熟悉的面孔，初瞳心里的无语到达了顶峰。

温宿到底做错了什么？！

三番两次被他提及，就因为被她夸过一句帅哥？那人家长得本来就挺帅的，还不让说实话吗？！

这个人能不能放过人家啊？！

温宿知道洛舟和他哥关系紧密，这次订婚宴肯定会来，见到他并不意外。

而他身后的初瞳……

其实去年那会儿，他对初瞳感兴趣是真的，但他也在和她聊天时，明显感觉到了她已经心有所属的征兆。

遗憾是有的，但也不算太深。

视线在初瞳身上停留了会儿，温宿笑着跟洛舟打招呼："是啊，好久不见了，洛总。"

洛舟语气平缓地道："不用叫得这么生疏，我跟温勉认识多少年了，他弟弟也是我弟弟。"

温宿心想，当初我要追你妹的时候你可不是这么说的。

初瞳在洛舟身侧后方，努力想当个隐形人，奈何被洛舟察觉到，又一把将她拉到了身边。

洛舟笑着对温宿说："温勉订婚了，哥哥我估计也快了，等我订婚的时候，你记得跟你哥一起来。

"嫂子你也认识，"洛舟搂住她的腰，"就是这位，初瞳。"

第33章　拐走别人妹妹的代价

对于洛舟这番操作，温宿不说叹为观止也差不多接近了。

怎么在洛舟这儿，他好像扮演了一个这么久以来一直对初瞳念念不忘的角色？

温家基因好，温宿不仅长了一张帅脸，还是有特点的帅。他从中学起就习惯戴眼镜，但其实度数并不高，戴上之后就是那种看起来斯文又禁欲的帅哥。

家世好、长得好，温宿从小到大都是被姑娘追的主儿，亲自出马的基本就没有失手过。

回忆一下，他对于初瞳的感情变化，其实很简单。

当初他在国外读了几年书，回国之后，第一个看着顺眼、觉得挺喜欢的姑娘就是初瞳。她的个性一看就是要慢慢接触的，所以温宿做了放长线的打算，可连“追”的那步都没达到，就收手了。

毕竟有过多次恋爱经历的他从很多小细节就能看出，这个女孩子早已经心有所属。

初瞳对他的接送都会回避，除非他说顺路，就算坐了他的车，两人也没有变得亲近丝毫。

加了微信之后，她会礼貌回复他的消息，但也是隔着屏幕都能感到她在和他保持远远的距离。

初瞳是顶替她学姐来兼职的，温宿后来问过她学姐初瞳的相关消息，得知她不光对他这样，对学校里所有对她示好的男生都这样，不管对方多优秀。

她不是拒绝，而是浑身上下的表现压根儿不给人一丝示爱和表白的机会。

而直到圣诞节后几天，他开车送初瞳到中心商场，在地下停车场见到洛舟。

看到这个对别人总是竖起浑身戒备的女孩子在那个男人身边的时候，浑身姿势都充满依赖，眼睛亮晶晶的，整个人都灵动娇俏起来，完全不是平时疏离礼貌的模样，温宿才恍然大悟。

再联想到当初在温家酒庄，洛舟受温勉邀请来喝酒，温宿问他能不能追你妹妹的时候，洛舟的反应。

温宿一瞬了然。原来她的心上人，与她一般无二。

温宿对初瞳的喜欢是一种出于有趣以及欣赏的喜欢，如果能和她深交，他有预感，这个女孩子一定有更多惊喜，但很可惜，初瞳没有给他这样的机会。

这样的浅层次喜欢还是挺容易消失的，洛舟可能低估了他的自控力，抽身对于温宿来说不是难事，甚至在没有交集的这期间，他也交过女朋友，只是比较低调罢了。

怎么看洛舟现在这语气，就这么笃定他一直惦记着初瞳呢？

不过，温宿也不打算浪费口舌做太多解释，面对某人明面上秀恩爱实则挑衅的话语，只挑了挑眉道："行啊，哥，订婚宴我一定会去的。"然后对初瞳笑着点点头，"嫂子。"

洛舟似乎没想到他回应得如此干脆，愣了一下。温宿接着道："今天还有事，先走一步了。"

洛舟盯着男人挺拔的背影，意味深长地眯了眯眼。

这人怎么回事儿？

在他想象中，不应该这样啊，不得激动点儿吗？不说眼睛红一红，至少表情也震惊一下吧？

"你干吗来了！"温宿人一走，初瞳立刻手掐住洛舟的胳膊，情绪激动，"你带着我干吗来了？！干吗来了？！尴尬死了好吗？"

"嗯？"洛舟被她掐的力道拉回神，收回视线，看着她道，"你不是说被秀了不习惯吗？我这不是带你又秀回来了。"

"谁说我要秀回来了？"初瞳睁大眼睛，不能大声说话，只好压低声音咬牙切齿地看着他，"我什么时候说了？就算是你想的，不得先问我同不同意吗？！"

事实证明，小兔子就是可爱，凶起来都可爱。

洛舟笑着把她搂紧了点儿："别气别气，你看我们这一秀，也不是没有收获。"

初瞳掐他的手停了一瞬："什么收获？"

洛舟有板有眼地道："我说完之后，温宿这反应太让人寒心了。"

初瞳脑袋上缓缓冒出一个大问号。

初瞳："什么叫让人寒心？他表现得还不够正常吗？"

"就是因为太正常，所以才不正常。"洛舟挑了挑眉，"他跟我说过想追你，肯定是喜欢你。现在我带着你来找他秀恩爱，他就这反应，那肯定是没真爱过。”

初瞳心想，分析半天给人弄了个“没真爱过”。

这到底算哪门子的收获？！

这个暂且不提，一念之间，初瞳又回忆起刚才他说的话里更让人无语的部分。

“我记得，你刚刚跟温宿说的话里……有说你快要订婚了？”

洛舟：“嗯，是我说的。”

“什么叫快订婚了？”初瞳说出“订婚”俩字儿还有些不适应，清了清嗓子，“我爸妈都还不知道我们恋爱，你就这么跟外人吹？”

“我又没说具体时间，‘快要’只是一个形容词，不用这么在意吧……”洛舟想哄哄她，凑到她耳边，轻声道，“反正那不也是早晚的事吗？”

初瞳张嘴正要反驳，耳边的人继续道：“嗯？宝贝？”

从来不知道“宝贝”两个字的杀伤力这么大。

初瞳被叫“宝贝”的一瞬间，甚至极其不明显地打了个激灵。然后脸上耳根的热度控制不住地攀升，一直到她用手中的高脚杯给自己降温，才堪堪缓解。

从那以后，她脸上就一直红扑扑的，眼看要恢复正常，某人就再次趴在她耳边加一句“宝贝”，反反复复。认识初瞳的人见了她都要问一句：“哎呀，这是怎么了？脸好红啊。”

洛舟就揽着她，笑着说：“没事儿，喝了点儿酒。”

订婚宴结束，两人上车后，洛舟总算忍不住，脸朝外，笑得浑身发抖。

初瞳愣了两秒，然后立刻反应过来这是在笑自己，直接拍他脑袋：“你笑什么呀？”

洛舟直起身来，眼角眉梢的笑意仍然未散：“笑你可爱啊。”

他见过太多女人对他展现出害羞的样子，有的是装的，有的是真的，有的是自然的，有的是矫揉造作的，可以说是各形各色的他都见识过。

可唯独车上这只小兔子害羞，真是太有意思了。

她像有什么应激反应一样，叫一声“宝贝”就脸红一会儿，再叫一声再脸红一会儿。人家害羞，一会儿就完了，她不，她还带续航的。

初瞳的确喝了点儿小酒，但在洛舟看管下，完全没到喝多的地步，不过倒是能让她更加畅所欲言：“这有什么好笑的？你从来都没叫过我宝……咳，我脸红不正常吗？”

“我说你脸红不正常了？”洛舟伸手捏她的脸，“我不是说你可爱吗？”

手上触感太好，洛舟又在她细嫩的脸上捏了两把才收回手。

洛舟喝酒没法开车，司机在前排，车内有隔板隔挡着前后座，两人是坐在后座上的，干什么前面都看不见。

车子先前在排队等出发，这会儿才缓缓开动。

回程的路上异常堵车，刹车几乎十几秒就得踩一次，司机踩了几次有点急的，初瞳一下子觉得胃里不舒服。

她有晕车征兆后立刻被洛舟察觉，之后就一直靠在洛舟肩上，他把车窗打开，初瞳这才舒服了点儿。

发丝被晚风吹起，从她靠在他身上的角度，刚好能看到他的下颌线，往下是修长的脖颈，到喉结那处有性感的弧度。他皮肤很白，在这样的夜色下，外面的灯光偶尔照射进来，更是显出一种女孩子都会羡慕的冷白。

不知道是不是被风吹的，初瞳脑回路变得有些奇怪起来。

一片安静之间，她突然开口："你为什么脸皮那么厚？"

动作顿了顿，洛舟转过头，声音极为缓慢地道："你说什么？"

初瞳："说你脸皮厚。"

"我脸皮厚？"洛舟呵笑了声，"怎么厚了？"

"好像，我从来没见你脸红过。"

说实话，一瞬间想过挺多个原因的，但怎么也没想到被说脸皮厚是因为这个。洛舟愣了一下："没脸红过，就是脸皮厚？"

"嗯哼。"初瞳点头，"好不公平啊，你就仗着自己脸皮厚，所以刚才才会一直嘲笑我。"

洛舟沉默了两秒："我脸皮也不厚。"

初瞳抬头："怎么就不厚了？"

"你脸红不是因为我撩的吗？"洛舟懒洋洋地道，"你撩我，我也会脸红，只不过你没撩过罢了。"

初瞳心想，好像有那么一丝道理。

初瞳思考了一会儿，突然从他肩膀上离开，在座位上坐直。

"怎么？"洛舟想问她怎么突然坐起来了，谁知刚说完两个字，猝不及防，脸部贴上来两片柔软温热的肌肤触感。

他的话头一下子止住。

初瞳用双手捧着他的脸，眼睛睁得大大的，一字一顿地道："宝贝。"

可能是见他没反应，她又耐着性子说了一次："宝贝——"

和第一次的生硬不同，这次，少女的尾音软软的，弯弯绕绕，还带了点儿娇羞。

在这样的夜色里，显得格外诱人。

面部神经倒是没什么反应。反而是不该反应的地方，起了反应。

在初瞳看来，洛舟还是那副样子，帅脸跟冷玉雕塑似的，没表情，也不红。

初瞳有些不耐烦了，干脆用手揉了两下他的脸，又拍了拍："宝贝，脸红一个。"

事过之后，初瞳不止一次地回忆起自己调戏洛舟的画面。

她发现除了尴尬，还是尴尬。

叫"宝贝"倒还好，最后那句说的那是什么玩意儿，太油腻了。

四月份，A 大校园活动层出不穷，社团活动也是一样，课业上的紧张反而比开学时稍微好了一点儿。但初瞳报名参加了那个竞赛，所以别人放松或是参加活动的时候，她还是得学习。

一开始她总要在图书馆学习，为了不压缩约会时间，洛舟也没任何怨言地陪她一起泡图书馆。她学习的时候，他就玩她的头发和手。

可后来，初瞳发现只要他一来，周围的人一整晚视线就全都聚集在他们两人身上，次日或当晚论坛还必定会有新帖子，所以初瞳说什么都不准洛舟再来了。

两人商量，最后改成她去他的公寓学习。

家里肯定比图书馆更方便。他家电脑是当下最高配置，比学校的更好，她学习的时候洛舟还是玩她的头发和手。

同意洛舟这么个影响她集中精神的人在身边很重要的一点是——这人懂得太多了，初瞳遇到思路堵塞的地方，跟他聊两句就会变得莫名通畅，学习之路简直不要太舒服。

转眼就到了五一。

劳动节放五天假，洛舟早早买好了两人去 S 市的机票。

听说洛舟要被初瞳带回去见家长，白相宜和洛城还有些不放心。洛城说："不然，我跟你妈去给你撑撑面子吧，人家初瞳俩哥哥加一个爱女如命的老父亲，爸爸觉得你打不过。"

洛舟自然是拒绝了。

两家见面再另说，这次就是他单独见家长，没必要扯上别人。

初瞳早就在微信上说好了这个假期要带男朋友回家，家庭群里几人表达出来的意思差不多是——"我管你形容得多好，反正我已经有了坏印象。""不是比你大好几岁吗？""到底大几岁都不敢说，你自己都不满意吧？"……

不知道为什么，明明洛舟是见家长的那一个，初瞳反而比他还要紧张。

上飞机后，几小时的飞行时间，初瞳平时至少都要睡一觉的，这次却全程睁眼，精神得不行，反倒是昨晚熬夜处理工作的洛舟在她身边睡了一会儿。

洛舟醒了后，发现她盯着遮光板发呆，伸手扳过她下巴把脸转了过来："想什么呢？"

初瞳盯着他看，越看越觉得自己莫名其妙："我在想，为什么你这么淡定，我在替你紧张。"

她不知道，洛舟也不知道为什么。

可他知道怎么消除紧张。

洛舟扶着她的下巴，人稍微往前凑了一点儿，吻住了她的唇。

这一个月来经常共处一室，两人时常做这样的事情。初瞳已经渐渐习惯了接吻的感觉，他吻上来后，她自然而然地闭了眼，之前脑子里一团乱麻一样的烦心事也很神奇地消失不见了。

到了初家别墅门口，初瞳按了门铃，来开门的是初俞，只有他一人。

见到洛舟的时候，初俞明显一愣："你送她回来的？"

两人都没吭声。

"男朋友呢？"初俞向他们身后张望了好一会儿也没看到人影，对初瞳道，"不是，怎么就你俩？你不是答应把你那男朋友带过来吗？"他顿了顿，"难不成这么短短一个月，就分手了？"

初瞳只得出声解释："不是的，哥……"

话还没说完，洛舟的胳膊一紧。

洛舟伸手把她拉到身后，然后对着初俞笑了下："男朋友这儿呢。"

不知道为什么，洛舟说完这句话之后，初家门口突然刮起了一阵风。

风好大，吹乱了初俞的头发。

他先是愣愣地跟洛舟对视了会儿，然后视线下移，渐渐地移到了洛舟拉着初瞳的手上。

洛舟拉着初瞳的手。

今天洛舟穿了件白卫衣，初瞳也是，两人身上的一看就是情侣款。卫衣自带年轻感，洛舟看起来就跟个帅气大学生没什么两样，跟他身边的姑娘往这儿一站，简直是天仙配。

初俞的双眼越睁越大，看来看去，一口气憋在胸腔里不上不下，最后不敢置信地问初瞳："你们俩谈恋爱了？"

初瞳心想，早就猜到了二哥是这种反应。

她点点头："嗯，是的。"

初俞："你说了俩月要带回来的男朋友就是他？！"

洛舟点点头："嗯，是的。"

初俞傻眼了。

原本他来开门的时候就已经憋好气了，摆出气势汹汹的架势，毕竟让初瞳各种瞒着的这个所谓的“男朋友”，已经在初家饭桌上被讨论了好几遍了。

开玩笑！从小到大都乖乖听话的初瞳，什么时候能做出瞒着家里人谈恋爱、不给家里人看对象照片、二话不说就把男朋友带回家这种事呢?

肯定是男方诱导!

大家一致认为，初瞳是被爱情冲昏了头脑。而能把他们的宝贝拐到弯道上，那个小伙子也一定不是什么正经人。

所以，这个“初瞳男朋友”油嘴滑舌、花言巧语的形象已深入初家人心。

初俞来开门前甚至想着，要是自己开门的时候看都看不过眼，干脆直接就赶走算了，门都不让他进——让他敢追自己妹妹!

结果，现实与想象中大相径庭。

俊男美女，天造地设，人家两人站在一起拉拉小手，简直就像一家人。

初俞抬手扶着旁边门框：“不是……让我缓缓……”

“别缓了，接受事实吧，我真的是你妹夫，”洛舟拍拍他的肩膀，弯了弯眼睛，“这件事就让你这么开心？”

初俞满脸的疑惑，心想，你难道是看不出来吗? 我脸上写了开心?

初瞳看不下去了，走到洛舟前面把他拉进院子内，然后带上了大门，又戳了一下石化一样的初俞。

“哥，别在外面站着了，进门啊。”

初俞看着两人的背影，脑海里不自觉地回忆着两个月前，他跟洛舟深夜双排之后，洛舟嘴里形容的他妹夫——人帅，打游戏牛，包他满意——还真是没撒谎。

但他怎么就这么气呢?

初瞳路上那么紧张，却在回到家之后，一下子放松下来。或者说，是在看到了初俞的反应之后，心里反倒安定了下来。

她太熟悉自家人了，今天要是她带别的人回来，就算再怎么优秀，估计爸妈和俩哥哥肯定是要挑刺刁难一番的，毕竟从这一个月的家庭群聊记录来看，在他们心里谁都配不上她。

但洛舟就不一定了。

洛舟虽然吃喝玩乐样样不落，但学历实打实的牛，毕业后接手公司也是迅速扛起大任，让洛城得以提前进入半退休状态。

在白相宜、洛城那里被嘲了多年的不交女朋友，在初父初母眼里是洁身自好；在白相宜、洛城那里被嘲了多年的毒舌，在初父初母这里是直白有趣。

他是初家俩儿子上分必抱的大腿，是每次爸妈教训俩儿子时候的典范楷模，一直以来是初家两个少爷耳边“别人家的孩子”。

这肯定不至于让他们产生配不上的心理吧？

初瞳是这么想的。

当把洛舟领进客厅时，屋内的人果然都和初俞的反应一样，笑着往两人身后看，结果什么都没看到。

得知这两人的关系从哥哥妹妹变成男女朋友后，一屋子的人都沉默了。

单纯的沉默，脸上除了震惊外看不出别的情绪。

初母最先回过神来：“你们……过年那会儿我记得还什么都没有呢，谈恋爱是什么时候开始的？”

“也不是什么都没有，”洛舟清了清嗓子，有些不自在地道，“那会儿就已经在追她了，不过当时没什么把握，抱歉没告诉您。”

没什么把握？

虽然追她的时候对她是挺好的，但他当时也简直是把她逗得团团转好吧！什么叫没什么把握？

初母问完了，就是初家大哥，他问的问题相当直接：“你们认识的确很多年了，可中间几年都没见面。小时候你跟瞳瞳是像我们跟她一样的兄妹，长大后再见面，就突然生出了别的感情？”

“小时候肯定是兄妹啊，不是的话我这不成变态了吗？”洛舟顿了顿，表情认真地道，“但也不能说是突然，小时候的情分还在。她大学去C市之后，跟她慢慢相处……就发现这姑娘又漂亮又可爱，我和她是名义上的哥哥妹妹，又没血缘关系，就顺其自然地喜欢上了。”

他话说得太漂亮，既真诚又当着众人的面夸赞了一番大家的心头宝贝。众所周知，洛舟不夸人，所以在场的三位男士的心情一下子就舒坦了不少。

唯独初瞳听得一愣一愣的。

以前不是没问过他为什么喜欢她，原本是妹妹，为什么突然就开始追她了？

洛舟给的理由好像都很含糊。他总是说着说着，就表示喜欢这种东西要是能解释得出来，那就不叫喜欢了。

她忍不住看向洛舟，面带一丝丝疑惑，嘴唇不动，从齿间极小声地问他：“你说真的？”

洛舟跟她交换了一下眼神，嘴唇不动地回话：“谄的。”

小动作并未被发现。

初俞张了张嘴，似乎是想质疑什么，但跟洛舟对视的一瞬间，对方轻轻一挑眉，似乎两只眼睛一边一个写着“百”“星”。

百星王者，这辈子还没上过。

要是上了，岂不是 CP 随便找？

这妹夫没有哪儿配不上自己妹妹的，初俞就这么自我通关了：“嗯……我觉得，找他总比找别人强，至少……至少认识这么多年，知根知底的，挺好的。”但最后，他还是忍不住小声指责了洛舟一嘴，“但你骗我你认识她男朋友，还一顿狠夸，属实不是人干的事。”

初瞳一脸问号：“什么骗你？谁骗你？”

初俞又一顿解释，洛舟赔礼道歉，一番笑闹过后，初父最后才发言。

“你们认识这么多年了，上半年听瞳瞳说过很多次，她在那边的时候你很照顾他，伯父伯母一直也很感谢你。”初父顿了顿，推了推眼镜框，“虽然在瞳瞳刚出生的时候，我们长辈开过你们的玩笑，但其实我们一直把你当成瞳瞳的另外一个哥哥的。现在，你们这么突然成了男女朋友，我们也是很……”

他话停在这里。

“没关系的，初伯伯，我懂。”洛舟很有眼力见儿地接过，一脸诚恳，“不光您，我爸我妈更不习惯，当初跟他们说了我女朋友是谁之后，我被赶出家门，一个月都在外面住，我妈才消气。”

原本因为初父说的话而变得有些正经的氛围一下子被洛舟这话给带跑偏了。

初母听到自己好闺蜜干的好事，一下子捂着嘴在旁边笑出了声，三个男人面上也浮现出笑意，倒是都憋住了。

“还真是相宜会做出来的事……”初母笑着说完，越想越开心，“初俞说得对，知根知底的，比别人都强。”她推了一把初父，“这叫什么？这叫‘青梅竹马’吧？”

初俞“扑哧”一笑：“妈，你这定义的青梅和竹马年龄差得可有点大啊。”

一下子引来三人怒视。

初俞排行老二，在家里天天被叫作初二，不是没有道理的。

初母继续道：“当时，你妹妹洛棠从国外回来，没多久就找了个男朋友，还是个特别俊的大明星，我以为我这跟相宜做亲家的愿望再也实现不了了。没想到啊，到最后竟然是我女儿跟她儿子在一起，愿望还是实现了。”

“这就实现亲家了？”初父眼神暗示，“这才刚谈恋爱。”

初母“啧”了声：“你这是什么意思啊，恋爱不就是奔着结婚去的吗？你还盼着俩孩子分啊？”

“伯母说得对，”洛舟立刻接话道，“我们是奔着结婚去的。”

初瞳暗中掐了他一下，瞪眼道：“说你就说你，别带上我。”

洛舟低声问：“难道你不是？”

“我……”初瞳正想回，却怎么也说不出“不是”，一下子卡了壳儿。

两人的小互动，所有人都看在眼里。

虽说原本当成兄妹的二人现在这样相处多多少少还有些看不习惯，但小姑娘依靠在男人身边，龇牙咧嘴又满眼甜蜜的样子，的确很是和谐。

与在自家公布恋情后被赶出家门不同，洛舟也想不到，自己竟然在女朋友家得到了比自家更好的待遇。

他就这么在初家住下了。

之前因为受到了来自亲妈白相宜的阴影，他想的是，初父初母很有可能一时接受不了他这个大他们女儿七岁的人充当了从她哥哥变成她男朋友的身份，所以洛舟连在S市要住的酒店都让人安排好了。

没想到，竟然如此顺利。

只不过，但凡他跟初瞳坐在一起，或者挨得近了点儿，就能立刻感受到数道目光。

所以在这边娘家人的密切观察注视下，洛舟也实在是不太好意思跟女朋友做什么亲密的举动。

这一下午加一晚上，过得还挺憋得慌。

洛舟洗完澡，躺在床上给初瞳发消息。

洛舟发了个句号给初瞳。

那边很快就回了个问号。

他给初瞳的备注又换回了“小海王”。

明明给她取这个称呼的时候是满怀愤愤的，没想到现在在心里越叫越喜欢，换来换去，什么宝贝什么媳妇都不如这个可爱。就是不能被她看到，不然又要奓毛。

没空闲聊：“想你了。”

小海王：“我们半小时前才见的面！”

没空闲聊：“不是想见你。”

小海王：“什么意思？”

没空闲聊：“想抱你，想亲你……但你爸妈还有大哥二哥看得我真是不好意思做这种事儿啊。”

小海王发了个“无语”的表情包。

没空闲聊：“今晚手都没拉过吧？嗯？”

小海王没有立即回复。

过了大概一分钟，洛舟以为她是因为害羞不知道回复什么的时候，正准备说点儿别的换个话题，却发现屏幕突然一黑。

上面跳跃着“小海王邀请您视频通话”。

他愣了仅仅零点零一秒，手指便迅速点了“接受”。

初瞳的脸出现在屏幕上，她刘海儿半湿半干的，人趴在床上，素面朝天，皮肤显得特别好，在这种死亡镜头下看起来也水嫩嫩的。

洛舟笑了一下，说实在的，有点儿惊喜。

“出息了啊，今晚这么主动。”

“我给你打个视频电话，就主动了？”初瞳一脸不屑地撇撇嘴，“你才是真的没出息。”

两人现在的相处模式又和最初恋爱时有所改变，每次更进一步，他就发现初瞳的性格像包裹在千层糖纸里的糖，一层一层地剥，每层都是不一样的颜色和甜味。

“行，”洛舟点点头，“你给我打个电话我就这么高兴，我是没出息。”

初瞳眨了眨眼，在床上翻了个身，变成侧躺的姿势跟他说话。

特殊情况下，两人明明在一栋房子里，却还要通过这样的方式通话，虽然心酸，仔细想来也挺搞笑的。

就这么一直聊到初瞳开始打哈欠，有了明显睡意，洛舟让她挂电话赶紧去睡觉。

初瞳“嗯”了声，揉揉眼睛，盯着屏幕。

此时她的脸距离屏幕很近，一直盯着屏幕，就像她人在面前一样。

洛舟跟屏幕那端的她对视了三秒。

初瞳张了张嘴，洛舟以为大概是要跟他说“晚安”。

没想到她却突然凑近屏幕，闭着眼，嘴唇贴上来，传来很轻的一声“啾”。

他一下子愣住了。

初瞳好像被自己肉麻到了，迅速说了句“晚安”后，一脸害羞又嫌弃地挂断了电话。

接下来的睡前时光里，洛舟翻来覆去，满脑子都是刚才最后一刻她亲上来的画面。

他竟然被这小姑娘撩得睡不着觉——又甜又气又想笑。真有她的。

次日一早，初家人告诉初瞳和洛舟，提前预订了击剑场地，准备带两人出去放松放松玩一玩。

击剑是个提起来就让人联想到“贵族运动”这四个字儿的运动，不是普通人会学的。原本整这出，是想要让那个勾引女儿的大龄男青年跟她两个哥哥挨个“学习”一下击剑，见识一下自己招惹了一个什么家庭，不说劝退，至少得吓唬吓唬，初家全家的宝贝疙瘩这个地位必须要拿捏到位。

但是没想到带来的不是一个普通的大龄男青年，而是洛舟。

不过管他是谁，还是按照之前制订好的计划进行。

一行人到了击剑场馆，初瞳一直被初母拉着问东问西，问跟洛舟在一起的具体事件细节。初瞳讲得口干舌燥也没讲完，所以洛舟跟着两个哥哥走去更衣室换衣服，她也没太在意。

洛舟原本真以为是来放松的，没想到被初家两兄弟带到更衣室之后，初浔摊牌了。

“那个，其实，虽然击剑这儿提前一周就预订好了，但我们是准备拿来教训一下未来妹夫的……原本以为他就是个普通大学生，我们就教教他这玩意儿……就当带他见见世面。”初浔清了清嗓子，“但现在才知道，初瞳男朋友是你，你又不是普通大学生，哪需要我们教……”

洛舟从善如流地接话：“所以？”

初浔又别别扭扭地表达了为了以教训为目的，两人一起上。

“不是吧？”洛舟听完就笑了，“二打一？以多欺少？”

“你可以叫我妹跟你一起。”初浔边调整护具边淡定道。

洛舟还是笑：“我舍得？”

初俞一副意料之中的样子：“那就二打一。”

洛舟看着这两兄弟，视线逐渐转移到了初俞身上，目光变得意味深长。

他记得自己用百星王者把这人收入己方阵营了啊。

洛舟边换衣服边问初俞：“你真加入啊？”

“咳，”初俞也有些不自在，“真的。”

“你用百星诱惑我也……也不是没用，但是——”初俞话锋一转，“拐走我妹肯定得付出代价！”

“行。”洛舟心情竟然还很好，点了点头，“可以，甜蜜的代价。”

第34章　你女朋友怎么追的你

初瞳以前从来不知道，自己妈妈是个这么八卦的人。

两人坐在休息区舒服的沙发上，初瞳从头开始讲她跟洛舟的事情，其间时不时地还要被初母打断一下问问细节。

前面还好，到了询问有关肢体亲密那部分的时候，原本坐在母女俩身边一起听的初父忍不下去了："啧，人家小年轻谈个恋爱，你问这些干什么？"

说完，初父背着手离开了休息区，跟场馆馆主聊天去了。

初母摆摆手："不用理你爸，不知道是不好意思听了还是吃醋了？"

初瞳一下子没反应过来，眨眨眼："我爸……吃什么醋？"

"你是他养了二十年的宝贝女儿啊，"初母笑笑，"爸爸对女儿的感情跟对儿子还是有区别的。比如，你大哥现在二十七，二哥二十四，他们不找对象，你看出来你爸多着急了吧？"

初瞳点点头："看出来了。"

"但是啊，如果是你二十七八还没对象，你爸也绝对不会催你。我都想得到这糟老头子会说什么。"初母清了清嗓子，压低声音故作深沉，"没对象咱就不找了，爸爸又不是养不起你！"

"哈哈哈……"

初母面部表情生动，这演技满分，初瞳一下子被她逗笑了。

初瞳也明显感觉到了。

在知道她交男朋友后，初母是好奇居多，最不开心的就是家里的三个男人，其中以初父为首。

每次在家庭群聊天，说到自己不是单身，说到神秘男友，只有初母问得最欢，初父直接当场掉线，从来都不回话的。

唯独在初瞳说五一要把那个"他"带回家给他们看看的时候，初父才冒出一句："这不太好吧。"

这可能也是她之前那么替洛舟感到紧张的原因。

现在真的带回来了，看反应，比初瞳预想的要好多了。经她猜测，初父大概只是需要点儿时间，把洛舟的身份从朋友的儿子向女儿的男朋友方向转变一下，对洛舟这个人还是完全认可的。

初瞳对击剑一点儿都不感兴趣，小时候来都是陪两个哥哥，看他们一对一，顶多给两人加加油，从来不加入。

接下来的时间，初瞳又给初母讲了挺多事情，也不知道具体过去了多久，内场的门一开一合，随后远远传来了熟悉的交谈声。

初瞳这边也差不多完事了，端起桌上的茶杯润喉润唇，一抬眼，就看到了已经换好衣服结伴走出来的三个大帅哥。虽然都帅，但在她眼里，洛舟是最显眼的。

虽然显眼，但他是手臂挂在她二哥的肩膀上的。

不是那种“好兄弟”式的挂，看两人的姿势，更像搀扶？

初瞳满心疑惑地上下打量着洛舟，直到观察出他走路姿势的怪异，随后视线下移，看到他右脚腕缠着一圈白色的绷带。

此时初母也看到了那处，立刻带着初瞳迎上去，关切地道：“哎呀哎呀，这腿是怎么了？”

初瞳站在她身后，没说话，但眼睛一直盯着洛舟的脸。

尽管现在有受伤嫌疑，但他好像心情很好的样子，笑着解释：“没事儿，太久没玩这个了，就不小心崴了一下。”

“啧啧，这真是……”初母心疼地皱眉摇头，然后看向自己的两个儿子，“你们俩不是玩这个玩得溜吗？也不知道帮他看着点儿！”

这话一出，三个人的表情都变得微妙起来。

初浔还好，初俞心虚地摸了摸鼻子，洛舟笑容也加深了。

初瞳一直没说话，可是她觉得自己从几人的表情变化里好像明白了什么。

洛舟见到她之后，便松开了挂在初俞肩膀上的手。

他站在原地，对着初瞳招招手：“过来。”

初瞳在初母一脸不知道是何属性的笑容中走了过去。

几步就到了他身边，洛舟胳膊毫不客气地搭上了她的肩。

初瞳就这么被他靠着，当他半个拐杖。

“你是不会击剑吗？”因为崴了脚，两人移动速度很慢，走着走着，初瞳突然问了这么一句。

洛舟垂眸看了眼她的侧脸：“在你心里，还有我不会的东西？”

“有啊，”初瞳毫不犹豫，“你不会谦虚。”

说得某人哑口无言。

“你偷偷告诉我，”她又仰起头，小声对着他耳朵说，“是不是我哥他们欺负你了？”

洛舟看了眼前面走着的两个男人的背影。

其实，倒不是欺负不欺负什么的。

击剑就不是能一打多的运动，基本都是正面进攻和防守，就算一打一可以强势碾压，但一打多也是毫无胜算。更何况洛舟不精于此，初浔、初俞任何一个他都不能碾压。

他答应了就没想过会赢，准确地说，他连还手和进攻都没，只是防守，防着防着把脚踝扭了。

“嗯。”洛舟想来想去，还是决定借此机会卖惨，也小声地低头在她耳边说，“我虽然会一点儿，但是他们非要二打一，我怎么能打过，你说是吧？”

初瞳心想，还真是猜对了。

带着洛舟到了休息区的沙发上坐下，初瞳走到对面沙发旁边——两个哥哥面前。

两个男人同时抬头看她——大哥目光坦荡，面无表情；二哥眼神躲闪，心虚至极。

初瞳也是此时此刻才体会到为什么有人会欺软怕硬。

加之从小到大都觉得大哥有种莫名的威严在，她直接跳过了大哥，直视二哥的眼睛：“哥，你欺负他干吗？”

初俞茫然睁大眼睛——不是，这妹妹帮着妹夫质问自己亲哥的场景是真实存在的吗？

初俞下意识地看了下自己身边的“帮凶”——毫无反应。

那这意思是，这个锅他得自己背？

“主要……这个是早就预订好的，我想的是轮流欺负一下击剑小白，谁能想到你带回来的是洛舟……能怪哥哥吗？”他拨了拨头发，组织了一下语言，挺直腰板，“把我妹拐走了，教训妹夫有错吗？”

初瞳清了清嗓子：“虽然原因和动机我可以理解，但是二打一真是太过分了吧？你都这么大了，你好意思吗？”

就这么接受了妹妹五分钟的教育。

初俞看着她坐回洛舟身边后，对对方嘘寒问暖，两人黏黏乎乎的样子，越看越扎眼。

“你说……”他碰了碰大哥的肩膀，“这计划是不是完全崩了啊？”

对方也不理睬他。

初俞越看越郁闷，最后发了条微信给洛舟：“兄弟，好手段！”

洛舟的伤势是击剑馆里的专业医护人员处理的，中午几人在击剑馆附近的一家私人餐厅吃饭，下午原本想去公园转转，这下也无法实现了，只得打道回府。

原本洛舟在初家待遇就不错，他很是知足，但没想到因为脚伤，他的地位又高了好几级。每天女朋友搀扶端茶倒水不说，初父初母都对他和颜悦色，在初家住的这几天，堪比人间天堂。

初瞳的五一假期一共五天，两人的返程机票是在假期第四日晚。临走之际，洛舟被初父叫到了书房。初父认真地问他："你跟瞳瞳不是谈个恋爱，玩玩而已吧？"

"当然不是，"洛舟摇头，"认真的。"

初父道："虽然这孩子从来没谈过恋爱，但她是我女儿，我了解。这几天我也看得出，她对你是认真的。"

"您放心，"洛舟收起平时吊儿郎当的姿态，对着面前的人承诺，"她现在还小，等她到了合适的年龄，我立刻向她求婚。"

见家长之行圆满结束，飞回C市，把初瞳送回学校之后的当晚，洛舟就发了条微博："人的魅力大，做什么事都顺利。"

距离他上次发微博已经过了很久，他上次接受采访也是很久之前了，粉丝们失去他的消息几个月了，看到这人忽然上线发了这么句话，很给面儿地一窝蜂地开始询问：

"怎么了？怎么突然自恋？"

"太子的中二病犯了？"

"自夸就自夸，告诉我们前因后果行不行？（翻译一下我的意思：你几个月没发微博了多说两个字儿能死是吗？）"

……

太多人问了，于是一小时后，洛舟又发了一条微博："也没什么，就是轻易获得了岳父岳母的喜欢罢了。"

还配了张图，是自己缠着白色绷带的脚踝。

脚踝其实已经好得七七八八了，现在绑的这个不是医用绷带，是恢复固定用的弹性绷带，他皮肤本来就白，鞋子是黑色的，这么一照还挺好看的。

粉丝一下子炸锅了。

有的是不分青红皂白的，文字都没好好看就开始夸这脚踝好看；有的是注意到了极为显眼的"岳父岳母"四个大字。

"岳父岳母！这是跟女朋友见家长的意思吗？"

洛舟回复："是。"

还有的更进一步，联系上下微博，结合时事。

"直觉告诉我，这个是过年那时候让你发视频的'太子妃'？"

洛舟回复："是。"

最后，有的已经直接做了阅读理解。

“你这脚？什么意思？虽然见了家长，但被女朋友的爸爸给揍了？”

洛舟回复：“是被她哥。”

……

洛舟这番网上在线问答在圈内掀起了一阵热潮。粉丝们开始向着A大论坛席卷而来，最后依据洛舟和C学妹的相关帖子，从去年九月的开学猜测帖到今年的各种恩爱帖，有粉丝把时间线都给整理好了，无数人天天在超话里讨论。

A大每次有什么假期，返校那段时间都会安排让学生特别忙。

初瞳回到学校后，当晚就开始准备之后课上要用的演示文件，室友们也是一样，所以对于洛舟发微博秀恩爱等这一系列事情，她通通不知道，全是上课前同学们告诉她的。

她上课花了几分钟大概翻看完这人的微博和回复之后，直接微信找到他。

tong：“什么意思？”

男朋友：“怎么了？”

tong：“你干吗放到微博上说？”

男朋友：“你又没说不让我放上去说。”

初瞳很是无语地给他发了一串省略号。

男朋友：“怎么了，不开心？”

男朋友：“看那么多人羡慕你，不好吗？”

初瞳心想，明明都是感叹号和问号，羡慕她的压根儿没几条好吧。

最后，初瞳告诉他，以后办这种事儿之前必须得跟她说。她可不想这么突然地一夜成名，而洛舟也做了保证。

微博是不发了，但五月的风波过去没多久，洛少爷又在六月份的时候接了一个杂志采访。

接到访谈的那家杂志社欣喜若狂，虽说花了不少人力物力财力才请到这尊大神，但业内都知道，请到洛舟一次那销量可以顶一年的，还可以出各种版本和采访原录像带等，这名字本身就自带魔力。

尤其是从年初开始，洛舟的恋情备受瞩目，五月份他本人又发了那样的微博，他们现在拿下了洛舟的采访，只要稍微提一下私生活，洛舟能透漏点儿这方面的消息，必然是稳赚不赔。

为了这次采访，杂志社策划了好多方案，生怕洛少爷这脾气掌控不住，从他口里问不出什么来。于是员工每天上上下下地开会，研究这人历来的采访风格，把以前洛舟接受的采访全部翻出来再看一遍他对于私人问题的回答，发现他完全没定性，没有风格，随心所欲罢了。到最后也没有百分之百的把握。

到了采访那天，洛舟穿得非常休闲，简单的黑色T恤，那张脸比当红“小鲜肉”明星还要上镜。在他座位附近都放了机位，但无论哪个角度都极为完美。

采访人是位采访过多位政客和明星的女主持，经验丰富，也不怯场，前面一系列问题都有条不紊地进行，到了中途，洛舟却突然靠在沙发上，抬手比了个“暂停”的手势。

“你们这次来找我，也不是为了问这些的吧？”他笑了笑，看起来心情不错，“我简单答完，不如我们直奔主题？”

“主……主题？”主持人结巴了一下，“什么……主题？”

主题不就是财经吗？虽说他们的目的在于最后的彩蛋采访，但洛舟历来对于那种环节是能跳过就跳过的啊！

这是什么情况？主持人惊了，但她的耳麦里也没有任何其他指示，大概是谁都没想到洛舟会说出这样的话来。

洛舟没有过多的解释，依照他所说的，快速回答完有关洛氏未来的发展、有关C市经济的看法后，他变换了个坐姿，一脸和善地道：“开始吧？”

OK，彩蛋环节，没想到他这次竟然如此配合。

女主持心里雀跃，面上不显，眼神示意旁边的员工将原先大家定好的最终版本采访问题交到洛舟手里。

那张纸是大家最后商讨的结果，按理说是万无一失的，都是从侧面询问大家最关注的问题，洛舟虽然是个极有个性的人，但通常答应了的采访也从来不会耍大牌或者耍脾气，应该是会挨个回复的。

谁知，扫完了问题列表之后，男人俊逸的脸上浮现出不满意的神情。

洛舟对着工作人员道：“有笔吗？借我一支。”

那人立刻递过来一支笔，洛舟道谢，然后低头在纸上划了几道，边划边说：“我不是单身，现在大家都知道了。”

闻言，主持人一愣。

“你们杂志社想了半个月，想的这些问题也不行啊……”他“啧”了声，“看这问的都是些什么啊？”

主持人略显尴尬。

这尊大神谁敢惹，谁敢反驳，女主持也不好说什么，一脸尬笑，坐在那儿等着。

不过他没有直接拒绝彩蛋这块儿，还愿意答，给改改问题又算什么呢？

耳麦里传来指示：随便怎么改，他怎么改就按照他的要求问，只要他能说就行。

洛舟又“唰唰”写了几笔，然后将纸给一旁的人，那人立刻马不停蹄地转交给女主持人。

他的字很好看，笔力遒劲，力透纸背，随手写的字也有种大气的感觉。

只是这字迹跟这写出来内容，完全不相符。

问题1:“记得上次接受采访，洛总还在回答有关联姻、有关理想型、何时准备脱单的问题，但根据您前一个月的微博来看，您已经不是单身了，对吗？”

被划掉。

被洛舟改成:“你女朋友为什么这么爱你？”

问题2:“不介意的话，您愿意跟大家分享一下您的感情经历吗？从上个月开始我们社陆续收到的粉丝邮件和短信来看，粉丝们都非常关心这点呢。”

被划掉。

被洛舟改成:“你女朋友怎么追的你？”

女主持满脸疑惑。

第35章　女主人

这个场面实在是让人有些猝不及防啊。

讲道理，谁不想直接问这样的问题呢？谁不知道观众们最爱看这样的问题呢？简单直接，又通俗明了，还不是因为洛舟的身份脾气摆在这儿，这才弯弯绕绕想了一个月，到底怎么问才不会让这位爷感到不耐烦吗？

谁能想到，本尊竟然怪他们太过绕弯，亲自修改问题，还修改到如此直白的地步？

但主持人是见过很多大场面的，拿到纸张之后，很快便反应过来，她对着洛舟礼貌地微笑道："洛总，既然您愿意分享您和您女朋友的事情，我们当然万分欢迎，不然您先等五分钟，我们马上确定最后的问题列表，然后再拿来给您过目？"

"随便，"洛舟不在乎地道，"只要我写的这两个问题别给我动就行。"

"您放心。"

坐在沙发上等待的时候，旁边也有不少人凑过来问他想喝点儿什么，态度都小心翼翼，像生怕招惹这尊大神不高兴似的。

洛舟觉得挺纳闷的，这些人怎么回事儿，他今天表现得还不够和善吗？

拒绝了这些人后，洛舟打开微信，找到初瞳的聊天框，突然就想逗逗她。

没空闲聊："我们怎么在一起的来着？"

不知道小姑娘在干吗，发出去后，她几乎是秒回："什么？"

洛舟笑了笑，又打字："好像是你追的我？"

小海王发来一长串的问号。

她平时很少发这么多问号，五个问号足以看出初瞳此时的惊讶。

可能是跟他在一起时间久了，嗅觉敏锐，小海王又发来一句："你又想干吗？"

小海王又发来一个"警惕"的表情包。

洛舟笑着看两人的对话，看她这反应，也不知道最后看到采访问题会是什么表情？

不过原本他也是打算用问题开个玩笑，吸引一下眼球，又不可能瞎说。

说出来看某人反应确实还挺让人期待的，可要是不小心说分手了，那就玩脱了。

主持人不到五分钟便回来了，整个人笑成了一朵花儿——既然本尊这么配合，他们杂志社更是乐意至极。

摄像机重新开拍，第一个问题先按照流程确认了洛舟已经不是单身，然后便如他所愿，开始了对于两人感情生活的询问。

“洛总方便跟我们分享一下您和您女朋友的认识过程吗？毕竟您不是个经常上微博，或是经常在大众面前出现的人，相信很多人都会相当好奇呢。”

“我跟我女朋友，是很早以前就认识的。”

“很早以前是指……”

“是在她还在读初中的时候，那会儿我大学。”洛舟一边说，一边也在回忆，“那时候我跟我父母去他们朋友家住，认识了她，就真的当她是长辈家的妹妹。”

一个跟别的小朋友不太一样的、不幼稚、不烦人、可可爱爱的妹妹。

虽然最初好像也是从烦开始，但经过那么几件事之后，就觉得这小姑娘还挺有意思的，喜欢黏着他就黏着吧。

主持问：“然后呢？”

“然后妹妹长大了，从原来的城市来了C市读大学，后来，我就和她在一起了。”

“那么，众所周知洛总追求者无数，想请问下，您女朋友是怎么追到您的呢？”

洛舟终于听到了自己想要的问题，坐姿都变端正了点儿：“啊，首先追我的第一步，是千里迢迢跑来C市上大学。

“第二步，是……”洛舟说着说着，像说不下去了，突然偏过头开始笑。他靠在沙发上，懒懒的样子，眼尾笑得弯起来，笑得周围女孩子都开始忍不住脸红。

“不好意思，刚才开了个玩笑，”他调整了一下表情，清了清嗓子，“我重新说。

“其实不是她追我，是我追的我女朋友。”

女主持心想，是你追的人家那为什么要设计这么个问题？真有你的。

“也不知道你们普遍追女生用多长时间，反正我是挺快的……而且，”不等她说话，洛舟又状似不经意般地感慨道，随后又强调道，“她还特别爱我。”

竟然还给下个问题做了个铺垫，牛！

于是，问题按照他设想的进行下去，采访非常顺利。

采访本来就有许多现场新增的情况，因为没能提前知道洛舟的回答，女主持根据已有的信息又多加了一个问题："那听您前面这么说完，我猜，二位年龄差距应该有个六七岁吧？"

洛舟点头："七岁。"

女主持："我记得以前您在采访里说过自己的理想型，好像第一个就是要年龄相仿，这样的话，阅历……"

"那会儿我又没有喜欢的人，胡说的你们也信？"洛舟摆手，顿了顿，"有了喜欢的人之后，才发现——我的理想就是她本人。"

同样是六月初，发生了一件初瞳没有想到的事情，也是一件真论起来没几个人知道的事儿——辛莹恢复单身了。

"你给我说的那个照片里的女人，我见到了。"辛莹挑了一个中午约初瞳吃饭，两人散步回宿舍的时候，缓缓说道，"陈诉瞒着我去见她，但我也是蛮卑鄙的，有意跟踪，然后就碰见了他们碰头，一起走进酒店的场景……"

这消息来得太突然，初瞳心里一紧，抬头看她的表情："然后呢？"

"然后就是果断分手啊，我说我烦了，不喜欢了，让他滚。虽然谈恋爱的时候他是很惯着我的，但这种话，他那种性格是肯定受不了的。

"主要是不想闹得太难看，我也不想跟他撕破脸皮，更不想当着他的面承认我被他背叛了，那岂不是变相说明我不如那个女人？所以就这么讲吧……"辛莹耸耸肩，"虽然我没说真实原因，但我相信他也能懂。"

她竟然显得异常平静，对初瞳说起这事儿的时候，就像说今天中午去食堂吃饭一样淡定。

初瞳张了张嘴，想说什么又觉得都不合适，最后直接伸手抱住她："你别难过……"

"唉……毕竟真心喜欢过一回，我也不可能跑去谁那儿爆他的料什么的，而且，我都想开了——"辛莹笑了笑，"他长得那么帅，唱歌又那么好听，而我就是一普通女大学生，他给我当这么久男朋友，陪吃陪玩，怎么算都是我赚了啊！"

接下来的日子里，辛莹好像跟以前没什么变化，说说笑笑没心没肺，初瞳一直没有说过什么。

可初瞳心里明白，辛莹肯定不会这么容易就过去这个坎。

那是辛莹喜欢了多少年的人，恰好，初瞳也有一个喜欢了这么多年的人。

如果这样的一个人可以说放下就放下，那她当初报志愿的时候，又怎么会毅然决定来C市？

……

洛舟的采访杂志半个月就印出来了，六月中旬期刊，标题非常文艺又浪漫——《我的理想就是她本人》—— 一经发售，全网引爆。

与此同时，采访视频和花絮也陆续放了出来，洛舟没有要求剪掉哪里，只让他们看着办，而杂志社那边可是花了血本请来的大神，自然哪里都舍不得剪。

完整版的采访加了后期放出来后，热度一直居高不下，“我的理想就是她本人”流传度也是相当之广，一度还生出了很多表情包。

这么多年的财经男神不讲正事了，这么多年的钻石单身汉脱单了，洛舟的迷妹们简直是一边流泪一边祝福。

不过，流泪的也都是假装流一下，毕竟洛舟这种人，当个男神崇拜仰慕一下很正常，但他的迷妹里真的没有太多人傻到会真情实感当他的女友粉。

灰姑娘和王子是只有在童话里才存在的故事，该说不说，圈子相差太大根本没有可能有交集。而且，各方面条件也都配不上啊。

所以，大家都非常有自知之明，也是相当理智。

而身为这场采访的话题中心人物——初瞳，又是晚于众人一步知道这则采访的。

八月份的暑假就是她学期初报名参加的比赛开始之时，因为是竞赛类，有点像高中那种竞赛夏令营的形式，所以初瞳最近除了课业以外，一直在忙这个。

而自从上次从S市回来，洛舟在发微博那件事情后，经过她的劝导教育训斥，消停了一个多月，这期间两人恋爱谈得很低调，在校园内也不张扬，一直挺好的。

可初瞳怎么也没想到，洛舟又默默送给了她一个大“惊喜”。

那个采访视频还是辛莹告诉她的。

当时辛莹相当激动地说：“瞳瞳，你看到你男友的采访没？哈哈哈我要被这个男人笑死了，他为什么那么好玩啊？我刚刚看采访视频的时候就只是觉得好甜好甜，没想到看到花絮那里，他竟然不满意人家采访他的问题，亲自上手给人家改问题。我的天哪，哈哈哈，不多说了你快去看！”

辛莹跟陈诉分手后虽然不再追星，也不再在陈诉公司兼职，但依然活跃在吃瓜第一线，她发给初瞳看的时候也并不算晚。

原本正片里的洛舟是真的正经又迷人，最后那句“理想就是她本人”，说得初瞳还特感动。

但是看到花絮里，他大笔一挥写上的那两行问题——她真的是无语了。

当晚，两人照常约会。

在校外餐厅吃饭的时候，初瞳提起这件事情。

“洛舟。”她一本正经地叫他名字，然后，问得还算委婉，“你是不是又背着我干什么坏事了？”

恋爱几个月，她现在都不叫他哥哥了，也不叫洛舟哥，大部分时候不叫名字，就算叫了也基本是像现在这样完整的大名。

洛舟之前抗议，问过她为什么这么没大没小，她说她喜欢。

洛舟开玩笑说你这是不尊重长辈。

初瞳反击得相当漂亮：“那你是要做我的长辈，还是我的男朋友？”

都这么说了，还能怎么办？

于是，洛舟便慢慢接受了这个现实，听多了，也就习惯了。

听到她这么问，洛舟当然知道她在说什么，笑了笑：“这哪能叫坏事？我不就接受了个采访，表达了一下我对我女朋友的爱，坏在哪儿？”

初瞳翻了个白眼。

她提起花絮里的片段：“对了，你当时笑什么啊？”

洛舟：“什么？”

“就是，当时人家按照你的要求问你，你女朋友怎么追的你……我看你原本是打算往下说的啊，”初瞳好奇，“为什么后来又不说下去了？”

看到这段的时候，初瞳对于他改问题这事儿确实是无语，但后来看到摄像头拍到洛舟写的那第二个问题的时候，她整个人都愣住了——你女朋友怎么追的你？

当时她脑子里第一个想法是——她喜欢了他很久很久的事，难道他都知道了？

他怎么知道的？是回家的时候看到了什么蛛丝马迹吗？可是她什么都没有留下啊？

就这么揣着疑惑看，一直到这人回答的时候笑场，她才发现这是洛舟开的一个玩笑。

初瞳说不上来具体是什么心情，估计是松了一口气吧。

洛舟“哦”了声：“我当时想了一下，真要那么说完，采访出来之后可能就单身了，我怎么敢呢？”

洛舟这事儿带给初瞳的影响，说大不大，说小不小。

不大，是要归功于以前她和洛舟在校园内就有一定的知名度，大家都习惯了，她也习惯了。不小呢，则是因为有一批顺藤摸瓜知道了洛舟女朋友真实身份的人直接入驻了 A 大论坛，天天开帖询问校友二人的光荣事迹，聊得相当火热。每天都挂在论坛首页，更有好奇心重的，看照片都不满足，直接跑到图书馆里守株待兔等着，就为了见初瞳一面。

图书馆也不得安宁，这反而成全了某人。洛舟抓到可乘之机，天天带她去自己家里学习，学完腻歪到十一点再把人送回宿舍。

这天，两人照例在洛舟公寓里学习。

“宝贝。”他轻声叫她。

“嗯？”

“你看，反正你天天下了课就是跟我见面，学习也是我陪着，”洛舟对她眨了眨眼，像要蛊惑人心，“不然，直接搬过来，跟我一起住吧。”

洛舟说这话的意思，再明显不过了。

初瞳张了张嘴，声音很小地确认了一下：“你是说……同居吗？”

洛舟眉梢微抬：“不然呢？”

初瞳的确越来越习惯在他这个公寓待着了，离A大近，除了平时学习，周末她偶尔会来留宿，现在来这儿轻车熟路得像自己家似的，跟第一次来的时候已经完全不同了。

但是她从来没想过，要长久地住在这里。

“可是我现在的室友也很好……”网上总是有各种各样女大学生宿舍矛盾的相关话题和帖子，各种钩心斗角堪比宫心计，初瞳每次看到都唏嘘滑走，觉得自己遇到三个好姑娘当室友真是运气爆棚。

她嘀咕：“我舍不得她们三个。”

两人在书房，初瞳坐在椅子里，洛舟靠在电脑桌边，长腿支在地上，一张帅脸上摆出了那种标准的搞事表情，满脸写着“爷不满意了”。

他似笑非笑地问道：“你舍不得她们三个，但舍得让你男朋友一个人？”

这话看似是可怜的，但他明明也不住这边，洛家的大房子可热闹了。

“什么一个人，”初瞳反驳，“你明明天天回家……”

“那我从现在开始不回家了，一个人住在这儿。”初瞳的话还没说完，洛舟就打断了，随后低头，将手撑在她椅子扶手上，凑近问，“嗯？来不来陪我？”

初瞳人向后仰，后背紧紧贴在了椅背上，看着洛舟越来越近的脸，条件反射般伸手抵在他胸膛上。然而那点儿力道一秒钟不到就被卸掉了。

他一手撑在她的座位扶手上，一手扣住她的后脑勺，把她的头向上带起，然后低头吻住她的唇。

好嘛，亲就亲。

第一次的时候，她是这么想的。

大概过了半分钟，他的唇渐渐离开，手指还停留在她的头发上，揉了两下，问：“想好了吗？”

初瞳突然愣住：“嗯？想好什么？”

"跟我住。"

初瞳更糊涂了："为什么现在就得想好了？"

然而接下来，洛舟身体力行地给她展示，这是标准的强盗逻辑——

"你别……"刚说两个字，剩下的话又被他堵住，初瞳"唔"了声。

反正反抗没有丝毫的余地，她胳膊都懒得抬了。

"答不答应？"他又问。

此时此刻，两人的呼吸交缠，氛围显得异常暧昧。

男人声音低低的，在她耳边道："不答应，就别走了。"

初瞳最后还是决定搬出宿舍。

看起来是在昨晚某人的威逼利诱下屈服了，可事实上，初瞳知道，尽管放出了"不答应就别走了"这种狠话，但要是她态度坚决，洛舟也不会把她怎么样的。

有那么一瞬间，她觉得他的行为简直像个赌气的小孩子一样，又好笑又可爱，便直接松了口。

次日，大一某女生宿舍，初瞳对于自己即将要跟男朋友同居这件事进行了简单的讲述之后——

"就这样——"

"就这样，你就把我们抛弃了？！"

"呜呜呜呜！初瞳被恋爱冲昏了头脑抛弃了不离不弃的老室友……"

……

看着三个室友夸张至极的反应，虽然明知道大家都在演，但初瞳在她们面前仍然有些心虚的感觉。

杜优容瞪她："你一搬走，学校就得安排别的人住进来，我们对你先入为主了，你这一下子搬走，到时候万一新来的同学跟我们性格不合，又要闹别扭。"

老二附和道："是啊是啊，我太喜欢瞳瞳了，虽说新搬进来的妹子也很无辜，但珠玉在前，我肯定不会太喜欢她了……"

初瞳倒是没有想到这个方面，"扑哧"一笑，安抚她们："唉——原本我也打算宿舍费照常交的，这样想你们的时候还可以随时回来住几天呀。不会有别的妹子住进来，放心放心……"

大家脸色瞬时和缓了不少："这还差不多。"

初瞳和洛舟每晚睡前通话的时候，总被单身室友集体攻击，甚至杜优容这个脱单了的也一起攻击，可是得知这个秀恩爱的姑娘真的要搬出去，还是很舍不得。

大家早就想过初瞳会搬出去和洛舟住在一块儿，那点儿失落很快就调整了过来，并且已经开始算计洛舟，以正当理由讹他一顿——失去镇舍之宝的精神损失费。

洛舟听到这个理由的时候笑了好久。

两人正在去吃饭的路上，因为红灯停了车，他靠在座椅靠背上笑："哦，原来你还是镇舍之宝啊？"

这个轻佻的语气令人十分不满。

初瞳捏了他胳膊一下："你瞧不起谁呢？！"

洛舟瞬时拽住她的手，握在手里："没瞧不起，就是感慨一下。原来我的宝贝这么多人惦记呢。"

"哼。"

洛舟既然抢走了镇舍之宝，该付出的代价也肯定不会逃避，答应下来，告诉了初瞳自己什么时候有空，大餐的日子定在了两天后的周六。

红灯结束，洛舟又提起别的事情："洛棠那只猫，你还记得吗？"

"记得呀，"初瞳点点头，"那只短腿好可爱。"

洛舟："她没时间养了，她男朋友又猫毛过敏，听说我以后准备搬出去住，就想送给我。"

初瞳奇怪："那……你问我干吗？"

洛舟转头看了她一眼："我对这猫不感兴趣，这不是来问问女主人想不想要吗？"

"女主人"三个字从他嘴里说出来，初瞳还觉得让人怪不好意思的。

"想的。"初瞳点点头，"那我们帮她养好了。"

"什么叫帮？"洛舟不赞同地撇撇嘴，"交给我们，那就是我们的了。"

初瞳心想，真是霸道！

洛舟继续霸道地说："洛棠原先给那猫取的名字太蠢了，洛羊羊，你给重新取一个。"

"这个没必要吧……"初瞳觉得这名字还挺可爱的，"她不是养了有几年了嘛，既然从小到大一直叫'洛羊羊'，猫早就听习惯了呀。"

洛舟边打方向盘边回："那就重新习惯一下，懂？"

两天后的周六。

毕竟被讹的对象是洛舟，而宿舍里又有杜优容这个C市本地人，对好吃的相当了解，最后敲定了一个大酒店。

酒店距离A大只有两站的公交车车程，洛舟把车停在校门口，原本想给初瞳的三个室友打个车，却被及时制止。

杜优容说：“学长，跟我们一起坐公交吧。”

老二眼睛一亮：“就是就是，平时我们跟瞳瞳出去玩也是坐公交的，入乡随俗，怎么样？”

初瞳心想，平常不都嫌挤公交太热次次打车吗？

但是大概猜到了几人的用意，她也没法说出真相，毕竟几人对洛舟已经积怨已久了。

洛舟闻言，转头问她：“你经常坐公交？”

初瞳心虚地点点头：“嗯，挺经常的。”

他笑了笑，在车钥匙上摁了下把车锁了，然后拉过她的手：“那走吧，陪你坐公交。”

其余三人满脸的惊讶——平时单人秀就够味儿了，双人秀简直让人扛不住。

公交车很快驶来。

洛舟几乎不带现金出门，零钱是初瞳给他投的。几人依次上车后，好巧不巧，仅剩下三个空位。

洛舟一手圈着初瞳，一手扶着扶手，大方地道：“你们坐，她陪我站着就好。”

三人满脸的惊喜。

看着洛舟一句“你扶着我就行”，初瞳一句“我站不稳”，洛舟又一句“那你抱着腰”……两人叽叽歪歪、叽叽歪歪，这座位瞬间就不香了。

路上有点儿堵车，并且尽管只停一站，上车下车的人依旧很多。

两人原本是站在三人旁边的空处，但因为人流涌动，渐渐地挪到了后方。

现在是六月，洛舟穿着白T恤，深色长裤，身材清瘦，长腿笔直，刘海儿自然下垂，看起来又帅又嫩，与从A大出来乘公交的男生女生毫无年龄差。

他说到做到，真就没让初瞳扶过扶手，全程把她圈在怀里，低头跟她聊天，丝毫不知吸引了多少路人的目光。

公交车载满人后十分笨重，走走停停。

初瞳许久没坐过公交车了，虽然人很多，但洛舟给她隔出来一小块独立区域一样的地方，她仰着头跟他聊天，靠在他怀里，这姿势竟然还挺舒服。

直到耳边传来了一道陌生的女声：“你好！”

初瞳直觉这句话是对着他们这个方向说的，转过头，看到两个女生用那种像发现新大陆一样的眼光盯着洛舟的脸看。

初瞳戳了戳他的腰，示意他看向旁边：“好像有人叫你。”

“嗯？”洛舟漫不经心地回头抬眼，“谁？”

见他转头，两个女生其中一个脸红了，结结巴巴地问："那个……请问，你是洛舟吗？"

不是吧！坐个公交都能碰到他的迷妹啊！

想起之前洛舟弄出的几次大事件，初瞳脑海里疯狂敲警钟，手上施力，一下子拽紧他的衣服。

洛舟被她一扯，蓦地低头，看到小姑娘瞪圆了眼睛，一脸焦急，语速飞快："快说不是快说不是！不然又要被人发微博啦！"

说实话，路遇粉丝，刚好他这拖家带口，还挺想跟粉丝秀秀媳妇的。

但既然她想低调那就算了。

洛舟给了初瞳一个"放心"的眼神，手臂刚好把她的脸挡住，重新回过头对着两个女生道："不是。"

初瞳看到两个妹子震惊得捂嘴："不是？！"

洛舟一脸平静地反问："怎么，我跟他长得很像？"

路人妹子狂点头："太像了太像了，简直一模一样！"

他似笑非笑地勾了勾唇："那这个叫洛舟的，也太帅了吧。"

两个女生瞬间捂嘴开始激动地抱头："就是他就是他！他怀里那个肯定是他女朋友！姐妹录像啊啊啊！"

初瞳满脸无奈，心想，真不愧是你。

虽然开了个有点过火的玩笑，但洛舟最后也没有真的让人拍到视频。他把初瞳脸给挡住，也明确拒绝了二人想拍正脸的要求。

"录像还是算了。"初瞳脑袋被一把摁在他胸前，随后，她听到耳边从他胸腔发出的共鸣声，非常立体，"我女朋友比较害羞。"

随后他又道："但你们要是实在想拍，可以照一下我们的背影。"

没看到两个妹子的表情，也没等到什么回答，两站路恰好在此时走完，公交车晃晃悠悠地停了下来。

两人距离下车门很近，初瞳眼疾手快，立刻拽着他的胳膊把人拉下了车。

"你直接说不是就好了，干吗非要加后面那几句？那不是明摆着告诉人家你就是本人吗？"下车站稳后，初瞳立刻质问他，"还有，不能拍就不能拍，说我害羞干什么？"

脸上的表情看起来一点儿没觉得自己错了，洛舟还笑着反问："怎么不能说？"又伸手捏了一下她的脸，笑容更深地道，"脸这么热，我撒谎了？"

话在嗓子眼儿里卡了一下，初瞳转了几秒才又重新吐出来："那不叫害羞好吗？！我就是不想被拍到，不想出名而已……前段时间去个图书馆都要被各种围观的事情你忘了？"

“没忘。”

“那你还——”

“反正你现在也不去图书馆了，”洛舟打断她，“不是在我那儿复习吗，怕什么？”

两人说到这里，另外三人才刚刚从公交车上挤下来。杜优容快步跑到初瞳身边惊讶地询问：“刚才我好像听到一点儿……是不是你俩被人认出来了？”

“不是我，”初瞳翻了个白眼，指了指某人，“是他被认出来了。”

“不是吧……就坐个公交车而已……啧，”杜优容揶揄道，“我们这可真是跟大明星出来吃饭了哈。”

“是啊，知道就好。”洛舟很坦然地接过她的夸赞，一手搂过初瞳，“还不都是沾了你们镇舍之宝的光。”

几人顿时无语。

这顿晚饭吃得相当丰盛、阔气。

在洛总裁表示会安排车送几人回学校之后，宿舍里的酒鬼们再也按捺不住天性，纷纷开喝。

喝着喝着，胆子就大起来了，腰杆子直了，渐渐忘记这顿饭谁请的了，不敢说的话也敢说了。

比如——

“你们搬走了也好，瞳瞳都已经被你带坏了。”

洛舟好奇：“我带坏什么了？”

“你是真的过分啊学长！你还问呢？天天跟我们瞳瞳视频电话就算了，你怎么还跟人索吻！她每次当着我们的面偷偷亲手机，还以为我们看不见，我们咋就看不见？我们瞎？我们就是不稀罕吐槽罢了！”

初瞳憋得小脸通红，洛舟笑得浑身发抖。

室友：“我想想瞳瞳拒绝过的那些帅哥，我就心疼……”

洛舟：“她拒绝过的人，加在一起也没我帅，要那么多有什么用？”

室友：“我跟你说学长，你要是对她不好，你半夜都会被鬼敲门。”

洛舟：“我们分手那天，我把洛氏送给你们三个平分。”

……

初瞳也想加入她们，但被洛舟制止了，他给她点的是杯酒精度可以忽略不计的果酒饮品。

这就跟逗小孩儿似的，成年人初瞳觉得相当不爽，于是趁着洛舟跟三人有来有往聊得火热时，自己偷偷倒了杯他们的酒喝，但还没喝半杯，就被人把杯子抢走了。

初瞳憋不住了："你不在的时候不让我喝酒就算了，今天你也在，大家都喝，你干吗不让我喝？"

"今晚就要搬我那儿住了，"洛舟晃着她的酒杯，"你还记得吧？"

初瞳一脸无语："当然记得啊，都说好几次了……"

洛舟重复道："也就是说——我们两人，今晚住在一起。"

初瞳不耐烦地道："知道知道，是住在一起，但是住在一起跟我喝酒有什么关系？"

男人眼眸深深，盯了她一会儿，似笑非笑地问她："你不知道你喝完酒会干吗？"

初瞳愣了一下："我……会干吗？"

洛舟突然凑近到她面前，吐字清晰、一字一顿地道："会非礼我。"

包厢很大，那边三人在嗨，这边两人在调情说悄悄话，竟然互不影响，相当和谐。

初瞳的大脑一下子炸开，脸上温度迅速攀升，就好像是刚才咽下去的那半杯酒，已经开始发挥作用。

"我……我……我没……"

她磕磕绊绊的想要解释，洛舟还是维持这么近的距离，盯着她道："之前你非礼就算了，我们还没到现在这层关系。"

初瞳无语。

"但是同在一个屋檐下，你再非礼我……"洛舟勾了勾唇，"可不会这么轻易就算了。"

初瞳一下子屏住呼吸。

三个室友的大笑声、交谈声似乎一瞬间都离她远去，她听见自己剧烈的心跳，以及明明很激动，却又装作很淡定的声音——

"我当然知道啊。"她说。

洛舟挑眉："你知道什么？"

"我又不是小孩子，答应跟你同居，当然做好了心理准备。"初瞳酒精上头，梗着脖子，"你话里话外暗示我，以为我听不懂吗？你看不起谁呢？！"

原本准备吃个四小时的晚饭，在两个半小时就结束了。

宿舍仨人都有些疑惑，不知道为什么，后期洛舟突然变得有些急切，也不跟她们闲聊了，最后结束得略微有些仓促。好在美食是真的棒，弥补了酒没喝够的缺憾。

洛舟叫了司机开了辆加长车过来，送三人回到 A 大，道别的时候，她们对着车里的初瞳猛挥手："宝贝，受委屈了就回宿舍来，这就是你的娘家！"

"好的，"初瞳猛点头，"我知道！"

四个人都不太正常，洛舟靠在她旁边嗤笑了声，转头叫司机开车。

天色已晚，路上畅通无阻，从A大到公寓仅用了十分钟。

初瞳喝了半杯红酒，后面又趁着洛舟不注意悄悄抿了几小口，到目前为止，走路还是完全没问题的，就是脑子有点儿混沌。

下车后，洛舟牵着她的手走，初瞳对他感慨："我发现，我的酒量已经厉害好多了！"

洛舟有些无语。

"你记得吗，第一次你去接我的时候，我好像喝的是果酒。她们说酒精度特别低，好喝，完全不会醉，但是最后我醉得一塌糊涂！"初瞳摇头晃脑，"今天我喝的跟你们一样是红酒，我到现在都还很清醒。"

洛舟轻笑了声，声调懒洋洋的："那你今晚可要一直清醒。"

初瞳不懂他这是什么意思。

但刚好电梯到了，她想要问的问题给打了回去，跟在洛舟身后进了电梯。

进了家门，初瞳熟练地找到自己的拖鞋，低头换上，洛舟在她身后带上了门。

初瞳刚转过头，就被他一下子搂住腰——

他抱着她，微微施力上抬，轻而易举地把她放到了玄关处的柜子上。

初瞳坐在那上面，比自己站在地上还要高一大截，差不多是和洛舟平视。

来了他这个家这么多次，这还是洛舟第一次做这样的举动——好奇怪。

洛舟挡住了灯光，把她圈在双臂之间，她背靠着墙，视线所及都是他带来的大片阴影。

初瞳觉得自己快要喘不过气，面前都是模模糊糊的。

聚焦了两秒钟，初瞳才看清他的脸。

洛舟的唇上泛着水光，色泽鲜艳，眼尾微微挑起，什么都不做都像是在勾引她。

初瞳平时就不太能看这样的他，现在自己又喝了酒，更是看得出神。

他出声问："宝贝，还醒着吗？"

初瞳点点头："醒着。"

声音有些性感的暗哑，洛舟道："你前几次喝醉之后对我干了什么，怎么非礼我的，还记得吗？"

初瞳还没从被色相吸引入迷的状态中走出来，愣了一下，才答："那我怎么会记得……我不是断篇儿了吗？"

“哦，这样啊。”

洛舟无所谓地笑了下，面容看起来温柔又勾人，可手上动作却完全相反。

“不记得也没关系……”洛舟低下头，他扣住她的手腕，叠在一起牢牢固定在她的身后，依旧把她堵在这个柜子和墙壁形成的小角落里。

初瞳所有的神经都在那一瞬间紧绷起来。

然后，初瞳听到他轻声说：“哥哥帮你回忆回忆。”

第36章　如果有一天

两人的同居生活就这样展开了，意外和谐，十分顺利，甜蜜非常，如胶似漆。

接下来初瞳进入了复习周，虽然不用上课，但是室友们需要她啊，所以初瞳白天还是回宿舍跟大家一起复习，给她们讲讲难懂的重点，偶尔太晚了就直接睡在宿舍，宿舍三人感动得哇哇直哭。

期末考顺利结束的时候是七月初。

暑假，初瞳原本是打算在C市再待一阵子才回家的，所以没跟辛莹一起。没想到辛莹飞走的第二天，洛舟已经帮她买好了回家的机票。

初瞳当时以为自己听错了："你说，你给我买了飞S市的机票，时间是明天？"

洛舟点头："嗯。"

她一瞬间觉得有些荒唐。

想多留在这儿当然是出于陪他的目的，结果他反而主动买机票让她回去？

怎么想都不科学，也不符合他平常的种种表现啊。

脑海里飞快闪过一堆想法，五秒钟后，她听到洛舟补充道："是我跟你一起飞。"

初瞳心情重新变得舒坦起来。

"那你工作什么的呢？这次还是出差吗？"

"算，也不算。"洛舟没有具体答，只笼统地说，"最近没什么大事，其实日常工作这东西，换个地方也一样。"

初瞳点点头就没再问。

洛舟在S市分公司待的这段时间，大概是全公司上下最忐忑、工作效率最高的一段时间。

洛舟出差一般都是去国外，或是非他本人出席不可的外省合作，很少去各地的分公司，更别提要亲自坐镇长达一个月了。

而且不仅仅他来了，他的知名心腹、堪称全能的邹特助也跟来了——这也是以前从未有过的。

分公司上下怎么想都想不通到底为何，只觉得洛舟待这么久肯定是要有大动作。原因可能是他们在分公司里业绩不出挑，所以总部那边决定内部大换血——这个说法一出，员工每天都愁眉不展。

原本公司里的姑娘们对于天天有真人洛总这种级别的帅哥看非常兴奋，但没想到洛总一待就待这么久，现在看着他，好看还是好看，就是总觉得自己饭碗不保了。

直到一次酒席上，与洛舟较熟悉的高层提心吊胆了许久，终于大着胆子旁敲侧击地把这事儿问出了口——

洛舟当时表情还有点惊讶："你们不知道我现在不是单身？"

"知道，但是这跟您出差有关系吗？"

"怎么没有？"洛舟道，"我女朋友是S市人。她放假要回家，最近公司也没什么大项目，所以我就陪她过来，懂了？"

高层一脸的惊讶。

众人这才知道真相。

这消息很快就传遍了全公司，是那种一字不落的原版本，公司里的姑娘们一下子从怀疑自己是不是要被裁员的痛苦，转变成了对总裁恋情的八卦。

洛舟对于有关他感情生活的问题，差不多算是知无不言，所以在工作之余，也有不少能接触到他的人会按捺不住好奇去询问，渐渐地，公司里知道的消息就多了起来。

比如，洛总的女朋友在A大读书，两人早就认识。

比如，洛总现在在S市，是光明正大住在丈母娘家。

公司八卦群消息每天都爆满——

"终于知道为什么洛总天天来上班都心情那么好了！天天住在媳妇家，能不好吗？！"

"知道他跟他女朋友差那么多岁的时候我还挺惊讶的，一直觉得洛总女朋友得是个性格比他还要强势的女人才能压得住他，没想到，最后洛总竟是被个小姑娘吃得死死的。"

"你想啥呢，两个强势的人在一块儿，天天除了冷战就是吵架，要是比洛太子还强势，那他压根儿不会感兴趣。我打赌他女朋友是小可爱款！越是洛太子这种男人越受不了小可爱！"

"不知道能不能盼望他女朋友来我们公司探一次班啊，呜呜呜，一次就好，让我见见是什么样的仙女能把洛总迷成这样。"

……

后来，初瞳真的来探班了。

倒也不算探班，她在家里闲得没事，正巧初母做了自己拿手的好菜，洛舟中午不回家，便让她给他送过来。

洛舟没怎么跟她讲公司员工十分关注两人的事情，所以一到公司就被当成关注焦点，初瞳还相当不适应。

被助理带到顶楼办公室，初瞳把饭盒递给洛舟，还心有余悸地说："你是不是跟你们公司员工说我什么了啊……"

洛舟接过来问："怎么了？"

"为什么她们都那么看我……你们的办公室不是透明玻璃的吗，我看到很多人趴在玻璃上跟我打招呼，"想到大家热切的眼神和举动，初瞳打了个比方，"就跟看动物园里的奇珍异兽似的。"

洛舟顿了顿，突然笑道："说你是奇珍异兽也没错啊。"

闻言，初瞳一愣。

洛舟找出手机，在屏幕上滑来滑去，然后递到她面前："这是今天上午有人发的。"

初瞳看过去。

×××（匿名）："啊啊啊把洛总收服的女孩子到底是什么神奇物种！好想亲眼看看！"

群聊标题写着——梦想有多大，人有多八卦。

"这个群是……"

"员工八卦群。"

初瞳一言难尽地看着他："不是，你怎么还进你们公司员工的八卦群？"

"看他们聊我和你还挺有意思的，"洛舟一脸坦然地承认了，"老板的恶趣味。"

两人在办公室的休息间吃饭，初瞳吃完就准备走了，饭盒留在了他办公室："我下午约了辛莹去玩，晚上也不回家啦，这个你带回去给我妈就行。"

这段时间初瞳都没怎么出门，全陪他了，所以洛舟答应得也很痛快："几点结束？我去接你。"

初瞳没跟他客气："到时候会给你打电话的。"

她离开公司是洛舟送的。午休时间，玻璃窗那头好奇的眼睛比来的时候多了一倍，除了大家狂热的眼神，还有一个个举起来的手机摄像头。

初瞳跟辛莹见面地点是S市著名的商业街。

两人以前初高中就经常来这儿玩，这么多年过去了，街道也在一点点地发生着变化，以前喜欢的好几家小店都因为各种各样的原因关门了。两人转了一圈，最后发现能逛的地方实在太少，便买了电影票，又预订了KTV两小时包房。

唱了歌，看了电影，两人开始决定晚饭的去处。

辛莹自从失恋之后，这一两个月来都跟以前差不多，但今天初瞳发现她整个人发生了很微妙的变化——性格还是原来那样大大咧咧，只是在某些时候，会突如其来地沉默，眼睛盯着一个地方出神。

两人在寻找晚餐去处的路上闲逛，初瞳发现辛莹再度盯着一个街边摊发呆。

数不清这是第几次了，初瞳拿手在她面前晃了晃："莹莹，你想什么呢？"

辛莹回过神来："啊？"

初瞳直接问道："你怎么总盯着一个地方发呆啊？我都看到好几次了。"

辛莹沉默了三秒。

"没什么……"她移开视线，"就是想到，之前跟陈诉约会的时候，我们两个去过C市的商业街。当时我说不能去那么多人的地方，他说穿得多就没关系，我们玩得特别开心……那个街布局跟这里好像。"

初瞳张了张嘴："我明白你说的……你们分开不长时间，这个阶段会怀念也是正常的……但是你得快点适应啊，你那时候跟我说得多潇洒啊……"

初瞳没干过安慰失恋好友这样的事，所以说的话也颠三倒四的。

初瞳叽里咕噜说了一大堆，反而把辛莹给逗乐了。"得得得，不想了不想了，找个地方吃饭要紧。"辛莹的心事来得快，去得也快，她重新挽上初瞳的手，"我那天在朋友圈看到纪律委员她们出去玩发的照片，说这边有个新开的酒吧，晚饭期间有各种套餐可以选，看起来还不错，要不要去试试？"

初瞳迟疑了一下："酒吧啊……"

辛莹立刻搂着她道："哎呀，这边都是学生多，能有什么真酒吧，就是那种坐着喝酒听歌的清吧啦，乖乖女请放心——"

乖乖女初瞳倒不是不敢去，主要是现在有主了，她脑子里第一个想到的是洛舟那张脸。

初瞳心想，要不要请示一下？告诉他我跟闺蜜去酒吧吃饭啦。估计他肯定回"不准"，还是不告诉他了。

初瞳点点头："好，去。"

晚上吃饭的时候，辛莹喝酒，初瞳喝果汁。

辛莹的酒量不错，而且她提前跟家里人打好了招呼，待会儿有人来接。初瞳原本说让洛舟送她，辛莹连忙摆手："本单身人士真的不想跟你们共处一室，我这脆弱的心脏真是禁不住一点儿打击了，放过臣妾吧。"

闻言，初瞳心想，整得跟宫斗剧似的。

两人吃了一个多小时，到了八点整的时候，酒吧灯光变幻，原本空荡的舞台上，灯光骤然亮起，从后台上去了一个男生。看现场女孩子们的尖叫反应，应该是这酒吧很火的驻唱。

台上的男孩子黑衣黑裤黑发，背着吉他，除了发色，连初瞳这个并非粉丝的人都觉得，他把着麦的那种范儿很像陈诉。

更重要的是，前奏一响起，原陈诉铁粉辛莹“扑哧”笑了：“不是吧阿Sir——我好惨啊！刚跟陈诉分手还被迫要听前男友的歌啊？”

她喝了酒，也不知道是上头了还是有意的，声音没压，酒吧不大，台上台下都听到了她说的话。

两秒钟的寂静后，是众人的起哄——

“姐们儿你快醒醒！”

“妹子，几个菜就醉成这样啊哈哈哈……”

“唉，不瞒你说，陈诉跟你分手后，现在正在我家打游戏等我回去呢。”

……

前奏响完，男生张口开始唱歌，一群跟辛莹开玩笑的人也都重新转过头去听歌。

初瞳突然肩膀一沉。

“你知道吗？”辛莹将下巴搁在她肩膀上，凑到她耳边道，“陈诉去A大找过我。”

初瞳一愣：“什么时候……”

“就在期末考之前，他经纪人告诉我的。当初我们恋爱的时候，她也算是帮了很多忙，所以分开后我也没删掉那个姐姐的微信……陈诉好像是喝醉了吧，他经纪人说他在A大附近转了好久，也进去了，但可能因为大家都在各处复习，校园里没什么人，所以也没人发现陈诉在A大。”

辛莹：“我知道他来，但我没去见他。”

初瞳搂着她，没有说话。

“分手之后，我连微博都卸载了。我不能看跟他相关的东西，”她的声音带了哭腔，“瞳瞳，你不知道那种感觉……我真的怕一见到他，就会心软。”

……

洛舟的电话是八点半打来的。

酒吧在步行街的一侧，车不允许开进来。洛舟下车后就给初瞳打电话问她饭店怎么走。

男人听到“酒吧”两个字的时候，声音一下子沉了下去：“你们两个女孩跑到酒吧去了？”

初瞳连忙好声好气地解释：“这个是那种清吧，很多人在这里边吃晚饭边听人唱歌，我们听说食物好吃才来的，不是你想象的那种酒吧啦——”

但他的语气也没有任何好转，洛舟道：“我在指示牌上看到那家店了，在那儿等我。”

然后，洛舟挂了电话。

初瞳对着通话结束的界面撇了撇嘴：“管得真多！”

洛舟从步行街入口走到这儿要五六分钟。初瞳挂了电话后，辛莹的家人也刚好来接她。两人道别后，初瞳自己一个人站得有点累，便靠在旁边的柱子上等洛舟。

最开始隐约感到身边似乎有人，她没有在意，只以为是路人。

她穿的是到膝盖的裙子，突然间，大腿后方的皮肤一凉，裙摆被人掀起，然后她听到一个猥琐至极的声音极为失望地感慨道：“啧啧啧，这么长的裙子怎么还穿内衬啊，真扫兴……”

初瞳瞬间转身把裙摆夺回来，一下子对上了那人浑浊的眼，刚吃进胃里的东西都差点吐出来。

初瞳冷静分析，这是在步行街，不是什么人烟稀少的街角旮旯，所以没必要慌，朝着出口走就能碰到洛舟了。

她拼命忍着自己想要尖叫和呕吐的欲望，眼角余光扫到了一道高瘦熟悉的身影，转而便看到了洛舟阴沉的俊脸。

几秒钟的时间，洛舟刚拐过来，正好看见全过程。

他仗着腿长几步就走到初瞳身前，一脚把那猥琐大叔踹倒在地，那人还因为冲击力滑出去一小段距离。

他踹完之后，那人趴在地上蠕动，也没挣扎。

洛舟转头盯着她，上下打量着问：“除了刚才，这人还动你哪儿了？”

初瞳摇摇头。

随后，洛舟打了个电话，又叫了酒吧经理出来让他看好这个人，待会儿自会有警察来“领”。

从他来开始，初瞳原本那种奓毛的心情瞬间就消失了。她拽着他的手，看他处理这种事，看他骂那个败类，看他语气不善地对着酒吧老板嘲讽道：“我女朋友跟我说您这儿是清吧，不会有什么下三烂的货色，没想到有点儿让人失望啊。”

洛舟拉着她往停车的地方走。路上初瞳想和他说话，刚说了一个字儿，就被洛舟给堵了回来。

“这就是你说的，不是我想象的那种酒吧，嗯？”

闻言，初瞳无言以对。

“就你们两个女生，去之前都不告诉我一声？”

初瞳听到此话更是心虚。

“我现在很生气。”

其实，初瞳也觉得她去酒吧前应该跟他报备，两个女孩子是不太安全。

可是，她不想先认错，想先要抱抱。

初瞳被他说了这么多句，一句都没正面回复，她拽了拽他的手指：“我刚才差点儿吐了。”

洛舟紧绷的侧脸线条明显有所松动。

初瞳见有效，继续用那种可怜兮兮的腔调抱怨：“因为那个人长得好恶心。”

闻言，洛舟停下脚步，回头，眯了眯眼：“你还看了那畜生长什么样？”

初瞳不理他这句话，又摇了摇他的手：“你不安慰安慰我吗？”

洛舟愣了一秒，之后站在原地叹了口气。

“真是被你拿捏得死死的……”他很是无语地低声说了这么一句，然后伸手，一把把她搂进怀里，抱得很紧。

他说：“别想了，那畜生会为他今天的所作所为付出代价。”

初瞳点点头：“嗯。”

他说：“下次去哪里都要提前跟我说。”

初瞳：“嗯。”

“算了，”洛舟突然改变了主意，“以后不准再去这种地方。”

初瞳觉得他有点儿可爱，故意装作不开心地说：“你还限制我人身自由啊。”

沉默半天，洛舟也退了一步：“那改一改，必须是我也在你身边的时候，才能去，可以了？”

初瞳点头：“可以了。”

洛舟今晚第一次笑：“你可真是我祖宗！”

拥抱过后，继续朝前走，初瞳却发现这不是走向出口的方向。

她有些疑惑：“我们不回家吗？”

洛舟：“先带你去买条裙子。”

初瞳愣了：“为什么……突然要买裙子？”

洛舟看了她一眼：“你不是嫌恶心吗？”

初瞳心想，都是因为他在身边，刚才那破事儿才会这么一会儿工夫就忘了。

对！这裙子是该换了。

两人买完裙子，把原来那条扔到了垃圾桶里——洛舟亲自扔的。

再上车的时候，已经九点半了。

初瞳在车上收到了辛莹已经准备睡觉的微信，回复完之后，突然想到了儿小时前辛莹在酒吧里的模样。

当时辛莹短暂地哭了一会儿，眼泪流到了初瞳的脖间皮肤上，虽然早就蒸发不见了，但初瞳还是深刻记得那种感觉。

看着窗外快速倒退的景色，初瞳轻声说："我好像没跟你说过……其实我说的那个追星的闺蜜，一开始确实是追星，但她后来，是真的跟陈诉在一起了。"

洛舟对于这事儿也不稀奇，"嗯"了声："怎么突然提她？"

"他们——分手了。"见证了好友的变化，初瞳也挺伤感的，"她今晚哭了，她性格是标准的乐天派，我从来没见过她因为自己的事情掉眼泪。"

洛舟这个冷血生物，不管听到什么描述，都无法对陌生人感到共情，只耐心地陪女朋友聊天："所以呢？"

"以前听她说的话，以为他们会在一起很久，很久，所以她哭的时候，我就在想……"初瞳顿了顿，"我们，会不会也有分开的那天啊？"

车内一瞬间陷入寂静，打破沉默的，是洛舟的一声轻笑。

"不会的。"他说。

初瞳转过头，看着他熟练地在红灯前停下车，修长的手指松开方向盘，转而抓住她的手。

霓虹灯下，洛舟那双桃花眼显得甚是漂亮，眼尾蕴着点点光晕。

"你放心，"眼底的笑意格外明显，表情却足够认真，他声调平缓地道，"如果有一天我跟你分手，那我一定是做好了孤独终老的准备。"

第37章　如愿以偿

洛舟八月初回C市。

在分公司待一个月没什么，但再多的话就有些过了，且八九月份洛氏有大项目落成，他肯定要回去坐镇。

洛舟走的时候，还觉得接下来一个多月的异地恋会很难熬，没想到还不到一周，初瞳也跟着回了C市。

他本以为初瞳跟他一样是因为爱情，没想到，她是因为学习。

初瞳在大一下学期开学的时候报名参加的比赛，是在暑假的后半段，以夏令营的方式在C市举行的，全程二十天，结束的时候，恰好就是开学的时候。

一共三周时间，三方面的竞赛，最后加起来按照百分比算综合成绩。

夏令营是半开放式的，一周有三天休息日，本地学生可以回家住，不是本地的学生可以住在举办方提供的住处。每周先进行三天集训，最后一天比赛，然后是休息日，如此循环。

在集训里有资格教学生的，都是领域或者教育界有一定知名度的人物，是比高校还要难得的师资力量。种种方面造就了这个竞赛对于学计算机的学生们有着非凡的意义，所以每个学校在报名期间都相当重视。

初瞳休息日的三天是周五到周日，恰好还能跟洛舟对上号。周四晚洛舟把她接回自己公寓，接下来周末，她白天和他出去玩，晚上回来看看书、看看题。

休息日是给学生休息调整的时间，但是老师们都没闲着——每个周一回去，学生们便会拿到上一周的成绩。

第一周的软件及应用初瞳排第三，是A大所有来参赛的学生里面成绩第二好的，她对此很是满意。

第二名是A大大三的一个学长，第一名跟初瞳一样是大一新生，来自F大。

初瞳原本以为，全夏令营属她最轻松、最自在，直到她在第二周集训的时候，因为对某一个问题的争执，与第一名的那人互换了微信，她才发现有人比她还要自在得多。

第一名那男生叫贺词。他不跟F大的参赛者抱团，独来独往，下课就没了踪影，很不合群，也没见有什么朋友。

加上微信的第一天，初瞳跟他从下课一直吵到了晚上，最后初瞳打字打得手都累了，发语音跟他辩。

辩着辩着，那边的贺词突然失踪了，几小时后才出现。

word:“你还在讲？”

word:“你这姑娘怎么这么能犟？”

初瞳不乐意了。

tong:“那是我犟吗？明明就是我对！”

word:“明天再说，晚上大好时光用来讨论学习太浪费了。”

tong:“你晚上都不学习吗？”

word:“不，我陪对象。”

tong:“我们学校，还有别的学校的大家，都猜你每次下课就消失，是去偷偷用功了。”

word:“我像是那种人？”

……

初瞳输给了A大学长的努力，她以为F大这个也是努力的主，没想到不是，这次是输给了人家的脑子。

初瞳在夏令营除了贺词以外，也没交到什么朋友。

因为这样极为偏理科性质的领域，男生总是占比更多。而仅存的几个女孩子都不是A大的，完完全全陌生人，聊不到一块儿去。

就只剩下阴错阳差因为争论而认识的贺词了。

第三周竞赛结束，大家互相道别。

贺词对她说：“你脑子不错！”

初瞳当时就愣了：“你说什么？”

初瞳心想，有这么夸人的？

男生笑容还算淡，说的话是真的狂：“你能跟我吵，说明你跟得上我的思路，这已经很牛了。”

初瞳当时真的很想问问，他这个吹自己损别人的功力，莫非师承洛舟？！

推荐初瞳来参加竞赛的教授在夏令营开始前就告诉她，名次不重要，重要的是集训那几天要集中精力学习、努力汲取知识。

初瞳也这么想的，所以她的心态非常平稳。而且初瞳从小就是对考试不骄不躁不慌张的性格，对待多么大型的考试都是一样，所以竞赛的时候，她也是次次稳定发挥。

夏令营结束后三天，正在跟洛舟吃饭的时候，她收到主办方发来的邮件，得知自己总成绩排名第三。

她简直太满意了。

初瞳把这个消息告诉洛舟后，两人决定晚上喝点儿酒庆祝，洛舟给她点了杯度数很低的果酒。

竞赛结果出来了，顺带勾起了初瞳对于竞赛的很多回忆，毕竟这二十来天她也没交到别的朋友，贺词在她看来，跟洛舟有很多共同点，每次被贺词毒舌的时候都会联想到洛舟，所以跟洛舟说了不少贺词的相关事情。

本以为对于一个跟自己一样另类的人，洛舟可能会有点儿共鸣。

但洛舟对此竟毫无反应，甚至表情还非常冷淡。

初瞳终于意识到不对劲了："你怎么不说话啦？"

洛舟晃了晃酒杯，抬眼跟她对视："你们夏令营的导师和教授——"

初瞳眨眨眼："教授怎么了？"

洛舟："有不少都是我朋友。"

是朋友又怎么了？初瞳很奇怪地问："然后呢？"

"听他们说，我女朋友跟那个第一名天天在一块儿，"他冷笑了声，"看来是真的啊？"

俊脸明明白白写着五个大字——老子吃醋了。

初瞳此时才顿悟，原来是因为这个。

"我们就是朋友。"初瞳开始解释。

初瞳又给他看了贺词的朋友圈，两人全部的聊天记录她都让洛舟过目了一遍，清清白白，除了学术讨论以外只有零星几句话，这事儿才真相大白，且告一段落。

但是这事儿像给某人的心里埋下了一颗种子。

接下来的大二学年，初瞳多了个学姐的身份。她不是单身这事儿学校里很多人都知道，但因为新进来了大一新生，他们不知道——软萌漂亮可爱成绩又巨好的计算机系学姐，处处都是反差萌，谁能不爱？

所以初瞳又面临了大一那时候的状况，经常被表白，甚至比大一的时候还要夸张。

某醋厂厂长可气坏了。

"你们学校男生是不是全部 2G 冲浪？"厂长问，"怎么还有人不知道你不是单身？"

初瞳憋笑不答。

厂长："非要我去广播站广播一下才行吗？"

“噗——”初瞳憋不住了，都快笑岔气了，挽着他的胳膊撒娇道，“他们可能就随便一说啦，都没认真的。上次有个学弟来跟我告白，我拒绝完之后他说，‘哦，没事，我就是来体验一下被拒绝的’——你看，他们真的是闹着玩！我连他们名字都叫不出来好吧——”

厂长冷笑不说话。

初瞳继续：“你看你微博底下还有超话里，那么多表白你的粉丝，我什么时候吃过醋？”

厂长：“这个怪你。”

“你不吃醋，是因为我给了你足够的安全感，”洛厂长一脸认真，“所以，我吃醋到底是为什么，你不得反思反思？”

初瞳心想，你吃醋让我反省，这可真是头一次听说。

可能洛舟讲的是歪理，可他每次讲歪理的时候总是一本正经，正经到初瞳记这个歪理记了挺长时间。

她也偷偷想过，可能真的是她没给足安全感？

大二结束的暑假，洛舟依照去年惯例，又跑到了S市分公司。

经过去年的忐忑，这次分公司全体员工熟悉了流程，明白洛总对他们一点儿意见都没有，人家就是来陪女友的。所以，众人毫无心理负担，不仅不像去年那样唯唯诺诺，甚至在洛舟来的时候还大胆地在公司给洛舟开了个欢迎会，在他走之前又开了个欢送会。

洛舟临走前几天让初瞳当导游带他到处逛逛，逛到最后没有什么新地方可去，初瞳带着他去了自己的母校——S市附中。

当时学生们都放假了，学校里空无一人，在门卫处做了登记，两人牵着手在附中的大道上散步。

“你们学校环境还不错。”洛舟中肯地评价道，“都快赶上我高中了。”

初瞳已经完全习惯了他这种说话方式：“那我替我们学校谢谢你啊。”

洛舟：“不客气。”

初瞳边走边给他介绍，顺带回忆自己曾经发生过的趣事，洛舟看起来心不在焉，其实每个字都听得很认真，总能及时给予回复或者嘲讽。

走到了校园办公楼的正对面，国旗杆的花坛旁边，初瞳说：“这是我们学校每年毕业生的告白胜地。”

“告白？”洛舟觉得荒谬，“国旗下告白？你们玩得这么花？”

“因为毕了业，就是准大学生了，按说谈恋爱也是被允许的，”初瞳解释，“而且他们说，这样好像沐浴在祖国的祝福下，成功率大。”

洛舟笑着骂了句“好傻”，但又点了点头：“不过听起来还不错。”

“那你高中毕业的时候，”他顺带提起来，“没少被人在这儿告白吧？”

初瞳故意做出一副回忆的样子：“嗯——好像是挺多的。”

洛舟哼笑了声：“看你这样子就知道了，肯定是众星捧月的小公主，高中过得特舒服吧。”

初瞳停下脚步：“这个……还真没有。”

洛舟也随她停下：“嗯？什么没有？”

“我高中过得不太舒服。”初瞳转过身，正面对着他，微微仰头，“因为那时候，我喜欢上一个——很酷、嘴很毒而且好几年都不理我的人。”

闻言，洛舟一愣。

她说：“有一阵子我觉得他真的很坏，坏透了，明明跟我说了以后也会有联系，那干吗又不回我短信？不想回也跟我说一声啊，我就不会再发了。

“有几次，学校里很优秀的男生对我示好，我都赌气地想答应了。

“可是还是没有。

“因为他们都没有我喜欢的哥哥那么好啊，我喜欢不起来。而且那个哥哥看不到，那我在跟谁赌气呢？

“好憋屈，对吧？

“可是我还是憋屈地选择了他在的城市，他读过的大学，知道自己被录取之后，又憋屈又开心。”

初瞳指了指他身后的国旗杆：“高中最后一次升旗，在这里，我对着国旗许了个愿。”

洛舟的表情从最初的疑惑，到现在已经复杂到初瞳也看不出他的内心想法。

他眼睛眨了下，喉结滑动，声音有点儿哑：“什么愿？”

她轻声说：“我许愿，我想——跟他在一起。”

初瞳踮脚抱住他，用了像说悄悄话一样的音量，附在他耳边，对他也对自己说：

“恭喜我自己，愿望实现啦！”

第38章　甘之如饴

盛夏的风带着暑气，好在已经到了傍晚，偶尔还有丝丝凉意，紧紧地拥抱在一起也不会太热。

初瞳说她高中过得不舒服，后面那句话的前半句，她说“我喜欢上一个很酷……”的时候，洛舟原本以为她高中真的喜欢上了什么人，但可能是单向暗恋，没得到回应，所以才说高中过得不开心。

联想到之前两人在一起的时候，初瞳说过自己是初恋，但她完全没提过高中还有过单相思的经历。虽然都是过去的事，但洛舟还是觉得有点儿气。

当她说到“好几年都不理我”，当她说到“不回短信”“憋屈地选择了他读过的大学”，包括后面的种种，他意识到，这说的不就是他吗?

洛舟以前不是没有想过，这小姑娘好像对他从哥哥到男朋友的身份接受得挺快的。

说是他在追，但越追越觉得，很像是两个人的互相奔赴。

但毕竟都是没谱的事情，最后洛舟觉得人不能过于自恋，什么觉得她早就喜欢上了自己之类的，不太合适。

于是，洛舟便打消了这个念头，把这一切归结于自己的魅力大。

初瞳中学的时候给他发了那么多短信，他看到之后确实觉得不可思议，又很心疼这个小姑娘。但是那会儿更没多想，仍把一切归结于自己是个好哥哥魅力大。

原来不是。

原来如此。

原来不是他自恋，原来追她的那时候，他的感受是对的。

原来她发那么多短信，得不到回复还是不放弃，最后还选择了C市读书，是有原因的。

原来每次喝醉酒后就对他那样亲密，不光是因为醉了，而是因为她喜欢他。

洛舟相当震惊，震惊到还没想好要说出什么话来，只来得及回抱住初瞳。初瞳又在他耳边说：“虽然，现在愿望实现了，但是回头想想，还是觉得许愿的我自己，好惨，好卑微。”

她的语调像在感慨，刚才说话明明还是欢快的，现在尾音却莫名带了点儿颤。

洛舟一下子心疼了。

他脑海里来来回回重复着初瞳说的这几句话，就算语气轻松，也藏着说不出来的涩。

他听到她情绪变化，有了点儿渐渐明显的哭腔，闭了闭眼，莫名也觉得喉头被什么堵住了一样。

洛舟伸手更加用力地搂住她，从侧面亲了亲她的耳朵，轻轻哄道：“宝贝，别哭。”

原本那点儿泪意是可以憋回去的，听到他的声音，初瞳顿时忍不住了。

那么长的时光，那么多的日子里，她都不知道为什么自己能坚持那么长时间，执迷不悟地喜欢一个人。

她都想不到用什么词来形容自己，除了执迷不悟。

“我当时真的是疯了……我明知道对于你来说，我就是一个长辈家的小妹妹，但还是控制不住地喜欢你。”初瞳吸了吸鼻子，“幸亏你那几年里，也没有谈过恋爱。”

初瞳喃喃道：“我总觉得，如果你谈了恋爱，我一定坚持不了这么久。”

风再度吹过两人身边，洛舟觉得他该说点儿什么。可是无论什么话在她今天展露的秘密面前，好像都很无力。

怕一直抱得太紧她会不舒服，洛舟稍微松了松手。

他说：“其实，你在我这里的定义，并不是单纯的长辈家的妹妹。”

初瞳愣了一下，茫然道：“嗯？那是什么？”

“我一直觉得，小时候的你，更像一个……麻烦。”洛舟想了想，又形容得更准确了一点儿，“不讨人厌的麻烦。”

搅乱他生活规律，以及打破他某些原则的麻烦。

这什么跟什么。初瞳皱了皱鼻子：“哪有不讨人厌的麻烦啊……”

“有。”洛舟继续道，“我以前应该跟你说过，我讨厌有人跟着我，就算是追捧我，也让我反感，所以你是唯一被我亲自盖章的跟屁虫。”

闻言，初瞳一愣。

“跟屁虫在我看来就是麻烦，可是你不同。”

“哦。”初瞳噘噘嘴，鼻音很重地“哼哼”两声，“那可真是谢主隆恩了。”

两人又抱了一会儿，洛舟突然转过她的脸，很轻很轻地吻住她的唇。

这个吻温柔又短暂。

天空被夕阳染色，校园里的所有场景都像油画一样漂亮。

嘴唇分开时，余光注意到门卫大叔开始巡逻，似乎到了关校门的点，准备赶人了。

初瞳伸手指了指大叔的方向："暑假校门开放得时间短，我们该走了。"

"好。"

洛舟拉着她的手，两人从花坛走向校门口，步伐缓慢悠闲。一直没人说话，氛围却刚刚好。

走着走着，洛舟突然出声打破沉默。

"为什么？"

初瞳不解："什么……为什么？"

他转眼看过来："为什么喜欢我？"

初瞳没有立刻回答。

乍一想起，就有太多太多的原因，而因为太多，反而在脑海里汇成了一句"不知道"。

过了几秒，她微微歪了一下头："那你为什么喜欢我呢？"

"不知道，"洛舟下意识地答，"就是喜欢了，哪里都喜欢。"

初瞳一下子笑弯了眼："喂，我也一样啊。"

——就是喜欢了，哪里都喜欢。

大三开学，尽管曾经大一现在大二的学弟们知道了校花名花有主，但年年都有新来的学弟，人都喜欢美好的事物，追求者源源不断，稳坐 A 大校花的初瞳依旧受欢迎。

因为一场告白所以暑假过得格外甜蜜腻歪的初瞳，本以为洛舟不会再像去年那样吃无谓的醋了，没想到，他还是老样子。

安全感给得还不够足吗？

"你不是有了安全感就不吃醋了吗？"初瞳不懂，"你还没有安全感？"

"谁说我有了安全感就不吃醋的？"

"你自己啊。"

洛舟好好地回忆了一下："初瞳同学，我说的好像是，让你自己反省一下，是你自己反省出来了这个道理，不能污蔑我说过我再也不吃醋了啊。"

初瞳一时语塞。

洛舟原本跟她在一块儿的时候就好自恋，现在知道了她那个秘密，更是变本加厉了，每次提到，那尾巴都恨不得翘到天上去。

如果不是初瞳不准，他绝对会第一时间把这件事昭告世界。

除此之外，他还会把这事儿用在平时的小吵里。

两人偶尔也会因为鸡毛蒜皮的小事吵架，都是些很快就能过去的事情，但是谁也不让谁，说着说着就斗起嘴来了。

一般斗到最后，洛舟站在那边冷笑，嘴里翻来覆去只有一句话："你当初喜欢我的时候可不是这样的。"

然后，洛舟就会把微信个性签名改一改——果然爱会消失的对吗？

初瞳每次看到，是又气又笑——真是年龄越大越幼稚。

大三下学期，初瞳准备考研。

她可以留校读研，她的成绩以及获奖经历，一定是保送。但是按照教授的推荐，更好的选择是出国深造。

教授是这么说的："倒不是说咱们学校教得不如外面好，出国留学，不光是为了学知识，还有开阔眼界，你自己好好想想，反正年轻，什么事情都可以尝试一下。"

初瞳谢过教授，当时没有回复，回家后试探了一下洛舟。

他果然立刻就反对出国。

洛舟振振有词："你毕业的时候，我们应该刚结婚。新婚宴尔，你要抛弃我去别的国家，为了学习？！"

两人的婚事已经是双方长辈心照不宣的事情了。但他都还没正式求过婚，初瞳脸红了红："谁跟你新婚宴尔了？！"

洛舟继续试图说服她："留下读吧，A大计算机全国第一，你信不过祖国吗？嗯？"

初瞳又摆出了教授给她讲的话。

洛舟："开阔眼界非要去留学吗？你跟着我，眼界就是最开阔的。"

初瞳内心其实也不坚定，因为洛舟在这边，她会更倾向于留校保研。

但是，她很少能见到洛舟这么紧张。

她还是想借机逗逗他。

洛舟还在夸大其词，疯狂吹A大的优点。

"既然A大有你说的这么好。"初瞳听了会儿，打断他，语气温吞，说的话却一针见血，"那为什么你读研读博都是在国外名校呢？"

洛舟一下子哑口无言。

但最后他还是努力挣扎了一下："我去读，是因为我爸说学历不漂亮、没有留学经验，回来管理公司难以服众……其实对于学习能力强的人来说——就比如我们俩这样的，在哪儿读都是一样的。"

初瞳憋笑憋得辛苦，其实她看洛舟的反应，已经决定留校保研了，要准备的东西也不多，还轻松点儿。但她最后淡淡点了点头，依旧吊着他胃口，模棱两可地道："知道了，那我再想想。"

这可把洛少爷愁坏了，当晚就有些郁郁寡欢，话少了很多，从那种毒舌又嘚瑟的美人转型成了忧郁美人。

初瞳也没想到他这么在意。原本想吊他一周，现在看他这样子又改了主意，决定吊一晚算了，第二天早上就告诉他这个好消息。

但没想到，到了第二天早上，是洛舟先告诉的她。

初瞳醒的时候，洛舟刚从卧室外面进来，他显然也是刚起床不久，身上衣服跟昨晚不一样，头发还没完全干，手里拿着的手机屏幕还停留在通话记录界面。

他坐到她身边，在她面前晃了晃手里的手机，说："我刚才跟我爸打过招呼了。"

初瞳刚醒，揉了揉眼睛："什么招呼？"

"让他回公司坐镇，我去管海外的。"洛舟随口吐槽，"老头子真是太懒了，谈判跟我谈了一小时，我都佩服。"

脑子还有点儿蒙，初瞳道："你为什么要谈这个？"

"睡一觉就失忆了？"洛舟面色不善地睨了她一眼，"你不是想出国读研吗？你去哪里读研，我就去哪个国家，不行？"

他表情看起来还挺愉悦，桃花眼和薄唇都弯起浅浅的弧度，帅气逼人。

她决定今天告诉他，她准备留校保研。

他一早跟洛城谈判，争取陪她出国。

初瞳看着他的脸，很认真地想，大概这就叫作心有灵犀吧。

这种感觉不是单纯的感动——她也说不好。

只是想着，如果以后的日子都是跟这个人过，她一定会好幸福、好幸福吧。

读研事件告一段落，两人皆大欢喜，唯独虚惊一场的是被告知幸福的养老生活差点儿要终止的洛城。

他打了个电话过来痛骂洛舟，洛舟当时开着免提的，所以初瞳也听到了。洛城骂他的中心思想，是说他一把年纪了还想一出是一出，永远都长不大。

两人默默地听着，没多久洛舟凑到她耳边，小声道："你仔细听，他在笑。"

大三暑假，回到S市之前，洛舟心血来潮，带着她去逛了一下自己的高中母校。

车停在了写着"第一中学"金灿灿四个大字的校园门口，洛舟拉着她往里走。"上次你不是带着我去你们学校了吗，"他说，"这次带你看看我的学校。"

初瞳本来还有些纳闷。

她当时带他去逛，是有事情要告诉他，洛舟能有什么事情啊？

"看到那个教学楼A了没？"洛舟给她指，"我高一在那儿上的，那栋楼的构造很奇怪，每一层楼道拐弯的时候都有一个多出来的小角落，路过的老师看不到，不进去的学生也看不到。”

两人边说边从教学楼A的正门上去。洛舟带着她上到了二楼便停住：“我当时是这层的，十二班。”

初瞳跟在他身边，看着班级外墙壁上贴着优秀作文，听他讲：

“我们班主任是个女的，我长得也不像坏学生吧，也不知道为什么，她都不敢管我，也不找我谈话。那会儿天天被女生找，她还跟我爸提过建议，能不能让我剃光头。”

“哈哈哈……”初瞳笑得不行，“然后呢？你剃头了吗？”

“没。”洛舟也笑，“我爸说，我长得帅是他遗传得好，剃头也盖不住我的颜值。”

初瞳差点儿笑得直不起腰来。

两人牵着手，慢慢走到了走廊的尽头，她看到了洛舟口中的非常隐秘的小角落。

确实从外面下楼梯上楼梯的时候都看不到，得走过去几步才可以看见。

初瞳还没感慨构造的稀奇，就被洛舟给带着拐了进去。

初瞳故意语气酸酸地道：“你高中的时候这么风光，我高中跟你可就不一样了，我真惨。”

“怎么惨？”

“明知故问啊你。”初瞳翻了个白眼，“喜欢你呗，暗恋、单相思，不惨？”

她原本真是抱着开玩笑的心思。

因为总觉得，跟他在一起的日子，足以治愈曾经的那些时光，所以她才能够在今天用调侃的方式说出来。

洛舟却突然沉默了几秒。

他身上的白T恤被从后面窗户吹来的风吹得微微鼓起，两人今天穿得都很休闲，没有故意情侣装，但色调是一样的。初瞳伸出食指去戳他衣服被吹起来的鼓包，一戳到底，手指却被他抓住。

洛舟一只手抓着她，另一只手捏了捏她的脸：“你以后，不要这么想。”

初瞳一愣：“嗯？”

“那些日子里，我也一直是单身。你可以觉得，是你在等我，而我也在等你。”

闻言，初瞳心中突然觉得很暖。

“如果那时候就喜欢你，我不成变态了吗？”洛舟笑了笑，眉眼看起来很温柔，“所以，这么多年没谈恋爱……”他微微俯身，蹭了蹭她的鼻尖，“我在等你长大。”

初瞳怔怔地盯着他，没有想过会有这样的一天——那个她悄悄喜欢了很久的人，会把那段让她觉得苦涩的时光这样美化。

这是一年中很平常的一天。可是因为他说的话，这一天有了极为特殊的意义。

洛舟直起身来，又勾着唇角，用那种吊儿郎当的语气道："初瞳同学，我先前说的百八十个在这个角落跟我告白的女生男生，没有一个成功的。"

闻言，初瞳一愣。

顿了顿，他又说："只有你能成功。"

初瞳忍不住无声地抿唇笑。

"现在，给你个告白的机会，"他扬了扬下巴，张扬又帅气，好像真的回到他少年时的那跩得不得了的样子，"要不要做这唯一的成功者？"

初瞳对着他眨眨眼："那就勉为其难吧。"

于是，在这样平常的一天，在这样美的校园里，一个小小的角落，他们互相交换了两句再简单不过的情话。

然后，两人安静地拥抱、接吻，所有的景色都沦为陪衬，渲染着一种长久的温存。

——"我爱你。"

——"我也是。"

你是我所有安稳岁月里的节外生枝。

你闯进来的时候不打一声招呼，将平静的湖面搅起波澜，让我尝遍暗恋辛甜、泪水酸涩、刻骨铭心。

而我，甘之如饴。

（正文完）

番外一　只要你在

辛莹第一次知道“陈诉”的名字，是在她十五岁那年。

初三暑假，她在自己房间里无聊地玩手机，刷微博热搜。

她原本是想点一条知名女星疑似恋情曝光的热搜，但是手指一滑，点到了下面一条，叫 # 陈诉首次公演舞台 #。

当时辛莹看清标题，就眉头一皱：“陈诉是谁啊？一点儿知名度都没有还能上热搜？这热搜买的吧，渣浪简直越来越向钱看齐了……”

然后，辛莹就随意瞟了一眼第一条微博内容——是九张图片，照片的主角是个少年，穿着黑衣黑裤，拿着把电吉他，背景看得出来是同一个舞台。

其实放在后来的审美来看，那会儿的陈诉还是挺“非主流”的，什么长刘海儿啊还有发色等。但好在他的脸好，肤色白，并且一直都是那种非常突出的帅气，就算大火之后，以前的造型被扒出来，脸还是好看的。

所以，这也算不上黑历史，不像某些明星，十年前照片跟现在比简直像换头术。

在后来看来是“非主流”的东西，在当年看就是主流，不然娱乐公司造型师也不可能害艺人，那会儿流行的就是那种造型，陈诉长得又好看，辛莹一下子就被击中了。

“这人虽然不出名……”小时候的辛莹心里藏不住话，很喜欢在自己房间里自言自语，嘀嘀咕咕道，“但还是有点儿帅啊。”

就这样，接着刷了他的视频。

然后，她发现陈诉动起来比照片上还要帅，唱着摇滚的少年，流动的汗简直一滴滴落到了她的心里。

像有魔力一样，与他相关的一条接着一条地刷。辛莹了解了陈诉的出道经历，他那时候也不过十八岁，是艺术生，据说高二的时候就开始当练习生训练了，因为成绩条件过于优异，一年后就渐渐开始出现在摄像机前，出现在大众面前。

再然后，她就成了陈诉的老粉。辛莹就从这个无聊的下午，开始了自己的追星之路。

陈诉在第一个选秀节目就大放异彩，因为个人曲风受众相对较小的原因，最后得了第三名，却是当时那批人里后续发展最好、最红火的一个。

她上高一的时候，但凡有假期，都会跑到陈诉录节目的城市当观众。后来她上高二，他开始爆火，陈诉首次个人演唱会，她更是跑去听他的现场演唱会。

陈诉出新专辑，她一买买好几张，直接送给好朋友安利偶像——初瞳家里有陈诉全套专辑，不过大概她一张都没听过。

陈诉不是C市人，稍微一查都能查到，他老家是S市附近的一个小县城，出道时的经纪公司就是S市的，几经转换，爆火后签的是C市捧出了无数人的国内第一娱乐公司，这几年都没变，于是便定居在C市。

辛莹学习一直属于用心点儿就考得不错，不用心也不至于太差的那种，这也是家里一直没管她追星的原因。

她高二下学期开始学播音主持，想考传媒系，搜了搜C市的好大学里好像A大传媒系最牛，便拼尽全力考。

收到录取通知书的时候，辛莹觉得像做梦一样。

下了飞机，跟初瞳一起去学校报到，人到宿舍的时候，辛莹才有了点儿真实感。

想象一下今后可以跟网上认识的姐妹们一起给陈诉接机，追陈诉的各种行程，他录节目也可以更方便在旁边看，简直太爽了！

那时候的辛莹就是这么容易满足。

什么自己跟偶像谈恋爱，什么吆喝着想要拥有他，她都没有，她粉丝属性很奇怪。

想看到他变得更好更好，粉他是单方面喜欢他，却不是想要独占，虽然夸他的时候会说“哥哥帅到我心上了”，也会跟大家一起调侃“今天也是被陈总迷晕的一天”，心里真实想法却都是“妈妈爱你一辈子”。

她没想过自己竟然能跟他有更进一步的接触。

大一开学没多久，辛莹跟着追星姐妹们一起跟了陈诉好几个活动，虽然追现场真是累到爆炸，每次结束了腿都仿佛不是自己的，浑身上下像散架一样，但她还是乐得不行。

那次是普通接机，陈诉起飞的城市下雨，延误了足足几个小时。

粉丝在机场接机的位置也是要占位的，不可能所有人都在第一排，已经有肚子饿站不住的人从前排出去找吃东西的地儿。而辛莹靠着自己带的水补充能量，一直在最佳拍照位置屹立不倒。

但辛莹又等了一小时，手机都低电量提醒了，还是没有任何消息。

她虽然忍得住肚子饿，但是人有三急……

“莹莹我不行了，小月不按时吃饭低血糖，我先带她去吃点儿东西，你加油。”虽然能让姐妹帮忙占位子，但跟她一起来的小姐妹也早就离开了。

辛莹心想，这次估计见不到了——认了。

辛莹长叹一口气，从人群中挤出来，去上了个厕所。

洗好手之后才感觉到自己有多累，看到厕所外不远处有个长椅，她直接走过去坐了下来，两腿一瞬间又舒服又酸爽。

她打开手机刷接机小组群聊消息，刷铁粉群，得知在自己撤离前不久，陈诉的飞机刚刚落地。

辛莹没忍住道：“存心的是吧！”

但是一旦坐下，这个腿就真的不是自己的了，她现在瘫坐在这儿，死活也起不来，打字说：“你们接吧，美小美记得把图片拍清楚点儿，我腿已经废了！”

大概在这儿待了五分钟，长椅微微一晃，辛莹感到身边坐下一个人。

但她头都没抬，姿势也没换，手机屏幕大大咧咧地朝上，也不怕别人看。

腿废了，手没有——追星少女是很忙的，而且，她玩手机跟别人可不一样。

辛莹刷微博、刷群、打榜，作为小主持，她先逛了逛超话，把一批皮黑的帖子屏蔽了，把该加精的加精了，陈诉新歌要投票助力，以及营销号天天盯着他带节奏，她又要在放陈诉黑料的微博底下辟谣控评。

本来今天没见到陈诉就生气，刷微博看到一个老仇家营销号又出来黑陈诉，她更气了，气头上也不管周围有人，直接激情开骂：“烦死了，这星探秘闻是被陈诉挖了祖坟吗？天天黑他，就是靠黑他吃饭的吧？还敢删评论……”

辛莹一边噼里啪啦敲屏幕一边“问候”，好几分钟才稍微解气。

看差不多了之后，她去反黑群戳了一下大家，手指太累，所以发的语音：“星探秘闻又不干好事儿了，有微博号的去给我的评论顶顶上热评哈，我 ID 是‘陈诉世界第一妈妈粉’。”

然后，辛莹又打开打榜群，发语音：“有微博小号还没打榜的姐妹不想打可以私聊给我，一小时内都行，我现在有空。”

做完这一切，辛莹今天不知道第几次长叹一口气，手机锁屏，弯腰去捶自己的腿。她一边捶一边嘟囔：“累死了……”

机场广播播报了一条失物招领的通知，广播过去后，她听到身侧传来一道男声：“追星这么累啊？”

闷闷的、有些嘈杂的环境里，没法仔细辨别。但这话明显是对她说的。

“是啊，累死了好吗？”辛莹头也不抬就跟这位路人吐槽道，“一上热搜我们就得起早贪黑，一发新歌就得废寝忘食，一有行程就得提前几小时准备好……”

“这么累还追什么？”那人又问。

“当然是因为喜欢啊！”辛莹理所当然地回复，“我追星之后都不用刻意减肥了，还得谢谢陈诉帮我实现了愿望。

“而且累点儿怎么了？谁怕累了呢？”辛莹说着说着就变了调，“关键是今天站了那么久，人都没见到啊！”

身边那个路人许久都没再说话。

过了会儿，辛莹开始处理QQ群里的回复，身边的人突然道：“那你现在见到了。”

辛莹一愣，然后缓缓回过头。

坐在她身边的人戴着黑帽子、黑口罩，只露出一双眼睛跟她对视——眼睛形状很好看，双眼皮褶皱像扇形，眸色漆黑深邃，眼尾微微耷拉着，显得有些困倦。

这双眼睛——这双眼睛烧成灰她都认得——这是陈诉的眼睛！

辛莹一下子蒙了。

她跟陈诉距离也就二三十厘米远——偶像本人坐在她身边，她竟然一直没回头看一眼！还说了那么多离谱的话！造孽啊！

她的茫然，在陈诉看来，更像是不相信——不相信他就是陈诉本人。

陈诉坐在这里十多分钟，看着身边这个少女一直忙活手机，但都是与他相关的东西。

他思索了一下，抬手把口罩摘下一点儿。但没想到，这动作刚做到一半，原本僵住不动的女孩子立刻伸过手来，把他的口罩给啦了回去。

“怎么能摘口罩？！”她眼睛睁得大大的，“这是机场啊，你到底知不知道你有多火？！”

辛莹问完就开始反思自己，这个问题问得属实没有水平。

陈诉该说知道还是不知道呢？怎么说都不对劲儿。

辛莹尴尬得不行，正在想怎么把这个岔打过去，突然灵机一动，试探着小声问道：“你是不是……今天心情不好？”

老粉都知道，陈诉每次心情不好就喜欢自己行动，讨厌注视，讨厌被拍。

刚才他肯定是考虑到VIP出口必定有大批镜头在等着，行李都没拿就先从普通出口出来了，所以才没被媒体和粉丝拍到。

陈诉有些诧异。

他在飞机上跟经纪人起了分歧，公司在他不知情的情况下给他安排了一个综艺。陈诉并不想去什么综艺，他性格不合适，但艺人是反抗不了公司的决定，以往这样的事情都是以他低头而告终，所以心情变得很差。

在厕所外的长椅上刚坐下，陈诉便听到了这个女孩说的与他相关的话。

她侧脸很好看，妆容非常淡，嘴唇还有点儿干，可看起来给人感觉很舒服，很有活力。最神奇的是，她一边以一种的确很累的姿势瘫在椅子上，一边又能底气十足又活跃地进行吐槽和喷人。

听她唠叨这么久，那种奇差无比的心情，竟然明显好转起来。

现在看来，她还知道他的习惯。

陈诉微微笑了下，戴着口罩看不出，辛莹只看到他眼睛稍微眯了眯。

“这么了解我啊。”

辛莹立刻狂点头：“我是你的铁粉！超级超级铁的那种！我听着你的歌儿长大的！”

陈诉稍微顿了一下，眼神由困倦转为迷惑：“我好像也没唱几年？”

辛莹说话习惯了夸张，有些尴尬地解释：“就那么形容一下啦。”

毕竟这是很难遇到的一次机会，她鼓起勇气，双手合十，非常非常真诚地询问：“哥，看在多年老粉今天差点儿累趴下的份儿上，能合个影吗？”

辛莹要到合影了。

还因为拍出来之后，陈诉说他喜欢这张照片，于是辛莹加上了他的微信。

真像做梦一样！

加上好友的那一瞬间，在陈诉无法理解的笑声里，辛莹控制不住地捂着嘴流下了喜悦的泪水。

“你不懂，”顾不上在偶像面前丢人，她边哭边说，“我现在就好像花了两块钱却中了五百万一样，不，五千万！”

走了这么一场狗屎运，依照幸运守恒定论，辛莹甚至都开始怀疑自己的后半辈子是不是要一直倒霉下去了。那一整天，包括接下来的好几天，她都过得恍恍惚惚的。

满脑子都是陈诉在她面前说过的那几句话，那张合照翻来覆去也就看了一千多遍吧，打开微信什么都不干，差不多就是住在了陈诉的朋友圈主页，盯着那几条已经烂熟于心的动态，辛莹一边发呆一边回味，那几天的追星任务都没有好好完成。

陈诉到底为什么心情不好呢？

好想问一问，可是不能做那种私生饭做的事！不能主动骚扰偶像啊！

想来想去，她在事发第四天睡前发了条朋友圈，就当祈愿了。

“希望我喜欢的人一直开心，不开心也要很快走出来！”然后，辛莹还配了个“可可爱爱的比心”的表情包。

这条状态跟她平时的风格差别有点大，辛莹以前都是发阴阳怪气的文字的，所以此时突然文艺，下面评论一排一排的问号。

辛莹直接锁屏睡觉，第二天一早起来才眯着眼开始看朋友圈的小红点。

一开始一排全是损友的点赞和回复，直到拉到最后，她人都快傻了。

凌晨五点，陈诉评论了她——诉：“如果你说的是我，那天还要谢谢你。”

辛莹先是喜悦至极，连早课的哀怨都消失不见了，立刻起床去阳台上兴奋地蹦了两下。然后，她冷静了会儿，停下来看着陈诉这行字，理解了好久。

这意思难道是说，他那天心情变好，所以要谢谢她？

那她该回什么？

直接说不客气？——太傻了。

这是应该的？——太土了。

我很荣幸？——更土了。

然后，辛莹突然注意到他的回复时间：凌晨五点十分。

很可能是那时候刚忙完工作准备睡觉吧。

辛莹一下子就心疼起来，手随心动，来不及仔细斟酌，字就发了出去：“早点儿睡觉呀哥，身体健康！”

辛莹发完才回过味来——这句还不如之前想的那几句呢，是最土的一句！

哎呀，身为陈诉粉丝里最能说会道的战斗机，在他面前啥也不是！真丢人！

……

后来，在一起的时候，辛莹不止一次地问起以前的事情。

如果陈诉是那种随意加粉丝微信的人，那么他绝对不会到今天都没有被爆出来花边新闻。

她一定是第一个——辛莹很笃定。

这点也早就跟他确认过了。

但她相当好奇，为什么陈诉要对她这么特殊？

陈诉回答说，因为她很特殊。

辛莹跟他表示自己是多年铁粉，那么那么喜欢他，加上了他的微信却又从来没有打扰过他一次，小心翼翼地保持在一个合适的距离。

他说他身边很少有这样的人。

他说，每次看到她的朋友圈，看到她打出来的文字，就会联想到她接机那天的状态，就能感到轻松和开心。而这两种情绪对他而言，非常罕见。

所以“辛莹”便成为那个特殊的罕见。

在祝福他“身体健康”之后，陈诉没有再回复。

而辛莹缓过来，依旧跟以前那样追星，现在有了跟陈诉近距离接触的经历，追得比以前更来劲儿了。

在之后的日子里，再也没遇到过机场那样的好事。但是在微信上，她跟陈诉还有两次接触。

第一次是在C市举办的他的新歌首发演唱会上。

辛莹是拉着初曈一起去看的，初曈对这种重金属类的音乐没什么感觉，倒是毫不吝啬地赞扬了陈诉的长相。

但辛莹超级有感觉，晚上朋友圈发了五六个演唱会现场的小视频，最后又发了张自己和舞台上的他的一张合影。陈诉离得特别远，人完全看不清，辛莹的脸也是一团模糊，但这是今晚唯一的合照。

配字：我好爱他的歌啊啊啊！好听到我大喊一声“陈诉牛”！

觉得一张合照太单薄，辛莹又发了一张微博上偷来的可爱表情包，写着：“今天陈诉哥哥可以回复我吗？”

发完，她就兴奋地去洗澡了，一边洗澡一边唱陈诉的歌。

出来之后，她又去超话给各种演唱会相关的帖子加精，自己也发了几条带动流量的话题，继续反黑打榜做日常，都完成之后才切回微信。

凌晨一点，她发现陈诉评论了她刚才的朋友圈。

诉：“可以。晚安。”

第一反应——这是回复她表情包上的文字。

第二反应——他又回复她了！

辛莹抱着手机整个人埋进被子里开始无声尖叫，要不是怕大半夜的扰民，真是神都压不住她的嗓子。

这是第二次。

第三次，是辛莹有个圈内小姐妹告诉她，陈诉的经纪人最近在招聘助理的消息。经过她多方打听，在网站官网最小的角落里看到了一个招人通知。

她立刻发到朋友圈求助：“求问有没有人知道这个兼职怎么应聘啊？这电话打了十次都占线啊！我想去我好想去！本人A大学传媒的，艺考我们市第一名，业务能力可以，不可以也会积极学习，小女子愿吃苦耐劳做牛做马，各位哥哥姐姐知道什么内部消息快私聊告诉我吧，求求了！”后面还配上了三个“大哭”的表情。

过了十分钟，没收到一条有效信息。

到了半夜——

诉："136××××××××"

诉："打这个电话，我帮你说过了。"

辛莹不敢置信地张大嘴——我偶像帮我搞到了我偶像经纪人助理的兼职，我晕了！

"小辛有空吗？帮我倒杯水谢谢！"

"哎，那谁，就是陈诉那个新来的小助理，帮我拿一下楼上的吹风机！麻烦了哈！"

"小辛在吗？去咖啡馆买八杯冰美式，小票留好回来找我报销哈！"

"小辛小辛……"

当了陈诉经纪人的助理，辛莹没想到自己能累成这个样子。

明星可以使唤她，明星的经纪人也可以使唤她，明星经纪人的助手也可以使唤她——毕竟她资历太浅了，又是个大学生来做兼职的，不使唤她使唤谁呢？

原本以为可以跟在陈诉身边，跟他的每一个行程，他在化妆间的时候她也可以在旁边打打下手趁机围观美男打扮，可没想到，到了地儿，她成为那种脚不沾地的跑腿妹。

辛莹终于明白了为什么这个位置会缺人。

这压根儿就是来服侍大家的小喽啰啊！工资低又见不着明星本人，全靠热爱，不缺就怪了！

辛莹去咖啡馆买冰美式的时候，因为忙昏了头，习惯性地把小票随手扔了。回来递给那个明星的经纪人，那人问道："谢谢小辛，小票呢？"

辛莹这才想起来："啊，我刚给扔了。"

经纪人一下子愣住了："妹子，那没法报销了啊，我不是特地嘱咐你要拿小票？"

辛莹直接摆摆酸痛的胳膊："算了算了，不报销就不报了。"

原本以为要自掏腰包的经纪人一脸诧异，心想，什么家庭啊这？

"小辛，你是A大刚入学的学生吧？怎么这么早就出来兼职？"她顿时生出几分好奇，顿了顿，又注意到辛莹身上的包，补充了句，"看你也不像缺钱的样子啊？"

"唉，"辛莹长叹一口气，"因为我追星啊……"

追星使人盲目。

追星使人失智。

但同样地，要不是追星，她一个家境优渥的乐天派，又哪来的动力考这么好的大学。

这才工作的第四天。

辛莹告别了可怕的化妆间，总算回到了陈诉和经纪人佟姐所在的地方。

那是个休息室，两人正在准备随后的通告行程，看样子应该是刚对完时间。

辛莹推门进去，就不顾形象地瘫倒在旁边的沙发上："佟姐，我不能一直跟着你们吗？我要累趴了……"

"这才四五天。"佟姐是个雷厉风行的女人，眼神犀利地看了她一眼，"当初那话怎么说的？吃苦耐劳、做牛做马？"

辛莹身为陈诉铁粉，知道佟姐其实是个很好的人，不像外表那么刻薄，所以被反问了也不怕。

她委委屈屈地回道："那漂亮话肯定要说的啊，我也没想到是真的让我做牛和马啊！"

旁边的陈诉一下子低头笑出声来。

他从化妆间出来也没多久，黑衣黑裤，造型完美。

之前有个业内制作人预测陈诉会火，顺带给出了他火的几大条件，台风、音乐创作力、颜值，缺一不可。

陈诉脸生得太好看了，妆容仅仅是上镜需要，几乎是那种没有给五官增添任何颜色的、比辛莹的素颜妆还素颜的妆。

这一笑起来，又是这么近距离的当面暴击，简直让人受不了。

好在辛莹离他还挺远的，而且佟姐很快就叫上司机出发了，她跟在陈诉身后给自己双颊降温，并没有人发现她的异样。

一整天的通告结束，已是晚上八点。

司机要送陈诉和佟姐回家，原本这时候没辛莹什么事儿了，她准备从路口打个车回学校。

但是陈诉说："一起吧。"

"要是不想被使唤来使唤去，以后你就跟着我，"佟姐说，"寸步不离的那种，懂了？"

辛莹条件反射地给了肯定回复："懂！"

然后，辛莹看着佟姐下车的背影，有些茫然和兴奋。

之前不是说让她先什么都尝试一下吗？说看得越多学得越多……怎么突然又要带她了？

是不是陈诉——像有心灵感应一般，她把头转向陈诉那边，恰好陈诉也在看她——两人视线隔空相撞。

陈诉的眼瞳黑得很纯粹，对视的那一瞬间，辛莹心跳仿佛漏了一拍。

“是我招你来的。”陈诉说。

辛莹张了张嘴：“啊？”

隔了一会儿，他又冲她眨眨眼：“是招你来工作的，不是来做牛做马的。”

自从佟姐吩咐过之后，辛莹没有再回去当过跑腿小妹。

她实现了最初的期盼和设想，能够近距离地看陈诉演出前后准备，能看到他在化妆间困到直接睡过去的场面，能近距离跟他说话，从最初的紧张支支吾吾到后面越来越正常，还能在他不忙的时候，偶尔聊两句微信，甚至还可以跟他开玩笑。

陈诉平时差不多算是面瘫，所以粉丝们都以为他是个很高冷的人，辛莹以前也是这么认为的。但是真的接触过后，她觉得陈诉应该只是单纯的不会表达，或者懒得展现自己的情绪。

其实，又酷又冷的外表下，他真的是个特别、特别温柔的人。

跟陈诉熟悉起来的同时，她跟佟姐也熟悉了。

辛莹虽然不乐意跑腿，但是真的要她做正经工作，样样都不掉链子，学东西也非常快，办事儿干脆利落，佟姐看她这个风格这个效率就很顺眼。

然后，辛莹发现，陈诉和佟姐两人都不吃早饭，几乎是一周只吃一两次的频率。

陈诉少年时期不知道经历了什么，他身材很好，腹肌漂亮，经常健身，但是有严重的胃病。以前因为这个甚至影响到了演出，这几年才有所好转。

著名“妈妈粉”辛莹，好早之前就经常在他活动密集的时候提心吊胆，担心他又不按时吃饭胃病复发，现在名正言顺地待在陈诉身边当小助理，更要时时刻刻把控他的一日三餐！

“妈妈粉”不在乎别的什么，关键就是陈诉一定要好好的，身体必须要健康！

佟姐虽然主带陈诉这个艺人，但不是只带他一个，每个资深经纪人都有许多工作，佟姐看辛莹越来越熟悉助理业务，有些时候通告就不跟着跑了。

于是，辛莹完全肩负起了陈诉生活助理的责任，每天早上早起半小时去学校附近买早餐，然后公司的车刚好到地方接她。

第一次给陈诉早饭的时候，他显得很错愕。

“不能不吃早饭的！”辛莹很认真地说，“你的医生肯定跟你说了，胃是要养的，很难立刻痊愈，但是可以慢慢养好，以后早中晚三餐一定要按——时——吃！”

医生确实跟他这么说了——每次都说。

但是他跟佟姐是两个饮食习惯不好的凑到一块儿去了。佟姐想起来的时候会提醒他，但他可能听首歌就能把吃饭抛到脑后。因为胃很少感受到饥饿，除了录节目或者有安排的时候跟着集体能按时进食，平时陈诉自己一个人是真的会忘记。

但是辛莹在的每一天，都会“管着”他按时吃饭。

不光是时间，吃什么也要管，她说她对胃病很有研究。

辛莹像个闹钟一样准时，就算她要上课，人不在，她也会特地发微信发到他回复“吃饭了”为止。

然后，他发现她说得没错。

胃是真的可以养好的。

身体里那个动不动就隐隐作痛而他也早已习惯了的器官，现在变得特别安分，也好久不用吃止痛药了。

后来某天早上，佟姐也在车里。

佟姐坐在副驾驶座上，辛莹没看见，依照老样子从侧门上车，对旁边的陈诉道：“吃饭吃饭。”她昨晚熬夜了，一共睡了不到四小时，把吃的塞给他之后打着哈欠倒向一边，“我先睡会儿，到了叫我啊。”

车里一阵沉默。

怎么说呢，这种相处模式也不像明星跟一个实习生小助理。

辛莹就是在养尊处优的环境下长大的，这种随口使唤的习惯根深蒂固，平时藏得好，困了哪还考虑那么多。

她睡熟之后，佟姐回过头看着陈诉：“最近开始吃早饭了？”

陈诉“嗯”了声。

“胃怎么样？”

“最近没吃过止痛药了。”

“以前我看你吃早餐，看着看着我自己也忘了，你这次能坚持多久？”

“挺久的。”陈诉下意识地回答道，然后看了眼歪着头睡觉的辛莹，“大概吧。”

车子缓缓上路。

“我之前听辛迪开玩笑说，小辛来实习简直是倒贴钱，让她去跑腿买个东西次次都忘拿小票。她也不在乎那点儿钱，从来没要求过报销。”

陈诉沉默不语。

佟姐笑了笑：“她对你的事倒是真细心。”

辛莹醒的时候，外面天光正亮。

她眯着眼睛，一边揉着酸痛的脖子坐起来，一边环顾四周。

司机不在，佟姐不在。

只有左侧座位的陈诉在看手机。

他侧脸被外面的光照射出金色的轮廓，仿佛杂志里的画报动起来一样精致好看。

听到她的声响，陈诉眼神淡淡地望过来。

“醒了？”

辛莹愣愣地点头：“到点了吗？你怎么没叫我？”

“已经结束了，看你太累了，所以就没叫你。”陈诉说，“休息好了吗？”

她又点头：“好了。”

辛莹心想，好了是好了，但是他刚才这意思，是故意让她多睡一会儿吗？这也太温柔了吧。陈诉这行为，算不算“宠粉”？

辛莹还沉浸在自己的思绪里。

“辛莹。”

乍一被他叫到大名，辛莹吓了一跳——以前被年级主任点名通报她都没这样过。

她回过神来，镇定地问道：“怎么了？”

“你不缺钱，”这半句，陈诉用的是肯定句，然后又问，“为什么才大一，就要来这里兼职？”

辛莹没有时间也没有必要撒谎，便说了实话：“因为我是你的粉丝啊。”

闻言，陈诉一时无语。

“就是，想要更了解你的工作生活，所以……”说到这里，辛莹突然意识到什么，立刻解释道，“啊，但是你放心！我绝对对你没有别的想法！‘妈妈粉’你知道是什么意思吧？我是你的‘妈妈粉’来着……”辛莹咽了口口水，“纯种的。”

“‘妈妈粉’……”陈诉不知道具体意思，但是从字面猜也猜得出，有种啼笑皆非的感觉，“你比我小了几岁，确定要这样讲？”

“反正，不是‘妈妈粉’，也是……‘姐姐粉’。”辛莹清了清嗓子，强调道，“就是单纯崇拜的那种，不带什么欲望的——总之，我不是私生饭也不是‘女友粉’，你放心哈。”

说完，辛莹自己都心虚。

虽然她自诩“陈诉世界第一妈妈粉”，但是她自己心知肚明，在真正见到陈诉之前她的确很容易满足，也没有幻想过不该想的桥段，能抢到他演唱会 VIP 区就是最大的快乐，哪还有心思跟他干啥？

可是近距离接触后，“妈妈粉”这个属性早就跟沙子一样，风一吹就散了。

喜欢就是喜欢，他这么帅这么完美，哪里能有什么不带欲望的喜欢，骗鬼呢？

好在陈诉并未纠结这个问题太久。

佟姐和司机还是没回来。

一阵沉默过后，他用了种像是闲聊的语气问道："但这样一来，你每天除了上课就是兼职，没想过空出时间谈恋爱吗？"

辛莹突然"扑哧"一笑。

陈诉回过头。

看着少女明媚的笑颜，他不明所以地挑了挑眉。

"陈诉。"辛莹叫他大名。

"我十五岁就开始粉你了，因为把你当成择偶标准，到今天我还是正宗的母胎单身。"她上半身微微向他座位的方向凑近，轻声道，随后哈哈地笑起来，眼睛弯成月牙，"告诉你一句'名言'吧，追星人士不配谈恋爱！"

半个月后，陈诉今年第三次演唱会圆满结束。陈诉以及公司里许多参与的员工一起出去庆祝，吃饭喝酒唱歌一条龙。

佟姐说过陈诉不能多喝酒，而且酒量很不好，但是身为主角又不可能一点儿酒都不沾。于是，辛莹看着他先吃饭再喝酒，从头到尾也就只喝了两杯香槟。

但尽管这样，陈诉还是醉了。

辛莹也是惊讶，他在娱乐圈多少年了，酒竟然喝两杯就倒。

"都跟你说了他酒量不好，而且啊，酒量大了更不是什么好事儿。"倒是佟姐见怪不怪，从包里拿出一张卡，神色自然地道，"这是他房间的门卡，从电梯坐到顶楼就找着了，你直接送他上去吧。"

辛莹"哦"了声，愣了好久才去扶陈诉。

没想到自己还负责这种服务。

这么放心她吗？那是不是以前干这个工作的人也负责这个服务啊？男的女的？

辛莹一边胡思乱想，一边把陈诉胳膊环在自己肩膀上，半架着他上楼。

陈诉很瘦，但是对她来说还是沉。在辛莹把陈诉扶到房间的过程里，她总有种错觉：每次她觉得自己走不动的时候，这人就会稍微直起身来，让她轻松那么一会儿——仿佛是他拿捏着力道一样。

但这个疑惑只是一闪而过。

在顶楼找到了他的房门号，辛莹用房卡打开门，把他扶进房间。房间的灯依次亮起，门在她身后自动"咔嗒"合上的那一瞬间，原本一言不发昏昏沉沉的陈诉突然从她肩膀上抽走了胳膊。

她的肩膀被带着往后转了一个角度，摁在了门上，陈诉抬起胳膊支撑在墙上，另外一只手撑在她肩膀上方。

辛莹也喝了点儿酒，感到自己耳朵几乎快要烧起来的温度，震惊地捂嘴：“你没醉啊？！”

陈诉盯着她，点点头：“嗯，没喝醉。”

他看起来确实不像喝醉的人，唯独眼睛带了点儿迷茫，看起来莫名有些可爱。

“但是外面人太多了。”陈诉说，“很烦。”

辛莹一愣。

“你说什么……什么叫外面人太多？”她眨了眨眼，“人太多又怎么了？”

“我想单独问你几件事。”陈诉强调，“单独。”

此时此刻，她大脑处于高度兴奋状态，甚至有空去想，他们喝的是同一种香槟，连呼吸的味道都相似，这感觉真奇妙。

沉默了几秒，陈诉低声说：“你换个粉丝属性，好不好？”

“什么？”

“那天在车上，你说完，我去搜了一下‘女友粉’是什么意思？”

闻言，辛莹一愣。

“解释上说，是会把偶像当成男朋友来爱的粉丝。”

辛莹一时不知如何答话。

“我想要这个。”陈诉勾了勾唇，声音又好听，“辛莹，你愿意吗？”

辛莹瞬间屏住呼吸。她眼睛瞪大瞪圆，眨也不眨地看着他，眼前飘过像有实体一般“啊啊啊”“这是表白吗”“我得精神病了我肯定出幻觉了”等弹幕。

其实这段时间，她跟陈诉之间有越来越多的那种小小的细节，飘着暧昧的味道，过度理解一下是十分暧昧，冷静理解一下又好像友情以上恋人未满。但是他们绝不是普通的明星和助理的关系，更不是普通朋友的关系。

辛莹没有想到今天这一幕。

但她想过很多个悲剧的方式——悲剧还不简单？本来就两个世界的人，她什么时候被辞职了，他们也就没有交集了。

或者直接谁都不说什么，只要她不戳破，她不主动问，就更不可能有事发生。

她怎么都没想到，陈诉会开这个口。

舞台上的陈诉唱摇滚，玩的都是重金属音乐，写的词和台风都帅酷炸。告白的时候竟然如此拐弯抹角，可爱温柔到不行。

辛莹没有傻兮兮地问这是真的还是假的。

她手指不自觉地攥紧，想到什么说什么：“陈诉……”

“嗯？”

“我现在如果在口袋里藏着什么录音笔，出去之后随便交给哪个媒体，你就完了，你知道吗？”

“我知道。”

“我们认识也并不久……”辛莹深吸了一口气，平稳住自己带着颤的尾音，“你不怕我毁了你？”

他的眼睛干净又纯粹，像最漂亮的黑宝石，更像他单纯热爱音乐的灵魂。

“你不会。”他毫不犹豫地说。

辛莹并不知道自己为什么要做这么个假设，问他这么愚蠢的问题，可是她知道，陈诉的反应让她特别满意，满意到简直想哭。

她闭了闭眼，深吸一口气，勾住他的后脖颈往下拉，嘴唇直直地撞上了他的唇瓣。因为速度过快，还差点儿磕到牙齿。

他们的姿势转为拥抱，陈诉像在安抚她，动作格外缓慢温柔。

两人都很明显没有经验，没亲多久就自然而然地分开，但还是虚虚抱着的姿势。

陈诉微微弯着腰，下巴就直接放在她的肩膀上。

两人还不熟悉肢体接触，虽然生疏，但每多接触一次，都更加令人兴奋。

陈诉说的话就在她耳边，音效简直满分：“刚才佟姐让你送我上楼，你就送？”

辛莹听得晕晕乎乎的：“不然呢？”

“我喝醉了，你应该怕我，至少有点儿防范心。”

“我怕什么啊？”辛莹笑了，酒精上头，开的玩笑也愈加大胆，“就算真的发生了点儿什么，也是我占你的便宜好吗？”

闻言，陈诉很微妙地顿了一下。然后，他从她肩膀上抬头，直起身，拉着辛莹的手放到自己的领口处，那双干净纯粹的眼眸染上了别的情绪。

辛莹眼睁睁地看着自己的手不受控地被他带着，解开了他第一颗扣子。

陈诉淡淡地笑着看她：“来，给你占。”

辛莹以为跟陈诉恋爱这件事，他们不仅要瞒着粉丝，还得瞒着公司里的人，这里当然也包括经纪人佟姐。但后来辛莹发现佟姐啥都知道，包括那晚让辛莹把陈诉带上去，都是陈诉提前和佟姐说的。

“你以为，他不跟我说明白，我会让你们明目张胆地在我眼皮底下暧昧这么久？”

辛莹一下子憋了个大红脸：“我们什……什么时候暧……暧昧了？！”

“我一个在娱乐圈混了二十多年的人，经手过多少艺人，你们俩那点儿小心思我还看不出来？”她毫不留情地嘲笑辛莹，“就你觉得自己藏得天衣无缝吧，陈诉早早就跟我招了。”

闻言，辛莹一时语塞。

当时陈诉在录节目，是辛莹跟佟姐少有的独处时间。

她憋了个大红脸，讷讷地问道：“是怎么……招的？”

“能不能有点儿出息。”佟姐看她这副样子，翻了个白眼，“还能怎么，就是摊牌了，跟我表达了一下遇到对的人了，想谈恋爱了。”

辛莹还是不能理解：“那你就同意了？我以为你会觉得他现在好像还不适合——”

“的确不适合，但你要说正当红的男明星、男歌星适合什么时候恋爱，那没有头了，十年八年都是不适合。”顿了顿，佟姐又说，“而且陈诉这家伙也不是来征求我意见的，那意思就是通知我一声，态度倒还算坦诚。”

闻言，辛莹有些惊讶。

“陈诉这个艺人有多难带，我没有跟你说过。”

辛莹顿时好奇起来：“怎么难带呢？佟姐，我看他特别听你的话啊。”

“我说的是他刚出道的时候。”佟姐想起来似乎都还觉得头疼，手指顶着太阳穴，“他那时候名气不大，后台更没有，出道阶段确实脱颖而出了，所以到我们公司来之后我才决定带他。

“但后来让他上综艺节目不乐意，不会卖笑也不会玩梗，上真人秀跟人炒 CP 更不乐意，死活不去，好歹赶上了让他大火的那个比赛节目，得了个冠军……不然他真就是被雪藏的命。”

辛莹突然有点想笑：“佟姐，你知道我们粉丝也会给他的歌取系列名吗？他早期写的几首歌，那个系列就叫‘叛逆’。”

佟姐点点头：“还真挺准确。我那会儿孩子两岁多，看着陈诉天天安慰自己，就当提前经历孩子青春叛逆期了。”

闻言，辛莹哈哈大笑起来。

佟姐说他出道的时候就这么叛逆，所以他想谈恋爱直接跟她讲，她也不怎么惊讶，这样反倒还省去了许多猜来猜去、拐弯抹角的麻烦，她打掩护也打得更加保险。

于是，辛莹这小恋爱在佟姐的保驾护航下谈得更顺利了。

恋爱后，粉丝这个职业她也没有落下。

辛莹当上了佟姐助理这件事，加了她微信的追星姐妹们都知道——辛莹当时被选上，发了好几条朋友圈表达自己的喜悦。

一传十，十传百，后来 QQ 群也知道了，再后来，辛莹的微信和 QQ 天天加好友人数爆满，也不知道具体是谁泄漏出去的。总之，一登录软件就卡得要命。

陈诉的演唱会过去不到一个月，迎来了辛莹期末考。考前一周，兼职工作什么的陈诉就不让她做了，让她在学校好好复习。考完试放寒假之后，辛莹在C市多留了一周，没有跟初瞳一起回S市。

寒假时，初瞳跟辛莹出去玩，得知了自己好闺蜜惊人的感情史。

两人在上学期间，辛莹不是在上课就是在陪陈诉工作，再不然就是跟陈诉谈恋爱。而初瞳也有自己要忙的事情，她的专业本就是学霸聚集地，他们的课业比辛莹忙多了。

这导致两人几乎没有时间闲聊或者约出去一起吃饭。

而牵扯到感情大事，肯定得找机会一下子说完才行，所以她们谁都没提过，只等到寒假再和盘托出。在这方面两人也算是心有灵犀的。

辛莹的寒假过得还挺忙碌，同学聚会、走亲访友，白天基本都是满满当当的，晚上回家才能偷偷摸摸跟陈诉视频电话。

她没告诉父母自己恋爱了。虽然父母很宠她，但是辛莹知道恋爱这件事，二老还是很在意的。

当时辛莹高中，他们看她追起星来就完全看不见别的男生了，满脑袋都是陈诉，完全告别了早恋可能。

上大学之前，辛莹她爸爸很正经地跟她谈了一次话，让她去C市好好读书，恋爱不能轻易谈，他们就辛莹这一个女儿，不会同意她远嫁的。

辛莹当时也没觉得自己是奔着恋爱去的，完全是奔着追星去的。因此，她一口就答应下来了。

但是……怎么也没想到……

她虽然很喜欢陈诉，但是跟陈诉谈恋爱了，光荣脱单！

不仅如此，一直拖着不回家的兼职也是因为男朋友，让爸妈知道了指不定怎么训她呢，所以这事儿肯定得藏得死死的。

辛莹因为过年期间事情太多，跟陈诉聊天也都是在有限的时间内尽可能地腻歪亲热，并没有注意到他的背景依旧是他在C市的家。

一直到过年那天。过年的时候，差不多就是一整天都抱着手机忙着给人发祝福，有时候可能还要聊上几句。辛莹早上起来，第一个跟陈诉互相问好。

辛莹："新年快乐！顺便祝你爸爸妈妈也新年快乐！"

然后，陈诉也学着她发了一条祝福了她和她的家人。

辛莹打字："哎，我还没告诉他们我谈恋爱的事情，怕挨打，先替我爸妈谢谢你啦！"

过了一会儿，陈诉又学着她的句式说："也替他们谢谢你。"

这些都相当正常。

一直到晚上，她给陈诉再次打去视频电话。那会儿陈诉刚洗完澡，发丝湿润，看向镜头的眼眸特别干净。辛莹一见到他的帅脸就心花怒放："你这个点才洗完澡吗？也太巧了吧！"

然后，辛莹美滋滋地欣赏美颜。

辛莹心情好的时候有点儿话痨，跟不熟悉的人还能控制住，跟熟悉的可就不行了——她给陈诉讲自己的一天，从早上吃了什么，到晚上帮妈妈包饺子包漏了好多个，事无巨细地全都说了个遍。刚好她话痨，陈诉话少，互补得异常和谐。

说着说着，陈诉带着手机走到楼下倒水喝，手机是他随意拿在手里的，死亡角度，再次印证了他这张脸是真的无死角。

辛莹托着腮看他喝水时上下滑动的喉结，性感得不行。

一直被美色吸引注意力，等她发完花痴才突然意识到，他倒水的背景，以及跟她聊天时所处的房间，空无一人的客厅——那不是他 C 市的公寓吗？

"你怎么还在家啊？"辛莹傻眼了，"你没回家过年？"

陈诉放下杯子，看向镜头："嗯，没回。"

"为什么？"辛莹不解，"我记得你都订好票了啊……"

"因为临时插了一个工作，昨天去录了一个台的春节晚会，不想折腾所以就取消了。"陈诉顿了顿，"我家几乎没有亲戚，家人也……不看重这些节日。"

辛莹听完，愣愣地"哦"了声。昨天她一整天都没闲着，所以没跟陈诉打电话，原来他去录节目了。

她心想，可能还真的有不看重春节的家庭？

辛莹立刻顺着他的话问道："那……你录的哪个台呀？我待会儿就守着看那个好啦！"

……

两人通了一个半小时的电话，结束于辛莹被叫下楼吃年夜饭。

爸妈不让她换台，辛莹便去卫视官网看。谁知陈诉的节目过去了，于是她又去了微博搜陈诉单独的舞台片段。

加上上台前后的采访，他唱了三首歌，都是耳熟能详的曲目，一共十分钟。这条微博陈诉是转发的，他一周内就发了这么一条微博，配字是简短的"新年快乐"。

辛莹打开视频看得热血沸腾，看完立刻打开评论区跟粉丝们吹彩虹屁。

"'我可以'三个字臣妾已经说倦了！"

"我天啊宝贝什么盛世美颜啊！帅哥新年快乐！新年快乐！新的一年多

多出歌好吗？！”

“哥哥新年快乐！”

辛莹虽然已经是陈诉的女朋友了，或许是因为自己曾经是铁粉一员，现在看到这些评论的心情跟以前也没什么不一样，还笑着刷了好久，点了无数个赞。

然后她也发了一条——陈诉世界第一妈妈粉：“帅！（虽然只有一个字，但足以展现出我对哥哥的倾慕之情，实在是声声入耳、催人泪下，足以让闻者感动、见者落泪……）说吧，你还有多少惊喜是我们不知道的？”

她有铁粉标志，又是超话主持人之一，评论后很快被赞了起来，好多粉丝都来她这条评论底下发了一长串的“哈”，笑疯了。

刷完微博，辛莹开始吃饺子。吃了两个，她蓦地想到要自己一个人度过这个新年之夜的陈诉。换位思考，要是以她的性格，因为某些事不得已要自己孤零零在公寓里过年，估计会哭惨的。

回忆了一下刚才陈诉的反应，她重新找到跟陈诉的聊天框，打了一行字：“你是不是跟家里人闹矛盾了？”但是，辛莹打完就犹豫了，没有点发送。

刚刚的视频里，他看起来心情和状态都还好。而且对于陈诉的家庭，他好像总是挺回避的，刚才的话里语气也是明显的不想多提。

辛莹又默默把这句话一个字一个字地删掉了。

他们在一起也不久，还是先不要问这类问题吧……毕竟陈诉也从来没有问过她的家庭，她这么突然主动问起来的话，好像有些奇怪。

辛莹刚准备切出这个界面，陈诉却突然发了条消息过来。

诉：“你在打什么，怎么不发过来？”

辛莹一愣。

打字输入和删除的时候，屏幕上方都会显示“对方正在输入中”。

按理说，她应该有被抓包的感觉，或者要想个借口把这事儿掩盖过去，但她完全没有。

她唯一在意的是，陈诉竟然能发现她在给他打字——并且是在两人一小时没有聊过天的情况下。

他这是得有多关注她啊！

这就是女孩子扛不住的细节吧。

跟他恋爱以来，虽然各种各样的条件限制让他们不能像正常情侣一样出街约会，也没办法大声告诉别人“陈诉是我的”，更不能在朋友圈等社交平台晒合照秀恩爱，可是辛莹从来没有觉得不满过。

不光是因为她懂陈诉的职业，也不仅仅是因为她既是他的女朋友又是他的粉丝，还因为陈诉在各种各样的小细节里，给足了她安全感。

就像现在一样。

辛莹快被感动和幸福淹没了，之前那点儿小纠结完全被抛在脑后，快快乐乐地开始对陈诉发起土味情话攻击。

辛莹："我在打'我想你了'。"

辛莹："超级无敌想。"

大一这年，辛莹过了有史以来最短的一个寒假——掐头去尾，连二十天都不到。

"掐头"是之前在学校早就报备了的，因为工作原因要晚回家一周，但现在"去"的这个"尾巴"是先斩后奏的。辛莹机票都买好了，才告诉爸妈自己有"工作"要提前回去忙。

辛爸爸、辛妈妈都相当不乐意。

"你这一年半载的都不回家，好不容易回来一次，又是晚回来又是要提前走的，我看你下个假期干脆别回来算了！"

"就是，那破兼职有什么好做的？我就纳闷了，什么工作能离不开你一个实习生啊？叫别人做不行？"

两人一直说车轱辘话训她。

辛莹眼观鼻鼻观心端正坐姿挨训，一句话也不反驳，等两人说得差不多了，她就瞅准时机，立刻跑到两人身边贴上去。

"爸，跟兼不兼职没关系！我那可是进了我偶像的公司啊，"辛莹撒娇，"你们又不是不知道我多喜欢他啊——"

软磨硬泡，反正最后轻骂了她几句，还是放她走了。

说来也是巧了，辛莹跟初瞳并没有约好，提前回C市也还没告诉初瞳，却在机场偶遇了初瞳，并跟她同一航班一起飞的。

辛莹说她要提前回去工作，初瞳说自己要准备个什么竞赛……但什么兼职一个实习生非去不可？什么竞赛要在开学前准备？

确认过眼神，两人心知肚明，都是为了男人。

陈诉问了她的飞机降落时间，辛莹如实告知，但她没想到陈诉会来机场接她。

跟初瞳边聊天边出了安检口，辛莹微微一抬眼，就看到了不远处的那道高高的身影。

她一下子捏紧了初瞳的胳膊："哇！"

"怎么了？"

"他竟然来接我了！"眼睛一眨不眨地盯着前面，辛莹说，"你看出口那里穿着黑羽绒服的、戴着帽子口罩、很高的那个！是陈诉啊！"

初瞳按照她指的方向看了过去，确实找到了符合条件的人，但这人全身都包起来了啊。初瞳疑惑地问："你确定是陈诉？他包成这样你都能认出来？"

"那当然！"辛莹回答得相当顺畅。

陈诉身上穿的长款羽绒服，是她给他买的。

因为陈诉没有这种非常保暖的衣服，平时舞台需要就算了，日常也没有厚外套，辛莹翻过他的衣柜之后很不满意，就给他添了好几件类似的衣服。

然后今天，他就乖乖地穿着她给他买的厚外套，来机场接机了。

辛莹拍了拍闺蜜的手臂以作告别，然后加速冲着陈诉跑过去，快到他面前的时候直接松开行李箱，一下子蹦到了他身上。

陈诉稳稳地接住她。

辛莹趴在他肩膀上，两人就这么无声地抱了几秒钟。她自己主动站回地面，仰头看他："你干吗来机场接我？这里人这么多，被认出来就死定了！"

陈诉戴着黑口罩看不清表情，但露在外面的眼睛微微弯了弯："穿成这样子，是肯定认不出来的。"

"那可不一定，我可是刚出安检一看到你就认出来了。"辛莹撇撇嘴，"这就叫粉丝的直觉。"

"不，"陈诉认真反驳，"是心灵感应。"

辛莹没忍住笑，陈诉拉着她的行李箱，两人并肩往外走。她挽着他空闲的那条胳膊，问道："你今天不是上午有通告吗？佟姐知道你来吗？"

"不知道。"

"你真的是……"辛莹一口气堵在了嗓子眼儿。

陈诉转过头来看她，眨了眨眼："真的是怎么？"

"真的是……"辛莹态度一百八十度转变，靠在他身上真心实意地夸赞，"好浪漫——"

两人从机场出去一路顺利，没有被任何人认出来。

陈诉果然是有备而来。他没开自己的车，也没用公司的车，包了一辆不起眼的轿车。司机是个头发都白了一半的大叔，别说陈诉全副武装了，可能他脱了帽子口罩都不一定能被认出来。

路上，辛莹想到自己走前最惦记的事情之一："对了。"

陈诉看过来："嗯？"

辛莹："你那歌写完了吗？"

陈诉点头："写完了。"

辛莹眼睛"唰"地亮了起来："我想听我想听！我可以提前听吗？"

"不可以。"辛莹遭到了无情拒绝。

“不是，说好的你的灵感来源是我，”辛莹愣了三秒，然后瞪大了眼，“那为什么不让我抢先听！”

“那就没有惊喜了。”

闻言，辛莹心想，说得也对。

“半个月后，等现场。”他说，“我唱给你听。”

辛莹“哼”了声：“我要是不惊喜，你就死翘翘了，懂？”

陈诉笑着点头：“懂。”

所以到了演唱会前夕，关于陈诉的新歌，辛莹还是半点儿消息都不知道。

他去录音棚的时候她是在外面等的，进去了也是添乱。再说，陈诉说要她听现场，那就等呗。辛莹的好奇心还算挺得住，没继续去问，不然她觉得自己想提前听也不是不可能——毕竟身份特殊，撒撒娇就好啦。

跟陈诉在一起后，辛莹一共看了两场他的演唱会。

最大的不同就是，以前拼死拼活抢的票，现在不费吹灰之力就得到了。

但她还是会去亲自抢一张票，然后发在微博超话抽奖——不为别的，这大概就是习惯，或者说是仪式感。

演唱会当天，辛莹跟以前一样，从后台溜到前面 VIP 区，找到自己的座位坐下。

那会儿她刚跟陈诉分别不久，前脚找到了位子，后脚现场的灯光就突然暗了下来，这是陈诉出场前的标志。

在场的观众也自然知道这个信号，灯光暗下来三秒后，是震耳欲聋的尖叫声。

辛莹一下子来了感觉。

熟悉的前奏、音乐、他的歌，她跟身边每一个粉丝一样，跟以前每一场一样，站着的时间比坐着的时间长，全程嗓子都没闲着，沉醉在演唱会里，投入得都忘记了自己原本最期待的是什么。

直到最后一首歌。

陈诉在舞台上停了下来，等台下躁动的歌迷粉丝渐渐安静，拿起话筒，说话的声音还带着微微的喘息：“最后一首，是一直没有公开的新歌。”

他确实没有预告过这首歌相关的任何消息，好不容易平复的粉丝又激动起来了。

辛莹听到身边的人大声跟姐妹抱头感慨：“新歌！我第一次花这么多钱买的内场真是赚到了！”

“呜呜呜太赚了！”

……

又过了半分钟，人声渐渐平息。

如果换作以前，他大概会介绍一下新歌的名字，然后就开始唱歌了。

这次却一反往常——陈诉没有要开唱的意思，拿着话筒，继续说：“这首歌，是我创作的所有歌里面最顺畅，也是最快乐的。”

台下鸦雀无声。

“大概，跟给我灵感的那个人有关。”大荧幕上，陈诉额角的汗顺着他的脸往下淌，显得特别性感，他扯了扯唇角，淡淡地笑道，“她是一个乐天派，这一点感染了我。

“所以，谢谢她！这首歌也送给她——”陈诉抬了一边的胳膊，示意身后的伴奏乐队，“Treasure（宝藏）。”

大家还没反应过来，便被极具节奏感的伴奏吸引了注意力。

这首歌跟他平时的曲风不太一样，属于陈诉的特性，但又旋律丰富，带了点儿欢快，极易传唱，听一遍就让人想跟着哼，听两遍就差不多可以被洗脑了。

正因如此，演唱会后歌曲全面上架，不断地登上各大榜单之首，破了一个又一个纪录。

成绩大爆的同时，陈诉在演唱会上所说的话也非常耐人回味，引发了几方粉丝的争论。

有粉丝说：“感觉从神态和语言以及歌词上来分析，这貌似是他恋爱的铁证。而且说实话，我不在乎哥哥恋不恋爱，如果恋爱能让他次次写这么好听好唱的歌，那我简直不要太快乐好吧！”

有粉丝觉得不可能恋爱：“可能性太多了吧，比如刚好春节假期他回家过年，可能路上偶遇了个乐天派的小姑娘什么的，然后灵感爆棚写了这首歌，我觉得很合理啊，为什么非要让人家恋爱呢？！”

本来就是模棱两可的事情，也争论不出个所以然来，但热度持续居高不下。

辛莹在软件上买了这首歌的电子专辑，戴上耳机听，同时习惯性地开了歌词滚动，然后发现在作词、作曲、制作人等名字的后面，在歌词的前面，还有两句多出来的前言——

The inspiration comes from a lovely girl.

Hope she will shine like a treasure forever.

……

不是吧，演唱会上说一次就算了，竟然还写在歌词里了！

最初粉他只觉得他很酷，越恋爱越觉得这男人为什么还这么浪漫啊？

辛莹当时笑得简直可以说是一脸荡漾，还因为太过荡漾而被陈诉发现了她在听那首歌。

陈诉说，原本他想把第二句里的“she”换成“my girl”，可惜被佟姐严厉否决了。

他说虽然没能实现，但还是想告诉她他的本意。

——Hope my girl will shine like a treasure forever.

——希望我的女孩永远都像宝藏一样闪闪发光。

辛莹下半学期的课表不像上半学期那么友好，一周有几天是那种虽然只有三节课，但每节课中间都间隔至少一小时——这就导致时间太分散，她无法离开校园。

所以，演唱会结束后，A 大开学一周，她的兼职时间缩到几乎没有了。

某天，辛莹无精打采上课的时候，收到了初瞳发来的约她食堂吃午饭的消息，她秒回了个“OK”。

辛莹心想，见不到男朋友，见见好闺蜜也挺好。

她以为初瞳是单纯的约饭，没想到她带来了个辛莹没有想过的消息。

初瞳说，因为陈诉是她的男朋友，是娱乐圈的人，又那么火，所以问了一下洛舟有关陈诉的消息。

“所以他说什么了？”辛莹还挺好奇的。

“我想先问你……”初瞳一直在密切观察她的表情，“你跟陈诉有没有聊过前任的事情啊？我知道你是没有前任的，你一直单身，我是说……他的。”

辛莹咀嚼的动作停住：“没有，怎么？”

“在大概……”初瞳算了算，“你们在一起的一年前那个时间，有媒体拍到疑似他跟前女友纠缠不清的照片，然后那会儿陈诉正大火，照片就被公司高价买断了。”

“啊——这我还真不知道……我没跟他聊过前任的事情。”辛莹转而对初瞳笑了笑，“没事儿没事儿你别用这眼神看我，他都出道这么多年了，长那么帅没个前任才不正常吧！”

初瞳笑了笑：“你这么想最好啦，而且洛舟说了，陈诉除了这事儿以外没别的，私生活一直很干净，被拍到也只有这个而已。”

辛莹开玩笑地说：“既然如此，你家洛总有想法的话在他身上下点儿投资呗，买不了吃亏买不了上当，绝对的潜力股！”

……

跟初瞳分头回宿舍后，辛莹躺在床上午睡，却怎么都睡不着。

她确实没有跟陈诉聊过前任的问题。

她自己单方面讲过自己是“母胎单身”，陈诉并没有。

她睡不着，索性直接坐起来，微信上给初瞳发了条消息：“宝贝，反正查到了，照片能给我看吗？你知道我是不可能发出去害他的，我就是想看看曾经的情敌有没有我好看。”

初瞳下午就给她发来了照片。

照片有的清晰有的模糊，没什么过度亲密的举动，但不少都是拉拉扯扯的，看上去的确就是初瞳所说的“纠缠不清”。

角度问题，陈诉的脸只照到一半。虽然只照了一半，但他侧脸线条太优越太有辨识度，怎么看都能认得出是他。

女生可以确定不是明星，梳着黑色长发，中分，也是露了一半的脸，虽然没什么记忆点，但看起来算是比较柔美的长相。

初瞳：“怎么样，你看到前情敌啦，跟陈诉的现任谁长得好看？”

辛莹：“鉴定完毕，现任完胜。”

可能是言情剧对她荼毒过深，照片传来之前，辛莹竟然在脑海里脑补了一出替身大戏。

看到照片，她总算松了一口气。

不是因为自己长得比她好看，而是因为看到她跟自己半点儿相似的地方都没有。

但没想到的是，生活往往比想象中的更戏剧——没过多久，她便知道自己这口气松早了。还松得很蠢。

……

辛莹知道了前女友事件后，某天状似无意地跟他提了一嘴：“陈诉，你有过前女友吗？”

他听到这个问题，默默看了她好几秒——那个表情辛莹很熟悉，是他不想回答，又不想撒谎的时候才会出现的表情，有种纠结的可爱。

陈诉摇头：“没有。”

辛莹心想，所以选择了撒谎？

陈诉是个不屑于撒谎的人，竟然会在这件事上撒谎，这让辛莹莫名地不舒服。

辛莹原本是觉得有前任也没什么，大方承认不就好了吗？

为什么要藏着掖着？藏着掖着那岂不是一定有事儿？

“怎么突然问这个？”

“我就……突然想起来就问了。”

“嗯，”陈诉点头，看着她的眼睛亮亮的，“那你呢？”

辛莹稍微犹豫了一下。

她曾经不是说过自己母胎单身吗？为什么这个人还要问？

不过既然陈诉撒谎不说实话，让她这么堵，那么辛莹也想给他添点儿堵。

“我啊，前任是没有，”辛莹笑了笑，“就是追求者有点儿多。”她看到陈诉脸色的变化，笑得更甜，“毕竟我也不能跟别人光明正大地说我是陈诉的女朋友吧，所以拒绝都拒绝不干净，我们一个系学长天天到点跟我表白……”

越说陈诉脸越黑，说到最后，辛莹都忍不住笑了。

她的气都出了，又花了好久给陈诉消气。

辛莹觉得自己也是幼稚，计较这些干吗呢？之前不是想得好好的，管她是第几任，目标是当最后一任！

……

没过多久，陈诉又被佟姐安排着参加了不喜欢的综艺，录制综艺期间，一得了空闲就在微信上跟她抱怨。

辛莹这天本来满课，但下午有两节连堂的课教授临时有事取消了，她的整个下午一下子多出来三小时。

陈诉现在待在综艺安排休息的酒店，辛莹决定悄悄去他那边探班送温暖——反正她算是陈诉的小跟班，有官方盖章的那种，完全不会被挡在场外。

她可真是个细心又贤惠的女朋友！

辛莹用自己的工作证进来之后，在这酒店院外拐来拐去。她进门好像就进错了，进的是偏门，又自信自己能找到大堂，结果越走越偏。

这酒店建造得跟个园林迷宫一样，怪不得综艺选在这儿拍呢，玩个游戏什么的也太有效果了。

辛莹在各个亭子假山之间穿来穿去，真是穿得不耐烦了，也不想给陈诉惊喜了，正准备给他打电话让他出来接她。

这时，她看到自己正前方的一个亭子里头站着陈诉。

他背对着她，但是发型和衣服以及微转的耳朵轮廓，都让辛莹一眼就认了出来。

她没有走过去——因为陈诉身边还有个女生。

黑色长发，中分，因为上个月刚见过她的照片，辛莹对那张脸的印象格外深刻——是那个“前情敌”，绝对没错。

他们两个面对面站着，距离不远不近，女生一直在盯着他说话，陈诉看向一边。

辛莹视力很好，精准地捕捉到女生脸上要哭的表情，不到两秒，女生眼泪大颗大颗地落下来，与此同时，她以一种非常熟练的姿势连走两步，扑到了陈诉的怀里。

辛莹在等陈诉推开她。

她也看到了陈诉马上就抬手要把人拉开，可女生又哭着说了什么，陈诉的手就那么僵持在半空中，然后渐渐地落了下去。

辛莹心想，下一步就是拍她后背安慰了吧？那再下一步呢？

辛莹转过身靠在假山上。

她不想哭，也没有想要冲过去抽这两人两嘴巴的愤怒。

那一瞬间，她有种窒息感——心脏都揪在一起，大脑一片空白，她总算明白了那种亲眼看到真相、却还是想给自己一个理由的无力感。

过年那天，他说过什么来着？

他家几乎没有亲戚。

再往前，他还说过什么来着？

——“你有兄弟姐妹吗？”

——“没有。”

——“哇你也是独生子，我也是，咱俩简直天生一对儿啊！”

——“嗯。”

所以，任何别的理由都没了——真是讽刺。

下午跟陈诉说好了，晚上他录完节目，在他的公寓见。

辛莹从酒店离开后回了学校，思考人生思考了几小时，最后还是去了。

她不是个逃避的人，是个有始有终的人——这段感情是真实存在过、真心付出过的，就算不得善终，也要正经结束了才行。

到陈诉公寓的时候，他穿着深色家居服，头发湿湿的，浑身散发着清新好闻的香味，明显刚洗完澡。

可能陈诉以前也是到家就洗澡吧，可当辛莹经历了凉亭那一幕之后，突然觉得这个举动也是有目的的：着急洗澡是想掩盖什么味道呢？那个女孩子身上的香味太浓，怕她发现？

辛莹想完后笑着摇了摇头——她能变得这么多疑，也是相当可笑了。

辛莹不会做饭，以前都是陈诉做的，辛莹只负责吃和捧场。他虽然自己经常忘记吃饭，但确实做得不错。

这次看起来也是一样。

陈诉把她接进门之后，给她倒了杯水，然后转身进了厨房。

辛莹也跟着走了进去。

她以前很爱做的一件事就是帮他系围裙。

陈诉大概以为这次也是一样，见她进来，直接把一旁挂着的黑色围裙放到她手里。

辛莹没接。

陈诉这才察觉到她的不对劲：“你怎么了？在学校出什么事了？”

辛莹和他对视，最后用视线描摹了一遍他脸部的轮廓，心想这大概是最后一次面对面见他真人了。

“陈诉，”辛莹轻声叫他的名字，“你知道突然间不喜欢一个人了，是种什么感觉吗？”

他看起来没有反应过来，眼神有些迷惑：“什么？”

辛莹直截了当地道：“我们分手吧。”

她发现，人这种生物真是奇怪，生气都是有后劲儿的。

在现场看到他和他那什么前女友亲热，她没有生气，现在见到他本人，却越来越气，气得不得了。

在气头上的时候，大脑会自动抹杀两人曾经拥有的所有美好。

他们恋爱了这么久，大概除了今天下午以外，以往每一个相处的瞬间、每一次对话、每一次亲热，都是让她很开心的回忆。

可现在她脑子里循环播放的只有那个片段——那个他没有把人推开的场景。

陈诉听到这句话，终于明白了她之前那句话是什么意思，眼神渐渐变得清明。

他此时脸色很不好看，被深色的衣服衬着，更显得有些苍白。

“理由？”

辛莹想好的理由正如之前所说。

在这一瞬间，在气头上，她想到很多种更刺激人自尊心的理由，比如我喜欢上别人，移情别恋了，但这些她都只是在脑海里过了一遍，没有真的讲出来，她也讲不出来。

“就像我之前说的，我不喜欢你了。”辛莹想笑，却笑不出来，只能用轻松的语气道，“你知道的，粉丝也不会一辈子只喜欢一个人啊，粉丝也是会经常爬墙的。所以我现在够了。”

她看到陈诉的眼睫清晰地抖了一下。

“我不会把我们在一起期间做过的事情、照过的照片、说过的话跟任何媒体说，或者在任何公开的社交网站上发出去，我向你保证。”

辛莹忍着不适，忍着心脏处控制不住的抽痛感，狠下心，咬了咬牙：“我只要分手。”

如果以前有个人跳出来告诉辛莹：“知道吗，你以后会跟陈诉谈恋爱，并且会狠狠甩了他。”

十五岁之前的辛莹会说：“陈诉是谁？跟我恋爱他不配。”

十五岁之后的辛莹会说：“他跟我谈恋爱？我在想什么？”

十九岁的辛莹觉得——果然，世界之大无奇不有。

这一切形容起来简直太荒谬了，差不多是在给十五岁的自己讲科幻片。

陈诉将围裙随手扔在一边。

他慢慢地重复着她说过的话："你说，不喜欢了……"

辛莹"嗯"了声。

她整个人已经在爆炸的边缘，也不知道自己要是发飙了会做出什么事情，所以才会不断提起"分手"两字。

她自尊心不是一般的强，虽然看起来随和乐天派，但遇到原则性问题则完全变了个人——比如现在，与其跟陈诉敞开了说并且把自己处在一个"被背叛"的位置，她宁愿不说，而是"先发制人"。

"因为你背叛了我所以我们分手"，远比"因为我不爱你了所以我们分手"要来得卑微。

就算知道原因，我也要表现出是我不要你了——卑微又逞强。

"我话说到这个份儿上，"辛莹看着他，直言，"我们还有什么可聊的？"

她这几乎等于在催促了。

陈诉开始的表情是迷茫和不解，在她说了这么多句带刺的话之后，也渐渐转为平静。

"除了这些，没有别的想说吗？"他嗓子有点哑，"辛莹，给人定罪还要理由，不喜欢我了，没有理由？"

"你想听什么理由？"辛莹反问，"胡扯八扯的理由我可以给你说出一百种，但事实是我这个人想一出是一出，不爱就是不爱了，就算昨天我还喜欢你，今天突然讨厌你，那也是不可逆的事情。"

闻言，陈诉一愣。

"陈诉，我都说这么清楚了，不要告诉我，你还想跟我在一起。"

辛莹想再说两句狠话，但对着他漆黑的眼眸，什么都讲不出来。

"我也不知道，"他面上冰凉，唇角翘起的弧度很嘲讽，"就当……可怜可怜我？"

陈诉说话经常会省略一部分，以前被她吐槽说他是在节省唾液。就像现在，完整的话应该是——能不能不分手，就当可怜可怜我？

辛莹秒懂——她从来没有见过这个人这样子的神态。

有那么一瞬间，辛莹心里像被狠狠扎了一下。

多少也算说明了，她在他心里还是有点地位的吧。

辛莹突然间什么话都说不出来了。

她掏出手机，当着他的面把他的微信删了，拉黑了，然后转过身："再见，陈诉。"

辛莹恢复单身了。

单身意味着什么呢？意味着，她终于可以放声对别人说陈诉是我前男友——反正没人会当真。

某次她跟几个同学出去玩，逛商场的时候经过了一张大大的陈诉海报，一群女孩子不断叫着“太帅了”“我可以”。

辛莹笑嘻嘻地点了点那张海报：“这不我前男友吗？”

立刻有朋友说：“巧了，这是我现任，昨晚我俩刚见过面。”

“不过你说这是你前男友，”同学问道，“什么意思啊？爬墙了？不爱了？”

辛莹笑笑：“对，爬墙了，不爱了。”

“不会吧，”谁都知道辛莹喜欢陈诉，朋友们瞪大眼睛，“那么多年，变得这么突然，怎么回事啊？”

辛莹：“你怎么不说，那么多年执迷不悟，现在终于清醒了呢？”

辛莹表现得超级潇洒，但其实并没有。

做梦的时候，辛莹不是梦到陈诉抱别人的场景，就是梦到分手那天的场景。梦到陈诉垂着眼睛自嘲，就当可怜可怜我。

很奇怪。她以为自己可以很快就走出来，但每次梦到他那天的样子，还是会脸上湿湿地醒来。

而且陈诉太火了。他火到就算你对全世界宣布已经脱粉陈诉，还是会每天有陌生人在你面前表达对陈诉的爱。

以前没有注意到，她的生活，竟然已经完全离不开这两个字。

跟陈诉分手之后，辛莹理所当然地离职了，没有删除佟姐以及在公司里认识的人，许多人都问她为什么突然离开了。

这个兼职辛莹做了挺久的，杂事多，所以佟姐要求她给下一个人在微信上交接工作的时候，辛莹也没拒绝。

新来到这个位置的是个比她小一岁的姑娘，叫秦溪，在C市最好的电影学院读书。辛莹没见到她本人，但朋友圈的照片看得出来长得既水灵又漂亮。

辛莹大多数时候都是跟秦溪语音聊天交代事情。秦溪很怕佟姐，所以现场出了问题也经常第一个找辛莹。

原本辛莹觉得跟秦溪说话会牵扯到陈诉，他的圈子、他的生活，所以辛莹准备交代完该交代的就拉倒。

但辛莹没想到，在之后的日子里，自己会跟这个姑娘“交接”那么长时间——

辛莹很好说话，聊天搞笑，本性活泼，秦溪很快就和她无话不说。

包括日常跟她哭诉：“姐姐，陈诉跟你说的也不一样啊，他话都不说一句，跟我都用眼神交流的，冻死人了！”

“姐姐，我咋觉得陈诉这么烦我呢？”

秦溪还哭诉："姐姐，为啥你说他们俩很好，要我放宽心啊，我觉得佟姐也烦我啊，这两人气场跟北极一样，要不是你远程支援我，我应该早就歇菜了，怎么办？我天天好卑微啊……"

辛莹心想自己总不能说：因为我是他前女友，我甩了他，很可能他现在看这个位置的任何人都不顺眼，你刚好撞枪口上了。

无论如何辛莹也说不出口。

所以，辛莹对秦溪也是莫名愧疚，这一指导就是好久，业务问题随叫随到，还聊成了朋友。

"被迫"地了解陈诉的动态，"被迫"地接收陈诉的更多消息。

比如秦溪说陈诉好像从来不吃早饭，也不按时吃三餐，一个月三十天二十九天要吃药。

辛莹告诉她："你直接买给他就好了，不用问他吃不吃，买了之后就放他手边。"

秦溪一开始嚷嚷着我不敢、我不想被辞退，但后来在辛莹的鼓励下尝试了一次，并描述说："他当时看了我一阵子，吓得我以为怎么了，然后问我谁让我买的，我条件反射就说了是上一个姐姐……也就是你。"

闻言，辛莹有些无语。

秦溪很开心："然后他真的吃了！而且就……莫名对我也比原来好点儿了！姐姐我爱你！"

辛莹无语："下次不要说我，你说我干什么？以后在职场你也这么把功劳推给别人啊？"

秦溪"嗯嗯啊啊"地答应了。

在这之后，她就像辛莹交代的那样，买早饭、定闹钟提醒他吃饭，平时不用太怕他，多陪他聊聊天，如果很怕就默念三遍"陈诉是个超级大可爱"。

一个月后，秦溪："姐姐我爱你！我简直觉得我要跟他成为朋友了！"

但她不知道的是，秦溪跟陈诉的聊天内容，百分之八十都是秦溪单方面在夸赞："那个离职的姐姐真是小天使……"

春去秋来，冬去春来，转眼又过去了半年时光。

辛莹跟秦溪依旧是朋友，并且两人还会单独约着出去吃饭。

女孩子出去玩肯定要自拍的，更何况是两个漂亮的女孩子。每次两人出去玩，秦溪发了朋友圈后没多久就会来跟她尖叫："陈诉点赞我朋友圈了！每次跟你照相他都会点赞！姐姐你在这儿的时候一定跟他关系很好吧！"

辛莹心道："何止是很好？"

但过去的关系肯定不能说，辛莹就尴尬地笑两声，并在之后减少自己在她朋友圈的出镜率。

——她那时候没想过，有一天秦溪会知道她跟陈诉曾经是男女朋友关系。

那天辛莹跟室友在外聚餐。

之前辛莹天天跑兼职跟她们不熟悉，现在回归校园，她漂亮、性格好，不管是交心朋友还是表面朋友都大把人想跟她做。

她室友几个都是那种广泛交友的类型，认识很多同系和学艺术的帅哥，吃饭时也把辛莹叫来一起。

那天吃着吃着饭，其中一个室友是陈诉的歌迷，在饭桌上尖叫："哇！网上说陈诉在 A 大出现了！"

"真的假的？"

"不可能吧？"

"不会有错的，"室友相当笃定，"我看了一个模糊的背影照，绝对是他！"

"他来 A 大干吗呀？不是，现在回学校来得及吗？"

陈诉的风格不仅招女生喜欢，男粉也超级多，桌上几人立刻开始热烈讨论起来，饭也不吃了，当即就要回学校。

辛莹找了个借口没跟他们一块儿走："我要去隔壁商场买个东西，你们先回去吧。"

室友表示理解："对，莹莹脱粉了，估计不想见，咱们走咱们走。"

后来，辛莹漫无目的地在街头闲逛，满脑子都是陈诉。

他来 A 大干什么？

二者毫不相干，陈诉又没有演出在 A 大进行。

要说他跟 A 大唯一的关联，大概就是他前女友是 A 大在读学生。

逛到九点钟，辛莹收到佟姐微信。

佟姐："辛莹，在学校吗？"

辛莹："没呢佟姐，在外面玩。"

想了想，她又加了一句："今晚也不回宿舍。"

佟姐回复了个"好"。

都心知肚明对方要说什么，这段对话就这么结束了。

逛到了晚上十点钟才往回走，十一点，辛莹接到秦溪电话。

"姐姐……"她声音很奇怪，以前都是有话直说干干脆脆，今天却犹豫不决，"你现在方便说话吗？"

"方便，你说。"

"陈诉住院了。"抛下第一颗炸弹，秦溪又抛下一颗原子弹，"然后我想问……你真的是他的前女友吗？"

辛莹捂着嘴走到了阳台，脱口而出第一个问题："为什么住院？"

“好像是说他去了A大，然后又去了酒吧喝酒……是佟姐给我打电话我才知道的，她当时距离这边很远，让我跟着司机一起把他送到医院。”

秦溪继续给她讲。

秦溪去办理住院手续，回到病房的时候，看到佟姐一副风尘仆仆刚赶到的样子。陈诉靠在病床上睁着眼，两人在对话。

“你为什么还去找她？”佟姐看起来很生气，“辛莹走之前不是说得明明白白，就是不爱了，所以想分开吗？你这样有意义吗？”

“不会的，”陈诉看起来还没有清醒过来，虽然痛得额头上都是汗，还是坚持反驳说，“她说过她会喜欢我一辈子。”

秦溪一下子捂住嘴。

然后，她看到佟姐叹了口气：“你还真信啊？”

秦溪一五一十复述完毕，有些尴尬地汇报：“然后陈诉就被推去洗胃、输液了……我在病房外没事情做，就想着给你打个电话问一下……”

辛莹趴在阳台栏杆上，仰头看着天上稀疏的星星。

“你知道吗，”她说，“以前我自封是他的头号铁粉，我也确实花了很多精力在他身上，我脱粉、退群、卸任主持人的时候，一起追星的小姐妹都觉得不可思议。”

“所以脱粉是因为……”

“对，是因为你刚才听到的事。”

“那他今天去……”

“嗯，可能也是因为我。”

“姐姐，你们分手的原因，就像佟姐说的那样吗？”秦溪问得小心翼翼，“其实你每次跟我交代陈诉的事情，我都觉得像在跟他女朋友对话一样，但因为怕你生气，我一直都没说过。”

辛莹突然就抑郁了——这都多久了，还走不出来。

她对着电话那头说：“其实这都怪你。”

秦溪：“啊？”

“开玩笑的，”辛莹笑了笑，低声说，“可能是因为，我还喜欢他吧。”

“可是他好惨……”秦溪声音很落寞，“其实这是他今年第二次住院了，在我刚上班的时候，听佟姐跟他讲话的时候提过他刚出院，要注意饮食……好像那段时间他家里有亲人去世了，我刚开始工作的时候，他还时不时地要飞回家处理事情。”

辛莹愣了一下。

她离职跟秦溪入职中间确实隔了点儿时间，大概一周，她说的可能就是在这期间发生的事情。

但是，那段时间他有亲人去世?

不等她问，秦溪继续说:“那次我没经历过。我第一次见到这么突发的情况，路上看他那样子，都吓哭了。

“看着太疼了……

“我看医生脸色，好像下周的演唱会也得推迟了……”

秦溪絮絮叨叨说了好多，应该有很多想问的，但最后也只是在挂断电话前说了句:“姐姐，我不知道你们为什么分手，好像也没什么立场劝你干什么，但是刚才如果是你在医院，亲眼看到刚才他对佟姐说话的样子，你绝对不会忍心的。”

跟秦溪打完电话之后，辛莹没进宿舍。

她还站在阳台上，犹豫了足足五分钟，又拨了几个月以来没有拨过的佟姐的电话。

女人的声音一如既往地冷漠强势:“喂?”

辛莹:“佟姐，是我。”

“我知道，”那边直截了当，“打来有什么事?”

虽然跟秦溪说话的自己是占据强势主导地位，还让她别怕佟姐，但时隔这么久再跟佟姐说话，辛莹也找到了那种熟悉的感觉。

“我想问下……”辛莹深吸一口气，闭了闭眼，“我跟他分手的时候，他家里出什么事了吗?”

顿了顿，辛莹补充道:“你放心，虽然分手了，关于他的一切我没跟任何人提过，以前不会，现在更不会。”

佟姐大概也是看她这么久都没爆料自己跟陈诉的恋情，所以压根儿没扯其他的。

“他妈妈过世了。”

辛莹“唰”地瞪大眼睛:“什么时候?”

“你们分手那天。”

辛莹脑袋“嗡”的一下。

“他家庭有些复杂，”佟姐说，“看你这反应，陈诉大概是从来都没跟你提过。”

辛莹一语未发。

“他妈妈不是亲的，是继母。”

“不是亲的?”辛莹下意识地重复了一遍，然后心跳越来越快，“他没提过，只跟我说他没有亲戚，是独生子女。”

“是没有亲生的兄弟姐妹，但有个继妹，那段时间忙葬礼还有他继妹的事，我也够头疼的……”

辛莹还没来得及问继妹的事情，佟姐语速很快地低声说：“他今天去找你，我听到的时候觉得很生气。但刚才了解了一下才知道……几小时前，他爸爸过世了。”

闻言，辛莹心中充满愧疚。

“我知道你们分手了，但对于陈诉来说，你应该依然是他非常非常重要的人。

“如果可以，你能来医院看一下他吗？”

辛莹从来没有这么恨C市的交通，晚上十一点多竟然还那么拥堵。

她已经催了司机师傅无数次，司机一边尽力抄近道一边调侃：“姑娘，不知道的还以为你要生了呢。”

辛莹说：“师傅，这事儿比我要生了还着急。”

师傅吓了一跳，立刻更卖力地超车。

她脑子一片混乱。

如果那个女生是继妹，那初瞳给她的照片又是什么？这个疑问在脑海里闪过，但这个问题在她今晚得知的信息里已经显得太渺小了。

她想，怪不得他总是回避谈到家庭，怪不得过年都不回家。

那天他继母去世了，怪不得他会抱那个哭着的女生安慰她。

陈诉没有对她撒谎。家庭方面的问题，他没主动说过，辛莹也没有问过。当时想的是两人在一起没多久，不合适。后来过年她问了，陈诉答得也很含糊。

如果她刨根问底地问了，他大概就会如实告诉她吧。

为什么他不说呢？为什么她不问呢？为什么分手那天她只信了自己的眼睛呢？

辛莹下了车直奔医院，跑到陈诉病房门口。

没看到秦溪，倒是看到了刚才跟她通过电话的佟姐。

辛莹看了眼病房：“他醒了吗？”

佟姐说：“刚结束，洗胃不打麻药的，你进去吧。”

辛莹放慢步伐走到了病房门口。

她平复了一下呼吸，然后下压门把手，脚步轻轻地走进去。

主灯是关着的，只有角落里一盏台灯微弱地亮着，照到病床上的是窗外的月光。

辛莹走进来几乎没发出任何声响，床上的人也没任何反应。

她坐在病床边的那一刻，床垫下陷，他才似有所觉地睁开眼。

他好瘦，比之前在网上看到的要瘦好多，看起来苍白又虚弱，眼神涣散。

辛莹对上那双眼的瞬间，突然有些哽咽。

她努力把那点儿情绪憋回去，对他笑了下："嗨，好久不见。"

她说话声音很轻，怕吵到他。

陈诉眨了眨眼。

辛莹以为他没力气说话，正想稍微前移靠他近一点儿，下一秒，她搭在床边的手被陈诉拽住。

陈诉那只手没有输液，力气大得出奇。她没有任何防备和反抗，立刻被他拉得往前倒，扑到了他怀里，

不知道撞到了他哪里，辛莹听见他闷哼了声，她尽自己最快的反应拿起放在他身上的胳膊，撑在了他的枕头边，然后焦急道："你怎么了？我碰到哪里了？要叫医生吗？"

陈诉没有回答她。

他用那只手把她拉下来抱住，搂得很紧很紧，下巴尖硌在她的肩膀上，硌得人好疼。

然后，辛莹听到陈诉说："回来吧。"

辛莹整个人顿住了。她感受到腰间熟悉的力道，眼泪控制不住地大颗大颗地往外冒。

他嗓音有些哑，几乎是在用气音说话："辛莹，求你了。"

辛莹的眼泪一下子掉了下来。

刚才努力憋住的泪意完全崩不住了，安静的病房里，她的两个胳膊肘撑在他身体两侧，脸埋在他枕头边掉着眼泪。

陈诉没有别的动作，但他的声音显得很疑惑："你哭什么？"

辛莹吸了吸鼻子："我觉得我好像个傻子。"

她想来想去，这次分手的原因，归根结底就是一个不说、一个不问。

跟陈诉分手大概是辛莹长这么大做过的最冲动的事情。而第二冲动的事情就是跟他在一起。

仔细想想，其实从跟陈诉在一起，辛莹就一直觉得这事儿美好得特别不真实。所以看到陈诉"背叛"自己的场景，辛莹会生出一种"原来如此"的理所当然的感觉。

"你当时干吗不说啊？"辛莹想想就有点儿烦躁，但是碍于陈诉现在的状况，只好压着语气，"你当时说一下你的家庭情况、家庭成员，我也不至于真的以为你没有兄弟姐妹，也不会一看到就误会。"

陈诉皱了皱眉："误会什么？"

辛莹这才想到自己还没跟他解释真正要分手的原因。

她慢慢撑着自己直起身来，自上而下盯着陈诉的眼睛，认真地说："我当初说谎了。"

闻言，陈诉一愣。

"我当时去你录综艺的地方找你，看到你跟一个女孩子抱在一起……"辛莹顿了顿，不想往下讲，"总之，我也是太极端了，后来我对你说的我不喜欢你了，都是骗你的。"

陈诉一时无语。

"就算分手后，我想找新的男朋友，想接受别的追求者，想彻底脱粉忘了你，也从来没有成功过。只有我自己清楚那都是装的，我一直、一直都喜欢你。"

陈诉眼睛一眨不眨地看着她，那个眼神是种难以形容的干净——辛莹被看得心里一片酸软，内疚又后悔。

"对不起。"辛莹摸了摸他的脸，现在情绪也平静了下来，没再哭了，发自内心地说，"对不起，我应该相信你，应该提前问问你的，我应该……"

她还没说完，陈诉突然又用那只没输液的手拉住了她的手腕。他打断她的话："再说一次。"

"说……什么？"

"刚才你说的话。"

那段深情告白？辛莹有点儿不好意思："不要。"

不等他再说话，辛莹抢先一步道："哦，对了，我刚才忘记跟你讲，其实会误会你还有一个最主要的原因。之前我闺蜜给我看过一组你跟你继妹的照片，所以我先入为主她是你前女友……"

辛莹给他讲了一下曾经被拍到照片又被公司买断的事情："所以我当时整个人就不好了，反应也激烈过头，从来没觉得还会有什么隐情……"

陈诉点头。

辛莹又说："我承认我们分手，我的错误占了百分之九十，但你也不是一点儿错没有。过年的时候，还有很多次，我总是侧面问你家里的事情，你哪怕有一次没有那么回避我，稍微透露一点儿，也不至于这个样子。"

陈诉又点头。

辛莹沉默着跟他对视了几秒后，陈诉开口问她："还有别的想说的吗？"

辛莹摇头："暂时没……"

"那我现在给你讲，我家里的事情。

"你说的照片那件事，是佟姐去处理的，也是有理由的。"陈诉说话的声音轻，语速却不慢，"如果爆出来照片，那么一定会顺着往下挖，最后如果挖到我的家庭……会更难控制。所以，你朋友说得没错，就是当作前女友处理的，媒体得到的风声也是这样。”

“什么叫挖出你的家庭会更难控制？”辛莹想象力爆棚，迟疑道，“你父母难道是那种隐姓埋名的人物——”

“不是。”陈诉甚至还笑了笑，然后一脸平静地说，“我很小的时候父母就离异了，我被判给了我爸。我爸在我十岁的时候再婚，我十五岁的时候他入狱。”

“入狱”两个字让辛莹一愣。

“因为故意杀人。”他语调平缓，继续道，“受害人是我亲生妈妈。”

闻言，辛莹一愣。

“你觉得我该怎么把这种家庭情况对你和盘托出？

“如果我告诉你，我过年只跟继母继妹一起过，所以宁愿不回去，而你问我我的父母去哪儿了，我该怎么回答？如实告知……我不确定你是不是会被吓跑。”

辛莹喃喃道：“对不起……”

陈诉莞尔：“我不是在反问你，只是告诉你我的真实想法，我为什么回避。说这些会让我觉得难过，不是难过我的父母，而是难过我在你面前会觉得自卑。”

“自卑？你为什么自卑，你父母的错是上一辈人的错，他们生了你，但不代表你要背负他们犯的错——”辛莹顿了顿，眼睛瞪得老大，“你难道觉得我是那种人吗？”

“我觉得你不是。可我回避这件事，几乎是一种本能。”

陈诉有些自嘲地说：“我经历过太多那种言论了，已经无法确定到底人们对这样的事情会怎么想。”

陈诉还记得，那人被判刑之后，邻居见到他恨不得踩两脚再绕道走，最常听到的一句话就是——“他爸爸那个人渣，不用想也知道能教育出来什么样的儿子，怪不得他妈妈不要他”。

后来，继母帮他申请了未成年保护，才让那些人闭上嘴，也正是因为这样，陈诉家庭的事少有人知。

“那些人真是有病！”辛莹气得差点儿蹦高，“以偏概全真的是最弱智、最过分的事情之一了。”

辛莹又断断续续骂了一分多钟才消停。

陈诉说：“今天去 A 大找你之前一小时，我接到电话，他在监狱里意外过世了。

“他跟我妈妈离婚之后，患上了狂躁症，对我拳打脚踢是家常便饭，我对他并没丝毫感情。

“但就在接到电话后，我意识到，我好像成了一个真正意义上的没父母的孤儿。

“第一时间就想找到你，想见你。”

辛莹想到自己为了避开他，特地在外面逛到了那么晚才回去，所以，陈诉才会去喝酒，才会现在躺在这里浑身虚弱。

“对不起，陈诉，对不起……”她心疼得不行，再次俯身轻轻搂住他的肩，哽咽着承诺，“以后再有什么事情，我一定从头到尾地盘问你，一定毫不犹豫地相信你，一定……再也不随便离开你。”

两人安安静静地抱了十几秒，辛莹听到耳边传来他微哑略带磁性的嗓音。

“你今晚好像说了很多次，你觉得对不起我，那么，以后补偿吧。”

“怎么补偿？”

“每天都要说很多次喜欢我。”

“你这么想听？”

“嗯，”他点头，“很想，就当可怜可怜我。”

这直击内心的小可怜，这谁顶得住？

“好。”说到做到，辛莹亲了一下他的脸颊，“我喜欢你。”

顺着往下，辛莹亲了一下他淡白的唇：“超喜欢你。”

两人说开和好的这晚，辛莹最后太困了，就直接在旁边的陪护床上睡着了。

结果第二天一睁眼就看到床边站着一脸无语的佟姐：“小姑娘家家的，打呼噜是真的响。”

辛莹飞速看了眼一边病床上的陈诉，他脸上笑意明显，虽然脸色还是苍白，但表情看起来很愉悦。

辛莹咬了咬牙：“我平时不打呼噜，是昨天太累了，床板太硬才会这样的。”

佟姐挑眉道：“哦，那你们这天聊得可真累。”

秦溪知道了事情的来龙去脉，自然也看出两人重归于好，满脸的祝福憧憬：“姐姐，我主动辞职！你赶紧回来吧！”

“大可不必，”辛莹立刻拦住她，“我这学期真没什么时间兼职，你安心做你的。”

在那之后的几天，辛莹惊讶地发现——

不过是跟前男友复合，竟然像重生一样，看着身边什么人什么事都觉得开心。

密布在心上那么久的乌云，终于等到了拨云见日的这一天。

她发现，她比自己想象中的还要喜欢陈诉。

陈诉住了一周院才被准许出院回家休养。

但由于陈诉近半年来的饮食有好大问题，他的胃变得更加金贵，必须仔仔细细地伺候，一不小心就有可能闹脾气。

辛莹开始买各种烹饪书籍、烹饪器具，《养胃食谱大全》从第一道汤开始学习，一副要当业余厨师的架势。

之前两人恋爱的时候，辛莹也有段时间心血来潮要学习做饭，但因为懒，在加上陈诉会做，她学了两天就放弃了。

但这次，她坚持得格外久。

“做饭也是个体力活好吧，你工作够累的了，回家就不要做这种体力活了，交给我！”辛莹是这么说的。

不过烹饪天赋有限，做个汤都得一边翻书一边接受陈诉指导，短时间内她还是难成大器。

某天陈诉休假在家，辛莹正在翻菜谱研究新菜。翻着翻着，她听到陈诉在自己身边突然说：“我想转幕后，你觉得怎么样？”

辛莹缓缓抬头，还以为自己听错了：“你说什么？幕后？”

“嗯。”陈诉料到她要问，先一步解释道，“之前跟你分开的那段时间，佟姐说过一句话，我觉得她说得有道理。

“佟姐说，你在幻想什么呢？抛头露面粉丝无数的大明星跟默默无闻的圈外女友，我见多了，最后真的能成的有几对？”

“佟姐的意思是……”

“她当时的意思是，圈子不同，而且歌手或者演员这样的身份，另一半会非常没有安全感。”

陈诉抬手摸了摸她的头发：“所以我想……工作还是要有的，我可以创作、写歌，但不一定非要站在舞台上抛头露面。”

辛莹怔愣了好久。

这个粉丝千万的男人，穿着舒适的家居服，坐在沙发里，语气温和地跟她讨论这个问题。

他仿佛在说一件像是劝她放弃学做饭一样随意的事情。

辛莹回过神来，把陈诉的手拉下来，五指穿过他的指缝，然后扣住：“你大概不知道，我考上A大的动力是什么。

“A大传媒系真的好难进，哪怕我艺考成绩相当出色，文化课也一定要过线才行。

“如果要报考S市的大学，我爸妈可以帮我，但我自己非要来C市，他们也爱莫能助。

“如果我考不上C市最好的传媒系，那么我爸妈又凭什么同意我去这么老远读一所比不上S市的大学？”

辛莹一字一顿地道：“可我知道，我一定要来C市读A大，因为我喜欢的人在这里。支撑着我高三后期没日没夜学下去的动力，就是能够离他更近一点儿，跟他的距离缩小一点儿。”

辛莹用另外一只手摸了摸他的脸：“陈诉，我不会是例外。你要相信这个世界上，大大小小的城市里，还有很多个我，被你吸引、被你激励，可能是因为对你的喜欢，可能是因为你歌声里传递的东西。

“不一定是考学，可能还有许许多多的原因、场景。可能你自己都不知道，你可以成为一个人的什么，比如目标，比如信仰。

“在你还愿意、还能够唱歌的时候，一定要唱下去。我不会没有安全感，更不会因为你万众瞩目而感到不开心，”辛莹对他弯弯眼睛，“毕竟在最初的最初，让我一眼沦陷的，就是你在舞台上的样子呀。”

陈诉目不转睛地看着面前的女孩。

唱歌是他的爱好、事业，但如果会因此让辛莹觉得不开心、患得患失，他可以用另外一种方式进行自己的事业。

只是不能唱出来而已，歌曲依旧会传递。

她更重要。

陈诉是这么想的，想的时候，心中也没有多少遗憾。

可当辛莹说完这些话，他才发现，自己心底有多么大的触动。

这种氛围已然无须再表达什么，陈诉扣着她的后脑勺，闭眼，吻了上去——一个长长的、几乎令人溺毙的吻。

辛莹许久没接吻了，到最后被松开，甚至有种久违的缺氧感。

“啧，”她开腔调侃，“我真不愧谈了个实力派歌手男友，肺活量杠杠的啊。”

陈诉笑了笑，眼瞳纯黑，里面映着缩小版的她：“谢谢夸奖。”

辛莹跟陈诉的这番和好，最开心的可能就是佟姐。

当然，知道这事儿的也就那么几个人而已。

首先，两人复合，陈诉身体不会再出状况了，佟姐省心。其次，陈诉不会再出现那种突然失踪好几小时找不到人的情况了，因为他总跟辛莹在一起，就算不在一起也肯定有联系，打不通他的电话就打辛莹的，准没错。

第二开心的是秦溪。

她很兴奋地建议：“其实这个工作工资实在是太低了，要不是粉丝的爱支撑着我走到现在，我早拍屁股走人了！正好你俩也和好了，不然，我现在辞职你回来吧！”

辛莹表示大可不必。

“不不不，你还是好好做，我现在课表没有大一那么紧凑，经常是上完一节隔一小时再上一节，没办法走开。”她拍拍秦溪的肩膀，郑重道，“还是得靠你。”

于是，某人苦着小脸继续干，并且工作量还增加了一点儿——给辛莹汇报陈诉在干吗，给她录陈诉的照片和小视频。

辛莹为了犒劳她，也经常给她发红包，配字：“姐姐给的小费”。

秦溪收得毫不手软，有理有据：“这是我应得的！这是我的封口费好吧！”

说起来，秦溪还真是辛莹这次分手的意外之喜。

如果她不跟陈诉分手就不会辞职，也不会有下一个接替她的秦溪。

幸亏秦溪是这么个性格，从最开始就对她毫无芥蒂。辛莹原本想着等这小姑娘“出师”了，她就断了跟陈诉的一切联系。最后也是因为秦溪一直没能成功独立，并且辛莹还跟人家成了好朋友、好姐妹，从而持续知道陈诉的相关消息。

不得不承认，辛莹是乐在其中的。

大脑告诉辛莹要拒绝，事实是每次听秦溪说陈诉的时候都是竖着耳朵听，那点儿信息能在辛莹脑海里循环一整天，发个呆的工夫都能想到他，自然而然地开始回忆两人在一起的几个月里的那些片段。

吃个食堂，就想到以前跟陈诉在节目录制现场吃盒饭的时候；买早餐经常意识不清醒，习惯性地买了他的份，吃也吃不下，不吃看着又碍眼，室友不要的话她就只好扔掉。

她虽然从来没能跟陈诉在外面露面逛街或者游玩过，但是他给她的回忆片段是别的恋爱所不能比拟的。

他会把她给的那些灵感写成歌，会在演唱会上真真正正地唱出来，虽然不能指名道姓，但是彼此都知道，他是在唱给她听。

那些甜，连分手之后再次想起都会觉得是真的很甜。

没错，她不能跟他走在街头，不能跟他走在阳光下，两人从公司出门都得错开时间，避免公司里面的人误会，工作现场要注意避免被狗仔拍到，可是就算跟他在一起有这样多的限制，也都是她心甘情愿的。

她从来没想过这些他不能给她的东西，这些他不能陪她做的事情。

因为他给她的已经太多，他为她做的已经太多了。

“你知道吗，我们学校有个学长，长得很像你。”和好后的某次聊天，辛莹说，“他被人取了个外号叫‘小陈诉’。关系好的朋友都知道我喜欢陈诉，而从我上大一开始，那个学长跟我在一次聚会上认识后，就一直在追我。”

陈诉挑挑眉："有多像？照片给我看。"

辛莹："看什么看，我给删了。"

陈诉有点高兴，但是没表现出来，冷静问道："为什么删？"

辛莹："不是跟你分手了吗，心情不好，长得实在太像了，看他朋友圈就好像看你本人似的，一气之下就删了。"

闻言，陈诉一时无语。

看他无语的表情，辛莹哈哈大笑："逗你的逗你的，哪可能那么像！我们陈诉哥哥世界第一帅！帅得世界第一独特！"

陈诉脸色稍微好点儿，还是执着地问："那为什么删？"

辛莹："因为他喜欢我，我又不可能跟他在一起，说开之后就删掉了，何必留着给他念想呢？"

这个回答让陈诉心情愉悦了一些。

但也仅仅愉悦了五秒钟，陈诉转念又觉得不对劲："你都删了，为什么刚才突然提这个人？"

"因为我在跟你分手之后，删他之前，有那么一瞬间——真的只有一瞬间，有动过要不要跟他在一起试试看的念头。"

闻言，陈诉一时语塞。

"他眉眼长得跟你确实有点像，鼻梁没你的挺，嘴唇也没你的好看，但最主要的是气质有几分你的味道，所以'小陈诉'在我们学校人气是相当高的。"辛莹回忆，"我就想啊，反正我就喜欢你这款，他就是你这款。在学校里，他受欢迎，又喜欢我，跟他谈恋爱也不亏，那我为什么不试试呢？"

陈诉沉默了几秒，问："所以……为什么没试试？"

"大概是因为，你是沧海，他是水。"

陈诉还没说话，辛莹又问："是不是想到了'曾经沧海难为水'？"

陈诉反问："你难道不是这个意思？"

她摇摇头："没，我一开始也以为是这样的，因为你是沧海，他是水，你比他好，所以我自然接受不了。"

顿了顿，辛莹道："后来我发现，好像不是。

"我不能跟他在一起，只是因为你是沧海，他不是。

"就算他不是普通的水，是比沧海还要好的存在，那我也接受不了。

"因为他不是你。"辛莹戳了戳他的脸，小声说，"而我只喜欢你。"

辛莹的确是有感而发。

她的性格不是这样，她不喜欢肉麻，喜欢欢脱搞笑的说话方式，但是情之所至，话就那样自然而然地说出来了。

辛莹自己想想也觉得不可思议。

在当时的场景下，在她心目中，自己是被“背叛”的那一方。以前看个小说，遇到那种劈腿渣男她能骂足三千字不重样的话，骂得初瞳都神经麻木了。

结果放到了现实中，也没跟谁骂过陈诉什么，初瞳这个唯一知情人辛莹都没跟她说过什么过火的话。

没办法，一骂他辛莹就觉得心里不痛快，自己也是够双标的了。

都这样子了还放不下，她得有多喜欢他啊。

幸好他们没错过，幸好一切都还来得及。

后来辛莹问起陈诉他继妹的事情——毕竟是个引起了两次误会的奇女子。

既然能够被拍到亲密照片，辛莹原本以为是什么狗血戏码：“你跟你继妹是那种从小关系很好的吗？我看那个照片拍下来的画面，实在是让人误会……难道她对你不单纯是妹妹对哥哥的感情？”

“不是。”提到继妹，陈诉表情微变，看起来十分头疼，“这事要从头说起，第一次，也就是你看到照片的那次，她就是单纯地来找我要钱。”

陈诉十五岁的时候，家里就只剩下继母、继妹和他三人。在出道之前，他一直过着很拮据的生活，这一切在他十七岁被星探发现、十八岁出道小有名气之后才大有好转。

陈诉的继母是个温柔的女人。他对继母有很深的感情，虽然两人没有任何血缘关系，但可以说从小到大，从他懂事以来，这是唯一对他好、照顾他的长辈。所以最难的时候是继母护着他过来的。她没有丢下他不管，那么她和她的女儿，他也会一样对待。

继母身体不好，可能是因为一个人带两个孩子那段时间太操劳，留下了很多病症，去年去世之前已经在医院住了两三年，基本下不了床，陈诉一有空就去看她，但工作实在太忙，一个月也回不去一次。

去年过年的时候，继母家人在她病房里陪着她，那些人不知道她的继子是天天出现在电视里的赫赫有名的歌手，这事儿也不能让他们知道，所以陈诉没办法露面回去看她，只在后来亲戚们走得差不多了，自己行程稍微松一点儿的时候回去了一次。

继妹是继母跟她前夫所生，比陈诉小了六岁。小的时候小姑娘乖乖巧巧，还看不出什么，上了高中之后，家里条件越来越宽裕，也就养成了花钱大手大脚的习惯。

“我反思过，我也有错，”他说，“她一开始是向我继母要钱，后来可能是要不来，开始直接联系我，向我要钱。我以为继母是知道的，所以没有拒绝。”

辛莹差不多懂了：“其实她妈妈不知道，然后你就这么一直给……这样维持了多久？”

“维持了得有一年，她总有各种各样的理由，加起来有几十万了。”

辛莹：“讲真的，我觉得我家境还不错，我是独生女，但我一年也花不了几十万啊，那会儿物价也没有涨这么高……你妹妹拿钱都干吗了？”

陈诉表情更烦了：“谈恋爱。”

辛莹张大嘴：“给对象花了？”

“差不多。”

辛莹心想，真是叛逆少女。

“她初三的时候，这事被她妈妈发现了，告诉了我，还跟我道歉说不知道她在跟我联系……其实我也有很大的错，毕竟年纪小，我跟佟姐说的都是她要多少直接转给她就好，如果稍微管一下，她也不至于这样。”

两年前继妹来找他，就是因为继母断了她的零花钱。陈诉让她回去好好读书，继妹怎么都不干，推推搡搡撒泼耍赖最后抱着他的胳膊开始哭……就是这组图片被拍到，让辛莹留下了“前女友”的印象。

“被你撞见的那次，原因你已经知道了。”

继母去世，一个属于家人的拥抱。

继母生病以来，陈诉给她花了很多钱，找了很多医生，但都只有一个结论：靠医学手段吊着命，身体状况慢慢下降是不可逆的，几年内随时都有可能离开。

对于这件事，他们其实已经做了几年的准备，因为每次问医生状况，得到的都是类似的回答，一次又一次，心都被磨平了。真正到来的时候，除了接受也没有别的办法。

辛莹长叹了口气：“看得出来，你继母一定是个很好很好的人。”

小时候都喜欢看灰姑娘，对着“恶毒继母”有着根深蒂固的印象，所以辛莹听到陈诉说“继母”两个字的时候，就觉得他家里要是发生什么，肯定跟这继母有关系，不是掌握着他把柄要挟他要钱，就是处处刁难。

其实童话故事只是映射某些现实，并不是全部，就比如陈诉这次，辛莹怎么也没想到，他的生母在他几岁的时候就放弃了他的抚养权，生父对他肆意打骂，只有这个继母对他做到了父母应对孩子做到的事情。

陈诉点点头：“她也把生死看得很开，每次去见她都是笑呵呵的，告诉我说她问过医生了，就她这个身体状况，在睡梦里悄悄离开的可能性最大，她说这样很好，没有痛苦……”顿了顿，他道，“最后，她真的是在睡梦里离开的。”

闻言，辛莹抱了抱他，两人久久没有说话。

“如果说她还有什么放不下的，应该就是她女儿，”过了大概一分钟，陈诉说，“可我也不懂她女儿在想什么。”

辛莹听完陈诉讲述的继妹，觉得这其实比自己预想的虐心生死恋戏码要好得多，只是小姑娘青春期有自己的主意。

她想了想，问道：“对了，上次跟佟姐聊天，她好像也对你继妹挺头疼的……所以现在你继妹怎么样了？自己一个人在S市读书还好吗？”

陈诉：“我问过要不要让她搬到这边来，有事找我也更方便，是她自己要求留在S市的。所以我安排了之前照顾我继母的保姆继续在家里照顾她，如果有什么事情就告诉我。佟姐觉得头疼，是因为她跟我一样，完全搞不定她。”

“什么叫‘搞不定’？”辛莹好奇地问，“你们两个怎么会被个高中小姑娘搞得这么头疼？”

陈诉皱眉：“因为她也知道我公司在保密的事情是什么，不顺她的意，她就搬出这个来。”

“所以……矛盾的根源在于什么？”辛莹试探着问道，“你不想给她太多的钱，而她需要很多钱来谈恋爱？你不给，她就拿你身世说事儿？”

陈诉点头。

辛莹拍拍他的肩膀：“你相信我不？”

“嗯。”

“我爸妈让我下周回家一趟，你妹妹不也在S市吗，哪个高中？我去跟她见面谈谈，”辛莹眨眨眼，“就以……未来嫂子的身份？”

一周后，S市一中附近的奶茶店。

没想到陈诉妹妹学习还不错，毕竟一中可不是花钱就能进的学校。

辛莹对这个妹妹，从最初的怀疑她暗恋她哥，到现在知道了真相，心情还是有些复杂的。

她来见这个姑娘，一方面是真的以未来嫂子的身份，就当帮陈诉分忧；另一方面，听他的叙述，他继妹也不是个十恶不赦的孩子，要挟哥哥要钱这事儿是做得不对，但是在辛莹看来，本质还是年轻、幼稚、一根筋。

陈诉那人肯定完全不会教育孩子，更何况是青春期的女孩子，小姑娘现在妈妈去世了，跟他估计更没什么话说了。

他妹妹在陈家也没有改陈姓，还叫原本的名字——闻嫣。

她的长相属于在十几岁的小姑娘里面成熟好看的，身高不矮，所以之前她跟陈诉站在一起会被误会也是有道理的。

辛莹见到这个姑娘，瞬间记起这张脸被自己鄙视过多少次，内心感慨万千，原本身为她长辈的气势也稍微消下去了点儿。

“你好，闻嫣是吧？”辛莹对她点点头，“我是……”

“你是我哥的新经纪人？”闻嫣打断她，冷笑，“上一个冰块脸治不了我，就换年轻漂亮的笑面虎来了啊？我哥经纪人竟然这么多，你们互相都不打架吗？”

辛莹心想，这嘴怎么有初瞳她男朋友的味儿呢。

“‘漂亮’这个夸奖我就收下了，”辛莹愣了两秒钟，开门见山，“但你说错了，小妹妹，我可不是他的经纪人，我是陈诉的粉丝。”

听到这话，闻嫣的神情一下子紧张起来。

“粉丝？”她瞪大眼睛，“你就是那种网上说的，‘私生饭’？”她声音渐小，“你怎么知道我？你找到陈诉的家了？你要对他干吗？！”

这三连问，其实就已经让人明白她的态度了。

陈诉之前也说了，继母的亲戚都不知道他是家喻户晓的歌星，这就说明妹妹的嘴是非常严实的，跟谁都没说过。

虽然现在拿这个作为把柄要钱，但看这反应，替她哥紧张成这样，也就是口头要挟罢了。

辛莹一下子觉得这小姑娘可爱了起来。

她笑得眼睛弯弯：“你先别急着害怕，我的身份还没说完呢……我除了是你哥的粉丝，还是你嫂子。”

小姑娘愣住了：“嫂子？！”

辛莹快快乐乐地占了这个便宜：“哎！”

……

闻嫣是午休时间出来的，两人有足够的时间交谈。

既然确认了妹妹的态度，那后面的就很好沟通了。

辛莹说得很直接：“我觉得你要是自己花钱，花你哥的，这没毛病。他要是不给你，我都帮你要。但你从你哥那儿拿的钱都给你男朋友了，这算什么事？”

闻嫣脸红红的，不说话。

“要养男朋友可以，前提是靠你自己养。

“我不是来管你早恋的，但是妹妹，咱们观念要摆正，在你自己都没有能力的时候，不要去做这种事情，你不是慈善家，你哥他也不是，那些钱都是他辛辛苦苦赚来的。

“你男朋友大概以为你是个千金小姐，不知道你真实家境吧？”

闻嫣还是不说话。

辛莹喝了口奶茶，准备继续教育的时候，闻嫣突然闷闷出声："你是第一个这么教育我的。"

辛莹一愣："什么？"

"他们都不说这些，"闻嫣想到上次跟陈诉吵架，跟他经纪人吵架，眼圈一下子红了，"他们总是一上来，就逼我让我跟他分手。"

辛莹似乎一时就找到了问题的症结所在。

这问题的根本不是在于让她端正态度，别拿哥哥的钱做慈善吗？怎么提到分手了？

就算要分也得循序渐进啊，先让她明白需要她花这么多钱来维持的恋爱是畸形的，再让她分手也不迟啊，上来就分那在她心里可不就成了棒打鸳鸯吗？

"所以，我直接问了。"辛莹盯着她的眼睛，"到底为什么总向你哥要钱？你一个高中生谈恋爱，到底是什么样的男同学能让你花那么多钱？"

闻嫣小声说："不是我们两个花的。"

辛莹竖起耳朵。

"是他亲人生病了，住院花……"

这剧情，辛莹顺着她给的信息往下问道："我来猜猜，他大概是单亲家庭，家境贫寒，亲戚不借钱，所以你就……"

闻嫣狂点头。

辛莹还没有来得及说话，只听闻嫣道："他是我们班班长，他跟他奶奶长大，老人是我们初二那年开始生病的。我妈妈知道我谈恋爱肯定会骂我，所以初三那年我没有跟她说，偷着去找我哥……

"我知道这样不对，但是我当时没有别的办法。我说是借哥哥的，等长大了会还给他，可是没有人信……"

辛莹听小姑娘讲了二十分钟，一个清贫又上进、谦虚又温柔、在逆境里依然坚强生活、并且对小姑娘超级好的帅气男生形象跃然纸上。

辛莹虽然不能感同身受，但她看出来了，闻嫣短时间内是不可能如陈诉所愿放弃这段感情的。

"这样吧，"辛莹吸了最后一口奶茶，对闻嫣道，"从今天开始，如果你再遇到急需用钱的情况，来向我借。"

闻嫣瞪大眼："啊？"

"你跟你哥是一个户口本上的，你这借钱什么的，在法律面前你哥就是自愿给你的，说不清。你不是也说过，你的'借'大家都当作儿戏吗？"辛莹顿了顿，"但是，借我的就不一样了。

"我跟你可没什么亲人关系，我跟你哥就是男女朋友，而且呢，姐姐我爸妈叔叔阿姨等人在S市还是有一定地位的，你要是欠我钱，我可有的是办法整你。”

辛莹对她笑了笑：“怎么样？同意不？”

眼神一晃，闻嫣从最初的呆滞到最后变得闪闪发光：“同意！”

辛莹：“你们马上高三了吧，真有心攒钱，那个男生如果对自己的能力足够自信，高中毕业之后可以找我，我有的是兼职机会提供给他。”

“我也一起！我也可以的！”闻嫣看起来简直迫不及待，“我们作业写得特别快，这个假期就可以兼职——”

“哎哎哎，我是来帮你解决你跟你哥的矛盾的，不是来扰乱你学习的，高三这么关键，不好好读书，兼什么职？”

最后辛莹跟闻嫣互换了联系方式，两人道别前，小姑娘真诚地对她道谢，说：“姐姐，我哥这个人很闷的，平时如果不是必要，跟我几乎没有语言交流。虽然我觉得他配不上你，也不知道你怎么忍得了他，但我还是替他感到开心。”

辛莹回家的路上给陈诉打了个电话：“圆满完成任务，有什么奖励吗？”

陈诉似乎没想到会是这个结果，沉默了一会儿才回复：“她怎么说？”

辛莹憋不住，“扑哧”笑了：“她说你配不上我。”

闻言，陈诉一时语塞。

在“征服”了陈诉妹妹之后，一切的乌龙、烦心事都解决了。

陈诉问过她到底用了什么办法，说了什么话，为什么闻嫣突然就不要钱也不作妖了，但是无论他怎么说都不好使。

辛莹心道：“你顶着冷脸一句话不问上来就让人分手，能奏效吗？”

但辛莹从来没跟他具体说过那天跟闻嫣的对话内容，只是随口糊弄并嘲讽道：“可能是某人太蠢了，而我是个平平无奇的谈判小天才吧。”

大三，辛莹理所当然选在了他所在的公司实习，但这次不是什么小跟班了，是节目策划。

辛莹大四那年，陈诉参加了一个人气极高的综艺。

他依旧是老样子，不主动互动，不主动说话，能当背景板就当背景板，但可惜，“陈诉”俩字就意味着他不可能当背景板。

同期有个女嘉宾，跟陈诉抽签分到一组。女明星是新晋小花，因为一部剧一炮而红，新粉无数，前途大好。陈诉跟她并没有肢体接触，都是玩的你画我猜之类的游戏，就是时间还挺长的，正确率也相当高。

陈诉觉得那种题只要不是弱智都能猜出来，但是网友们就非要疯狂截片段“嗑CP”，嗑得沸沸扬扬，甚至还嗑上了热搜，分析各种“蛛丝马迹”证明两人其实已经在一起了。

他们还列举了苏延、洛棠——“你们忘了当初在某个综艺上，苏延、洛棠就是玩这玩意儿被大家看出来不同寻常的吗？别傻了！这对一定是真的！”

陈诉的粉丝对此事反应也很大，有些觉得“抱走我哥，我哥独美，别蹭我哥热度”，有些觉得“哥几乎从来不参加综艺，不跟女嘉宾有互动，我也要被网友剪辑洗脑了，越看越甜，怎么办啊？”。

但还是前者较多，所以在热搜之后，“CP 粉”们被大批陈诉粉丝攻击，转移阵地，创建了“CP 超话”。

女方一直没有出面回应此事，辛莹觉得，估计是想反正这热度是白给的，等过段时间再澄清还能再有一波热度；或者压根儿不澄清，毕竟这是大家的自发行为，新晋小花一红就跟陈诉这种自带流量的明星搭上边，怎么都是她赚啊。

但显然陈诉并不这么想。

他非常干脆利落的，在热搜第三天，直接官宣了自己已经不是单身这件事情。

之所以花了三天，是因为以他的名气要做这样的举动，着实是一个大动作。

公司里公关和许多人都不同意，但陈诉执意要公布，他们也只好作罢，并开始准备应对负面舆论的策略。

陈诉的微博一直都相当简洁，演唱会信息只放一张海报，今年第一场配字一个数字“1”，第二场就是“2”。

平时有什么广告需要转发都是直接的“转发微博”。

陈诉自己不知道，但辛莹知道，陈诉粉丝近几年非常热衷的一个活动就是“陈诉微博年度评选活动”。也就是在他原创微博而非转发微博里，数一数最长的有几个字，是哪一条，然后截图荣获“陈诉年度最长微博”。

因为字太少，标点符号也算。

去年获奖的是他在演唱会之后发的致谢——“谢谢你们，今晚很开心。”

普普通通的一句话，但是在这个人异常冰冷的微博里，就显得格外有感情了。

这次的官宣也跟以往一样简洁——陈诉：不是单身，有女朋友，我很爱她。

粉丝炸了，路人炸了，“女友粉”炸了，刚找到根据地的“CP 粉”直接炸成烟花了。

“谁能告诉我，这到底是不是真的？！”

“我的第一反应：我的妈，哥怎么发了这么长的微博，年度最长微博预定！第二眼才看清发了什么，我哥有女朋友了？！”

“这是明确回应了最近那个传闻吧，澄清还顺带说了自己有女朋友，很爱她。怕女友吃醋吗？哥官宣都这么独特，我哭了！”

……

陈诉没有说名字，没有放照片，也没有单独提醒谁，意思很明显——第一，女朋友是圈外人；第二，不希望自己的圈外女友被打扰。

他评论区每秒钟都能多出许多评论，陈诉是过了两小时才去微博底下回复的。

热评：“哥，找的嫂子是个漂亮妹妹吗？”

陈诉回复：“她最漂亮。”

热评：“嫂子能露个脸吗？”

陈诉回复：“等她愿意。”

热评：“哥为什么现在官宣啊？是澄清最近那件事吗？”

陈诉专门转发了这条微博，并且回复道：“不是，是我想跟她结婚了。”

这条回复下又是一片尖叫感叹的海洋。

陈诉公开有女朋友之后没两天，有营销号带节奏说陈诉会开始走下坡路，但很快就被他下一场演唱会更高的热度打脸。

陈诉因为个人风格强烈，长得又酷又帅，“女友粉”虽然挺多，但大都是嘴里嗷嗷哭着，耳机里依然放着他的歌，边听边哭，今后的歌单列表里依旧还是会有陈诉的歌。

只要他还在唱，只要他的歌还是好听的，她们就会继续做他的歌迷，不过是换了个粉丝属性而已。

大学毕业，辛莹带陈诉回家了。

她提前告诉父母自己在大学谈了个S市的男朋友，但从来没说过是谁。

辛莹父母给两人开门，看到陈诉的那一瞬间，双双愣在原地。

这不是闺女从小喜欢的歌星吗？

每次这男歌星一出新歌，他们两个也得被逼着天天在家里听，辛莹房间和书房里到处都是陈诉的大海报，家里陈诉的专辑都能专门放一个屋子了，二人对陈诉这张脸可以说是印象相当深刻。

这电视上的明星竟然成了她男朋友？

辛莹父母最开始是一脸蒙的状态，后来觉得不对劲儿，想到女儿大学四年天天不着家，总算琢磨出了原因，顿时脸就拉得老长。

总而言之，二老表现出来的态度就是，我闺女这条件找什么样的都是应该的，你是明星也不行，也得看我脸色，我闺女就是最棒的！

辛莹早就猜到了这一点，也给陈诉提前打了预防针，于是两人并不气馁，决定走感化路线慢慢磨。

坐飞机回C市的途中，两人靠在一起闲聊，因为怕被空姐看到脸，辛莹还戴着口罩和墨镜。

陈诉看着她的样子，笑道："不然，我不做明星了。"

辛莹转头："怎么突然说这个？我记得这是你第二次提了。"

"你不觉得麻烦吗？"陈诉动了动她的口罩，"每次跟我出门都要戴着这些东西。"

不等她回答，陈诉又道："我现在赚到的钱，应该够我们花了……"说完，又不确定地看了看她，"吧？"

辛莹无语地掐了他一把："吧什么吧？你问谁呢？我是那么败家的人吗？"

陈诉笑着来抱她哄她。

好不容易哄好了，辛莹开始一本正经地分析："退圈什么的，除非是你江郎才尽，你自己不想写歌，不想唱歌，所以退。你要是因为我退，我还是上次回答过你的那些话，不要。你真的这么做了，我后半辈子都会有心理阴影的好吧！"

"哦，"陈诉捏了捏她的脸，"那我要是真的写不出歌，江郎才尽了呢？"

"那咱们就不写了呗！"辛莹豪气地抬抬下巴，"先花你赚的钱，要是真的花完了，你女朋友也完全可以养你。"

闻言，陈诉没忍住笑。

"笑什么笑？"辛莹翻了个白眼，"咱们就是太上进了，实话跟你摊牌，虽然我爸妈现在还在生气，但是依我爸那个性格，最后肯定会同意我们结婚的。我家的条件，再加上我们的努力，也可以让我们衣食无忧的。

"我说的是真的，"辛莹盯着他，"在哪里、过什么日子都无所谓。"

原本轻松的氛围被这句话一扫而空。

陈诉一愣。

他看着辛莹漂亮的眼睛眨了眨，听到她声音温柔地说："只要你在就好。"

……

从始至终，陈诉渴望的，就是这样一份爱。

从第一次遇到她，被她吸引，中间误会分开，再度和好。

不管是和好之后还是之前，他从来没有跟任何人说过，上次两人分手，辛莹口吻平淡地讲她不喜欢他了的时候，他有多难过。

心脏快要裂开，往后的每一天都索然无味。半夜会突然惊醒，想到他们分手的场景，就会意识到自己从来都是孤独一人，往后似乎也会是这样孤独一人——是那种望不到头的日子，看不到希望的绝望。

如果从头到尾都没有遇到过辛莹，那这样的生活似乎也还可以接受，甚至因为物质丰足，在许多人眼里，他肯定生活得很不错。只不过是自己一个人而已，称不上孤独。

可是在遇到她之后，在尝试过被她那样喜欢之后，他几乎无法忍受没有她的生活。

一次还好，他挺过来了。

他没有说过，如果他们再次分开，他差不多会直接崩溃。

陈诉伸手抱住辛莹，想说些什么，又觉得喉咙有些哽咽。到最后，他只是低低地“嗯”了一声。

“在哪里、过什么日子都无所谓。

“只要你在。

“只要你爱我。”

番外二　日常十八则

初瞳发现，自从跟洛舟光明正大地在一起后，自己就拥有了许多特权。深刻地感受到这点，是在她实习之后。

1. 约法三章

研究生保送结果下来，一切尘埃落定后，初瞳开始着手找大四实习，一共挑了四五家投放简历，但都与洛氏无关。

实习的时候没有选择去洛舟的公司，有两方面原因。

首先，他们公司员工对她的热情，初瞳至今难忘，她是找实习，不是去动物园当珍稀动物被参观的。

其次，洛氏并不怎么缺计算机方面的人才，本来也不是这方面的公司，所以初瞳决定找家 IT 公司实习，而洛舟也对此没什么异议，只加了一点要求——距离他公司别太远就行。

初瞳的简历放在哪儿都是被抢着要的。

她投的几家都通知她去面试，也都以较为热情的态度欢迎她去实习。

最后经多方对比，再加上洛舟要求的位置不能离他太远，初瞳最满意的是温氏旗下的飞跃科技——业内顶尖，历史悠久，未来两三年有好几个大项目，符合她的期待。

不过有一点让她不太确定洛舟会不会同意——这是隶属温氏的。

她决定好之后，跟洛舟说了一下这件事。

洛舟竟然答应得很干脆：“飞跃不错，配得上我老婆。”

他这样的态度，初瞳挺惊讶地问：“你同意了啊？”

“是啊。”

“我还以为你会不让我选呢。”

洛舟反问：“我为什么不让你选？”

醋厂厂长这不是明知故问吗，还能是为什么。初瞳翻了个白眼：“温宿不就是温家的吗，你以前那么介意他……”

“哦，”洛舟淡淡撩起眼皮，笑了笑，“这可不归温宿管，是温勉手下的。”

初瞳心想，怪不得。

进入实习期，初瞳去上班都是洛舟亲自送的，但考虑到这人的影响力，她严禁他下车，也严禁他的车出现在地下停车场，只停在离公司门口几十米的地方，剩下的她自己走。

中午接她吃饭，也不准本人下车踏入公司，到点下班她自己肯定会马上出来。

晚上同理。

听到这等约法三章，洛舟靠在座椅上笑了几秒，看着她的眼神变得很玩味：“你现在这样，让我想到一个人。”

初瞳疑惑地问：“谁？”

“你特别像当时回国后，死活不愿暴露身份、不想让我爸给她撑腰、非要靠自己闯荡娱乐圈的洛棠。”

闻言，初瞳顿时无语。

2. 贺词

初瞳跟洛棠当时还是很不一样的。

她的照片没有刻意隐藏过，因为得过奖，得过奖学金，也上台表演过，在论坛被偷拍过，在学校官网等地方全都有她的照片。洛舟在微博没有公开过女朋友是谁，但是大家早就知道了她的名字和长相。

就算独自来到非洛氏旗下的地方上班，洛舟不露面，她也会被网上冲浪的年轻人给认出来。

初瞳只是尽可能把这事儿的影响降到最低罢了。

初瞳到部门报到的第一天，没想到在同一间办公室，遇到了个老熟人——两年前，初瞳在大二开学前夕的暑假竞赛里认识的第一名，那个独来独往的天才毒舌选手，贺词。

今年温氏飞跃科技总共招了俩实习生，初瞳是知道这点的，但她没有关注过另外一个是谁，这么多年没再跟贺词有什么联系，没想到这么凑巧在这儿遇到了。

初瞳这二十多年的人生里，遇到过很多很多人。有些人过于普通，在她心里也留不下什么太深刻的印象，但像洛舟这种个性相当鲜明、能力又异常出众的，但凡是接触过的人，都会记很久很久。

贺词就明显属于后者。

两人微信虽然一直没删除，但也几乎从来没互动过。

因为不确定这位大神还记不记得自己，初瞳在跟他对上视线之后，犹豫了一下，没想到贺词却先跟她打了招呼。

他挑了挑眉，看起来有些惊讶："另外一个实习生是你啊。"

初瞳点点头，坐下跟他简单聊了几句。

通常来讲，同一批实习生都是一起工作一起完成任务的，回家的时候洛舟也随口问了她，一起实习的学生是哪个大学的，是男是女。

"是男的。"初瞳说。

"猜到了，"洛舟"哼"了声，"看计算机系男女比例也知道了，IT公司那种地方能好到哪儿去。"

初瞳又说："不过，我也没想到，一起实习的竟然是个熟人。"

洛舟脑子里迅速过了许多个男人的名字："谁？"

"贺词，"初瞳立刻道，"就是两年前跟我一起参加比赛得了冠军的那个人。"

"那不是挺好，"洛舟笑了笑，"这是好战友了。"

闻言，初瞳很是无语。

跟贺词一起工作还蛮轻松的，但他们才不是什么好战友呢。

贺词每次毒舌，都让初瞳想起洛舟，他们俩某些时候真是有种莫名其妙的相似。

虽然他说得都对，但身为一个实习生，初瞳也不知道他是为什么能够这么毒舌还没被开除，有一次他又在跟初瞳嫌弃公司内部设施，一边吐槽还一边编辑了封邮件发给高层。

初瞳对此很是无奈。

那会儿两人已经一起工作了两三星期，算是熟悉了。"你跟我男朋友的嘴一样毒，"她终于忍不住开口，托腮看着电脑，撇撇嘴，"尤其你俩挑别人刺儿的时候，真的是一模一样。"

"那你男朋友挺不错啊。"贺词笑了下，随口问，"你男朋友叫什么名儿？"

"洛舟。"

贺词愣了一下："是那个洛舟？"

初瞳点点头："是那个洛舟。"

"我原本想说你男朋友是谁啊，跟我像那不是碰瓷吗？"贺词道，"不过洛舟的话，那还真是不错！"

初瞳瞪大了眼睛，心想，看吧！就像杠精都能理解杠精，毒舌人士是互相理解的啊！

3. 背靠大树好乘凉

实习开始没多久，便遇到了两项大型活动。

有个负责现场员工物资的女同事，连续两次在初瞳这里出了岔子。

发放员工入场卡，是机器扫描的那种，一人一张，凭卡过，不能给多人刷卡。这位女同事能记得所有人，却偏偏忘了初瞳的。

那女同事长了张不讨人厌的脸，白白净净的，眼睛大大圆圆的，看起来可爱又单纯。她每次道歉的时候都满脸真诚，感觉愧疚得很。部门经理似乎对这个女生有意思，不责罚她，反而安慰初瞳“就当多放了一天假”，初瞳就算是想要参加，也不好再说什么。

虽然说只要前期准备做好，展览现场少初瞳一个实习生也不会有什么影响。但初瞳不能确定对方是有意忘了还是真的忘了，名校毕业、做IT的人记性这么差？那平时工作的时候她要怎么记数据？而且同为实习生，为什么贺词的就能记得，偏偏忘了她的？

第二次是个初瞳挺期待的会展，不算纯IT，主题是关于仿生机器人的，飞跃科技是主办方之一——又出现了没有卡进不去的情况。

少她一个也不算少，站在C市会展中心门口，初瞳跟部门经理打了招呼，虽然心里不舒服，但也没有过分赘述，反正经理上次就没管。

初瞳一句话带过同事的过失，然后转身准备走。

走了还没两步，她突然收到了洛舟的微信。

男朋友：“你是不是在会展中心？”

初瞳愣了一下：“你怎么知道？”

男朋友：“回头。”

她又愣了三秒，依言回过头，在她正后方，穿着西装的男人正对着她笑，肩宽腿长，面容俊朗。

初瞳的情绪一下子转变为惊喜，她小跑到他面前：“你怎么回来啦？不是，你怎么会在这里啊？”

洛舟出差了两天，按时间算是今天回来，但她没想到两人会在这里见面。

洛舟没立刻回答，先跟她抱了会儿，又慢悠悠地接了个吻，这才起身说：“我来参加这个会展。”

今天这个活动名声很大，他会受邀来参加也很正常。

“你从门口往外走干什么？”洛舟问，“怎么不进去？”

初瞳很少跟他抱怨公司的事情，只是简单概括了一下是因为某个同事的失误，叹了口气：“反正，我现在没有入场资格了。”

洛舟却无所谓地笑了笑，搂着她往里面走：“那你现在有了。”

后来初瞳才知道，入场口那里的设施就是洛舟公司提供的。

而这次会展他也是主角之一，他手里的卡跟他们公司员工卡可不一样，是全权限无限制想刷几次刷几次的卡。

所以说，背靠大树好乘凉，真是很有道理啊！

4. 女粉丝

初瞳办公室那个忘记她两次入场卡的女同事名叫王小雨，因为长相可爱，性格温顺，年轻听话，又是女生，大家对她很是喜欢。

初瞳来之前，这个组里只有王小雨这一个妹子。王小雨能力不算出众，但也是名校毕业，履历漂亮，又找了人才进的飞跃，在这儿做的虽然是杂务类工作，也差不多属于团宠的那种存在。

但这团宠地位在初瞳来之后就不保了，或者说，不单单是她的了。

初瞳跟王小雨有极大的不同，初瞳是真正能参与工作的，真正能跟大家讨论那些专业领域知识的。之前男同事们对王小雨是出于对妹子的偏爱，但这会儿新来了个又好看、业务能力又强、性格礼貌讨喜的实习生妹妹，偏爱自然会转移。

初瞳高中的时候就是那种明显理科思维特别强的人，通常理科尖子生都是男孩子，女孩子的语文、英语相对较好，但初瞳是个例外，语文、生物中等偏上，物理、化学、数学这些单科排名她一直一骑绝尘。

她一个人跟一群男生争论一道数学题的答案也是常有的事情，数学老师总说她这叫“舌战群儒”。

高一的班级学委也说过：“你一个女孩子，跟我们一群男生争论数学题的时候……真……真的很帅。”

然后，初瞳教育了他一顿：“学委我希望你明白，不管男生女生，数学只是个科目，你不应该觉得男女有差别，女孩子数学学得很好也是相当正常的。”

总而言之，她原本只是以为，王小雨或许是因为自己在男士的地盘分走了属于她的关注度，后来才知道不是。

第一次忘记，初瞳觉得王小雨真的无意。

第二次又忘记，并且是在上一次给了保证的前提下，初瞳再信她就是有鬼了。

但是，除了跟洛舟简单提过一嘴以外，这种小事她也没打算跟谁抱怨，女同事名字都没跟洛舟说。

再一再二不再三，但不确定到底会不会有第三次，所以在第三次活动到来之前，初瞳自己问清楚流程，利用午休的时间，自己给自己搞入场证。

贺词一觉睡醒，眯着眼看了会儿她的屏幕："你这是在干什么？"

"那个入场的东西我想自己搞，"初瞳一边弄一边说，"我问明白流程了，单独申请一个，就说我怕我丢三落四的，想多一个备用，后勤又不可能不同意……总比到时候又进不去好吧？"

贺词自然知道她说的是什么事。

他直起身来，拨了拨头发，伸了个懒腰，缓慢道："王小雨是故意的。"

初瞳点点头："我也觉得啊。"

贺词："那你知道为什么吗？"

初瞳正想点头说"我大概知道，应该是我这个新来的女孩子威胁到她团宠的地位了吧"，但是贺词这人不会无缘无故地问废话——他肯定是要说什么。

"不知道。"初瞳改了口，转过头，"难道你知道？"

"我还真知道。"贺词道，"之前你没说你男朋友是谁，我没联想到，现在就能串起来了。

"我来的第一天，路过她电脑前的时候，偶然看到了她手机屏保。"

初瞳听得很认真。

"是洛舟。"

闻言，初瞳一愣，心想，亏她还自恋了半天，原来王小雨是洛舟的女粉丝啊。

5. 黏人精

第三次活动成功举办，恰逢初瞳和贺词两人实习满三个月。

在活动圆满结束之后的那个周末，公司下通知要进行团建。

所谓团建，就是给员工的福利休闲活动，大家一起公费吃喝玩乐放松心情。

初瞳是想去的，反正闲着也是闲着，正好借机可以认识一下别的部门的女生，多交几个朋友。虽然同部门的男同事们都对她很好，也没别的心思，但要论一起吃饭聊天，她还是更偏爱女孩子。

她回家跟洛舟说了这件事，他却表示还是不去为好。

洛舟说："团建我前几年也去过，你们 IT 公司一群大老爷们，跟他们能玩到一块儿去吗？在家跟我约会不香吗？"

她说自己是去交友的，洛舟又说团建都是按部门行动，吃饭住宿路上的车都是这样分，她平时没机会，到团建那时候也没机会。

初瞳最后还是没有明确说自己不去，两人暂时放下了这个话题。

初瞳觉得他说了这么一大堆，本质还是想霸占她的假期黏着她。

黏人是挺幸福的，但是团建对她来说也是人生第一次啊。

第二天，由于白天一直比较忙，直到快下班的时候，初瞳才跟贺词随口聊了几句，抱怨黏人也是甜蜜的抱怨。但正当她收拾东西准备走的时候，听到贺词打电话给人事部主管，报名参加团建，报完个人信息之后说了一句："有家属。"

初瞳顿时回过头看着他："你说什么有家属？"

"团建。"贺词回答，"每人限带一个家属，你不会不知道吧？"

初瞳心想，还真不知道。

初瞳出了公司门，上了洛舟的车，静静地看了他一会儿。

洛舟看她眼神就知道她有话要说，挑了挑眉："怎么，还是团建的事？"

初瞳点点头，这次态度非常坚定："我要去。"

"不是，这事儿对你有那么大的吸引力吗？"洛舟也挺不理解，"你们公司要去哪儿玩，我带你去，吃的住的肯定比他们都好，怎么样？"

"但我就想跟大家一起公费出去玩。"

见他一言不发驱动车子，初瞳又道："而且，我们公司真是福利满满——竟然还可以带一个家属。"初瞳学着他一贯的样子扬了扬下巴，语气非常气人，"唉，我带谁去好呢？"

洛舟闻言，刚启动的车又停了下来。

"家属"两个字让司机位上的人顿了三秒。

然后，不出所料，洛舟迅速反应过来："当然是带你男朋友了。"

昨天"去什么团建跟我约会不香吗"，今天知道可以带家属，顿时变成"当然是带男朋友了"，这前后的变化让初瞳一下子笑出声来。

她乐了好一会儿，才缓过劲来。

"喂，我给你改个备注吧。"

"改什么？"

初瞳一字一顿地道："黏——人——精。"

6. 日常双标

团建当天，要求先在公司集合，再统一乘坐公司安排的交通工具去往目的地。

初瞳拉着洛舟坐在大巴最后一排双人座，因为实在是受到了太多的关注，试图让他收敛一下：“你不要那么张扬啊，我们是来玩的，太多人看我们的话，多别扭啊。”

“我张扬？”洛舟看了眼自己浑身上下的黑白运动装，“我这还张扬？”

初瞳看到他的举动，心想，跟穿的有什么关系，主要是脸好吧。

两人都没有戴口罩的习惯，但初瞳做了别的准备，原本是想着遮太阳，没想到现在还能用来挡脸。

初瞳翻了翻背包，找出顶鸭舌帽递给他：“你戴上这个。”

洛舟接过去，却只放在手里把玩，一边玩一边嗤笑：“我从来不戴帽子。”

初瞳又从包里拿出了另外一顶鸭舌帽，调整好松紧之后往自己头上戴：“这是跟我情侣的。”

闻言，洛舟抬手就把帽子扣到了头上，随后来了句：“人生就是要勇于尝试。”

7. 撑腰

其实洛舟来团建的目的，初瞳没怎么搞懂。因为他应该是相当讨厌集体活动的那种人。

初瞳在路上的时候说：“其实我以为，就算可以带家属，你也不会来的。”

洛舟：“你们办公室不全是男的吗，我来正好宣示主权啊，怎么不会来？”

初瞳很是无语地道：“可他们本来也都知道啊……”

同事们好像确实都知道，没有异性对她表现出过界的好感，大家对她也就像照顾小妹妹一样。

这应该是工科男生的普遍优点，因为从上学到工作身边的女性同伴都少，所以对女孩子会珍视一些。

洛舟：“就算本来知道，那再加深一下印象，不行？”

闻言，初瞳很是无奈。

团建目的地是去C市临近的一个旅游城镇，好山好水好风景，住宿在度假村。有些类似初瞳大一时她爸妈来的时候他们去待过的地方，但是这儿肯定要划算很多。

刚到的时候是中午，大家吃完午饭休息了会儿，按照行程，下午开始爬山，到夜幕降临，再在平缓山顶开烧烤派对。

洛舟戴了鸭舌帽之后，帽檐下压，一半脸有阴影盖着，只露出下颌线，基本上看不到全脸。所以两人看起来就是公司里普通的情侣，注视和压力一下子离初瞳远去。

大家一路上说说笑笑，好不热闹。

这里的山一点儿都不陡峭，在平阔的山顶周围也有高高竖起的栏杆，安全是很有保障的。

晚上的烧烤派对公司早就准备好了必需品，爬到山顶的时候，桌子椅子什么的全都摆好了，六人一桌。初瞳这桌有她和洛舟，贺词以及经理和王小雨。

经理带着王小雨过来的时候，贺词直接吹了声口哨。

初瞳没懂他这是起什么哄，总不至于还是之前那次入场卡的事情吧？

她对经理感到无语过，毕竟经理确实对这事儿处理得不够妥当，但他能当飞跃的经理自有他的本事，别的业务能力以及各方面都完全没的挑，这两三个月来，也给了身为实习生的初瞳不少帮助。

几人自然而然地打了招呼之后，便开始各聊各的。

直到烧烤开始上桌，洛舟突然清了清嗓子："吃饭之前，先问你们个事儿。"

这下连初瞳也傻眼了，连她都不知道他要干吗。

初瞳暗中掐了一下他的手，咬牙小声道："你问什么啊？有事问我啊！"

洛舟没回答，反握了一下她的手。

经理和王小雨没有说话，贺词说："问。"

"上次仿生机器人的会展，经理还记得吗？"

"记得啊。"

"我当时出差回来参加这个会，在门口发现我女朋友进不去会场，说是准备员工卡的时候唯独把她的漏掉了……而且这还不是第一次。"洛舟笑了笑，"所以，我想问问，是谁负责的员工卡？"

初瞳无奈地望着天。

所以，他来团建压根儿不是来凑热闹，也不是来宣告主权的——这是来给她撑腰讨公道的。

洛舟的声音飘在晚风里，像是寻常聊天的口吻，却又莫名让听者有种无形的压迫感。

贺词正要说话，经理先一步回答道："洛总，这事儿过去很久了，当时小雨确实不懂事，粗心大意，把……"

他还没说完，洛舟淡淡瞟了眼经理："是你准备的？"

经理愣了一下，然后摇摇头。

洛舟："那你掺和什么？"

大家安静了大概有十几秒，一直没有跟众人说话的王小雨声音轻轻地说："是我……我当时是真的忘了。"

王小雨又说："我也给初瞳道歉了，我真的不是有意的。"

委委屈屈的声音和表情，可怜又可爱。

她看了初瞳一眼，那一眼很复杂，有愧疚，有可怜，还有一丝丝埋怨——初瞳直接看傻了。

洛舟听完，突然问王小雨："你哪个学校毕业的？"

王小雨："F大。"

洛舟转头问："贺词，你们F大有什么扶贫项目，专门收智商有缺陷的学生？"

"那倒没有，"贺词笑着道，"但是智商有缺陷的要是把治病的钱都用来上学，也不一定就不可以。"

闻言，王小雨的脸色顿时难看极了，她道："我的智商没有缺陷，大学是我自己考的，最后也是靠我自己毕业的。"

经理在她身边，说也不是，不说也不是，两人直接一起面如土色。

"既然没缺陷，那就是故意的。"

洛舟勾了勾唇，虽然面上笑着，但眼底毫无笑意："我女朋友也是你能欺负的？"

王小雨看起来快要哭了。

初瞳一下子想到了贺词说的王小雨拿洛舟照片当屏保的事情。初瞳本就没打算睚眦必报，而且被自己的偶像损，王小雨可千万别想不开啊。

初瞳假装清了清嗓子，想缓和一下尴尬的气氛："咳……其实也没怎么欺负。"又十分中肯地道，"而且她确实跟我道歉了。"

虽然没什么诚意。

可初瞳忘了，她不是睚眦必报的人，但洛舟是。

他不仅睚眦必报，还十倍奉还，还护犊子。

初瞳顺带靠近洛舟身边，小声提了一嘴："差不多得了，她是你粉丝，你……"

她想说"你别说了"。

但洛舟更快她一步，听了之后冷笑了声："粉丝？"

他对着王小雨道："我也是你能肖想的？"

8. 叛逆

初瞳当时提"粉丝"真的只是想让洛舟口下留情，没想到他的关注点竟然歪到了那个份儿上。

洛舟问出那句话之后，初瞳愣了，王小雨跑了，经理脸直接黑了，全桌就贺词一人非常配合地“扑哧”一笑。

团建总共两天半，剩下半天是来回的车程。来的第一天晚上，洛舟在烧烤派对上那通毒舌，直接就把王小雨给说走了，在后面的团建中再没看到她的身影。

初瞳原本看到她哭的时候，是有那么一点点的内疚。因为在她的人生里，貌似还没有因为自己而把哪个女孩子弄哭过，只听说过被她拒绝的男孩子偷偷哭。

但是后来一想，王小雨被偶像毒舌可怜，她被挡在会场外进不去干着急就不可怜？要不是洛舟出席了第二次会展，她就连着两次被堵在门外了。

所以这事儿很快被初瞳抛到了脑后，剩下的两天都玩得快快乐乐。

但没想到洛舟却因为这件事发了条微博。

他发之前是这么说的：“我的粉丝因为你是我女朋友欺负你，这个实在是让我匪夷所思。”

初瞳在一边打游戏，随口回了一句：“这个很正常呀，你不知道娱乐圈明星们的粉丝有很多属性吗？很多都是不希望自己喜欢的人恋爱的，恋爱公开后也会去攻击恋爱对象，或者直接脱粉。”

洛舟觉得荒谬：“我又不混娱乐圈。”

初瞳：“但你粉丝比很多明星都要多啊。”

洛舟：“倒也是，脸在这儿摆着呢。”

闻言，初瞳选择性无视最后这句话，专心打游戏。

等打赢了后，她到洛舟身边探头看了眼：“你不跟我打游戏，干吗呢？”

洛舟把手机递给她：“自己看。”

屏幕上，洛舟的微博账号发了条微博，时间显示“刚刚”——@洛舟：说个事。是我粉丝，但是不喜欢我女朋友的，现在可以取关了。

初瞳一脸的无可奈何。

不用看她都知道评论区有多炸，但惯性和好奇还是让她打开了评论区。

“混粉圈这么多年从来没看过这种发言。”

“洛太子你是真的叛逆！”

“真叛逆 +1。”

“不是，我粉洛舟这是造了什么孽啊？几十天几个月的不发微博就算了，单身的时候还很男神，能给人留点儿幻想，自从脱单了之后你看看他这个样子？”

“是啊，但那能怎么办呢？他又不靠粉丝吃饭，呵呵……”

……

总之，他的粉丝言论虽然各种阴阳怪气，但态度大概就是——还能脱粉咋的？多大点儿事，那我们就连着你女朋友一起喜欢好了。

9. 史上最难对付的“情敌”

团建结束的次日就要上班。

王小雨的处罚也下来了。

她虽然有错，但罪不至辞职，只是离开了现在的部门，换到了其他楼层。并且似乎还受到了其他相应的处分，扣奖金之类的。

初瞳只想到了扣奖金，没想到她还换部门了。

飞跃科技隔壁是一家服装公司，国内品牌里算是知名度很高的，近几年在年青一代里相当受欢迎。

虽然听起来两家公司是不沾边的，但 IT 囊括了太多的服务和技术，服装公司也会有关于网络安全等方面一系列的需求。又因为两家公司挨着，飞跃又是业界数一数二的，对方一旦有了需求，首选自然就是飞跃。

网络安全与初瞳的专业相关，这次合作也是她所在的部门负责大部分的业务。初瞳和贺词两人的工作是一起布置的，而互相递合同送文件也是二人负责的任务之一。毕竟按照资历来讲，实习生不跑腿谁跑腿？

但两人在讨论谁去送的时候，产生了小小的分歧。

原本初瞳是想着一人一次，或者石头、剪刀、布来决定。

但贺词直接说让她去。

初瞳不服气：“我们俩完成一样的工作，为什么我要跑腿？”

“因为你可爱，性格好。”贺词这通夸来得极为突然，然后又说，“你想象一下，我去送文件，把东西拍他们负责人桌上，然后负责人如果有地方要改，给我布置任务，我会对他说什么？”

初瞳：“说什么？”

贺词：“你在教我做事？我送来什么你就看什么，懂？”

初瞳被惊到了。

贺词下了结论：“所以还是你去比较好，你讨领导喜欢。”

要命的不是他这不靠谱的言论，而是初瞳真的觉得他说得有道理。如果有人对贺词颐指气使，这事情发生的概率并不是零。

于是，为了合作能够顺利进行下去，初瞳第一次踏入了旁边跟飞跃一般高大气派的服装公司大楼。

询问前台，送文件，记住了要改的部分，负责人很和蔼，一切都进行得很顺利。

初瞳从电梯下来，准备出公司的时候，看到外面台阶上坐着一个人。

是个女生的背影，染成灰蓝色的长发披在身后，一身黑衣服，看起来应该很高，因为她一条腿屈着，另外一条伸直向下，足足跨越了好几级台阶。

女生的头埋在膝盖上的臂弯里，初瞳不知道她怎么了，四处看了看这周围也没别人，便走过去轻轻拍了拍她的肩膀："你没事吧？"

女生抬起头来——她长了一张又美又酷的脸，五官美得极具攻击性，乍一抬眼对视，看得初瞳心里"咯噔"一下。

三秒后，女生突然展颜，对她弯唇笑了一下："哟，你是哪来的小可爱？"

她的嗓音很特别，有点哑，但是又很清透，叫人"小可爱"的时候，听起来竟然特别撩人。

初瞳也不知道为什么，原地愣了一下，然后脸"唰"的一下就红了。

"我低血糖，坐会儿就好了。"女生又回答了她之前的问题。

初瞳依稀记得自己刚才经过他们公司大厅的时候看到了自动售卖机，没说话，立刻去大厅买了两条巧克力。

女生接过去之后，细长的手指来回把玩，但眼睛还是盯着初瞳的脸。

"我叫齐苏，是这里的设计师。"她一边说着，一边对初瞳伸出手机，"小可爱，加个微信，我还你钱。"

这是初瞳跟齐苏的第一次见面。

初瞳也没想到，第一次来服装公司，她就交到了一个新朋友，并且这朋友还是个厉害角色——被公司高层从国外挖回来的天才设计师，是公司的宝贝疙瘩。

这也是为什么那会儿都上午十点了齐苏才刚到公司，然后又因为低血糖坐在台阶上，从而被初瞳遇到。

齐苏人如其名，哪里都特别"苏"。

她在自己的领域是精英天才，声音撩人，说话撩人，长得又酷又美，不笑的时候标准厌世脸，笑起来又像勾人心魄的妖精。

加上微信之后，两人由偶尔聊天变为经常聊天，齐苏在公司里不受约束，还会时不时地从公司出来找她。女生建的公司八卦群里，齐苏成了大家新的聊天调侃对象——"天天来找初瞳的那个设计师太酷了吧，我那天去茶水间打水路过他们办公室，那妹子看我一眼，哇！"

初瞳身边的女性朋友有很多类型，欢脱型、温柔型、可爱型，唯独没有齐苏这种类型。她也从来没想过，自己会被一个女孩子给迷成这样。所以，齐苏每次一对她发出什么邀约，初瞳就无法抗拒。

洛舟第一次知道齐苏的存在，是在团建一个月后的某天中午——他乖巧可爱的女朋友有史以来第一次因为别人的邀请而拒绝了他的午饭邀约。

黏人精发了两条消息，一个字没有，只有四个大大的问号。

这四个问号就这样在初瞳手机里销声匿迹了。她义无反顾地跟着齐苏去公司附近觅食。

有第一次就有第二次，有第二次就有第三次。

初瞳第四次中午跟齐苏吃午饭，洛舟终于忍不住了。

“你就那么喜欢你新交的那个朋友？”

“是啊！”一说到齐苏，初瞳兴奋地睁大眼睛，“她长得好好看，我第一次这么喜欢一个女孩子的长相！而且她好帅，下次你来接我下班的时候，我带你见见她你就懂了。”

洛舟还真想见见这个把他女朋友拐走四次的女人到底长什么样。

隔日下班，洛舟去接初瞳下班。

初瞳是跟一个个子高高的女生一块儿出来的，两人没什么过分亲密的动作，就稍微挽着手。但那画面怎么看怎么奇怪。

洛舟倚在车门边，看着初瞳带着女生走过来，介绍道：“这个就是我跟你说的，我朋友，齐苏，她是设计师。”然后又指着他对女生道，“这是我男朋友，洛舟，他是……”

初瞳还没说完，就被女生打断了。

“洛舟我还能不知道吗？”齐苏挑了挑眉，对着洛舟道，“久仰。”

话是这么说，语气却一点儿都没有久仰的意思。

然后，齐苏就无视了洛舟的存在，而且动作相当自然地摸了摸初瞳的下巴，语气带笑：“走了啊，小可爱！”

然后，齐苏用眼角余光看了洛舟一眼，驱动着跑车绝尘而去。

洛舟心想，什么情况？刚才是被这女的挑衅了？

他还在思索中，手突然被初瞳抓住摇了两下。她眼睛亮亮地看着他：“怎么样！她是不是超帅？”

两人上车后，洛舟开始详细问齐苏的相关问题，从两人认识多久了开始。

初瞳知无不言、言无不尽，把她知道的关于齐苏的事情全都告诉了洛舟——

“我们是在她公司门口认识的，当时我去他们公司送文件，刚出来，就遇到她低血糖坐门口台阶上，特别巧。

“她是前两年从国外回来的，比我大几岁，这几年这个牌子能火起来跟她的设计有好大的关系！她给我看过她的设计稿，真的超美——

“她每次来找我，我们公司差不多全部女同事都恨不得来我们楼层转一圈，哈哈哈哈哈……

“我从小到大从没遇到过齐苏这种女孩子啊，太……”

一句接着一句，可能连她自己都没注意到自己的语气有多么迷妹。

红灯停车，洛舟松了方向盘，看了看副驾驶座上还在滔滔不绝的某人，想到刚才齐苏走前看他的那一眼，一下子更觉得哪儿哪儿都不对劲：“你说她就说她，脸红个什么劲儿？”

“啊……”初瞳捂住脸，“因为她本人真是太好看啦，我一想起来就不好意思啊。”

洛舟心想，以前那些男人算什么啊，女情敌才是真可怕。

10. 忍耐

没空闲聊：“在吗？”

你看我想理你吗（贺词）：“在。”

没空闲聊：“问你个事。”

没空闲聊：“那个天天去找我女朋友的齐苏，是什么情况？”

你看我想理你吗：“你管不了的情况。”

没空闲聊：“什么意思？”

你看我想理你吗：“你女朋友交朋友你也要管？”

没空闲聊：“那是朋友？一口一个‘小可爱’调戏她。”

你看我想理你吗：“生气了？”

你看我想理你吗：“女生都这样，小可爱算什么，亲爱的、宝贝，这些更常见。女孩叫朋友比叫男朋友亲热，我以为是众所周知的事情。”

没空闲聊：“哦，好吧。”

没空闲聊：“那肢体接触怎么说？女生都互相挑下巴？这不是故意调戏她？”

你看我想理你吗：“不仅挑下巴，她们好闺蜜之间就挺亲密的。”

洛舟发来一长串的省略号。

你看我想理你吗：“所以是你管不了的情况。不信你去问你女朋友，她还会惊讶你连闺蜜的醋都吃。”

经过跟贺词一番聊天，洛舟觉得他说得对。

对于齐苏这个“情敌”，洛舟可以说是无从下手。

她们所有的亲密举动，是初瞳跟其他闺蜜也有的。女生的友谊跟男生差距是真的大，牵手、挽胳膊等都是超级正常的。而男生呢？顶多勾肩搭背，或者互相碰个拳头，更多的时候是无肢体接触的。

他还上网搜了搜，女孩子这种生物，基本上天生就对同性有很大的好感。

洛舟心想，真是服了。

洛舟又对初瞳表达了自己的诉求，最先提到的一点就是不能因为齐苏再三不跟他吃午饭。

“但是苏苏也很忙的啊，她又不是天天都约我，”初瞳也拒绝得有理有据，“我交个喜欢的朋友也很不容易，更何况是这么优秀的女孩子，你理解一下啊。”

闻言，洛舟愣住了。

初瞳继续说道：“平时我偶尔陪陪她，这样你出差的时候她就也可以陪我，总不能平时都拒绝她，每次你一出差了我才去找她吃饭吧？那显得我多不仁道。”

洛舟被她说得哑口无言。

这件事只好暂时搁置下来。

再后来，某天初瞳跟齐苏吃完午饭回到办公室，正好碰上贺词午睡刚醒。

他扫了眼满面春风的初瞳，懒洋洋地道：“跟齐苏约会回来了？”

初瞳没觉得这话有什么问题，愉快地点了点头：“嗯嗯。”

贺词又说：“我这个约会，是指真正的约会。”

初瞳愣了一下：“什么？”

贺词：“你不觉得你跟齐苏出去玩，那状态就跟谈恋爱似的？”

初瞳满脑袋问号：“啊？！”

看她这一脸迷茫的样子，贺词笑了笑：“看来是真的没什么……不过，这就是你男朋友担心的点啊。”

初瞳一时语塞。

当晚下班后，她在车上问洛舟贺词说的是不是真的。

“你为她放我鸽子那么多次，那女的又是……”洛舟翻了个白眼，想了半天怎么形容齐苏，最后也没想出合适的词来，“那女的又看起来是那个样的，怎么，我还不能误会了？”

“啊？”初瞳惊讶地瞪大眼睛，“你醋厂业务范围已经这么广了吗？现在连我闺蜜的醋你也要吃啊？”

于是，当女朋友的身边出现一个特有威胁感的情敌，但情敌是女的，还能怎么办？

忍吧。

11. 意料之中

有关齐苏一事，初瞳一直觉得是洛舟自己胡乱想的，女孩子酷点儿会撩人点儿就是喜欢女生？那可未必。

而且她从来没有主动问过这件事情。毕竟不管齐苏如何，都不影响初瞳对她的喜欢——以一个好朋友的身份。

大四上半学期外加下半学期的前两个月，初瞳跟贺词的实习够了时间，两人在离开公司的时候，飞跃表示读研阶段如果有想法也可以随时来边读边工作，公司会一直欢迎他们，还夸了很久两人是近几年质量最高的实习生。

初瞳不知道到时候的学习紧张不紧张，没有给准确答复，贺词也是一样。

实习圆满完成，实习报告非常出色。大四下半学期剩下的两个月里，初瞳专心写毕业论文，准备答辩，最后均以优异成绩通过。

毕业典礼在六月底如期举行。

大学四年里，其实跟一个班级里的同学相处最多的是前两年，大一、大二有许多共同上的课，共同完成的小组作业。

大三是一个分水岭，开始多了许多走班课，课程多了许多选择，课表没有大一、大二那么紧，休闲时间大家都有各自的生活。

大四直接是到各个公司实习，有的住宿舍，有的公司离学校太远就只好在公司附近租房子，见面都只能是周末约。

但是好在有班级群聊的存在，也让大家并没有在后两年变得太生疏。毕业典礼的时候重新聚在一起，依旧有说有笑。

初瞳宿舍四人里，三人选择留校读研；杜优容家里有安排，准备直接让她工作。

初瞳实习期间就没怎么见到三个室友，在大学生活的最后一个月，几人天天在宿舍腻歪。毕竟接下来还有几年都依然在一个城市生活，她们也并没有多么伤感。

在宿舍换学士服的时候，杜优容说："来吧，买定离手，今天的毕业典礼上，洛舟究竟会不会向我们'太子妃'求婚呢？"

老大："买一百块！会！"

老二："两百块！会！"

杜优容笑眯眯地看着初瞳："我一千块，会！"

看着她们，初瞳很是无语。

她们说这事儿已经好几天了。

其实，初瞳自己也不是没有想过这件事的可能性，洛舟虽然口头经常打空头支票叫她"老婆"，说类似于"你早晚不都要嫁给我"之类的话，但是正式求婚，还真的没有过。

给初瞳的感觉就是他在等她，等她长大，等她毕业。

并且，以他喜欢张扬、在公众面前公开一些事情的性格——比如上次的接受采访，初瞳觉得他有很大的可能做出这种事。

不仅室友们这么觉得，论坛中也发了不少帖子，标题都在隐晦地猜测——

#有种很强烈的预感，这次毕业典礼能看到一场求婚#

#瞎猜，某个非常高调的人今天可能要对我们校花做点儿啥？有同感的吗？（进楼别跟我杠校花不是她而是谁谁谁，杠我就骂你啊。）#

#毕业一年的学姐请今天去毕业典礼的大家录下来那场求婚（应该不会没有的吧？某人不会让我们失望的吧？）#

……

洛舟果然不负众望。

下午三点，毕业典礼正式举行。

一小时后，大家在礼堂听完领导发言，稍后进行的是对部分优秀毕业生的颁奖仪式，这是A大的特殊环节，每年都有，是将大家在四年内得到的市及市级以上的奖项再次颁发，再次进行形式上的嘉奖。

初瞳大二前的暑假就得到了，大三参加了一个软件设计相关的国内竞赛，又拿到了创意奖的第二名，所以她总共有两样。

颁奖嘉宾往年都是优秀校友、知名人士，今年也是，只不过论知名度的话，今年的应该是历年里最知名的一个。

校长邀请出颁奖人，一身正装、身高腿长的大帅哥从礼堂侧门走上台的时候，仿佛什么大腕明星到了现场，初瞳耳边全都是尖叫声，离她最近也最震耳朵的就是她的三个室友——

“我就知道他会来！”

“绝对会求婚！瞳瞳那一百块钱我赢了！”

“二百我也赢了！”

“我一千！哈哈！”

“不是，你们赢谁的钱啊……”初瞳无奈，“我有说过他不会来吗？”

但是，三人忙着跟其余所有人一起尖叫吹口哨，理都没理她到底说了什么。

洛舟先对校长点点头，然后对大家做了个下压的手势，等安静后接过话筒，简单自我介绍：“大家好，四年不见，我是洛舟。”

这句四年不见倒是提醒了校长。

校长把话筒拿过去，笑眯眯地感慨：“说起来，你们这届开学典礼就是他来演讲的，毕业典礼又是洛舟学长送的，还挺幸运啊。”

下面有人双手做喇叭状，大声喊道：“不是幸运！我们是沾——光——了！”

下面顿时哈哈笑倒一片。

沾谁的光，大家都懂。

颁奖开始。

名字是依照姓氏拼音首字母依次叫的，但是不知道为什么，初瞳的“初”明明排在前位，“C”开头的姓却没有她。一直到“Z”的都被念完，校长才慢慢叫出她的名字。

“最后一位，计算机系，初瞳——”

初瞳在哗啦啦的掌声中走上台。

她站上去跟洛舟对视的那一瞬间，大家像被按了暂停键，礼堂突然格外安静。

洛舟把两个学校重新颁发的证书奖状递给她，然后很公事化地说：“恭喜毕业。”

“谢谢。”初瞳也接过来，并且公事公办地道谢。

这两句话说的跟之前每个上来领奖的学生一样，没有任何区别。

然而，当初瞳转过身，抬腿准备下台阶的时候——

洛舟微微歪头，凑近话筒，缓慢而清晰地道：“这位同学，留步。”

听到他的声音，虽然背对着他，但初瞳在那一瞬间就没忍住笑了。

所有人都将两人的表情看得一清二楚。

台下开始出现“喔——”的暧昧起哄声，紧接着，随着初瞳转过身，随着洛舟从口袋里摸出一个小盒子，起哄声越来越大，夹杂了各种调子的口哨。

洛舟打开盒子，里面躺着一枚漂亮精致的戒指。恰好窗外有光照射到钻石切割面，多面反射再折射，洛舟手里就好像被打了特效一样闪闪发光。

“初瞳同学，”他带着这团光单膝跪下，视线一直盯着初瞳的脸，一字一顿地道，“我爱你。”

初瞳垂眼看着他，鬼使神差般，伸出手戳了一下他的脸。

“我也是。”

“虽然只是走个流程，但还是要问你一次——”前半句的语气懒散随性，带了点儿开玩笑的意思，但一个停顿后，又变得非常认真，“你愿意嫁给我吗？”

洛舟的认真只针对他的态度，他的眼神里全都是笃定。

这个傲娇的人就算临到求婚，都要加上前面那半句，表示一下“反正我知道你会嫁给我的，我问你真就是走个流程”。

初瞳觉得自己要是足够叛逆，应该搞一搞他，或者也傲娇一把，让他知道受挫的滋味才对。

但是，“洛舟”两个字，是她少女时的梦啊。

是她多想几次都觉得不好意思的名字。

是她在日记里都羞于写出全名的名字。

是她做梦梦到都会开心一整天的名字。

当然舍不得啦。

从洛舟问出那句话，到初瞳点头，他起身给她戴戒指，这一套动作下来，自然流畅极了，简直一气呵成。

虽然所有人都早就猜到了这场求婚，但是该给的面子还是要给足的。台下面掌声震天，几乎掀翻礼堂屋顶，许多人起哄吹口哨，一边吹一边往高处抛手里的花束，有的还把花薅下来往台上扔，嗨得不得了。

不仅校友，网友们也都料到了。

收拾好东西，从学校开车回家的时候，早有人把两人刚才的小视频传到网上去，初瞳在看微博上的评论，笑得停不下来。

跟学校里差不多的情况，网友们虽然猜到洛舟会在女朋友毕业那天求婚，但还是很卖他的面子，超话里很多人都装作没猜到的样子在“啊啊啊好浪漫”，但是其中还有不少搞怪的，突出得过于明显——

“啊啊啊太子好帅！太子妃好美！虽然大家昨天就在猜测今天会求婚，难道只有我一个人不这么觉得吗？我以为太子这么有个性的人，求婚会更特别一点儿呢？P.S. 绝对没有质疑太子老土或者俗气的意思。”

“这还不够有创意？哪里老土啦？哪里俗气啦？女人你是不是要求太多了？”

“他已经放下身段去毕业典礼当颁奖工了！是颁着颁着求的婚，不是单纯地在毕业典礼上求婚！平心而论，我们太子他还不够有创意吗？你们这些人为什么能杠成这个样子？！”

“唉，大家都说洛总今天会求婚，我也总觉得他会给我们点儿惊喜来着，比如偏不今天求，偏不在毕业典礼上求，毕竟那么有钱那么帅的男人，怎么会用这种……咳，没想到真就今天求了啊……”

“年龄大了可能这就是他唯一能想象到的浪漫，答应我不要嘲讽他了好吗？”

“好的！”

……

差不多全是这样的讨论。

洛舟看了没几眼就直接气笑了。

上百秒的红灯空档，他当即发了条微博——@洛舟：超话主持人在吗？再看到发狗头图片的给我拉黑。

然而，这条微博下面，简直成了狗头的海洋。

连洛棠也幸灾乐祸地转发，一字未写，只发了一个狗头，洛城紧随其后。

初瞳笑得快岔气了。

洛舟黑着脸道：“早知道都猜我今天求婚，我就换一天。”

初瞳太懂他的心情了。

洛少爷估计觉得自己一切的设计都精妙无比，他也不是那种会经常上网看评论留言讨论的人，应该在求婚前几天就被自己感动了，却没想到这么好猜。

傲娇的人最讨厌的就是被人揭穿自己的心思。

初瞳努力把笑憋回去，试图让他忘记这件事，便转移话题问道：“对了，你是怎么说服的校长，同意让你在毕业典礼上求婚的啊？”

以前也不是没有过在毕业典礼求婚的例子，但那些都是在典礼进行完毕之后进行的求婚，洛舟这是直接在典礼过程中求的。虽然知道他跟校长关系好，但也不至于给他这么大面子吧。

“还能怎么说服？”洛舟撇撇嘴，“以后每年都得给他免费宣传我的母校，每年都来开学典礼做个演讲……总之就是消费我，没了。”

初瞳点点头：“那咱们校长还挺有商业头脑的。”

“找我免费打广告，是有头脑。”洛舟嗤笑了声，“但我觉得这老头主要是想整我，他知道我烦这些，又知道我肯定要在你毕业的时候跟你求婚，所以故意的。”顿了顿，他又解释道，“A 大哪里还用人宣传。”

初瞳倒不赞同：“那可不一定。”

洛舟：“说说，怎么不一定？”

初瞳：“虽然不怎么用宣传了，但是好学校那么多，可能就偏有那种喜欢你或者把你当偶像的学生，因为你的母校是这里，所以权衡之下选了这里呢？”

这个解释让洛舟一愣。

她声音轻快，迅速接着道：“就比如今年的优秀毕业生之一，初瞳同学，就是因为她的男神而来的 A 大，要不是她男神，那 A 大肯定要损失一位栋梁之材啊。”

洛舟忍不住笑：“你这马屁拍得……”

这马屁拍得真是太令人满意了。

这小姑娘太会拿捏了，这么会哄人，平时都不多说两句的，非得到了他不高兴的时候才哄。

但效果确实是立竿见影的——洛舟顿时觉得刚才的郁闷不算什么。

洛舟心想，都猜到就都猜到吧，反正，求婚求到了就好。

12. 打一巴掌

初瞳第一次在 C 市上流圈子被众人熟知，是因为一次宴会。

事情发生在两人在一起不久之后。

因为初瞳是个大学生，还是个成绩优异的名校大学生，她学习是很忙的。那会儿两人的时间也算凑得齐，洛舟下班她下课，一起吃个饭，然后再送她回学校。

当时，洛城和白相宜年纪越大越懒，已经进化到但凡不是二人老友邀请的宴会，一概忽视的地步。洛棠更不用提了，为爱进娱乐圈当了个小明星，红极一时，但真的只有一时，在把人追到手后迅速退圈结婚甜蜜恩爱。

而洛舟就成了洛家唯一抛头露面的人。

单身的时候，洛舟觉得参加宴会是真的烦。

自己出席不带女伴，就会频繁被各种女星小花以及千金们搭讪暗示，而要是带了女伴，那估计第二天满世界都在传他跟那个女人恋爱了的传闻。

越没有绯闻的越不能有这类事情，有一点儿哪怕不是也能传成花边新闻。

比如金子光，那家伙换过的女朋友八卦媒体都记不过来了，自然就不会关注他什么时候又换新的了。

所以，洛舟以前都是宁愿被烦被搭讪，都不找女伴，除非洛棠愿意跟他一起。

后来有了女朋友，他也总算可以名正言顺地带女朋友作为女伴出席一些活动了。

只是没想到，第一次跟她约好出席宴会，就正好赶上两人为数不多的吵架。

吵架归吵架，毕竟答应了出席，初瞳不会失约。

当时洛舟在C市的另一头开会，酒店差不多在他开会的地方到初瞳学校的中间位置。也就是说，如果他先接上初瞳再去宴会酒店，那么差不多就是往返了两个车程，一来一回浪费时间。

初瞳提前在宿舍换好裙子，自己打车去了洛舟之前提过的酒店。

而洛舟原本也可以准时到达，但因为分心走神，老司机第一次出了交通事故，人一点儿事没有，车灯碎了，前面撞得简直没法看。

于是，洛舟又是打电话叫人来开走，又是叫司机开车过来接，当时是晚高峰，除了直升飞机，再贵的车该堵也得堵着，就这么浪费了半个多小时。

而初瞳早就进了会场。

而这样一个圈子里的宴会，初瞳对于所有人来说都是生面孔，走到哪儿都是打量她的不善目光，那种居高临下的眼神让她相当不舒服。

肚子里憋着跟洛舟的气，又谁都不认识，初瞳只好在吃东西的地方一直吃吃喝喝。

一边吃，一边听到身旁有两人背对着她在讨论闲聊，大概因为音乐声盖住了她吃东西的声音，没注意到她坐在这里。

“今天来的女人是不是有点儿多啊？”

“这有什么稀奇的，你也不看看今天来了个什么稀客。”

“洛舟……我记得几年前他刚留学回来，我爸妈还让我找机会认识他，我现在都结婚了，他还是单身，真搞不懂。”

“什么单身，你没听说他有女朋友了？”

“啊？”那人惊了一下，“那这不没戏了，这些人打扮得这么花枝招展的有什么用？”

“啧，你懂什么？这儿的女人有那么多规矩吗？反正勾搭洛舟，能攀上就烧高香了；攀不上，洛舟这种档次的人，也不会去跟媒体嘴碎，也不会跟旗下娱乐公司吩咐封杀谁谁谁，他压根儿不屑这种事。所以，勾搭洛舟安全得很——除了被拒绝的可能性太高以外，怎么看都不亏。”

“但是你说他现在都有女朋友了……”

“公子哥的女朋友，那还不是说换就换？”

两人聊完就走了。

初瞳越听越气，越想越气，他们最后这句话给她气得当场就饱了，什么都吃不下了。正好手边就是酒，她决定借酒消愁。

后来，她抱着酒杯坐在一边的沙发里，有几个女人凑过来，大概是因为好奇，她们问：“小妹妹你跟谁来的？”

初瞳实话实说：“跟洛舟啊。”

她答完，那些人一直笑：“小姑娘喝太多了吧，你看这迷迷糊糊的样儿，我记得她是自己一个人来的啊，还洛舟呢。”

“长得真嫩，这么看还像是个学生啊，你确定她自己进来的？”

“也可能是哪个少爷的新欢？反正我是没看到……”

初瞳没太听清她们后来说了些什么，就记得这些女人叽叽喳喳嗡嗡嗡了一会儿，突然集体静音，然后一同起身消失了，看起来还挺着急。

因为没听清，她也不知道她们走是因为洛舟来了。

洛舟迟到了半个多小时，但他的到来依旧让所有人精神亢奋——尤其是心怀计划、图谋不轨的人。

但是，他并不像平常那样，全程高冷，但还是会礼貌理一下人。

他一进来，就在找人。

而且是一边打手机一边找，从动作来看，他打了许多次，对方应该是一次都没接，最后闹得服务生都忍不住问他在找谁。

洛舟一边转遍了会场，一边辨别手机铃声，终于，转到了自助取餐区才停下。

原本没注意到这个角落的人，这会儿视线都齐刷刷地扫了过来。众人看见了一个窝在沙发里喝酒的、穿白裙子的小姑娘，头发黑黑长长的，长得跟个瓷娃娃一样好看。

洛舟做的第一件事就是伸手把她手里的酒杯给拿走。

众人头顶冒出了一个个问号。

之后发生的事情就更离谱了。

找到这姑娘之后，洛舟的神情明显松了下来。对她伸手，似乎是想要抱人，结果手“啪”的一声被打开。

“你别动我，我们还没和好呢。”小姑娘的声音小小的、软软的，说的话却让人大吃一惊，她掰着手指头，很认真地道，“我跟你说，就今天我受的气，你至少得让我扇你一巴掌。”

什么虎狼之词?

众人心道就洛太子这脾气，你这怕不是找——

然而下一秒，站在她面前的男人毫不犹豫地俯身，俊美的脸上没有丝毫瑕疵，仿佛上好的白玉雕刻而成，就这么凑到她面前：“来，宝贝，使劲儿。”

闻言，众人惊讶不已，瞪大双眼看着眼前的这一幕。

那晚的谣言被传了老远，传了千百遍，被各种变形加工，总之不管在谁口中，都十分具有戏剧性，以至于过了好几年大家都还记得。

洛舟求婚成功后，有不少人发来慰问兼调侃：“洛少，少夫人是当初扇你巴掌的那姑娘吗？”

洛舟也笑着回道：“是啊，现在要被她扇一辈子了。”

13. 关于宝宝

两人结婚后，对于孩子的事情，家长都没有过度干预。

因为双方父母都是老闺蜜、老兄弟了，而且本身也不存在什么婆媳矛盾，白相宜对初瞳比对洛舟好多了，差不多就是什么事都无脑地站她这一边的那种。

白相宜的说法就是一切顺其自然。

洛城看得更开：“反正你妹生的一儿一女都会背诗了，瞳瞳还小，你能娶到老婆我们已经很欣慰了，后续慢慢来，我们对你一点儿要求都没有。”

洛舟跟大家的想法也是一样的。

没想到，所有人都觉得应该“还小”“不着急”“慢慢来”的初瞳本人，倒并不这么想。

某天晚上，两人躺在床上温存。

初瞳主动提起这件事："你说实话，你想不想要小宝宝？"

"我说实话，"洛舟捏了捏她的鼻子，"你不就还是个小宝宝吗？我们结婚才多久，着什么急。"

初瞳眨了眨眼："你不着急，我着急啊。"

洛舟觉得有些好奇："那你说说你为什么着急？"

"你想啊，"初瞳一本正经地说，"虽然我还可以等，但再晚几年，你不就成老来得子了吗？"

闻言，洛舟真是无言以对。

初瞳很真诚地继续说："而且如果等几年再考虑，万一我们的宝宝将来上幼儿园，看别的同学的爸爸都年纪轻轻三十多岁，而你四十多了，他嫌弃你，那可怎么办啊？"

洛舟彻底被某人刺激到了。

洛舟戒烟已久，无不良嗜好，两人身体健康，于是这样那样的努力了一个月后，初瞳怀孕了。

洛城和白相宜简直又惊又喜。

因为过于惊喜，怀疑是洛舟故意不做措施的缘故，洛城还把他偷偷拉到一边单独问："你们俩怎么回事儿啊？为什么突然想要孩子了？"

这个问题一下子冲淡了洛舟原本的喜悦。

洛舟冷笑道："因为你儿媳妇怕你孙子、孙女嫌弃我年龄大。"

14. 怀孕

初瞳怀孕的时候没怎么遭罪，或者说，遭罪的不是她，而是另有其人。

怀孕前期，初瞳的睡眠质量很好，洛舟反而变得不好——她翻个身他醒一次，她说句梦话他醒一次。所以，经常就是她一觉睡到天亮，看到跟她同一时间上床的洛舟眼下却发青。

怀孕后期，初瞳睡眠质量不好了，洛舟差不多就成了夜里基本睡不着，换成白天睡。明明跟所有人共处在一个屋檐下，他却过上了时差生活。

洛舟白天太忙了，既要腾出时间睡觉又要给孕期有那么一点点任性的初瞳买吃的。所以，在初瞳怀孕三个月左右的时候，一把年纪的洛城担当起了当准爷爷的责任，暂时停止了和爱妻的养老生活，回公司重掌大任。

除了睡觉的时候一改从前以外，初瞳的嘴也变得格外挑剔。

初瞳很幸运，孕吐症状很轻，时间也很短，所以正常的进食没有任何问题，只不过对口味的要求奇奇怪怪，正餐基本上都是营养师单独给做的，“饱不饱”不是关键，“想不想”才是。

除了正餐以外也是一样。初瞳怀孕之后变得很喜欢吃水果，天天换着花样吃，不仅如此，她还会挑剔品种。

白相宜有一次开玩笑地说：“你怀个孕就变成洛舟了。”

初瞳觉得这个比喻很是生动形象，孕期她对食物的挑剔程度简直是洛舟的复刻版。但确实不是她想这样的，味道不对就真的咽不下去啊。

洛舟当时很不屑地笑了声：“像我有什么不好。”

那会儿他正给身边的姑奶奶低头削忘记从哪儿空运过来的苹果。

然后，他就听到身边的初瞳轻声感慨：“是啊……那我也太任性了。”

洛舟满脸的疑问。

15. 大杠精生了个小杠精

初瞳怀孕之后，问过洛舟对孩子性别的期待。

洛舟原来没有想过男孩女孩的问题，老婆生的他都喜欢，但既然她认真问了，他也详细并且认真地回答了她。

“女孩的话，我肯定喜欢啊，好好养，性格不能歪。我妹不太行，太能闹腾了，我看养成你这样就挺好的。男孩的话……”洛舟停顿了一下，然后笑了笑，那笑容竟显得有些阴恻。

初瞳好奇：“男孩的话怎么了？”

男孩的话，那可有大用处了。

洛舟是相当记仇的。

他爸洛城是怎么对他的，洛舟记事以来每一步每一步都记着呢，从小开始灌输管理思想，让那么小的孩子学他那个年龄不该学的东西，别的孩子在少年宫学弹琴、画画，洛舟在学宏观经济入门……类似的事情他简直承受得太多了。

外人只能看到他硕士、博士提前毕业，回国之后事业更是做得风生水起，疯狂吹洛家真是神了，个个商界奇才……那不都是以前的时间里沉淀出来的吗？都是被逼的。

所以如果生个女儿，洛舟觉得像洛棠那么养，或者像初瞳这么养，都挺好。

儿子的话就像他自己这么养。

倒不是说“爷债孙偿”，他还不至于把洛城的气都撒在儿子身上。主要是，这可是“家族珍宝，兴旺秘籍”，肯定是要往下传递的。

所以，此时此刻，他毫不遮掩地表示自己非常非常期待是个儿子。

洛舟笑着给她揉肚子："希望我儿子赶紧长大，赶紧让我退休，然后我们早早地开始养老生活，毕竟我羡慕我爸也不是一年两年了。"

初瞳很是无语，心想，合着你儿子就是个工具人啊。

事实证明，抱着"生一个小崽子替我打工"的这种心理，是会遭报应的。

初瞳确实生了个男孩。

但洛舟没有盼来一个乖巧听话的工具人儿子，反而盼来了一个专门反驳他的小杠精。

洛家新添的这个小宝贝叫洛钦。这么写着感觉很帅，他妈妈还给他取了个非常非常可爱的小名——亲亲。

在孩子小的时候，杠精这个特性并不明显，毕竟他又不是那种《天才宝贝俏妈咪》的主角，一岁就能作诗，三岁就能出书，就是个正常的聪明小孩儿。长得倒是特别水灵，跟漫画里画出来的小可爱似的——在不会说话的时候。

洛钦说话早，懂话也早，平时大家都喜欢引导性地教他说话，再加上他的机灵聪明，奶声奶气地叫人就能把人哄得心花怒放。

洛舟带孩子的时间少，而且他也不算传统意义上的好爸爸。原本初瞳还想看看洛舟这种男人化身奶爸会是什么样子，结果并没看到什么想看的转变，只看到他单手抱着哭泣中的小奶娃，温柔地"哄"道："乖乖喝奶，不喝给你扔地上，懂？"

几个月后，小奶娃一边学说话一边学走路的时候，洛舟在旁边手扶得倒是挺稳，嘴上也不闲着："学了俩月了，这腿还一点儿劲儿没有，你能不能遗传点儿爸爸的基因？"

某天，小奶娃哭了，初瞳要上厕所，就先把孩子给洛舟，让他哄哄。

然后，初瞳一出门就看到洛舟笑着对怀里的宝宝说："哭对爸爸没用，别拿哭吓唬人，懂？"

初瞳走过去，没忍住在旁边翻了个白眼："你对他用反问句有什么用，他压根儿就听不明白。"

但莫名其妙的，小奶娃那次却突然止住了眼泪。

原本两人以为这是个巧合。

直到某个周日，长辈小辈都在客厅里围着洛钦逗他玩，大家玩得太开心，一时间没记起已经到了他该进食的时间了。

洛钦突然开口叫："爸爸！"

洛舟从沙发的另一边懒懒散散地走过来，应道："这么多人围着你不够？叫我干什么？"

白相宜推了他一下："你怎么跟我孙子说话呢？"

众人纷纷笑起来。

等笑过后，稚嫩的声音再次响起。

“奶，”小娃娃说完这一个字，顿了顿，突然来了个口齿极为清晰的反问句，“懂？”

简直跟某人一模一样。

现场静默三秒。

洛舟：“哈哈哈，真是我亲生的。”

全家心想，洛怼怼后继有人了。

16. 大怼怼生了个小怼怼

洛舟第一次在微博分享自己的儿子的日常，就是因为这一句——奶，懂？

粉丝对于婚后洛舟时不时地上线秀一下恩爱已经十分习惯了，鉴于初瞳的照片早在网上流传已久，他在婚后也经常大大方方地发两人的合照，或是初瞳的单人照。

但是秀娃，这还是第一次。

他形容的词语很简洁，但就是有种魔力，能让人切身体会到这人有种嘚瑟的幸福感。

每次他发点儿什么，粉丝们也都是很给力地变着花样地捧场，又或是发出单身人士的呐喊——

“让我拥有一次这样的爱情吧，求求了！”

“‘羡慕’两个字我说得嘴已经磨出泡了！”

“我来微博是散心的，不是来找堵的！”

“就这？就这？！呵，在我们这里，这种可是要刻在石头上羡慕的啊。”

……

还有更甚的，直接开始预订洛家的小娃娃了——“这声‘岳父’我先叫了，您看我长得像不像他的未来老婆？”

……

自从这之后，洛舟更加喜欢自己的儿子了，洛钦这个小娃娃，也较为频繁地在微博上被秀。

但过了一段时间，他发现不对劲了。

一开始洛钦是学习他杠，学得惟妙惟肖，可爱搞怪。

等具备自己说话的能力之后，他就不再学了——变成了他亲自跟他亲爹对嘴。

洛钦说话很早，跟大家的引导有关，跟他自身语言能力也有关，在即将要上幼儿园的年纪，他的说话水平已经和一年级小孩子差不多了，甚至条理更清晰。

当时，洛舟想让他去幼儿园，小娃娃瞪着大眼睛拒绝了他："我不去。"

洛舟挑眉，耐心道："你到了上幼儿园的年纪，为什么不去？"

小娃娃："因为奶奶说了，爸爸你也没上学。"

洛舟："我没上不代表你也可以不去。"

小娃娃："为什么你要我做你没做过的事情？！"

洛舟很头疼，但是他真的烦这个小崽子天天在家打扰他跟老婆二人世界，于是又调动脑筋冥思苦想幼儿园到底有什么好的。

"那里有好看的小姑娘。"

"那你为什么没去？"

洛舟无视了这句话："爸爸给你找温柔的老师，陪你从早玩到晚，你在幼儿园会交到一大堆朋友，还有吃不完的好吃的……"

小娃娃逻辑清晰，继续重复："幼儿园那么好，你为什么不去？"

洛钦赢了，最后真就没去，继续在家里当小电灯泡。

从这次之后，父子俩就跟杠上了似的，动不动就拌起嘴来。有时候是儿先挑衅，有时候是爸先挑衅，初瞳一开始还会好奇一下两人拌嘴的原因，后来见多了，就习以为常了。

某天下午，洛舟跟洛钦在客厅里拼模型，有个部件洛钦怎么都装不上去，洛舟也没帮他的意思，在旁边优哉游哉地看热闹，还托着腮笑道："儿子，这么笨？"

洛钦嘟着嘴放下手里的碎片："爸爸，都是遗传你的。"

洛舟眯了眯眼："这又是谁教你的？"

"没有人教我，"洛钦说，"我是你生的呀，说我笨，就是说你笨。"

洛舟实话实说："但我生不出来你，你是你妈妈生的。"

洛钦立刻转头告状："妈妈——爸爸说你笨！"

洛舟顿时无语，心想，真是断章取义的好手。

洛舟说话方式就是毒舌且傲娇，这么多年了，鉴于身份过高和本人能力过强，没有人纠正过他。初瞳也就是吐槽几句，到现在已经习惯了。如果洛舟好好说话，大家反而会觉得他怎么了。

但是一直以来没被纠正过的洛舟，在无数次面对洛钦的时候，破天荒有了种遇到克星的感觉。

"爸爸，为什么奶奶那么讨厌你？"

"那不叫讨厌，她就是个傲娇。"

"爸爸，什么是傲娇？"

“口是心非的人。她跟你说她讨厌我，其实她喜欢我，她就是不好意思，懂？”

“爸爸，什么是‘口是心非’？”

“你哪儿来那么多‘为什么’？”

“爸爸，我这是为了不让你犯错。”

“我犯什么错了？”

“书上说啦，子不教父之过，我如果不问你，就是你的错！”

洛舟心想，我可真是谢谢你了。

洛舟说话阴阳怪气，他儿子这点遗传了百分之百，唯一不同的是，洛舟无差别扫射，而他儿子却只对他阴阳怪气。

某次，一家人在看电视，电视上的女主角吐槽一个人：“这是太平洋来的警察吧，服了。”

洛钦好奇宝宝上线：“妈妈，为什么她说太平洋的警察？”

初瞳耐心地回答：“因为太平洋是很大很宽的，所以太平洋警察的意思就是‘管得真宽’。”

洛钦点头，然后立刻去拍洛舟的肩膀：“爸爸、爸爸，你适合去太平洋当警察！”

洛舟简直无语了。

有段时间洛舟在家打游戏，总是嘲讽“就这点儿本事”“就这啊”，不慎被洛钦给听去了。

又有一天，洛舟大清早跟媳妇温存着，被儿子搅和了。事后，他很不满地把洛钦拽到了角落里警告：“你再早上不敲门进我房间，我就揍你屁股，知道了？”

小娃娃头一扬，不屑：“就这？”

洛舟闻言，一愣，心想，这是个什么物种？！

还真是大杠精生了个小杠精，大怼怼生了个小怼怼。

一物降一物。

17. 老父亲的心

虽然看父子斗嘴很有意思，看洛舟吃瘪无语更有意思，但初瞳还是有点担心两人会不会因此关系不那么密切。

某天晚上，初瞳给洛钦读故事哄他睡觉。洛钦快睡着的时候，初瞳跟往常一样在他脸颊边亲了一口，洛钦也跟往常一样对她说：“妈妈，晚安，妈妈，我爱你。”

初瞳一下子想到，他跟洛舟应该完全没有这样的互动。

思索再三，她决定趁儿子还小感化儿子。

“亲亲，你有跟爸爸说过你爱他吗？”

洛钦被问住了，想了好久好久：“没有。”他别别扭扭地说，“我才不要跟爸爸说呢。”

“为什么？你不喜欢爸爸？”

他皱了皱小鼻子：“好肉麻。”

“可是你每天都对我说，你不对爸爸说一次的话，爸爸怎么知道呢？”

洛钦不说话了。

初瞳再接再厉地编：“爸爸以为你不喜欢他，有的时候还会在半夜悄悄地哭。”

洛钦睁大了眼睛：“真的？”

当然是假的。但初瞳还是点点头：“是呀，不过爸爸不让我告诉你，你也要保密哟，这件事只有我们两个知道。”

“嗯嗯。”

“爸爸很爱你，你也要告诉他你爱他，知道吗？”

初瞳的话起了很大的作用，第二天洛舟下班回家，洛钦立刻就去真情告白了。

当然，那番话里起最大作用的其实是“爸爸偷偷哭”这件事，小洛钦被震撼到了：爸爸那种人竟然会因为自己没说爱他而掉眼泪？！

于是，他等着洛舟下班，跑到门外去接他。

洛舟原本并没有伸手抱起小杠精的意思，以为洛钦是跑出来跟他抬杠的。

没想到小杠精跑到他面前，一下子抱住了他的大腿，仰着脑袋说：“爸爸，我没对你说过爱你，你很难过吗？”

洛舟愣了一下：“那倒没有……”

洛钦没听清，完全沉浸在自己的世界里——他得安慰爸爸。小朋友很甜很甜地继续道：“我不讨厌你，我喜欢你，爸爸。”

一种很难解释的喜欢。

洛钦没有说过喜欢爸爸，但他觉得自己每次在反问爸爸“懂”“就这”的时候，最是喜欢爸爸。

杠一句都是在表达喜欢。

看着小杠精黝黑漂亮的大眼睛，洛舟笑了笑，弯腰把他抱起来：“嗯，知道了。”

好儿子，将来让你管公司的时候可千万记得今天的话——你喜欢爸爸。

18. 迟到的情书

陪伴洛钦长大的过程里，虽然免不了吵吵闹闹，但日子变得平静而温馨。

洛钦上小学的时候，初瞳又怀孕了。除了家人以外，四面八方都传来祝福。

她的朋友不多，可是但凡称得上朋友的，都从最初一直相处到了现在。

辛莹自然不用说，初瞳现在C市和S市换着住，冬天S市舒服就回S市，夏天C市凉爽就去C市，每次回S市跟辛莹见面都极为频繁。以及她大学三位室友，她们的宿舍群至今未解散，并且城市相近，四人每年至少约着出去玩一次。还有夏令营和实习时候认识的酷帅学霸、现在已经大有作为的贺词；机缘巧合下结识并且引得洛舟吃醋的第一个女性，十多年里早已成为全球知名设计师的又帅又美的齐苏；她高中的同学……

洛舟没忍住发了条微博炫耀之后，初瞳的手机就没停下过。

怀第二个宝宝的第二个月，初瞳回S市过冬，洛舟自然要跟着一起，但当时公司临时有事，他比初瞳晚两天才回。

初家别墅重新装修了一番，初瞳的房间也做了改动。

带着初瞳上楼后，初母递给她一个小箱子："这是收拾你房间的时候，在床头柜的后面发现的几本本子，估计是你的日记本什么的，妈妈可没偷看，你自己看看是要扔了还是留着。"

初瞳接过来，点点头。

日记啊……

她确实这些年没翻过了，最后一次写日记，应该是去大学之前的事情了。

好像是拿到了通知书，参加完同学聚会的那天？

十几年过去，日记本的密码锁都脆了，一掰就开。

初瞳从第一页开始看，看得很慢很慢，想起了以前的自己，曾经的洛舟，想起了许多许多事情。

一直翻到最后一篇日记，最后停在了："因为夏天是我喜欢上你的季节。"

怎么说呢，再次回头看，这话有些过于伤感。

可能她当时心情不太好，感慨更多，明明即将要去他所在的城市，即将要见到喜欢了很多年的人，她写的这两句话仿佛两人已经悲剧了一样。

时间不同，心境不同。

初瞳想了想，拿起笔，在最下面加了几行小字——

洛舟到S市的那天，收到了一个礼物。

一个坏掉的密码锁日记本，初瞳送的。

她送的时候没保持什么神秘感，直言这是她以前的日记，里面有她给他的情书，仅仅给他一晚的时间，机会只有一次，爱看不看。

初瞳可从来没给他写过情书，洛舟当然求之不得。

这么可爱、这么甜的、少女时期的妻子，他不仅看，还用手机一页一页地照下来了，以便以后经常复习。

洛舟看着日记，脑海里冒出一个灵动可爱的小姑娘一天一天地长大。

这些年里，两人对于过去的讨论不算多，也不算少。

初瞳日记上记录的事情，她差不多都跟洛舟讲过了。

因为足够幸福，所以曾经那么多她觉得难以启齿的事情，后来都能够敞开心扉地告诉洛舟这个被暗恋的当事人。

但是听她用现在的口吻讲述，和观看以她当年的笔触记录下来的文字，也是完全不同的体验。

洛舟翻到底之前，完全没找到情书的影子。他读到了最后一篇，先是看到了十多年前的字迹。

“……这一晚，老班说了不少人生哲理，有不少都很精辟。但我现在回忆一下，竟然只记得一句他随口说的话——同学们，我们的人生开始于夏天，结束于夏天，因为夏天是毕业的季节。

“而我的青春从夏天开始，也在夏天结束。

“因为夏天是我喜欢上你的季节。”

这应该就是她所说的情书了？

很浪漫，就是有点儿伤感。

洛舟看了一会儿，照了张相，又看了一会儿，爱不释手，琢磨着怎么才能不把这本日记还给她，占为己有。

正当他视线不自觉下移，竟意外发现了下方另外的几行小字。

明显出自同一人之手，却是崭新的墨痕、比当年更漂亮的字迹——

“青春总会消逝，夏天也会结束，但我的喜欢不会。

“永远不会。

“致，我最爱的你。”

番外三　我的青春从夏天开始

·遇到新哥哥十分兴奋的初瞳小朋友快乐日记一则·

7月15日　天气晴

暑假好无聊哇！今天我终于有事情可以写了！

今天家里来了一个哥哥，是跟大哥、二哥都不一样的哥哥，长得超好看哇！虽然他看起来好酷，但还是太帅啦！我一见到他就会不自觉地愣一下。新哥哥名字也好听，叫洛舟。

因为不清楚怎么写，后来我问妈妈是哪个“zhou”，她告诉我说，是风雨同舟的舟。

嗯嗯，我喜欢！

新哥哥的爸爸妈妈我小时候见过。白阿姨好漂亮哟，完全没有变老，还越来越好看啦。这个哥哥跟她长得简直神似。吃饭的时候，我一直忍不住看他那边，也不知道被发现了没有……

二哥吃完晚饭后偷偷问我，是他帅还是新哥哥帅，我说还是他帅；二哥又问是他帅还是大哥帅，我还是说他帅。

其实，我两个问题都是骗他的！哈哈哈！

但是，我觉得新哥哥不怎么喜欢我。

最开始打招呼的时候态度就很敷衍，刚才，我觉得我跟他说“哥哥晚安”的时候，他对我翻了个白眼。

但是他要在我家住一个月啊，以后总会好的吧！

洛舟随父母来初家住的第二天，初瞳起了个大早。

暑假里，她是经常睡懒觉的，但是那天早上不到七点钟就睁开了眼。她自己也知道自己很反常——明显跟家里新来的客人有关。

她洗漱完毕后，在二楼走廊来回闲逛。长辈们的卧室门都开着，大哥、二哥的房间门都关得死死的，新来的哥哥也是。

初瞳先下楼去探了探情况，妈妈正在跟白阿姨坐在沙发上聊天，爸爸跟洛叔叔在院子里聊天，跟他们打过招呼后，再次转回楼上开始在走廊里踱步转圈。

洛舟的房间门跟二哥的挨着，初瞳就在两个门口之间来回走。二楼的地板是没有铺地毯的，她的鞋底和地面碰撞出声响，初瞳没在意，一边转悠一边脑子里还在想，一会儿要跟新哥哥说些什么。

还没等她想出个所以然来，耳边突然传来脚步声，以及门锁“咔嗒”一声——

她愣愣回过头，看到了开门那人的白色T恤，视线掠过胸口、肩膀、再往上是清晰的锁骨。

因为身高的缘故，她要仰着头才能和他对视。初瞳盯着他半睁不睁的桃花眼，微微上翘的眼角，好看到她又差点儿开始神游。

洛舟的脸是很帅，表情却很臭，比昨天应她那声“哥哥”的时候还要臭。

“你在门口晃悠多久了？”新哥哥先是面无表情地问出这句话，不等她答，又掀起眼帘不耐烦地道，“有事？”

初瞳一下子愣住了。

她睁大眼睛，咽了咽口水：“哥哥早上好，”然后声音越来越小，“妈妈……让我叫你吃早饭。”

洛舟盯着她，似乎是习惯性地眯了眯眼，过了会儿才说：“知道了。”

然后，他“咔嗒”一声带上了门。

洛舟明显是刚起床，大概收拾了十多分钟，出现在了客厅里。

初瞳用眼角的余光扫到了高高瘦瘦的身影，人坐在沙发上，眼睛看着手机，脑子乱成一团。

恰好初母从厨房出来，看到洛舟，眼睛一亮：“嗯？阿舟今天起这么早啊？”她笑着招呼他，“快来坐，我刚想让瞳瞳上去叫你吃饭呢。”

当场揭穿！

洛舟一边坐下，一边慢慢悠悠地转过头，神情不咸不淡地看向初瞳坐着的方向。

撞上他视线的瞬间，初瞳一下子心虚至极地别开眼。她几乎没怎么撒过谎，羞耻感爆棚，憋得小脸粉红。

于是早饭期间，两人都没说话。

连饭桌上的视线对视都没有——初瞳心里都快尴尬死了，哪儿还敢主动看他。

好在人多，他们座位离得远，不说话也很正常。

吃完早饭，洛舟要上楼，得经过初瞳坐的地方。

初瞳用眼角的余光扫到他的身影，一下子抬起头，下意识地脱口而出：“哥哥，你去干吗？”

洛舟脚步稍停，垂眸看她，冷淡道：“补觉。”

这就超出了初瞳的理解能力范围了。

她犹豫了一下：“但是……你不是刚醒吗？”

“是啊，也不知道是托谁的福，我起这么早，”洛舟盯着她，一字一顿地道，“现在，困得要死。”

·洛少爷与金姓好友聊天记录一则·

别催了在发光：“你这个暑假都待在那边？跟你爸妈一块儿？”

没空闲聊：“嗯，熟人家。”

别催了在发光：“你跟着去干吗啊，留在首都不好吗？兄弟带你好好玩玩。”

没空闲聊：“爷用你带？”

别催了在发光：“真是嘴强王者！跟我聊天重拳出击，现实里你唯唯诺诺，一个妹不敢追……”

没空闲聊：“我人不在C市，也有办法收拾你。”

别催了在发光：“还不让老百姓开口了。”

别催了在发光：“那我换个话题。”

别催了在发光：“就你这大少爷金贵体质，在别人家睡得习惯吗？”

没空闲聊：“床不错，这别墅也不错。”

没空闲聊：“就是有个小孩，盯上我了。”

没空闲聊：“挺烦的。”

·讨好了新哥哥好几天依然没刷成功好感度的初瞳小朋友沮丧日记一则·

7月17日　天气不知道

新哥哥来我家的第三天。

好烦好烦好烦好烦!

我好烦因为他好烦我!我跟他说话他满脸都写着“你个小屁孩儿走远点儿”,他打游戏我也想打,他嘲讽我人太小连手机都拿不住打什么游戏,我好气啊!

可是,他为什么烦我啊?我好像没做什么讨人烦的事情吧!

除了那天一早叫他起床。

但是,我原本又没打算叫他!

我只是在他门外的走廊走动而已!

他是怎么听到的啊?!

妈妈也真是的,都把他叫下来了她还非要多说那一句话!不然简直天衣无缝!

洛舟来初家的第四天。

因为第一天的教训,初瞳这几天的早晨都没有再打扰过洛舟了。她觉得人的起床气都是会找一个人撒。她才不要做那个被撒气的!

所以,妈妈让她去叫哥哥吃饭,她就会指使二哥去,然后看到洛舟臭着脸跟在二哥身后下来,就会暗暗感慨自己的机智。

她像前几天一样,在洛舟打游戏的时候在旁边围着看,时不时问这问那——然后他就输了一把。

虽然初瞳不玩他那个游戏,但她看得出来洛舟大概是那种大神级的存在,输了是被坑输的,他自然心情不好。

但她没想到他输了之后自己也会遭殃。

初瞳在叽叽喳喳地安慰他,没有看出洛舟有什么变化,年纪小又单纯,没那么多玲珑心观察,也没意识到这种时候越说话越显得自己吵闹聒噪。

洛舟听了得有一分钟才说话。

“哎,”他叫她,然后问,“你这个年纪,不应该是天天跟好朋友出去约着玩儿吗?见天的窝家里算怎么回事?”

初瞳愣了一下。

洛舟放下手机,抬起头看着她,没什么表情地说:“你在学校没别的朋友吗？”

后来初瞳和他熟悉后才知道，这在洛毒毒的嘴里，对于一个黏着自己而自己不熟悉的小姑娘，已经是相当温柔的暗讽了。

但是她那时候精神紧绷又敏感，他这么直白地展示出他的不耐烦，再加上从小到大都没被这么对待过，初瞳一下子就接受不了了，差点儿当场气出鼻涕眼泪。

她很努力地忍住了掉眼泪的冲动，并且掏出自己的小手机约了辛莹去书城，收到辛莹的消息后，立刻把消息界面摆到了洛舟面前，很认真地为自己辩解："我也可以出去玩的，我有朋友。"

洛舟扫了眼，点头："那你去玩吧。"

他真的是巴不得她快点走。

"你干吗这么烦我，"初瞳忍不住了，说的话都带了哭腔，"我就是想跟你说说话而已……"

然后，初瞳跑出了客厅，直接让司机载自己去了书城。

车上，小姑娘一边看着窗外一边偷偷掉眼泪，在心里发誓以后再主动跟洛舟说话她就是小狗。却怎么也没想到，几小时后，她跟洛舟的关系会迎来巨大的变化。

·与新哥哥有了重大突破的初瞳小朋友兴奋日记一则·

7 月 20 日　天气晴

我今天差点被绑架了！（或者说是已经被绑架过了？）

但是我好开心！

我一定要好好地把今天记录下来，以防以后记忆衰退忘记这一天发生的事情！

今天上午还是蛮正常的，中午吃完饭洛舟哥在打游戏，我就还是趴在他身边看他打游戏，他打输了看起来很恼火，我就尽心尽力地安慰他。

谁知道！安慰着安慰着，他突然嘲讽我没朋友！

现在想想他应该是嫌弃我吵吧，我那会儿应该闭嘴，但直接说不好吗？干吗就扯到了我没朋友？该说不说，洛舟哥哥脑袋瓜肯定是有点问题。

我约了莹莹去书城，还好莹莹立刻同意了！结果从书城回家的路上，我以为胡同里有小奶猫在叫，进去了才发现是几个坏人拿着奶猫叫声的音频在等女孩子上钩……算啦这里不想回忆了！总之，他们很坏！

没想到在我们中午刚闹过不愉快之后，洛舟哥哥竟然会来接我回家。

他找到我，把我抱到一边，跟那群人打架，把那几个人揍得起都起不来。我吸了一口什么气体站不起来，但是眼睛看得特清楚！他每个动作都好帅！脸上挂彩了也好帅！如果不是嗓子冒烟一样难受我肯定大声给他加油！

最后，洛舟哥哥带我一起去警察局做笔录，回家的路上，他突然变得特别温柔。

他叫我："小跟屁虫。"

我应该生气的！这是什么外号啊！难听死了！

但是我又觉得，有个代号至少比没有好，中午吵架他都没叫我的名字，叫的"哎"……

所以，我没有反驳。

然后，他跟我道歉，说中午他不该那么说，又问我："你要不要，跟哥哥和个好？"

……

明明在去书城的路上我发誓再也不跟他讲话来着，但是那一瞬间，什么发誓什么别扭，什么都没啦。

没想到自己会那么开心，所以全部写下来，希望这个心情，可以记得很久很久。

晚安！明天也要继续当跟屁虫！

·洛少爷与金姓好友聊天记录一则·

别催了在发光："叫你打游戏怎么几小时都不回复？蒸发了？"

没空闲聊："不是。"

没空闲聊："去见义勇为了。"

别催了在发光："你当我傻呢？你说啥我信啥？"

没空闲聊："真事。"

别催了在发光："什么见义勇为能让你挂彩啊？这不是善茬啊！"

没空闲聊："其实很垃圾，主要是人数多。"

别催了在发光："什么见义勇为？快说说。"

没空闲聊："懒得说。"

别催了在发光："怎么这样吊人胃口啊？"

没空闲聊："就是，救了这家的小女儿。"

别催了在发光："小女儿？是你之前说的盯上你，你觉得烦的那个小孩儿？"

没空闲聊："嗯，我的跟屁虫。"

别催了在发光："搞不懂你，又烦人家还跟人家有交集，你是那种路见不平的大善人？我咋这么不信呢。"

没空闲聊："是烦。"

没空闲聊："但是觉得她，烦得也挺可爱。"

别催了在发光："啊？！"

自那件事之后，初瞳跟洛舟的关系果真突飞猛进。

站在初瞳角度，她只觉得开心，不管为什么，总之洛舟开始允许她在他身边黏着了，也不会赶她走了，还会教她打游戏，给她买吃的，出门也带着她——虽然都是她要求的。

但至少现在是"有求必应"，以前"求"也都完全没"应"。

对于洛舟来说，转变的理由也相当简单，初瞳的身份从"一个长辈家的妹妹"变成了"自己的跟屁虫"，这二者差距是相当大的。

洛舟到初家的第十天。

他在阳台上吹着空调，晒着从玻璃窗照射进来的阳光，初瞳坐在一边跟他聊天。

毕竟现在关系铁了，很多话都敢说了，初瞳总记得最初几天自己眼巴巴而他冷冰冰的样子，她就提到了洛舟对她态度恶劣的那段时间。

"你刚来这里住的时候，为什么那么讨厌我啊？"

"我不是讨厌你，"洛舟躺靠在椅子上，眼睛半睁不睁，散漫道，"我不喜欢这么大点儿的小姑娘。"

"那不喜欢姑娘，意思不就是……"

"是不喜欢小姑娘——"洛舟纠正，着重咬了那个"小"字，又道，"哥哥我喜欢成熟的女人，懂？"

初瞳内心十分失望，但这个念头转瞬即逝。

初瞳："可是……阿姨还说你老是找不到女朋友。"

洛舟嗤笑了声："是不想找，而不是找不到。这区别可大了，还没遇到喜欢的不代表不喜欢，这道理你理解不了吗？"

两人间诡异地沉默了几秒。

"算了，跟小孩儿说这些干什么？"洛舟从躺椅上直起身，从她身边经过的时候，抬手在初瞳头顶抚了一把，"走了。"

·知道了新哥哥理想型后的初瞳小朋友惆怅日记一则·

7月25日　天气不知道

洛舟哥喜欢成熟的女人。

我什么时候才能变成成熟的女人啊？

初瞳有一个习惯。

她喜欢在吃西瓜的时候，把西瓜分成两大半，然后捧着一半用勺子挖着吃。

她从小到大上了不少淑女课，吃什么品种的水果她都可以淑女，唯独吃西瓜不行。

夏天本来就是要吃很多西瓜的季节，初家也不例外。

洛舟第一次看她吃西瓜的时候，嘲笑了她的吃法。初家老大、老二一人捧着一半西瓜，问他："我们三个每次都剩下一半，正好你来了，这半归你吧。"

表情僵硬——虽然日常说脏话但还是很有礼仪——接受不了野蛮吃法。

洛少爷："不用了谢谢。"

初一、初二就放弃了，但是初家老三可没有。

初家老三初瞳能把洛舟缠到认证她这个跟屁虫，区区一个吃西瓜的习惯，她也说服了洛舟尝试一下。

·因为说服了新哥哥所以很开心的初瞳小朋友快乐日记一则·

8月4日　天气晴

今天有一个好消息和一个坏消息。

好消息是洛舟哥也开始跟我一样用勺子吃半个西瓜啦！

其实，我觉得西瓜本来就该这么吃。但是不知为什么，洛舟哥听了我的话开始这么吃之后，我看他扶着半个西瓜拿着勺子嘴里鼓鼓塞了满口的时候，竟然会觉得他好可爱啊！

坏消息是，他听到我说他可爱，立刻黑着脸去厨房把那半个西瓜给切开了。

·收到了哥哥的礼物所以非常兴奋的初瞳小朋友日记一则·

8月8日　天气超级晴

今晚爸妈跟洛叔叔白阿姨要去参加晚宴，我本来不要去的，但是洛舟哥也去，所以我也决定去了。

没想到他竟然送了我一条裙子！

白色的，很简单，可是穿上之后好好看！比妈妈给我买的都好看！

为了展示一下这条美美的小裙子，今天的晚宴我穿了那条，而且还是洛舟哥跟我一起入场的。不过仅仅是入场而已，之后我就跟着爸爸妈妈了……而且每次看他，他身边都有高高的美女在跟他说话，要不要那么受欢迎啊……（虽然他今晚穿的白西装是真的很帅。）

晚宴进行到一半，洛舟哥又来找我。

他说他要出去透透气，顺便带我去逛逛别墅的后花园。我们闲聊了好多话，聊着聊着，他看了看我，突然夸了一句裙子好看，然后又顺带着夸了我——太难得了，我要趁着记忆还在，记录下来他夸我的原话！

“你个小孩儿长得还挺好看，以后长开点儿，估计还能更好看。”

总之，夸也夸得别别扭扭的啦，但我懂，我都懂！

·因为哥哥要走了所以心情非常低落的初瞳小朋友日记一则·

8月15日　天气不知道

后天洛舟哥就要走了。

其实，最近一星期，他开始特别频繁地接到他同学朋友的电话，我就觉得他们不会待多久了……

然后，今天他说他后天走，我感慨了一句“竟然这么快”，他笑着说：“这还快啊？都赖你家一个月了。”

没想到竟然都过去一个月了……

我明明觉得，我才刚刚跟他变熟悉而已。

不想他走。

·因为哥哥走了难过到改变风格的初瞳小朋友伤感日记一则·

8 月 17 日　天气不知道

他说："你要好好长大，好好读书，不要被男孩子骗。"

他说："以后有空来 C 市玩，哥哥罩着你。"

眼睛好疼。

我记住了，我会好好长大的。

我也一定会去的。

几年后。

·觉得自己已经很成熟了但还是在期待生日祝福的初瞳高中生日记一则·

2 月 6 日　天气晴

今天是我的生日，还不跟我说生日快乐的话，下一次要再等一年。

但是下一年他还是不会说的——我们都两三年没联系了。

我手机号有那么难记吗？我不找你你不能找一下我吗？走之前在机场说得那么好听，又是别被男孩子骗又是哥哥罩着你！联系都不联系罩什么罩！别人没骗我就你骗我了好吗？！

烦死了，生日正月十五有那么难记吗？！

·2月6日洛少爷与金姓好友聊天一则·

"你发什么呆呢？喝啊！"

洛舟依旧看着表盘，答非所问："快十二点了。"

金子光点头："对啊，夜晚才刚刚开始，赶紧的别看什么几点几点了，我搁这儿跟你过节呢，喝。"

"不是，"洛舟扯了下唇角，"想起来，今天有个人过生日。"

金子光"哟"了声："谁正月十五过生日啊，还挺特别。"

洛舟："一个妹妹。"

洛舟解锁手机，想打白相宜的电话问初瞳的电话，手指在屏幕上顿了一秒钟，又直接锁了手机。

他端起酒杯喝了口酒，又笑着摇摇头：“算了，小孩忘性大，这么久没联系她，估计早把我忘了。”

两年半后，大学录取通知书送到初家的那一天。

初瞳收到A大计算机系录取通知书，还收到了一封邮件，她获得了优秀新生入学奖学金。

两个哥哥张罗着给她庆祝，订酒店。父母又是开心又是不开心，一边觉得C市离家也太远了，宝贝女儿怎么舍得去那么远；一边又觉得那可是全国排名第一的计算机系，我闺女太牛啦。两人脸上表情管理不到位，想笑又得憋着，憋不住就跟抽风似的。

初瞳是家里最淡定的。

她收到班主任和同学们的消息，到学校跟大家碰面、谈彼此的大学，然后一群人吵吵嚷嚷地去聚餐。

她应该是没喝酒，但不知道为什么，回到家洗完澡之后，脑袋还是晕乎乎的，可能是同学最后点的饮料里含了点儿酒精。

她很突然地、久违地又想写日记了。

她从抽屉里翻出一两年都没碰过的日记本，跨越过前面那些幼稚的文字，随便找了一页空白。

她思维发散，用中性笔一笔一画地写——

“你在我家住的时候，就是A大的大学生。

“我收到了通知书，马上也要去A大读书了。

“今天跟同学聚餐，在饭桌上，老班特别激动，明明应该是坐在那里等我们敬他，他却举酒杯举了好几次。

“这一晚，老班说了不少人生哲理，有不少都很精辟。但我现在回忆一下，竟然只记得一句他随口说的话——同学们，我们的人生开始于夏天，结束于夏天，因为夏天是毕业的季节。

“而我的青春从夏天开始，也在夏天结束。

“因为夏天是我喜欢上你的季节。”